반계유고

반계유고

유형원 • 지음
임형택 외 • 편역

우리나라에 있어서는 적폐들을 그대로 두고 바꾸지 못한 것이 많았던 데다가, 쇠약함이 누적되어 드디어 큰 치욕을 입게 되었다. 폐해가 옛날부터 내려온 법도처럼 되어버린다. 아무리 어려움을 겪거나려 한다 해도 바르게 고치지 못할 것이다. 근본을 탐구하지 않고서는

창비

'반계유고'로 이름한 이 책은 반계磻溪 유형원柳馨遠 선생이 남긴 시문들을 한데 묶은 것이다. 모두 한문 글쓰기의 형식을 취한 것이어서 역주 작업을 하여 일반 독자들과 만날 수 있도록 하였으며, 원문 또한 전문 연구자들에게 제공하고 후세에 전한다는 취지에서 일괄하여 뒤에 붙였다.

선생의 문집이 애초에 없지 않았다. 성호星湖의 「반계선생유집서磻溪先生遺集序」라는 글에서 6권임을 분명히 밝혀놓은 것이다. 이 문집이 유감스럽게도 현재 실종된 상태이다. 근래 선생의 유고들이 부분적으로 여기저기서 발굴이 되어 학계에 보고된 바 있다. 반갑고 경하할 일이 아닐 수 없다. 이러한 신新발굴 자료들을 수합하여 한 책으로 엮어낸 것이 바로 이 책이다. 선생의 문집을 복원한 모양새다. 복원이란 말을 쓰기에는 외람스런 느낌이 들기도 한다. 하지만 본래의 6권을 다 갖추기는 현재로서는 불가능에 속한다. 그러니 이미 산일된 유고들을 가능한 대로 수습, 문집 형태로 재구성하는 것은 꼭 필요한 일이 아닐 수 없다.

이 책은 전체를 3부로 편성했다. 제1부는 시 작품으로 선생 삶의 발자취를 따라가면서 자아의 독백을 들을 수 있다. 제2부는 산문인데, 선생의 필생의 과업이었던 『반계수록磻溪隨錄』을 저술한 취지 및 선생 자신의 철학담론과 역사담론을 토로한 내용이다. 제3부는 반계와 『반계수록』과 관련해서 후인들이 기록하고 논평한 각종의 글들을 집합集合한 것이다. 선생이 쓴 글은 아니기에 부록이라고 하였지만 선생의 인간됨과 학문을 이해하는 데 여러모로 참고가 될 뿐 아니라, 『반계수록』이 후세에 어떻게 수용되었던가 하는 문제도 두루 살필 수 있다.

이 책 『반계유고』는 『반계수록』과 상보적인 성격을 지닌 책이다. 이 점을 두고 일찍이 성호는 우익羽翼의 관계라고 했거니와, 현대적 표현을 빌리자면 주체의 내면적(이론적) 확립과 주체의 정치적 실천을 의미한다고 말할 수 있겠다. 그러고 보면 선생의 문집을 아울러 고려하지 않은 『반계수록』의 연구 고찰은 한계가 없지 않았던 것으로 여겨진다.

선생의 주저는 공인하는 바와 같이 『반계수록』이다. 『반계수록』은 한마디로 선생 자신이 당면한 시대를 '문명적 위기'로 각성하면서 추구한 학문의 결산이다. 당시를 '문명적 위기'로 생각하게 된 데에는 서세동점이란 세계사적 조류가 배경을 이루었던 한편 명·청 교체라는 동아시아 상황과 직접 연계되어 있다. 선생은 『반계수록』에 붙여서 "적폐를 그대로 두고 바꾸지 못한 것이 많았던 데다가, 쇠약함이 누적되어 드디어 큰 치욕을 입게 되었다"라고 술회하였다. '큰 치욕'이란 만청滿淸의 폭력 앞에 무릎을 꿇어야 했던 사태를 가리킨다. 선생은 만청의 지배하에 놓인 동아시아의 상황을 '문명적 위기'로 진단하고, 적폐를 전면적으로 청산하는 근본적인 개혁의 과제를 급선무로 사고한 것이다. 그런 사고를 학문 작업으로 수행한 결과물이 다름 아닌 『반계수록』이다. 이 『반계수록』은 한국 실학의 발단이라는 역사적 의미를 갖게 되었다.

실학은 지난 1930년대에 국학운동이 제기되면서 국학의 뿌리로 인식되었다. 당시 국학운동의 선도자였던 위당爲堂 정인보鄭寅普는 반계를 '실학 1조祖'로 호명한다. 그리고 '실학 2조'로 성호星湖 이익李瀷을, '실학 3조'로 다산茶山 정약용丁若鏞을 호명했다. 반계를 실학의 출발선에 세우고 성호를 반계 학문의 적전嫡傳으로 설정한 것이다. 성호는 『반계수록』의 정신이 근본적·전면적 개혁에 있는바, 거기에는 '적폐의 청산'이 전제되어 있음을 인지하고 깊이 공감한 터였다. 『반계수록』은 오직 정치적 실천에 의미가 있음에도 그 길로 한발짝도 나아가지 못하고 있는 실제 상황을 절감하였다. 이에 성호는 적폐가 증대되어가는 국정을 병이 침중한 환자로 비유하고 『반계수록』을 신효한 약초에 견주어 "결국 병자는 여기서 죽어가고 약초는 저기서 썩어가 마침내 이도 저도 다 못 쓰게 되고 마니 이것이 가장 한스런 노릇이다"라고 통탄을 금치 못한 것이다.

20세기 초 망국으로 빠져든 상황에서 시인 매천梅泉 황현黃玹은 "반계는 일어나지 않고 다산도 죽었으니 열번이나 먼지 쌓인 책들을 앞에 놓고 머리가 다 희어지오[磻溪不作茶山死 十對塵編鬢欲絲]"라고 비분의 심경을 노래하였다. 성호가 추단하였듯 '이도 저도 다 못 쓰게 된' 꼴이 된 것이다. 성호도 다산도 『반계수록』이 쓸모없이 되어가는 데 좌절하지 않고 제도를 개혁하고 국정을 쇄신하기 위한 경세학經世學을 심화·발전시켰다. 그리하여 실학의 풍부화를 이룩했는데, 그럼에도 그 저술들은 사장되고 실학은 공언으로 돌아가고 말았다.

지금 이 『반계유고』를 수습·간행하는 입장에서 덧붙이고 싶은 말이 있다. 실학은 자기 시대에서 무용지물처럼 되었지만 그러했기에 오히려 실학의 현재성이 소진되지 않고 선명하다. 우리 민족은 피식민지의 억압에서 해방된 이후부터 오늘에 이르도록 남북분단으로 인한 질곡과

고난에 포획된 상태이며, 항시 개혁을 한다고 해왔지만 번번이 임시방편에 미봉으로 그쳤다. 바로 지금 '촛불혁명'을 완수하기 위한 작업이 진행되는 중이다. '촛불혁명'이 진정한 혁명으로 실현되자면 적폐청산이 일차적 과제임을 나는 『반계유고』를 빌어서 강조한다.

끝으로 이 『반계유고』의 역주 작업이 이루어지는 데 경기문화재단 실학박물관의 도움이 많았음을 밝혀 사의를 표하고, 간행의 일을 맡아주신 (주)창비와 촉박한 일정에 맞추어 업무를 진행해야 했던 편집진 여러분께 감사드려 마지않는다.

2017년 세모에
익선재에서 임형택 삼가 쓰다

차례

제1부 / 시詩

제2부 / 산문散文

제3부 / 부록附錄

원문原文

일러두기

1. 이 책은 반계선생이 남긴 시와 산문 및 그에 관련한 기록류를 수합하여 문집 형태로 엮어 우리말로 번역·주석한 것이다. 총 3부인데 제1부에 시를, 제2부에 산문을 수록했으며, 제3부는 부록으로 관련 기록을 배치했다. 수록한 글의 원문은 일괄하여 뒤에 붙였다.

2. 이 책에 실린 시와 산문의 원출전은 다음과 같다.

   • 『반계일고磻溪逸稿』: 필사본 1책. 연대순으로 정리한 시편 및 산문 3편이 실린 책자이다. 임형택 교수가 활자화하고 해설을 붙여서 『한국한문학연구』38집(2006)에 소개했다.

   • 『동사례東史例』: 필사본 1책. 순암 안정복이 초록해놓은 문건이다(현재 한국학중앙연구원 장서각 소장). 여기에 반계의 동사와 이기철학에 관한 논설이 수록되어 있다. 이 자료를 정리, 이우성 교수의 해설을 붙여서 『반계잡고磻溪雜藁』(여강출판사 1990)란 서명으로 발간했다.

   • 이 밖에 「정백우가 『수록』에 대해 물은 데 답한 글」 「배공근이 학문에 대해 논한 데 답한 글」 등 2편은 순암 안정복의 『잡동산이雜同散異』 권32에서 찾아낸 것이며, 「배흥립 행장」은 『동포선생기행록東圃先生記行錄』(김천시향토사연구회 2016)에서 발췌한 것이다. 그리고 「동명선생에 대한 제문」은 『동명집東溟集』에 실렸던 것이다.

3. 부록으로 들어간 자료들은 문화 유씨 가승류家乘類 및 각기 기록자들의 문집 등 여러 문헌에서 찾아 정리한 것이다. 연보는 『반계잡고』에 실려 있었던 것이다.

4. 성호 이익의 「반계유선생유집서磻溪柳先生遺集序」는 원래 반계 문집의 서문으로 작성된 것이기에 원서原序로 앞에 싣고 임형택 교수의 「반계 유형원의 학문과 사상 — 신발굴 자료를 통해서」란 해설적 논문은 독자에게 참고될 수 있도록 뒤에 실었다.

5. 제2부 시의 경우 제목이 긴 것은 간결하게 줄여서 제시하고 필요에 따라 원제를 주석으로 밝혔다. '속가 번역'을 정리하는 데는 서울대학교 국문학과 조해숙 교수의 도움을 받았다.

6. 원문교감에서 번역과 주석·윤문에 이르는 제반 과정은 임형택 교수의 주도하에 진행하였다. 각 연구자가 분담해서 초고를 작성하고, 원문과 번역문을 대조해 읽어가면서 토론·조사하고 수정해나가는 방식의 공동작업으로 이루어졌다.

정치가 쇠퇴한 이후로 통변通變의 설[1]이 일어나게 되는 것은 부득이한 일이다. 그러므로 어진 사람이나 군자들은 사려를 다하고 지혜를 다하여 필히 곤궁한 상태에서 화평한 상태로 돌리기를 도모하는데, 이 어찌 나 한 몸의 사욕과 관계가 있겠는가?

맹자는 "지금은 행하기 쉽다"[2]라고 말했으니, 착오와 오류의 잘못된 습관에 젖어서 능히 빼어난 업적을 이루기란 있을 수 없다. 고금에 걸쳐 치세를 말함에 누구나 적폐를 청산하고 좋은 데로 나아가야 한다고 말하지 않는 이가 없으니, 안이한 태도로 궁지에 빠지길 기다릴 이치는 없다. 이 때문에 정치를 논하는 자 반드시 그 폐해를 먼저 밝혀 개혁하지 않을 수 없으며, 법은 변통을 구하지 않고 집착만 하고 있을 수는 없다.

---

1 통변(通變)의 설: 『주역(周易)·계사전 하(繫辭傳下)』에 "역은 궁하면 변하게 되고, 변하면 통하게 되고, 통하게 되면 오래간다"에서 나온 말이다.
2 『맹자(孟子)·공손추 상(公孫丑上)』에 "'비록 지혜가 있더라도 형세를 타는 것만 못하며, 비록 농기구가 있더라도 때를 기다리는 것만 못하다' 하였으니, 지금 이때가 행하기 쉽다"라는 구절이 있다. 맹자의 이 발언은 제(齊)나라의 형세나 시대상황이 왕도정치를 실현하기에 좋다는 뜻에서 말한 것이다.

그렇지 않으면 백가지 아름다운 정책도 실제 일에 유익함이 있을 수 없을 것이다.

한번 시험 삼아 논하건대, 지금 정치에 종사하는 것은 남의 집을 빌려서 세 들어 사는 데 비유할 수 있다. 혹 집이 오래되고 낡아서 기둥은 기울어지고 들보가 썩고 서까래나 창이며 벽, 어느 것 하나 온전한 곳이 없다. 세 들어 사는 자는 우선 무너지지 않도록 수리·보수하고 지탱하여 얼마 동안이나마 우선 유지할 수 있도록 할 뿐이다. 이윽고 집주인이 오면 무너지고 기울어진 것을 온통 바꾸고 고쳐서 마음의 수고를 다하고, 허다한 재물을 쓰는 것을 마다하지 않는다. 이는 왜 그런가? 저세 들어 사는 자는 자기의 소유가 될 수 없기 때문이다. 집이 무너질 위험은 오직 집주인만 심각하게 느끼는 것이다. 심각하게 느끼기에 우려하게 되고, 우려하게 되니 대책을 강구한다. 마침내 완전히 뜯어 고치는 데로 돌아갈 것이다. 신하가 되어 나라를 생각함에 있어서 필시 장구한 계책을 도모해야 할 일이다. 어찌 낡은 관습에 젖어 구차하게 지내면서 강 건너 불구경하듯 바라보면서[3] 직접 감당하려고 하지 않을 것이랴?

옛날 이문정李文靖[4]과 왕문정王文正[5]은 안정과 무사만을 주장하여, 무릇 건명建明[6]이 있으면 일을 만드는 것으로 보았다. 당시는 창업한 지 오

3 서로 소원하여 전혀 상관하지 않는다는 뜻이다. 월(越)나라는 진(秦)나라와 워낙 거리가 멀기 때문에 월나라 사람이 진나라 사람의 살찌고 파리함을 생각하지 않는다는 데서 온 말이다.

4 이문정(李文靖): 북송 때 재상을 지낸 이항(李沆, 947~1004). 문정(文靖)은 그의 시호이다. 그는 선견지명이 있었으나 왕단(王旦)과 함께 안정을 위주로 했다. 저서로 『하동선생집(河東先生集)』이 있다.

5 왕문정(王文正): 북송 때 재상을 지낸 왕단(王旦, 957~1017). 문정(文正)은 그의 시호이다. 그는 황제에게 조종(祖宗)의 법을 지키며 개혁에 신중하기를 권했다. 『문원영화(文苑英華)』의 편집에 참여했다.

6 건명(建明): 정사에 대해서 자기 의견을 주장하고 밝히는 것, 건백(建白)과 같은 말.

래되지 않아 백가지 제도가 해이해지지 않아서 그래도 이처럼 넘길 수 있었지만, 그 이후로 폐단스러운 일이 극도로 많아졌다. 논하는 자들은 이·왕 두분에게 책임을 돌렸다. 왕안석王安石이 변법의 정책을 펴다가 결국 낭패를 보았으나 그의 죄는 지나치게 고집을 부리는 데 있었지 처음부터 구법을 변통하려는 데 잘못이 있었던 것은 아니었다. 그런 까닭에 사마광司馬光 또한 한편에 치우쳤다는 평을 면할 수 없다.

앞의 말은 모두 내가 들은 바 있으니 다름 아니고 주부자朱夫子로부터 온 것이다.[7] 앞서 이·왕 두분이 결점을 그런대로 막아내고, 또 왕안석이 방안대로 잘 변통을 했다면 어찌 다시 그런 우환이 있었겠는가? 이 이후로 사람들이 모두 뜨거운 국물에 덴 것을 경계하듯 말이 조금이라도 시폐와 관련이 되면 크게 놀라고 이상하게 여기지 않는 사람이 없었다. 그래서 거의 무서운 짐승이나 마귀처럼 몹쓸 것으로 여겼다. 이에 늘 해 왔던 제도를 지켜야 한다는 것을 바뀔 수 없는 진리로 여겨 다시는 감히 입도 열려고 하지 않았다. 기왕의 큰 도량이 도리어 허물을 감추는 묘술이 되었고, 왕안석의 한때의 착오가 개혁을 회피하는 구실이 되었다. 그래서 천하에 다시는 좋은 정치가 없게 된 것이 송나라로부터 시작된 것이다.

근세에 반계 유선생이 지은 『수록』 1편이 있는데, 우리 동방에서 경세經世의 임무를 아는 데 가장 중요한 책이다. 그럼에도 또한 현 시대에 팔리지 못하고 사가의 책상자 속에 사장되어 있었다. 뒤에 차츰 사람들에

---

7 『주자어류(朱子語類)』 권130, 「자희녕지정강인물(自熙寧至靖康人物)」에 나오는 말을 가리킨다. 주자는 하만일(何萬一)이라는 인물이 "이문정공, 왕문정공이 국정을 맡은 이래로 조정의 의론이 안정을 위주로 하여 무릇 건명을 하려고 하면 곧 일을 낸다는 식으로 돌려 그런 이후로 천하의 폐해가 극히 많게 되었다"라는 말을 인용하고 "이 설이 매우 좋다"라고 하였다.

게 알려져서 국가에 올려지는 데까지 이르렀다. 그러나 겉으로는 좋아하면서도 속으로 좋아하지 않고, 말로는 칭찬하면서도 국사에 적용하려 하지 않았으니, 어떻게 한발자국이라도 실천으로 향해서 나아갈 수 있었겠는가? 이 또한 바삐 지나가는 사람이 길가의 무너지는 집을 얼핏 보고 고쳐야겠다고 생각하는 것과 비슷하다. 처음부터 진정한 뜻이 있었던 것이 아니니, 앞서 말했던 남의 집에 세 들어 사는 것과 무슨 다름이 있으랴?

슬프다, 저 『수록』의 원고는 바위 속에 박힌 옥, 모래에 파묻힌 진주와 마찬가지이다. 다 같이 세상에 쓰임이 되지 못하는 것이다. 사람들은 단지 이 『수록』이 있는 줄은 알지만, 다시 또 『군현제(郡縣制)』 『여지지興地志』 같은 저술이 가지가지 시무에 필요한 줄은 알지 못하고 있다. 이밖에 해타咳唾의 나머지를 수습한 것으로 '반계집' 6권이 있다. 이는 몸을 닦고 나라를 다스리는 데서부터 인민仁民·애물愛物에 이르기까지 굽이굽이 곡진한 내용이다. 요컨대 『수록』과 더불어 우익羽翼을 이루어 빼놓을 수 없는 것이다. 우선 잘 갈마두고 안목 있는 사람을 기다린다.

제1부·시
詩

사잠 임오년(1642)
四箴 壬午

도道에 뜻을 두고도 확고히 서지 못하는 까닭은 뜻이 기질氣質로 인해서 게으르게 된 잘못이다. 숙흥야매夙興夜寐[1]를 능히 하지 못하고, 의관을 바로 하고 시선을 정중하게 하지를 못하며, 어버이를 섬김에 안색을 화和하게 하지 못하고, 가정에서 생활할 적에 서로 공경히 대하지 못하는 이 네가지 문제점은 외적으로 나태한 데다 심중에서 가다듬지 못한 때문이니 응당 깊이 반성해야만 가능하게 될 것이다. 그래서 네가지 잠箴을 지어 스스로 경계한다.

사람의 마음은 본디 비어 있는데
기질로 인해서 맑게도 되고 탁하게도 되느니라.

새벽에 일찍 일어나고
밤이 깊어 잠자리에 들라.

의연하고 강강强剛하여[2]
아무쪼록 힘써 게을리 말라.

---

1 숙흥야매(夙興夜寐): 일찍 일어나고 늦게 잠들며 학문에 열중한다는 의미를 담고 있는데 대체로 「숙흥야매잠(夙興夜寐箴)」으로 많이 암송되었다.

2 『중용(中庸)』에서 성인의 마음가짐을 나타낸 것으로 "강하고 굳세어 마음을 다잡으니 견지할 수 있고, 모습을 엄숙하고 정중하게 하니 삼갈 수 있다"라고 했다(『중용』 31장).

나태한 태도를 없애고 보면
도道로부터 멀지 않으리라.

의관을 바르게 하고
시선을 존엄히 하라.

마음을 가라앉히고 용모를 엄숙히 함에
하나를 위주로 하고 두 마음을 품지 말라.

반드시 모범이 되고 단정히 하며
넘치거나 치우치지 말라.[3]

겉모습이 발라야
속마음이 절로 본받게 된다.

온순하고 부드러우니
얼굴빛이 화평하네.

'네' 하고 대답하고 공경히 대하며
뜻을 좇아 행할 것이로다.

---

3 『예기(禮記)』에서 행동거지에 대한 가르침으로 "곁눈으로 흘겨보지 말고 엿들으려
  하지 말라"라고 했다(『예기·곡례 상(曲禮上)』).

누가 강양剛陽의 도를 펴서
갑자기 바로잡으려 하는가.

부모의 은혜를 상하게 함이 크니
천리가 혹 끊어질 것이로다.[4]

네 방에 있을 때 경계하여
반드시 삼가 위의威儀를 갖추라.

매사를 바르게 하며
평안하여 고마움을 느끼게 하라.

훌륭하도다, 문왕文王이시여.
아내에게도 모범이 되었도다.

분별도 의리도 없다면
금수禽獸라 할 것이다.

---

4 『주역(周易)』에서 자식이 어머니의 행동을 바로잡으려 할 때에 조심해야 할 행동거
  지로 지나치게 자기 주장을 고집하면 은혜에 해가 됨이 크다고 했다(『주역·고괘(蠱
  卦)』).

금명
琴銘

마음은 소리로 나타나고
소리는 마음을 감동시키네.

담박하면서도 조화로우며
정중하고 지나치지 않노라.

마음과 어울리고 기와 어울리고 천지와 어울리니
아, 금琴이란 금할 금禁 자의 뜻이 있으니
금지한다는 것은 사심邪心을 금함이로다.

벼루명
硯銘

너의 몸체가 이루어내는 것은
갈고 닦은 공이라.

아, 이것으로 어디에 보탬이 될까?
오직 덕德으로만 쓸 뿐이네.

서산[5]명

書筭銘

너의 용모를 엄숙히 하고
너의 소리를 고요히 하라.

천천히 익히고
정밀함을 구해야 한다.

부채명

扇銘

접고 펼치는 것은 내 손에 달려 있고
쓰고 버리는 것은 때에 따르는도다.

---

5 서산(書算): 공부하는 과정에서 글 읽는 횟수를 셈하는 도구.

산중조 임오년
山中操 壬午

산속 깊은 곳에
소나무와 잣나무 홀로 서 있도다.

유인幽人은 정길貞吉하니[6]
말하지 않아도 마음으로 터득하네.

우러러 고인古人을 추구하노니
안온하신 요堯임금이요
거룩하신 문왕이로다.

자상히 일러주는 공자님이여
후학들을 흥기시키는도다.

공경히 찾아가
우리의 명덕을 밝힐 것이로다.

중화中和가 지극함이여
천지만물이 자리 잡고 길러지리라.[7]

---

6 속세를 피하여 사는 사람을 유인(幽人)이라고 한다. 『주역』에서 남들의 이목을 피해 자신의 길을 곧게 가면 이롭다고 했다(『주역·이괘(履卦)』).

낚싯대 3장
竹竿 三章

쭉 곧은 낚싯대로
냇가에서 낚시질하네.
고기를 낚아 무엇하리오
내 마음 끊임이 없네.

낚싯대 쭉 곧아
낚싯줄이 잠겼는데.
큰 물고기 활발하고
작은 물고기 팔딱팔딱.

저 흐르는 냇물
감돌아 물거품 이네.
나의 낚시질
한가로이 노니는 것이로다.

---

7 『중용』에서 마음의 안팎이 조화를 이루는 중화(中和)를 이룩하면 천지가 제 위치를
 찾고 만물이 길러진다고 했다(『중용』1장).

비를 기뻐한다 임오년
喜雨 壬午

곡식 없으면 백성들 무엇을 먹을까
비 오시지 않으면 곡식은 어디서 생기랴?

금년에 가뭄이 들까 걱정했거늘
망종芒種[8]에 마침 비가 내린다.

하늘에 구름이 덮이더니[9]
사흘 내내 비가 내리다 아침에 그쳤지.[10]

흠뻑 만물을 두루 적시니
크고 작고 모두 즐거워하네.

풍년이 들 것을 족히 예상할 수 있으니
지극한 기쁨 실로 이 가운데 있다네.

어찌 내 한 몸만 생각해서랴
천하와 더불어 함께 누리리라.

---

8 망종(芒種): 24절기 중의 하나. 대개 양력으로 6월 6일에 해당하는데 앞뒤로 약간의
   차이가 있을 수 있다. 이 무렵에 모내기와 보리 베기를 하게 된다. 모내기에는 물이
   필수적이기 때문에 비가 내리는 것을 반갑게 여긴 것이다.
9 하늘에 온통 구름이 끼어 비가 내리게 된 상태를 표현한 말(『시경(詩經)·소아(小雅)·
   신남산(信南山)』).

하늘이 거룩하고 어진 덕 내리시니
그 성스러운 뜻에 감동하도다.

내 듣건대 옛날 태평시절에는
열흘에 한번 비가 오고 닷새에 한번 바람이 불었다네.[11]

해마다 풍년이 들어 먹고살기 족하니
풍속은 순후하고 백성들 화평하리.

마음에 느껴 시 한편을 엮어
애오라지 여러분께 보이노라.

감회
感懷

1
대도大道가 상실된 지 오래라
인륜 도덕이 거의 종식되었도다.

---

10 원문은 '조기숭(朝其崇)'이다. 여기서 숭(崇)은 종(終)의 뜻으로, 아침에 오던 비가
그쳤다는 의미(『시경·용풍(鄘風)·체동(蝃蝀)』).
11 『논형(論衡)』에 태평한 세상에는 닷새에 한번 바람 불고 열흘에 한번 비가 내린다
는 말이 있다.

포학한 진나라 옛 제도를 온통 바꾸어
한漢나라에 와서도 회복하지 못하였네.

진晉에서 당唐에 이르기까지 분분한 역사에
조충소기雕虫小技[12]에 빠져 대도를 회복하기 부족하였네.

천년의 세월이 가도록 이와 같았으니
무너지고 어지럽고 벌써 극도에 달했구나.

오성五星이 규奎[13] 자리에 모여
여러 현인들이 염락濂洛[14]에서 배출되었네.

문왕이 일어나기를 기다리지 않고도[15]
맹자의 발자취를 훌륭히 계승하였네.

품은 뜻 끝내 이루지 못했으니
당시의 임금님 아쉬움 어찌 이루 다할까?

---

12 조충소기(雕虫小技): 조충은 벌레를 공교하게 새긴다는 뜻으로 형식적인 기교를 부림을 의미한다. 도가 근본이 되어야 한다는 생각에서 조충소기라고 일컬은 것이다.
13 규(奎): 28수(宿)의 하나로 문(文)을 관장한다고 함.
14 염락(濂洛): 북송(北宋)시대 성리학자들을 가리키는 말. 주돈이(周敦頤)가 호남성 염계(濂溪)에서 출생했고, 소옹(邵雍)과 정호(程顥)·정이(程頤) 형제가 낙양에서 출생했기 때문에 붙여진 말.
15 『맹자(孟子)·진심 상(盡心上)』에서 유래한 말. 맹자는 문왕이 나오기를 기다린 후에야 비로소 분발하는 사람은 보통 사람이고, 걸출한 인물은 문왕을 기다릴 것도 없이 스스로 분발해서 일어난다고 하였다.

태산북두泰山北斗[16] 높고도 높아
백대의 후학들에 가르침을 주시기 충분하리.

2

동방의 우리나라 바다 밖으로 치우쳐 있으되
그 너른 폭이 여러 천리라네.

단군이 처음 개국을 하시매
기자가 이에 계통을 이으셨네.

삼국이 나뉘어 치고받고 싸우더니
몽매해라 고려조까지도.

성조聖朝가 문운文運을 열고부터
어진 분들이 무리 지어 나왔도다.

탁월하시다 문정공文正公[17]이여
굳건히 일어서서 의연하시고.[18]

---

16 태산북두(泰山北斗): 태산과 북두성. 만인의 사표가 되는 위대한 인물을 표현하는 말.

17 문정공(文正公): 조광조(趙光祖)의 시호. 중종 때 조광조를 중심으로 한 신진사림들
　이 도학정치를 펴려고 하다가 기묘사화(己卯士禍)로 인해 좌절되었다.

18 원문은 '발강강의(發强剛毅)'로『중용』에 나오는 말. 큰 뜻을 일으켜 굳게 지키면서
　꿋꿋하게 행하는 것을 의미한다.

자신을 경의敬義[19] 공부로 가다듬어서
장차 요순의 치세를 회복하려 하였네.

북문北門[20]이 한밤중에 열려서
나라가 필경 쇠운에 이르다니!

하늘의 뜻 짐작하기 어려워라
지사志士의 탄식 어느 제나 그치랴?

감회[21]
感懷

난초가 호젓한 골짜기에 홀로 피어
저절로 뭇 꽃과 구별이 되네.

---

19 경의(敬義): 『주역·문언전(文言傳)』에 나오는 말. "삼감으로 내면을 곧게 하고, 의로움으로 외면을 방정하게 한다"는 "경이직내(敬以直內), 의이방외(義以方外)"의 준말. 의리(義理)에 정확히 부합하는 처신을 의미한다.
20 북문(北門): 경복궁의 북문인 신무문(神武門)을 가리킴. 이 문은 평상시에는 사용하지 않았는데, 기묘사화를 주도한 남곤(南袞) 일당이 밤중에 비밀리에 북문으로 들어가서 변란을 일으켰다.
21 이문순공(李文純公, 이황李滉)을 추모하는 마음이 일어나 —— 원주.

청초하고도 빼어나 찬찬燦燦하니
그윽한 향기 고결하게 스며오네.

공격과 비난을 당한 일 어찌 없었으리오마는
길이 곧은 절조 지켰도다.

지난밤의 향기 아침에도 다하지 않아
맑은 바람에 실려 때때로 전해오네.

조봉래[22]와 수창함
酬趙鳳來 漢叟

1

지극한 도 말하긴 어려우나
형이상과 형이하 그 이치는 하나이니.[23]

엄숙한 용모로 관冠을 바르게 하고

---

22 조봉래(趙鳳來): 이름은 한수(漢叟), 봉래는 그의 자. 조광조(趙光祖)의 5대손. 1655년
　(효종 6) 군자감봉사(軍資監奉事)를 역임했던 일이 『조선왕조실록』에 보인다.
23 원문은 '정추(精粗)'. 정(精)은 알기도 어렵고 행하기도 어려운 심오하고도 은미한
　이치를 가리키고, 추(粗)는 알기 쉽고 행하기도 쉬운 일을 말한다. 성인의 도(道)는
　어려운 것도 있고 쉬운 것도 있지만 그 소이연(所以然)의 이치만은 하나로 관통된다
　는 것을 의미한다.

집에서 효도하고 나와서는 공경함이라.[24]

위로 나아감이 곧 여기 있으니
홀로 있을 때 삼가 거짓이 없이 하라.

순舜과 도척盜跖, 이욕利慾과 의리義理 사이에
무너질 수 있음을 깊이 경계할지어다.

2 차운次韻

재주 적고 뜻도 미치지 못하는데
하물며 세교世敎가 쇠퇴한 때를 만나서랴?

본성은 아름다운 덕을 좋아하니[25]
성인의 가르침은 감히 어길 수 없네.

오직 이만리 길을 걸으며
도중에 기약을 저버릴까 두려워한다오.

그대와 함께 싫증 내지 않고
자득할 때마다 즐거워하리.

---

24 공자는 제자들에게 집 안에 들어가서는 효도하고, 집 밖에 나와서는 공경해야 한다
고 가르쳤다(『논어(論語)·학이(學而)』).
25 『시경』에서 사람들에게는 떳떳한 본성이 있어 그 본성으로 인해 아름다운 덕을 좋
아한다고 했다(『시경·증민(烝民)』).

박초표에게 답함
答朴初標

박생朴生이 나에게 꾀꼬리 울음소리를 듣고 지은 율시 한수를 주었는데, 시어의 뜻이 매우 새롭고 묘하긴 했으나 내가 말하는 실학實學은 아니었다. 또 내 성격이 수창酬唱하는 것을 좋아하지 않으나 후의를 저버릴 수 없어서 짧게 그 시의 운자韻字를 따라 답해주었다.

1

도는 실로 자연스런 법칙이라
삶도 우연에서 비롯된 것이 아니로다.

계절과 날씨는 변화하고
천지간의 일월성신도 새로워지네.

주공周公의 맑은 풍모[26] 사라지고
불가의 허황한 소리[27]만 들끓는구나.

찬란했던 대아大雅의 시 생각하고,
형편없이 된 진秦나라를 탄식하도다.

---

26 원문은 '적석(赤舃)'으로 면복(冕服)에 딸린 붉은색 신발인데 주공을 가리킨다. 『시경』에서 "공은 겸손하고 크고 아름다우니, 적석을 신은 걸음이 진중하시다" 하였는데, 서(序)에서 주공(周公)의 아름다움을 노래한 것이라 밝혔다(『시경·빈풍(豳風)』).
27 현관(玄關): 불교에서 입도(入道)의 관문을 가리키는 말이다.

2

밤 오동나무에 갠 달빛 비추고
새벽 버드나무에 맑은 바람 불어오네.

와룡臥龍은 제왕帝王을 만나 머물렀고[28]
연한延翰은 궤도가 움직여 일어났네.

남산의 흑표[29]는 무늬가 아름답고
북해의 곤鯤은 하늘 높이 날아오르네.

끝내는 성인의 경지에 이르러
장차 그대를 이웃하며 기뻐하길 기약하노라.

숲에서 살다
林居

숲에서 지내니 너무 적막해
여름 내내 할 일 없었네.

---

28 유비(劉備)가 형주(荊州) 신야(新野)에 있을 적에 서서(徐庶)가 "제갈공명은 누워 있
　는 용(臥龍)과 같은 인물이다"라고 추천하였으므로, 유비가 삼고초려(三顧草廬)한 끝
　에 제갈공명을 얻어서 서촉(西蜀) 성도에 도읍을 정하고 제위(帝位)에 오른 고사가
　전한다(『삼국지(三國志)』 권35, 「제갈량전(諸葛亮傳)」).
29 남산의 흑표: 원문은 '남산표(南山豹)'. 문채(文彩)가 극히 아름다움을 비유한다.

청산은 고요하고도 높은데
시내는 그치지 않고 흐른다.

사물과 나 사이에 어찌 간극이 있으랴?
의義에 맞게 행함이 중요할 뿐이로다.

단사표음簞食瓢飮의 즐거움 바꾸지 않으니[30]
만종萬鍾의 녹봉도 이 마음으로 말미암으리.

이정평[31]을 애도하다 갑신년(1644)
挽李定平 甲申

공은 당세의 호걸이라
변방의 임무로 잠시 수고로웠네.

임금의 은택 아직 제대로 받지 못했거늘
갑작스레 거목巨木이 넘어지게 되다니.

---

30 단사표음(簞食瓢飮): 간단한 음식과 음료. 공자는 자신의 제자 안회에게 가난으로
인해 보잘것없는 음식과 음료를 마시면서도 즐거움을 잃지 않는다고 칭찬한 바 있
다(『논어·옹야(雍也)』).
31 이정평(李定平): 누군지 미상. 정평은 평안도의 고을 이름. 이곳의 관장을 지냈기에
이정평이라 칭한 것이다.

상여 타고 고향으로 돌아오니
원님[32]되어 갔던 길이라오.

상여에 부는 바람 엷으니
철령鐵嶺이 저무는 하늘에 빗겨 있네.

문천에서 외종 김익상과 작별하다
文川別外弟翊相

오늘은 너무 아쉬운 날이라
이 감정을 스스로 억제키 어렵네.

함께 왔다가 돌연 길을 달리하여
잠깐 헤어짐에 서로 멀리 떨어진다.

한양에는 저물녘 밥 짓는 연기 오르고
관서 지방에는 방초가 푸르겠네.

이별의 시름으로 괴로워 말게나
각자 가는 길을 즐기면 되겠지.

---

32 원님: 원문은 '오마(五馬)'로 '태수(太守)'의 별칭이다. 한(漢)나라 때 태수의 수레를
   다섯필의 말이 끌었던 데서 온 말로, 여기서는 고을 수령으로 부임하는 것을 뜻한다.

흰 구름이 저 멀리 보이니

호탕한 노래에 의기意氣 끝이 없어라.

시를 지어 줌에 어찌 많은 말 필요하랴

학업 독실히 하길 중요시하라.

  김익상金翊相은 돌아가신 호조판서 동명東溟 김선생(김세렴金世濂)의 아들로 나오는 내외형제간인데, 용모가 훌륭하고 재주 또한 비상하며 말을 하면 사람들을 놀라게 했다. 신사년辛巳年(1641) 봄에 선생께서 안변安邊으로 나가셨고 이듬해에 관직이 올라 함경도 관찰사가 되었다. 계미년癸未年(1643) 겨울에 내가 함흥으로 가서 선생을 뵈었다. 익상과는 서로 헤어진 지 오래였는데, 그 용모가 아름다우면서도 풍채가 좋고 시가 청아淸雅하면서도 씩씩하며 지식이 있어 총명하면서도 널리 아는 것을 보고 마음에 기특히 여겨 말하길 "아름다울 뿐 아니라 풍채가 좋고, 청아할 뿐 아니라 씩씩하며, 총명할 뿐 아니라 널리 아는구나. 이 사람은 분명 가업을 이어받아 가문을 창성케 하며 세상에 크게 이름을 떨칠 것이다"라고 하였다. 그런데 불행히도 16세에 요절하였으니, 애석하도다! 당시 선생께서는 함경도 관찰사에서 관서 절도사로 관직이 옮겨지게 되었다. 나와 익상이 함께 문천에 이르러 나는 한양으로 오고 익상은 관서로 향했기에 갈림길에서 이 시를 지어준 것이다.

삼막사, 택휴 스님에게 정해년(1647)[33]
三幕寺, 贈僧擇休 丁亥

비 그친 후에 달이 암자 위로 떠오르고
외로운 구름 솟아오른 봉우리로 돌아오네.

수도하는 중 지금 막 하안거夏安居에 들어갔고
안개 속의 표범[34] 마침 무늬가 이루어졌네.

우주가 차고 기우는 속에
산하는 전란의 사이에 놓였구나.

내일 아침 여러 손들이 떠나고 나면
그대 홀로 이 산에 남아 있겠군.

---

33 원제는 "삼막사(三幕寺) 속의 청천상공(聽天相公)의 시에 차운하여 택휴 스님에게 준다"이다. 삼막사는 관악산(冠岳山)과 연이어진 삼성산(三聖山)에 있는 절인데, 규모는 작지만 유래가 오랜 사찰이다. 청천상공은 선조 때 정승에 오르고 글을 잘하는 것으로도 이름이 있었던 심수경(沈守慶, 1516~99)을 가리키는 것으로 보인다. 심수경은 본관이 풍산(豐山)이며 그의 증손녀가 바로 반계의 부인이다.
34 안개 속의 표범: 표범이 안개비가 내릴 적에는 저의 아름다운 털이 손상될까 하여 밖에 나오지 않고 굴속에 들어 있다는 말이 있다(『열녀전(烈女傳)』권2, 「도답자처(陶答子妻)」).

〔붙임〕청천상공의 원운
附原韻

나그네 길 오래 돌아다니다 보니
선방禪房의 문 발길이 끊어졌구나.

평생을 속절없이 괴롭게 지내자니
귀밑머리 희끗한 털 막아내지 못했네.

풍진 속의 발자취 기구한데
마음은 산수간에 노는구나.

어느 때 관작을 벗어던지고
향산의 결사[35]를 가져볼까.

---

35 향산의 결사: 당(唐)나라 때 유명한 시인 백거이(白居易)가 승려들과 어울려 향산
(香山)에서 풍류의 모임을 결성한 일을 가리킴. 향산은 낙양(洛陽)의 교외에 있는데
이 모임을 향산구로회(香山九老會)라고 일컬었다.

함열로 귀양을 가시는 외숙[36]을 전송하여 무자년(1648)[37]

奉送舅氏赴咸悅配所 戊子

1

세상사 본디 기약할 수 없으니
이 이별 또한 어쩌하뇨?

친척들 강나루까지 나와서
슬퍼하며 다투어 옷소매를 부여잡네.

이 어른 안색도 변하지 않고
주저하는 기색도 보이지 않으시네.

험한 길을 평탄한 대로처럼 걸어
변방에 쫓겨나는 걸 편안한 거처처럼 여기시네.

알겠노라, 군자의 마음은
하늘 땅 둘러봐도 부끄러움이 없어라.

---

36 이원진(李元鎭, 1594~1665)이다. 자는 정경(鼎卿), 호는 태호(太湖), 본관은 여주(驪州)로 지완(志完)의 아들이다. 반계의 외숙이자 스승이다. 이원진은 반계를 계승하여 남인 실학의 산실 역할을 한 이익의 당숙이다. 1630년(인조 8) 문과에 급제, 삼사(三司)를 거쳐 동래부사가 되었고 효종 때 제주부사 재임 시『탐라지(耽羅志)』를 편수하였다. 벼슬은 감사에 이르렀다.

37 이때에 외삼촌이 승지 벼슬에 있었는데 뜻밖에 유배를 가게 되었다 —— 원주.

2

망연히 나루머리에서 작별하니
헤어질 그때에 오래도록 바라본다.

산과 들에는 봄빛이 애련하고
대로는 날이 저물어 아득하여라.

세상의 어려운 일 어느 때 끊어질까
깊은 정은 오늘 더욱 어려워라.

충성과 공경으로 지금껏 지내셨으니
부디 건강에 유의하소서.

〔붙임〕 외숙의 화답시
附舅氏和

1

이번 유배 가는 길 사람들 다 탄식하는데
혈육의 정으로 마음이 어떠하랴.

도성을 나와 지금 강을 건너가니
이별의 술잔을 기울이고 다시 손목을 잡노라.

호송하는 옥리獄吏가 옆에 있으되
전혀 꺼려할 줄 모르는구나.

어부는 굴원을 대해 창랑가滄浪歌를 불렀고[38]
첨윤詹尹[39]은 점치기를 그만두었네.

나 스스로 허물을 뉘우치노니
어떻게 군자라고 자부할 수 있을까?

2

가는 배 멈추고 오래도록 바라보는데
말을 세워두고 다시 서로 쳐다보누나.

눈길 가는 끝에 산 첩첩 막혀 있고
머리를 돌려보니 강물은 넘실거리네.

갈 길이 험하다고 말하지 마라.
이별의 괴로움 어찌 견디랴.

---

38 초(楚)나라 충신 굴원(屈原)이 세상이 온통 혼탁하더라도 자기는 청결한 자세를 지
키고 중인이 취해 있더라도 자기는 홀로 깨어 있기 때문에 추방을 당했다고 말했다.
이 말을 듣고 어부는 「창랑가」를 불렀다. 「창랑가」는 물이 맑으면 갓끈을 씻고 흐리
면 발을 씻는다는 내용이다(『초사(楚辭)·어부(漁父)』).
39 첨윤(詹尹): 초나라 사람 태복(太卜) 정첨윤(鄭詹尹). 점을 잘 쳐서 굴원이 자신의 진
퇴를 알아보려고 찾아갔으나 그는 점으로 알 수 없다 하며 점치기를 거절했다(『초사·
복거(卜居)』).

가을을 찾는 시인이 어찌 없을까보냐.
국화는 강가 언덕에 피어 있거늘.

김산[40]서 떠나 인동[41]에 이르러
自金山至仁同

부상, 약목[42]을 순식간에 지나가니
신들린 듯 달리는 나의 말 자랑할 만하군.

태백산에서 흘러내린 물 봄철 지나 불어나고
금오산 산색은 비 개인 뒤로 푸르러라.

남쪽 북쪽 어디로 갈까[43] 망설이지 말고
푸른 물 건널 적에 자라와 악어를 타고 싶네.

두 눈에 가득히 빛나는 꽃 가없이 황홀하여
석양은 저절로 얼굴이 달아오르네.

---

40 김산(金山): 경북 김천(金泉)과 구미(龜尾) 지역이 속해 있던 지명.
41 인동(仁同): 경북 구미 지역의 옛 지명. 현재의 인동동 지역으로 추정된다.
42 부상(扶桑)·약목(若木): 모두 역 이름. 양쪽 거리가 한번 쉴 정도이다 ── 원주. 현재
   의 구미 지역에 있음.
43 당시에 어딘가로 피해가야 할 일이 있어 영남 지방으로 가려고 한 것이다. 그래서
   "남쪽 북쪽 어디로 갈까"라는 말을 쓴 것이다 ── 원주.

조령에서[44]
至鳥嶺

천리타향의 나그네 길 아득한데
바람처럼 내닫는 말 금방 지나쳤네.

조령에 올라서니 하늘이 손에 잡힐 듯
용문이 눈앞에 닿으니 여러 곳을 지나왔나.

백설의 아름다운 노래 누가 화답할까
청춘의 고상은 자랑할 만하지.

다시 오는 주명절朱明節[45]을 저버리지 마오
남당[46]의 연꽃이 만발할 때를 기약하세.

---

44 원제는 "조령에 이르러 김산사군(金山史君) 외형(外兄)에게"이다.
45 주명절(朱明節): 무더운 여름철을 말한다. 오색(五色) 중에 붉은빛은 여름에 속한다.
한(漢)나라 황제가 입하일(立夏日)에 남교(南郊)에서 여름의 신을 맞이하면서 주명
가(朱明歌)를 부른 데에서 유래되었다고 한다.
46 남당: 김산에 남당이 있다 —— 원주.

동호에서⁴⁷
至東湖

봄날은 지루하고 봄물은 평평한데
봄바람에 한양성으로 돌아가는 배.

김릉⁴⁸에서 만나자던 기약 이루지 못함을 탄식 마오.
이곳에서 만나게 되면 반가움 배나 더하겠지.

〔붙임〕 화답한 시 정시술
附和韻 丁時述

비 갠 후 봄 물결 끝없이 평평한데
돌아가는 배 오늘 개성으로 떠나네.

집에 돌아와 그대 소식 듣고 반가운데
책상 위에 신작의 시 눈에 들어 기쁘구나.

---

47 원제는 "영남에서 조령을 넘어 배를 타고 동호에 이르다. 서울에 들어가며 배 안에
서 정여치(丁汝癡)가 부쳐온 시에 답하다"이다. 정여치는 정시술(丁時述)로 본관은
나주(羅州), 여치(汝癡)는 그의 자, 호는 우은(寓隱)이다. 현종 때 음직으로 진출했으
며 『동국제성(東國諸姓)』 18권을 엮었다고 한다.
48 김릉(金陵): 김산군(金山郡)의 별칭. 현재 경상북도 김천에 속한 지역.

비 갠 아침[49]
朝起雨霽

안개가 온 성중에 가득하여
남산 꼭대기만 드러났도다.

전체의 크기를 다 보려 한다면
운무가 걷히고 태양이 떠올라야 하리.

당선에 배연시[50]가 써 있는데 조부의 명을 받들어 그 운에 화답하다
唐扇有題陪宴詩, 承王父命, 和其韻

1

연회에 참석한 사람들 모두 영걸이라
옥루玉樓에 빛나는 자리 열렸도다.

진기한 음식 사방에서 날라왔고
절창의 소리 하늘서 내려왔나.

---

49 원제는 "아침에 비가 개이고 안개가 성중에 자욱한데 유독 남산의 꼭대기 한 모서리가 드러나 완연히 창해의 고도 같았다. 그 경관이 매우 기이하기에 절구 한수를 지어 읊다"이다.

50 배연시(陪宴詩): 임금을 모시고 벌이는 연회를 표현한 시. 당선(唐扇)은 중국에서 들어온 부채를 가리키는 말. 당선에 배연시가 적혀 있는 것임.

옷소매 당겨 남산南山[51]을 들어 축수하고
잔을 올리는데 북두칠성의 자루 돌아.

다행히도 천재일우千載一遇의 기회를 만났음에
거듭 백량대柏梁臺[52]를 노래하노라.

2

천년의 세월에 황하는 언제 맑아질까?[53]
군신君臣의 경사스러운 잔치가 열렸네.

용안龍顔은 사해四海를 편안케 하고
봉무鳳舞는 삼청궁三淸宮을 도는구나.[54]

덕에 취함에 술을 내놓을 필요도 없고,
경건한 거동 저마다 견성見性[55]이로다.

---

51 남산(南山): 축수하는 의미의 말로 쓰임. 『시경·소아·천보(天保)』에 "여남산수(如南山壽)"라는 말이 있다.

52 백량대(柏梁臺): 군신 간에 연회를 하며 짓는 시 형식을 가리키는 말. 원래 중국의 한무제(漢武帝)가 백량대라는 누대를 짓고 신하들과 연회를 베풀었던 데서 유래한 말이다.

53 황하는 원래 황토 고원을 통과하기 때문에 항상 황토빛을 띠고 있다. 그런데 500년마다 한번씩 맑아지고, 황하가 맑아지면 어진 인물이 출현한다는 전설이 있다.

54 용안은 임금의 얼굴. 삼청궁은 훌륭한 궁궐을 뜻하는 말. 도교에서 옥청(玉淸)·상청(上淸)·태청(太淸)을 삼청이라고 하는 데서 유래했다. 이 두 구절은 태평성대가 오는 것을 상징적으로 표현한 것이다.

55 견성(見性): 불교의 문자로 본성을 깨닫는다는 의미.

광막한 황도黄道[56]에서
하늘에 해 늦게 다시 밝아오누나.

서울 경인년(1650)[57]
京都 庚寅

하늘이 세떨기 옥부용玉芙蓉처럼 삼각산을 열었으니
우리 동국의 천년 수도로다.

대궐의 구름 그윽하여 엄숙하기 그지없고
상림上林[58]의 화창한 숲이 푸르러라.

큰 거리 주렴珠簾과 장막에는 향긋한 바람 일고
만호萬戶에 울리는 풍악 음향이 어울리네.

비로소 깨닫노라 성인이 개국하신 나라 영구히
태평의 즐거움 백성과 함께 누리리라.

---

56 황도(黄道): 고대 천문학에서 태양이 지나가는 길을 지칭하는 말.
57 이 또한 조부의 명을 받들어 지은 것이다. 경인년(1650) — 원주.
58 상림(上林): 궁전에 소속된 원림(園林). 상림원(上林園)이라고도 하는데 한무제의 상
   림원이 유명하다.

송암松菴
題松菴

초옥이 깊은 숲에 가렸는데
노송老松은 그늘을 드리워.

눈서리 이겨낸 우뚝한 나무
홀로 세한歲寒의 뜻을 지키누나.

송도를 지나며
過松都

송악산松岳山[59]의 왕성한 기운 이미 연기처럼 사라졌고
황량한 만월대滿月臺에 석양이 비껴 있네.

서풍에 말을 세우고 지난 역사 물어보니
나무꾼도 문충공[60] 이야기를 하네.

---

59 송악산(松岳山): 일명 숭산(崧山). 고려 수도인 개성의 진산(鎭山).
60 문충공(文忠公): 정몽주를 이르는 말. 정몽주는 여말선초의 역사 전환기에 고려의
   충신으로 끝까지 고려에 대한 충절을 지키다가 후에 태종이 되는 이방원에게 선죽
   교에서 피살당했다.

도중에[61]
途中作

단풍과 가을꽃이 나그네 옷에 비치는데
긴 여정에 매일 말 채찍을 더하노라.

다함 없는 산천에 길은 구불구불
지나는 고을 쓸쓸하고 성곽이 희미하네.[62]

겨울산[63]
冬嶺秀孤松 命題口號

세모歲暮에 눈서리 쌓여
온갖 초목 다 시들었거늘.

저 남산의 소나무 한그루
푸르고 푸른 절개 홀로 우뚝하여라.

---

61 원제는 "경인년(1650) 가을에 한남(漢南)과 호서 지역을 경유, 돌아서 원주·지평에
   갔다가 돌아오다 도중에 이 시를 짓다"이다.
62 희미하네: 다른 곳에는 '미미하다(微)'라고 되어 있다 —— 원주.
63 원제는 '동령수고송(冬嶺秀孤松)'으로, 네 계절을 노래한 도잠(陶潛)의 시에서 겨울
   철에 해당하는 시구이다. 네 구절을 네 사람이 각각 제목으로 삼아서 지은 것이다.

대흥[64] 도중에
大興途中

말을 채찍질하여 길을 달리는데
옷깃을 헤치고 해변으로 향하노라.

물은 무한포無限浦로 흘러가고
눈은 대흥산에 쌓였구나.

장한 뜻 해가 저무는 것을 유난히 안타까워하며
두터운 갖옷 추위를 두려워 않노라.

읍성에서 멀어지는 것을 돌아보노니
비낀 해에 뿔피리 소리 잦아드네.

---

64 대흥(大興): 충청남도 옛 고을 이름. 본래 백제의 임존성(任存城, 또는 금주今州)이었
  는데, 고려 초기에 대흥군으로 고쳤으며, 1914년 행정구역 개편으로 예산군에 병합
  되어 대흥면이 되었다.

덕산⁶⁵에서 머물러
留德山

금성禁城⁶⁶ 차가운데 새벽 바람에 나서 채찍을 휘둘러
한번 호서 쪽으로 나가서 한해가 저무는데.

창해의 파도소리 바람결에 들리고
가야산伽倻山⁶⁷ 산색을 눈 속에 보노라.

나가 노는데 지쳐 풍생馮生⁶⁸의 칼은 쓰려 하지 않으나
한해가 저무니 복노伏老⁶⁹의 말 안장을 생각하노라.

문득 깨닫노라. 매화꽃 피어 봄기운 일어나는데
시골 소식 서울로 전할 수 있을까?

---

65 덕산(德山): 충청남도 예산군에 편입된 지명. 덕산은 덕풍(德豊)과 이산(伊山)을 합
한 명칭이다.

66 금성(禁城): 궁정을 가리키는 말. 가까운 온양에 온천이 있어 행궁이 있었기 때문에
금성이라고 표현한 것으로 보인다.

67 가야산(伽倻山): 충청남도 예산군 덕산면과 서산시 운산면, 해미면에 걸쳐 있는 산
이름.

68 풍생(馮生): 중국 춘추시대 맹상군의 식객이었던 풍환(馮驩). 풍환이 좀더 나은 대
우를 요구하며 장검의 노래를 불렀다는 고사가 『전국책(戰國策)·제책(齊策)』에 나
온다.

69 복노(伏老): 후한 광무제 때의 명장인 마원(馬援)을 가리킴. 복파장군(伏波將軍)의
칭호를 얻었기 때문에 복노라고 칭한 것이다.

홍주를 지나며[70]
洪州北有村墟

호서 지방 수십 고을을 거쳐오다가
홍주를 지나면서 한번 길이 탄식하노라.

선생의 옛집 소나무에 노여운 소리 들리는 듯
최장군의 사당은 석양에 더욱 쓸쓸하구나.

우주간에 몇 사람이나 절의를 끝내 지켰던고?
강산은 천년토록 충절의 마음이 드러난다.

영웅은 이미 떠났어도 그 터가 남아
지주砥柱[71]가 길이 거센 물결을 막아서누나.

---

70 원제는 "홍주 북쪽에 유적이 있는데 세상에서 전하기를 최영(崔瑩)의 구기(舊基)라
고 한다. 뒤에 성삼문(成三問)의 고거(故居)가 되었다. 감회가 일어나 시를 짓다(마을
뒤편으로 산 위에 최영의 사당이 있다 — 원주)"이다.
71 지주(砥柱): 절의를 굽히지 않고 굳게 서 있는 자세를 상징하는 말. 원래 황하의 삼
문협(三門峽)에 있는 산 이름으로 격랑 가운데 우뚝 서 있어서 유래한 말이다.

금강산에 노닐다[72]
遊金剛山

봉우리 천이요, 만이요, 옥부용을 깎아 놓은 듯
천지가 열려 조화의 신공神功을 자랑하는가.

비로봉 홀로 우뚝 서 북극성을 떠받치고
하늘 가운데 일출·월출 쌍으로 달아놓았네.

듣건대 일찍이 신선이 여기 절벽에 머물렀다니
오색 무지개 타고 기이한 유람을 하였던가?

선계仙界를 얻고자 하는 무한한 뜻은
정양사正陽寺[73]에 앉았으니 곧 자소궁紫霄宮[74]이라.

---

72 원제는 "신묘년(1651) 봄, 금강산에 노닐다(금강산에는 비로봉, 일출봉, 월출봉 등
  봉우리와 보덕굴이 있다 — 원주)"이다.
73 정양사(正陽寺): 금강산에 있는 유서 깊은 사찰. 특히 사찰 내에 위치한 헐성루(歇惺
  樓)는 금강산 일만 이천봉을 모두 조망할 수 있다 하여 유명하다.
74 자소궁(紫霄宮): 원래 고대 제왕들이 거처하는 곳을 뜻했는데, 도교의 사원을 일컫
  는 말로 사용된다.

금강산에서[75]
金剛山有作

봉래산 일만 이천봉
예로부터 신산神山으로 이곳이 으뜸이었거늘.

저 하늘이 한자쯤 가까이 이어진 줄을 깨닫겠으니
속세는 몇몇 겹이나 가로막힌 줄 모를레라.

옥대玉臺와 아름다운 누각에는 신선이며 선녀들
금절金節·예당霓幢[76]에 무수한 용들이 옹위하고 있구나.

이 몸이 수련하여 우화등선羽化登仙하게 되면
훨훨 하늘을 날아 왕자교王子喬 적송자赤松子[77]와 어울리리라.

---

75 원제는 "동명 김세렴 선생의 운을 사용하여 금강산에서 짓다"이다.
76 금절(金節)·예당(霓幢): 신선의 깃발이나 수레와 같은 아름답고 특이한 의장을 가리키는 말.
77 왕자교(王子喬)·적송자(赤松子): 모두 주(周)나라 때 인물로 신선이 되어 하늘로 올라갔다 한다.

금강산

金剛山

방장산 봉래산 구주九州에서 멀리 떨어져 있으니
어떻게 기약할까? 신발을 남기고 몇천년 머물 것을.

하늘이 우리들에게 바다 동쪽에서 태어나게 하신 뜻은
선산仙山에서 한가롭게 노닐라는 것이리라.

남자로서 세상의 한쪽 구석에 태어나 중화의 훌륭한 문물과 함께하지 못하는 것이 어찌 바라는 바이겠는가?

그런데 중국의 인사들 또한 조선 땅에서 구하는 바가 있으니, 내 일찍이 중국 사람들에게 들으니 "원컨대 조선국에서 태어나 한번 금강산 보길 바라노라"라고 했다고 한다.

이는 중국에 없는 것을 조선이 가지고 있기 때문이다. 이 땅에서 태어나 한번 찾아볼 기회를 얻지 못한다면 모름지기 사방지지四方之志[78]를 가져야하는 남자로서 어떻다 할 것인가? 내가 이미 한쪽 구석에 태어난 사람으로 시야가 막혀 있고, 학문이 깊지 못해 중국의 발전한 문물을 보지 못했거니와, 또한 이 금강산에 대한 소망을 저버린 것이 벌써 십수년이 되었다.

신묘년辛卯年(1651) 봄에 나는 마음을 정하고 금강산으로 떠났는데 점점 가까워갈수록 더욱 아름답고, 더 깊이 들어갈수록 더욱 더 기이했다. 이 산은 명성이 천하에 으뜸이라 하겠으나 이름만으로는 그 실상을 다 표현할 수

---

78 사방지지(四方之志): 사방을 둘러보려는 사나이의 넓은 포부를 일컫는 말.

없다. 봉우리가 만이다 이만이다 일컫지만 봉우리의 숫자를 다 헤아리기 불가능하다. 생각건대 대지가 처음 만들어질 때에 그 특출하고 신령스러운 기운이 응축되었음에도 아주 은폐되지 못하고, 갈무리되었음에도 다 가려지지 못해서 노출이 되고 뿜어져나와 크게 이곳에서 전시된 것이다. 동해를 따라 우뚝 서 천지간에 특출한 하나의 구역이 되었다.

대개 참 신선이 아니면 여기에서 머무를 수 없을 것이다. 이른바 봉래산 방장산[79] 같은 것이 없다면 그만이지만 그렇지 않다면 이곳을 버리고 어디를 지적할 것인가? 이른바 안기생安期生이니 선문자羨門子[80] 같은 신선이 없다면 그만이지만 그렇지 않다면 여기를 버리고 어디 가서 살 것인가? 진시황, 한무제와 같은 이들이 이곳을 한번 보았다면 필시 이 산에서 노닐며 다 늙도록 돌아갈 줄을 모를 것이다. 조선국에서 태어나 한번 금강산 보길 바란다는 데 그칠 것이랴!

돌아보건대, 중국 사람이 소원하는 바를 우리 조선과 같은 치우친 땅에서 가지고 있으며, 진시황, 한무제가 들어보지 못한 바를 멀리 이 땅에 있는 사람들이 누리고 있다. 이 또한 상쾌하다 하리로다! 멀리 변방에 있는 자의 마음을 만에 하나나마 위로할 수 있게 되리라. 아!

---

79 봉래산 방장산: 봉래(蓬萊)·방장(方丈)·영주(瀛州)가 본래 삼신산인데 이것은 중국 사람들이 신선이 사는 곳이라고 상상한 세계이다. 우리나라에서는 봉래는 금강산에, 방장을 지리산에, 영주는 한라산에 비견했다.

80 안기생(安期生)·선문자(羨門子): 모두 옛 신선으로 진시황이 만나보았다는 인물들이다.

삼장암 스님[81]

三藏菴贈僧天悟

맑은 밤 선방엔 모든 소리 그쳤는데
우연히 고승을 만나 머물게 되었네.

공적空寂과 원통圓通[82]의 뜻 물으니
춘산 춘수春山春水의 흐르는 물을 가리키네.

심회덕을 대진으로 떠나 보내며

送沈懷德歸大津

대장부의 간담 금석처럼 견고하되
자고로 어찌 이별의 어려움 없었으랴.

서글피 그대를 떠나보내 돌아가는 길
대진大津 남쪽 언덕 흰 구름 차가워라.

---

81 삼장암은 금강산에 있다 — 원주.
82 공적(空寂)·원통(圓通): 불교용어. 공적은 만물이 실체가 없어 생각하고 분별할 것
도 없음을 이르는 말이고, 원통은 원만하여 두루 통한다는 뜻으로, 지혜로 진여(眞
如)의 이치를 깨닫는 것을 뜻한다.

동작나루를 건너며[83]
渡銅雀津

멀리 삼각산 바라보니 저녁 노을 걸려 있고
동작나루 머리에 돌아가는 저녁 배.

서울 어귀의 누대는 강 언덕에 다다라 솟았고
멀리 해문海門[84]의 파도는 하늘에 닿았네.

젊은 날엔 강 꽃을 쫓아 인사드리고 싶었는데
백발이 도리어 한창 세월을 쫓아서 재촉하네.

세월은 유수와 더불어 지나가서
십년을 오가며 장최張崔[85]에 부끄럽네.

---

83 원제는 "신묘년(1651) 3월 서울을 떠나 동작나루를 건너며"이다.
84 해문(海門): 육지와 육지 사이에 끼여 있는, 바다로 이어지는 통로.
85 장최(張崔): 어떤 의미를 담고 있는지 미상.

조부 시에 차운하여[86]
奉次 王父韻

한적한 서재 발을 걷어 올리니 아침해 들어오는데
수양버들 그늘에 제비가 나네.

낮잠 자다 깨어 경치를 바라보니
남호南湖의 가을물 비 온 끝에 불었구나.

담제 후에[87]
禫後

육신은 토목이 되고 마음은 재가 되어
피눈물 흘리며 울기를 열한해 봄.[88]

물속의 수달도 제祭를 올리는데 은혜 망극해서요[89]
숲속 까마귀도 반포反哺[90]를 하니 어버이 생각해서라.

---

86 신묘년 4월 한가로운 가운데 절구 한수를 읊으시고 화답하도록 하셨다 ─ 원주.
87 원제는 "담제(禫祭)를 지내고 선영으로 가려 했으나 학질로 인해 못 가는 마음을 읊
   다. 계사년(1653)"이다. 담제는 대상을 지낸 그 다음달에 지내는 제사.
88 조모가 돌아가신 지 11년 만에 조부가 돌아가셨기에 쓴 말이다.
89 수달은 항상 고기를 잡으면 물가에 늘어놓고 두 앞발을 모아 머리를 숙이고 접근하
   여 살아 있는지 여부를 확인하는 습성이 있는데, 바로 이런 행위가 제물을 차례놓고
   제사 지내는 것과 비슷하다고 본 것이다. 때문에 수달은 고기를 잡으면 조상에게 제
   사를 지내는 보은의 동물로 알려졌다.

여생에 길이 끝없는 슬픔을 안고서
죽지 못한 이 몸이 지금 또 불효를 하다니.

선영 아래 초목 이슬과 서리[91]에 이울거늘
연창延昌[92] 땅 바라보며 수건에 눈물을 적시누나.

병석에서
臥病

병으로 누워 있는데 누가 찾아올까.
친구들 발걸음이 끊어졌다.

푸른 산속에 문을 닫아걸고
물소리 사이에서 베개에 기댔노라.

약물로 몸을 보호하지 못하니
풍진 속에 귀밑머리 희끗하네.

---

90 반포(反哺): '반포지효(反哺之孝)'를 가리킨다. 까마귀 새끼가 자라서 늙은 어미에게
먹이를 물어다 주는 효라는 뜻으로, 자식이 자라서 어버이의 은혜에 보답하는 효성
을 이르는 말이다.
91 이슬과 서리: 효성과 관련된 말로, 여기서는 조상을 생각하는 마음을 의미한다.
92 연창(延昌): 죽산의 별호이다 —— 원주. 죽산은 현재 안성시에 속한 고을 이름.

가을 하늘에 기러기 날아가지만
광활한 천지에 끝내 올라갈 길 없구나.

뜰 안의 소나무[93]
咏庭松

외로운 소나무 빼어나 너를 사랑하노라
사계절 내내 푸르고 푸르구나.

천성으로 굳세고 곧은 성질
해를 떠받든 울울창창한 자태.

오래된 나무껍질 용의 비늘이 터진 듯
겹겹으로 올라간 가지 학의 날개를 펼쳤는가.

서재에서 길이 마주보고 있으매
노경老境에 마음의 기약을 붙였노라.

---

93 원제는 "뜰 안의 소나무를 읊어 송정옹松亭翁(심언沈言 ── 원주)에게 주다"이다.

꽂힌 연꽃을 보고
見瓶水折荷花者賦之

옥병에 맑은 물 담겨
연꽃 한 가지 솟아 있네.

그윽한 향기 홀연 집 안에 가득하니
백화가 온통 무색하게 되었구나.

빼어난 아름다움 저만 혼자 알고 있으니
화사한 자태 석양에 벌써 시드는구나.

나 혼자 일어나 한번 향기 맡아보고 탄식하니
영근靈根[94]이 단절되는 걸 어찌 차마 보고 있으랴.

바라건대 연못을 만경이나 넓게 파
너를 잘 가꾸어 지금처럼 꽃이 만발하길 바라노라.

개인 날 난간에 앉아 좋은 풍광 감상하고
저문 해 가을 연못에서 연밥도 따리로다.

---

94 영근(靈根): 신령한 뿌리. 즉 도덕적 근원을 가리킴.

덧없는 세월

荏苒

덧없이 지나온 반백년
넓고 아득한 바닷가에서.

산천은 도로로 이어지는데
서검書劒[95]을 못 이루고 풍진 속에 늙노라.

지는 해에 남조南鳥를 보고
밤중에 북극성 바라보네.

평소에 지닌 청영請纓[96]의 뜻
한나라 사신에 대해 부끄럽소.[97]

---

95 서검(書劒): 항우 관련 고사로 '서'는 '문(文)'을, '검(劒)'은 '무(武)'를 가리키는데, 문무 어느 쪽에서도 크게 성취하지 못했음을 뜻하는 말로 쓰인다.

96 청영(請纓): 결박할 밧줄을 청한다는 뜻, 스스로 전쟁터에 나가 적을 격파하고 나라의 은혜에 보답하겠다는 의미.

97 한나라 때 남월국(南越國)에서 한나라 사자로 왔던 종군(終軍)을 죽인 것을 탓한다는 의미. 종군이 남월국에 사자로 가서 그 왕을 설득하여 한나라에 복속하기로 해서 무제에게 큰 은총을 받았다. 무제는 종군을 남월국에 남겨두어 진무(鎭撫)하게 하였는데, 남월왕의 재상인 여가(呂嘉)가 한나라에 속국이 되는 것을 반대하여 그 왕을 살해하고 한나라 사자도 죽였다. 이때 종군의 나이는 20여세였다고 한다(『한서(漢書)』 권64, 「종군전」).

송정옹에게[98]
上松亭翁

1

속기 벗어 인품이 빼어나
벼슬 버리고 전원으로 돌아왔군요.

술잔과 거문고 달빛 비추는 넝쿨 아래
물과 구름 사이에서 낚시질 하지요

대 그림자 바위에 기대 푸르고
이끼의 무늬 섬돌 위에 오르네.

연주대懸珠臺[99]의 가을 시들지 않았으니
쇠사슬 잡고 올라가도 좋지요.

2

젊은 나이에 수련하러 갔다가
중도에 도끼 자루 썩어[100] 돌아왔노라.

---

98 원제는 "앞의 운자(韻字)를 써서 심감찰(沈監察)에게 드림"이다. 여기서 앞의 운자
라는 것은 '병석에서' 시를 말하는 것이다. 원주에 '곧 송정옹에게 올린 것이다'라고
밝혀놓은 것으로 보아 심감찰은 송정옹 심언을 가리킨 것이다.
99 연주대(懸珠臺): 관악산(冠岳山) 정상에 있는 연주대(戀主臺). 원래는 '영주대(靈珠
臺)'라 했는데, 줄여서 '주대'라 불렀다.
100 도끼 자루 썩어: 도가 수련을 하면서 세월 가는 줄 몰랐다는 의미. 원래 바둑이나
장기 따위의 오락에 정신이 팔려 시간 가는 줄을 모름을 이르는 말. 중국 진(晉)나라

금정金鼎[101]의 타오르는 연기 속에

바위 사이로 단서丹書[102]를 새기노라.

뼈가 벌써 녹색을 띤 줄[103] 알았지만

귀밑머리 먼저 희끗해짐을 어찌 하리오.

어느 날 연주대 위로 올라가

별을 손으로 잡을 수 있을까.

심감찰에게 드림
贈沈監察

맑은 은하수 하늘은 조촐하고

적막한 우물에 나무가 스산한데

늙어가는 감회 같이 품고서

때, 왕질(王質)이라는 사람이 신선들이 바둑 두는 것을 구경하다가 그 사이에 세월이 흘러 도끼자루가 썩는 줄도 몰랐다는 이야기가 있다.

101 금정(金鼎): 옛날 도사(道士)들이 단약을 만들 때 사용하던 세 발 달린 솥 모양의 화로.

102 단서(丹書): 바위에 글자를 새기고 여기에 붉은 칠을 하는 것. 혹은 연단(煉丹)하는 책이나 도교(道敎)의 책을 가리키기도 한다.

103 녹색을 띤 줄: 원문은 '골록(骨綠)'. 도가에서 선약(仙藥)인 금단(金丹)을 오래 복용하면 골수가 퍼레져서 장생불사(長生不死)한다는 말이 있다.

또 한해가 저무는 것을 보오.

국화주 한잔 음미하며
거울 속의 가을 용모 보네요.

위태로운 시절에 경제經濟[104]의 뜻 품었으니
작별함에 다다라 탄식하지 마오.

관악산 영주대[105]
遊冠岳山靈珠臺

1

떠오르는 해 바다 멀리 비추는데
여명에 관악산에 올라.

다래넝쿨 붙잡고 험한 산길 지나서
봉우리에 올라서 너럭바위에 앉노라.

천길 벼랑에 솔바람 소리

---

104 경제(經濟): 경세제민(經世濟民), 즉 세상과 나라를 다스리고 백성을 구제함을 의
    미한다.
105 원제는 "관악산 영주대를 유람하여 유선사를 짓다"이다.

백갈래로 떨어지는 폭포.

호랑이 울부짖음에 골짝에서 바람이 일고
용이 날아오르며 구름이 자욱하네.

신관神觀[106]이 돌문으로 가려 있는데
연주대 푸른 하늘로 솟아 있다.

이곳에서 옥황궁까지
거리가 멀지 않을 듯싶구나.

아득히 광막한 상상을 발하여
눈을 크게 떠 우주 팔방을 끝까지 바라보노라.

우연히 선녀를 만나니
짙푸른 머릿결 허리엔 빛나는 명벽明璧.

미소 지으며 고운 손 뻗어
무릎 꿇고 경액瓊液[107]을 바치누나.

잔을 들어 한번 마시니
막혔던 아홉 구멍 툭 트이는 듯.

---

106 신관(神觀): 도관(道觀). 선인(仙人)이나 도사(道士)가 수도하는 곳.
107 경액(瓊液): 신선이 만든다고 하는 장생불사(長生不死)의 영약(靈藥). 또는 먹으면
　　신선이 될 수 있다는 선약(仙藥)을 가리킨다.

머리 조아려 옥황상제께 감사드리고
영구히 어울려 즐거움 누리리라.

어찌 스스로 분주히 쫓아다니며
평생토록 사면의 벽[108] 속에 갇혀 있을까?

2

새벽 바람에 녹옥장綠玉杖[109]을 내던지고
곧바로 영주대 올라가서.

멀리 구주九州 밖을 바라보니
구주는 어찌 저다지 아득한가!

맑은 바람 먼 바다에서 불어오니
툭 트여 마음이 활짝 열리네.

홀연 방동옹方瞳翁[110]을 만났는데
옥경玉京[111]에서 방금 내려오셨다네.

내가 도 배우는 것이 늦음을 한탄하고

---

108 사면의 벽[四壁]: 일반적으로 집을 비유적으로 일컫는 말인데, 여기서는 세속에서
   살아가는 방편, 또는 집안 살림이나 살림을 꾸려나간다는 의미로 쓰인 듯하다.
109 녹옥장(綠玉杖): 신선이 짚고 다닌다는 푸른 옥으로 된 지팡이.
110 방동옹(方瞳翁): 방동은 눈동자가 사각(四角)으로 된 것을 이르는데, 이는 장수할
   조짐이라고 한다.
111 옥경(玉京): 하늘 위에 옥황상제가 산다고 하는 가상의 공간.

귀밑머리 희어짐을 딱하게 여기시네.

나에게 단서丹書의 비결을 주며
나를 보고 신선이 될 재주 있다 하는구나.

도술을 전해주신 걸 감격하여
곧추 앉아 만번도 더 외우노라.

푸른 하늘에 해는 뉘엿뉘엿
겨드랑이에 날개가 돋쳐 천지사방으로 날아오르나.

구름을 타고 천문天門[112]으로 들어가자
여러 신선들이 마중을 나오는구나.

저 학상인鶴上人을 맞아
경액 잔을 드노라.

함께 서로 천녀을 둘러보며
서산의 해가 지는 것도 잊노라.

동해의 물을 굽어보니
물결이 다 말라 먼지가 날리는구나.

---

112 천문(天門): 하늘로 들어가는 데 있다는 문.

풍악에서 놀던 옛날을 회상하며
憶楓岳舊遊

1

봉래산을 작별하고
지금 몇몇 해가 지났는가.

금단金丹[113]을 화로 속에 던지고
현록玄錄[114]도 책상에 덮어 두었노라.

지는 해에 돌아갈 마음 멀어졌고
가을바람 머리털이 희끗하구나.

일찍이 풍악에 갈 기약이 있으니
구름을 밟고 다시 올라가리라.

2

봉래산에 단하丹霞[115] 일어나고
관문으로 자기紫氣가 다가오네.[116]

---

113 금단(金丹): 진(晉)나라 갈홍(葛洪)의 저서인 『포박자(抱朴子)』의 편명으로, 양생술
을 익히고 단약을 굽는 것에 대해 기록되어 있다.
114 현록(玄錄): 진나라 갈홍의 『포박자』에 도경의 총목이 모두 670여종 있다. 그 조목
중 하나로, 2권으로 되어 있으며 도교 신선술에 관한 기록이다.
115 단하(丹霞): 신선이 마신다는 붉은 안개.
116 함곡관(函谷關)의 윤희(尹喜)란 사람이 자기(紫氣)를 보고 성인이 올 것이라 하였
는데, 노자(老子)가 청우(靑牛)를 타고 왔다는 전설이 있다.

단약 화로에 불을 지핀 후
도끼자루 썩는 바둑 한판 사이.[117]

삼청동[118]에 아침 햇살 비치는데
가을 구름에 구주九州도 반점처럼.[119]

돌아오는 길 백록白鹿을 탔으니
길이 서왕모를 쫓아가리.[120]

---

117 진(晉)나라 왕질(王質)이 산에서 나무를 하다 동자들이 바둑 두며 노래하는 것을
구경하였는데, 얼마 뒤에 일어서려 하니 도끼자루가 썩어 있었고, 산을 내려와 보니
아는 사람들이 모두 죽고 없더라는 이야기가 전한다(『술이기述異記』).

118 삼청동: 도교(道敎)에서 이르는 최고의 선경(仙境)으로, 옥청(玉淸)·상청(上淸)·태
청(太淸)을 말한다.

119 구주(九州)는 중국 전역을 가리키는 말. 중국대륙도 마치 아홉 점의 연기처럼 보인
다는 뜻.

120 원문의 '왕모(王母)'는 중국 곤륜산(崑崙山)에 산다는 전설적인 선녀인 서왕모(西
王母)를 가리킨다. 한무제가 선도(仙道)를 좋아하였는데, 당시 서왕모는 백록(白鹿)
을 탄 사자를 무제에게 보내 자신이 올 것임을 알렸다. 이에 무제가 구화전(九華殿)
에 휘장을 치고 기다리니, 7월 7일 밤 7각(刻)에 서왕모가 자운거(紫雲車)를 타고 구
화전 서쪽에 당도하였다고 한다(『박물지(博物志)』권8, 「사보(史補)」).

가을 회포
秋懷

1

가을 기운 날로 높아가고
가을밤 날로 길어진다.

가을바람 소슬하니
뜨락에 지는 나뭇잎 경종을 울리는가.

계절이 너무 빨라
추위와 더위 머물 시각도 없구나.

뜻을 가진 선비 감개가 깊어
한밤중에 잠을 못 이루고.

읊조리다가 문득 길이 탄식하여
자신을 돌아보고 반성하노라.

거룩한 옛 시대를 쫓아갈 수 없으니
뒤에 따라오는 사람들을 어떻게 이끌어줄까?

조용히 사색하면 혹시 기회가 있을까?
의리를 따르되 용맹을 귀히 여기나니.

대도大道는 하늘에 뜬 해 같으니
요행을 구하는 소인이 되지 말라.

2

맑은 새벽에 창문을 여니
흰 이슬 뜰에 선 나무를 경계하는 듯.

오동나무 잎사귀 하나 떨어지니
가을 기운 깊어가는 줄 깨닫게 하네.

어찌 시절에 느끼지 않으랴?
가는 해 저다지도 빠르다니.

뜻있는 선비 힘쓰기를 귀히 여기나니
젊은 세월이 얼마나 될까?

붓을 던지고 원대한 생각 일으키다가
술 한잔 마셔 약간 취기가 도노라.

문 밖에 나서 길을 가려는데
들판에 감도는 시냇물 아득해라.

누가 아녀자만 생각하고 있으랴!
삼가 매진하여 그르치지 말지어다.

3
서풍이 멀리 들에서 불어오고
비낀 해 산봉우리로 넘어간다.

오동잎 벌써 다 떨어졌고
귀뚜라미 혼자 슬피 우네.

무성했던 초목 다 시든 걸 보고
나의 마음 섬찟 놀라노라.

계절이 얼른 바뀌어 안타까운데
품었던 마음 해이해질까 두렵구나.

천년 세월에 감회가 있어
고요히 생각하며 읊조리노라.

사람의 마음 본디 하나이니
만나는 곳에 예와 지금이 없도다.

성현이 어찌 나를 속이리오?
힘이 미약하여 근심이 깊어라.

공부는 젊은 날에 달려 있으니
힘쓰고 힘써 촌음도 아껴야 하리.

4

황천皇天[121]은 계절을 운행하여
변화무쌍 일기一氣를 나눈다네.

겨울에는 움츠러들어 펼치지 못하고
여름에는 뜨거운 햇살 두려워라.

봄빛은 유독 따뜻하게 퍼져
온화한 기운 화훼를 만발하게 하누나.

어찌하여 욕수蓐收[122]의 절기에는
스산한 기운 엄숙함을 더하는가?

찬 서리 하룻밤 사이에 내려
벽오동 푸른 잎을 시들게 만드나.

하늘의 기러기 저물녘에 울고 가는데
음산한 구름 차갑게 덮이는구나.

나뭇잎 다 떨어진 풍경 바라보니

---

121 황천(皇天): 하늘 또는 태양이 운행하는 경로를 가리키는데, 여기서는 하늘의 조화
   를 의미한다.
122 욕수(蓐收): 가을을 주관한다는 가을의 신, 금신(金神)이라고도 한다(『예기·월령
   (月令)』).

어떻게 스스로를 위로할 수 있으랴?

일음一陰 일양一陽[123]의 변화
서로 엇갈려 경위經緯가 된다고 들었노라.

만물은 본디 성하고 시들고 하여
그 변화가 다함이 없다네.

그래서 군자의 마음은
때에 적합한 것을 귀히 여기나니.

동動과 정靜에 각기 양양養이 있으니
탄식하는 노래 혼자 부르지 말지어다.

의고
擬古

성 남쪽 모퉁이로 나가
툭 트인 누대로 올라가니.

---

123 일음(一陰) 일양(一陽):『주역』에서 천지만물의 운동변화를 설명하면서 "한번 음
이 되고 한번 양이 되는 것을 도라고 한다"라고 하였다(『주역·계사전』).

산천이 감돌아 울창한 데
멀리 바라보니 형신形神이 열리누나.

저 황곡黃鵠 한쌍을 보아라
날개를 퍼덕여 새로 날아올라.

하늘 높이 떠서 천리를 내려다보니
어찌 알리오, 뱁새가 비웃는 줄을.[124]

고의
古意

흰 이슬 갈대에 뿌려져
차가운 달 맑은 빛을 떨치네.

미인은 저 추수秋水 건너편[125]
하늘 끝 멀리 아름다워라.

---

124 『장자(莊子)·소요유(逍遙遊)』에 "그 이름이 붕새인데, 등은 태산 같고, 날개는 하
늘에 드리운 구름 같아서, 회오리바람을 타고 구만리를 올라가 구름을 벗어나고 푸
른 하늘을 등에 진 다음에야 남쪽으로 간다. 그가 남쪽 바다로 갈 적에 메추리가 쳐
다보고 웃으면서 말하기를 '저 새는 장차 어디를 가려는 걸까. 나는 뛰어올라봤자 고
작 두어길도 못 오르고 도로 내려와 쑥대밭 사이에서 빙빙 돌 뿐이지만, 이것도 최고
로 나는 것인데, 저 새는 장차 어디를 가려는 걸까'라는 대목이 있다.

건너가서 함께 노닐고 싶지만
물이 가로막고 길도 멀구나.

비단 휘장 누굴 위해 드리웠나?
비단 옷 부질없이 향기로워라.

새벽바람에 타는 거문고 누굴 원망하나
일어나 앉아 눈물을 줄줄 흘리노라.

좋은 시절 얼마나 되랴?
저무는 해에 한갓 슬픔만 더하네.

호미씻이[126] 노래
洗鋤歌

긴 노래, 짧은 노래
호미씻이 즐거움 어떠한가?

---

125 당나라 시인 두보(杜甫)가 간의(諫議) 한주(韓注)에게 부친 시인 「기한간의(寄韓諫議)」에 "지금 내가 슬픈 것은 악양을 생각하기 때문이니 몸은 날아가고 싶지만 병들어 침상에 누워 있네. 미인은 아름다운 모습으로 가을물 저 건너에서 동정호에 발 씻으며 팔황(八荒)을 바라보고 있겠지"에서 나온 구절이다.

126 호미씻이: 농가에서 김매는 일을 다 끝내고 나서 남녀노소가 한데 모여 먹고 마시는 것을 이른다. 어떤 사람이 운을 따라 썼다 ── 원주.

지난해엔 크게 실농을 하였거니
금년에는 추수를 많이 하리라.

병중에[127]
病中

병든 몸은 비 오고 개는 걸 알아
한가로이 있음에 괴로이 시를 읊노라.

향등香燈에 글자 보는 것 게을러지고
찬 국화에 문 굳게 닫았네.

사물의 이치는 저가 나와 같고
백성들 마음 옛날이 지금이로다.

예로부터 도정절陶靖節 댁에는
종일토록 금琴을 벌여놓았다 하네.[128]

---

127 원제는 "병중에 지어 심감찰에게 바치다"이다.
128 정절(靖節)은 진(晉)나라 시인 도잠(陶潛)의 시호이다. 그는 항시 금을 옆에 비치
해두었는데 줄이 없는 것이어서 무현금(無絃琴)이라고 일컬었다. "금의 취미만 알면
되지, 어찌 반드시 줄을 퉁겨 소리를 내야 하느냐"라고 하였다 한다.

심감찰의 시에 수창하여
酬沈監察

의리는 원래 사람의 본성이며
문장 또한 도가 있다네.

도 깊음을 내 어찌 감당하리오[129]
맑은 덕 그대가 높지요.

의탁하여 돌봄이 일찍이 얕지 않았고
마음 논함은 늘그막에 다시 돈독해졌지.

서로 천년의 일을 기약하고
궁달窮達은 하늘에 맡겨두세.

황려마[130]
黃驪馬

말이여, 말이여, 황려마여

---

129 심감찰(沈監察)의 시에, '도리는 그대가 깊구려〔道理子淵深〕'라는 구절이 있기 때문에 이른 것이다 ─ 원주

130 내 종형 집에 황려마가 있는데 아주 준마이다. 보고 시를 지었다 ─ 원주.

달에서 처음 신이한 말이 전해졌다네.

자태 늠름하여 변화에 부합하며
자줏빛 눈동자 불꽃이 일고 모골이 송연하다.

연나라 변방의 가을바람 드높고 요동벌판의 학
머리를 바로 들고 길게 우니 북풍이 일어난다.

나는 네가 태어난 게 까닭 있는 줄 아니
사해를 치달아 멀고 가까움이 없겠군.

심감찰에게 붙임
寄沈監察

당세에 충효를 구했고
명가의 덕음을 이었다.

고운 옷 입고 마루에서 춤추고[131]
서리 내린 전각에서 논하였다.

---

131 옛날 노래자(老萊子)라는 효자가 나이 70세인데 늙은 어버이에게 일부러 자신이
　　어린애처럼 보이게 하기 위해 채색 옷을 입고 춤을 추었다는 이야기가 있다.

계곡과 골짜기는 몸을 편히 하는 곳
소나무, 대숲 온종일 맑네.

그윽한 거처에 정취가 있고
세모에 그대의 마음을 보노라.

한강에서 누구에게 줌
漢上有贈

한강물 구비에 가을 무르익었는데
그대를 만나니 마음 어떠하랴!

한조각 배에 강해를 맡겼거늘
만국은 전쟁을 숭상하다니.

우주엔 몇 사람이 있는가?
산하에 남은 한 많아라.

평생의 출사표
오늘 다시 긴 노래 부르노라.

심감찰에게[132]
答沈監察

아득히 한해 저물어감을 슬퍼하고
쓸쓸하여 날 서늘해짐 깨닫겠네.

변방 기러기 울음소리도 사라지고
석양도 추위에 저물려 하는구나.

심감찰의 초당에 붙여
題沈監察草堂

대나무 뿌리서부터 쭉 곧고
차가운 연못은 바닥까지 비치네.

사립문엔 손님 이르지 않는데
고운 달 홀로 떠서 밝아라.

---

132 이 시는 앞의 「심감찰에게 드림(贈沈監察)」의 운자를 쓴 것이다 ── 원주.

물고기를 구경하고 밤에 돌아오다
觀魚夜歸

삼년 동안 문 닫아걸고 지내다
오늘은 기뻐 얼굴 펴고 웃노라.

물상을 살피니 마음 매일 것 없고
기심機心을 잊으니 뜻 절로 한가롭다.

푸른 풀밭 너머 말이 울고
흰 파도에 물고기 뛰노네.

흥이 무르녹거늘 취하길 마다하랴
돌아오는 길 달빛이 산에 가득하네.

지나는 길에 봉우리에 올라
道中登嶺作

새벽녘 여러 봉우리 속에 홀로 섰는데
가을빛 온 골짜기에 나지막이 물들었다.

말 세워놓고 해 뜨는 걸 보노라니
어디쯤 봉래산 있을까.

조장[133]의 시에 차운하여

次趙丈韻 趙完

마음공부는 평생토록 회옹晦翁[134]을 따랐으니
누가 비태否泰[135]를 조물주에게 물었던가?

삼산三山 아래 지난 발자취 십년이거늘
취중의 긴 노래에 온갖 일 부치노라.

세상을 놀라게 한 문장도 긴치 않은 일이나
별천지 천석泉石에서 몸이 편안하네요.

동서남북을 떠돈다[136]고 말하지 마시구려
벼슬살이[137]나 은거나 그 도리는 하나라오.

---

133 조장(趙丈)은 조완(趙完)이다 ─ 원주.
134 회옹(晦翁): 중국 남송(南宋)의 유학자이며 주자학의 시조인 주희(朱熹)의 호.
135 비태(否泰): 본래 『주역』의 비괘(否卦)와 태괘(泰卦)를 가리키는 말로 운수(運數)나
   세도(世道)가 막히는 것을 비(否)라 하고, 순탄한 것을 태(泰)라고 한다.
136 원문은 '동서남북(東西南北)'이다. 『예기·단궁 상』에 "지금 나는 동서남북으로 정
   처 없이 떠돌아다니는 사람"이라는 공자의 언급이 있다.
137 원문은 '종정(鐘鼎)'. 국가에 큰 공적이 있는 사람의 이름을 종이나 정에 기록했기
   때문에 훈공(勳功), 공덕(功德)을 가리키기도 하고, 전하여 벼슬살이, 부귀영화를 가
   리킨다.

또 조장의 시에 차운하여
又次趙丈

이십년 동안 이 어른을 알고 지냈거늘
물가에서 낚시질하여 삼정승을 비웃지요.

가을볕에 지팡이 짚고 나가
달빛 아래 손님 이끌고 술단지 여네.

온 골짝에 운연雲烟이 정취 더하고
천지 백년에 한가한 몸으로 자임하시지.

오늘부터 나도 남호南湖로 떠나니
바다의 새와 더불어 생애를 보내리.

남쪽으로 가려는데[138]
將歸南中

달이 막 떠오를 때 만나
달빛 여전히 밝은데 헤어지노라.

---

138 원제는 "장차 남쪽으로 돌아가려하매 이웃 사람이 저녁때에 맞춰 전별하러 왔다.
밤 깊어 파하고 시를 주어 작별하다"이다.

헤어진 뒤로 생각이 나면
맑은 달빛 밤마다 떠오르겠지.

길에서 진경에게
道中寄晉卿

남호南湖의 가을 경치 나그네 길에 보니,
낙엽 실은 바람이 말채찍을 흔든다.

슬피 당신 떠올리니 생각은 끝없거늘,
역루에서 서쪽 바라보매 저물녘 구름 차갑구나.

부안에 당도하여
到扶安

외진 남쪽 땅에 와서,
몸소 밭 갈며 물가에 사노라.

창을 열면 어부의 피리소리
베개 베고 누우면 노 젓는 소리.

이별의 포구는 다 바다로 통하고,
먼 산은 반쯤 구름 속에 들었다.

모래밭 갈매기 놀라 날지 않으니,
내 장차 너희와 동무하리라.

동진[139]에서 나그네 회포를 읊다
東津客懷

10월이라 추위 더욱 심해졌는데
남쪽 땅 나그네 돌아가지 못하네.

바닷가에는 파도가 거친데
마을엔 안개 낀 나무 드문드문.

한양엔 언제쯤 가게 될런지
정분이 타관이라 맞지 않네.

밤 깊어도 잠들지 못하는데
북두성은 점점 희미해지는구나.

---

139 동진(東津): 부안에 있는 지명. 그쪽으로 흐르는 강도 동진강이라 함.

동진의 시골 주막에서 나그네 회포
東津野店客懷

들이 넓고 하늘은 아득히 먼데
긴 강물은 바다로 흘러 들어가네.

하늘가에 돌아오는 기러기 있어
너무도 처량해 고향 생각나는구나.

종제에게[140]
寄從弟

타향의 나그네 된 지 어느덧 한달
누대에 올라보니 온통 가을빛이네.

네 생각이 물 흐르는 듯
매일 끝없이 일어나는구나.

---

140 원제는 "남쪽에서 종제 김준상(金儁相)에게 부치다"이다. 김준상은 김세렴의 셋
째 아들이다.

동진에서 진경과 작별하다
東津別晋卿

1

당신 지금 이곳을 떠나
나로 하여금 슬픈 노래 부르게 하는구나.

둘이 함께 타향에서 나그네살이 하다가
어찌 이렇듯 멀리 이별하느냐?

빈 들판의 강가 나무도 고요한데
먼 하늘엔 산 구름이 가득하다.

우두커니 서 있자니 정히 누를 길 없어
물가에서 파도에 눈물 뿌린다네.

2

10월의 낭주성浪州城[141]
가을바람에 기러기 떼 지어 날아든다.

이곳을 떠나는 당신 전송하니
이별의 슬픔에 강 안개 자욱하구나.

---

141 낭주성(浪州城): 낭주는 부안(扶安)의 별호이다.

집중執中 숙부를 전송하여[142]
送執中叔

난세에도 여전히 역사役事가 있어
타향에서 다시 헤어지게 되었소.

봄바람도 내 마음을 아는지
짐짓 한강을 향해 부는구려.

심감찰에게[143]
與沈監察

송정자松亭子 그대의 말이
관악산에 올랐다 하네.

기이한 유람에 더욱 눈 즐거웠는데
멀리 이별해 있어 마음이 더욱 아팠다지.

---

142 원제는 "집중 숙부가 한양으로 돌아가는 것을 전송하다"이다.
143 원제는 "작년에 심감찰과 관악을 유람했는데, 내가 부안에 온 뒤로 그가 편지를 보내 올 봄에 다시 관악산을 유람하며 나를 생각했다고 하기에 시를 써서 그에게 답하다"이다.

석양의 안개에 꽃이 고요하고
뜬 구름 아래 바닷가 산은 어둑하네.

남쪽 소식이 끊어져
그저 시 읊으며 시간을 보낸다지.

격포에서 계수진에게[144]
仲春格浦船遊, 舟中贈季守眞

청명가절淸明佳節이라 바람도 좋고
너른 바다 끝이 없어 바라보니 하늘 같아라.

좌중의 누가 강남의 나그네인가
남방 노래 한 가락에 생각이 아득하여라.

---

144 원제는 "중춘(仲春)에 격포(格浦)에서 뱃놀이하다가 배에서 계수진(季守眞)에게
주다"이다. 계수진은 누군지 미상. 이 시와 다음 시로 미루어 당시 명·청 교체의 전란
기에 조선 땅으로 들어온 중국인임을 알 수 있다.

동악에서 계수진에게
東岳贈季守眞

해내海內에 풍진風塵이 가득한데
아아, 그대는 중국 사람이로다.

긴 노래에 괴로운 마음 많으니
어느 때에 좋은 봄철을 맞이하려나.

오공사[145]에게
贈悟空師

1

맑은 강토 서천西天과 비슷하고
고고한 사람 물안경처럼 맑아라.

그대는 천 년의 화표학華表鶴[146]이니
누가 그 옛날 성이 정丁임을 알아볼까.

---

145 원제는 "오공사(悟空師)에게 주다"이다. 오공은 요인(遼人)으로 전란을 피해 유리
하다가 전라도에 이르렀다 — 원주. 요인은 요동 사람이란 뜻. 현재 중국의 요녕성
(遼寧省) 지역. 유재원(柳載遠)의 「반계선생언행록(磻溪先生言行錄)」에서 오공사는 요
계(遼薊) 지역의 빼어난 선비로서 세상을 피해 불가에 몸을 담은 사람이라고 했다.
이쪽으로 한족이 이주했다가 후금(後金)이 이곳을 점령하자 조선으로 밀려오기도
했다. 오공선사는 그런 이들 중의 한 사람으로 추정된다.

2

멀리 외론 구름 머문 곳 찾으니
온 산엔 달이 한창 밝을 때로다.

오고 감에 마음 있는 듯한데
출처出處는 본디 무정하다오.

덕산에서[147]
德山留

가을바람 정원의 수목에서 이는데
소슬한 바람소리 빈 성곽을 울리네.

흰 구름은 먼 산에 걸려
표연히 어디로 가려는가.

슬프다, 나는 떠날 채찍 휘둘러
길에 이르러 남쪽 끝을 향하오.

---

146 화표학(華表鶴): 한나라 때 요동(遼東) 사람 정령위(丁令威)가 신선술을 배운 뒤 천
년 만에 학(鶴)이 되어 고향 땅의 화표주(華表柱)에 날아와 앉았다는 전설이 있다. 이
시에서는 오공선사가 요동 사람이기에 정령위에 비유하였다.
147 원제는 "덕산에서 진경 큰 숙부와 헤어지다"이다.

돌아보며 이별을 아쉬워하고
아득하여 나그네 길 싫다오.

세월이 너무 빨리 지나가니
지사志士는 감개가 더합니다.

촌음도 응당 아껴야 하겠지요[148]
천년은 가히 서로가 알리라.

아저씨는 보았소, 태화산太華山[149] 꼭대기에
눈 쌓인 소나무 길이가 백척이라지요.

설날 아침 갑오년(1654)
元日 甲午

오늘이 새해 첫날이라
동진에서 광진을 그리노라.[150]

---

148 진(晉)나라의 도간(陶侃)이 항상 사람들에게 "대우는 성인인데도 촌음을 아꼈으
  니, 보통 사람들은 마땅히 분음도 아껴야 할 것이다"라고 말하였다(『자치통감(資治
  通鑑)』 권93, 「진기(晉紀)」).
149 태화산(太華山)은 중국의 오악 가운데 하나인 화산의 별칭. 이백의 시에 태화산의
  소나무가 눈서리를 이겨서 백척 높이로 서 있다는 구절이 있다. 기개가 높음을 상징
  하는 의미(이백「증위시어황상(贈韋侍御黃裳)」).
150 광진(廣津)은 현재 서울의 광나루를 가리키는데 시인이 동진에 있기 때문에 서울

산천은 맑은 기운이 돌아오고
소나무 대나무에 새 봄이 찾아왔구나.

입춘절[151]을 맞아 기뻐했더니
만리 밖에 떠나온 사람 심사가 애련하네.

남쪽으로 와서 세월을 보내며
그냥저냥 머뭇거리며 지내다니.

한여름 달밤에 배를 타고
仲夏月夜舟中

술이 익자 친구가 찾아와서
물결이 잔잔한데 달이 배에 가득하다.

밤 깊어 백저가白紵歌[152]를 노래하니
바람과 이슬 벌써 가을인가?

쪽을 그리워하는 뜻에 그렇게 말한 것임.
151 입춘절: 원문은 삼양절(三陽節). 입춘을 뜻한다.
152 백저가(白紵歌): 악부(樂府)의 하나로 가을을 맞는 뜻이 있는 노래. 이백의 시 「백
　　저곡(白紵曲)」에 "배에 가득 취한 사람들 백저가를 부르며, 가을 옷에 서리와 이슬 적
　　는 줄 모른다네"라는 구절이 있다.

연정에서[153]
蓮亭

공중에 매달린 누각 높은 사다리
연못에 어른어른 달빛이 내려앉으려는 듯.

거문고 타고 나니 연잎에 이슬이 젖는데
벽성碧城[154]의 가을 쓸쓸한 밤이로다.

고시를 본떠
擬古

1
님은 만리 밖에 있어
십년 내내 헤어져 살았다오.

저의 마음 어찌 다 말하리오.
님의 정情은 어떠신가요?

153 원제는 "김제 연정(蓮亭)에서 고을원 심구옥(沈久玉)과 밤에 술을 마시며 읊음"이다.
154 벽성(碧城): 김제의 별칭. 이곳에 벽골제가 있기 때문에 붙여진 이름.

100 ·

2

기러기 남쪽으로 향해 날아가는데
편지 한장 부치겠어요.

오직 바라노니 식사를 잘 하시고
헤어져 지내는 걸 슬퍼 마옵소서.

반곡[155]에서 우연히 지음
磻谷偶題

골짝의 시냇물 막 흐르는데
숲속의 꽃은 아직 피지 않았구나.

죽당의 그윽한 꿈 깨어나자
산새의 고운 소리 들려오네.

---

155 반곡(磻谷): 시인이 내려가 있었던 우반동의 별칭. 반계와 같은 말임.

변산 원효암[156]에서[157]

遊邊山, 宿元曉菴

깊은 산중 좋은 경치 두루 돌아다니다
선방으로 돌아와 종소리 들으며 누웠구나.

맑은 새벽에 올라온 곳을 바라보니
하늘에 솟은 봉우리 구름으로 가렸구나.

반곡의 달밤

磻谷月夜

해는 지고 물안개 일어나는데
산이 높아 명월이 떠오른다.

좌래헌 섬돌이 환하여
좋은 기분 흥취가 저절로 일어나네.

---

156 원효암: 변산의 개암사에 있는 암자 이름.
157 원제는 "변산에서 놀다가 원효암에서 자고 아침에 일어나 이 시를 짓다"이다.

달을 보고[158]
對月憶擧卿

밝은 달 거울처럼 둥글고
맑은 달빛 만리에 비추네.

그대와 나 다함께 비춰주며
긴 밤 맑은 하늘에 걸려 있지.

서울의 종형제들에게
寄洛中諸從

1

바삐 지내다가 철이 늦어 놀라며
유유히 꿈 속에 생각하네 .

남쪽 마을은 즐거운 곳 아니건만
무슨 일로 오래도록 머뭇거리는가.

---

158 원제는 "달을 보고 거경(擧卿)을 생각하여 시를 읊어 부치다"이다.

2

남쪽의 고단함이 역겨워

한강의 봄을 멀리서 그리누나.

봄바람은 뜻이 있는 듯한데.

옆에 불어와도 돌아오는 사람은 없네.

황정경[159]에 쓰다
題黃庭經

갈수록 더욱 최상의 진眞에 이르며

늠름하게 백신百神을 편람하네.

구화산九華山[160] 높은 곳에서 서로 기약했거늘

무한히 오랜 봄에 내려오누나.

---

159 황정경(黃庭經); 도교의 경전 가운데 하나. 위부인(魏夫人)이 전한『황제내경경(黃帝內景經)』, 왕희지(王羲之)가 베껴서 거위와 바꾸었다는『황제외경경(黃帝外景經)』『황정둔갑연신경(黃庭遁甲緣身經)』『황정옥축경(玉軸經)』의 네가지가 있다.

160 구화산(九華山): 대강(大江)의 동쪽에 우뚝 솟은 산으로 서쪽으로는 잠산(潛山)과 여산(廬山)을 바라보고 있다. 천외(天外)에서 깎아지른 듯 우뚝 솟아서는 천여리에 걸쳐 있다.

동진 촌장村庄에서
留東津村庄

병신년 정월, 동진 촌장에 머물며 저녁에 산보를 했다. 이때 바다의 해가 이미 지고 먼 산이 창망한데 들은 긴 하늘에 닿아 있다. 서풍이 소슬하여 홀로 서서 높이 읊조리니 저절로 많은 생각이 일어나 사람으로 하여금 많은 정회를 그치지 못하게 한다.

1
들은 광활하고 산은 멀리 아득한데
하늘은 길고 지는 해 차갑구나.

노래 부르니 많은 감회 일어나
머리 돌려 서울 하늘을 바라본다.

2
바다 밖에는 여러 신선이 있고
은빛 물결 바위에 부딪치네.

봉래산은 어느 곳에 있나?
서로 바라보니 이미 흰머리뿐.

김제를 지나며[161]
過金堤郡

나그네 길 긴 둑에 버들가지
봄 성에는 한식 풍경.

집집마다 사람들 모두 취하니
온갖 꽃 속에 대문 닫혔네.

서울을 떠나 한강에 이르러 거경[162]에게 부치다
出京至漢江, 寄擧卿

아쉬운 마음 안고 성문을 나서
한강가에 이르렀네.

강물은 저다지 넘실거리는데
내 마음은 어찌 유유한가.

여기 서서 바라보니 강가의 풀이
무성하여 긴 섬을 덮고 있구나.

---

161 원제는 "정유년(1657) 봄 부안에서 서울로 가는 길에 김제군을 지나며"이다.
162 김준상(金儁相)을 가리킨다.

길은 멀고 해는 지려는데
서글픔이 이별의 근심을 더하누나.

족질에게
贈族姪

정다운 친척 몇이나 있는가
깊은 속은 너와 나로구나.

이 밤 청등 앞에 앉아
전날을 생각하며 피눈물 흘리노라.

서울에서 지낸 삼년의 꿈
산수 간에 만리 밖 봄이로다.

서로 바라보며 차마 헤어지지 못하니
우리 같이 난리 속의 사람이구나.

더위에 지친 몸이 가을을 맞아
傷暑逢新秋作

숨어 지내는 사람이 누마루에 앉아
저물녘에 가을이 온 줄 알겠노라.

무더위에 얼마나 괴로웠던가
서늘한 바람이 나무 끝에 느껴지네.

반계 골짝에서
磻谷卽事

골짜기 깊고 깊어 오솔길 빗겨 있는데
반계 굽이굽이 복사꽃이 떠오는구나.

여기 이 사람 스스로 삶이 족한 줄 아니
쭉 곧은 대숲이 푸른 노을을 지었구나.

봄날에 우연히 읊다
春日偶吟

동풍 불어 간밤에 비 내리자
온갖 꽃은 저마다 고움을 다투네.

복사꽃은 꽃망울이 터지려 하고
살구꽃은 가지에 가득 피었구나.

푸른 가지 버들솜이 날리고
갯버들 자라서 못을 덮었구나.

새 소리 저절로 좋은 소리요
구름이 걷히자 햇살이 맑아라.

문물이 다 제 성질을 이루니
저마다 생긴 대로 즐거워하는 듯.

여기 이 사람 꿈에서 막 깨어
동쪽 시내 언덕을 거니는데.

기꺼운 마음 물아物我를 잊고
지팡이 짚고 발길 닿는 대로 걷노라.

포구의 노래
浦上曲

봄 강에 물결 저물녘에 조수가 밀려오는데
포구에는 돛단배 멀리 달빛을 띠고 돌아온다.

상인들 배에 가득 노래 소리 울리며
바다로 향한 가게에 문이 일제히 열리더라.

고인주
故人酒

한말의 술친구와 함께
호해湖海에서 서로 만났으니.

취하고 나자 달은 벌써 높은데
소리 높여 노래하며 돌아갈 줄 모른다.

금전화를 보고
咏金錢花

우리 집에는 본디 화초가 없었는데, 아이들이 국화 두 분盆과 금전화[163] 몇 그루를 얻어 와서 뜰에 심었다. 가을이 되자 피었기에 보고 짓는다.

누가 좋은 꽃을 보냈나
우리 집 섬돌 앞에 심었노라.

가지마다 솜털이 곱게 돋았고
송이송이 금전을 흩어 놓은 듯.

아침이면 이슬에 젖어 더욱 어여쁘고
석양이 비치면 다시 또 선명해라.

복숭아·오얏꽃과 곱기를 다투기 싫어
국화 옆에서 같이 피었구나.

---

163 금전화(金錢花): 하국(夏菊). 다년생 꽃으로 늦여름에서 가을 사이에 핀다.

영광 길에[164]
靈光道中有作

전라도 남쪽 땅 두루 돌아보고
영광靈光으로 나는 또 가노라.

뜬 구름 해변을 감도는데
산마루의 나무 숲 외로운 성이 아득해라.

긴 여정에 말도 멀리 달려
가을바람에 귀밑머리 세었구나.

남아의 사방지四方志[165]는
공명을 위한 것만은 아니라네.

---

164 원제는 "정유년 가을, 남방의 여러 고을을 유람하고 영광으로 가는 길에 짓다"
   이다.
165 사방지(四方志): 『예기·사의(射義)』에 남아가 태어나면 뽕나무 화살·쑥대 화살을
   천지사방(天地四方)으로 여섯번 쏜다고 하였는데, 이는 남자는 큰 뜻을 품고 활동해
   야 함을 의미한다.

월출산을 바라보며
望月出山

1

남도에는 명산도 많거늘

오직 여기 산세가 맑고 빼어나라.

천 봉우리 창공에 뾰쪽뾰쪽

구정봉九井峰[166] 푸른 하늘로 솟았구나.

황금전黃金殿에 아홀牙笏을 들고

백옥경白玉京에 부용이 곱게 핀 듯.

언제 한번 저 정상에 올라

만산이 평평함을 둘러보리라.

2

월출산 남방의 진산鎭山이니

천 봉우리 옥을 깎아놓은 듯

봉황이 날아오르는 걸 보니

멀리 바라봄에 상서로운 구름 감도는구나.

---

166 구정봉(九井峰): 월출산의 돌 봉우리이다. 이곳에 웅덩이 아홉개가 있어 붙여진 이름으로, 가뭄이 심한 때에도 마르지 않는다는 말이 있다.

맑은 기운 창해蒼海에 닿아 있고
광채는 자명紫冥[167]으로 움직인다.

남국의 훌륭한 인재들
이 산의 빛나는 영령인 줄 알겠노라.

전라 우수영
全羅右水營

명을 받은 천군千軍의 장수
이름난 성, 큰 바다 굽이진 곳에 있네.

누선樓船은 항구에 늘어서 있고,
분칠한 성가퀴에 바닷물 부딪친다.

형승은 하늘이 마련한 곳이요
경영은 귀신의 책략 사용한다네.

군문에 별일이 없다 하고
태평루太平樓[168]에서 춤추고 노래만 하네.

---

167 자명(紫冥): 하늘을 가리킴. 이백의 시 「여제공송진낭장귀형양(與諸公送陳郞將歸衡陽)」에 "형산은 푸르고 푸르러 자명으로 들어간다[衡山蒼蒼入紫冥]"라는 구절이 있다.

순천을 지나며
過順天

1

원림에는 소나무·대나무 없는 곳 없고
고을 어귀 마을, 눈 돌리는 곳마다 새롭다.

백제의 산세는 바다에 다다라 다했고,
삼한의 민속은 지금에 이르도록 순박해라.

하늘가 자색 기운 뉘라서 알 수 있으랴
허리에 청평검靑萍劍[169] 저절로 신령스럽다지.

웃으며 한가로이 성 밖 길로 나오니
흰 구름 남쪽에 떠 포구 가득 메우네.[170]

2

누대는 그림 같고 물은 쪽빛처럼 푸르른데
성 위에 끼인 안개 비췻빛 아지랑이 섞여 있네.

---

168 태평루(太平樓): 태평루는 수영(水營)에 있다. 병사, 수사들이 오로지 가무만을 일
　 삼기 때문에 말한 것이다 ── 원주.
169 청평검(靑萍劍): 중국 고대의 보검(寶劍) 이름.
170 내가 오랫동안 유람하느라 행색이 남루해졌다. 남쪽 백성이 무지하여 추노(推奴)
　 하는 사람으로 여겼다. 가는 곳마다 어리석고 완고하여 우스꽝스런 일들이 많았기에
　 말한 것이다 ── 원주.

여기 아름다운 풍광 나그네의 괴로움 말할 것 없소
순천[171]은 예로부터 소강남小江南이라 일렀더니라.

환선정[172]
喚仙亭

가벼운 구름 뭉게뭉게, 푸른 물결 밝고
아로새긴 열두 기둥 상쾌한 기운 생기네.

툭 트인 밖으로 환선정喚仙亭이 우뚝 서 있는데
생황·퉁소 부는 소리 멀리 예주성蘂珠城[173]에서 들리는가.

장흥 길에서
長興道中

세월이 흘러 어느덧 가을도 저무는데
가고 또 가서 몇몇 곳이나 돌아보았던고.

---

171 순천: 원문은 승평성(昇平城)으로 순천의 옛 이름이다.
172 환선정(喚仙亭): 순천의 동천(東川)가에 있었던 정자.
173 예주성(蘂珠城): 도교에서 신선이 사는 궁전을 가리키는 말.

달리던 수레 때때로 멈추고

취한 기분에 웅검雄劍을 자주 뽑아보노라.

넓은 바다에는 운무가 쌓이고

풍진 속에 가는 길 어려워라.

평생 사방의 뜻 품었거늘

이제 와서 편안함 구하리오.

두 벗을 생각하며[174]
憶兩友

1

내겐 두세 벗이 있는데

함께 동쪽 바닷가에 있다네.

---

174 원제는 "권영숙(權永叔)이 두 벗을 그리는 시를 부쳐왔기에 그 운에 화운하여 영숙
과 수창하고 아울러 정문옹(鄭文翁)에게 부치다"이다. 권영숙은 권수(權脩, 1618~?)
로, 본관은 안동이며, 영숙은 자이다. 양촌 권근의 9대손으로 부친은 병조판서를 지
낸 권진(權縉)이다. 1646년(인조 24)에 생원시에 급제하고, 1665년(현종 6) 정시을과
에 급제하였다. 미수의 종형인 허후(許厚)의 문하에서 수학한 것으로 보인다. 미수
허목의 『기언(記言)·별집』 제9권의 「고양산수기(高陽山水記)」에 권영숙이라는 이름
이 등장한다. 정문옹은 정동직(鄭東稷)이다. 반계는 그의 죽음을 애도하여 친형제와
다름이 없다고 고백한 바 있다(「도정문옹悼鄭文翁」).

발분發憤하여 고인을 좇고

근본을 도탑게 하고 부화浮華를 털어내기 힘쓰네.

심법心法을 논함에 엄밀히 하고

말이 크지만 자만하지 않으니.

서로 날 추워진 후의 소나무 될 것을 기약하며

아름다운 복사꽃을 부끄러워하네.[175]

근래 친구와 떨어져 지내는 외로움 있으나

호한湖漢의 길은 멀기만 하네.

물가에 어느덧 가을빛이 드니

덧없이 세월이 흘러감을 탄식하네요.

임단臨湍[176]으로 귀양 가다니 참으로 뜻밖이오

세상살이 험난한 일 많구려.

시 보내 옛말을 이야기하니

나의 가슴 때리는 듯.

---

175 『논어』에 날씨가 추워진 뒤에 소나무와 잣나무가 시든다는 말이 있다. 소나무의
지조를 드러낸 말이다(『논어·자한(子罕)』). 원문의 요도(夭桃)는 고운 복사꽃으로,
아름다운 여인을 비유하는 말로 쓰인다.

176 임단(臨湍): 임단은 장단(長湍)의 옛 이름이다. 당시 문옹(文翁)이 뜻밖의 일 때문
에 이곳으로 귀양 갔다 ── 원주.

아득한 하늘 끝에서 서로 생각하니
물 깊고 산 우뚝우뚝.

어찌하면 즐거운 모임 하게 될까
달을 바라보며 함께 시 읊는 날 기다리세.

2
하나의 이치 동정動靜을 꿰뚫고
만물엔 끝이 없어라.

옛사람 마음 유심히 들여다보니
꿈에 이따금 훈화勳華[177]와 어울리기도 하네.

꿈이 깨어 스스로 기쁨을 삼을 뿐
어찌 감히 남에게 자랑하리오.

한동이 술로 천화天和[178]를 열고
서재의 창에 가을꽃 가려 두었네.

멀리서 동심우同心友 생각하는데
서울은 아득히 멀기만 하구나.

---

177 훈화(勳華): 요임금과 순임금의 시대. 태평시대를 일컫는 말.
178 천화(天和): 천지조화, 곧 자연과의 조화로움.

서로 같이 학문에 힘쓰기로 기약했으되
세월만 하릴없이 지나버렸소.

가을바람 툭 트인 하늘에 불어도
큰 바다엔 작은 파도만 이네.

아득하여라, 도道의 원대함이여
바른 길 따라서 모름지기 채찍을 휘두르리.

얼굴 마주한 지 얼마나 되었는가
고개 드니 구름 산 우뚝하오.

천리 사이에 이 마음 함께하니
탄식하며 이에 읊조림 이루었소.

두 벗을 생각하는 시
憶兩友 權脩

나는 유선생을 추억하는데
멀리 하늘 끝에 계시지요.

그 말씀 그 용모 대하기 어렵거늘

홀쩍 세월만 흘러갔소.

올 봄에 한번 뵙게 되면 깜짝
학업이 진전됨을 감탄하겠지요.

우리가 귀히 여기는 바 결실에 있으니
봄에 꽃이 화려함을 말할 것이 있으리까.

한번 만나 곧 헤어지고서
쓸쓸히 먼 길을 바라본다오.

동지는 헤어지기 쉽고
세상일 날로 어긋나네요.

웬일인가 수양首陽 사람[179]
평지에서 풍파를 만나다니.

우리의 도 더욱 외로워져서
불현듯 마음이 울리네요.

---

179 수양(首陽) 사람: 수양은 해주(海州)의 별칭, 정문옹(鄭文翁)의 본관이 해주이기 때
  문에 수양 사람이라고 한 것이다. 해주의 주산이 수양산이다. 그런데 고결한 인물로
  유명했던 백이·숙제가 수양산에 들어가 고사리를 캐먹었다는 고사가 있어서, 여기
  서 수양 사람이라고 한 데는 정문옹의 인품을 암시하는 뜻도 내포되어 있다.

단수湍水[180]는 유유히 흐르고
변산邊山은 멀리 높고 높아.

떨어진 양쪽 바라보며 문을 닫고 앉아
속절없이 새로 시를 지어 읊조리노라.

유소사[181]
有所思

아침에 생각이 나더니
저녁에 또 생각이 나는구나.

생각하는 곳 어디인가
아득히 하늘 저쪽 끝이라오.

어찌 혈연의 친척만 생각하리오
친구 사이는 도의로 기약하는데.

만나보기 참으로 어려워라
오래도록 소식도 모르고.

---

180 단수(湍水): 임진강의 별칭, 정문옹(鄭文翁)이 이 지역으로 귀양을 가 있었다.
181 원제는 "유소사 한수를 지어 다시 권영숙·정문옹에게 부치다"이다.

창 앞에서 소월素月을 마주 보고
천리에 서로 마음을 알아주길 바라노라.

세월이 흘러감 안타까워라
쓸쓸히 사람을 슬프게 만드는구나.

권영숙에게[182]
酬永叔

군후君侯[183]는 큰 뜻을 품어야 하는데
걸출한 데다 재주도 기이하도다.

문사文詞는 논할 것이 못되는 법
도의道義 깊은 바탕이 있어야 하리.

경세의 술책 말하건대
자신을 수양함으로부터 펼쳐진다오.

---

182 원제는 "영숙과 수창하며 겸하여 문옹(文翁)에게 편지하다"이다.
183 군후(君侯): 진(秦)·한(漢)대에는 열후로서 승상이 된 자를 가리키는 말로 사용되
  다가, 이후에는 달관(達官)·귀인(貴人)을 가리키는 말로 사용되었다.

나의 부족한 자질 다행히도 받아주어
함께 나아가길 기약했지요.

서로 어울려 탁마琢磨를 하며
서울에서 함께 십년을 지냈거늘.

만나고 헤어짐 참으로 무상하여
세파에 어긋나는 일도 많았지요.

이 몸이 바닷가로 내려오고부터
삼수參宿와 상수商宿[184]처럼 서로 하늘 끝에 있어.

아득하게 서로 만남이 가로막혀
외롭게도 슬픔에 젖어 있다니.

가다가 한번씩 만나긴 해도
만나면 곧 헤어지고

자맥紫陌[185]에는 여름 볕이 밝고
외로운 배에 가을 꿈이 더디네요.

---

184 삼수(參宿)와 상수(商宿): 별자리 중 삼수는 서방에 있고 상수는 동방에 위치해 서
   로 멀리 떨어져 있어 만나기 어려움을 비유한 말.
185 자맥(紫陌): 도성의 도로를 가리키는 말.

병든 몸으로 국화꽃 향기 맡으며
옛 책을 한가롭게 펼쳐들다가.

적막한 가운데 발을 내리고
조용히 상념에 잠기기도 합니다.

백대의 시간 먼 줄 모르겠으니
옛 성현 여기에 있는 것 같아라.

천지간에 만상이 함축해 있고
흉중의 의혹이 정리되네요.

친구와 더불어 토론하고자 하나
길이 멀어 찾아가기 어렵도다.

이 뜻을 마음속에 끝내 잊지 못하니
어느 때 노기弩機[186]를 묶으리오.

간곡한 뜻 마음에 맺혀 있음에
아녀자의 정과는 다른 것이라.

구름과 안개 바라보면 더욱 희미한데

---

186 노기(弩機): 쇠뇌〔弩〕의 발사 장치를 가리키는 말로, 만남을 고대하는 상황을 비유함.

화산華山은 저 서편 하늘에 서 있지요.

우리 도道 어찌 끝내 외롭기만 하리오
곤鯤·붕鵬[187] 이때를 얻을 기회가 있거늘.

그대들 스스로 깊이 아껴
청송의 자태 더욱 잘 보호하기 바라오.

천년의 일 우리 서로 기약하여
촌심寸心을 이해하는 것으로 출발하세.

허숙옥許叔玉[188]에게 주다 무술년(1658)
贈許叔玉 戊戌

나의 귀밑머리에 흘러간 세월 놀라고
풍진 속에 그대의 재주 안타깝도다.

고을 원댁에서 상봉하여

---

187 곤(鯤)·붕(鵬): 상상 속의 새인데, 조건이 갖추어지면 하늘을 날아 멀리 날아갈 수 있다고 전한다.

188 허숙옥(許叔玉): 허순(許珣, 1633~?) ─ 원주. 숙옥은 그의 자. 미수 허목의 『기언·별집』 제10권에 「발허상사순가장김생진적(跋許上舍珣家藏金生眞蹟)」에 의하면, 허순은 허목의 일가로서 사마시(司馬試)에 합격한 성균관 유생이다.

국화주 잔에 취했고

나루에 서서 떠나는 배 멀어지는 것 바라보며
해지는 성루城樓에서 피리 소리 애달팠네.

내일 아침이면 각기 헤어질 텐데
속절없이 망향대에 올라서 바라보겠지.

서울의 벗에게 부치다
寄京中親友

오랜 객지생활 수심도 많거늘
가을이 되니 친구가 더 그리워지네.

방언은 늘 들어 익숙해졌는데
옛 친구 생각나도 가까이 하기 어려워라.

백설가[189] 그 소리 어찌도 괴로운가

---

189 백설가(白雪歌): 아주 높은 수준의 노래를 가리키는 말. 하리가(下里歌)·파인가(巴
人歌)와 대칭되어 일컬어진다. 전국시대 초나라 수도 영(郢)에 노래를 잘 부르는 사
람이 있었는데, 처음엔 당시 유행하던 하리가와 파인가를 불렀더니 따라부르는 사람
들이 아주 많았다고 한다. 그런데 높은 수준의 백설가와 양춘가(陽春歌)를 부르자 따
라부르는 자가 거의 없었다고 한다.

청평검 이 칼은 신령스럽도다.

편히 잘 있다고 말하지 말라
지금 해내에는 병란이 그치지 않는 걸.

가을에 배 타고 바다에서 놀며
秋日泛舟遊海, 舟中作

저문 해에 창해에서 노니니
단구丹丘[190]가 어딘지 알아보고 싶어라.

바다 물결 위에 헌악軒樂[191]을 펼치고
아득한 천지에 노부魯桴를 띄우노라.

물은 오吳와 초楚[192] 땅으로 연했고
하늘은 계주薊州[193]와 요동으로 닿았도다.

---

190 단구(丹丘): 전설에 신선이 산다는 지역.
191 헌악(軒樂): 『장자·지락(至樂)』에 나오는 말로, 헌원씨가 동정의 들판에서 음악을
　　연주하자 새는 높이 날아가고 짐승들은 모두 달아났다고 한다. 우리나라 궁정악에
　　헌가악이 있는데, 이와는 다른 것으로 보인다.
192 오(吳)와 초(楚): 현재 중국의 호북성과 강소성 지역을 가리키는 옛 이름.
193 계주(薊州): 중국의 산해관에서 북경으로 가는 데 있는 지명. 현재는 천진시 계현
　　으로 되어 있다. 다른 본에는 '劍' 자로 되어있으나 '薊' 자의 오류이므로 바로잡는다.

머리 돌려 바라보는 연무 속에

높이 노래 불러 먼 물가로 부치노라.

천층암[194]
千層菴

조촐한 경지 티끌 하나 없는데

우뚝이 솟은 절집 한채 서 있구나.

별들은 바위에 위아래로 벌려 있고

해와 달 지붕 위로 뜨고 지고.

선계를 밟아보지 못했거늘

어떻게 조화의 섭리를 알리오만.

난간에 기대앉으니 만가지 시름 사라져

이 몸이 영풍泠風[195]을 타고 오르는 듯.

---

194 변산의 절벽 위에 있다 ─ 원주.
195 영풍(泠風): 신선의 경지에서 부는 바람을 이르는 말.

동백정[196]
冬栢亭

절벽 위로 바다에 높은 정자
사방으로 툭 트였구나.

천지는 쌓인 기氣 가운데 떠 있고
도서島嶼는 하늘과 맞닿은 곳에 띄엄띄엄.

삼천굽이 파도에 고래가 뛰놀고
구만리 바람 속에 붕새가 날갯짓 하네.

항시 장관을 구경할 뜻 품었더니
오늘 여기서 가슴속의 번뇌 씻어내누나.

---

196 무장현 북쪽에 있는데 해안에 우뚝 서 있다 —— 원주.

기출암[197]
起出菴

1

어느 해에 비 오고 우레 쳐서
신룡이 이곳에서 솟아올랐던가?

속절없이 유적만 여기 남아
검푸른 절벽이 천백층이다

2

절벽이 열려 용은 지상으로 날아오르고
바위는 세월이 흘러 학이 꼭대기에 깃들었네.

기이한 경지 신이 응당 보호하여
천년토록 이 비경 온전하여라.

---

197 선운산에 있다. 전설에 용이 바위를 가르고 솟아올랐다고 하여 이름 붙여진 것이
  다——원주. 현재 고창군 아신면에 이 암자의 터가 남아 있다.

도솔전¹⁹⁸
兜率殿

1

길이 가파른 천층 계단 위에
바위 평평하여 도솔전이 서 있다.

구름 노을 깊은 골짝을 감췄고
은하수 처마 옆으로 걸렸네.

긴긴 해에 선단仙壇이 고요한데
찬 소나무에 학의 꿈 맑아라.

문득 세상일 다 버려두고
여기서 장생술 배울 생각 든다.

2

세상 밖에는 달리 있을 곳이 없는 줄 여겼더니
호리병 속에 별유천지가 있다더군.¹⁹⁹

---

198 선운산에 있다 — 원주. 선운산에 속한 암자인 도솔암에는 도솔천 내원궁이 있는
데, 바로 이를 지칭한 것이다. 불상의 배꼽에 비기(秘記)가 감추어져 있다 하여 동학
농민전쟁 시에 이 비기로 민심을 끌어모으는 데 이용한 바 있다.
199 동한(東漢)의 비장방(費長房)은 시장을 관리하는 아전으로 있었다. 그곳에 어떤 노
인이 호리병 하나를 걸어놓고 약을 팔았는데, 장이 파하자 호리병 속으로 들어갔다.
비장방은 이 광경을 보고 그가 비상한 사람임을 알았다. 다음날 비장방이 그 노인을
찾아가자, 노인은 비장방을 데리고 함께 그 병의 속으로 들어갔다. 그 안에 좋은 안

신선이 응당 이곳에 머물련만
날짐승도 날아오르기 어렵다네.

정계淨界에 금빛 모래[200] 펼쳐 있고
먼 하늘에는 옥경玉鏡이 매달려 있다지.

특별한 기운으로 빚은 장춘주長春酒[201]
북두칠성 자루가 돌고 있단다.

다시 동백정에서 놀며
再遊冬栢亭

1
꽃나무 삼춘三春[202]에 저무는데
백척의 정자에 올라 다다랐네.

하늘과 땅, 쌓인 물 받아들이고

주와 술이 차려져 있어서 같이 마시고 다시 속세로 돌아왔다고 한다. 그래서 선경이
나 특별한 경지를 지칭하는 말로 쓰였다.
200 금빛 모래[金沙]: 도가의 문자. 금사는 금석을 제련하여 단약으로 만드는 것을 말
한다.
201 장춘주(長春酒): 마시면 오래 젊음을 유지한다는 술.
202 삼춘(三春): 봄의 석달, 맹춘(孟春), 중춘(仲春), 계춘(季春)을 이른다.

해와 달, 너른 바다에서 움직이네.

홀로 서서 아득히 먼 옛날을 바라보면서
골똘히 생각해보니 세상 밖 형상이 있었네.

신경神京[203]이 어느 곳에 있는가
나 창명滄溟[204]에 떠오르고 싶어라.

2
모든 것 포용하여 바다는 광활한데
아득하고 아득해라, 팔방으로 열렸구나.

혼돈의 상태 조화로 분별하니
우주간에 이 누대로다.

감흥은 군산열도로 묘연히 빨려들고
정신은 칠산도七山島[205]를 돌아 모였도다.

봉래산 여기서 멀지 않을 줄 알아
머리 들어 바라보며 또다시 서성거리노라.

---

203 신경(神京): 선도(仙都). 신선이 사는 곳을 가리킴.
204 창명(滄溟): 넓고 큰 바다.
205 칠산도(七山島): 서해(西海) 가운데 있는데, 조기가 많이 잡혀 해마다 봄철로 원근
   의 상선들이 사방에서 모여들어 시끄럽기가 시장과 같으므로 파시전(波市田)이라 한
   다(『만기요람(萬機要覽)』 군정편 4, 「해방(海防)」).

봄날 우반동에서
愚磻春日卽事

연두빛 버들솜 하얀 눈처럼
바람도 가벼워 화창한 날씨.

초당에 다른 일 없어
봄날 솔바람 소리 꿈꾸노라.

우연히 짓다
偶題

사립문 하루 종일 열어놓고
동산의 백그루 매화 마주 보고 앉았노라.

향기로운 바람 창문 너머 들어와서 기쁘고
밝은 달 주렴 사이로 들어와서 아름답다.

어수대[206]에 올라
登御水臺

백제 땅 변산의 빼어난 경치는
천길이나 되는 어수대라네.

중천에선 웃으며 하는 말 펼쳐지고
상계上界[207]엔 티끌먼지 없다네.

상서로운 기운 삼신산에 둘러 있고
가을빛 만리에서 찾아오네.

술잔 멈추고 명월 기다리는데
견우성 북두성과 함께 배회하노라.

---

206 변산에 있다 — 원주. 심광세의 『휴옹집(休翁集)』에 의하면 어수대는 석자사 근방
에 위치해 있는데, 평평하여 수백 사람이 앉을 수 있는 정도이다. 세상에 전해지길,
신라의 왕이 이 절을 찾아와서 이 대 위에 올라 3년 동안 돌아가지 않았다고 한다. 현
재 행정구역상으로 부안군 상서면 청림리에 있다.
207 상계(上界): 신들이 살고 있다고 하는 하늘 위의 세계.

풍영정[208]
風詠亭

한줄기 물은 섬돌 아래 흐르고
천 봉우리 산이 눈앞에 벌여 있다.

달은 오늘밤 밝은데
정자는 만고에 매달려 있고.

우주의 무한한 뜻
강산도 세월을 잊은 듯.

노래하고 춤추던 이곳에서
지금 다시 이별의 곡을 연주하는가.

허생의 금琴을 들으며
聞許生彈琴

냉랭하고 절절하더니 깊고 깊어라

---

208 광주(光州)에 있다 — 원주. 원래 김언거(金彦琚, 1503~84)란 인물이 벼슬에서 물
러나 지은 정자로, 퇴계 이황, 하서 김인후 등의 글과 함께 한석봉이 쓴 제일호산(第
一湖山)이라는 현판이 걸려 있다. 현재 위치는 광주광역시 광산구 신창동이다.

거문고 한 곡조에 천고의 마음이 담겼구나.

밝은 달 기나긴 밤에 곡조 끊이지 않더니
구름이 흘러가고 새벽빛 들어가네.

서울에서 나와 한강을 건너며
出京渡漢江有作

한강수 흐르고 흘러
천년토록 태화산太華山[209] 돌아서.

기운은 훌륭한 인물의 저택에 감추어졌고
정신은 제왕의 궁궐을 싸고 있다.

해는 길어져 가는 물결 출렁이는데
봄바람에 채익선彩鷁船[210] 아득하여라.

---

209 태화산(太華山): 여기서는 삼각산을 가리키는 듯하다. 삼각산의 별칭이 화산인데,
   화산을 태화산이라고도 했다. 원래 중국의 오악(五嶽)의 하나인 화산을 태화산이라
   고 일컬었기 때문이다.
210 채익선(彩鷁船): 화려하게 장식한 배를 가리키는 말. 익(鷁)은 물새의 일종인데 이
   것을 뱃머리에 새겨놓아서 붙여진 말이다. 여기서는 일반 배를 가리키는 말로 쓰임.

청심루清心樓[211] 올라가고 싶어라

배를 멈추고 강물에 가득 떠오는 꽃을 기다린다.

대은정[212]에서 벗들과 작별하고 떠나며
戴恩亭留別諸益

무술년(1658) 봄에 내가 한양을 떠나 부안으로 돌아왔다. 권영숙權永叔·이자응李子膺·이자인李子仁·황성구黃星耉·정언숙鄭言叔 등 여러 사람이 나를 전송하여 한강에 이르렀다. 배 안에서 서로 작별의 대화를 나누고선 대은정에 올라갔는데, 권영숙이 시 한수를 짓자 여러 사람이 모두 화답하고, 나 또한 이 시를 써서 작별하다.

한강수 도도히 흐르는데

용문龍門[213]은 아득히 비껴 있구나.

이날 높은 누대에 오르니

멀리 떠나는 정 아닐런가.

---

211 청심루는 한강의 상류인 여주 읍내에 있는데, 명승지로 유명하다. 그 서쪽 10리 거리에 별업(別業)이 있어 생각이 났다 — 원주.

212 대은정(戴恩亭): 서빙고 동쪽 강 언덕에 있던 인평대군의 정자. 임금께서 궁전을 철거하면서 얻은 목재를 하사하여 이 정자를 지었다고 대은(戴恩)이라는 이름을 붙였다고 한다.

213 용문(龍門): 용산 지역을 가리키는 것으로 추정된다. 원래 용산은 현재의 원효대교와 마포대교의 사이에 있었다.

나의보에 답하여[214]
羅宜甫以詩問次其韻酬之

1

초옥에 만그루 소나무 둘렀는데
구름 속 샘물, 샛별 아래 물을 긷노라.

밭 갈고 낚시질하고 노경에 마음 편한 줄 알겠고
참동계參同契[215] 시험하여 몸과 정신 수련하노라.

대숲에 이슬이 맺혀 베갯머리 시원하고
꽃은 봄바람에 피어나고 달은 뜰에 그득하네.

금로에 단약 아홉번 구워놓고[216]
친구 불러 요령瑤欞을 방문하노라.

2

동산의 소나무, 동청수 둘러 사철 푸른데
남쪽으로 내려온 지 오년이 지났구나.

---

214 원제는 "나의보가 시로써 우반동에 은거하는 것인지를 물으매 그의 시에 차운하
여 화답했다"이다.
215 참동계(參同契): 도교의 연단(煉丹), 즉 도가의 단약(丹藥) 경전 중 하나. 총 3권으
로 후한(後漢) 때 위백양(魏伯陽)이 지었다. 연단과 도교의 신선사상, 그리고 『주역』
의 3자가 서로 맞물려 있기 때문에 '참동계'라고 부르게 되었다.
216 단약은 아홉번의 긴 반복 과정을 거쳐야 만들어질 수 있기 때문에 구전환단(九轉
還丹)이라 부른다.

병을 안고 달팽이처럼 칩거해 있으니

문채를 이루는데 어찌 표범이 제 모습 감추는 것 본뜨리오.[217]

섬돌 아래 이슬 머금은 꽃, 향기가 문틈으로 들어오고

산 위에 뜬 달이 사람 따라 그림자 뜰에 머무네.

맑은 시에 힘입어 메마른 폐가 다시 살아나니

봄날 난간에 앉아 홀로 읊조린다.

유거[218]
幽居

고요한 안석에 대나무 그림자 들어오고

석단에는 송화가 날리는 때로다

도심道心이 묵묵히 처음 돌아오는데

더딘 해 뉘엿뉘엿 지려는구나.

217 『열녀전(列女傳)』에 의하면, 남산(南山)에 검은 표범이 있는데, 비가 오거나 안개
가 낀 날에는 밖에 나가 먹이를 먹지 않는다. 그 까닭은 바로 자기 모문(毛文)을 더럽
히지 않고 윤택하게 잘 보전하기 위해서라고 한 데서 온 말이다. 세상에 나가지 않고
은거하여 몸을 깨끗이 하는 군자(君子)에 비유한다.
218 6언시. 어떤 사람의 시에 차운하여 — 원주.

사산 송씨의 서재 기해년(1659)
題簑山宋氏書齋 己亥

사산 처사의 댁에 다시 들렀는데
주인의 높은 의기 구름처럼 높더라.

향기로운 차 잔에 넘치고 송주松酒도 향기롭다
상 위에 채소며 해물이 그득하네.

논밭에 봄비가 흡족히 내리고
문전에 버드나무 녹음이 푸르러라.

밭 갈고 김매는 일 게을리 하지 마소
이슬 서리 내릴 적에 곡식이 저절로 풍족하리.

비 갠 뒤 초승달
雨後見新月

비 갠 뒤 초승달 보니
사람의 심경 맑아진다.

잠 못 이루고 언덕에 앉았노라니
긴 밤에 하늘이 밝기만 하다

배공근²¹⁹에게 답하다
答裵公瑾

인仁은 도심이 되고, 공경하는 마음 곧아
만물은 번성하지만 길은 하나이니.

보고 듣기만 하면 정에 끌리기 쉬우니
모름지기 이 속에서 깨어 있어야 하리.

청하자_{靑霞子}²²⁰의 부음 듣고
聞靑霞子化去

동국의 청하자
자취 감추고 도를 온전히 닦아.

---

219 배공근(裵公瑾): 공근은 배상유(裵尙瑜, 1610~86)의 자이다. 호는 만학당(晩學堂)이
며 본관은 성주. 병자호란 이후 숭정처사(崇禎處士)로 자처하며 현재 김천의 만력동
에 은거하여 학문에 정진하였다. 1678년(숙종 4) 상소를 올려 심학성리(心學性理)의
요체와 함께 당론에 기울지 말고 어진 인재를 등용할 것을 주장하였다. 이때『반계수
록(磻溪隨錄)』의 주요 내용을 시행할 것을 말한 바 있다. 성리설에 관한 자기의 견해
를 밝힌 반계의 편지가 있다. 저술로『만학당문집(晩學堂文集)』이 전한다.

220 청하자(靑霞子): 권극중(權克中, 1585~1659)의 호. 자는 정지(正之), 본관은 안동.
『참동계주해(參同契註解)』를 저술했고, 문집으로『청하집(靑霞集)』이 있다. 반계의 연
보에는 반계 36세 때 마원석실(馬原石室)로 청하자를 찾아가 도교의 수련법에 대해
토론하였고,『참동계주해』를 보고서 한두가지를 수정하기도 했으며, 그의 자료를 베
껴온 것으로 나와 있다.

천년 금약金鑰[221]의 비전秘傳
태초에 일기一氣가 먼저였다네.

정靜을 오래하매 원화元化[222]를 보고
신神이 노닐어 열선列仙에 짝 했다지

참동계參同契에 해석을 남겨
후인에게 전하도록 했도다.

장마 끝에 날이 갠 경치
積雨始霽卽景

석달 내내 비가 내려
오래도록 안개가 사방을 막더니,

오늘 아침 먼 산이 바라보이고
해가 푸른 하늘에 떴구나.

---

221 금약(金鑰): 도가서(道家書)를 일컫는 말. 대개 옥시금약(玉匙金鑰)으로 일컬어지는
   데 옥시는 이〔齒〕를 금약은 혀〔舌〕를 지칭한 것이 전하여 도가서를 지칭하게 되었다.
222 원화(元化): 본성, 또는 변화의 근원.

사미봉으로 올라
上邊山沙彌峯, 登東臺

천굽이 오솔길을 올라
만길 동대東臺에서 쉬노라.

높이 오른 것[223]은 오늘 일인데
백년의 회포 툭 트인 듯.

하늘 밖으로 맑게 갠 빛이 닿았고
저 멀리 바다 끝에서 바람이 불어온다.

세상의 속박을 떨쳐버리고 보니
해가 지도록 돌아갈 줄 모른다네.

---

223 오를 등(登)자는 다른 본에는 멀 원(遠)으로 되어 있다 ── 원주. 그 경우 해석은 멀리 간다는 의미가 된다.

환상인에게[224]
書贈歡上人

문을 닫자 선방이 고요하고
창을 여니 만리를 통하네.

마주 대해 한마디 말도 없이
조촐히 앉아 솔바람 소리 듣노라.

성도암에서 그곳 스님에게 주다
遊成道菴, 贈居僧

암자 높아 속기를 벗어났고
지경이 조촐하니 구름도 다르다.

산에 사는 사람에게 물어보자.
세상 근심 다 잊었는가?

---

224 성도암은 변산 사미봉에 있다 —— 원주. 원제는 "성도암成道菴에 묵으며 환상인에게
써주다"이다.

변산에서 일출을 바라보다
邊山望日出

금계金鷄[225]가 울자 새벽이 다가오고
은빛 바다[226]는 대지의 동쪽에서 열리네.

붉은빛 삼만리에 흩어지니
둥근 해 하늘 위로 처음 솟아오른다.

변산에서 노닐며 짓다
遊邊山作

변산 겹겹이 쌓인 봉우리 빼어난데
가을 감흥도 무한해라.

신선 세계에 폭포수 쏟아지고
사람들 곱게 단풍 든 사이로 걸어가네.

---

225 금계(金鷄): 도가에서 천상계의 도도산(桃都山)에 산다는 새의 일종으로, 새벽이
되어 이 새가 울면 천하의 닭들이 따라 운다고 한다(『회남자(淮南子)』).
226 은빛 바다: 도가에서 사람의 눈동자를 가리키는 말이다(소식(蘇軾) 「설후서북대
벽(雪後書北臺壁)」).

시구를 얻으니 속된 말이 아니오
술을 따라 벗께 권하노라.

잠깐 소나무 아래서 잠드는데
먼 계곡에서 선선한 바람 불어온다.

왕재암[227]
王在菴

왕재암 어디에 있나?
변산의 제일봉에 있지요.

봉우리 위로 뜨는 해 먼저 비치고
산마루에 전나무 바람에 흔들리네.

술을 준비하고 벗들을 불러
거문고 타며 원공遠公[228]처럼 놀아보세.

---

227 왕재암: 『동국여지승람』에 왕재암은 옥순봉 동쪽에 있는 것으로 나와 있다.
228 원공(遠公): 동진(東晉)의 고승 혜원(慧遠)을 가리킴. 그는 여산(廬山, 현재 강서성
　　에 있음) 동림사(東林寺)에서 백련사(白蓮社)를 결성, 명유들과 교유한 것으로 유명
　　하다.

이곳에서 마음껏 즐기기를 기약하여
종일토록 노송 아래 앉았노라.

정문옹을 애도하다
悼鄭文翁

마음에 꼭 맞는 이 친구
친형제와 다름이 없었고.

존덕성尊德性을 참으로 알아
지키는 도리 경륜에 합하였다.

봉鳳이 날아가니 하늘이 어둡고
용이 사라지자 큰 물이 말랐구나.

백년지기를 잃은 이 아픔
멀리 하늘 끝에서 눈물만 적시노라.

갈담역[229] 지나는 길에
葛覃驛途中

협곡의 겨울날 짧아 봄볕 같은데
골짜기 물가에서 나그네 채찍을 멈추었노라.

행인에게 갈 길을 물어보니
흰 구름 떠도는 남쪽 산 너머가 순창淳昌이라네.

동복[230] 가는 길에
同福途中

구름과 물 천년의 땅에
가도 가도 산, 사방이 똑같네.

하늘에 무악毋岳이 솟아 있고
해는 서석대瑞石臺[231]에 비치는구나.

---

229 갈담역(葛覃驛): 역 이름. 현재 전라북도 임실군 강진면 갈담리라는 지명으로 남아
    있다.
230 이때 동복(同福)은 무슨 일로 혁파되어 화순和順에 소속되었다 ─ 원주. 현재는 전
    라남도 화순군에 병합된 고을 이름.
231 서석대(瑞石臺): 무등상 정상, 무등산의 별칭이 서석산이다.

흥망은 사람에게 달려 있고
풍흉으로 농사일 헤아리지.

연주산連珠山[232] 멀지 않을 줄 알겠는데
말에 몸을 맡겨 가을바람 노래하네.

신여의 시에 차운하여
釋信如, 投寄一律, 次其韻酬之

속세를 도피했거늘 어찌 원망과 시름이 있으리오
가부좌하고 마음은 하늘로 날아오르네.

향연이 일찍 피어나 향로가 따스하고
봄눈이 막 처음 녹아 계곡물이 불어난다.

천지가 고요한데 오직 일물一物이 있고
아침저녁 바뀜으로 몇천년이 지났는지.

봉래산 꼭대기 비로봉에서
그대와 반나절이라도 만남을 기약하세.

232 연주산(連珠山): 현재 화순군 능주면 지역에 있는 산 이름.

춘주春洲²³³
賦得春洲三律

1

부안 땅 2월 저문 날에
한가롭게 춘주春洲로 나가니,

밀물이 들어와 해안을 지우고
돛단배 멀리 떠도는구나.

기심機心²³⁴을 잊으니 물새는 가까이 다가오고
고기도 뜻을 얻어 자유롭게 노네.

호탕한 즐거움 무한하니
물결 따라 조그만 배를 띄우노라.

2

오늘 뜻밖에 즐거워
춘주에서 마음껏 노니노라.

---

233 원제는 "경자년(1660) 봄 왕포(王浦)에서 놀다가 매우 즐거워 춘주 3수를 읊다"
이다.
234 기심(機心): 꾸미거나 속이려는 마음. 장자는 일에 대처하여 변하려는 마음이 있는
것을 기심이라고 했다(『장자·천지』).

안개 낀 물가에 해가 지는데
매화며 버들가지 갯마을이 그윽하다.

물 차며 가볍게 나는 제비
모래사장에 물새들 자유롭구나.

누가 알리오, 여기 속세 밖에
어부도 공후公侯를 부러워하지 않는 줄.

3
맑은 물가에 앉았노라니
물은 급히 흐르는구나.

멀리 떠 있는 배 어느 포구로 돌아가는가?
꽃다운 풀 모래톱에 널렸구나.

비 개어 모래는 깨끗이 씻은 듯
밀물에 땅이 떠오르는 듯.

봄바람 불어 그치지 않는데
마음껏 갈매기와 짝하고 싶어라.

반계 죽당의 봄날
磻溪竹堂春日

높은 산 동쪽 끝 제포濟浦에 볕이 들고
대숲 그윽한 곳엔 매화 향기롭다.

한가한 서재에서 책 덮으니 소일거리도 없고
꿈에 솔바람 소리 듣노라니 봄날이 길어라.

용봉산 석대[235]
登龍鳳山石臺

신령한 경지 실로 너무 뛰어나
석대가 층층 구름 속에 싸여 있구려.

신선이 일산日傘을 남겨두어
용과 봉황 여기서 날아올랐다.

햇살은 깨끗한 금빛 모래에 오래 비추는데
하늘은 맑은 은빛 바다 너머로 멀구나.

---

235 원제는 "홍주(洪州)를 지나다가 용봉산 석대에 오르다"이다.

살펴보니 인간 세상 너무 좁아

안개 속에 논밭 나뉠 뿐이라네.

용봉산 석대에 올라[236]
登龍鳳山石臺

용과 봉황 어울러 오른 곳

하늘과 사람이 함께 감발되는 때로다.

신령한 신에게 뜻있는 줄 아노니

오늘부터 길이 서로 어울리리라.

고산[237] 위봉사[238]
入高山威鳳寺

묵은 빚으로 신령한 지경 남겨뒀으니

---

236 원제는 "용봉산 석대에 올랐는데 완연히 옛날 꿈속에서 보았던 경치와 같아 시 한
  수를 읊어 그 돌에 지었다"이다.
237 고산(高山): 현재 전북 완산군에 속한 고을 이름.
238 원제는 "신축년(1661년) 봄에 영남에서 부안으로 돌아왔는데 길이 고산 위봉사로
  이어져 내형(內兄) 자연(子淵)과 함께 올라가 보기로 약속하고 이 시를 지었다"이다.

봄 산을 다시 즐겁게 유람하리.

하늘 저 너머엔 구름 걸혔는데
세상의 시름 술로 씻는다오.

봉황은 어느 때에 오려나
고아한 이분 오래도록 머물고 있네.

단구丹丘[239]가 여기인 줄 아노니
어찌 바다에서 찾으리오?

허계이許繼而[240]를 애도하다
挽許繼而

두대에 걸쳐 온 집이 칭송되니
심설心說을 논한 것 10년 동안 전하네.

맑고 순박하여 진성眞性[241]을 드러냈고
효도하고 공경해 양지良知 지녔네.

---

239 단구(丹丘): 신선이 산다는 언덕을 가리킴. 밤이나 낮이나 항상 밝다고 함.
240 허계이(許繼而)는 허술(許述)이다 ― 원주.
241 '진(眞)'자는 아마도 '직(直)'자인 듯하다 ― 원주.

이별할 때 기약했던 바 있어

슬픈 소식 전해 듣고 꿈인가 했다오.

저승[242]에서 모르지 않는다면

응당 내 슬픈 마음을 알아주리라.

차운하여 휴정 당숙[243]께 드리다
次韻呈休亭叔

계속 글을 쓸 일이 있어서 거기에 골몰하여 다른 데 마음을 두지 않았습니다. 돌연 책상을 마주하니 기뻐서 삼가 당숙의 운자韻字를 따라 지어보았습니다. 율시 한수를 지어 올리니 한바탕 웃으시면 다행이겠습니다.

고금에 사물과 사람은 생동하고

천기 움직여 다시 봄 돌아오네.

호기豪氣가 일 방해한 줄 이제야 알고서

당시 몸 삼가지 못한 일 심히 부끄러워하네.

---

242 저승: 원문은 구원(九原). 구원은 전국 시대의 진(晉)나라 경(卿)·대부(大夫)의 묘지가 있었던 곳으로, 일반적으로 무덤·저승을 뜻한다.

243 휴정(休亭) 당숙: 유무(柳懋). 반계에게는 재종숙이 된다. 아래에 그에게 답한 시가 있다.

책 펼치니 자연히 근심 속 즐거움 있고
채소를 먹으며 병들고 가난함을 자임하네.

한가로이 오래 앉아 대나무 바라보는데
석실의 송창松窓은 세속과 떨어져 고요하오.

〔붙임〕 원운原韻

남쪽 와서 함께 북쪽 바라보는 이 되어
호향湖鄕에 우거한 지도 스무해 봄이로다

나이 들어 내 흰 귀밑머리 슬프고
병이 잦아 네가 백인百人의 몸임을 걱정하노라

시서詩書로 업을 삼아 청전靑氈[244]도 있는데
계옥桂玉[245] 같은 재물 없어 초막에서 지내네.

---

244 청전(靑氈): '청전구물(靑氈舊物)'의 준말로, 선조의 훌륭한 유물을 의미함. 진(晉)나라 왕헌지(王獻之)의 집에 좀도둑이 들었는데 도둑이 다른 물건을 훔칠 때는 모르는 척하고 누워 있다가, 탑상(榻牀)에 올라 손을 대려 하자, 왕헌지가 "그 청전(靑氈)은 우리 집안의 구물(舊物)이니 그냥 놔둘 수 없겠는가"라고 말하여 도둑을 놀라게 했다고 한다(『진서(晉書)』 권80, 「왕헌지열전(王獻之列傳)」).

245 계옥(桂玉): 땔나무는 계수나무같이, 쌀은 옥처럼 비싸다는 말도 살림이 무척 곤란함을 비유한다.

짝지어 고향 돌아갈 날 언제일까

지금도 변방에는 연기와 티끌 날리는구나.

휴정 당숙[246]께 답하다
酬休亭叔

병 나아 따뜻한 날 만났는데

시 보내와 헤어져 지내는 슬픔 일어나네요.

남보다 훨씬 뛰어나길 제 어찌 바라리까.

세상 피해 당숙께선 구하는 것도 없거늘.

근심과 즐거움 흐르는 세월에 잊었고

나아감과 물러남에 훌륭한 행실 사모했지요.

봄 유람에 모시고 완상할 길 없는데

송죽은 절로 맑고 그윽하구나.[247]

---

246 휴정은 나의 재종숙 유무(柳懋)의 호이다. 숙부는 병자년 난리 뒤에 연산(連山)으
로 피하여서 몸소 밭 갈고 홀로 착한 일을 행하며 다른 사람이 알아주기를 바라지 않
았다. 만년에 그 지조와 행실을 천거한 이가 있어 관직에 제수되었으나 나아가지 않
았다 — 원주.

247 종숙이 매양 우반동(愚磻洞)에 와서 지내고 산다고 말씀하셨으나, 오래도록 이루
지 못했다. 그래서 이와 같이 읊은 것이다 — 원주.

왕포에서 놀다[248]
遊王浦

강가 꽃은 비단같이 붉고
강물은 안개처럼 푸르구나.

흥이 지극해 내 마음 가는 대로 하고
봄날 맑아 이번 해에 즐겁기 그지없다.

산은 병풍 속 그림 같이 펼쳐 있고
사람은 강물에 비친 하늘 속에 있다.

천천히 노 저어 꽃다운 강가로 돌아오는데
소리 높여 읊다가 취해 잠들지 못하누나.

봄날 여주로 가는 말 위에서
春日驪興馬上

버들꽃 눈처럼 희고 풀은 자리같이 푸르러
말 타고 꽃을 찾아 십리의 봄.

---

248 원제는 "임인년(1662) 봄날, 왕포에서 노닐며 매우 즐거워 읊다"이다.

좋구나, 한해의 좋은 절기에
하늘 가득 풍경이 우리에게 족하지요.

천안 가는 길[249]
向天安途中作

안성 서쪽 바라보니 흰 구름 비껴 있어
먼 데 나그네 봄을 만나.

남으로 북으로 오고 가다 사람이 늙는데
산과 바다 천리 길을 또 이렇게 간다오.

제갈량 시에 화답하여[250]
寄來武侯詩

선생의 마음속 기약 누가 알아주랴?

---

249 원제는 "계묘년(1663) 봄, 서울에서 부안으로 돌아오는데 죽산(竹山)에서 천안(天安)으로 가는 길에 짓다"이다.
250 원제는 "나의보(羅宜甫)가 무후시(武侯詩) 한수를 보내었기에 그 시에 따라 화답하다"이다.

봄잠 자는 창가에 햇살 더디 들고.

고기가 물을 만나니 본디 대의 펼칠 때라[251]
불리워 나아감도 오직 이때뿐이었네.

순수한 충심 선생에게 있어 사당도 엄숙하고
남겨진 성루는 신과 통해 돌도 무너지지 않네.

출사표出師表 내고 나자 눈물에 옷깃을 적시고
지금껏 한漢나라의 운명[252] 슬픔 남았는가.

새벽에 배를 타고

갑진년(1664년) 9월 보름에 김계용金季用의 서재에 모여 이야기를 나누었
는데, 홍자장洪子章도 와서 함께했다. 밤 깊도록 거문고 소리 들으며 술도 몇
순배 돌았다. 삼경이 지나자 달빛은 더욱 밝고 앞 포구에 조수가 가득하기에
마침내 함께 배를 타고 바다로 나갔다. 아름다운 경치가 끝없어 흥이 일어남
을 막을 길이 없었다. 여러 사람들과 함께 호탕하게 노래하며 새벽까지 노닐
었는데, 자장이 배에서 먼저 절구를 읊었기에 그 시운에 화답했다.

---

251 유비(劉備)는 제갈량을 기용하자 고기가 물을 얻은 것 같다고 했다.
252 원문은 '염운(炎運)'. 한고조가 화덕(火德)으로 왕이 되었다 하여 한나라를 염한
　　(炎漢)이라 일컬었음.

1

우주는 언제 생겨난 것일까?
바다는 만리에 펼쳐져 있네.

배 띄우고 새벽 달 아래 노래하니
몸이 옥허궁玉虛宮[253]에 있는 듯.

2

삼천리 너른 바다에
아득히 배 한척 떠 있다.

목란주에서 옥피리 소리 들리니
가을날 새벽의 신선이라네.

성순경에게[254]
成生舜卿寄詩問幽居和之

나무하고 낚시질하며 가난도 편안한데

---

253 옥허궁(玉虛宮): 신선이 산다는 궁전.
254 원제는 "성순경(成舜卿)이 시로 내 안부를 물어왔기에 그에 화답했다"이다. 성순
경은 성후룡이다 ─ 원주. 초창기 소북문단의 영수였던 성이문의 둘째 아들인 성준
구의 서자. 그의 현손 가운데 영·정조대의 명문장가인 성대중이 있다.

다섯 이랑 농사지으니 은둔함과 다르구나.

비 온 뒤 산 자태 어디나 곱고
봄이 되어 물색은 때에 따라 새로워라.

매일 쓸 것 근심하니 도리에는 못 미치나
옛말을 즐기며 본성을 깨닫는다오.

느지막이 취해 날 저무는 줄 모르다가
일어나 대숲을 보니 더욱 마음 흡족하네.

성생成生에게 화답하다
酬成生

강 너머엔 안개 쌓였는데
별자리는 한해를 돌아왔군.[255]

벗이 부쳐온 뜻 소중하다
좋은 시구에 얼굴이 펴졌다네.

---

255 남쪽에 내려온 지 1년이 다 되어가 이같이 말했다—원주.

하늘과 땅이 오직 우리의 도이건만
경륜을 펼쳐 세상 구하기 어려워라.

옛 책에 묘리가 있으니
조용히 가져다 놓고 보리라.

달밤에 죽림에서[256]
雪月獨步竹林

동산의 대나무 추운 겨울에도 곧게 서서
눈 속에 보니 추위에 잠들지 못한 듯.

옥피리 소리 들려와 바위 골짜기를 울리고
하늘 가득 맑은 달빛에 옅은 안개도 없고.

---

256 원제는 "눈 내리는 달밤에 홀로 죽림을 걸으며, 성생이 보내온 시운으로 절구 한
   수를 읊었다"이다.

직연폭포에서[257]
玩直淵瀑布

누대 올라 폭포 감상하며 바위에 앉아
긴 여름에 소리 높여 읊으니 햇빛도 새롭구나.

연못 속에 숨은 용 분명 뜻이 있으리니
어느 때 비를 일으켜 이 백성 소생케 할까.[258]

초가을
新秋

시원한 바람 나무 끝을 흔드니
초당에 그윽한 흥취 일어나네.

한병 술 들고서
가을 달을 낭랑하게 읊조린다.

---

257 원제는 "을사년(1665) 여름에 나의보(羅宜甫)와 변산을 유람하며 직연폭포(直淵瀑
布)를 감상하고 바위에 앉아 즉흥으로 읊다"이다.
258 연못은 기우제를 지내는 곳이다. 이때 오랜 가뭄으로 비 오기를 바랐기 때문에 언
급함─원주.

초가을 달밤에

新秋月夜卽事

달이 떠올라 대숲이 고요한데
구름이 걷히자 산 기운 가을이라.

일어나서 넓은 뜰을 거닐며
낭랑하게 읊으니 마음도 유유하다

명나라 명맥이 끊기지 않았다는 말을 듣고

傳聞有永曆皇帝位於南方

숭정崇禎 갑신년(1644) 북경이 함락된 이후 홍광제弘光帝가 남경南京에서
뒤를 이어 일어섰으나 곧 무너졌다. 전해 듣건대 영력황제永曆皇帝가 남방에
서 즉위했다고 하는데 정확한 소식인지 알 수 없었다. 임인년(1662)에 청나
라 사람들이 영력황제를 사로잡고 천하를 통일하여 반사頒赦가 오기까지 했
으나 역시 사실 여부는 알지 못하고 있다. 전후로 우리나라에서 북경에 사신
이 오가는 걸음이 이어졌으나, 실상을 탐문한 사람이 하나도 없다. 명나라의
흥망은 어찌 작은 문제이겠는가. 그럼에도 막연히 알지 못하니 초야의 인사
로서는 한갓 천장만 쳐다볼 따름이다. 정미년(1667) 여름에 중국 배 한척이
제주에 표류해 닿았는데, 이 배에 탄 사람이 95명으로 복건성福建省 천장泉
漳 지역 사람들로 다들 모두 중국의 복식을 하고 머리를 깎지 않은 상태였다. 이

들 중에 진득陳得·임인관林寅觀·정희鄭喜·증승曾勝[259] 등 네 사람은 글을 할 수 있었다. 영력황제가 남방의 4개 성省을 보유하여 명나라의 종사宗祀가 끝나지 않았고, 의관도 옛날 그대로라고 하였다. 금년은 연호가 영력 21년이라고 하는데, 그들이 가진 책력을 보니 역시 그러했다. 여러해 동안 명의 흥망을 알지 못한 나머지 문득 이런 소식을 듣게 되니, 기쁨이 극에 달해 슬픔이 와서 나도 모르게 눈물이 한없이 나왔다. 이에 시구를 읊었는데 글 속에 감회가 들어 있다.

1
황가皇家의 소식을 20여년 만에
오늘 처음 듣고 눈물이 옷깃을 적시누나.

아직도 의관이 남아 해전海甸에 온전하고
근왕勤王의 책략 융거戎車도 장하다니.

하늘의 뜻 덕을 펴려 사람들 생각 떨쳐 일어나려 하니
이적夷狄의 운수 멸망의 길로 들어서 곧 제거될 터라.

이로부터 우리 황가의 구업을 회복할지니
어느 때나 빼어난 공적으로 의무려醫巫閭[260] 쪽을 제압할 건가.

---

259 진득(陳得)·임인관(林寅觀)·정희(鄭喜)·증승曾勝: 복건성 출신의 상인들로 1667년 일본과의 무역을 위해 가던 중 풍우로 제주도에 표류한 95인 가운데 대표적인 4명. 성해응의 「정미전신록(丁未傳信錄)」에 이들의 인적사항이 자세하게 기록되어 있다.
260 의무려醫巫閭: 만주 요녕성 북진현(北鎭縣) 서쪽에 있는 산 이름.

2

예로부터 위기에서 성업_{聖業}을 여는 것은
천심이 동해 누린내를 씻어내려는 뜻이라.

오직 해외 멀리 외로운 신하
넓은 바다 해질 무렵에 눈물을 뿌리노라.

다시 두 수를 읊다
 再賦二首

1

뜻밖에 황가의 소식을 들으니
부모님 돌아오신 듯싶어라.

하늘이 한나라 책력을 보존토록 하니
성덕_{聖德}이 필시 회복되리로다.

기쁨이 극하여 눈물이 먼저 나오고
아픔이 깊으매 뼈가 부러질 듯.

출사표_{出師表}를 길이 읊조리다가
눈물을 닦으며 하괴_{河魁}[261]를 바라보노라.

2

애닯다. 연경이 전복되던 때
이제 24년이 되었구나.

누린내 언제나 씻어낼까?
우리의 사직은 한 모퉁이에서 어렵기 그지없네.

지사志士는 목숨 바칠 생각을 하는데
하늘의 뜻도 오랑캐를 제거하는 데 함께하리라.

북극성은 밤마다 높이 떠서
바라볼수록 눈물만 줄줄 흐르네.

또 한수를 더 읊다
又賦一首

홍무洪武 군탄涒灘의 해1368년으로부터
다섯번 돌아서 오늘에 이르러.

혈서를 어찌 차마 읽어보랴[262]

---

261 하괴(河魁): 12지간의 하나인 술(戌)방을 가리킴.
262 숭정황제가 자살할 때 피로 써서 남긴 조서가 있다 ── 원주.

하늘의 운세 이제 이르러 어렵지만.

사직의 구업을 회복해야 하니
융거는 오랑캐를 토벌하길 기다린다.

아득한 동쪽 널리 이 땅에서
태양에 절하는데 눈물만 그렁그렁.

군탄涒灘은 고갑자로 신申을 가리킨다. 주자의 시에 "이 도道는 끝내 막힘이 없을 줄 잘 알겠으니 명년明年의 간지干支는 군탄의 해라네"라고 하였다. 송나라 태조가 개국을 한 것은 경신년(960)이었는데 주자가 경원慶元 기미년(1199)에 당해서 이 시를 지었으니 느낀 바가 깊었던 것이다. 매양 볼 때마다 나도 모르게 눈물을 흘렸다. 홍무 무신년은 지금으로부터 300년 전이라 내년이 역시 무신년이다. 변방의 후생으로서 황가의 흥망에 대해서 눈과 귀로 보고 들을 길이 없는데 하물며 그 밖에 다른 말을 할 수 있으랴. 알지 못하겠다. 이 세계의 몇 사람이나 능히 충의의 뜻을 실현하여 배운 바를 저버리지 않을 수 있을까. 다만 하늘을 우러러보며 끝없는 감회에 눈물만 흘릴 따름이로다.

위의 중국 배는 관상官商으로, 일본을 오가며 무역하는 배다. 큰 바다에서 태풍을 만나 배가 전복되어 제주에서 붙잡히게 되었다. 글을 올려 진정陳情하여 돌아가기를 청원하였으나 조정에서 끝내 붙잡아 북경으로 보냈다.

상서면 농장에서[263]
上西農庄

석양빛이 산골 멀리 희미하여
들판을 바라보아도 열리질 않네.

동산을 거닐다가 앉아
밝은 달이 떠오기를 기다리노라.

석재암[264]을 바라보고
望釋在菴

석재암 빼어난 곳에
구름 사이 돌계단을 예전에 올랐거든.

오늘 아침 다시 대하니
말을 안 해도 마음은 절로 한가롭다.

---

263 원제는 "10월에 상서면 농장으로 갔다가 저녁이 되어 홀로 동산에 서서 달을 기다리다"이다. 상서면(上西面)은 부안읍에서 변산반도 쪽으로 있는 지명이다.
264 원제는 "상서면에 갔다가 전에 놀던 석재암을 바라보고 기쁜 마음이 들어 절구 한 수를 짓다"이다. 석재암은 변산의 절벽 위에 있다 — 원주. 현재는 그 터만 남아 있음.

눈 내리는 밤에
雪夜即事

눈이 개자 산은 더 높아 보이고
구름 흩어져서 달은 더욱 분명하다.

고요한 밤에 영뢰靈籟가 일어나고
추운 겨울 솔바람 소리 멀리 퍼지네.

율포나루[265]
渡栗浦津

사수泗水[266]가 서쪽 바다로 연하여
찬 물결이 역류해 넘치누나.

거친 성 금마金馬[267]의 물가요
넓은 들 벽골碧骨[268]이란 고을이니.

---

265 원제는 "정미년(1667) 겨울에 다시 부안에서 서울로 갈 때에 율포진을 건너며 감
   회가 있어 짓다"이다. 율포나루는 현재 부안군 주산면에 있는 지명. 예전에는 이곳까
   지 바닷물이 들어왔다고 함.
266 사수(泗水): 백마강의 별칭. 즉 금강을 가리킨다.
267 금마(金馬): 익산의 별칭. 현재 전라북도 익산시에 금마면으로 되어 있음.
268 벽골(碧骨): 김제의 별칭. 이곳에 일찍이 벽골제가 있어 유래한 지명.

율포나루 염기炎紀[269]로 통하고
산하는 가을철로 접어드네.

사공도 나를 알아보니
여섯번이나 평주平舟로 건너주었다오.

양주읍전의 갈림길[270]
楊州邑前分路

양주길에서 손을 저어 작별하니
그대는 서울로, 나는 광나루로.

길 먼지 가는 대로 서로 멀어져
머리 들어 바라보며 마음만 아프더라.

---

269 염기(炎紀): 미상.
270 원제는 "무신년(1668) 정월 거경(擧卿, 김준상金儁相)과 함께 동명(東溟, 김세렴金
世濂)선생 산소에 가서 참배하고 돌아오는 길에 양주읍(楊州邑) 앞 갈림길에 이르러
거경은 서울로 가고 나는 광나루[廣津]를 통해 남쪽으로 내려갔는데 갈림길 생각을
견디지 못하였다. 작별한 후 시를 써서 거경에게 부치다"이다.

옥천서실에 가려다가[271]
將上玉泉石室

구름 속에 적막한 절집
며칠을 머물다가 떠나는데.

장차 석실을 찾아 가려고
한걸음 한걸음 높은 언덕 오르노라.

옥천암에 머물며
留玉泉菴作

지경이 고요하니 세속의 일 없고
바람이 불어오자 소나무 정취가 일어난다.

유연히 자득함에 기뻐하며
말없이 천 봉우리 바라보노라.

---

271 원제는 "기유년(己酉年, 1669) 10월 개암사(開岩寺)에 가서 며칠 머물다가 옥천석
실(玉泉石室)에 올라가려 하면서 함께 있는 제생(諸生)에게 써서 보이다"이다.

비 갠 뒤에[272] 신해년(1671)
晴後 辛亥

간밤에는 창해가 희미하더니
오늘 아침에 푸른 봉우리 열렸다.

이미 비의 은택 베풀어졌으매
돌아가는데 또한 마음이 없구나.

달 아래 서재에 홀로 앉아
月下書齋獨坐

달빛 아래 대숲이 고요하고
안개 걷히니 호수가 밝아라.

이 사람 저절로 즐거우니
마음과 경계 함께 맑아진다.

---

272 원제는 "비 갠 뒤에 산 위의 구름을 바라보며 우연히 읊다"이다.

상운암²⁷³에서
到上雲菴

지금 나 변산에서 놀다가
홀로 정상에 올랐노라.

조그만 암자 꼭대기에 올라서
가을 해에 백운이 빛나네.

산봉우리 눈 아래 줄지어 있고
나무 숲 높이 솟아 나란히 벌려 있구나.

기이한 절경 참으로 이러하니
걸음마다 금빛 모래 조촐해라.

조용히 읊조림에 일이 벌써 남다른데
편히 앉으니 마음도 절로 투명해라.

흐뭇한 기분에 어울려 즐기나니
스스로 이곳에 다다른 것을 행복으로 여기노라.

높이 오르는 수고로움 어찌 마다하리오.
어디서 이 맑은 경관을 마음껏 즐기랴.

---

273 원제는 "변산에서 노닐다가 상운암에 이르러 짓다"이다.

마천대[274]에 올라서
登摩天臺作

여러 봉우리 모두 눈 아래 있으니
이곳만 유독 높아라.

동이 터옴을 느끼겠으니
새벽 해 떠오르는 것을 먼저 바라보네.

남쪽 바다 지세地勢가 다했고,
북쪽 끝으로 풍문風門이 아득하여라.

층층 바위에 선 잣나무를 어루만지니
만고에 푸르고 푸르러라.

동진에서 들판을 바라보며
東津野望

들이 넓어 멀리 산들이 조그맣고
바람이 불어오니 석양에 조수 잔잔해라.

---

274 마천대(摩天臺): 현재 부안군 변산면 중계리와 하서면 백련리 경계에 있는 의상봉
　　에 있는데 의상봉은 변산의 가장 높은 봉우리이다.

올 가을도 보자 곧 저무는데

그대로 강성江城에 머물러 있다니.

동진농장에서 벼 베는 일을 감독하며
往東津農場, 監刈禾

금년 여름에 농사일을 제대로 못하여

가을에 벼가 반도 익지 못했구나.

벼 베기 감독한다고 풀밭에 앉아

제 홀로 춘추를 읽고 있노라.

동방 문인의 글을 읽고[275]
看東方文人諸集

여러날 두고 문집들을 읽어보니

나무 껍질 씹는 것 같네.

---

275 원제는 "병으로 글을 읽을 수 없어 우연히 동방 문인의 여러 문집들을 보았는데 맛이 매우 없어 날짜를 헛되이 보내고 있음을 깨달았다. 성현의 책을 읽지 않고 다른 책을 보는 것은 말째다. 드디어 절구 한수를 읊었다"이다.

쌀과 기장이 솥에 가득 차 있거늘
무엇 때문에 스스로 배고파하랴!

박도일에게 화답
和朴道一

1

산마루에 백운이 오락가락
푸른 솔은 천년을 지키고 섰네.

길이 마주 앉아 있으니
마음에 편안하고도 사랑스러워라.

2

마음에 편안하고도 사랑스러우니
의당함이 이 산에 있도다.

천만가지 저마다 마음이 있어
인간세상 시끄럽기도 하지.

박도일에게 다시 화답

又和道一

1

지경이 고요한데 샘물은 항상 움직이고
하늘이 맑아 달이 또 찾아오네.

병 끝에 혼연히 얼음이 있어
마음 따라 노송 밑으로 걸어가노라.

2

동국 땅 산지가 많은데
이곳에 오직 벌판이 넓게 열려,

하늘은 노령蘆嶺 숲에서 낮아지고
구름은 금강錦江 여울에 어둡다.[276]

3

서산의 흰 눈은 서재에 편안하고
남국의 봄 물결 낚싯배 위에 누웠노라.

명월이 가득 찬 데 천리 밖에서 그리워하노라니[277]

---

276 구름은 노령의 저물녘에 희미하고, 하늘은 금강 쌀쌀한데 멀어라 ─ 원주.
277 소식이 끊겨 천리 밖에서 기다리노니 ─ 원주.

병으로 몇년을 지냈는가? 귀밑머리 희어지오.

속가 번역 〔1〕●
翻俗歌

其一	**1**
竹爲雪壓,	대나무 쌓인 눈에 눌린 것을
孰謂竹曲.	누가 대나무 굽어졌다 하는가?

如其曲兮,   그같이 굽어도

雪裡綠兮.   눈 속에 푸르러라.

(원시조)   눈 맞아 휘어진 대를 뉘라서 굽다턴고?

                굽을 절節이면 눈 속에 푸를 쏘냐?

                아마도 세한고절歲寒高節은 너뿐인가 하노라.

● 여기서 속가란 시조를 가리킨다. 이를 한시 형식으로 번역한 것이다. 이 경우 다른
한시와는 의미가 다르기 때문에 원문을 제시하고 그 번역문을 붙이는 형식으로 처
리했다. 그리고 시조 원문을 참고로 제시했다.

其二	2
謂玉爲石,	누가 옥을 돌이라 하는가?
其可惜兮.	애석한 말이로다.
彼博物子,	저 박물군자는
猶或識之.	알아볼 것인데.
識而不知,	알고도 모른 체하는가?
我心劃兮.	내 마음 그어 놓는구나
(원시조)	옥玉을 돌이라 하니 그래도 애달퍼라
	박물군자博物君子는 아는 법 있건마는
	알고도 모르는 체하니 그를 슬퍼하노라.

其三	3
君莫道	그대 말하지 말라
山不高,	산이 높지 않다고.
上出干雲霄.	위로 솟아오르면 은하수를 침노한다네.
君莫道	그대는 말하지 말라
谷口深,	골짝 어귀 깊다고.
臨門來海潮.	문에 다다라 바닷물이 밀려들 텐데.
此身雖無朋,	이 몸 비록 벗이 없건만

| 君不見 浩蕩沙鷗 | 그대는 보지 못했나? 자유롭게 노는 갈매기 |
| 相親相近暮又朝 | 아침이나 저녁이나 친근하게 날아드는 걸. |

(원시조)　　　　미상

속가 번역 〔2〕
又翻俗歌

其一	1
今日復今日,	오늘이 오늘이야
明朝亦今日.	내일도 오늘이야.

| 每日若今日, | 날마다 오늘 같은데 |
| 何爲愁不樂. | 어찌하여 시름하며 즐기지 않으랴. |

(원시조)　　　즐기자 오늘이여 즐겁도다 금일이여

　　　　　　즐거운 오늘이 행여 아니 저물었으면

　　　　　　매일에 오늘 같으면 무슨 시름 있으리.

其二	2
此身若化物,	이 몸이 죽어지면
將化爲何物.	무엇이 될까보냐.

崑崙第一峯,　　곤륜산 제일봉에
落落參天栢.　　높고 높아 하늘에 닿는 잣나무 되리라.

(원시조)　　　이 몸이 되올진대 무엇이 될꼬 하니
　　　　　　곤륜산崑崙山 상상봉上上峰에 낙락장송落落長松 되
　　　　　　었다가
　　　　　　군산群山에 설만雪滿하거든 혼자 우뚝하리라.

其三　　　　　3
綠酒淡若空,　　녹주綠酒는 맑아 하늘 같아라
見之猶可愛.　　보기에도 사랑스러워라.

對此胡不飮,　　이를 앞에 두고 어찌 마시지 않으랴
春風不相待.　　봄바람이 기다리지 않을 텐데.

(원시조)　　　미상

其四　　　　　4
靑天一片月,　　청천에 한조각 달아
我今問一言.　　나 지금 한마디 물어보자.

萬古幾英雄,　　만고에 영웅이 몇몇이던고?
吾輩亦何人.　　우리들 또한 어떤 사람인가?

(원시조) 청산靑山아 말 물어보자 고금古今을 네 알리라

만고영웅萬古英雄이 몇몇이 지나더냐

이 후後에 묻는 이 있거든 나도 함께 일러라.

其五   **5**

山高水淸處,   산 높고 물 맑은 곳에

月釣耕雲裡.   달 아래 낚시질 구름 속에 밭을 가니

豈云生涯足,   어찌 생애야 풍족하리오만

而無外羨事.   이 밖에 부러워할 일 없어라

(원시조)   산[山] 좋고 물 좋은 곳에 바위 기대 띠집 짓고

달 아래 고기 낚고 구름 속에 밭을 가니

생애生涯야 족足할까마는 부러울 일은 없어라.

其六   **6**

勿謂西日高,   서산 해 높다 이르지 말고

勿謂濁水淺.   탁한 물 얕다 이르지 말라.

斟酌的在君心,   짐작하는 건 임의 마음이니

早暮隨時善.   이르건 늦건 때에 좋은 것을 따르리라.

(원시조)   흐린 물 옅다 하고 남의 먼저 들지 말며

지는 해 높다 하고 번외藩外의 길 예지 마소

어즈버 날 다짐 말고 네나 조심 하여라.

其七　　　　7

秋天雨晴色,　　가을 하늘 비 개인 빛을
掇貯珊瑚箱.　　산호 상자에 거둬 두었다가.

誰是北去者,　　북쪽으로 가는 이 누구냐 물어
欲寄夫君傍.　　님 계신 곁에 부치려 하노라.

(원시조)　　　가을 하늘 비 갠 빛을 드는 칼로 말라내어
　　　　　　　금침金針 오색五色실로 수繡 놓아 옷을 지어
　　　　　　　임 계신 구중궁궐九重宮闕에 드리오려 하노라.

其八　　　　8

江湖有期約,　　강호에 기약을 두고
十載久不歸.　　십년이나 돌아가지 못했다네.

君恩猶未報,　　성은을 아직 갚지 못했으니
鷗鳥莫相譏.　　백구야 비웃지 말아다오.

(원시조)　　　강호江湖에 기약期約을 두고 십년十年을 분주奔走하니
　　　　　　　그 모른 백구白鷗는 더디 온다 하건마는
　　　　　　　성은聖恩이 지중至重하시니 갚고 가려 하노라.

其九	9
此身死復死,	이 몸이 죽고 죽어
一百回復死.	일백번 다시 죽어.

白骨魂有無,	백골에 넋이 있고 없고
丹心寧改已.	단심丹心이야 어찌 고치리오.

(원시조)	이 몸이 죽고 죽어 일백번一百番 고쳐 죽어
	백골白骨이 진토塵土 되어 넋이라도 있고 없고
	임 향한 일편담심一片丹心이야 가실 줄이 있으랴.

其十	10
匈奴斬滅盡,	흉노를 쳐서 다 무찌르고
謁帝入明光.	명광전明光殿에 들어가 황제를 뵈오리다.

洗劍鴨江波,	압록강 물결에 칼을 씻고
歸來報我王.	돌아와 우리 임금께 아뢰리.

속가 번역 〔3〕
又翻俗歌

其一   **1**

太岳雖云高,   태산이 높다하되
亦是天下山.   하늘 아래 산이로다.

登登又登登,   오르고 오르고 또 오르면
本無登之難.   본디 오르기 어려움이 없을 터인데.

世人自不登,   세상 사람들 오르지 않고
徒謂山崢嶸.   산만 높다 하더라.

(원시조)   태산泰山이 높다하되 하늘 아래 뫼이로다
                     오르고 또 오르면 못 오를 리 없건마는
                     사람이 제 아니 오르고 뫼를 높다 하나니.

其二   **2**

盲人騎瞎馬   맹인이 눈먼 말을 타고 나가니
日暮西郊天.   서쪽 하늘에 해가 저무네.

不知行近遠,   길이 먼지 가까운지도 모르고
何更催揮鞭.   어찌 길 재촉하여 채찍 휘두르는가.

前路有深池,　　앞 길에 깊은 못이 있거늘
愼旃加愼旃　　조심하고 또 조심할지어다.

(원시조)　　　소경이 야밤중에 두 눈 먼 말을 타고
　　　　　　　대천大川을 건너다가 빠졌도다 저 소경아
　　　　　　　아예 건너지 말던들 빠질 줄이 있으랴.

其三　　　　　3
如玉兮三角,　　옥 같은 삼각산이여
如銀兮白岳.　　은 같은 백악이로다

見之心自喜,　　보면 내 마음 절로 기쁠 텐데
不見長相望.　　보지 못하고 멀리서 그리기만 하노라.

其下夫君在,　　그 아래 임이 계시니
自然未敢忘.　　자연히 잊지를 못한다오.

(원시조)　　　미상

속가 번역 〔4〕
又翻俗歌

孰謂我衰老,　　누가 나를 늙었다 말하는가?
老人豈如斯.　　늙은이도 이러하랴.

看花眼自明,　　꽃을 보면 눈이 저절로 밝아지고
把酒興相隨.　　잔을 들면 흥이 일어나는걸.

任他春風裏,　　저 봄바람 부는데
垂垂千丈絲.[278]　천길 드리워진 백발을 두고보자.

(원시조)　　　　뉘라서 날 늙다 (하)는고 늙은이도 이러한가?

꽃 보면 반갑고 잔盞 보면 웃음난다.

춘풍春風에 흩날리는 백발白髮이야 낸들 어이하리오.

---

278 다른 본에는 "星星雙鬢垂"라고 되어 있다는 원주가 달려 있다. 이 경우에는 "성성
백발이 드리우네"라고 번역할 수 있다.

제2부·산문 散文

귀거래사, 도연명에 화답하여
和歸去來辭

숭정崇禎 갑신년으로부터 9년 뒤 가을에 남쪽으로 내려가려고 하면서, 도연명의 「귀거래사」를 읽고 느껴 화답하다.

돌아가리라!
해[1] 저무는데 어찌 돌아가지 않으리오.
참으로 자득自得해서 정성을 다하면
어찌 외물外物[2]로 인해 감정이 좌우되리오.
전에 내가 처음 지각이 생기고부터
오직 성인을 따라갈 수 있다 생각하여
경위涇渭[3]의 청탁清濁을 세밀히 살피고
털끝만 한 오류라도 범할까 두려워했다네.

항시 단정히 앉아 한해를 마치매
아침에 밥도 겨울에 옷도 잊어버리고
사물이 아무리 복잡하여 어지러워도
이치는 드러나 있건 숨겨져 있건 한결같다네.

---

1 원문은 '세율(歲律)'. 『반계잡고』에는 '세율(歲聿)'이라고 되어 있다. 모두 '한해' 또는 '세시(歲時)'라는 뜻이다.
2 외물(外物): 나의 주체 밖의 모든 것을 외물이라 일컫는다.
3 경위(涇渭): 중국 섬서성(陝西省) 지역에 있는 강 이름. 원래 경수(涇水)는 흐리고, 위수(渭水)는 맑은데 이 두 물이 합류하여 흐르면서 맑고 탁한 것이 선명히 구분되었다. 이 때문에 경위는 사리를 분간한다는 의미로 쓰였다.

밝게 드러난 천지 사이에

나는 것도 있고, 달리는 것도 있는데

경敬과 의義를 견지하여

덕의 문에 들어가야 하리.

은밀한 곳에 물러나 있어도

어두워지지 않는 것[4]을 보존할 일이요

너의 본성을 잃지 말아야 하리니

저 희준犧樽[5]을 경계하노라.

고금의 치란을 토론하다가

맹자, 안자께 직심直尋[6]에 대해 물어보노라.

뭇 사람들 떠들고 치달으며

어찌 안주할 곳을 모르는가.

어지러이 권세 믿고 이익을 다투다가

저마다 월越 지방이나 오랑캐 땅으로 되네.[7]

나는 한숨 쉬며 비분강개하노니

홀로 탄식하며 고금을 통관해보노라.

---

4 원문은 '불매(不昧)', 즉 '허령불매(虛靈不昧)'. 물들지 않은 본래의 마음을 형용하는
   말이다. 『대학장구(大學章句)』에서 명덕(明德)에 대한 주희(朱熹)의 해설에 나온다.
5 희준(犧樽): 술을 담는 제기(祭器)의 일종. 백년 묵은 나무를 잘라서 희준을 만들고
   쓰지 못한 나머지는 시궁창에 버린다. 제기가 된 것과 시궁창에 버려진 것이 큰 차이
   가 있으나 그 본성을 잃어버린 것은 마찬가지라고 하였다(『장자(莊子)·천지(天地)』).
6 직심(直尋): '왕척직심(枉尺直尋)'의 준말로 한자를 굽혀 여덟자를 편다는 말이다. 이
   는 작은 의로움을 굽혀 더 큰 이익을 취한다는 뜻인데 여기서는 '취한다'는 뜻을 취
   하였다.
7 권력과 자신의 이익만을 추구하다가 결국 쫓겨나서 변방인 남쪽의 월 지방과 북쪽
   의 오랑캐 땅 가까운 지역으로 유배 간다는 의미인 듯하다.

오직 하늘의 운행은 멈추지 않고

봄이 가면 가을이 오고 순환을 하는구나.

어찌 헤아리기를 자세히 못하면서

안타깝게도 주저주저 머뭇거리고만 있는가?

돌아가리라!

청컨대 멀리 떠나 한가롭게 노닐어보세.

지난 일은 미칠 수 없지만

오는 날은 찾아갈 수 있지 않는가.

세상을 떠나 오래 살고 싶지만

내 마음 시름에 잠기는구나.

장차 허물 벗듯 뚝 떠나려 하니

또 어찌 옛 방식에 연연하리오.

일꾼이 나에게 수레와 배를 대령했다 하니

약수弱水[8]를 건너고 낭풍閬風[9]을 따라

이에 단구丹丘[10]에서 신선과 노닐며

내 머리를 아침 햇살에 말리고

나의 갓끈을 맑은 물에 씻으리라.

팔황八荒[11]의 끝까지 즐거움을 다하며

---

8 약수(弱水): 배로 건너기 어렵다는 데서 붙여진 이름으로 여러 곳이 있는데, 중국 서
　쪽에 있다고 상상한 강이기도 하다.
9 낭풍(閬風): 낭풍령(閬風嶺)으로 곤륜산 위에 신선들이 산다는 상상의 지경.
10 단구(丹丘): 신선이 산다는 상상의 세계.
11 팔황(八荒): 팔방의 너른 범위라는 뜻으로, 온 세상을 이르는 말.

세월이 흘러감에 인생의 무상을 느끼노라.

어쩔 수 없구나! 성현도 때가 있거늘

이 세상 오래 머물기 어려워라.

분주히 어울려 놀던 곳을 떠나

홀로 어디로 갈 건가.

내 마음 가장 긴요한 데로 돌아가

백세를 기다리기로 기약하노라.

오로지 고경古經¹²을 조용히 강구하며

밭 갈고 씨 뿌리기에도 힘쓰리라.

용문龍門에 의탁하여 이운理韻으로 뜻을 삼고¹³

훈화勳華¹⁴를 우러러 갱시賡詩¹⁵를 하여보세.

늙음이 다가옴을 생각지 않고 힘을 써서

내 할 일 마치게 되면 다시 무엇을 의심하리오?

---

12 고경(古經): 원문은 분전(墳典). 삼분오전(三墳五典)의 준말로 중국 고대 삼황(三皇)
   의 책인 '삼분(三墳)'과 오제(五帝)의 책인 '오전(五典)'을 가리킨다.

13 용문은 과거시험장의 문을 가리킨다. 이치와 운치 있는 시문을 지을 수 있는 재능
   을 가지고 과시를 본다는 의미이다.

14 훈화(勳華): 『상서(尚書)』에서 말한 요(堯)임금 방훈(放勳)과 순(舜)임금 중화(重華)
   를 가리킨다.

15 갱시(賡詩): 갱가(賡歌)와 같은 뜻으로, 군신 간에 노래를 서로 이어 부르는 것을 말
   한다. 『서경(書經)·익직(益稷)』에 이런 내용이 있다. 순임금이 일찍이 "손발 같은 신
   하들이 기꺼이 일을 하면 원수의 다스림이 흥기되어 백관이 모두 기뻐할 것이다"라
   고 노래를 지어 부르자, 고요(皐陶)가 두 손 모아 절하고 머리를 조아리면서 큰소리
   로 "유념하시어 신하들을 거느리고 일을 하시되 법도를 삼가 공경하시며, 일이 이루
   어짐을 자주 살피어 공경하소서"라고 말하고는, "임금이 밝으시면 신하들이 어질어
   서 모든 일이 편안해질 것입니다" 하고 이어서 노래를 불렀다.

『반계수록』후기
書隨錄後

위의 저술 내용(『반계수록磻溪隨錄』)은 내가 고금의 전적을 읽는다거나 깊게 생각하여 도달한 바를 얻은 대로 그때마다 기록한 것이다. 대체로 오늘의 시대에 절박한 문제들이다.

생각건대 왕도가 폐기되고 막힌 이후로 만사가 기율을 잃어버리면서, 처음에는 사욕에 따라서 법을 만들더니 마침내는 이적夷狄이 중화를 침몰시키는 데까지 이르렀다. 우리나라에 있어서는 적폐積弊를 그대로 두고 바꾸지 못한 것이 많았던 데다가, 쇠약함이 누적되어 드디어 큰 치욕을 입게 되었다. 천하의 여러 국가가 대개 이 지경에 이르게 되었다. 그러니 잘못된 법을 바꾸지 않고는 치세로 돌이킬 길이 없다. 돌아보건대 폐해가 누적·증대되는 수백년 동안 오류를 답습하여, 폐해가 옛날부터 내려온 법도처럼 되어버렸다. 어긋남이 서로 연속되어 얽힌 실타래처럼 되고 말았다. 근본을 탐구하지 않고서는 아무리 어지러움을 제거하려 한다 해도 바르게 고쳐지지 못할 것이다.

그럼에도 관직에 앉은 자들은 이미 과거시험을 통해서 진출했기 때문에 오직 기성의 제도를 따르는 것이 편한 줄로만 알고 있으며, 초야의 학자들은 자신을 수양하는 데 뜻을 두고 있으면서 경세의 임무에 대해서는 미처 뜻을 두지 못하는 경향이 있다. 그 때문에 이 세상은 치세로 돌아갈 날이 없고 생민이 입는 화는 끝이 없다.

생각이 여기에 다다르자 나의 심정은 매우 절실하고 두렵지 않을 수 없었다. 그런 까닭에 나는 스스로 어리석음을 돌아보지 않고 뜻을 같이하는 벗들과 더불어 고전을 상고하고 일을 바로 할 방도를 생각하여 조금이나마 세도世道에 도움이 될 것을 강구하였다. 하지만 일에는 완급이 있어 두루 거론하지 못하고 한 일 가운데에도 가닥과 항목이 백가지라서, 의례擬例를 설정하지 않으면 득실의 사이에서 밝힐 도리가 없을 것이다. 이에 감히 조목을 나열하고 그 자세한 곡절을 엮어서 스스로 마음에 기록하여 빠뜨리고 잃어버리는 것에 대비하였다(무릇 일이란 논설하는 데 그치고 만다면 끝내 다 밝혀질 수 없다. 반드시 그 조목에 나아가서 곡절을 자세히 살핀 연후에라야 시비와 득실이 드러날 것이다).

혹시 현명한 사람을 만나게 되면 응당 질정을 받을 일이다. 그 사이에 말이 전도典度에 가까우면서도 혐의를 하지 않았던 것은 세상에 입언立言을 하려는 의도가 아니요, 사적인 기록으로서 스스로 상고하고 증험해보려는 데 있기 때문이다. 아! 이 또한 부득이한 것이다.

혹자가 나에게 "선비가 응당 평소에 강구하여 밝혀야 할 것은 도이다. 일에 당해서는 다만 그 대체를 알면 그만이다. 지금 그대는 번거로움을 마다하지 않고, 절목 사이에서 사고·강구하고 있으니, 무슨 까닭인가?" 하고 묻기에 이렇게 말했다.

천지의 이치는 만물을 통해서 드러나는 법이다. 만물이 아니고는 드러날 바가 없으며, 성인의 도는 만사를 통해서 행해지니 일이 아니고는 도가 행해질 바가 없다. 옛날에는 가르침이 밝고 교화가 행해져서, 대경大經·대법大法으로부터 한가지 조그만 일에 이르기까지 제도와 법식이 갖추어지지 않은 것이 없었다. 천하의 사람들은 그것을 날마다 쓰고 마음에 친숙하여, 일상적으로 물을 길어오고 나무를 운반하는 것과 같아 모두 잘 갖추어져서 일을 행할 수 있었다. 주周나라가 쇠하여 왕도가 행해지지 않았음에도 천하의 제도와 법식은 그대로 남아 있었다. 이런 까닭에 성현의 경전에는 오직 나아가서 다스리는 근원에 대하여 논해 학자들에게 전하기를 도모하였을 따름이요, 그 제도에 있어서는 곡해하여 행하는 일이 없었다. 진秦나라가 멸망한 이래로 전장제도典章制度와 함께 온통 소멸되었다.

무릇 옛 성인이 정사를 시행하고 가르침을 펴는 절차가 하나도 세상에 남아 있는 것이 없어, 천하의 이목이 어긋나고 고루하게 되었다. 이에 후세에 사사로운 뜻으로 제도를 정함에 있어서 다시는 선왕의 전장典章이 있는 줄 알지 못하여, 높은 재주에 영특한 지혜로 옛날 일에 대해 해박한 사람이라도 역시 그 상세한 내용을 알 도리가 없게 되었다. 간혹 대체大體를 아는 유자가 이 세상에 가히 행할 수 있다 해서 한결같이 뭔가 세상을 위해서 해보고자 해도, 막상 시행할 때에는 일에 결함이 많아 결국 행할 수 없는 데 이르게 된다. 이는 한갓 대체만을 믿고 조리와 절목에 대해서는 그 합당한 바를 잃었기 때문이다.

(삼대의 제도는 모두 천리를 따르고 인도에 순응하여 제도로 만든 것이다. 그 요체는 만물로 하여금 있어야 할 바에 있지 않음이 없어서 사령四靈[1]이 모두 이르게 하는 것이다. 후세의 제도는 모두 인욕에 따라 구차하고도 편의함만을 도모하여 제도로 정한 것이다. 요컨대 인류를 흐트러지고 부패하게 만들어 천지가 가로막혀 옛날과 정히 상반되게 만들었다. 삼대의 정당한 제도는 비록 전하는 기록에 대략 보인다 해도 그것이 시행되는 데 있어서는 조목이 지금 남은 것이 없어 상세함을 얻기가 어렵다. 후세 사람들의 마음과 눈이 이미 옛날 일에 대해서는 익숙히 알지 못하고 있다. 그런 까닭에 아무리 옛것에 대해서 뜻을 두더라도 가려지고 막히는 것을 면할 수 없다. 거기에 사려를 다하여 스스로 벗어나려 하더라도 옛사람들이 그 일을 실제의 일로 삼아서 시행했던 것과 같을 수 없다.

---

1 사령(四靈): 전설상의 네가지 신령한 동물. 즉 용(龍)·봉황(鳳凰)·기린(麒麟)·거북을 가리킨다

이런 까닭에 필히 전제典制를 끝까지 궁구하고 그 본지를 얻어 실제 일에 추진해야 할 것이며, 조목의 사이에 이르러서는 구절구절 모두 합당하여 결함과 누락이 없는 연후에라야 가히 시행할 수 있을 것이다).

천하의 이치는 본말本末과 대소大小가 처음부터 서로 어긋나는 것이 없다. 한치라도 정확하지 않으면 척도는 자가 될 수 없고, 눈금이 정확하지 못하면 저울이 저울로서의 구실을 하지 못하는 것이다. 목目이 제대로 되어 있지 않으면서 강綱이 스스로 강이 되는 일은 있지 않았다.

옛날 제도를 지금 행할 수 없다고 하는 데 이르러서는, 소인이 함부로 헐뜯고 모함할 뿐 아니라 군자들 또한 고금의 마땅함이 다르다고 회의하는 것을 면할 수 없었다. 고도古道가 진정 다시 이 세상에 행할 수 없다고 한다면, 이 어찌 그 피해가 작다고 하겠는가? 나는 이 점을 두려워하여 참람함을 피하지 않고 옛 뜻을 궁구하고 지금의 일을 헤아려서 그 절목과 아울러서 상세하게 논했다. 대개 경전經傳의 용용用을 추구해 이 도를 필히 이 세상에 행할 수 있음을 밝힌다. 아! 한갓 법만 가지고는 스스로 행할 수 없고 한갓 선의만 가지고는 정치를 하는 데 부족하니, 참으로 뜻을 둔 자가 있어 진정으로 시험해보기를 생각한다면 필히 이것을 알 것이다.

앞에서 먼저 물음에 대답을 하고, 이어서 논의를 이와 같이 덧붙인다.

『동국문』후서
東國文後序

나는 일찍이 우리나라의 문집으로 근 수백인의 책을 열람했다. 그중에서 초록하여 볼만한 것을 약간 권으로 엮었다.

대개 성왕聖王의 도가 행해지지 않고부터 문장은 따로 하나의 기예가되었다. 진晉·당唐나라 이래로 문장을 짓는 이가 있긴 했지만, 한漢나라때에 견주어 전혀 미치지 못했다. 더구나 문장의 도를 더불어 논할 수있겠는가? 우리나라는 동방에 치우쳐 있어서 기자箕子가 일찍이 영향을끼쳤지만 문헌이 없어 증명할 도리가 없다.

신라·고려로 내려와서는 자주 중국과 교류하게 되고 중화의 문화를사모하여 이후로 문학하는 인사가 차츰 배출되었다. 하지만 이들이 배운 바는 당나라 말엽의 문장이었고, 게다가 언어와 습속에 구속된 면이있었다. 그 때문에 문체와 품격 또한 차이가 없을 수 없다. 어찌 초연히홀로 나아간 사람을 얻기가 쉽겠는가? 그렇지만 신라시대로부터 지금에 이르기까지 상하 천여년간에 세도世道와 속습俗習 또한 이를 통해 살펴 논할 수 있다. 때때로 현인과 지사志士가 있어 일에 따라 논설하고 감회를 붙여 뜻을 폄에 보잘것없다고 빠뜨려서는 안 될 것이 없지 않았다. 돌아보건대 고루한 내가 어찌 감히 이 선집選集을 감당할 수 있으랴! 다만 앞 시대 철인哲人의 논의가 있으니 거슬러올라가 찾아본다면 거의그 뜻을 얻을 수 있을 것이다.

이를 엮음에 이미 폭넓게 두루 초록하였으니, 우리 동방의 읽어볼 만한 글들이 요컨대 여기에 구비되어 있는 것이다. 일찍이 듣건대 문장과정치는 서로 통한다고 한다. 우리 조선은 전장제도를 일신하여 거의 중국에 접근하였다. 만약 여기서 멈추지 않고 계속 나아가 정교政敎와 제례작악制禮作樂[1]을 한결같이 해서 선왕의 도를 실현하되 잡雜을 바꾸어 순純으로 되돌리고 부화浮華한 것을 제거해서 박실樸實을 회복하여 삼대의 거룩한 시대로 진입하고 보면, 세상은 대유大猷(대도의 정치)로 향상될 것이요, 인간은 덕의德義로 일어설 것이다. 무릇 국가에 쓰이는 것과 언사言辭로 통행하는 것 일체가 재도지문載道之文으로 될 터이다. 이렇게 되면 다시 어찌 고금古今과 화이華夷의 차이가 있으랴!

오호라! 이는 세상의 속인들과 말하기 쉽지 않은 문제이다. 이 책을 엮고 나서 다시 위의 말을 뒤에 붙여둔다. 숭정崇禎 후 갑진년(1664) 동짓달 초하루 아침에 문화文化 후인 ○○는 쓰노라.

내가 기왕에 동국문을 엮고 나서 다시 여러 작품을 살펴봄에 여기 들어가지 않은 글들 중에 취할 만한 것이 있었다. 이에 수습을 하여 보유편補遺編를 만들었다. 새로 분류하지 않고 모두 다해서 3권이 되었다. 이해 12월 보름날 쓰다.

---

1 제례작악(制禮作樂): '예를 제정하고 음악을 만든다'는 뜻으로, 성인의 덕을 가진 군주가 국가의 제반 절차와 문물을 정비한다는 의미이다.

정백우가 『수록』에 대해 물은 데 답한 글
答鄭伯虞問『隨錄』書

선왕이 행했던 정치제도는 기록에 대강만 전하고 있어서 자세한 절목節目은 후세에 상고할 수가 없다. 시험 삼아 경계經界·공부貢賦·학교學校·공거貢擧·군제軍制 등의 일에 대해서 말해보겠다. 후세의 유자들이 대강만을 논하도록 하면 그 논설이 굉장하여 훌륭한 점이 많지만, 실제로 거행하도록 하면 결국 아득하여 어쩔 줄 모르는 데 이르지 않을 자가 드물다. 이는 다름이 아니라, 대략만 알 따름이고 조리에 밝지 못한 과오이다.

무릇 일이란 대체를 보는 것이 어려운 일이 아니요 절목이 다 알기 어려운 것이다. 대체만을 대충 알고 절목에 밝지 못하면 다 같이 알지 못하는 데로 귀결이 될 것이다. 예컨대 예禮란 '공경하지 않음이 없다(無不敬)'는 이 한마디 말로 다할 수 있지만, 삼천삼백가지의 허다한 곡절과 의문이 생기게 마련이다. 학學으로 말하면 '본성을 회복한다(復其性)'는 한마디로 다할 것이지만, 학문에 있어서 사변思辨과 동정動靜에도 허다한 절목 공부가 있다. 참으로 여기에 어려움이 있다. 그러므로 무릇 공부는 오로지 일상의 소소한 중에 일일마다 다 그러한 것이다. 저 시속의 부류들이야 족히 논할 것도 없거니와 경전을 궁구하는 유자들 또한 이와 마찬가지이다. 선왕先王의 도는 끝내 실행될 길이 없으니 만세토록 캄캄한 밤중이 될 것이다.

한가지 일이라도 느끼고 깨달은 바 있어 드디어 한결같이 일을 구획하기로 나아가는데, 이를테면 지금 행하여 쓰는 일의 조목들을 스스로 고찰해보면 평상시에 쉽다고 생각되던 일도 그 사이에 어려운 점이 있으며, 의심할 것이 없다고 생각되던 중에도 그 가운데 의혹이 깃들어 있을 수 있다. 이런 경우 경전과 문헌들을 반복하면서 고찰해야만 길을 찾을 수 있다.

무릇 도의 쓰임은 일로 행해지고, 마음에서 발해지는 것은 정사로 표현된다. 삼대의 법은 모두 천리天理로 제도를 세운 것이며, 후세의 법은 모두 인욕人欲으로 제도를 만든 것이다. 인욕의 제도를 행하면서 나라가 다스려지기를 바라다니, 천하에 어찌 그런 이치가 있겠는가? 이른바 인욕이 제어되지 않고 탐욕이 현저하게 되면 모두 사사로움에 끌려 구차하게 되니 모두 인욕 가운데서 나오게 되는 것이다. 이를테면 사전私田과 과거, 문벌과 노비 등에 관한 법은 모두 사사로운 의도를 제도화한 것이다. 그 외에도 여러가지 그 사이의 절목은 더욱 말하기 어렵다.

때는 치세와 난세가 있으되, 도는 고금이 없다. 그러므로 일찍이 나는 이렇게 말했다. "설령 삼대의 시대라도 후세의 정치를 행하면 삼대 역시 후세와 다름없을 것이요, 지금 세상이라도 삼대의 정치를 본받아 행하면 지금 세상이 곧 삼대가 될 것이다."

아! 폐해로 폐해를 이어온 것이 그 유래가 오래되어, 천하의 사람들이 이것이 폐해인 줄도 알지 못하고 있다. 군자는 항시 무용지물이 되고 소인은 길이 득세를 하고 있다. 그 화는 마침내 천리를 소멸하게 만들고 사욕이 성행하게 하여, 생민이 도탄에 빠졌고 이적夷狄이 세계의 주인이 되었다. 이렇게 된 까닭은 어디 있는가? 여기에 필시 그럴 만한 이유가 있는 것이다.

문옹文翁 정동직鄭東稷[1]과 이기理氣에 관해 논한 글

與鄭文翁東稷論理氣書

이기설理氣說에 대해서는 선유先儒의 논의가 많았다. 그러나 일찍이 깨우침을 많이 받았음에도 의심이 없을 수 없다.

천지의 사이에 가득 찬 것은 기氣 아닌 것이 없다고 마음속으로 생각했다. 오고 가고 오르고 내리고 닫히고 열리고 모이고 흩어지는 일체의 것은 기이며, 오고 가고 닫히고 열리고 오르고 내리고 모이고 흩어지는 원인은 이理이다. 비록 기를 이로 인지하는 것은 옳지 않으나, 기 밖에 이가 있을 수는 없다. 요컨대 이는 기의 이인 것이다. 종전의 나의 견해가 한결같이 이와 같아 물物에서 징험해본바 더욱 그러함을 볼 수 있었다. 그래서 물의 소이연所以然이 곧 일의 소당연所當然이라고 생각하였다. 소이연이란 지순至順의 이치 아닌 것이 없으며, 따라서 소당연은 지선至善의 도道 아닌 것이 없다. 성명性命의 이는 실로 이 같을 따름이다.

이와 같은 논리로 여러 경서를 읽어봄에 합치되지 않는 것을 발견하지는 못했으나 끝내 흡족하지 못했다. 종종 소강절邵康節[2]의 책을 읽어본바, 나도 모르게 기쁜 마음이 생겨 조리가 서는 것 같았다. 반면에 나정암羅整菴[3]과 서화담徐花潭[4]의 의론을 대하면 의심이 없을 수 없었으나,

---

1 정동직(鄭東稷, 1623~58)은 본관은 해주(海州), 문옹은 그의 자. 부친은 희성(希聖)으로 미수(眉叟) 허목(許穆)과 함께 정언옹(鄭彦嵩)에게 수학하였다. 반계와는 친구이자 사돈의 관계이다.

2 소강절(邵康節): 소옹(邵雍, 1011~77). 강절은 그의 시호. 주돈이(周敦頤)가 음(陰)·양(陽)을 바탕으로 한 이기론(理氣論)을 세운 데 반해, 그는 강(剛)·유(柔)를 더하여 사원론(四元論)을 펼쳤고 우주의 근본을 수적(數的)으로 설명하려는 상수론(象數論)을 제창하였다.

3 나정암(羅整菴): 나흠순(羅欽順, 1465~1547). 정암은 그의 호. 주자가 이는 기를 통제

꼭 그렇지 않은 이유도 밝혀낼 수 없었다. 주자朱子의 설에 이르러서는 곧장 의심스러운 곳이 많았다.

반복해서 사고해본바, 일물一物이라고 한다면 분명히 일물이 아니요 이물二物이라고 한다면 이물이 될 수 없다. 그러나 일물이라고 할 때에 바야흐로 하나로 합해지는 묘를 볼 수 있으며, 이물이라고 할 때는 둘이 되는 실상을 얻을 수 없다. 이에 다시 『계사전繫辭傳』 및 주렴계周濂溪[5]와 정자程子[6]의 책을 모아서 조용히 살펴보니 문득 깨달음이 있는 것 같았다. 대개 이와 기는 혼합이 되어 틈이 없으니 비록 기 밖에 이가 있을 수 없지만, 이는 기로 인해서 있는 것도 아니다.

대개 하늘의 일(上天之載)은 소리도 없고 냄새도 없지만[7] 지극히 참되고 지극히 성실하다. 그 본체本體로 말하면 도道라 하고 그 진실됨으로 말하면 성誠이라 하며, 그 총회總會로 말하면 태극太極이라 하고 그 조리條理로 말하면 이理라 하니, 이들은 실제 한가지이다. 이 이가 밝게 드러나 상하를 관통하고 만물의 바탕이 되어 빠뜨림이 없으니(體物不遺), 천지를 제자리에 잡게 하는 것이 이것이요, 일월을 밝게 하는 것이 이것이

한다고 여긴 것과 달리 기를 떠난 이는 있을 수 없다 하여 기를 주로 한 이기일원론(理氣一元論)을 주장하였다. 그러나 퇴계를 비롯한 조선의 학자들은 대체로 나정암의 하설에 대해 부정적으로 대했다.

4 서화담(徐花潭): 서경덕(徐敬德, 1489~1546). 자는 가구(可久), 화담은 그의 호. 개성에 은거하며 평생 학문 연구에 힘썼다. 주기론을 수립한 대표적인 학자였다.

5 주렴계(周濂溪): 주돈이(周敦頤, 1017~73). 염계는 그의 호. 송대 성리학의 개창자로서 특히 『태극도설(太極圖說)』이 유명하다.

6 정자(程子): 주로 이천(伊川) 정이(程頤)를 가리킴. 정자라 하면 그의 형인 명도(明道) 정호(程顥)와 함께 지칭하기도 한다. 주자에 앞서 성리철학을 체계화하여 주자에게 많은 영향을 미친 존재이다.

7 본래 『시경(詩經)』·대아(大雅)·문왕(文王)』에 나오는 말로 문왕의 덕을 칭송하는 뜻인데, 여기서는 지극한 도를 비유하는 말로 쓰였다(『중용』 33장).

요, 귀신을 은밀하게 하는 것이 이것이요, 사람과 사물을 생존하게 하는 것이 이것이요, 성명性命과 인의仁義, 예악禮樂과 형정刑政에 있어 이것이 아님이 없다. 이 뜻을 알게 된 뒤에 경서를 살펴보니 곳곳마다 다 옳고 구절구절 모두 맞아떨어져 진실로 천하의 이치가 여기에 있었다.

이로 보면 이理와 기氣는 하나이면서 둘이고 둘이면서 하나로 혼연일체인 가운데 서로 뒤섞일 수 없는 실상임은 말할 필요도 없이 지극히 분명하다. 천지풍운天地風雲과 같은 먼 데서 찾을 것 없이 그저 내 몸과 마음에 있을 따름이니, 만리에 모두 가득하고 그 묘함은 무궁하다. 정자程子가 "천하에 이 이理보다 성실한 것이 없다"라고 말한 것이 어찌 미덥지 않은가? 그러므로 "천지의 도는 한마디 말로 다할 수 있다"[8]라고 한 것이다. 또 "성실하지 않으면 물物이 없다"[9]라고 하였는데, 대저 이와 같은 줄 안 뒤에야 '도道가 넓고 큰데 어느 곳부터 손을 될 것인가?'[10]라는 말뜻을 알 수 있고, 천하 사물이 모두 실사實事이며 이른바 존양存養이라는 것도 곧 실사임을 볼 수 있을 것이다.

전에 이는 기의 이라고 했던 말도 본래 옳지 않은 것은 아니다. 그러나 천도天道의 본연本然과 성인聖人의 본뜻은 이렇게 하지 않으면 오직 사람들의 소견이 도에 밝지 못해서 뜻이 막히는 데가 있는 까닭에 이와 같이 말했을 따름이다. 또 나는 실리實理를 자기에게서 찾을 수 있다고 여겼으니, 그렇게 되면 천하의 의리義理는 안배하기도 전에 사물에서

---

8 "천지의 도는 한마디 말로 다할 수 있으니, 그 물(物)됨이 변치 않는다"(『중용』 26장).

9 "성(誠)이라는 것은 물(物)의 처음과 끝이니, 성실하지 않으면 사물이 없게 된다"(『중용』 25장).

10 "도는 넓고 크니 어느 곳부터 손을 대겠는가? 오직 성실을 세운다면, 의지할 곳이 생길 것이며, 의지할 곳이 생기면 학업을 닦을 수 있을 것이다"(『근사록(近思錄)』 권2).

촉발이 된다. 이에 이 이理가 거침없이 행해져서 즐거운 까닭을 알지 못해도 마음이 스스로 즐거워지는 것이다.

물이 불어나면 자연스레 배가 뜨는데,[11] 또 무슨 일로 배가 움직이는가? 이 도에 이르려면 오직 경敬을 하여 조금의 틈도 없어야 한다. 만약 조금이라도 마음에 부족하게 여기는 바가 있으면 곧 결핍이 될 것이다.[12] 성현이 '경' 한 글자를 강조해 말씀하여 후학에게 지극한 은혜를 베푼 것이다.

이러한 견해는 예전에 말한 것과는 차이가 있는 듯한데 어찌 감히 쉽게 자신할 수 있는가? 여기에 과연 잘못이 없을지 모르겠다. 그대의 견해는 또 어떠한가? 만약 마땅하지 않은 부분이 있다면, 견해가 다른 데는 반드시 그 까닭이 있을 것이다. 그 근거를 들어서 엄격하게 비판해주기를 바란다.

(위에서 논한바 '대개 하늘의 일'에서 '만물이 바탕이 되어 빠뜨림이 없으니(體物不遺)'까지에 대해 정명도程明道는 "그 체體는 역易이라 하며, 그 이理는 도道라 한다"라고 말하였다. 여기서 체라는 것은 형체形體의 체와 같은 것이니, 정이천程伊川이 "도와 더불어 체가 된다"[13]라고 한 그것이다. 이 도는 음양陰陽으로 체를 삼는 것이지만 그 본연本然의 곳을 오로지 가리키는 것은 아니다. 그러므로 주자朱子는 또 "이 네가지 현상은 도의

---

11 원문은 '수도선부(水到船浮)'이다(『주자어류(朱子語類)·훈문인(訓門人)』).

12 맹자(孟子)는 호연지기(浩然之氣)를 기르지 않으면 마음이 주리게 된다고 하였다(『맹자·공손추 상(公孫丑上)·호연장(浩然章)』).

13 공자(孔子)가 "가는 것이 이 물과 같구나. 밤낮을 그치지 않는도다"라고 하였는데, 이에 대한 주에 정자는 "이것은 도체이다. 하늘의 운행은 그치지 않아 해가 지면 달이 뜨고 추위가 가면 더위가 오며, 물이 흘러 끊임이 없고 물건은 생겨나 다하지 않는다. 모두 도와 일체가 되어 밤낮으로 운행하여 그친 적이 없다"라고 하였다(『논어(論語)·자한(子罕)』16장).

체가 아니요, 단지 이를 통해서 도의 체를 볼 수 있는 것이다"[14]라고 말하였다. 이理는 곧 도道이지만 자세히 말할 것 같으면 또 응당 구분이 있어야 할 것이다. 그래서 주자는 다시 "정해져 있는 이치로 응당 그렇게 되는 것이 도이다"라고 말하였다. 『중용』에서 '체물불유體物不遺'라 한 것은 비록 귀신을 가리켜 말한 것이지만[15] 그 실상은 성誠이다. 그러므로 정자는 "도는 체물불유이니 요컨대 각기 그 뜻이 어떠한가를 보아야 한다"라고 말하였다 ― 원주).

---

14 정자가 도체라고 말한 내용에 대해 주자는 이 네가지는 도체는 아니지만 이것을 통해 도체를 볼 수 있다고 주장했다(『주자어류』 권36).
15 "귀신의 덕은 성대하구나. 보아도 보이지 않고, 들어도 들리지 않고, 만물의 바탕이 되어 빠뜨림이 없다"(『중용』 16장).

〔별지〕 위의 서신에서 다 말하지 못한 사안들을 따로 조목조목 재론했다
〔別紙〕書中不能盡者, 又別紙條具于下

태극太極에 동동動과 정靜이 있는 것은 곧 천명天命의 유행流行이다(『태극도해太極圖解』— 원주). 천명이 유행하는 소이는 무엇인가? 성誠 때문이다. 성誠하면 동動하게 되니 참으로 지성至誠을 하면 저절로 동動하지 않을 수 없다. 대체로 조화가 조화가 됨은 모두 실리實理이다. 그러므로 조화가 되지 않을 수 없으니 모두 자연으로 그렇게 되는 것이다.

기氣를 떠나서는 다시 이理가 있을 수 없다. 그러나 이理는 스스로 실리實理요, 기로 인해서 있게 되는 것은 아니다.

물物을 이연已然[1]으로부터 보면 이理는 다만 기의 이일 따름이요, 기 밖에 이가 있지 않다. 물을 본연으로부터 본다면 이 이가 있기 때문에 이 기가 있는 것이다. 기가 한번 가고 한번 오며 한번 닫히고 한번 열림에 있어 필히 소이연所以然이 있다. 이것이 이른바 이이다(다만 여기에서 이의 본연의 순수함을 볼 수 있고, 또 이기합일理氣合一의 묘를 볼 수 있다. '이 이가 있기 때문에 이 기가 있다'는 이 말 또한 선후先後로 볼 수는 없다. 이는 본디 시작이 없으며, 기 또한 시작이 없다 — 원주).

경서 가운데에는 도道를 말한 곳이 많으며, 정주程朱 이후로 이理를 많이 말했는데 이理는 곧 도이다. 그런데 도는 본체이며, 이는 조리條理의 이理이다. 이 때문에 이와 기는 더욱 나누기 어려워서 논의가 분분하다. 만약 도道라는 한 글자로 본다면, 저절로 분명하다. '성性을 따르는 것을

---

1 이연(已然): 본연(本然)의 상대되는 말. 본연이란 사물의 원천적인 상태를 말한다면, 이연이란 이미 사물이 만들어진 상태를 가리킨다.

도라 한다'[2]라고 할 때의 도는 '도로'라고 할 때의 도와 같으니 이는 사람을 위주로 말한 것이며, '형이상의 것을 도라고 한다'[3] '한번 음하고 한번 양하는 것을 도라고 한다'[4]라고 할 때의 도는 오로지 본체를 가리키는 것으로, 이는 천天을 위주로 말한 것이다. 하지만 기실은 하나이다.

주자朱子는 태극太極을 풀이하기를 "음양陰陽과 분리해서 있다는 것이 아니요, 곧 음양으로 그 본체를 가리키며 음양과 뒤섞어 말한 것이 아니다"[5]라고 했다. 만약 이렇게 말하는 것으로 보는 데 그친다면 비록 분명하기는 하지만 그다지 쾌활하지는 않다. 이 인용문의 앞에서 "태극이란 동動해서 양陽이 되고, 정靜해서 음陰이 되는 본체이다"라고 했는데, 여기서 이미 극히 명백하다. 한번 성인의 말씀을 살펴보면 실로 매우 쾌활하다. 『주역周易』에서 "한번 음하고 한번 양하는 것을 일러서 도라고 한다"라 했고, 또 "형이상形而上의 것을 도道라 하고 형이하形而下의 것을 기器라 한다"라고 하였으니, 이 몇 마디 어구는 이기의 서로 분리될 수도 없고 서로 섞일 수도 없는 묘리를 더할 수 없이 다 말했다고 하겠다.

사람의 일신을 살펴보건대 혈육이나 호흡은 기이며, 성으로 말하면 이이다. 이는 심心에 갖추어져 있다. 형形이다 기氣다 성性이다 하는 것들은, 분리되어 있다 하면 분리될 수 없거니와 하나로 되는 것 또한 가

---

2 "하늘이 명한 바를 성(性)이라 하고, 성을 따르는 것을 도(道)라 하고 도를 지키는 것을 교(敎)라 한다"(『중용』 1장).

3 "형이상의 것을 도(道)라고 하고, 형이하의 것을 기(器)라고 한다"(『주역(周易)·계사전(繫辭傳)』).

4 "한번 음하고 한번 양하는 것을 도라고 한다. 그것을 이어지게 하는 것은 선(善)이요, 그것을 이루는 것은 성(性)이다"(『주역·계사전』).

5 태극의 성질을 형용하는 말로 태극은 무극이다. 움직여 양(陽)이 되고, 가만히 있어 음(陰)이 되게 하는 본체이다. 그러나 음양과 분리되어 있는 것은 아니어서 음양은 곧 그 본체를 가리키는 것이다. 하지만 음양을 뒤섞어 말하는 것은 아니다(『태극도설·도해(圖解)』).

능하지 않다. 하나로 합하는 것이 가능하지 않은 까닭은 본디 스스로 분별이 있어서이다. 본래 스스로 분별이 있으면서도 처음부터 서로 떨어질 수 없는 것이다. 이 대목이 지극히 오묘하니 묵묵히 살펴보아야 할 것이다. 무릇 조화의 이치는 모두 그렇지 않은 것이 없다. 그래서 '불측不測'이라 하고, '신령스럽다' 하고, '오묘하다' 하는 것이다(이기만 그런 것이 아니요 형기가 합하는 데 이르러서도 합하기도 하고 떨어지기도 하는데, 바야흐로 합해질 때는 전혀 간극이 없다. 무릇 사물의 체와 용 등에 있어서도 모두 그러하지 않음이 없는 것을 여기에서 볼 수 있다. 서로 떨어질 수 없다 하여 분별이 없다고 할 수는 없다 — 원주).

대개 이와 기, 두가지는 본디 서로 떨어질 수도 없고 또 서로 섞일 수도 없는 것이다. 이 지점은 극히 설명하기 어려우니 마음속으로 이해할 수는 있어도 말로 다 표현할 수는 없다.

혹자는 "물物에는 반드시 소이연所以然이 있고, 일에는 반드시 소당연所當然이 있다. 소당연의 도리는 즉 소이연의 이치이다. 소이연이란 것은 지순至順 아닌 것이 없으니(만약 지순이 아니라면 소이연이 될 수가 없다 — 원주), 고로 소당연은 지선至善 아닌 것이 없다. 성인이 세운 최상의 도는 물리物理 밖에 있는 것이 아니다"라고 했다.

이는 확실히 그러하다. 그렇지만 이는 횡으로 본 것이니, 어찌 종으로 보지 않는가? 사물은 본디 이 이가 있기 때문에 물에 있어서 반드시 소이연이 있고, 일에 있어서 반드시 소당연이 있다. 이 이치는 지극히 실實하여(지극히 실하기 때문에 지순하다 — 원주) 하늘이 하늘이 되고, 땅이 땅이 되며, 사람이 사람이 됨에 있어 실리實理 아님이 없다. 이것을 따라 다하면 이것을 진성盡性이라 하고, 이것을 본받아 세우면 최상의 도라고 할 수 있다.

공자孔子는 이르기를 "한번 음하고 한번 양하는 것을 도라고 이르니, 이를 이어가는 것이 선이요(繼之者善) 이를 이루는 것이 성이다(成之者性)"[6]라고 하였다. 만약 이理에 대해 기氣의 이일 뿐이라고 하면 기가 주가 되어 이는 주재主宰를 할 수 없다. 이와 같다면 '이를 이어가는 것이 선善'이라는 말은 성립할 수 없고, '이를 이루는 것이 성性'이라는 말도 성립할 수 없다. 이는 곧 실리實理이니 그래서 '불성무물不誠無物'[7]이라고 했으며 '무물불성無物不誠'이라고 하지 않은 것이다(응당 선善자, 계繼자를 살펴보아야 하니, 어디서 이어가 선할 수 있는 것인가? 이는 음양을 버리고 말한 것이 아니기에 주된 뜻이 저절로 분명하다 ─ 원주).

기란 물이 이루어지는 과정에 있는 것이며, 이란 물이 이루어지는 원리이다. 조화가 행해지는 것과 만물이 낳고 자라는 것은 모두 이기가 융합하여 털끝만 한 틈도 용납하지 않는다(빈틈이 전혀 없는 것이다 ─ 원주). 그러므로 기를 이라고 인정하기 쉬우나, 이기의 구분은 본디 저절로 분명하다. 만약 단지 이를 기의 이라고 말해버리면 이른바 인의仁義는 기라고 하겠는가, 이라고 하겠는가? 인의는 곧 사람의 이理이다. 이는 응당 물의 이라고 해야 할 것이요, 기의 이라고 할 수 없다. 이런 지점에서 이의 본체가 순정해서 기에 뒤섞이지 않는 것을 볼 수가 있다.

이를 그냥 기의 이라고 말하면 또한 불가할 것이 없다. 그러나 기의 이라고 말한다면 끝내 기의 뜻이 곧 이의 본원을 가려서 사람으로 하여금 성명性命의 본원을 볼 수 없게 만든다. 이와 같으면 비록 기氣를 이理로 인식할 수 없다고 하더라도 끝내 기 자가 주가 된다. 또 이와 같으면 이理는 단지 기에 부수되는 물건이고, 그 본연의 실체는 보지 못할 것

---

6 『주역·계사전』에 보인다.
7 불성무물(不誠無物): 성의가 없이는 어떤 일도 할 수 없다는 말이다(『중용』 25장).

이다.

사람들이 말하기를 물物이 살아 숨 쉬게 하는 것은 기氣이며, 그 소이
연이 되는 것은 이理라고 한다. 이理는 소이연임이 분명하지만 그 소이
연이란 것은 본래 지극히 실한 것이니 만약 본래 지극히 실한 곳을 보지
못한다면 그 소이연이 되는 것 또한 보기 어렵다.

주자가 "태극이란 동動해서 양陽이 되고 정靜해서 음陰이 되도록 하는
본체本體이다"라고 했는데 더할 나위 없는 말이다. 이것이 이른바 성誠
이요, 이것이 이른바 이理의 본연本然이다.

정자程子가 "이理라는 것은 매우 실하다"라고 하였는데, 나는 이 말을
전에 마음속으로 분명히 그렇다고 여겨 "이理는 확실히 실리實理이니,
이와 같이 보아야 옳다"라고 하였다. 이제 이가 지극히 참되고 지극히
실함을 깨달았으니 만약 지극히 실하지 않으면 이라고 할 수 없다. 이는
참으로 요긴하고 요긴한 말이다.

대개 이理·기氣는 선후를 논할 수 없고, 나누어지고 합함을 논할 필요
도 없다. 오직 형이상形而上과 형이하形而下로 설명할 때 가장 극진해진
다. 가만히 살펴보건대 오묘하도다(『주역·계사전』에 "형이상을 도道라 이르고,
형이하를 기器라 한다"고 하고, 그 아래에 이어서 다음과 같이 말했다. "화化하여 재단裁
斷하는 것을 가리켜 변變이라 하고, 미루어 행하는 것을 가리켜 통通이라 하고, 들어서 천
하의 백성에게 실시하는 것을 가리켜 사업事業이라 한다." 여기서 화하여 재단하고 미루
어 행하는 것은 이기理氣가 합체合體하여 화하게 하고 미루어 가게 하는 것이다. 이는 사
람을 두고 말한 것이니, 도道는 처음부터 하늘과 사람의 구별이 없다. 백성은 곧 하늘의
물物이요, 사람의 사업은 곧 하늘의 조화의 공이다 ─ 원주).

이라는 것은 지극히 실하니 어디서 그 지극히 실함을 볼 수 있는가?
흘러 행하는 것이 하루 동안에도 이와 같지만 만고에도 항상 이와 같

다. 살아 숨 쉬는 것은 하나의 물物도 이와 같지만 만물도 모두 이와 같다. 만약에 털끝만치라도 허위가 있으면 곧 끊어지고 어긋나게 되니 여기에서 이理의 지극히 실함을 볼 수 있다. 그러므로 천지의 도는 한마디 말로 다 할 수 있으니, 그 한마디는 성誠이다.

조화가 조화가 되는 것은 실리實理 아님이 없다. 사람이 형화形化[8]에 있어서 아버지가 낳게 하고 어머니가 기르는 것을 보고 확실히 그런 줄로 생각하게 되지만, 기화氣化에 이르러서는 의심한다. 기화가 능히 화化하는 줄 알면 이理의 진실함을 알 수 있을 것이다(기氣가 능히 화化한다는 것은 이理가 실리實理인 까닭이다 — 원주). 기화가 능히 화함을 안 연후에 형화가 능히 화하는 것 또한 이가 단지 실리일 따름임을 참으로 알 수 있으니 응당 그 실로 그러한 곳을 볼 것이다.

혹자가 "이理가 있으면 곧 기氣가 있지만 이들의 선후는 나눌 수 없을 것 같습니다"라고 물었다. 주자는 "요컨대 먼저 이理가 있다고 해야 할 것이다. 오늘 이 이理가 있고 내일 기氣가 있다는 식으로 볼 수는 없지만 모름지기 선후는 있어야 한다"라고 말했다.[9]

지금 살피건대 이는 궁극적으로 본원을 따지는 의미이다. 그러나 성인의 말씀은 이와 같지 않아서 다만 한번 음陰하고 한번 양陽하는 것을 일러 도道라 하고, 형이상形而上, 형이하形而下로 구분했을 따름이다.

---

8 형화(形化): 주돈이는 「태극도」에서 만물을 생성하는 이치를 기화(氣化)와 형화(形化)로 나누어 설명했다. 기화는 음양의 기운이 화하여 사람과 사물을 처음 이루는 것이고, 형화는 이들의 형(形)과 기(氣)가 교감하여 다시 물(物)을 생성하는 것을 말한다(『성리대전(性理大全)』권1 「태극도(太極圖)」).

9 주자의 제자가 이가 있다면 곧 기가 있는 것이니 선후를 구분할 수 없을 듯하다고 한 질문에 대해 주자가 답한 것으로 주자는 오늘은 이, 내일은 기라고 말할 수는 없지만 기보다는 먼저 이가 있어야 한다는 선후 문제는 분명히 해야 한다고 주장했다(『주자어류』권1).

이理와 기氣를 옛사람들은 뒤섞어 말한 적이 없다. 맹자孟子가 '성선性善' 한 구절을 말할 때 벌써 특별히 분명하다('먼저 그 큰 것을 세운다'라든가 '성性'이라든가 '명命'이라든가 하는 설들은 의미가 모두 이와 같다. '형색形色은 천성天性이다'[10]라는 말에까지 이르러서는 '기器 또한 도道'[11]라는 의미가 된다 ― 원주).

예의禮儀의 300가지와 위의威儀의 3000가지는 실리實理의 모양이 드러나지 않음이 없다. 이른바 절문節文[12]이라는 것은 그 도수度數에 따라서 절문을 하는 것이다.

소강절邵康節이 사물의 이치를 논하는 방법은 물物을 관찰하여 그 이치를 알고, 물을 음미하여 그 묘리를 얻는 것이다. 성인聖人이라면 바로 성誠으로써 솔성率性을 하여서 자신이 발을 딛고 손을 움직이는 데에 예禮가 아닌 것이 없다. 그러므로 성문聖門의 학學은 하학이상달下學而上達이 되는 것이다. 그런데 소강절은 이런 자세가 없이, 단지 이를 가지고 기묘한 일을 만들어내며 천기天機를 가지고 놀았을 따름이다.

이는 그의 지식이 미진했던 것이 아니라 처음부터 자기 몸으로 행하는 실득이 없기 때문이라고 전부터 여겨왔는데, 지금 자기 몸으로 행하는 실득이 없는 것은 또한 그 지식에 연유한 바가 있음을 알게 되었다. 과연 그 지식이 성인과 부절符節처럼 합치되도록 하면, 아무리 일각이라도 실천하지 않으려 한들 될 수 없을 것이다(성인은 곧 천도天道이다 ― 원주).

이理는 하나인 까닭에 만수萬殊가 될 수 있다. 만약 이가 둘이라면 어

---

10 맹자가 성인이라야 형색形色에 담긴 천성天性을 따를 수 있음을 말한 것인데, 여기에서는 앞부분만 인용하여 기(氣, 형색)와 이(理, 천성)를 분리할 수 없음을 말했다(『맹자·진심 상(盡心上)』 38장).

11 정자가 이(理)와 기(氣)가 틈이 없이 혼연히 섞여 있고 서로 떨어질 수 없다는 뜻에서 "기 또한 도요, 도 또한 기이다"라고 하였다(『근사록』 권1).

12 절문(節文): 예절, 의식을 가리키는 말.

찌 만수가 되어 각기 그 상常[13]을 잃지 않을 것인가? 나뉘어 달라지는 것은 기氣가 가지런하지 않아서 그런 것이나 여기에서 이가 하나임을 볼 수 있다.

성誠이란 안과 밖으로 합치하는 도道이다. 성이 없으면 물物이 없다.[14] 이와 기의 실은 성일 따름이다.

비와 이슬, 서리, 눈이며 산천이나 찌꺼기까지 모두 가르침 아닌 것이 없다.[15] 허다한 물物들은 바로 허다한 이치에서 나온 것이다. 본래 하나라고도 둘이라고도 말할 수 없다. 하나인 줄만 알아서 하나라고 하는 자는 선악이 모두 이理에서 나온다는 설에 빠지기 쉽다. 그리고 둘인 줄만 알아서 둘이라고 하는 자는 불교의 절물絶物의 폐단에 빠지기 쉽다.

혹자는 "기氣가 흩어지는 것은 흩어지는 이치가 있고, 모이는 것은 모이는 이치가 있다"라고 말한다. 나는 이렇게 말한다. 이 말은 옳지 않다. 성인이, 양이란 양의 이치가 있고 음이란 음의 이치가 있다고 말하지 않고 한번 음하고 한번 양하는 것을 일러 도라 한다고 했으니 여기에서 볼 수가 있다. 만약에 혹자의 말과 같다면 또한 물이 아래로 흐르는 것은 아래로 흐르는 이치가 있고 역류하는 것은 역류하는 이치가 있다고 할 수 있으며, 사람이 선한 것은 선의 이치가 있고 악한 것은 악의 이치가 있다고 할 수 있을 것이다. 이理는 본래 이와 같지 않다. 물의 이치는 필히 아래로 흐르고 사람의 이치는 필히 곧다. 역류한다거나 악한 것은 이치에 어긋나는 것이다(물이 역류해서 산 위에 있게 되는 경우는, 형세가 그렇게 만

---

13 상(常): 사물이 일정하여 항상 있음을 뜻하는 말. 보편성의 의미.
14 정자의 말로 『이정유서(二程遺書)』 권1에 보인다.
15 장자(張子)의 말. 본래 기의 작용으로 생겨난 만물이 모두 도체임을 말한 것인데, 여기에서는 이와 기를 하나나 둘로 단정 지어 말할 수 없음을 가리켰다(『정몽(正夢)·태화(太和)』).

들어서 바야흐로 역류를 하여 산 위에 있게 된 것이다. 물의 본성은 항상 저절로 아래로 흐르니 여기에서 물의 이치를 볼 수 있다. 사람 또한 어찌 다르겠는가? 사람이 선하지 않은 것은 욕망이 그렇게 만든 것이다. 착하지 않은 일을 하면 누구나 부끄러워하며 선하지 못한 부분을 숨기게 마련이니 여기서 그 타고난 이치가 본래 정직함을 볼 수 있다 — 원주).

　이理는 고정된 곳이 없고 형체도 없지만 사람에게 있는 것을 살펴보면 대개 알 수 있다. 정자程子는 "성性은 곧 이理이다"라고 하였다. 성이란 이가 사람에게 있는 것이다. 인의예지는 마음에서 일어나 부자·군신의 사이에서 행해지면, 저절로 그렇게 되어서 그만둘 수가 없으며 당연해서 어길 수가 없으며 확실해서 지워질 수 없다. 이가 지극히 알차지 않으면 어찌 능히 이와 같을 수 있겠는가? 이것이 곧 사람이 사람 되는 까닭이다.

　옛사람들은 도道를 봄이 분명하였던 까닭에 항시 사물에 당연히 행할 것을 말했을 뿐이지만 이치가 그 가운데에 있었다. 혹 떼어내서 말한 것이 있어도 도체道體가 충만해서 선명하게 밝혀진 부분을 밝힌 것이니 물物이 따로 있을 수 없었다. 후세 사람들은 이理와 기氣를 이미 상대적으로 말했기 때문에 분변이 될 때는 둘이라고 의심했고, 일체로 볼 때는 분변이 없는가 하고 의심하였으니 이것이 이른바 말이 많아질수록 알맹이를 얻지 못했다는 뜻이다.

　나정암羅整菴의 논리는 기氣를 이理로 본 것은 아니지만, 이의 본원에 있어 투철하지 못한 곳이 있었다. 화담花潭의 경우는 기氣를 이理로 인식한 데 가깝다.

인심·도심에 대한 재론
又論人心道心書

인심人心과 도심道心의 학설에 대해, 일찍이 이렇게 생각했다. "성명性命에서 근원한 것은 도심이고, 형기形氣에서 발생한 것은 인심이다. 이 때문에 공평함과 사사로움의 구별이 없을 수는 없는 것이다. 도심은 본래 순수하게 선하고 인심 또한 좋지 않은 것은 아니로되 욕심으로 흐르면 선하지 않게 된다. 마음은 본래 하나이지만 발동하는 바가 다르니 참으로 어쩔 수 없이 나누어서 구별해야 하고, 발동하는 것이 다른 이상 비록 마음이 본래 하나라고 해도 다시 하나로 합칠 수 없다. 이와 같다면 필시 도심을 주체로 삼고 인심으로 명을 듣도록 해야 할 것이다." 그러나 이 말은 아무래도 마음으로 마음을 부린다는 혐의가 없을 수 없다.

내 생각은 이러하다. 마음은 신령하게 비어 있는 것인데 본래 지각知覺이 있어서 선善에 감응하기도 하고 욕심에 이끌리기도 한다. 선과 악에 모두 감응하는 까닭은 사람이 성명과 형기를 갖추고 있기 때문이다. 마음은 본래 하나지만, 이미 발현된 것으로 말하면 천리天理가 아니면 인욕人欲이고 인욕이 아니면 천리이다. 지금 이른바 인심이란 천리도 아니요 또 완전히 인욕도 아니다. 또한 완전히 인욕도 아니지만 인욕의 싹이기도 하다. 또한 제거할 것 없이 남겨두고서 도심의 명령을 받게 한다고 말한다면 그런 이치가 없을 듯하다. 매번 주자朱子의 여러 해설 및 사람과 말의 비유[1], 배와 키의 비유[2]를 볼 때마다 의혹이 아주 많았다.

---

1 주자는 이(理)와 기(氣), 태극(太極)과 음양(陰陽)의 관계를 사람과 말에 비유하여 자주 설명하였다. "이는 볼 수가 없는데, 음과 양으로 통한 뒤에야 이가 음양에 얹혀 있음이 사람이 말 위에 앉아 있는 것과 비슷함을 알 수 있을 것이다"라고 한 것과,

정자程子의 말씀대로 인심을 인욕으로 본 뒤에야 타당하다고 여겼다[3](극기복례克己復禮[4]의 뜻으로 생각한 것이다 — 원주). 지금에서야 인심과 도심은 그저 이와 기일 뿐으로, 단지 사람의 몸의 차원에 나아가서 말했기 때문에 '인人'이니 '도道'니 한 것임을 깨달았다. 이른바 '사물(物)이 있으면 법칙(則)이 있다(有物有則)'[5]라는 말 한마디로 포괄할 수 있을 것이니('법칙'이란 이른바 마땅히 그래야 하는 것이다 — 원주), 본래 한마음이지만 지각에 차이가 있는 것으로서 '인'은 '사물'이고 '도'는 '법칙'이다(법칙은 법칙이고 사물은 사물이라면 인심은 따로 인심이고 도심은 따로 도심이다. 법칙이 사물에서 떨어지지 않는다면 인심과 도심이 어떻게 두개의 본체가 있겠는가? — 원주). 그러나 이와 기에 있어서는 본래 그렇게 되기 때문에 사물과 법칙이 하나의 본체인 것을 쉽게 볼 수 있지만, 오직 사람의 마음에 있어서만은 마음에

"태극은 이이고 동정(動靜)은 기이다. 기가 움직이면 이도 움직이니, 양자는 서로 의지하여 잠시도 떨어지는 적이 없다. 태극은 사람과 같고 동정은 말과 같다. 말은 사람을 태우고 있는 것이고 사람은 말에 타 있는 것이니, 말이 한번 나가거나 들어오면 사람도 함께 나가고 들어오는 것이 된다. 한번 움직이거나 한번 멈춰 있는 동안에도 태극의 오묘한 이치는 그곳에 있지 않는 때가 없다(『주자어류』권94).

2 주자는 '인심은 위태롭다(人心惟危)'라는 『서경』의 구절을 해설할 때 인심의 정해지지 않은 방향성을 두고, "인심은 의지할 수가 없으니, 인심은 배와 같고 도심은 키와 같다. 배가 있는 그대로 내버려두면 향하는 곳이 없지만 만약 키를 잡는다면 가거나 서는 것이 나에게 달렸다"고 비유했다(『어찬주자전서(御纂朱子全書)』권33).

3 정이천은 『서경·우서(虞書)·대우모(大禹謨)』의 "인심은 위태롭고 도심은 은미하니 정밀히 하고 한결같이 하여야 진실로 중도를 잡을 수 있다"라는 말에 대해, "인심이 위태롭다는 것은 인욕이고, 도심이 은미하다는 것은 천리이다. 정밀히 하고 한결같이 하는 것은 지극해지는 방도이고, 진실로 중도를 잡는 것은 행할 방도이다"라고 해설한 바 있다(『이정유서(二程遺書)』권11).

4 극기복례(克己復禮): 공자가 제시한 인(仁)의 방법으로, 자신의 사욕을 이기고 천리(天理)의 절문(節文)이 구현된 예(禮)로 복귀한다는 뜻이다.

5 『시경·대아(大雅)·증민(烝民)』에 "하늘이 백성을 낳으심에 사물이 있으면 법칙이 있게 하셨다. 백성들이 떳떳한 성품을 가지고 있기 때문에 이 아름다운 덕을 좋아한다"라고 하였다.

는 지각이 있고 지각에서 발동하는 것이 다르기 때문에 사람(인심 ─ 원주)과 도가 함께 행해지는 것을 쉽게 보지 못할 따름이다(여기서 말한 '하나의 본체'란 합하여 한 몸이 된다는 말과 같다. 이른바 함께 행해진다는 말도 이 뜻이다 ─ 원주).

대체로 인심이란 일반적으로 말하는 사람의 마음이며, 도심이란 측은지심惻隱之心이니 수오지심羞惡之心이니 하는 등을 가리킨다. 도심은 인심 위에서 발현되는 것이니 만약에 인심이 없다면 도심 또한 행할 곳이 없다.

그런데 인심은 발하게 되면 욕심으로 흐르기 쉽고, 도심은 발할 때부터 은미(어떤 본에는 정미精微로 되어 있다 ─ 원주)하기 때문에 가려지고 흐려지기 쉽다. 필히 정미精微하고 정일精一하도록 힘을 써야 하는 까닭이다. 인심과 도심이 이미 발하여 지각이 각기 다른데도 도심이 인심의 마땅히 그래야 하는 법칙이 되는 것은 무엇 때문인가?

사람은 이와 기를 갖추어서 마음이 허령하여 깨닫지 못한 바가 없으니 그런 까닭에 혹은 형기에서 깨닫기도(어떤 본에는 발동하다(發)로 되어 있다 ─ 원주) 하고 혹은 의리에서 깨닫게 되기도 한다. 비록 지각에서 발했더라도 이는 사물의 법칙의 실제이므로, 사물에 있어서나 마음에 있어서나 아직 발하지 않은 상태나 이미 발한 상태나 차이가 없다. 그러므로 인심과 도심은 다 같이 이미 발했더라도 도심의 지각은 곧 인심의 법칙이니, 바깥에 있는 이치를 본떠서 기준을 삼은 것이 아니고 도심에 나아가서 얻은 것이다(시험 삼아 한가지 사례를 들어 말해보겠다. 배고플 때 먹고 싶은 마음이 생기는 것은 인심이요, 먹고 싶은 마음이 생길 즈음에 마땅히 먹을지, 먹지 말아야 할지를 스스로 지각하게 되는 것은 곧 도심이다. 이 두가지가 비록 한때에 깨달아서 각기 발한 바가 있더라도 먹어야 할지, 말아야 할지 하는 마음이 채워지게 되면 곧 이른바 법칙이 된다. 이는 밖에 있는 이치를 본떠서 기준을 삼는 것이 아니고 바로 이 도심이 기준이 되는 것이다. 이는 사람은 본디 마음에 이기를 갖추고 있으므로 물과 법칙을 다 느끼기 때문이다. 또 이미 발했을 때에 먹고 싶은 마음과 응당 먹어야 할 것인가 먹지 말아야 할 것인가를 아는 마음은 각기 스스로 지각을 하게 되니 어찌 서로 뒤섞일 것이랴? 하지만 그것은 그저 하나의 마음으로 스스로 먹어야 할 것인가를 생각할 수 있고, 또 스스로 먹지 말아야 할 것인가를 생각할 수 있으니 어찌 처음부터 두가지 마음이겠는가? 여기에서 또한 인심과 도심이 서로 섞이지 않지만 실제로 두가지 마음이 있는 것이 아님을 알 수 있다 ― 원주).

이렇기 때문에 도심은 주인이 되고 인심은 저절로 명을 듣게 되는 것이다(도심이 주인이 되면 인심이 행하는 바는 도심이 하는 바 아닌 것이 없어서 마치 명을 듣는 것과 같다 ― 원주). 이는 도심이 하나의 마음이 되고 인심이 하나의 마음이 되어서 도심이 여기서 주가 되면 인심이 저기에 있다가 와서 명을 듣는 것이 아니라, 한가지 일일 뿐이다(시험 삼아 증험해보건대 선의 단초가 열릴 때 마음이 스스로 주인이 되어 모든 사려와 언론 행동이 자연히 이치에 맞는 것이니, 바로 주인이 있기만 하면 곧 이와 같이 된다. 이는 마음으로 마음을 부린다는 것과 서로 상반되는 것이 천배 만배에 그칠 뿐이 아니다 ― 원주).

본디 이해하기 어려운 논리가 아닌데 이해하기 어렵게 된 까닭은, 기왕에 인심이니 도심이니 하여 나누어 분리해서 말하였기 때문에 마음이 두가지가 있는 것이 아니라는 것을 알면서도 병립並立하여 짝을 지어가는 폐단(병립하여 짝을 지어 간다는 것은, 동서로 마주 보고 서는 것을 말한다 ― 원주)을 면치 못하였다. 그래서 허다한 의혹이 모두 여기에서 일어났다.

다시 시험 삼아 형이상形而上·형이하形而下의 뜻으로 따져보자. 인심과 도심은 각기 지각의 같지 않음이 있어서 분별이 있지만 서로 분리되지 않음을 그런대로 볼 수 있다. 이 뜻을 이해한 후에 다시 주자의 말씀을 보니, 한 글자도 분명치 않은 곳이 없었다(「중용장구서中庸章句序」의 말씀을 들어서 따져보자. 이른바 '마음의 허령한 지각은 하나일 뿐이다〔心之虛靈知覺一而已〕'라고 한 것은 본디 한마음임을 뜻함이다. '혹은 형기形氣의 사사로움에서 생기기도 하고 혹은 성명의 바른 데서 근원한다〔或生於形氣之私, 或原於性命之正〕'라는 것은 그 소종래의 경로를 추적한 것이니 인심 도심이 유래하는 근원이다. '지각함이 같지 않기 때문이다〔所以爲知覺者不同〕'라는 것은 그 발하는 곳이 다름이 있음을 말했기 때문에 위에서는 허령한 지각이라고 말하고, 여기서는 단지 지각이라고 말한 것이다. '아무리 상지上智에 속하더라도 인심이 없을 수 없고, 아무리 하우下愚에 속하더라도 도심이 없을 수 없다〔雖上智不能無人心, 下愚不能無道心〕'는 것은 진실로 이와 같다. '도심은 한 몸의 주인이 되며 인심은 언제고 명을 듣는다〔道心爲一身之主, 而人心每聽命〕'라는 것은, 도심이 주인이 되면 인심이 지절로 명을 듣는 것이지, 도심이 주인이 된 연후에 인심이 와서 명을 듣게 되는 것은 아니다. 여기서도 또한 두가지가 본래 동체임을 볼 수 있다 ─ 원주).

징험해보건대 심성의 실체는 그 오묘함이 끝이 없어서, 인심과 도심이 한 몸인 것이 더 분명할수록 한 몸이면서도 구별이 있는 것이 절로 더욱 분명해진다. 대순大舜의 말씀[6]이 이렇게나 명백하고 친절하다는 것을 볼 수 있다. 또한 마음이란 그 성질이 지극히 미묘하고 지극히 위태로워서 잡고 놓는 사이나, 공경하고 방자하게 하는 사이에 한순간도 삼가지 않을 수 없음을 볼 수 있다. 본디 간단하고 알기 쉬운 것을 지리한 데서 찾느라 저처럼 한결같이 갈팡질팡했으니, 우습기도 하다. 나의 근래의 의견이 이와 같은데, 또한 진실로 맞는지 틀린지 과연 어떠한가. 가르침을 주기 바란다.

---

6 대순(大舜)의 말씀: 『서경·우서·대우모』에서 순임금이 우(禹)를 훈계하여 "인심은 위태롭고 도심은 은미하니 정밀히 하고 한결같이 하여야 진실로 중도를 잡을 수 있다"라고 한 말을 가리킨다.

별지 1
別紙

　주자는 「정자상鄭子上에게 답한 편지」에서 "지난번의 「채계통蔡季通에게 답한 편지」는 말이 분명하지 않아서 근거로 삼아 말하기에 부족하다"라고 하였다.[1] 지금 「채계통에게 답한 편지」를 살펴보니 대체로 「중용장구서」의 뜻인데도 선생께서 그렇게 말씀하신 것은 "사사로워서 간혹 좋지 않은 것들이 끼어들지 못하게 한다" 등의 말을 가리켜 한 것인가?[2] 이는 인심人心을 인욕人欲으로 간주한 것으로서 "인심이 명령을 듣는다"라고 말한 것과는 차이가 있다. 대체로 인심을 인식한 것이 엉

---

1 정자상(鄭子上)은 송나라의 학자이자 관료인 정가학(鄭可學, 1152~1212)으로, 호는 지재持齋, 시호는 충민忠愍, 출신지는 흥화興化이다. 주자를 사사하며 성리학을 공부하였으며, 『춘추박의(春秋博議)』 『사설(師說)』 『삼조북맹거요(三朝北盟擧要)』를 저술하였다. 주자는 정가학에게 보낸 편지에서 도심과 인심을 정의하며 "이 마음의 허령함이 이理에 의해 깨어난 것은 도심이고, 욕심에 의해 깨어난 것은 인심이다. 지난번에 채계통에게 답한 편지는 말이 분명하지 못하여 근거로 삼아 말하기에 부족하다"라고 한 바 있다(『회암집(晦庵集)』 권56, 「정자상에게 답한 편지〔答鄭子上〕」).

2 채계통(蔡季通)은 송나라의 학자인 채원정(蔡元定, 1135~98)으로, 호는 서산(西山), 시호는 문절(文節), 출신지는 건양(建陽)이다. 이정(二程)·소옹(邵雍)·장재(張載)·주희(朱熹)에게 수학하였으며 『황극경세지요(皇極經世指要)』 『율려신서(律呂新書)』 『연악원변(燕樂原辨)』 『태현잠허지요(太玄潛虛指要)』 『서산공집(西山公集)』 등을 저술하였다. 주자는 채원정에게 보낸 두번째 편지에서, 인간의 생명은 성(性)과 기(氣)의 결합체인데, 이(理)를 위주로 하여 형(形)이 없는 성과 형을 위주로 하여 질량을 가지는 기의 속성 때문에 그 작용에 공(公)과 사(私), 선(善)과 불선(不善)이라는 대비적인 속성이 생기는 것이며, 기의 작용에 과불급(過不及)이 생긴 뒤에야 인욕에 빠지게 되는 것이 아니라고 하였다. 또한 그는 이러한 인간의 태생적인 한계를 극복하기 위해 공적이고 선한 마음을 위주로 하여 사사롭고 불선한 마음이 끼어들지 못하게 할 것을 주장하였고 이것이 순(舜)임금이 우(禹)임금을 훈계한 본의이며 자신의 「중용장구서(中庸章句序)」는 이 뜻을 서술한 것이라고 밝혔다(『회암집』 권44, 「채계통에게 답한 편지〔答蔡季通〕」)

성한지 정밀한지는 오로지 여기에 달려 있다. 정자상이 다시 물은 조목에 "모두 성명性命에 근본하여 말했고 형기는 언급하지 않았다"라고 한 것[3]에 대해서는 정자상이 일찍이 이 마음의 허령함을 도심道心이라고 여겼는지는 알 수가 없다. 그럼에도 이 마음의 지각知覺을 성명에 소속하게 한 것은 전날의 견해에서 완전히 벗어나지 못해서 그렇게 말한 것인가, 아니면 본래 다른 말이 있는데도『주자대전朱子大全』과『회암집晦庵集』에 실려 있지 않은 것인가? 살펴보고서 가르침을 주기 바란다.

정암整菴 나흠순羅欽順은 인심을 이발已發, 도심을 미발未發이라고 하였다. 이 학설이 주자 때에 이미 있었으며, 주자가 옳다고 여기지 않았음은 참으로 의심할 여지가 없다. 근래 구암久菴 한백겸韓百謙[4]도 그 병통을 논파하였다.[5]

지금 다만 마음을 비우고「우서虞書」의 이 장과『중용』의 첫 장을 읽어보니, 대순大舜이 말한 인심과 도심이『중용』에서 말한 이발과 미발이 결코 아님을 저절로 알 수 있었다(나공羅公의 여러 학설을 두루 보니, 나공은 인심과 도심에 대해 전혀 이해하지 못한 것 같다 — 원주).

---

3 주희가「정자상에게 답한 편지」에서 "이 마음의 허령함이 도에 의해 깨어난 것은 도심이고, 욕심에 의해 깨어난 것은 인심이다"라고 정의한 것이「중용장구서」에서 도심을 '성명의 바른 데서 근원한 것'과 인심을 '사사로운 형기에서 태어나는 것'이라고 정의한 것과 위배된다는 반론이다(『회암집』권56,「정자상에게 답한 편지」)

4 한백겸(韓百謙): 1552~1615. 역학(易學)에 해박해『주역전의(周易傳義)』의 교정을 보았으며, 역사지리서『동국지리지(東國地理誌)』를 편찬하였다.

5 한백겸은 도심을 미발 상태의 마음, 인심을 이발 상태의 마음이라고 구분한 나흠순의 학설에 대해, "혹자는 도심을 미발, 인심을 이발이라고 하는데, 그렇다면 도(道)는 발동하기 이전에만 있고 발동한 뒤에는 행해지지 않을 것이니, 이른바 도라는 것은 쓸모없는 좋은 물건이고, 이른바 사람이라는 것은 고기와 피로 된 한 덩어리일 뿐일 것이다. 우리 유자들의 학설이 결코 아니다(『구암유고(久菴遺稿)』권上,「사단칠정설(四端七情說)」)."

근세의 여러 선생들의 학설로 말할 것 같으면 비록 감히 함부로 논의할 수는 없으나, 생각건대 "도심에서 발한 것이 기이다" "인심에서 근원한 것이 이이다" "발하는 것은 기이고, 발하게 하는 것은 이이다" 등의 말(이것은 율곡의 학설이다 ― 원주)[6]은, 아마도 고인古人의 본래 뜻이 아닐 것 같다. 또한 이는 인심과 도심이 나란히 서서 짝지어 가서 각기 이와 기를 가지게 되는 것이다. 어떻게 생각하는지 모르겠다.

　　"기가 발하면 이가 올라탄다" "이가 발하면 기가 따른다" 등의 말(이것은 퇴계의 학설이다 ― 원주)[7]은 이전의 학설과 같지는 않으나, 또한 나란히 서서 짝지어 가며 각각 이와 기를 갖추게 되는 폐단을 면치 못한다. 어떻게 생각하는가?

　　(뒤에 정경세鄭經世의 『우복집愚伏集』을 보았더니 "주자는 사단四端은 이가 발한 것이고 칠정七情은 기가 발한 것이라고 하였는데, 퇴계선생은 처음에 기가 이를 따르고 이가 기에 올라탄다는 학설을 주장하였다가 끝내는 '주자의 본래 학설이 병통이 없는 것만 못하다'라고 하였다."[8] 그렇다면 퇴계는 결국에는 의견을 바꾼 것이다 ― 원주).

　　율곡의 「인심도심도설人心道心圖說」(문집에 보이고, 『성학집요聖學輯要』에도 간략히 보인다 ― 원주)에 말한 것은, 살펴보건대 이 학설은 이와 기에 대해 논한 것은 괜찮지만 인심과 도심에 대해서는 이해가 투철하지 못하다.

---

6 『율곡전서(栗谷全書)』의 「인심도심도설(人心道心圖說)」에 보인다

7 『퇴계집(退溪集)』의 「성학십도를 올리는 차자(進聖學十圖箚)」에 보인다.

8 정경세가 조우인(曺友仁)과 사단(四端), 칠정(七情)에 대해 논하며 한 말이다. 정경세는 주희가 사단과 칠정을 각각 이의 발동과 기의 발동이라고 한 것은 그 발동을 주관하는 주체를 논한 것이지 사단에 기가 없다거나 칠정에 이가 없다는 말은 아니라고 설명하였고, 이황이 처음에는 '기가 이를 따르고 이가 기에 올라탄다'라는 식으로 사단과 칠정, 이와 기의 관계를 해설하다가 만년에는 의견을 바꾸어 주자의 견해에 찬동한 사실을 끌어와서 자신의 견해의 근거로 삼았다(『우복집(愚伏集)』 권11, 「조여익에게 답한 편지(答曹汝益)」).

이와 기는 원래 떨어지지 않으므로 인심과 도심은 떨어지는 적이 없고, 도심은 인심 안에서만 발현되지만 그 사이에서만 절로 구별이 있을 뿐이다. 그래서 "동행이정同行異情[9]"이라고 하는 것이다. 지금 매번 두가지 물건으로 나누어서 각자 서서 짝지어 가게 하기 때문에 인심에 대해서 이와 기로 말하고 도심에 대해서도 이와 기로 말하니, 인심에 선이 있는 것은 도심에서 나온 것이고 도심의 발동 또한 인심 속에서 떨어지지 않는다는 것을 전혀 살피지 못한 것이다. 그렇다면 인심의 이와 기는 '이' 한 글자만 남고 도심의 이와 기는 '기' 한 글자만 남게 된다. 참으로 말한 바대로라면 마음은 본래 하나라고 하지만 실제로는 떨어져서 둘이 되는 것이며, 저절로 명령을 듣는다고 하더라도 실제로는 강제로 시키는 것이 된다.

인심과 도심에 대한 학설은 오직 근래 구암 한백겸의 말이 가장 명백하여 성현의 본래 뜻을 얻었다. 다만 그의 사단칠정도설四端七情圖說[10]의 분배는 완전히 타당하지는 않은 점이 있는 듯하니, 어떻게 생각하는지 모르겠다. 심心은 본디 하나임에도 '인심'이다 '도심'이다 한 것은, 이와 기로 구별해놓은 것일 뿐이다(심心은 하나임에도 이와 기의 구별이 있기 때문에 '인심'이다 '도심'이다 한 것이다. 따라서 인심을 하나의 마음으로 설정해서 이와 기가 갖추어져 있다고 하거나 도심 또한 하나의 마음으로서 이와 기를 갖추고 있다는 식으로 논할 수 없다 ─ 원주).

'인심은 위태롭고 도심은 은미하니 정밀히 하고 한결같이 하여야 진

---

9 동행이정(同行異情): 호굉(胡宏)의 『지언(知言)』 권1에 보이는 말이다. "천리와 인욕은 본체는 같으나 작용은 다르고 행해지는 것은 같으나 실정은 다르니, 덕을 진전시키고 학업을 닦는 군자는 마땅히 잘 구별하여야 한다."
10 사단칠정도설(四端七情圖說): 한백겸의 「사단칠정도(四端七情圖)」를 가리킨다.

실로 중도를 잡을 수 있다(人心惟危, 道心惟微, 惟精惟一, 允執厥中)'이 16자는 만대의 심법心法이다. 원문에서 '微'자와 '危'자는 극히 묘해서 다른 글자로 달리 바꾸려 해도 바꿀 글자가 없다.

도심은 사단四端이요, 인심은 칠정七情이다.

인심과 도심은 이기일 뿐이다. 그것이 심에 있으면서 지각知覺에 의해 발하기 때문에 '인심이다 도심이다'라 하며 이기는 본디 서로 섞이지 않는 까닭에 인심과 도심 역시 서로 섞이지 않으며, 이기 또한 본디 서로 분리되지 않는 까닭에 인심과 도심도 서로 분리되지 않는다고 하며, 기는 본디 없을 수 없는 것이기 때문에 인심 또한 제거할 수 없다고 하는 것이다. 이란 본디 실리實理이므로 도심이 당연한 원칙이 되며, 도심은 따로 한 마음이 있는 것이 아니며 단지 인심 속에서 발현이 되는 것이다.

혹자는 "이가 물物의 법칙이 됨은 이기 문제에 있어서는 그럴 수밖에 없다. 지금 심心에서 이미 발하여 지각이 각기 다른데도 도심이 인심의 원칙이 됨은 무엇 때문인가?"라고 말했다.

"이 이는 지극히 실하여 하늘에 있어서나 사람에 있어서나 아직 발하지 않은 경우나 이미 발한 경우나 관계없이 지각에서 발한 것이라고 하더라도 이기의 실체는 하나이다. 그러므로 도심의 지각은 곧 인심의 원칙이니 밖에 있는 것이 표준이 되는 것이 아니요, 내면에 있는 것이 표준이다(무릇 물物의 법칙 또한 모두 그렇다 — 원주). 인심은 지극히 영명靈明[11]하여 이기를 모두 지각하게 한다. 이미 지각에서 드러난 까닭에 두가지 마음이 있는가 의심을 하게 되지만, 그 실상은 분별이 있으면서도 실은 한마음이다"(심의 속성은 눈과 귀와 같지 않다. 눈과 귀는 기에 감응이 될 뿐이지만 심은 지극히 허령虛靈하기 때문에 이와 기를 지각하지 않는 것이 없다. 지각에서 드러나

---

11 영명(靈明): 마음에 잡생각이 없어 신령한 상태.

는 것을 통해 보면 원래 이기가 분별이 있음을 또한 알 수 있다 ── 원주).

도심은 저절로 도심이고 인심은 저절로 인심이니 실로 이와 같을 따름이다. 그러나 인심이 없으면 도심 또한 행할 바가 없으니, 이는 이와 기가 분리되지 않는다는 증거이다(인심이 없으면 도심이 실릴 곳이 없는 까닭에 도심을 말할 때 필히 먼저 인심을 말하는 것이다 ── 원주).

이와 기가 서로 분리되지 않는다는 것은, 하늘에 있어서나 사물에 있어서나 이는 작용이 없고 기는 작용이 있으므로 사람들이 알아보기 쉽다. 심心에 있어서는 인심과 도심이 각기 스스로 지각이 있는 까닭에 보기 어렵다. 그래서 이기가 분리되지 않는다는 것을 전혀 알지 못하는 것이다. 하늘에 있어서든 사람에 있어서든 지각이 있든 없든 기실은 하나이다(심에서 징험하건대 인심과 도심은 지각이 각기 달라도 매번 함께 행하여 한가지 일에도 함께 존재하지 않는 경우가 없다. 이 점이 서로 분리되지 않는 성질의 오묘한 부분이다 ── 원주).

대체로 인심과 도심은, 주자의 중년 이전의 견해(「장경부에게 물은 편지〔問張敬夫〕」[12]와 주자가 풀이한 「대우모大禹謨」에서 살필 수 있다 ── 원주)대로라면 인심을 비록 인욕이라고 대번에 말할 수는 없지만, 필경 인욕의 한 부분만큼은 도심과 상반되어 대립적인 관계가 됨을 면할 수 없을 것이다. 그 반면 주자의 만년 정론定論에 있어서는 인심과 도심이 서로를 타고 실

---

12 주희는 장식(張栻)과 인심과 도심, 천리와 인욕, 성과 정의 관계에 대해 편지로 토론하였다. 주희는 "지금 언뜻 아기가 우물에 빠지는 것을 보는 것은 마음이 감응하는 것이고, 반드시 슬퍼하고 불쌍히 여기는 마음이 생기는 것은 정이 동하는 것이며, 부모와 교분을 맺길 원하거나 명예를 구하거나 나쁜 평판을 꺼리는 것은 마음이 제대로 주관하지 못하여 바름을 잃은 것이다. 슬퍼하는 마음과 불쌍히 여기는 마음은 인(仁)의 단서이니, 정이 동하였다고 하여 대번에 인욕이라고 할 수 있겠는가?"라고 하였다. 이는 '인심＝정＝인욕'이라는 장식의 견해에 반론한 것이다(『회암집』 권32, 「장경부에게 물은 편지」 중 세번째 편지).

으며 같이 행해진다고 한다. 중년 이전의 설을 따르면 인심은 응당 능히 다스려서 용납될 곳이 없도록 해야 할 것이니, '명을 듣는다(聽命)'라는 말을 붙일 수가 없다. 만년의 정론을 따르면 '명을 듣는다'라는 말을 쓰기에 알맞다. 지각을 운용하는 사이에서 징험해보거나 이와 기, 공과 사의 실제를 헤아려보아도 꼭 맞아서 틀림이 없다. 이 의미를 깨달은 다음에는 비록 나란히 선다고 말해도 좋을 것이다.

혹자는 말했다. "사람은 실로 인심만 따로 발할 때도 있고 도심만 따로 발할 때도 있는데 어떻게 서로 분리되지 않는다고 하는가?"

"마음의 감응이 한결같지 않아 혹은 여기서 지각하고 혹은 저기서 지각하게 된다. 그런데 인심이 발할 때에 일찍이 도심이 없는 적이 없으며, 도심이 발할 때에도 또한 일찍이 인심과 분리되는 적은 없다. 지금 어린아이가 우물에 빠져드는 것을 보면 바로 측은한 마음이 드는데 이는 도심이다. 그런데 이 측은하게 여기는 마음은 사랑하는 마음 밖으로 따로 또 측은히 여기는 한 마음이 있는 것은 아니다. 또 즐거운 일을 만나서 즐거워하고 기쁜 일을 만나서 기뻐하는 것은 인심이다. 바야흐로 기쁘고 즐거울 때 또한 의리의 지각이 없는 것이 아니요, 자연히 거기에 들어 있다.

주자의 제자가 "음식과 남녀에 대한 욕망이 바른 데서 나왔으면 곧 도심이 아닙니까, 어떻게 구별을 할 수 있습니까?"라고 물었다. 주자는 "식욕과 성욕은 필경 혈기에서 나오는 것이다"[13]고 하였고, 또 "도심이 있어 인심이 절제를 받게 되면, 인심도 모두 도심이 된다"라고 대답하였다.

위의 두 설을 합쳐 보면 인심과 도심에 대한 학설은 극히 명백하게 갖

---

13 『주자어류』 권78에 보인다.

추어진다.

　대체로 인심은 본래 인욕이라고 할 수 없으나 도심에게 명령을 듣지 않게 되는 순간 바로 인욕으로 흘러가게 된다. 인심의 선함은 바로 도심이 작용한 것이다. 인심뿐이라면 그저 위태로울 따름이니, 그렇다면 인욕이라고 말하는 것 또한 옳다.

　오봉五峰 호굉胡宏[14]이 "천리와 인욕은 동행이정同行異情이다"[15]라고 하였다. 이 말을 전에는 매우 의심하였는데, 지금은 참으로 진실한 말임을 알겠다(여기에서도 이와 기가 분리되지 않으면서도 섞이지 않는 오묘함을 볼 수 있다 — 원주).

　사람과 말의 비유[16], 키와 배의 비유[17]는 바로 "위와 아래로 형성되었다(形於上下)"[18] '사물이 있으면 법칙이 있다(有物有則)'라는 의미이다.

---

14 호굉(胡宏): 1106~61. 중국 남송(南宋)의 유학자. 자는 중인(仲仁), 호는 오봉(五峰), 출신지는 건녕(建寧)이다. 부친 호안국(胡安國)의 학문을 조술하여 남송 호상학파(湖湘學派)를 개창하였다. 저서로는 『지언(知言)』 『황왕대기(皇王大紀)』가 있고, 문집으로 『오봉집(五峰集)』이 전한다.

15 "천리와 인욕은 본체는 같으나 작용은 다르고 행해지는 것은 같으나 실정은 다르니, 덕을 진전시키고 학업을 닦는 군자는 마땅히 잘 구별하여야 한다"(『지언』 권1).

16 주자는 이와 기, 태극(太極)과 음양(陰陽)의 관계를 사람과 말에 비유하여 자주 설명하였다. "이는 볼 수가 없으니, 음과 양으로 통한 뒤에야 이가 음양에 얹혀 있음이 사람이 말 위에 앉아 있는 것과 비슷함을 알 수 있을 것이다"라고 한 것과, "태극은 이이고 동정(動靜)은 기이다. 기가 움직이면 이도 움직이니, 양자는 서로 의지하여 잠시도 떨어지는 적이 없다. 태극은 사람과 같고 동정은 말과 같다. 말은 사람을 태우고 있는 것이고 사람은 말에 타 있는 것이니, 말이 한번 나가거나 들어오면 사람도 함께 나가고 들어오는 것이 된다. 한번 움직이거나 한번 멈춰 있는 동안에도 태극의 오묘한 이치는 그곳에 있지 않은 때가 없는 것이다"(『주자어류』 권94).

17 주희는 '인심은 위태롭다(人心惟危)'라는 『서경』의 구절을 해설할 때 인심의 정해지지 않은 방향성을 두고, "인심은 의지할 수가 없으니, 인심은 배와 같고 도심은 키와 같다. 배를 있는 그대로 내버려두면 향하는 곳이 없지만 만약 키를 잡는다면 가거나 서는 것이 나에게 달렸다"고 비유하였다.(『어찬주자전서(御纂朱子全書)』 권33).

18 한유(韓愈)의 「원인(原人)」의 서두에 "위에 형성된 것을 하늘이라 하고 아래에 형성

주자가 이르기를, "측은지심·수오지심·시비지심·사양지심이 도심이고, 배고픔, 추움, 아픔이 인심이다"[19] 하였다. 또 이르기를 "기쁨과 노여움은 인심이다"[20] 하였다. 또 이르기를 "배고프면 먹고 목마르면 마시고 싶은 것이 인심이다"[21] 하였다. 또 이르기를 「향당鄕黨」편에 기록된 음식과 의복은 본래 인심의 발현이다"[22] 하였다. 또 이르기를, "도심은 의리의 차원에서 발하여 나오는 것이고, 인심은 사람 육신의 차원에서 발하여 나오는 것이다"[23] 하였다. 이와 같다면 사단이 도심이고 칠정이 인심이라는 것에 대해 이미 의심할 것이 없다.

(뒤에 다시 살펴서 주자가 이미 "사단은 이가 발한 것이고 칠정은 기가 발한 것이다"[24]라고 말한 것을 찾아냈고, 퇴계 또한 "인심은 칠정이 이것이고 도심은 사단이 이것이다"[25]라고 하였다 — 원주).

된 것을 땅이라 한다"라고 한 것을 인용하였으리라 생각된다. 한유는 이 작품에서 하늘은 일월성신(日月星辰)을 주재하는 존재로, 땅은 초목산천(草木山川)을 주재하는 존재로 보았다.

19 『주자어류』 권62에 보인다.

20 『주자어류』 권78에 보인다.

21 『주자어류』 권78에 보인다.

22 『회임집』 권51에 실려 있는 「답황자경(答黃子耕)」의 「별지(別紙)」에 보이는데, 원문은 다음과 같다. "인심과 도심에 대한 말씀이 매우 좋습니다. 대개 도심을 주체로 삼으면 인심 또한 변하여 도심이 됩니다. 「향당」에 기록된 음식과 의복은 본래 인심의 발현이지만 성인의 수준에 있게 되면 혼연히 도심이 됩니다." 「향당」에 기록된 음식과 음복이란 "재계할 때에는 반드시 명의(明衣)가 있었으니, 베로 만들었다. 재계할 때에는 반드시 음식을 바꾸시며, 거처할 때에는 반드시 자리를 옮기셨다" 등 공자가 평생 지켰던 음식과 의복에 관한 원칙과 규범을 말한다.

23 『주자어류』 권78에 보인다.

24 『주자어류』 권53에 보인다.

25 『퇴계집』 권36, 「답이굉중문목(答李宏仲問目)」에 보인다.

별지 2
又別紙

혹자는 말하기를 "사단四端은 도심道心이요 칠정七情은 인심人心이라고 하면, 사단은 이理에서 발한 것이요 칠정은 기氣에서 발한 것이다. 성性이 발해서 정情이 되는데 『중용』에서는 다만 희喜·노怒·애哀·락樂만을 들었으니, 어떻게 칠정을 기의 발이라고만 치우치게 말할 수 있겠는가?"라고 한다('치우치다'라고 한 것도 옳지 않다. 이 또한 도심과 인심을 대립적으로 파악하고 있다는 의미이다. 만약 상하의 의미로 생각한다면, 비록 기에 속한다 하더라도 또한 치우치게 되는 것이 아니다. 다음에 '인심 한 부분'이라고 한 것 또한, 이와 마찬가지로 옳지 않다 ──원주).

정이란 확실히 성이 발한 것이지만, 성이 발함에 있어서 성 스스로 발한 것이 아니라 심이 지각이 있어서 발한 것이다. 그래서 그 발함이 성리를 통해서 발하는 것이 있고 형기形氣에 끌려 발하는 것이 있다. 측은지심惻隱之心이나 수오지심羞惡之心 등은 성리를 통해서 발하는 것이요 희·노·애·락 등은 형기로 인해서 발하는 것이다. 사단과 칠정은 두가지 정이 있는 것이 아니요, 그 정은 하나인데 이와 기의 구분이 있는 것일 뿐이다. 그러므로 사단은 칠정 가운데에서만 발현되지만 그 묘맥苗脈은 절로 어지럽힐 수 없는 점이 있다. 사람들이 참으로 징험하여 살핀다면 저절로 알 수 있을 것이다. 어찌 적당히 뭉뚱그리면서 구분이 없다고 말할 수 있겠는가?(사단이 칠정 가운데에서 행해지면서도 그 나뉨에 분별이 있고, 이와 기가 한 몸이면서도 구분이 있는 것이 본디 이와 같다. 주자朱子의 사단에 관한 여러 학설 및 「악기동정설樂記動靜說」[1]을 보면, 또한 이와 기, 성과 정의 오묘함을 깨달을 수 있다 ──원주).

만약에 혹자의 말대로라면 칠정은 저절로 조화롭지 않은 것이 없는데, 어찌 절도節度를 기다린 연후라야 조화롭겠는가? 또한 심心은 지각으로 말한 것이고 정은 발하여 쓰이는 것으로 말하니, 심의 쓰임이 곧 정이다. 칠정을 버리면 인심은 다시 심이 될 수 없고, 사단을 버리면 도심은 다시 심이 될 수 없다(혹자는 말하기를 "희·노·애·락은 정의 총칭이니 인심 한쪽에만 속하게 할 수 없을 듯하다." "그것들은 실로 정의 총칭이긴 하지만 만약에 인심이 아니라면 어떻게 절도에 맞고 안 맞고가 있겠는가? 정자程子는 칠정에 대해 '정이 과도하게 일어 더욱 방탕하게 되면 그 성이 손상된다. 깨달은 자는 정을 단속하여 중도에 맞도록 한다'라고 논하였으니, 여기서 또한 그것이 기가 발한 것임을 볼 수 있다." ― 원주).

(혹자가 "성인이 기뻐하고 노여워하는 것 또한 기의 발이라고 할 수 있겠는가?"를 물었다. 그것이 기가 발한 것임은 본디 성인이나 어리석은 사람이나 다르지 않다. 그러나 이와 기는 본디 분리되지 않는 것인즉 기쁨과 노여움이 정당하면 이치상 응당 기뻐하고 노여워해야 할 것이다. 예컨대 순舜임금이 사흉四凶을 벌한 것은 비록 분명히 노여워해서였지만 전적으로 의리를 위주로 한 것이었다. 이는『논어論語·향당』에 기록된바 음식·의복에 관한 내용이 본디 인심에서 발한 것이긴 하지만 성인의 수준에 있어서는 전적으로 도심인 것과 같다 ― 원주).

(뒤에 다시 자세히 살펴보니, 성이 발해서 정이 된다 함은 총괄해서 한 말이다.『중용』에서 희·노·애·락만을 말한 것은, 이와 기가 본디 저절로 혼합해서 본체를 이루기 때문이다. 그래서 예로부터 성현은 혹 이를 들어 말해도 기를 빠뜨린 적이 없고, 혹 기에 나아가서 말을 하더라도 이가 그 가운데 있었다. 그러나 무릇 사물의 형체를 드러내고 인심을 운용하는 것은 모두 기인데, 이는 기에 바탕을 두어서 행하는 것이라서 기에 나아가서

---

1 악기동정설(樂記動靜說):『악기(樂記)』의 "사람이 태어나면서 고요한 것은 하늘의 성(性)이요, 사물에 감응하여 움직이는 것은 성의 욕(欲)이다" 등 성과 정에 대한 여러 구절을 풀이한 내용이다(『회암집』 권67)

말을 하더라도 이를 위주로 하는 것이 많은 것이다.『중용』에서 희·노·애·락만을 거론한 것은 기에 나아가서 말한 것이지만 이른바 '절도에 맞는다〔中節〕'라는 것은 이를 위주로 한 지점이다. 그런즉 비록 사단을 말하지 않더라도 사단의 이치는 벌써 그 가운데에 있다.『대학大學』의 가까이 하고 사랑하며〔親愛〕, 천하게 여기고 미워하며〔賤惡〕, 슬퍼하고 가엾게 여기는〔哀矜〕 따위[2]의 감정 또한 기에 나아가서 말한 것이다. 편벽偏僻됨을 경계한 것은 이를 위주로 한 지점이다. 주자는 이를 설명하여 '다섯가지는 사람에게 있어 본래 당연한 원칙이 있다'[3]라고 하였으니, 곧 이이고 바로 도심에 의한 절제節制이다.『맹자孟子』의 사단장四端章의 경우, 이는 이를 가지고 말한 것이지만 '부모를 섬기고 사해四海를 지킨다는 것'[4]을 말할 때 기 또한 그 사이에 행하지 않음이 없다. 성현은 도의 본체를 꿰뚫어보았기 때문에 그 말이 비록 각기 나왔더라도 곧고 절실함을 다하였으니, 후세 사람들이 이곳을 엿보고 저곳을 숨기거나 머리를 감추고 꼬리를 사리는 태도[5]와는 같지 않다 — 원주).

(또 살펴건대 사단·칠정과 인심·도심은, '정'이다 '심'이다 하는 데에 비록 '심'과

---

2 사람의 수신을 방해하는 다섯가지 치우친 감정으로 가까이 하고 사랑함〔親愛〕, 천하게 여기고 미워함〔賤惡〕, 두려워하고 공경함〔畏敬〕, 슬퍼하고 가엾게 여김〔哀矜〕, 오만하고 게으름〔放惰〕을 든 바 있다(『대학장구』 8장).

3 다섯가지란 본문의 세가지 감정에 두려워하고 공경함〔畏敬〕, 오만하고 게으름〔放惰〕을 더한 다섯가지 감정을 말한다. 주희는 『대학장구』 8장의 다섯가지 치우친 감정에 대해 "다섯가지는 사람에게 있어 본래 당연한 원칙이 있으나 보통 사람들의 정은 오직 그것이 향하는 대로 둘 뿐 살피지를 않는다"라고 하였다(『사서대전(四書大全)·대학장구대전(大學章句大全)』).

4 맹자는 사단(四端)을 설명하면서 "우리에게 있는 사단을 모두 확충할 줄 알면, 마치 불붙기 시작하고 샘솟기 시작하는 것과 같을 것이니, 제대로 확충한다면 사해를 보전할 수 있을 것이요, 확충하지 못한다면 부모도 섬길 수 없을 것이다"라고 하였다(『맹자·공손추 상』).

5 "머리가 어찌 될지 두려워하고 꼬리가 어찌 될지 두려워하면, 몸에 걱정되지 않는 부분이 어디랴?"라고 한 말에서 유래하였다. 시종일관 겁내는 모습을 형용하는 말이다(『춘추좌씨전(春秋左氏傳)·문공(文公) 17년』).

'정'의 구분이 있고 '단端'이다 '정'이다 하는 데에 비록 명칭과 뜻에 같지 않은 점이 있으나, 그 맥락을 좇아서 그 쓰임을 추구해보면, 칠정은 곧 인심이요 사단은 곧 도심이다——원주).

대개 이理와 기氣는 본래 서로 분리되지 않으면서도 서로 섞이지 않는다. 그러므로 성性은 '본연지성本然之性'이다 '기질지성氣質之性'이다 하며, 심心은 '인심人心'이다 '도심道心'이다 하며, 정情은 '사단四端'이다 '칠정七情'이다 하는 것이다. 성도 하나이고 심도 하나이며 정도 하나인데, 다만 그 가운데에 이와 기의 나뉨이 있을 뿐이다.

천명天命이 나에게 있는 것이 성이요, 몸의 주인이 되어 지각知覺하는 것이 심이며 성이 발하여 운용되는 것이 정이다. 그러므로 성에 있어서는 '성을 따른다〔率性〕'라든가 '바로잡는다〔矯揉〕'라고 하며, 심에 있어서는 '주가 된다〔爲主〕'라든가 '명을 듣는다〔聽命〕'라고 하며 정에 있어서는 '확충擴充'이라든가 '중절中節'이라고 하게 된다. 이 세가지는 본래 끊어짐이 없는 연결된 것인 까닭에 공부 또한 별개의 일이 아니다. 오로지 도심을 주로 하면 확충이다 솔성率性이다 하는 일은 그 안에 있게 된다. 여기에서 심이 성과 정을 통솔〔心統性情〕하는 실상을 볼 수 있다.

혹자는 묻는다. "다 같이 정인데, '단端'이라고도 하고 '정情'이라고도 하는 것은 무엇 때문인가?"

"사단은 맹자孟子께서 정을 거슬러올라가 성을 밝혀야 했기에 그 비롯한 바〔端〕를 가리켜 말한 것이고, 칠정은 정에 나아가서 운용함을 보여야 하기 때문에 곧바로 '정'이라고 이른 것이다."

혹자는 또 말했다. "그렇다면 비롯한 곳〔端〕이라는 것은 금방 발한 것을 이름인데 금방 발한 것이기 때문에 기와 섞이지 않은 것인가? 정이란 다 이루어진 것을 말하는데, 그것이 이미 이루어진 까닭에 기와 섞인 것인가?"

"이는 이와 기의 구분일 뿐이요, 방금 발했는가 다 이루어졌는가에 따라서 그런 것이 아니다. 그러므로 사단은 확충하게 되면 인의仁義가 다 쓸 수 없을 정도로 풍부하게 되며, 칠정은 반드시 절도에 맞는〔中節〕 연후에 조화롭게 된다(사단이 확충되고 칠정이 절도에 맞게 되어 인의가 다 쓸 수 없는 정도로 풍부하게 되면 희喜·노怒·애哀·락樂의 발함이 저절로 조화롭지 않음이 없을 것이다 — 원주)."

혹자가 말했다. "사단과 칠정이 네가지와 일곱가지로 숫자가 다른 것은 무엇 때문인가?"

"사단은 성이 정에 나타나는 것만을 뽑아낸 것인데 성은 인의예지仁義禮智만 있는 까닭에 특히 이 사단만을 든 것이다. 칠정은 정의 쓰임을 갖추어 말한 것이니, 인정은 '희' '노' '애' '락'(『예운禮運』에는 '구懼'자로 되어 있는데, 정자程子가 '락'자로 고쳤다 — 원주)·'애愛' '오惡' '욕欲'에서 벗어나지 않으므로 칠정이라 이른 것이다. 나누어 말한다면 사단과 칠정은 각기 소종래가 있으며, 뒤섞어 말하면 한 정 가운데 사단이 모두 갖추어 있는 것이다(한구암韓久菴은 "하나의 정 가운데 사단이 모두 갖추어져 있다. 여기에 어떤 사람이 오래 굶주리다 먹을 것을 얻으면 좋아서 기뻐할 것이다. 그런데 허벅지 살을 잘라서 주면 필시 측은지심惻隱之心이 생길 것이요, 꾸짖고 때리면서 주면 필시 수오지심羞惡之心이 생길 것이요, 얻는 것이 분수에 넘치거나 지나치면 필시 사양지심辭讓之心이 생길 것이요, 받아야 하나 사양해야 하나 하는 사이에서 필시 시비지심是非之心이 생길 것이니 이 네가지를 경우에 따라 적절히 조절한다면 그 기쁨이 절도에 맞게 될 것이다"[6]라고 말한 바 있다. 나머지 정들도 모두 다 그러하니, 이 발언은 매우 정밀하다 — 원주).

---

6 한백겸의 「사단칠정설(四端七情說)」에 나오는 말이다.

대개 사람의 한 몸은 감응함에 따라 만가지로 변하지만 이 일곱가지에서 벗어나지 않는 까닭에 「예운」에서는 이 일곱가지를 든 것이다.[7] 그런데 '애'는 '희'에 가깝고 '오'는 '노'에 가까우며 '욕'은 여러가지 정을 내포하고 있는데, 일곱가지를 아울러 들어도 남음이 있지 않고, 희·노·애·락 네가지만 들어도 또한 빠짐이 없다. 이런 까닭에『중용』과『악기』에서는 희·노·애·락만 든 것이다(옛사람들의 말에는 상세히 말한 것도 있고 총괄해서 말한 것도 있으니, 요컨대 그 소견이 어떤가를 살펴야 할 것이다. 만약에 사람이 상황에 따라 감응하여 생기는 정을 논한다면, 두려움이나 근심, 느꺼움이나 한스러움, 안타까움이나 가엾음 등등 백가지 천가지로 면목이 각기 다르겠지만 그럼에도 일곱가지로 총괄될 것이고 일곱가지도 다시 희·노·애·락으로 묶일 것이다. 희·노·애·락은 곧 수많은 정을 통괄할 것이다 — 원주)."

대개 심이란 몸의 주인이 되어 지각하는 것이요, 성이란 이가 심에 갖추어 있는 것이요, 정이란 성이 발하여 밖에서 작용하는 것이다. 성은 스스로 발할 수 없으며, 심에 지각이 있어서 발하는 것이다. 그 발하기 전에는 성리가 혼연하여 심의 체가 되는 것이요, 이미 발하고 나면 정은 만가지 변화에 응하여 그 때문에 심의 작용이 되는 것이다. 고로 "심이 성정을 통솔한다〔心統性情〕"라고 한 것이다. 중화中和는 성정의 덕이니, '다다른다〔致〕'라는 것은 마음이 다다르는 것이다.[8] 그래서 주자朱子는『중용』본문에서 특별히 '심心'자를 들어 그 뜻을 표명했다.

7『예기(禮記)·예운(禮運)』에, "무엇을 사람의 정이라 하는가? 희·노·애·락·애·오·욕이니, 일곱가지는 배우지 않아도 능하다"라고 하였다.

8『중용장구』1장. "중화에 다다르면 천지가 제자리를 찾고 만물이 길러진다."

	목木	화火	토土	금金	수水
형기形氣	간肝 희喜 (애愛)	심心 락樂	비장脾 욕欲	폐肺 노怒 (오惡)	콩팥腎 애哀
성리性理	인仁 측은惻隱	예禮 사양辭讓 (공경恭敬)	신信 성실誠實	의義 수오羞惡	지智 시비是非

하늘은 음양오행으로 만물을 화육·생성하는바, 기로 형을 이루는데 이 또한 거기에 품부된다. 그중에 오직 사람이 온전하고 빼어난 기운을 얻어 가장 영명하다.

(혹자가 물었다. "구암久菴은 '애哀'와 '욕欲'을 신장腎臟에 소속시키고 '사思'를 비장脾臟에 소속시켰다.[9] 지금 그대는 '욕'을 비장에 소속시키면서 '사'를 배제했는데 무슨 까닭인가?" "총괄해서 말하면 칠정은 '욕'이 아닌 것이 없다. 그러므로 '물物에 감응해서 발동하게 되면 성의 '욕'이 된다[10]'라고 하는 것이다. 그러므로 칠정은 '욕'에 해당하지 않은 것이 없으니 사단의 신信과 같은 것이다. '사'는 비록 총괄을 하고 있으나 '사'를 '욕'에 견주어보면, '사'라는 글자는 가볍고 맑으며 '욕'이란 글자는 무겁고 탁하다 ── 여기서 '욕'이란 글자 또한 좋지 않은 욕을 뜻하는 것은 아니지만, 그러나 '사'와 견주어 말하면 도리어 이와 같다 ── 그러므로 옛사람들은 '사'를 심에 소속시켜서 말했고 '욕'은 정에 소속시켜서 말했다. 심은 비록 정이지만, 심은 지각으로서 이름한 것이고 정은 발동하여 작용하

---

9 한백겸은 자신의 「사단칠정설」과 「사단칠정도」에서 애(哀)와 욕(欲)을 오행의 수 (水)에 배속시켰는데, 수가 대응하는 인체의 장기는 신장이다. 그는 이에 대해서 "애와 욕을 어째서 수에 배속하였겠는가? 희(喜)와 애(愛)를 목에 배속하였다면 락의 바깥으로 발산하는 성질은 마땅히 화에 배속하여야 한다. 노와 오를 금에 배속하였다면 애(哀)의 안으로 가슴 아파하는 성질은 마땅히 수에 배속하여야 한다. 욕은 그 뜻이 또 다른데, 수의 운행은 계절로 따지면 겨울이고 성(性)으로 따지면 지(智)이니, 처음부터 끝까지를 유지하는 뜻이 있다. 희·노·애·락·애·오의 여섯 정이 모두 욕에서 생기고 욕에서 이루어진다. 그래서 물에 배속한 것이다.
10 『예기·악기(樂記)』에 나오는 말. "사람이 태어나서 정(靜)한 상태는 하늘의 성(性)이요, 사물에 영향을 받아 동(動)하는 것은 성의 욕이다."

는 것을 이름한 것이다. 이렇게 이름과 뜻을 붙인 것은 각기 타당한 바가 있다"—원주).

(『예기·예운』에서는 희·노·애·락·애·오·욕을 말했지만『중용』에서는 희·노·애·락을 말했다. 그래서 정자가 진작에 개정한 것이다.『중용』과『예기·악기』에서 희·노·애·락만을 들었는데도 인간 감정의 명목은 저절로 빠진 것이 없다. 채蔡씨의「홍범성정도洪範性情圖」[11]를 상고해보건대 희·노·애·락·욕을 들었는데 그 위치와 숫자는 모두 자연스러운 이치에서 나왔다 — 원주).

(희·노·애·락은 인간 감정의 큰 명목이다. 꼭 '애'와 '오'까지 들어서 말하지 않더라도 '애'와 '오'는 그 가운데에 있다. 대체로 '애'는 '희'가 시행되는 것이요 '오'는 '노'가 시행되는 것이다. 사람의 감정이 바로 감촉이 될 때에는 희·노·애·락만 있을 뿐이다. '희'와 '노'가 있는 다음에 '애'와 '오'가 형성된다. 그러므로 '애'와 '오'는 정이 발할 당초에는 아직 말할 수 없고, 정이 시행될 때에 가서야 볼 수 있게 된다.『중용』에서 희·노·애·락만 드는 데 그친 것은 지극히 당연하여 바꿀 수 없을 듯하다. 행여 '애'는 인이 시행된 것으로서 '희'의 시행이 되어서는 안 된다고 한다면, 이는 하나만 알고 둘은 모르는 것이 아닌가 한다. 이것은 '애'가 되기는 마찬가지이나 만약 '희'의 '애'만 든다면 과오로 흐르기 쉬우니, 반드시 측은지심으로 확충된 뒤에야 그 '애'의 속성이 선하지 않음이 없을 것이다 — 원주).

---

11 홍범성정도(洪範性情圖): 주자의 제자인 채침(蔡沈)의『홍범황극내편(洪範皇極內篇)』에 실려 있는「오행인체성정도(五行人體性情圖)」를 가리킨다. 오행을 일양(一陽), 이양(二陽), 삼양(三陽), 일음(一陰), 이음(二陰), 삼음(三陰)으로 구분하여 신체의 기관과 기능을 배속시킨 도표이다.

	목(木)	화(火)	토(土)	금(金)	수(水)
일양(一陽)	희(喜)	락(樂)	욕(慾)	로(怒)	애(哀)
이양(二陽)	혼(魂)	신(神)	의(意)	백(魄)	정(精)
삼양(三陽)	인(仁)	예(禮)	신(信)	의(義)	지(智)
일음(一陰)	취(臭)	색(色)	형(形)	미(味)	성(聲)
이음(二陰)	간(肝)	심(心)	비(脾)	폐(肺)	신(腎)
삼음(三陰)	근(筋)	모(毛)	육(肉)	골(骨)	피(皮)

배공근[1]에게 답하는 편지

答裵公瑾

이理와 기氣 및 인심도심설人心道心說에 대한 형의 가르침을 잘 이해했습니다. 제가 보기로는 율곡의 이론과 같은데 제 생각 역시 고견과 같습니다. 그런데 퇴계의 학설은 주자와 서로 같으니 이는 순임금의 본뜻을 얻은 것이 아닌가 합니다. 다만 기가 따르고 이가 탄다(氣隨理乘)는 퇴계의 말씀은 조금은 명쾌하지 못한 듯하니 어떻게 생각하십니까?(의심하는 바는 율곡의 견해와 같지는 않습니다만 기왕에 '이가 발하고 기가 따른다. 기가 발하고 이가 탄다'[2]고 말하고 보면 심을 양분하여 각기 이와 기를 구비한 것 같다는 논법을 면치 못한다는 것입니다. 이 점에서 명쾌하지 않다는 의혹을 갖습니다 — 원주).

대체로 이것은 이理의 의미상에 있어서 핵심 되는 부분이기에 곧바로 끝까지 궁구하지 않으면 간격과 가려짐이 생기는 것을 면하지 못할 것입니다. 그 학설은 매우 복잡하여 반드시 그 곡절을 다 드러내서 체계와 맥락, 표리, 시종을 사방팔면에 이르기까지 어느 쪽이고 가려짐이 없어야 마음과 눈에 명료하게 될 것입니다. 그래야만 인심과 도심의 실체[3]를 제대로 볼 수 있습니다. 그렇지 않으면 볼 때는 잘 보는 것 같아

---

1 배공근: 배상유(裵尙瑜, 1610~86). 호는 만학당(晚學堂), 공근(公瑾)은 그의 자. 서울 출신으로 평생 출세보다는 학문에 뜻을 두었던 인물이다. 반계와는 사돈지간으로 서간을 주고받으며 당대 치열한 논쟁거리였던 심성론과 이기론 등에 대한 토론을 한 바 있다.

2 원문은 '理發而氣隨之, 氣發而理乘之'. 퇴계의 「성학십도」에서 언급되는 개념으로, 기대승(奇大升)과의 논쟁에서 퇴계의 입장을 대변하는 한마디로 자주 거론된다. 앞 구절은 사단의 속성을, 뒤 구절은 칠정의 속성을 설명한 것이다.

3 원문은 '위미지실(危微之實)'. 『서경·대우모』의 "인심유위(人心惟危), 도심유미(道心惟微)"라는 구절에서 유래한 말로, '위(危)'는 인심을 '미(微)'는 도심을 일컫는다.

도 실은 진면목을 얻지 못하는 것입니다. 원컨대 이미 본 바로부터 더욱 더 궁구해야만 합니다. 이렇게 끝까지 궁구하면 이기理氣의 실체와 심법心法의 묘리를 모두 몸소 보고 절실히 깨달아 의義와 이利, 지키고 버려야 할 즈음에 비로소 자기의 역량을 실제로 쓸 수 있을 것입니다.

저는 전부터 나름으로 주장이 있어서 고명한 분에게 질문해보고자 한 지가 오래되었습니다. 그런 마음이 목마를 때 물마시고 싶듯 간절했음에도 지금까지 감히 제기하지 못했던 것은, 피차간에 아무런 도움도 없이 한갓 말만 번거롭게 되는 해가 있을까 걱정되어서였습니다. 바라옵건대 궁리하고 살피는 공력을 발휘하여 한갓 이다 기다, 인심이다 도심이다 하는 식으로 하지 마시고, 반드시 이란 이러이러하고 기란 이러이러하며, 인심은 이러이러하고, 도심은 이러이러하다고 설명해주십시오. 그리고 또 이러이러하기 때문에 하나이면서 둘이요, 이러이러하기 때문에 둘이면서 하나라고 설명해주십시오.

무릇 선현들의 논설을 보면 옳다고 여기는 것은 한갓 옳다고 말하는 것으로 그치지 않고 '이것이 본래 이러이러한데 지금 이와 같기 때문에 옳다'라고 했으며, 그 틀렸다고 여기는 것에 대해서도 한갓 틀렸다고 말하는 데 그치지 않고 '본디 이러이러한데 지금 이와 같기 때문에 틀렸다'라고 했습니다. 단락마다 풀어서 해명하고 구절마다 분석을 하여 서로 질정하고 서로 강론하도록 하는 것이 어떻겠습니까? 만약 형을 통해서 마침내 환히 알게 된다면 저에게는 가르침을 받은 바가 무궁하게 될 것입니다.

배공근이 학문에 대해 논한 데 답한 글
答裵公瑾論學書

저에게 보여주신바, 전장제도를 궁구함으로써 혹시 밖으로 치달리는 것이 아니냐고 경계하신 뜻 명심하겠습니다. 감사를 드릴 길이 없습니다.

저는 독서가 정밀하지 못하여 지난날에는 매양 경전을 볼 때마다 마음에 의심이 없는 듯했습니다. 보통의 일에 당해서도 무슨 일은 이렇게 처리하는 것이 마땅하고, 무슨 일은 저렇게 처리하는 것이 마땅한지를 생각할 뿐 모두 마음에 어렵다고 여기는 것이 없었습니다.

그런데 그 후에 어떤 일로 인해서 그 대처하는 방도를 상세히 궁구해본즉, 그 사이의 크고 작은 곡절을 잃어버려 구획할 바를 망연히 알 수 없었습니다. 이에 옛 전적들을 두루 수집해서 여러달 동안 조용히 사색해보았습니다(옛 제도가 비록 다 갖춰져 있지는 않지만, 여러 책들에서 산견되는 것들을 모아 참고하여 융합해본즉 얻어지는 것이 있었습니다). 그런 다음에 지난날 헤아린 것들은 모두 사사로이 억측한 것이요, 그 대강大綱이나마 얻은 것도 절목節目이 없는 강령이었기 때문에 강령이라고 할 수도 없는 것이었습니다.

드디어 유독 이 한가지 일만 그런 것이 아니고 만사가 그러함을 깨달았습니다. 두려워 마음으로 탄식하매, 이에 다시 약간의 일에 나아가서 그 조리條理를 따져보니 옛사람들이 만든 제도는 구구절절 합당하여 모두 천리天理였습니다. 일기一氣의 조화造化가 유포되어 만물이 하나하나 이루어진 듯했습니다.

무릇 도道가 발하여 쓰이는 것은 모두 일이요 행위입니다. 옛 제도가 이와 같으니 어찌 삼대三代가 되지 않겠습니까? 후세로 와서는 일체 이와 반대가 되었으니 이 어찌 후세가 되지 않겠습니까? 모두 다 하나의 마음이 지은 것이나, 천리와 인욕으로 말미암은 바입니다. 치세와 난세, 흥하고 망하는 것은 그 마음이 일에 드러나는 것입니다. 비록 그러나, 이 모두 평탄하고 간단한 일로 별도의 기특한 인물이 있어서 쉽게 보이는 것이 아니요, 단지 후세의 습속에 얽혀 있는 까닭입니다.

우리나라에 있어서 정교政教와 풍속이 또한 비루한 습속으로 일일마다 젖어들어 얽매인 까닭에 깨닫기 어렵습니다. 세상의 속유들은 "예와 지금이 시의가 다르다"라고 말하니, 이 어찌 통탄할 일이 아닙니까? 이런 말을 격파하지 않으면 영구히 캄캄한 밤과 같은 것입니다. 그 이적의 습속으로 천리天理가 없어지고, 인욕이 휩쓸어 생민이 도탄에 빠지고, 이적이 천하의 주인이 되었으니 이 어찌 원인이 작은 데 있겠습니까? 이와 같기 때문에 세상에는 근본을 궁구하는 사람이 없는 것입니다.

양퇴숙[1]에게 답하는 편지
答梁退叔

옛사람들은 경敬을 말함에 있어 행동과 일을 따라 말한 곳이 많았다. 예컨대 '일을 함에 있어서 공경하고(執事敬)' '행동을 독실하고 공경하게 하라(行篤敬)'는 등이 그것이다. 송나라 여러 학자들에 이르러 '조용히 앉고(靜坐)' '마음을 맑게 한다(澄心)'는 등의 말씀이 나왔는데 나 역시 진작부터 의문을 가지고 있었다. 이에 살펴보고 생각해보니 옛사람들은 밥을 먹고 말을 할 수 있게 되면서부터 언제나 수양할 때 몸가짐을 단정히 하고 마음을 엄숙히 가져 조금이라도 장난을 치거나 게으름을 부리는 일이 없어 평소에 확실히 경을 실천했었다(옛사람들은 처음부터 사람을 예악으로 길러서 식탁에 앉고 지팡이를 들고 걸어가는 데 이르기까지 모두 명銘이 있고 경계가 있었다. 이 마음을 다잡아 기르지 않는 일이 없었던 것이다 — 원주). 그래서 그 말씀이 저절로 이와 같았던 것이다.

오늘날에는 이미 이와 같은 수양법이 없어져 어려서부터 몸에 와닿고 귀와 눈으로 보고 듣는 것이 모두 난잡하기만 하여 일욕逸欲에 빠져들기에 알맞은 것이다. 그러므로 이를 수습하자면 마음을 조용히 갖는 공부를 특별히 더 하지 않으면 안 된다. 그래서 정좌靜坐 등의 말씀이 있게 된 것이다. 이것은 이를테면 옛사람들이 학문을 하는 것은 모두 세상에서 일상으로 행동하고 일하는 데 있었는데, 후세 사람들은 학문을 하려고 하면 필히 은거하여 조용히 지낸 다음에라야 독선기신獨善其身[2]을

---

1 양퇴숙: 즉 양섬(梁暹, 1643~?). 퇴숙(退叔)은 그의 자. 반계의 생질로, 반계 행장을 쓴 바 있다. 1666년에 진사시에 합격했다.
2 독선기신(獨善其身): 홀로 자기 자신을 닦는다는 뜻. 더불어 천하를 구제한다는 겸제

할 수 있는 것과 같으니, 비록 한쪽으로 치우친 것 같지만 또한 그럴 수 밖에 없는 것이다.

옛사람들이 어찌 평상시에는 경을 하지 않다가 일에 당해서만 경을 하였겠는가? '엄숙하기를 생각하는 듯하라儼若思'[3]라는 말이나 '의젓하고 점잖으신 문왕穆穆文王'[4]이라 한 데서 볼 수 있다. 대저 경이란, 평소에나 어떤 행동을 할 때나 일관하여 엄숙히 생각하는 듯하라는 것은 일이 없을 때의 경이요, 일을 행할 때 경하라는 것은 일이 있을 때의 경이다. 오롯이 경을 한즉 이 마음이 어둡지 않게 되고, 행동에 경을 한즉 일에 대응하여 어긋나지 않게 되니, 오직 하나의 경이 있을 따름이다. 이는 일동일정一動一靜에 있어 비록 때에 따라 구분이 있지만, 경은 실로 관철을 하여 간극이 없는 것이라 할 수 있다. 무릇 어찌 꼼짝 않고 벽을 향해 앉아 있는 것처럼 할 것인가? 그러나 경이란 경으로 자신의 내면을 곧게 하고 경으로 일을 행하는 것이요, 경을 어디서 가지고 와서 경이 되게 하는 것이 아니다. 그래서 정자는 "경을 가지고 안을 곧게 하려는 것은 곧은 것이 아니다"[5]라고 말했다. 혹자가 경의 체體를 묻자 주자는 "오직 단정하고 엄숙하면 마음이 저절로 중심이 서는데, 다시 어디서 경의 체를 찾을 것인가?"[6]라고 대답했다. 여기서 알 수가 있다. 그런

천하(兼濟天下)에 대비되는 말이다. 두 개념은 『맹자·진심 상』 "窮則獨善其身, 達則兼善天下"에서 유래한 것인바, 난세에는 독선기신하고 치세에는 겸제천하하는 것이 유가의 일반적인 처세법이다.

3 『예기·곡례』의 첫머리에 나오는 구절로, '경하지 않음이 없어야 한다〔毋不敬〕'는 표현에 이어 나온다.

4 『시경·대아·문왕지십』에 나오는 구절이다. 항상 경한 태도가 있는 문왕의 덕을 칭송하는 표현이다.

5 『근사록』권4에 나오는 구절이다.

6 이 대목은 『주자전서』권2와 『주자어류』권12에 나오는 구절을 함께 인용한 것으로 보인다.

데 초학자가 꼭 단정하고자 하면 반드시 노력을 들인 뒤에야 가능하다. 노력을 들이는 데 거기에 구속됨을 면치 못하는 것은 익숙지 못한 때문이다. 요는 익숙하게 하는 데 달려 있다.

군자와 소인의 구분은 오직 '경敬'과 '사肆'[7]의 사이에 있다. 경하면 천리가 보존되고, 사하게 되면 인욕이 펼쳐지게 된다.

참으로 돈독히 경을 하지 않으면 어떻게 백가지 어긋남을 이겨내서 천리를 유행하게 할 수 있겠는가? 그런데 돈독히 경을 한다는 것은 지나치게 집착하라고 한 것이 아니니, 그것은 망각하지도 않고 조장하지도 않는 자라야만 알 수 있는 것이다.

"정좌靜坐하여 발하기 전의 기상을 본다."[8] 주자가 「하숙경何叔京에게 답한 편지」에 이와 같이 나와 있는데, 주자는 후일 스스로 확정한 견해를 달리 두었다. 이에 대해서는 「중화中和를 논하여 호남의 여러분에게 보낸 편지」 및 「미발이발설未發已發說」 그리고 「중화구설서中和舊說序」에서 상고해볼 수 있다. 또 호계수胡季隨의 문목問目 한 조목에 답한 편지에도 아주 분명하게 나와 있다. 「하숙경에게 답한 편지」 가운데 부모를 모시고 있다는 말이 있는데, 일찍이 주자의 연보를 살펴본바 주자 나이 35세에 이연평李延平[9]이 돌아가셨고 40세에 모친을 여의었다고 했으니, 그 편지는 37세에서 39세 사이의 것이다. 또 살피건대 「중화구설서」에 "건도乾道 기축己丑, 1169년 봄에 친구 채계통과 논하여 그 틀린 것을 깨달았다"라고 하였는데, 건도 기축년은 곧 주자의 40세 때이다.

『주자서절요』에 있는 「하숙경에게 답한 편지」를 보면, 부모를 모시고

---

7 사(肆): 행동을 제멋대로 하는 태도를 가리키는 말.
8 『회암집』 권40에 나오는 구절이다.
9 이연평(李延平): 주자의 스승.

있기 이전의 십수 수 가운데 '발하지 않을 때의 기상을 체득한다(體認未發時氣象)'라거나 '양심이 발현되는 곳을 살핀다(察良心發見處)' 등의 말이 후일에 확정된 견해와 같지 않다. '단번에 내치지 못하고 그 지경에 이른 것을 한한다'라거나 '청렴하고 삼가며 공정하고 부지런한 것은 말할 것도 없다' 등도 같은 맥락이다. 소견이 이 같은 까닭에 그 어의나 기상이 저절로 이 같은 것이다. 대체로 이연평의 이 말은 큰 근본을 찾아 의거하라는 뜻이 있는 것 같은데, 연평의 행장을 상고해보면 또한 알 수 있다.

'발하지 않을 때의 기상을 체득한다'라는 말에 대해서는 주자가 이미 다 밝혀 설명하였으니 다시 논할 필요는 없다. 대체로 학문하는 방도는 실제에 의거해서 공부를 해야 할 것이다. 예컨대 전에 말했던바 "처함에 있어서나 일을 함에 있어서는 공경히 하고 말은 미덥게 하며 행동은 독실하게 하고 예가 아니면 보지도 말고 듣지도 말고 말하지도 말고 움직이지도 말라"는 등등은 모두 실제에 의거한 것이다.

그 정밀한 곳은 또한 이 속에서 얻은 것일 뿐이라 하니 왜 그런가? 이른바 도란 모두 사물에 마땅히 행할 이치이니, 따라서 사물 밖에서 이치를 구하면 얻을 수 없다. 미발未發이나 이발已發에 이르러서는 인심人心의 고요할 때와 움직일 때의 묘리는 비록 극도로 은미하여 알기 어렵다 하더라도, 그 성정性情의 동과 정의 분변은 실로 구별이 있다. 바야흐로 그 고요히 발하지 않을 때에 다시 무엇을 구할 것이 있겠는가? 체득體得하여 아는 것 또한 구해서 얻는 것이다. 그런 까닭에 이연평의 행장에서 "종일 희노애락이 발하기 전의 기상이 어떠한지를 체험하여 이른바 중中을 구한다"라고 했던 것이다.

오로지 경敬을 행하여 실착이 없으면 곧 중中이 되는 것이다. 이 이연평의 말은 지나치게 고상해서 평실平實함이 부족함을 면할 수 없는 까닭에 옛 성현의 본뜻에 모두 부합하지 못하는 것이다. 다만 이연평은 기질이 담박하고 조용한 까닭에 매우 침착하여 하늘만 바라보고 상상하며 실속 없이 묘하기만 한 병통에 걸리지 않았다. 그러나 이런 곳은 잠깐 소홀한 사이에 어긋남이 있을까 걱정된다.

혹자가 "체득하는 것도 이미 이와 같으면 학문을 하는 데 힘쓰는 방도는 어떻게 해야 하는가?"라고 물으면 이렇게 대답할 것이다. "경에 실천하여 이치를 궁구할 따름이다. 경을 확실히 행하면 이치가 더욱 명백해질 것이요, 지식이 지극하게 되면 뜻은 저절로 성실해질 것이다." 이 양자는 상호간에 도움이 되고 유익한 것이다. 경이란 마음을 보존케 하는 것이니 경을 확실히 행하면 이치는 더욱 명백해질 것이다. 이치를 궁구한다는 것은 지식에 도달하기 위함이니 지식이 지극해지면 뜻은 저절로 성실해지기 마련이다.

공부가 이미 수준에 도달하고 몸을 함양涵養함이 이미 훌륭하게 되면 저절로 들어맞는 곳이 있을 것이다. 앞서 꼼짝 않고 벽을 향해 앉아 있는 것과 같은 경우도 또한 경이라고 말할 수 있다. 그렇지만 그 사이에 격물格物 한 단계의 공부가 빠져 있으니 이것이 이른바 '돈 일전만 주어도 으레 혼란에 빠진다'[10]라는 것이다.

옛사람들의 생각도 이 같을 따름이다. 그래서 '궁리窮理'라 하지 않고 '격물格物'이다 '집의集義'다고 말한 것이다. 그리고 '복리復理'라 하지 않고 '복례復禮'라 하고, '거경궁리居敬窮理'라 하지 않고 '박문약례博文約禮'라고 한 것이다. 이는 모두 실제에 의거해서 공부한 것이니, 여기서 지극히 정밀하고 지극히 미묘함을 볼 수 있다.

---

10 원문은 '비지일전칙필란(畀之一錢則必亂)'. 『근사록』 권3, 「치지(致知)」에 나오는 말로, 불가(佛家)의 허상을 공격하는 맥락으로 쓰였던 표현이다.

동사강목범례
東史綱目凡例

1. 범례는 한결같이 주자의 『자치통감강목資治通鑑綱目』을 따른다.

2. 삼국시대 이전은 증거할 만한 문헌이 없기 때문에 편년編年을 할 수가 없으므로, 일단 삼국시대부터 시작한다. 그전의 사실은 삼국의 초년初年 밑에 대략 나누어 싣되, 『자치통감강목』의 수년首年에서 '진대부晉大夫' 아래 그전의 일을 나누어 주註로 붙인 예처럼 하는 것이 좋겠다 (아니면 단군 이후부터 삼국 이전의 사실을 따로 『강목』 전편前編의 예와 같이 한편으로 만들어도 좋겠다 — 원주).

3. 동국은 역대로 중국에 신하로서 예속되었으니, 예속되었는지 아닌지 여부와 분리되었는지 합쳐졌는지 여부는 반드시 삼가 쓰며 책명冊命과 조빙朝聘에 관한 일 또한 쓸 것이다(해마다 으레 오는 절사節使는 처음에는 상세히 기록하되, '이로부터 상례가 되었다'라 쓰고 굳이 매년 다 쓸 필요는 없다. ○으레 오는 조사詔使는 굳이 다 쓸 필요는 없고 일에 따라 표출한다 — 원주).

황제의 붕어와 즉위, 흥폐興廢 등 대사大事는 반드시 기록한다(국호를 드러내지 않고 '황제붕皇帝崩'이라고 곧바로 써서, 『춘추春秋』에 '천왕붕天王崩'이라고 한 예와 같이 한다. 황태자를 쓸 적에는 '이는 모황제이다[是爲某皇帝]'라고 주에 드러내되, 창업이나 폐위나 찬탈처럼 일과 의리가 정상이 아닌 경우는 일에 따라 글을 다르게 쓴다. ○삼국시대 때는 비록 중국과 교류를 하였으나 중국을 섬기기도 하고 그렇지 않기도 하여 관계가 한결같지 않은 시기이니, 이러한 예를 두지 않는다. ○요遼와 금金에 대해서는 비록 우리가 힘이 부족하여 칭신稱臣을 하였지만, 이들을 천하의 주인이라 할 수는 없으므로 또한 이러한 예를 두지 않고 일에 따라 나타내며 서법 또한 달리한다 — 원주).

4. 정삭正朔[1]을 받아서 사용한 시기에는 중국의 연호로 기년紀年하는

것이 당연한 듯하다. 그러나 『춘추』는 존왕尊王의 서적임에도 본디 노魯나라 역사인 까닭에 곧바로 '노공魯公'으로 기년하였다. 지금 이는 동국의 역사이므로 마땅히 『춘추』의 예에 의거하여 본국으로 기년해야 한다(다만 각기 원년 아래에 중국의 연호를 주로 표시하고, 중국의 원년 또한 그 연도 아래에 표시하여 드러내 참고에 용이하도록 하는 것이 좋겠다 ─ 원주).

○무릇 중국이 동국에 베풀고 동국이 중국과 교류하고 섬길 적에는, 그 호칭의 예가 역대에 걸쳐 하나의 사체事體가 아니었다. 중국 왕조가 정통正統이 아닐 때는 말할 것도 없거니와, 한漢나라 경우에는 정통이고 또 동국에 군부郡를 두었음에도 신라·고구려·백제 등이 정삭正朔을 이어받들 줄 몰랐으니, 중국과 관련된 일에 있어서 '한'이라 쓰는 것이 마땅하지만 '중국'이라 칭하기도 하였다. 당唐나라 때에는 또한 '당'이라 칭하되 황제에게서 명이 나온 경우 '제帝'라고 칭하였으니, 이는 정삭을 받들어 썼기 때문이다. 송宋의 경우 또한 그러하되, 요와 송을 함께 섬긴 이후의 시기는 '송'만 일컫는다(주 가운데서는 혹 문세文勢에 따라 적당한 대로 쓴다 ─ 원주).

원元은 비록 이적夷狄이지만 천하를 통치하였으며, 동국이 신하로서 복속을 했다. 전대前代에 압박을 받아서 정삭을 받들기만 한 경우와는 비교할 수가 없으니 또한 '제帝'라고 칭하는 것이 마땅하다. 그러나 입조入朝한 경우는 곧 사신으로 가는 것이니 '왕이 원에 갔다'거나 '모某 벼슬에 있는 아무개를 원에 사신으로 보냈다'라고 쓴다. 명明의 경우에는, 명과 동국은 사정과 의리가 더욱 자별하였다. 명은 이미 정통일 뿐만 아니라 책명冊命을 받고 호령號令을 받들어 형세가 내복內服[2]과 같

---

1 정삭(正朔): 연시(年始)와 월초(月初)라는 뜻으로, 역성혁명을 이룬 제왕이 새로 반포한 역법을 가리킨다.

으니 '제帝'라 칭하며, '명'이라 칭할 수 없다. 사신을 보낼 때에도 마땅히 '아무개를 경사京師에 사신으로 보냈다'라 써야 한다. 이는 또 의례義例 중에 사실을 따라 각기 마땅한 바를 둔다. 한 시대 내에도 혹은 치우쳐 있거나 통일된 상태이거나 하며, 혹은 칭신稱臣을 했거나 그러지 않기도 했으니, 또한 각기 때에 따라 달리 대처한 것이다. 『춘추』는 주周에 대해 모두 '경사京師'라 일컬었으나 후에 '성주成周'[3]라 칭하기도 하였으니, 모두 지극히 타당하여 바꿀 수 없는 점이 있다. 이는 인도人道에 있어 매우 정밀한 의리가 달려 있는 부분이니, 다시 살펴보아야 할 것이다.

○예전에 내가 동국의 역사를 읽어보았을 적에, 볼만한 사실이 없을 뿐 아니라 사실을 기록함에 의례義例가 전혀 없어 마음속으로 깊이 탄식하였다. 그리하여 매양 주자의 『자치통감강목』을 대략 본떠 한 책으로 편성하여 살펴보기에 편리하도록 하고자 하였다. 대개 범례는 일체 『자치통감강목』의 서법을 쓰되, 우리 동국은 중국에 신하로서 예속되어 있으니 받들어 섬기는 체제에 간혹 중국이 저절로 군림하여 제어하는 경우와 다른 점이 있으니, 이는 다시 구획하여 처리해야 할 지점이다. 이에 한두 조목의 의례를 생각해내어 시험 삼아 책머리에 써서 기록해둔 것이 지금까지 10여년이 되었음에도 아직 이 과제를 완수하지는 못하였다. 그 의례가 과연 타당한지 여부 또한 감히 스스로 알지 못하겠

---

2 내복(內服): 중국의 책봉제도에 있어서 황제가 지방 행정관을 직접 파견하는 지역을 '내복'이라 일컫고, 형식적인 책봉만 하는 중국 주변 지역을 '외복(外服)'이라고 불렀다. 여기서는 조선이 외복에 속하지만 관계가 가까운 것이 내복과 다름없다고 표현한 것이다.

3 성주(成周): 주나라가 수도를 낙양으로 옮겼을 때의 칭호. 그 전대를 동주라 일컫고 이후를 서주라고 일컬었다.

으나, 세월은 어느덧 흘러가고 신병이 떠나지 않아 본령이 되는 급한 임무를 앞에 놓고 원래 품었던 뜻을 대부분 저버리게 되었으니 과제는 끝내 완수할 겨를이 없을까 염려된다. 옛사람들이 이룩한 허다한 성취를 생각해봄에 무슨 정력精力이 있어서 그와 같이 할 수 있었을까? 거듭 안타까운 마음이 든다. 훗날 어느 군자가 있어 이 일을 성취해준다면 또한 하나의 다행한 일이 될 것이다.

동사괴설변

東史怪說辯

　내가 일찍이 동사東史를 읽어보니 삼국시대 즈음에는 괴이한 일이 매우 많았다. 박혁거세朴赫居世·알영關英·탈해脫解·알지關智·김수로왕金首露王·허황후許皇后·금와金蛙 등이나 주몽朱蒙의 탄생 및 영일迎日·탐라耽羅의 사적에서부터 환인桓因·환웅桓雄·단군檀君·해부루解夫婁·성골장군聖骨將軍·작제건作帝建·용녀龍女의 이야기에 이르기까지 황탄하고 괴이하지 않은 것이 없다.

　아! 동국은 중국과 거리가 수천리에 불과하며 지형과 풍기風氣도 크게 다르지 않다. 고려조 이후 700~800년 사이를 보건대 풍기와 인사가 매양 서로 표리를 이루었다. 삼국시대로 올라가면 중국의 성교聲敎가 비록 깊숙이 통하지 않았다고 하나, 당시의 풍기와 인사는 이점으로 추측해보면 또한 알 수 있다.

　삼국이 일어난 것은 모두 한선제漢宣帝(기원전 91~기원전 49) 이후이다. 이때 중국을 보면 이미 '근대'로서 태초의 아득한 옛날과는 거리가 멀다. 그런데 어찌 기운과 사물이 이처럼 변할 수 있단 말인가? 더구나 기자箕子가 동국으로 와서 조선의 임금이 되었는데 그럴 수 있었을까? 동국에는 비록 증거할 만한 자료가 없으나 중국 역사에 기록된 바에는 괴이한 일이 나오지 않고, 한무제가 동쪽 땅을 정벌한 이후에는 기록이 비교적 상세한데도 괴이한 일이 있다는 것은 보지 못하였다. 그런데 삼국시대로 내려와서 도리어 이처럼 황탄하고 괴이한 일들이 있었단 말인가. 삼국시대는 문헌상의 증거가 없고 습속이 소박하고 비루하였다. 이런 말들은 본디 무지한 야인野人들의 입에서 나온 것으로서 어리석은 백성들의 이야기에 불과한 것이다. 그런데 고려 중엽 이후 처음 역사를 지은 사람들은 전대의 기록이 워낙 없어 기재할 일이 없음을 민망하게 여겼다. 이에 이러한 설을 취하여 역사책에 실어 후세에 전했을 것으로 여겨진다.

이 때문에 지금 동사를 보건대 삼국의 기록 중에서 그 사적이 중국 역사에 실려 있는 것을 그대로 기록한 것은 이미 쇠퇴한 시대의 일이고 민간에서 전하는 내용을 따른 것은 참으로 아득한 옛날의 일인데 다 같이 한 시대의 일로 되었으니, 그 기상과 인사가 백년 천년이나 된 듯 거리가 멀게 느껴진다. 이것이 무슨 역사인가? 이 때문에 그 책의 성격이 사실과 어긋나고 말이 잡스럽고 비루하여 제대로 된 모양을 갖추지 못하니, 한번 동국 역사를 대하면 문득 사람으로 하여금 책을 덮고서 보고 싶지 않게 만든다. 저 무지하여 거짓된 말을 일삼은 자들은 실로 탓할 것이 없겠지만, 역사책에 일반 백성들의 이야기 따위를 기록하여 후세에 전하였으니 이는 역사책을 지은 자의 죄이다.

그러나 김부식金富軾의 역사서는 논할 것도 없거니와, 근세에 오운吳澐[1]이 동국의 여러 역사서를 취하여 한 책을 만들고 이름을 『동사찬요東史纂要』라고 하였다. 이 책은 동국의 역사에 있어 그런대로 요령을 얻었고 알맹이가 있는데, 이러한 설에 있어서는 번다한 말들을 생략하되 완전히 제거하지는 못하였다. 그 때문에 이 책 또한 충분하다고 하기는 어렵다.

무릇 번다함을 제거하고 간략함을 취하는 것은 그것이 황탄한 것임을 알아서 원래 있던 말을 다 싣지 않으려 하기 위함이다. 그러나 말이

---

1 오운(吳澐): 1540~1617. 자는 태원(太源), 호는 죽유(竹牖)·죽계(竹溪), 본관은 고창이다. 임진왜란 때 의병을 일으켰으며, 『동사찬요(東史纂要)』를 지은 것으로 유명하다.

점점 간략해질수록 일은 점점 알맹이만 남게 되니, 이것을 세상에 전하면 더욱 의문을 불러일으키는 단서가 된다. 왜 그런가? 후세의 사람들은 그 본래의 말이 이처럼 우습다는 점은 알지 못한 채 간소해진 책만을 보기 때문이다.

이제 다음에 그 기록을 모아 그 본래의 말들을 갖추어 실어 보는 사람마다 누구나 그것이 황탄하고 이치가 없다는 점을 알도록 한다면 이 또한 한번 웃음거리에 불과할 것이지만 저절로 의심할 바가 없게 될 것이다. 아! 이러한 설들은 본래 분변할 것도 없지만 기왕 역사서에 실려 있는 까닭에 분변하지 않을 수 없다. 후세에 역사를 편찬하는 사람들은 이전 역사에 전하는 바라 하여 구차하게 그 잘못을 따르지 말고 일체 삭제해버리는 것이 옳다(중국사의 동이전에 이러한 설이 실려 있는 부분이 있다. 이들은 중국 사람들이 외이外夷의 일을 기록하여 그 설을 그대로 따라서 엮어놓은 것에 불과하다. 그러니 이 또한 본래 동인들이 황탄하고 괴이한 것을 실어놓았기에 생긴 결과이다—원주).

삼국의 시조들은 반드시 그 인물됨이 보통 사람보다 훨씬 뛰어나, 사람들이 그를 신처럼 생각하였다. 때문에 가탁을 해서 이야기를 만든 것이다. 박朴씨 성은 큰 알에 붙였고, 김金씨 성은 금궤에 붙였으며, 탈해라는 이름은 독에서 나온 데에 붙인 것이다. 그 밖에도 모두 이와 같으니 대개 벌어진 일에 따라 뜻을 일으키고 이야기를 만들어낸 것이다(영일현의 일로 보건대 또한 가히 알 수 있다—원주).

지금 민간의 평범한 이야기나 국초의 사적, 근세 명인의 일에 이르기까지 이름으로 인하여 어떠한 일을 가탁해 그 사적을 기이하게 만들어낸 예가 매우 많다. 옛날이나 지금이나 세속에 전하는 이야기들은 실로 마찬가지이다. 지금 만약 이를 취하여 역사서를 만든다면 장차 얼마나 웃음거리가 되겠는가. 또 이른바 다파나국多婆那國[2], 아유타국阿踰陀國[3], 환인桓因, 아란불阿蘭弗[4], 가섭원迦葉原[5] 등이나 기타 명칭 및 말뜻은 모두 불가에서 나온 말이니, 그 당시 시속을 상상해볼 수 있다. 황탄하고 괴이함을 좋아하는 것은 대개 여기에 말미암은 것이다. 일찍이 어떤 승려가 소지한 「금강산기金剛山記」란 글을 보았는데, "산이 서역西域에서부터 바다로 떠 와서 동국에 머물렀다"라거나 "나무와 돌이 능히 말을 한다" "사람이 사물로 변한다" 등등 여러 설[6]들이 모두 허황되지 않음이 없었다. 어떻게 이 경우와 이렇듯 유사하단 말인가.

신라 시조 혁거세는 한선제漢宣帝 지절地節 원년(기원전 69)에 고허촌장高墟村長 소벌공蘇伐公[7]이 양산록楊山麓을 바라보았는데 (…) 박朴으로 성姓을 삼았다(『삼국사기三國史記』 및 『동국사략東國史略』과 『동사찬요』에 실려 있다. 다음도 마찬가지이다 ─ 원주).

○ 양촌陽村 권근權近은 이렇게 말했다. "당우唐虞[8] 이후로 중국에는 괴이한 일이 없었다. 삼국의 시조는 한漢나라와 동시대 인물인데 어찌

---

2 다파나국(多婆那國): 석탈해왕의 출생국으로 용성국(龍城國), 정명국(正明國), 완하국(琓夏國), 화하국(花夏國)이라고도 한다.

3 아유타국(阿踰陀國): 인도 북쪽에 있는 나라 이름으로 수로왕의 비인 허왕후가 이곳에서 왔다고 한다.

4 아란불(阿蘭弗): 북부여의 재상으로 왕 해부루(解夫婁)에게 동해 바닷가의 가섭원(迦葉原)이라는 곳으로 천도할 것을 권유하여 이를 실행하게 하였다 한다.

5 가섭원(迦葉原): 강원도 강릉 지역에 있었던 고대 동부여(東扶餘)의 도읍지. 기원전 1세기부터 서기 2세기까지 약 300년간 존속하였다.

6 『신증동국여지승람』 제47권 강원도(江原道) 회양도호부(淮陽都護府) 조에 이와 관련된 내용이 실려 있다. 금강산 보덕암(普德菴)의 중이 찬술한 『금강산기(金剛山記)』라는 책이 있었다.

7 소벌공(蘇伐公): 원시 신라를 구성한 육촌(六村)의 하나인 고허촌(高墟村)의 촌장으로, 뒤에 육부(六部)의 하나인 사량부(沙梁部)의 시조가 되었다.

8 당우(唐虞): 요임금과 순임금을 가리킴. 요임금은 도당씨, 순임금은 유우씨이다.

이처럼 괴이한 일들이 있을 수 있겠는가? 알영의 출생이나 탈해의 출생 또한 모두 괴이하고 이상한 일이다. 이는 아마도 처음에 해안가 구석에 위치한 순박하고 무지한 사람 중에 간혹 이러한 괴이한 이야기를 만들어낸 자가 있었는데, 여러 사람들이 이 말을 믿어 전하게 된 결과가 아닐까."

알영: 신라 시조 5년에 용이 알영정閼英井에 나타나 (…) 왕이 받아들여 비로 삼았다고 한다.

석탈해: 다파나국多婆那國은 왜국의 동북 천리 거리에 있는데, 일명 용성국龍城國이다. 그 나라의 임금 함달파含達婆는 여국女國 왕의 딸을 취하여 비妃로 삼았는데, 임신한 지 7년이 지나 큰 알을 낳았다.

○살피건대 석탈해는 해외의 멀리 떨어진 나라에서 알로 표류하다가 도착한 뒤에야 비로소 태어났다. 그렇다면 다파나국에서 왔다는 사실을 어떻게 알 수 있단 말인가? 그 나라 임금의 이름 및 여국 왕의 딸을 취하여 임신한 지 7년이 지나 낳았다는 등의 일은 또 어떻게 알 수 있었단 말인가?

집을 가지고 다투었다는 이야기 또한 웃음거리에 지나지 않는다. 석탈해는 이미 본토 사람이 아니라고 말하였는데, 자기 선조의 집이라고 이야기할 수 있겠는가? 또 일찍이 대장장이로서 숯을 땅에 묻었다는 말을 하지 않다가 송사할 때가 되어서야 대장장이라고 사칭하였으니, 설득력을 얻을 수 있겠는가? 더구나 호공瓠公은 당시 재상이었는데, 이러한 말들로 이길 수 있었겠는가? 이러한 이야기는 황탄하고 어리석어 분변할 것도 없이 서로 모순이 되어 말이 되지 않는다. 이런 따위는 곧 아이들의 숨바꼭질 놀이에 불과할 따름이다. 김부식은 세상에서 박식한 학자로 일컬어짐에도 이러한 이야기를 가져와 역사서에 실었다. 황당하다.

김알지: 탈해왕 9년(65) 왕이 밤에 금성金城, 경주 서쪽 시림始林, 계림의 나무 사이에서 닭이 우는 소리를 들었다.[9]

수로왕: 후한 광무제 건무 18년 임인(42) 3월, 가락국(지금 김해 — 원주) 아도간我刀干 등 구간九干[10]이 (…) (『가락국고기』 및 『동사찬요』 — 원주)

○살피건대 이 내용은 황탄하여 분변할 것도 없다. 『동사찬요』에서 이를 취하고 버리지 않은 것은 『고기古記』의 기록이기 때문에 삭제하거나 바꾸기 어려웠던 때문이다. 『고기』의 기록이라고 해서 믿지 않을 수 없었다. 하지만 최치원의 말 또한 저와 같이 같지 않거늘 어떻게 『고기』라 해서 믿을 수 있겠는가? 당시 전승되었던 무식한 말들 중에 이와 같은 것들이 많다. 최치원 같은 분도 부처에게 아첨하는 붓놀림을 면치 못한 것이다. 이런 요망한 말은 역사서를 편찬하는 이들이 일체 제거하는 것이 옳다. ○최치원이 편찬한 『이정전利貞傳』에 이르기를, "가야산신伽倻山神 정견모주正見母主는 하늘의 신 이비아夷毗阿에게 감응이 되어 대가야왕大伽倻王 뇌실주일惱室朱日과 금관국왕金官國王 뇌실청예惱室靑裔 두

---

9 『삼국사기·신라본기 1』, 탈해이사금 조.
10 『삼국유사·기이 2』.

사람을 낳았다[11]고 『여지승람』에 나와 있다.

허왕후: 동한 건무 24년(48) 7월, 허왕후가 아유타국阿踰陀國으로부터 바다를 건너 이르렀다. (…) 절을 짓고 이름을 왕후사王后寺라고 했다.

○살피건대『고기』에 이와 같이 나와 있는데, 다른 기록에는 남천축국南天竺國 왕의 딸, 또는 서역국왕西域國王의 딸이라고도 나와 있다. 황탄하고 모순이 되어 논할 것도 없다.

영일현迎日縣: 신라 아달라왕(재위 154~184) 때에 동해의 바닷가에서 어떤 인부人夫가 영오랑迎烏郞이라고 자칭하였다. (…) 고을 이름이 영일이라 한다(『삼국유사』나 『동사찬요』에서 이 말을 따서 썼다. ○『삼국유사』는 누가 지은 것인지 알 수 없는데, 또한 고려 중엽 이후에 나온 책이다 ― 원주).

○『동국여지승람』에는 이렇게 나와 있다. "고려 초에 신라의 임정현臨汀縣을 영일현으로 고쳤다." 이에 의거해보면 영오랑 세오녀 이야기는 믿을 것이 못 된다. ○점필재 김종직의 기록에 의하면 이러하다. "영일은 신라 동쪽 변경의 땅으로, 태사관太史官과 첨성대瞻星臺를 두었다

---

11 가야산 신과 하늘 신 사이에 태어난 형제 중 형인 뇌실주일은 대가야 시조인 이진아시왕(伊珍阿豉王)이 되고 동생인 뇌실청예는 금관가야의 시조 수로왕이 되었다는 것은 경북 고령 지역의 대가야 건국신화이다. 최치원이 지은 『이정전』은 『동국여지승람』에 인용되어 있다. 일연(一然)의 『삼국유사』(1281)에는 『가락국기(駕洛國記)』를 인용하였는데, 하늘에서 내려온 여섯개의 알에서 나온 동자 중 가장 먼저 나온 이가 금관가야 김수로왕이 되었고 나머지 다섯 동자가 각각 다섯 가야의 왕이 되었다고 되어 있다.

고 한다. 그 의미는 인빈출일寅賓出日의 땅[12]이어서다. 현의 동쪽에 도기야都祈野와 일월지日月池가 있어, 지금까지 사람들이 신라가 하늘에 제사 지내던 곳이라 하니 이것이 그 증거이다. 세상에서 전하는 영오·세오부부의 이야기는 어찌 그렇게 불경함이 심한가?"[13]

환인桓因 단군檀君: 옛날에 천신 환인이 서자 환웅桓雄에게 명하여 천부인天符印 세개를 가지고 삼천명을 거느리고 태백산 정상 신단수 아래로 내려가도록 했다. 그곳을 신시神市라 일컫고 인간 세상의 360여가지 일을 주관했다.[14] (…) (부여) 대소帶素[15]에 이르러 고구려 대무신왕에게 멸망을 당했다(『고기』에 나와 있다 ― 원주).

○이 기록은 더욱 불경함이 심하다. 동국 역사서에 기록된바 단군·부루·금와 등은 상세하고 간략함이 각기 다른데, 서로 다른 출처에서 취한 것인가? 만약 이런 기록들에 근거하여 산삭하고 간략하게 만든다면 또한 황탄함을 면치 못할 것이다. 무릇 단군은 우리 동국에서 처음 출현한 임금이다. 그러므로 필시 그 인물이 신성한 덕을 지니고 있었을 것이다. 때문에 사람들이 모두 그를 임금으로 받든 것이다. 옛날 신령한 존재가 출현하는 때에는 그에게 실로 보통 사람과 다른 면이 있기는 하지만, 어찌 이처럼 심히 허황된 것인가? 『동국통감·외기』에 우임금이 치

---

12 『서경·요전(堯典)』에 "희중(羲仲)에게 따로 명하여 우이(嵎夷)에 살게 하였으니 그곳이 바로 양곡(暘谷)이다. 떠오르는 해를 공손히 맞이하여 봄 농사를 고르게 다스리도록 하였다"라고 하였다.

13 「영일현인빈당기(迎日縣寅賓堂記)」

14 『삼국유사·고조선』.

15 대소: 부여 금와왕의 맏아들로 알려져 있다.

수治水를 하고 곰으로 변하였다는 설[16]과 마찬가지이니, 중국의 역사서에서 취하여 대우기大禹紀를 만들었다는 것은 듣지 못하였다. 또 아들 부루를 보내 도산塗山에 가서 조회하도록 하였다는 말은 더욱 웃음거리이다. 일찍이 『포박자』를 보니, '이천년을 살아 젊었을 적에 요순堯舜과 친하게 지냈'고 스스로 말하고 다니면서 이러한 말로 사람들을 현혹시켰는데, 뒤에 따져 물어보니 실은 아무군에 사는 아무개였다 한다. 이 이야기와 어찌 그리도 비슷한가? 대개 단군은 요임금과 동시대 때의 인물로, '단군'이라는 두 칭호만 있는 듯 없는 듯 겨우 전해져온 것이다. 그러니 후세 사람들이 또 무엇을 통해서 누구를 부인으로 맞아들였는지 알았단 말인가?(대개 『고기』와 같은 것은 신라 때 속설에서 비롯되어 고려 때 정착된 것이다 — 원주) 단군이 하백의 딸을 부인으로 맞아들였다 했는데 동명왕의 어머니 또한 하백의 딸로 되어 있다.[17] 단군으로부터 삼국, 고려조에 이르기까지 군왕으로 흥기한 사례가 많은데, 모두 알에서 나오지 않았으면 금궤에서 나왔다. 왕비는 하백의 딸이 아니면 필시 용녀라 한다. 이 두 경우 이외의 다른 것은 없다. 그러니 황탄한 말을 만들어내는 재주 또한 보잘것없었다고 하지 않을 수 없다.

금와金蛙 주몽朱蒙: 부여왕 해부루는 늙도록 자식이 없어 산천에 제를 지내 후사를 구하였다. 임금이 탄 말이 곤연鯤淵에 이르렀을 때 큰 돌을 보고서[18] (…) 주몽은 비류수 위에 초막를 짓고 국호를 고구려라 하였

---

16 중국에 내려오는 이야기로 대우(大禹)가 치수할 때마다 곰으로 변했다는 것이다.
17 『삼국유사·고구려』.
18 부루가 타고 가던 말이 곤연(鯤淵)에 이르러 큰 돌을 보고 마주 대하여 눈물을 흘리자, 이상히 여겨 돌을 들추어보니 금빛 개구리 모양의 어린아이가 있었다. 부루가 기뻐하여 아이 이름을 금와(金蛙)라 하고, 후에 태자로 삼았다(『삼국유사·기이』, 동부

다. 졸본부여라고도 일컬었다(『삼국유사』와 『삼국사기』 및 여러 동국 역사기록에 나와 있다 — 원주). ○또 이르기를, 주몽이 처음 졸본에 이르러 비류수에 채소 잎이 떠내려 오는 것을 보고 (…) 주몽이 궁궐을 지을 때에 오래된 나무로 기둥을 세워 천년이나 된 건물처럼 보였다. 송양왕은 마침내 다투지 못했다. ○주몽이 나라를 세운 지 3년째 되는 7월, 검은 구름이 골령鶻嶺에서 일어났다. (…) ○주몽은 서쪽으로 사냥을 나가 백록을 잡아 해원蟹原에 거꾸로 매달아 주문을 외웠다.[19] (…) 주몽이 채찍으로 물을 가르자 물이 즉시 없어졌다.[20]

○살피건대 『삼국유사』에, 동명왕 주몽이 기린마를 타고 굴속에서 나와 하늘로 올라간 일 등 여러가지 괴이한 말들이 매우 많은데, 여기에 다 거론할 필요는 없겠다.

탐라耽羅: 처음에는 사람이 살지 않았는데 세 신인이 땅속에서 나왔다고 한다(고기古記가 『고려사高麗史』에 보인다 — 원주).

○탐라는 바다 가운데 섬이다. 당초에 사람이 기화氣化로 생겨났다는 것은 괴이할 것이 없다. 그런데 이른바 목함木函이나 석함石函, 일본 사자가 구름을 타고 갔다는 등 이야기들은 위의 기록과 마찬가지로 유치하며 가소로운 내용이다.

여 조).

19 주몽이 사슴을 거꾸로 달아매고 비를 많이 내려 비류왕 송양의 도읍을 침몰시켜 주기를 빌었다. 그러자 장맛비가 이레 동안 퍼부어 송양의 도읍이 물바다가 되었다 한다.

20 이규보의 『동명왕편(東明王篇)』을 축약해 제시한 것임.

고려의 선대는 역사에 기록이 없어서 알 수 없다. "『태조실록』에 즉위 2년 삼대三代를 왕으로 추존했다"(이하 모두 『고려사·세계』에서 인용한 것이다 —원주). ○ 김관의 『편년통록編年通錄』에서 (…) (민지의 『편년강목編年綱目』에도 (…) — 원주) ○ 이제현은 이르기를 "김관의는 성골장군聖骨將軍 (…)"[21]이라 했다. ○또 이르기를 "김관의가 의조는 당나라 부친[22]이 남기고 간 활과 화살을 얻어서 (…)"라고 했다. ○ 이제현은 또 이르기를 "김관의는 '도선[23]이 세조의 송악산 남쪽에 있는 집을 보고 말하기를 (…)'"라고 말했다.

○ 살피건대 삼국시대에 관한 기록들은 족히 논할 것도 없다. 고려조에 이르러서는 볼 만한 점이 있어야 할 것인데, 역시 황탄함을 면치 못하였다. 왕가에서 조상을 추숭하는 일에 어찌 전하는 말들이 이처럼 문란하고 어지럽단 말인가? 고려조의 임금과 신하들이 거짓을 끌어다가 조상들을 욕보이고 심지어 중국으로부터 비웃음을 사는 지경에 이르렀다. 추하다 하지 않을 수 없다.

원인을 따져보건대, 대체로 인심이 무지하고 습속이 불교에 빠져 이렇게 된 것이다. 위에서 교화를 끼침이 없어 그 해가 이루 말할 수 없게

---

21 『고려사·세계』에 실린 내용으로 성골장군(聖骨將軍) 호경(虎景)의 손자인 보육의 딸이 당나라 귀인의 베필이 되어 의조(懿祖, 작제건)를 낳았다. 따라서 보육은 의조의 외조부가 되는데도 보육을 국조(國祖)라고 일컫는 것에 대해 이제현은 의문을 표시했다.

22 『고려사·세계』에 의하면 당나라에 있는 부친은 숙종으로 되어 있다. 『편년통록』에는 숙종이 천하를 유람하다가 송악에 와서 보육의 딸을 만나 작제건을 낳은 것으로 되어 있다. 반면에 민지의 『편년강목』에는 숙종이 아니고 선종이라 했다.

23 도선(道詵): 827~898. 신라 말 고려 초의 고승. 자는 옥룡(玉龍), 속성은 김(金)씨라고 함. 영암(靈岩) 월출산 아래에 있는 구림에서 태어난 것으로 전한다. 그는 특히 음양지리설(陰陽地理說)에 달통한 것으로 유명하다. 개성에서 왕건의 아버지를 보고 장차 왕이 태어날 집터를 잡아주었다고 한다.

되었다(어쩌면 먼 옛날 중국의 귀인이 동방으로 놀러 와서 이와 같은 일이 있었는데 후인들이 당나라의 숙종肅宗이나 선종宣宗에 붙인 것은 아닐까? 이 또한 알 수 없다. 그런데 운운한바 진의辰義[24]가 꿈을 산 일은 신라 태종의 왕비인 김유신 누이의 일이요, 산에 올라가서 싼 오줌이 천하에 넘쳤다는 것은 현종 어머니의 일이다. 후세 사람들이 끌어다 붙여서 말을 만든 것임은 의심할 바 없다— 원주). 비록 그러하나 정인지가 『고려사』를 지을 때에는 이러한 말들을 취하여 기록하지 않았으니, 『삼국사기』와 비교하면 자못 취할 점이 있다. ○또 살펴건대 김부식은 세상에서 일컫는 박식하고 교양을 갖춘 인물이요 경박한 무리가 아닌데도, 역사를 저술한 것이 이와 같으니 참으로 탄식할 일이다. 김관의는 그가 찬술한 책을 보건대 그 사람됨을 알 만하다. 민지는 충숙왕 때에 정승을 지낸 사람으로, 『고려사』에서 '민지가 본조의 『편년강목』을 편찬해 올렸는데 위로 국초에서 시작하여 아래로 고종에 이르기까지 책이 총 42권이다. 그는 글 솜씨가 있었으나 마음이 바르지 않으며 성리학을 알지 못하였고, 소목昭穆을 논함에 있어 주자를 틀렸다고 비방하였다.[25] (…)'라고 했다. 『고려사』에서 논한 내용이 이와 같다. 또 「유점사기楡岾寺記」를 보건대 그의 사람됨을 알 수 있다. 민지는 「유점사기」에서, "53불佛이 서역의 사위국舍衛國에서 금종을 타고 바다를 건너, 월지국月氏國에 이르렀고 (…) 안창현 현령 노춘盧偆이 나가서 영접했다"라고 나와 있다. ○추강 남효온은 "민지의 「유점사기」는 여섯가지 거짓이 있다"라고 비판했다.[26]

---

24 진의(辰義): 작제건의 어머니이자 보육의 막내딸이다. 그녀의 언니가 오관산 꼭대기에 올라가 소변을 보았더니 오줌이 넘쳐 흐르는 꿈을 꾸었다. 진의가 언니로부터 그 꿈을 사서 후에 당나라 숙종과 동침하여 아들 작제건을 낳았다고 한다.

25 『고려사·민지전』에 나오는 내용이다.

26 남효온의 「유금강산기(遊金剛山記)」(『추강집(秋江集)』 권5)에 나와 있는 내용이다.

삼경설
三京說[1]

『고려사·방기전方技傳』[2]에 김위제金謂磾[2]는 숙종 원년(1096)에 위위승동정衛尉丞同正이 되었다. 신라 말에 승려 도선이 당나라에 들어가 일행一行[3]의 지리법을 배우고 돌아와서 비기秘記를 지어 세상에 전했다. 김위제는 그 법술을 배워 임금에게 글을 올려 남경으로 천도할 것을 청했다.

「도선기道詵記」에서 이르기를 "고려 땅에는 삼경이 있다. 송악松岳은 중경中京, 목멱양木覓壤[4]은 남경南京, 평양平壤은 서경西京이다. 11·12·1·

남효온의 기문에서는 이 글과 달리 '망설(妄說) 7개'라 하였다. 그 내용은 ①쇠북과 불상이 바다에 떠서 월지국을 지나 신라에 이르렀다는 것, ②금불이 제 발로 금강산으로 들어가고 끓는 물을 피해 구연동(九淵洞)의 바위 위로 날아 들어갔다는 것, ③불교는 22대 법흥왕 때 신라로 유입되었는데, 2대인 남해왕 때 유점사를 창건했다고 한 것, ④역사서에 기록되지 않은 일을 믿지가 근거 없이 기록한 것, ⑤불법(佛法)이 처음 전해진 단계에서 비구니가 나와 길을 인도했다고 한 것, ⑥승려들이 불상을 안치하자 불상이 화를 풀고 날아가지 않았다는 것, ⑦중국인들도 서역의 불경을 번역할 때 호승의 도움을 받았는데 신라의 한 지방관이 서역에서 온 쇠북의 글자를 해석했다고 한 것 등이다.

1 이 부분은 『고려사』에 실린 「방기(方技)·환자(宦者)·혹리(酷吏)」의 김위제 조를 전재한 것이다.

2 김위제: 고려 중기의 술수가(術數家)로서 숙종 1년(1097) 위위승동정(衛尉丞同正)이 되었고, 예종 때에는 주부동정(注簿同正)을 지냈다. 도선의 지리도참설을 배웠다. 1097년에 도선의 설 등을 인용해 남경 천도를 상소한 일이 있었다.

3 일행(一行, 683~727)은 당나라 밀교(密敎) 계통의 승려, 역상(曆象)과 음양오행설에 밝아 현종의 명을 받아 역법 개편작업을 하여 『대연력(大衍曆)』(52권)을 완성했다.

4 목멱양(木覓壤): 목멱은 서울 남산의 별칭이다. 목멱양이란 곧 서울을 가리키는데 고려 때에는 남경으로 일컬었다.

2월에는 중경에 머물고, 3·4·5·6월에는 남경에 머물고, 7·8·9·10월에는 서경에 머물면, 36개 나라가 조공을 올 것이다"라고 하였습니다. 또 이르기를 "개국 후에 160여 년이 지나면 목멱양에 도읍을 옮겨야 한다"라고 하였습니다. 신은 바로 지금이 새 수도에 순행하여 머물 때라고 생각합니다. 신이 또 도선의 「답산가踏山歌」를 보니 "송경이 쇠락한 다음에 어디로 향할 것인가? 삼동三冬에 뜨면 평양에 있어야지, 후세의 어진 선비들은 큰 우물을 열고, 한강의 어룡魚龍은 사해로 통하도다"라고 나와 있습니다. 삼동에 해가 뜬다는 것은 중동의 동짓달(음력 11월) 해가 손방巽方(동남쪽)에서 뜬다는 뜻이니, 목멱이 송경의 동남방에 있기 때문에 그런 것입니다.

또 "송악산은 진한辰韓과 마한馬韓의 주산이로되 오호라! 어느 때에 가서 끝날 줄을 알리오? 꽃의 뿌리가 가늘고 열악하고 가지와 잎사귀도 그러하니 백년 기한 어찌 끝나지 않으랴! 이후로 새로운 꽃의 기세를 찾으려고 양강陽江을 건너가면 속절없이 오가기만 하리. 사해의 신어神魚들이 한강에 조회하면, 국태민안하여 태평성대를 이루리라"라고 했으니 한강의 북쪽 땅은 나라의 기초가 장구하게 될 것이요, 사해가 조공을 올 것이며, 왕족이 번창할 것이니, 실로 크게 밝고 성스러운 땅입니다. 또 "후대의 어진 선비가 백성들의 수壽를 알아 한강을 건너지 않고 만대의 기풍을 이루리라. 만약 그 강을 건너서 수도를 만들면 한 자리의 중간이 갈라져 한강이 가로막히게 되리라" 하고 나와 있습니다.

또 「삼각산명당기三角山明堂記」에서 이렇게 말했습니다.

"눈을 들고 머리 돌려 산 형상을 살펴보니, 배임향병背壬向丙[5]으로 이

---

5 배임향병(背壬向丙): 임방(壬方, 북쪽에서 서쪽으로 15도)을 등지고 병방(丙方, 남쪽에서 동쪽으로 15도)으로 향한 것. 서울 북악산(北岳山)의 명당을 설명하는 말이다.

곧 큰 자라로다. 음양에 따라 꽃이 3~4겹으로 피어나고, 몸소 옷소매 걷고 산을 등에 지고서 수호하도다. 전면으로 조회하는 산이 5~6겹이요, 고숙과 부모로 산봉우리 우뚝우뚝. 안팎으로 대문에 지키는 개 각각 세 마리요, 항시 용안龍顔을 모시어 마음을 다하네. 청룡 백호 뻗어나가 시비가 없고, 안팎으로 상인들이 저마다 진귀한 물건을 바치네. 이름 팔아 먹는 이웃의 객들이 스스로 달려오며, 모두 한마음으로 나라를 보필하고 임금께 직언하네. 임자壬子년에 땅을 개척하면, 정사丁巳년에는 성자聖子를 얻으리로다. 삼각산에 기대어 제도帝都를 세우면, 아홉째 되는 해에 사해 나라들이 조회하리.”

이러므로 여기는 명왕성덕明王盛德의 땅이로소이다.

또 「신지비사神誌秘詞」에는 이렇게 나와 있습니다.

“저울과 추, 극기極器, 저울접시에 비유할 수 있으니, 저울대는 부소량扶踈梁이요, 추는 오덕지五德地이며, 극기는 백아강百牙岡이라. 70국이 조회를 와서, 덕에 힘입어 신정神精을 보호하며, 머리와 꼬리가 평평하게 균형을 이루어, 나라를 일으켜 태평을 보존할 것이로다. 만약에 비유한 세가지를 폐기하게 되면 왕업이 쇠해질 것이로다.”

여기서 저울로 3경을 비유한 것입니다. 극기란 머리이고, 추는 꼬리에 해당하며, 저울대란 균형을 잡는 곳입니다. 송경의 지형은 부소산을 저울대에 비유한 것이며, 서경은 백아강을 저울추에 비유한 것입니다. 삼각산 남쪽은 오덕구五德丘로 저울추로 비유한 것이니, 오덕이란, 중앙에 면악面岳(서울 북악산)이 있으므로 원형 토덕土德이요, 북쪽으로 감악紺岳(양주 감악산)이 있어 곡형 수덕水德이 되며, 남쪽의 관악冠岳은 뾰족하여 화덕火德이요, 동쪽으로 양주楊州 남행산南行山(서울 아차산)이 있어 직형 목덕木德이요, 서쪽으로 수주樹州 북악산北岳山(인천 계양산)이 있어 방형 금덕金德이 됩니다. 이 또한 도선이 말한 3경의 뜻에 부합합니다. 엎드려 바라옵건대 삼각산 남쪽으로 목멱산의 북쪽 평지에 도성을 건립하고 때때로 다른 곳에 순행하여 머무르시면, 이는 실로 사직의 흥망에 관계가 될 것입니다.

이에 일자日者 문상文象이 이 말을 좇아 화답했으며, 예종睿宗 때에 은원중殷元中 역시 도선의 말로 임금께 글을 올려 진언했다.

진사 박자진과 동국지지를 논함
與朴進士自振論東國地志

동국東國의 한사군漢四郡과 삼한三韓의 설은 구암久庵 한백겸韓百謙이 이미 변증을 하였는데[1], 그 뒤 역대의 여러 서적들을 상고해보면 하나하나 들어맞으니 우리 동방의 도지圖志에 있어 한구암에게 공이 있다고 평가할 수 있다. 신구 현도玄菟에 대해서『통전通典』과『후한서後漢書』를 상고하여 밝혀냈으니 얼마나 다행스러운가! 다만 요동遼東 경계로 옮겨간 현도에 대해서는 지금 정확히 어디인지 알 수 없다. 근세에 오운吳澐이 지금 심양瀋陽 동북 80리 무순撫順 천호소千戶所라고 하였는데[2], 어떤 옛 학설에 근거하여 말했는지 알지 못하겠다(일찍이 요동 지역 사람에게 물으니, 지금 봉집폐현奉集廢縣을 전해오는 말이 옛 현도군이라 하고 무순撫順 천호소 남쪽 80리에 있다고 말했다. 그런데 봉집현은『요사遼史·지리지地理志』와『대명일통지大明一統志』[3]에서 한나라 험독현險瀆縣이라 하였으니 아마도 현도군은 아닐 것이다 — 원주).『후한서·군국지郡國志』에 "요동군은 낙양에서 동북으로 3600리 거리요, 현도군은 낙양에서 동북으로 4천리 거리이다"[4]라고 하였으니, 필시 요동의 동북 지역에 있을 것이다. 그러나 대체로 삼국 가운데 고구려의 연혁과 지리는 더욱 근거로 삼기 어렵고 본국의 경우 징험할 만한 문헌이 없으나, 중국에 전하는 기록에는 필시 상고할 수 있는 자료가 있

---

1 한백겸의『동국지리지(東國地理誌)』를 가리킨다.
2 오운은『동사찬요』의 저자. 여기에 언급된 내용은 그의「부한구암동사찬요후서(附韓久庵東史纂要後叙)」에 실려 있다(『죽유집(竹牖集)』권4,「잡저(雜著)」).
3 『요사(遼史)』권38,「지리지(地理志)」2;『대명일통지(大明一統志)』권25,「요동도지휘사사(遼東都指揮使司)·봉집폐현(奉集廢縣)」.
4 『후한서』권33,「군국지(郡國志)」제23,「군국(郡國) 5」.

을 터이니 만약 제대로 밝혀낸다면 매우 즐거운 일이 될 것이다.

기자箕子의 영지領地

기자가 평양에 도읍했을 때 경계가 어느 곳까지였던가? 오운은 『동사지지東史地志』에서 요하遼河 이동 한수漢水 이북을 모두 기자의 땅으로 생각했다[5]. 살피건대 함허자涵虛子[6]는 '5천명의 은殷나라 사람이 요수遼水를 건너갔다'라고 했다. 『위략魏略』에는 "기자의 후예인 조선후朝鮮侯는 주周나라가 쇠함에 연燕나라가 왕으로 자칭하고 동쪽의 땅을 공략하려고 하는 것을 보았다. 이에 조선후는 군사를 일으켜 주나라를 높이는 뜻으로 나아가 치려고 함에, 그 대부 예禮가 간하여 중지했다. 그래서 예를 보내 서쪽으로 연나라에 가서 설득하여, 연나라 또한 공격하지 않고 그만두었다. 후일에 자손들이 자못 교만하고 포악하여 연나라가 장군 진개秦開를 보내 그 서쪽 지역을 공격하여 2천여리의 땅을 얻었다. 이에 만반한滿潘汗을 경계로 삼았다(『한서漢書·지리지地理志』를 상고하건대 만반현은 요동군에 속해 있었다. 그 주에서 이 현에 '패수의 발원지가 있어 국경 밖의 서남쪽으로 흘러 바다로 빠진다'라고 했는데 지금 어느 곳인지 알지 못하겠다. 또 여기서 말한 2천여리라 한 것은 연나라 도읍으로부터의 거리를 말한 것이리라. 지금 요동도사遼東都司는 연경에서부터 거리가 1700리이고, 압록강은 요동도사로부터 560리 떨어져 있으니, 이른바 만반한이란 압록강 근처일 것이다. 그렇지 않다면 2000여리란 필시 1000여리의 오기일 것이다 — 원주). 조선은 드디어 쇠약하게 되었다. 진秦나라가 천하를 통

5 『죽유집(竹牖集)』 권4,「동국지리지(東國地理誌)」.
6 함허자(涵虛子):『오주연문장전산고(五洲衍文長箋散稿)』에「함허자변증설(涵虛子辨證說)」이 있는바 명나라 영락(永樂) 연간의 도사(道士)로서 역대 제왕(帝王)의 연대수(年代數)를 기록하고 그 제목을『천운소통(天運紹通)』이라고 붙였다고 한다.

일함에 미쳐서 장성을 쌓아 요동에 이르렀다. 조선왕 부否가 진나라를 두려워하여 진에 복속하게 되었다. 부가 죽고 아들 준準이 즉위한 지 십여년이 되었을 즈음 진나라가 멸망하였다. 한나라 초에 노관盧縮이 연나라 왕이 됨에, 조선은 연나라와 패수(압록강 ─ 원주)를 경계로 삼았다. 연나라 사람 위만衛滿이 망명하여 패수를 건너와 서쪽 지경에 살 곳을 구했다. 그러다가 준왕을 습격하고 그 땅을 차지했다"라고 하였다.

반고班固의 『한서』에서 "현도와 낙랑은 본래 기자의 봉지이다"[7]라 했고 배구裴矩와 온언박溫彦博의 『당서唐書』에서 "요동은 본래 기자의 나라이다"라고 하였으며, 『요사遼史·지리지地理志』에 이르기를 "요동은 본래 조선 땅인데, 주나라 무왕이 갇혀 있던 기자를 풀어주어 조선으로 가게 했다. 그리하여 이곳에 봉했다"[8]라고 하였다. 『요동지遼東志』에는 "요동은 기자가 봉해진 땅이다"라고 나와 있으며 『대명일통지大明一統志·요동명환遼東名宦』조에 역시 기자가 실려 있다.[9] 이 여러 설에 의하면 요하로부터 동쪽은 기자의 봉토임이 분명하다. 대개 요동은 주나라 때 기자가 봉해진 지역으로 후에 연나라 땅이 되었고 진秦나라 때에 요동군이 되었다. 한漢나라 이후로부터 모두 중국 땅이 되었는데, 후위後魏 말에 고구려 땅이 되었다(역사서에 간혹 "진晉나라 때 고구려 땅에 들어오게 되었다"라고 기록되어 있다. 그러나 지금 상고해보면 진나라 영가永嘉 연간 이후에 고구려가 혹 요동 현도를 함락했던 때도 있었으나, 모용씨慕容氏 연燕나라가 곧바로 다시 취하였다. 고구려의 영토로 확정된 것은 즉 후위 때부터이다 ─ 원주). 당나라가 고구려를 정벌

7 『한서(漢書)』에는 기자를 조선에 봉했다는 말은 있지만, 현도와 낙랑이 기자를 봉한 곳이라는 말은 없다. 자세한 내용은 『전한서』 권 28, 「지리지」 제8에 보인다.
8 『요사』 권38, 「지리지」 제3.
9 『명일통지(明一統志)』 권25, 「등주부(登州府)」.

하여 다시 그 지역을 취하였으나 얼마 지나지 않아서 발해 대씨大氏가
차지하여 후일 거란으로 들어갔다.

고구려의 건국

『삼국사기』에서는 "동명왕東明王 주몽朱蒙은 한漢나라 원제元帝 건소
建昭 2년 갑신甲申에 비로소 고구려를 세웠다"라고 하였다. 그리고 『한
서·지리지』에는 "무제 원봉 4년에 현도군을 설치하였는데 그 속현에
고구려가 있었다"는 기록이 보인다. 『후한서』에 이르기를 "무제가 조선
을 멸하여 고구려를 현으로 삼아 현도에 복속시키고 타악과 취악의 예
인들을 내려주었다"라고 나와 있다. 즉 어찌 주몽이 고구려를 일으키
기 전에 또 고구려라고 하는 나라가 있었을까? 『북사北史·고구려전高句
麗傳』을 보면 주몽이 나라를 일으킨 사실이 한나라 무제 이전에 있는 것
으로 되어 있고, 『통전』에 기록된 것 또한 그러한데, 『삼국사기·본기·연
표』에 또한 모두 낱낱이 저렇게 되어 있는 것은 왜인가?(당나라 고종이 고
구려를 명망시켰을 때, 가언충賈言忠이 "고高씨는 한나라 때부터 국가를 형성하여 지금
까지 900년이다"라고 하였고 『삼국사기』의 기록으로는 705년이 된다. 이에 근거하면 주
몽이 고구려를 일으킨 것은 한나라 무제 이전이라는 주장이 더욱 그럴듯하다 ─ 원주).

국내성國內城

국내성은 『동국여지승람』에 정인지鄭麟趾의 설을 인용하여 「고적古
跡」[10] 아래에 부기하였다. 그러나 당唐나라 총장總章 2년 이적李勣이 고구
려 여러 성에 도독부와 주군을 설치하고 주장奏狀에 "압록강 이북에 이

---

10 고적(古跡): 『신증동국여지승람』 권53, 「평안도(平安道) 의주목(義州牧) 고적(古跡)」
   조를 가리킨다.

미 항복한 성이 11개이고, 그중 하나가 국내성으로 평양에서 이곳까지 17역입니다'라고 하였다(이 설은 『삼국사기·지리지』 말단에 보인다[11] — 원주). 『통전通典』[12]에 '마자수馬訾水는 일명 압록수라고 하는데 동북 지역 말갈 靺鞨 백산白山에서 발원한다. 물빛이 오리 머리의 색과 같아 이름을 붙였다. 요동에서 오백리로 국내성 남쪽을 경유하고 또 서쪽의 다른 한 물줄기와 합해지는데 즉 염난수鹽難水이다. 두 물줄기가 합해져서 서남쪽으로 안평성安平城에 이르러 바다로 들어간다'라고 하였다. 『당서唐書』에 기록된 사항도 또한 그러하다[13]. 그런즉 국내성은 압록강 이북에 있었던 것이 분명하며 압록강과 멀지 않은 것으로 보이나 현재 어느 지역에 해당하는지는 알 수 없다(국내성은 위나암성尉那巖城이라고도 한다 — 원주).

환도성丸都城

환도성 또한(환도산에 있다. 고구려가 일찍이 이곳에 도읍하였다가 연나라 모용황慕容皩에게 격파당했다 — 원주) 지금 어디인지 알 수 없다. 『당서唐書』를 보니, 등주登州 동북쪽 바다로 나가서, 압록강 하구에서 바다로 나가 배를 타고 백여리를 가서, 다시 작은 배로 갈아타고 하류를 거슬러 동북 방향으로 삼천리를 가면 박작호泊汋湖 어귀에 도착한다(바로 옛 안평현 — 원주). 발해渤海의 경계에서 다시 하류를 거슬러 오백리를 가면 환도성에 도착하게 되니, 그런즉 환도는 응당 압록강의 동북 지역이자 요동의 동남쪽에 위치해 있는 셈이다. 또 당나라 총장總章 2년, 이적李勣의 상주문에 다

---

11 이 내용은 『삼국사기(三國史記)』 권37, 「잡지(雜志) 6·고구려(高句麗)」에 보인다.
12 통전(通典): 이 내용은 『통전(通典)』 권186, 「변방(邊防) 2·동이 하(東夷下)·고구려(高句麗)」에 기록되어 있다.
13 이 내용은 『신당서(新唐書)』 권220, 「열전(列傳) 145·동이(東夷)」에 보인다.

음과 같이 말하고 있다. '압록강 이북에서 항복하지 않은 성이 11개인데, 그중 하나가 안시성으로 옛 명칭은 안촌홀安寸忽 혹은 환도성이라고한다(『삼국사기』에 보인다 ─ 원주). 만약 이 말에 근거하면 이른바 안시성이바로 환도성인 것이다. 안시성은 개주위蓋州衛 동북 칠십리에 위치해 있는데 봉황성鳳凰城이라고 하는 곳이 바로 이곳이다(안시성은 『요사遼史』와『일통지一統志』에 개주위 동북 칠십리에 있다고 기록되어 있다. 한나라 때 안시현安市縣이 되었다가 고구려 때 안시성이 되었다. 당나라 태종이 공격하였으나 항복하지 않고 설인귀薛仁貴가 흰 옷을 입고 올랐다는 성이 바로 이곳이다. 발해 때는 철주鐵州가 되었고,금나라 때 탕지현蕩池縣으로 되어 개주 원성元省에 부속되었다고 한다 ─ 원주).

구 현도舊玄菟와 낙랑의 병합

구 현도가 낙랑에 병합되었던 것은 한나라 소제昭帝 시원始元 5년의일이나 낙랑이 한나라 영토에서 고구려 영토가 된 것은 어느 시점인지명확하지 않다(『삼국사기』를 상고해보면 한나라 광무제光武帝 건무建武 연간에 고구려 대무신왕大武神王이 낙랑을 멸망시켰다. 건무 20년, 황제가 군대를 파견하여 바다를 건너 낙랑을 토벌하고 그 영토를 취하여 군현으로 삼았다. 이 이후로 고구려가 낙랑을 취한 사실이 다시는 보이지 않는다. ○『전한서·지리지』『후한서·지리지』를 검토해보면 모두 낙랑군에 관한 기록이 있고 그 호구에 대해 모두 상세하다. 그러나 『전한서·지리지』에 실려 있는 것은 평제平帝 원시元始 2년 때의 호적이고, 『후한서·지리지』에 실려 있는 것은 순제順帝 영화永和 5년 때의 호적이다. 또 『후한서』에 소제 때 임둔臨屯과 진번眞番을 낙랑·현도에 병합시키고, 현도는 다시 고구려 북서쪽으로 이주시켰다. 단단대령單單大嶺 동쪽에서부터 옥저沃沮와 예맥濊貊은 모두 낙랑樂浪에 부속되었다. 후에 영토가더 넓어지자 다시 단단대령 동쪽의 7현을 나누어 낙랑동부도위에 배치하였다. 광무제 건무 6년에 도위관都尉官을 파직하고 마침내 단단대령 동쪽 지역을 포기하고, 그 지역의 수령을 현의 제후로 봉하고, 세시마다 조공하도록 하였다. 또 건무 20년에, 한인韓人·염사인廉斯人·소마시蘇馬諟 등이 낙랑에 나아가 조공하니 광무황제가 염사읍군廉斯邑君으로 봉하여 낙랑군에 부속시켜 네 철마다 조공하도록 하였다. 23년에 고구려 잠지락蠶支落의 대가大加 대승戴升 등 1만여구가 낙랑 읍으로 나아가 부속하였다. 또 화제和帝 때 두헌竇憲이 최인崔駰을 내쫓아 장잠長岑의 수령으로 삼았다. 장잠은 낙랑군의 속현이다. 또 왕부王符는 「잠부론潛夫論」에서 "지금 동쪽으로는 낙랑에 이르기까지 서쪽으로는 돈황燉煌에까지 달한다"라고 하였다. 왕부는 순제 때 사람이다. 또 "질제質帝·환제桓帝 연간에 고구려가 다시 요동 서쪽 안평을 침범하여 대방령帶方令을 죽이고 낙랑태수樂浪太守의 처자妻子를 노획하였다. 또 헌제獻帝 초평初平 연간에 산동山東의 여러 장수들이 낙랑태수 장기張岐를 보내 제호帝號를 싸서 유우劉虞에게 올리게 하였다."『삼국지三國志·위지魏志』에는 "삼한은 한漢 때 낙랑군에 속하여 사시로 조알朝謁하였다. 환제桓帝·영제靈帝 말엽에 한韓·예濊가 강성하여, 군현郡縣이 제어할 수가 없게 되자 백성들이 한韓 땅에 대거 유입되었다. 헌제獻帝 건안建安 연간에 공손강公孫康이 요동遼東을 점거하고 낙랑의 속현인 둔유屯有를 분할하고, 남쪽의 황폐한 땅을 나누어 대방군帶方郡으로 만들고 공손모公孫模와 장창張敞 등을 보내서 유민遺民을 거두어 모았다. 위魏나라 명제明帝 경초景初 2년에 사마의司馬懿를 파견하여 공손연公孫淵을 멸하자 요동·현도·낙랑·대방 4군이 모두 평정되었다. 명제가 대방태수帶方太守 유흔劉昕과 낙랑태수 선우사鮮于嗣를 파견하여 바다를 건너서 2군郡을 안정시켰다. 또 위나라 제왕齊王 정시正始 6년(243)에 낙랑태수 유무劉茂와 대방태수 궁준弓遵이 영동예嶺東濊를 고구려에 복속하게 했다는 이유로 군사를 일으켜 토벌하자 불내예不耐穢 제후 등 모든 읍이 항복하자, 네 철마다 군에 나와 조알하도록 하였다. 두 군에는 정역征役이 있어 백성으로 대우하였다. 그렇기 때문에 끝내 서한西漢 이후로 동한과 조위曹魏 때에 이르기까지 낙랑은 항상 중국의 영토였던 것이다. 또 『삼국사기』에는 고구려 동천왕 21년에 평양으로 천도하였다고 하였으니 이는 위나라 정시 8년 때의 일이다. 위 네가지 기록에 의거하면 낙랑이 군에서 해체되어 고구려 영토가 된 것은 필시 그 전의 일이다. 그런데『진서·지리지』에 낙랑·대방 등 군이 있고,『삼국사기』에 또 낙랑태수가 자객을 보내어 분서왕汾西王을 시해하자 그 나라 사람들이 비류왕比流王을 옹립하였으니 진晉나라 혜제惠帝 영흥永興 원년 때의 일이었다. 위나라 정시正始 8년 이전에 평양은 이미 고구려의 영토였는데 진晉나라 혜제 때에 이르기까지 낙랑은 여전히 중국의 군이었다는 것은 왜인가? 두우杜佑의『통전通典』에서 이르기를 한나라 낙랑군은 후한 말에 공손씨公孫氏에게 점거되었고, 위진 때에 또 그 영토를 얻었으니 서진西晉 영가永嘉 이후에 고구려에 함락되어 복속되었다.『일통지』에서도 "평양은 한나라 때 낙랑군이었다가 진나라 영가 말에 고구려에 함락되었다"고 하였다.『삼국사기』에는 "고구려 미천왕 40년에 낙랑에 침입하여 이천명을 노략하였고, 15년에는 대방군을 침략하였으니 이는 회민懷愍태자 때에 해당하고, 그 아들 고국원왕故國原王 4년에 평양성을 축조하였다"라고 하였으니 이것으로 보면 낙랑은 진나라 회제 영가 이후에 고구려에 편입된 것이다. 혹 고구려가 위진 시대에 간혹 낙랑을 점거하였다가도 다시 중국에 복속되었으니 고구려에 아주 속하게 된 것은 영가 이후이다 ― 원주).

현도玄菟

현도(곧 옮겨진 신 현도이다 ― 원주) 요동군은 한나라 때부터 위魏·진晉·모용연慕容燕 때에 이르기까지 모두 중국의 군현이었다가(이는 곧 중국과 우리나라 역사서에서 볼 수 있다 ― 원주), 후한 말에 고구려 소유가 되었다. 대개 고구려가 번성하였던 시기에는 요하 너머까지 경계가 되었으니, 곧 지금 요심遼瀋·금복金復·해개海蓋가 모두 고구려 영토였다(이는 중국 지리지에서 자세히 검토해볼 수 있다. ○『일통지』에 요동은 수隋나라 초기에 이르기까지 고구려에 점거된 상태였다. 그러나 일찍이 우리나라 역사서와 여러 서적들을 검토해보면 수나라 초기 이전에 이미 고구려에 속하게 된 상태였다. 다시『후주서後周書』의 언급을 검토해보면 다음과 같다. '고구려 시조는 주몽이다. 그의 후예 연璉에 이르러서야 후위後

魏와 통사通使하기 시작했다. 그 영토는 동쪽으로는 신라에 이르렀고, 서쪽으로는 요수를 넘었으며 남쪽으로 백제에 접했고, 북쪽으로 말갈과 이웃했다. 평양성을 도읍으로 하여 남쪽으로 패수에 임하였고, 또 국내성과 한성에 별도에 도읍을 두었다. 요동과 현도 등 수십 성을 수복하고 각각 관리를 두어 서로 통섭하였다.' 이를 보면 후위 때 요동과 현도가 고구려 영토에 들어갔다는 것이 분명하다 ─ 원주).

낙랑樂浪

혹자가 또 지금의 영평부永平府 또한 일찍이 낙랑이라고 칭해지던 때가 있었다고 하니 진晉나라 당시 낙랑군은 아마도 이것을 가리키는 것으로 생각된다. 그러나 『진서晉書·지志』 낙랑군樂浪郡 조 본주에 이미 '한나라 때 설치'한 것으로 기술되어 있으니(진秦나라 때 설치된 것에 대해서는 '진나라 때 설치'라고 기술되어 있는데 다른 것들도 모두 이와 같다 ─ 원주), 그 배속된 여러 현은 모두 『한서·지』 낙랑군 조에 속현으로 기록되어 있고, 현도와 요동 등 군은 모두 한나라의 옛 영토로 명시하고, 그 위아래에 한·위·진의 연혁에 대해 매우 분명히 기록해두었다. 하물며 지금 영평부에 대해서는 『대명일통지大明一統志』에서 북연北燕 때 비로소 낙랑군이 되었다고 기록하고 있고, 『진서晉書』『당서唐書』『통전通典』『통고通考』 등의 서적을 두루 상고해보면 영평과 그 주변 지방까지 모두 낙랑이라는 글자가 없으니 더욱 의심할 바가 없다. 북연 이전의 여러 서적들에도 '낙랑'이라는 글자가 없을 뿐 아니라 북연 이후에도 낙랑에 대해 언급한 것이 하나도 없으니, 『일통지』에서 말한 북연 때 낙랑군이 되었다라고 하는 것도 어떤 사료에 근거한 것인지 알 수 없다(『일통지』에서 지금 보정부保定府 만성현滿城縣에 대해서 후위 때 낙랑군에 배속되었다고 기록하였지만 그 이전 역사서에서는 보이지 않는 것이 또한 이와 같다 ─ 원주).

삼국의 정립

근세 오운吳澐이 지은 『동사찬요』에 "한나라 때 4군郡을 나누고 2부府를 운영한 기간이 70여년이다"라고 하였으니, 아마도 주몽朱蒙이 나라를 건국한 것은 한나라 원제元帝 건소建昭 2년이라고 판단했기 때문일 것이다. 한나라 무제武帝 원봉元封 3년부터 건소 2년까지로 계산한 것이다. 우리나라 사람들은 대개 동국의 역사에 무지하여 스스로 이미 이렇게 무지한 상태에서 억측한다. 그 때문에 매번 삼국이 처음 건국하자마자 곧 세발솥의 형세를 갖추었다고 생각하는데 『동국사략』의 사론史論에서도 역시 이렇게 생각하였다. 그 실제를 판단해보면 그렇지 않다. 고구려가 처음 건국했을 때에는 국세가 아주 미약해서 현도군에 속해 있었는데 이는 그 당시 건주建州·홀온忽溫 등이 요동군사遼東郡司에 속해 있던 상황과 비슷하다. 이와 같은 상태를 수백년간 유지하면서 점차 인근 작은 나라들을 병탄하고, 낙랑·현도 같은 군을 점거하여 병탄한 이후에 강대국이 될 수 있었다. 신라와 백제도 점차 인근 소국小國들을 병탄한 뒤에 강대해졌고, 그런 뒤에야 세발솥의 형세를 이루게 된 것이다. 우리나라 역사를 보는 이들은 반드시 이런 점을 알지 않으면 안 된다.

사군의 소재지

사군의 소재지는 기록에 모두 분명한 근거가 있는데, 오직 진번眞蕃·조선은 관리를 두고 요새를 축조했다.[14] 주에 진번 또한 동이東夷로 연燕과 서로 인접해 있다고 했으니, 이른바 삽현霅縣[15]은 응당 지금의 요동遼東 경내에 있었을 것이다(또한 응소應劭[16]가 이르기를 '현도玄菟는 본래 진번국이

---

14 『사기(史記)』 권115, 「조선열전(朝鮮列傳)」에 나옴.
15 삽현(霅縣): 진번(眞番)에 속한 고을 이름.

다'라고 했는데 옮겨간 요하 경내의 현도를 이른 것이다 — 원주).

졸본천卒本川

졸본천은 『동국여지승람』에서 지금의 성천부成川府로 보았고, 세상에 전하는 말도 그러하다. 그런데 김부식의 설은 『통전通典』에서 주몽이 한나라 건소建昭 2년(기원전 37)에 북부여北扶餘로부터 동남쪽으로 보술수普述水를 건너 홀승골성紇升骨城에 이르러 자리를 잡고 '구려句麗'라 일컫고 '고高'로 성씨로 삼았다"[17]라고 하였다(지금 『통전』을 살펴보건대, "주몽이 부여를 버리고 동남쪽으로 내려와 보술수를 건너 홀승골성에 이르러 마침내 자리를 잡고, '구려'라 일컫고 '고'를 성씨로 삼았다고 했다. 한무제漢武帝가 조선을 멸함에 미쳐서 고구려로 현縣을 삼고 현도군의 속현이 되게 했다"라고 하였는데, 한나라 건소 2년이라는 자구는 보이지 않으니 김부식이 집어넣은 것으로 생각된다 — 원주).

『고기』에 이르기를 "주몽이 부여로부터 어려움을 피하여 졸본에 이르렀다"라고 한즉, 홀승골성과 졸본은 같은 곳인 듯하다. 『한서·지리지』와 『후한서·지리지』에 이르기를, "요동군遼東郡은 낙양洛陽에서 동북방으로 3600리이며,[18] 속현屬縣으로 무려無閭가 있다"[19]라고 했는데, 곧 『주례周禮』에 나오는 북진北鎮의 의무려산醫巫閭山이다. 요遼나라가 의무려산 아래로 의주醫州를 설치했으니, 현도군은 낙양 동북방으로부터 거리가 사천리이며, 3개 현이 속해 있다. 고구려는 그 가운데 한 군으로,

---

16 응소(應劭): ?~204. 동한(東漢)의 학자. 자(字)는 중원(仲瑗). 『후한서』의 「응소전(應劭傳)」이 실려 있으며, 저술로 『한서집해(漢書集解)』 『풍속통의(風俗通義)』 등이 있다.
17 『삼국사기』 권37, 「잡지(雜志)」 제6에 나옴.
18 『후한서·지(志)』 제23, 「군국(郡國)」에 나옴.
19 『한서』 권28, 「지리지」에 나옴.

이른바 주몽이 도읍을 정한 홀승골성·졸본이 그곳이다. 대개 한나라 현도군의 경계로 요나라 동경東京[20]의 서쪽이다. 『한서·지리지』에서 이른바 현도의 속현으로 고구려라는 것이 이것이다. 옛날 요나라가 아직 망하지 않았을 적에, 우리나라 사람들이 요나라에 사신으로 연경燕京[21]에 들어갈 때에 동경을 지나 요하遼河를 건너서 하루 이틀 길을 가서 의주醫州에 이르러 연계燕薊지역으로 향해 간다고 했으니, 그것이 맞음을 알 수 있다(이상은 모두 김부식의 설이다[22] — 원주).

지금 살펴보건대 『전한서前漢書·지리지』, 『후한서·지』 및 『북사北史』 『통전通典』에 실린 고구려의 기사는 그 시작이 한무제漢武帝 이전이었음이 분명한데, 『삼국사기·본기本紀』에는 고구려의 기원을 한원제漢元帝 건소建昭 2년이라고 잡았으니, 이는 매우 의심스럽다. 김부식은 이미 주몽이 일어난 것이 한원제 때라고 하였는데, 그 도읍을 정한 곳은 한무제가 두었던 고구려현에 해당한다고 하니, 또한 무슨 말인지 알지 못하겠다. 또 요遼나라 때 동경東京은 곧 지금 요동의 도사성都司城이다(『대명일통지大明一統志』에서 상고해볼 수 있으니, 요나라 때의 의주醫州는 지금의 광녕부廣寧府이다 — 원주).

『한서·지리지』『후한서·지』에 "요동군은 낙양洛陽에서 동북방으로 3600리 거리라 했고, 현도군은 낙양에서 동북방으로 사천리 거리라 했는데, 고구려현高句麗縣은 현도에 속한다"했고, 또 이르기를 "고구려의 현에는 요산遼山이 있어 요수遼水가 나온다"했다. 그 주에 "요산은 소요수小遼水가 나오는 곳이요, 서남으로 요대현遼隊縣에 이르러 대요수大遼

20 요(遼)나라 동경(東京): 지금의 요양(遼陽).
21 연경(燕京): 지금의 북경으로 요나라 때에 남경이었다.
22 『삼국사기』권37,「잡지」제6.

水로 들어간다"라고 하였다[23](이 말은 『전한서』와 『후한서』의 지리지에 모두 나와 있는데, 그 주는 『전한서』에 더욱 자세하다 — 원주).

『당서唐書·고구려전高句麗傳』에서 또한 이르기를 "소요수小遼水는 요산遼山에서 나와 서쪽으로 가서 남쪽으로 흐른다"[24]라고 했다. 『대명일통지大明一統志』에서는 "소요수는 일명 혼하渾河로, 변방 밖의 서남에서 나와 흘러 심양위瀋陽衛에 이르러 사하沙河와 합류하며, 또 서남으로 요동遼東의 도사성都司城에 이르러, 서북으로 태자하太子河와 합류한다"[25]라고 하였다. 또 대요수大遼水와 만나서 바다로 들어간다. 그런즉 『한서·지리지』에 이른바 고구려의 현이란 응당 요동의 동북 땅에 있다는 말이 된다. 김부식은 요동의 서쪽에 있다고 여겼으니 아마도 모두 오류인 듯 싶다(김부식이 본기에서 논한 평양·삼한 등 학설 또한 모호하고 분명치 않은 것이 많다 — 원주).

졸본卒本이 지금의 성천成川인지에 대해서는, 『삼국사기·지리지』에 지금 관서 일대의 군현들이 모두 누락된 상태여서 상고할 수 없다. 그런데 졸본과 비류국沸流國은 다 한곳으로, 비류수沸流水 가에 있었다는 것은 본기에 이미 분명하게 설명되어 있다.[26] 『고려사·지리지』에는 "성천은 본디 비류왕 송양松讓의 옛 도읍이어서 송양松壤이라 부르기도 했다.

---

23 이 부분은 『한서』와 『후한서』에서 인용한 것이 섞여 있는데, 구분해보면 다음과 같다. 『한서』 권28, 「지리지」: "고구려현(高句麗縣)은 현도(玄菟)에 속한다." "고구려현(高句麗縣)에는 요산(遼山)이 있어 요수(遼水)가 나온다." "서남으로 요대현(遼隊縣)에 이르러 대요수(大遼水)로 들어간다." 『후한서』 제23, 「군국」: "요동군(遼東郡)은 낙양(洛陽)에서 동북방으로 3600리 거리" "현도군(玄菟郡)은 낙양(洛陽)에서 동북방으로 사천리 거리" "요산(遼山)은 소요수(小遼水)가 나오는 곳."
24 『신당서(新唐書)』 권220, 「동이(東夷)·고려(高麗)」
25 『대명일통지(大明一統志)』 권25.
26 『삼국사기』 권13, 「고구려본기」.

이는 고려 성종成宗이 비정한 것이다"[27]라고 했는데, 성종은 곧 고려 초기의 임금이다. 고려 초부터 이미 성천을 비류라 한 것을 볼 수 있다. 김부식은 중엽 이후의 사람이므로, 그의 기록은 준거로 삼을 수 없으니 성천이 옛날 졸본인 것은 의심할 여지가 없다.

또한 본사本史를 반복해서 검토해보건대, 동명왕 주몽은 북부여로부터 남쪽으로 내려와 졸본에 이르고 다시 비류수 가에 이르렀다. 다음해 비류왕 송양은 나라를 바치고 항복했다. 또 동명왕 6년에는 태백산太伯山 남쪽의 행인국行人國을 멸하고 군읍으로 삼았다. 태백산은 지금의 영변부寧邊府에 있다. 동명왕이 졸하여 용산龍山에 장사 지냈는데, 용산은 지금 평양 중화의 경계에 있다.

유리왕이 졸본으로부터 국내성으로 천도한 후로, 태자인 해명解明이 고도故都에 있으면서 그 이웃의 황룡국黃龍國과 힘을 겨루다가 죽었다고 하는데, 그 황룡국은 곧 지금의 용강현龍岡縣이다. 이를 근거해서 보건대, 주몽이 도읍으로 정한 졸본천이란 곳은 응당 요동遼東의 지역에 있지 않다. 그런즉 지금의 성천은 더욱 의심할 것이 없다. 『한서·지리지』에서 이른바 현도의 속현이라고 한 고구려는 혹시 주몽 이전의 고구려가 아닐까?(만약 주몽이 일어난 것이 한무제 이전인데 소위 고구려현이 곧 고高씨의 도읍이라면, 고高씨가 졸본을 도읍 삼아 40년 정도 있다가 국내성으로 도읍을 옮긴 것이다. 응당 국내성 등지를 가리키는 것 같다. 그러나 『한서·지리지』에 무릇 현의 이름을 먼저 쓴 것은 군이 다스리는 곳이기 때문이다. 현도군이 고구려현보다 먼저 적혀 있는 것은 고구려현이 현도군과 한곳에 있기 때문이다. 『후한서』에서 비록 "고구려를 현으로 삼았다"라고 하였으나, 『삼국지』에 다시 "고구려는 한나라 때에 고취악鼓吹樂과 예인을 내려 주어서 늘 현도군에 따르게 하고 조복朝服과 의책衣幘을 받았으며, 고구려가 그 명적名籍

27 『고려사』 권58, 「지리」 3.

을 주관하도록 했는데, 후에 점점 교만하고 방자해져 다시는 군郡에 나아가지 않았다"[28]라고 했다. 그런즉 고구려가 도읍으로 삼은 바는 현도군의 고구려현과는 각기 구별이 있다 ― 원주).

평양

고구려 도읍인 평양은 『삼국사기·고구려지지高句麗地志』에 "장수왕長壽王 15년에 국내성國內城으로부터 평양으로 도읍을 옮겼다"[29]라고 나와 있다. 그 「본기本紀」에는 산상왕山上王 13년에 국내성으로부터 환도성으로 도읍을 옮겼다 했고, 동천왕東川王 21년에는 평양으로 옮겼다 했으며, 고국원왕故國原王 12년에 다시 환도성으로 옮겼고 14년에는 도로 평양 동황성東黃城으로 옮겼다고 했다. 그리고 장수왕 15년에 다시 평양성을 도읍으로 삼았다고 나와 있다. 이 두 계통의 기록이 서로 어긋나는데 어느 쪽이 옳은지 알 수 없다.

살피건대 두우杜佑의 『통전通典』에 "고구려는 동진東晉 이후로 평양성에 도읍을 정했는데, 장안성長安城이라고도 한다"[30]라고 하였다. 또 『원사元史·지리지』에 "고구려의 평양성은 장안성이라고도 부르는데, 한漢나라 때 낙랑군이다. 동진의 의희義熙 이래 고구려왕 고련高璉이(살피건대 고련은 장수왕의 성명이다 ― 원주) 비로소 평양성에 자리 잡았다고[31] 나와 있다. 『대명일통지大明一統志』에도 "평양은 곧 낙랑군樂浪郡의 치소인데 동진 의희 후에 그 나라 왕 고련이 비로소 이 성에 자리를 잡았다"[32]라

28 『삼국지』 권30, 「고구려」.
29 『삼국사기』 권37, 「잡지」 제6.
30 『통전』 권186, 「변방(邊防)」.
31 『원사』 권59, 「지」 제11.
32 『대명일통지』 권89, 「외이(外夷)」.

고 나와 있다. 그렇다면 장수왕이 비로소 평양에 도읍을 정했다 한 것은 옳은 것 같다. 그러나 산상왕으로부터 장수왕에 이르는 그 사이 11왕 200여년 중 「본기本紀」에 기록된바, 위나라 관구검毌丘儉과 연나라 모용씨慕容氏가 서로 싸워 환도성을 무너뜨린 등의 사적은 위魏·진晉의 여러 역사서와도 부합한다. 국내성에서 환도성으로 옮기고 환도성에서 평양으로 옮겼으니, 평양은 매우 분명하다. 장수왕이 국내성에서 평양으로 옮겼다고 한 것은 아마도 오류가 있는 것이다. 또한 장수왕 이전의 「본기」에서 평양에 있을 때의 사적이 많이 보이니, 고구려가 평양을 얻은 것은 이미 장수왕 이전의 일이었다(고구려가 평양을 얻은 것은 영가永嘉, 307~313 말년이니, 의희 연간까지는 벌써 여러해이다 — 원주). 어찌 한군데 있지 않고 천도를 여러번 하다가 장수왕에 이르러 수도를 정한 것이겠는가?

고구려의 영토

한수 이북과 요하 이동은 모두 고구려의 땅이었다. 당고종이 고구려를 멸망시키고 그 땅을 나누어 9도독부로 정하고, 안동도호부를 평양에 두어 총괄하였다. 대개 그 지역은 또한 한수에서 요하에 이른다. 도호부는 바로 이어서 요동으로 옮겼기 때문에 이 땅을 잃어버린 것이다(당 총장總章 원년(668)에 고구려를 멸망시키고, 평양에 안동도호부를 두어 설인귀薛仁貴로 안동도호부 총병總兵을 삼아 지키도록 했다. 다음해 고구려 민호民戶 3만을 강회江淮와 산남山南[33]으로 옮겼으며, 고구려 대형大兄 검모잠劍牟岑이 유민들을 수습하여 고구려의 부흥을 도모하였다. 이에 고간高侃에게 조칙을 내려 공격하도록 했다. 상원上元 2년(675)에 도호부를 요동주遼東州로 옮겼다. 그리하여 평양성은 누차 파괴되어 군사를

---

33 산남(山南): 일반적으로 중국의 섬서성에 있는 태화산(太華山), 즉 화산(華山)과 종남산(終南山) 두 산의 남쪽 지역을 일컫는 말이다.

둘 수 없었다. 의봉儀鳳 2년(677)에 도호부를 다시 요동의 신성新城으로 옮겼다가 오래지 않아 또다시 평주平州[34] 요서遼西로 옮겨 이로 인해 폐지되었다. 대개 총장 원년(668)으로부터 상원 2년(675)까지는 겨우 8년 동안이고, 의봉 2년(677)에 이르기까지는 10년이 된다 ― 원주).

『삼국사기』에 "고구려가 당에게 멸망당한 후, 그 땅은 발해말갈에 많이 들어갔다(발해는 본래 말갈과 별개인데, 말갈의 종류가 하나가 아니므로 발해를 발해말갈로 칭한 것이다 ― 원주). 신라 또한 그 남쪽 지역을 얻어 한주漢州·삭주朔州·명주溟州를 두었다"[35]라고 나와 있다. 신라와 발해가 차지한 지역의 경계가 어떻게 되는지 알 수 없다. 『삼국사기·지리지』에 고구려 군현은 지금 평안도의 대동강 이남과 함경도의 영흥 이남에 그치고, 그 밖에는 모두 빠져서 실려 있지 않다.

대개 김부식이 역사를 편찬할 때 고구려의 도적圖籍은 전혀 남아 있는 것이 없었으며, 다만 신라의 도적에 의거해서 삼국지지三國地志를 만든 것이었다. 그래서 신라가 얻은 지역을 제외하고는 상고할 수가 없었다. 그렇지만 기왕에 그 지역이 발해에 들어간 것이 많다고 했으니, 고구려의 도적이 전하는 것이 없다 하더라도 발해의 도적은 의당 고증할 수 있었을 것이다. 그런데도 김부식은 구해서 볼 수 없었던가? 김부식이 비록 그렇다 해도, 정인지鄭麟趾가 『고려사·지리지』를 편찬할 당시 실상을 조사하여 논할 수 있었을 텐데, 또한 김부식이 서술했던 데 그치고 널리 고증할 방도는 알지 못했던 것이다(평양 이서, 영흥 이북의 지역에 대해서는 김부식이 기왕에 누락하여 싣지 않았다. 고려에 이르러서는 수복한 대동강 서쪽 지역에서 압록강에 이르는 지역을 정인지가 비록 상고하여 고구려 시대의 지명을 싣지

---

34 평주(平州): 지금 중국의 하북성 지역에 있었던 지명으로 추정됨.
35 『삼국사기』 권37, 「잡지」 제6.

못했으나, 응당 옛날의 사실을 고증하여 그렇게 된 연고를 밝혀야 할 것이다. 그런데 역시 이런 데 대해서는 하나도 논하지 않고 다 빠뜨렸다. 그래서 고구려 때의 군현이 원래 여기에 그치게 된 것으로 보인다 ─ 원주).

발해의 전체 역사는 지금 다시 볼 수 없지만,『당서唐書』에 실린 내용 및 『요사遼史』『금사金史』『원사元史』의 「지志」와 아울러 『삼국사기』『고려사』를 서로 비교하여 고증해보면, 고구려가 멸망당한 이후로 평양 서쪽과 영흥 북쪽의 땅이 발해로 들어갔다. 발해가 망함에 이르러 여진女眞이 점거하게 되었고, 고려에 이르러서는 압록강까지 수복을 했다. 철령 이북 지역은 우리 조선에 이르러 비로소 두만강까지 수복하게 되었다(발해는 본래 말갈 속말부粟末部로 일찍이 고구려에 속해 있었다. 고구려가 망함에 읍루挹婁의 동모산東牟山(지금 심양瀋陽 동쪽 20리에 있다)을 보유했다가 당 선천先天 이후로 요동에 나라를 건립하고 나라 이름을 발해로 바꾸어 10여대를 전했다. 여진은 본래 말갈 흑수부黑水部로 발해가 강성했을 때에 거기에 복속하게 되었다. 그러다가 발해가 쇠약해지자 거란의 공격을 받아 동북東北 지경을 차지하고 칭호를 여진이라 고쳐 부르고, 그 부락들이 여기저기 흩어져서 동東·북北·생生·숙熟의 호칭이 있게 되었다. 그 후로 거족의 요遼에 복속되었다가, 아구타阿骨打가 숙여진熟女眞에서 일어나 비로소 강대해져 요를 멸망시키고 스스로 금金이라고 일컬었다. 여러 역사서를 상고해보면 상세히 알수 있다. 서희徐熙가 "거란의 동경으로부터 우리 안북부安北府[36]에 이르기까지 모두 생여진生女眞이 차지했는데, 광종光宗이 그곳을 취하여 가주嘉州와 송성松城에 성을 축조했다"[37]라고 했다. 고려 숙종肅宗 때 「윤관전尹瓘傳」에 "동여진東女眞을 쳐서 9성城을 설치했다"[38]라고 나와 있는데, 대개 고려 이후로는 여진女眞이 이미 그곳을 차지하고 있기

---

36 안북부(安北府): 고려 때인 931년 영주(寧州, 지금의 평안남도 안주)에 설치했던 것으로, 1018년에는 안북대도호부로 승격됨.

37 『고려사』 권94, 「서희열전(徐熙列傳)」.

38 『고려사』 권96, 「윤관열전(尹瓘列傳)」.

때문에 그렇게 말한 것이다 — 원주). 지금 여러 역사서에서 언급한 바를 대략 들어서 상고하는 데 표준을 삼고자 한다.

『당서·고구려전』에, "안동도호부安東都護府가 요동의 신성新城으로 옮겨간 뒤에 고구려의 구舊성들이 더러 신라로 들어갔다. 유민들은 돌궐突厥 말갈靺鞨로 흩어져 달아났다"라고 나와 있다(이는 고구려가 멸망할 때를 두고 한 말이다 — 원주).

『당서·신라전』에는, "신라가 백제의 땅을 취하고 마침내 고구려의 남쪽 경계까지 올라가 웅주熊州, 전주全州, 무주武州, 한주漢州, 삭주朔州, 명주溟州 등 고을[39]을 두었다"라고 나와 있다(웅주, 전주, 무주의 세 고을은 곧 백제의 땅인데 아울러 말한 것이다 — 원주).

『당서·발해전』에는, "발해는 땅이 사방 5000리로 부여, 옥저, 조선 등 여러 나라를 모두 얻었다"라고 나와 있다. 또 이르기를, "예濊·맥貊의 옛 땅을 동경용원부東京龍原府[40]로 삼았는데, 책성부柵城府라고도 했으며, 경주慶州, 염주鹽州, 목주穆州, 하주賀州의 네 고을을 거느렸다. 또 고구려의 옛 땅을 서경압록부西京鴨綠府로 삼았는데, 신주神州, 환주桓州, 풍주豊州, 정주正州의 네 고을을 거느렸다"고 나와 있다(살피건대, 발해에는 15부 62주가 있었으니, 이 두 부는 곧 15부 중의 2부이다. 지금『요사遼史·지리지地理志』를 상고해 보건대, "요나라의 개주開州는 본디 예·맥의 땅으로 고구려는 경주慶州라 했고 발해는 동경용원부라 했으며, 경주, 염주, 목주, 하주의 네 고을을 관장했다. 녹주綠州는 본디 고구려의 고국故國으로(환주桓州는 곧 환도성丸都城이므로 '고국'이라 한 것이다) 발해에

---

39 웅주는 지금의 공주, 전주는 지금의 전주이며, 무주는 광주, 한주는 서울, 삭주는 원주, 명주는 강릉에 해당한다.

40 동경용원부(東京龍原府): 발해의 동경(東京)인 용원부(龍原府)는 지금 러시아에 속한 연해주 지역으로 보는 설이 유력하다. 따라서 소속의 경주(慶州), 염주(鹽州), 목주(穆州), 하주(賀州) 또한 연해주 지역에 있었던 것으로 보아야 할 것 같다.

서 서경압록부로 일컬었고, 신주, 환주, 풍주, 정주의 네 고을을 관장했다"라고 나와 있다. 그 여덟 고을 및 속현, 폐현廢縣 등이 모두 나란히 실려 있다. 또한 상고해보건대『대명일통지·요동』에는『요사·지리지』에 실린바 동경도東京道 수십 주부州府에 대한 고찰이 거의 다 있는데, 오직 이 두 부는 보이지 않는다. 요동에서 보이지 않는다면 압록강 이동의 땅인 듯한데, 동국의 사적이 인멸되어 전하지 않으므로 이 지역은 지적하여 확정할 수 없다. ○살피건대『성경지盛京志』에, "봉황성鳳凰城은 곧 대씨大氏[41]의 동경용원부이다"라고 하였다 — 원주).

(개주開州는 뒤에『금사金史』를 살펴보건대, "금나라 태조太祖 원년에 요나라를 치고 황룡성黃龍城을 함락시켰으며 또 개주를 취하였다. 그리고 2년이 지나 개주에서 반란을 일으키나 살갈撒喝 등을 보내 토벌 평정하였다"고 나와 있다. 이는 당시 금태조가 처음 흥기하면서 북쪽 지방을 공략한 곳이니, 개주는 마땅히 요동의 북쪽 경계에 있었을 것이다. 후일에 다시 상고할 문제이다. ○고찰하건대 지금 건륭乾隆 연간의 신판『성경통지盛京通志』[42]에, "봉황성은 요나라 때의 개주 진국군鎭國軍이었으니, 요동 남쪽에 있다"라고 나와 있다 — 원주).

개마대산蓋馬大山

개마대산은 지금 어느 산인지 알 수 없다.『후한서』와『통전』에는, "동옥저는 고구려 개마대산 동쪽에 있다"고 나와 있으며, 고려 임언林彦의「구성기九城記」에는, "9성은 땅이 사방 300리로 동쪽은 바다에 이르

---

41 대씨(大氏): 발해의 시조인 대조영(大祚榮)을 가리킴. 여기서는 곧 발해를 뜻하는 말로 쓰였다.
42 성경통지(盛京通志): 1779년에 건륭제의 칙명으로 편찬된 지리지로, 성경盛京, 흥경興京, 동경東京 등 동북 지역 도시의 연혁과 청나라 조조와 태종이 전투에 승리하고 도읍을 정한 이야기 등이 실려 있다. 성경은 지금의 심양.

고 남쪽은 장주長州와 정주定州[43]에 접하며 서북쪽으로 개마산과 옥저의 사이에 있다"고 나와 있다. 9성은 지금의 함경도이며, 이른바 개마산은 지금 평안도 함경도 두 도의 경계 지역으로 큰 산맥이 뻗어나간 곳임은 의심의 여지가 없다.

『대명일통지』에 실린 조선 산천에서, "개마산은 평양성 서쪽에 있는데, 그 동쪽은 바로 옛 동옥저국이다"라 하였다(개마산은 고구려 경내에 있고 평양은 고구려의 옛 도읍이기 때문에 이렇게 말한 것이다. 그런데 '그 동쪽은 바로 옛 동옥저국이다'라고 한 것은 맞지만 '평양성에 있다'고 한 것은 잘못이니, 전하는 말이 틀린 것이다 — 원주). 『동국여지승람』에서는 이에 의거하여 개마산을 「평양부平壤府·고적古蹟」에 싣고 있으며, 아랫부분에 다시 『자치통감資治通鑑』을 인용하여 "수양제가 고구려를 칠 때에 좌 12군이 개마도蓋馬道 등으로 출정하여 압록강 서쪽에 모였다"라고 하였다. 또 임언의 「구성기」를 인용하여 그 지역을 억지로 맞추어 이 산이 압록강 바깥 서북쪽 경계에 있다고 비정하였으니, 오류가 아닌가 한다(『자치통감』에서 인용한 내용 또한 억지로 끼워맞춘 것이다 — 원주).

지금 『자치통감』을 살펴보건대, "수 양제가 고구려를 정벌할 적에 좌우 각각 12군으로 편성하여, 우문술宇文述은 부여도扶餘道로 출정하고 우중문于仲文은 낙랑도樂浪道로 출정하고 설세웅薛世雄은 옥저도沃沮道로 출정하였으며, □□□는 개마도蓋馬道로 출정했다.[44] 그 밖의 여러 군은 모두 출정하는 쪽의 도를 나누어 지원했다. 요하遼河를 건너온 것은

---

43 장주(長州)와 정주(定州): 함경남도 정평 지역.

44 '□□□'는 공란으로 되어 있다. 『자치통감』에는 해당 구절이 보이지 않는다. 다만 "좌둔위장군(左屯衛將軍) 신세웅(辛世雄)이 현도도(玄菟道)에서 나왔다"라는 구절이 있고 현도군 안에 개마대산(蓋馬大山)이 있다는 주석이 있어, 해당 공란이 '신세웅'일 가능성을 생각해볼 수 있다.

오직 9개 군이었으며 □□□[45]는 본래 요하를 건너지 않았다"라 하였다. '어떤 도를 통해서 출정했다'고 한 것은 여러 군軍으로 나누어 각기 해당 도로 나오도록 하였다는 것이지, 각기 그 도를 통과한 뒤에 압록강 서쪽에 집결한 것을 말한 것이 아니다(『수서·본기』와 여러 장수들의 「열전」을 상세히 살펴보면 더욱 분명히 알 수 있다 — 원주). 만약 『동국여지승람』의 설을 따라 본다면 낙랑도와 옥저 또한 압록강 서쪽에 있다고 할 수 있을 것이다. 또 고려의 9성은 곧 지금의 함경도 남쪽 지역인데(이에 대한 상세한 내용은 한서평韓西平[46]의 변론 및 『고려사高麗史』의 본문에서 상고할 수 있다 — 원주), 『동국여지승람』에서는 『자치통감』을 인용하여 개마산이 야인들 땅에 있다고 추정하였는데 아무래도 오류인 듯하다. 개마산은 두 도의 경계 지역에 있는 산맥이니, 지금 영원寧遠, 맹산孟山, 함흥咸興, 영흥永興 사이의 산맥임이 확실해 보인다.

남원부

지금 남원부는 정인지의 『고려사·지지』에 "본래 백제 고룡군古龍郡인데, 후한 건안建安 연간에 대방군帶方郡이 되었고, 조위曹魏 때에는 남대방군南帶方郡이 되었다. 신라가 백제를 병합함에 당고종이 유인궤劉仁軌에게 조칙을 내려 검교대방주자사檢校帶方州刺史로 삼았다. 신라 신문왕神文王 4년(684)에 소경小京을 설치했다"라고 나와 있다[47](『동국여지승람』에

---

45 이 대목이 공백으로 되어 있어 누구인지 알 수 없다. 문맥으로 미루어 당시 황제인 양제를 가리키는 듯하나, 분명치 않다.

46 한서평(韓西平): 한준겸(韓浚謙, 1557~1627)을 가리킨다. 인조의 장인으로서 서평부원군(西平府院君)이 되었다. 형 한백겸(韓百謙)과 함께 『동국지리지(東國地理志)』편찬에 참여하였다.

47 『고려사·지』 권11.

도 이 기록이 인용되어 있다 — 원주). 나는 일찍이 한강 이남 지역으로는 당나라 이전엔 중국이 공략한 사실이 없거늘 유독 남원 한 고을에 대해서만 한나라 헌제獻帝와 위나라 때 대방군으로 삼았다고 하였으니, 어디에 근거한 말인지 알 수 없다. 지금 『전한서』와 『후한서』의 「지리지」를 상고해보건대, "요동군과 낙랑군은 모두 유주幽州의 소관이다. 요동군의 속현屬縣으로는 무려無慮·안시安市·서안평西安平 등 18현이 있고, 낙랑군의 속현으로는 조선朝鮮·함자含資·대방帶方·둔유屯有 등 25현이 있다. 함자현에는 대수帶水가 있는데 서쪽으로 대방에 이르러 바다로 들어간다"라고 되어 있다.[48](『후한서·지리지』에는 위의 두 군에 속현이 대략 생략되거나 병칭되어 있는데, 모두 『전한서·지리지』의 구舊현이다 — 원주). 또 『후한서』에 "질제質帝와 환제桓帝 사이에 고구려가 다시 요동의 서안평을 침범하여 대방령帶方領을 살해하고 낙랑태수樂浪太守의 처자를 빼앗아갔다"라고 나와 있다.[49] 『삼국지』를 상고해보건대, "건안 연간에 공손도公孫度[50]가 둔유 이남의 거친 땅을 분할하여 대방군을 삼았다"라고 나와 있다.[51] 『진서晉書』를 상고해보건대, "대방군은 공손도가 설치했고, 위무제武帝가 제패하여 그대로 다시 군을 두었다"라고 나와 있다. 거기에 소속된 대방·함자 등 7현은 모두 한나라 낙랑군의 속현이었다(후한 말에 유주幽州를 고쳐서 평주平州라 한 까닭에 요동군, 낙랑군, 대방군은 모두 평주에서 거느리도록 한 것이다 — 원주). 그런즉 공손도와 위나라에서 설치했던 대방군은 한나라 낙랑군의 대방현 등을 군으로 분리해낸 것이다. 대방은 요동의 경계에서 멀지

---

48 『한서·지리지』 권8; 『후한서·지』 권23.
49 『후한서·동이열전』 75.
50 공손도(公孫度): 『삼국지·위서(魏書)』에는 '공손강(公孫康)'으로 되어 있다.
51 『삼국지·위서』 30.

않은 바닷가 지역이요, 지금의 남원이 아님은 분명하다(이에 대해서는 역사서의 지리지에 뚜렷이 나와 있기 때문에 굳이 변론할 필요가 없다. 대방은 필시 지금의 황해도, 평안도 지역일 터인데, 그곳이 어딘지 확정할 수는 없다. 그런데 저수량楮遂良이 당태종의 동정東征을 간하며 "요하를 건너 동쪽으로 가면 평지에 물이 넘쳐서 세척이 나오를 터이며, 대방과 현도 지역은 바닷가 땅이라 거칠고 늪지이니 결코 천자의 군대가 행군할 곳이 아닙니다"라고 했다. 이를 근거해보면 또한 대방과 요동 경계가 서로 연결되어 있고 멀리 떨어진 곳이 아님을 알 수 있다— 원주). 정인지는 이러한 사실을 살피지 못한 채 남원이 옛날에 대방이라 일컬어졌다는 이유로 평주平州 대방의 일을 남원에 잘못 덮어씌웠으니, 그 오류가 매우 심하다.

이는 『동국여지승람』에서 재령군載寧郡의 식성息城·중반重盤 등의 연혁을 안주安州에 잘못 붙여놓은 것[52]과 유사하다(지금의 재령군은 본래 고구려의 식성군으로, 신라 때는 중반군으로 고쳤고 고려 때는 안주라 고쳤으며 뒤에 재령이 되었다. 지금의 평안도 안주는 본래 고려 초기에는 팽원군彭原郡이었는데, 후에 안동부安東府를 설치하였고 뒤에 영주寧州가 되었다가 또 뒤에 안주가 되었다. 이 일은 『고려사·지리지』에 아주 분명하여 의심할 바가 없다. 그런데 『동국여지승람』에서 이 한가지 사안을 두 고을에 버젓이 중복해 기록하였으니, 대개 안주라는 이름 때문에 검토하지 못하고 오류를 범한 것이다— 원주).

살피건대 『북사北史』와 『주서周書』에 "백제는 본래 마한의 속국이며 부여의 별종인데, 그 선조가 대방의 옛 땅에 처음 나라를 세웠다"라고 나와 있다. 또 여러 역사서를 살펴보건대, 북제北齊 무평武平 연간에 백제왕 부여창扶餘昌을 봉하여 대방군공백제왕帶方郡公百濟王으로 삼았으며, 수나라 때에도 그렇게 하였다. 당나라 무덕武德 연간에 고조高祖가

---

52 『신증동국여지승람·황해도(黃海道)·재령군(載寧郡)』.

백제왕 부여장扶餘璋(곧 의자왕의 부친 — 원주)을 책봉하여 대방군왕백제왕으로 삼았다. 고종이 백제를 멸망시키고 난 뒤 다시 의자왕의 아들 부여융扶餘隆을 돌려보내 역시 대방군왕으로 삼았다. 이를 근거해보면 대방은 본래 북방 지역의 땅인데, 백제가 북방으로부터 남쪽으로 내려왔기 때문에 그 시작된 바에 따라서 백제에 따로 '대방'이라는 칭호를 더한 것이다. 유인궤劉仁軌는 백제의 옛 땅을 지킬 임무를 부여받았기 때문에 또한 대방주자사帶方州刺史가 된 것이며, 유인궤가 여기에 성을 쌓으면서 이 성의 명칭을 '대방'이라 한 것 역시 여기에서 비롯된 것이다. 이는 마치 지금의 부여현이 본래 부여국 땅과 남북으로 멀리 떨어져 있음에도 성왕聖王(백제왕의 시호 — 원주)이 도읍을 옮긴 뒤에 부여라는 이름을 그대로 쓴 것과 같다.

훗날 『구당서舊唐書·동이열전東夷列傳』을 다시 살펴보건대, 고종 현경顯慶 5년(660)에 백제를 평정하여 그 땅에 웅진熊津, 마한馬韓, 동명東明, 금련金蓮, 덕안德安의 다섯 도독부를 설치하고 아울러 대방주를 설치하였다가 인덕麟德(664~65) 이후에 폐지하였다고 하였으니,[53] 당고종이 처음 백제 땅을 대방주로 삼은 것이 과연 옳다.

이 밖에 선춘령先春嶺·공험진公嶮鎭[54] 등 지역에 대해서도 질정할 것이 많으나, 내용이 번거로워 다 거론하지 못합니다.

이상 의심스러워 확정하지 못하는 점들에 대해 살펴 가르쳐주시기를 바랍니다. 또 의심처에 대해서도 반드시 하나하나 고찰하고 분별하여 가르침을 내려주시기 바랍니다. 이는 비록 눈앞에 닥친 급한 일은 아

---

53 『구당서舊唐書·동이열전東夷列傳』149.
54 선춘령先春嶺 공험진公嶮鎭: 고려 예종 때 윤관尹瓘이 동북 9성을 개척한 뒤에 경계비를 세운 곳이다.

니로되, 동국 수천년 동안 한 사람도 분명하게 밝힌 자가 없었으니 매우 개탄스런 문제입니다. 이 점을 마음에 두고 상세히 살펴 합치된 논의를 얻게 되기를 기대합니다.

삼한설후어三韓說後語, 첨부해 올림
三韓說後語亦附呈

문: "삼한 땅이 이미 백제와 신라에게 점거당하여, 신라는 한나라 선제宣帝 오봉五鳳 연간(기원전 57~기원전 54)에 진한辰韓 지역에서 일어난 뒤 오래지 않아 변한弁韓을 병합하였다. 그리고 백제는 한성제成帝 홍가鴻嘉 연간(기원전 20~기원전 17)에 마한 지역에서 일어난 뒤 왕망王莽 때 마한을 습격해 멸하였다. 그런데 동한東漢 말과 위진魏晉 시대에 이르러서도 여전히 삼한이 존재하여 중국 측 기록에 보이는 것은 어째서인가?"

답: "신라와 백제는 비록 한나라 때 일어났지만, 초기에는 세력이 미미하여 아직 여러 소국들을 병합하지 못하였고 중국과 멀리 떨어져 있어 통교通交하지 못하였다. 특별히 중국과 우호를 맺게 된 것은 백제는 동진東晉 때부터, 신라는 부견苻堅 때부터이다. 때문에 백제와 신라가 일어난 뒤에도 중국 측 역사서에 매번 삼한으로 계속 칭한 것이다. 그러나 『후한서』에, '삼한은 모두 78국으로 백제는 그중의 한 나라이다'라 하였으니, 여기에서 또한 이미 백제가 일어났음을 알 수 있다. 후에 점점 강대함으로 이름을 알려져 중국과 국교를 맺게 되었기 때문에 『남사南史』와 『북사北史』에 백제와 신라는 있지만 삼한이라는 명칭은 없는 것이다 (『북사』에 또 이르기를, "신라는 그 선조가 본래 진한의 종족으로, '사노斯盧'라고도 한다. 진한은 모두 12국인데 신라는 그중의 한 나라이다"라 하였다. ― 원주)."

문: "중국 측 기록에 매번 백제를 먼저 쓰고 신라를 뒤에 쓴 것은 어째서인가?"

답: "백제와 신라는 초기에 세력이 모두 미미하였다. 그러나 백제는 신라에 비하면 좀더 강대하고 바다를 건너 중국과 소통하기도 유리했다. 반면 신라는 세력이 미약하였다. 지금의 영남 지역에는 신라가 일어난 뒤에도 가락駕洛·사벌沙伐 등 여러 소국들이 여전히 남아 있어, 수백 년이 지난 뒤에야 신라는 비로소 통일된 나라를 이룩할 수 있었다. 정해진 호칭도 없어 처음에는 '서야벌徐耶伐'이라 하였다가 '사로'라고도 했으며 '신라'라고도 하였다. 20대가 지난 뒤에야 비로소 '신라'라는 호칭을 정하였다. 이것이 신라가 매번 백제 다음에 기록되고 신라라는 명칭 또한 이전 시대에 적게 보이는 까닭이다.

김부식金富軾의 『삼국사기』가 신라를 위주로 서술된 것은, 신라가 백제와 고구려를 병합하였고 고려가 신라를 계승한 나라로서 찬술한 내용이 모두 신라의 남은 전적에서 비롯되었기 때문이다. 그러므로 김부식의 역사 서술이 신라에 대해서는 그런대로 모습을 갖추었으나, 백제에 대해서는 겨우 세대만 기록하고 빠진 부분이 많게 된 것이다. 이에 대한 예로 온조가 마한을 습격할 당시 형세로 볼 때 여러 소국들을 일시에 모두 차지할 수 없었을 것인데, 마치 일거에 이루어 전혀 다른 어려움이 없었던 것처럼 쓴 것[1]을 들 수 있다. 또 서술된 「지지地志」에서는 백제 5부의 위치를 찾아볼 길이 없고, 위례慰禮와 한산漢山 등의 고을 또한 백제의 옛 도읍으로 언급하지 않았다. 고구려의 경우에는 강대하고 이름이 알려지기도 백제에 비할 바가 아니었지만, 신라가 얻은 땅이 그

---

1 『삼국사기·백제본기』에 "겨울 10월, 왕이 사냥을 간다고 하면서 군사를 출동시켜 마한을 기습하였다. 마침내 마한의 국읍(國邑)을 병합하였는데, 원산(圓山)과 금현(錦峴) 두 성은 굳게 수비하고 항복하지 않았다"라 되어 있고, "27년 여름 4월, 원산과 금현 두 성이 항복하였다. 그곳 백성들을 한산 북쪽으로 이주시켰다. 마한이 마침내 멸망하였다"라고 되어 있어, 온조가 마한을 멸망시킨 사실이 소략하게 기재되어 있다.

남쪽 경계까지 이르렀고 패강浿江, 대동강 서쪽 지역이 타국의 손에 들어갔다. 고구려 때 문헌 또한 남아 있는 것이 없으므로 중국 측 기록을 참고하여 찬술하였으나, 이 역시 어지럽고 잘못된 부분이 더욱 많다. 그 밖에「지지」에서도 남쪽 경계에 대한 것 이외에는 전하는 것이 없다.˝

동명溟先선생에 대한 제문[1]

祭東溟先生文

병술년 4월 정축삭丁丑朔 13일 기축己丑에 문생 심제인心制人[2] 유형원은 삼가 맑은 술과 제수를 갖추어 자헌대부資憲大夫 호조판서 겸 홍문관 제학 세자좌부빈객世子左副賓客 동명선생의 영전에 제를 드리옵니다.

아, 선생께서 여기에 이르셨단 말입니까! 말씀을 잇지 못하고 소리는 전하지 못하게 되는 것입니까! 선인善人이 복록을 누리지 못하고 군자가 액운을 당하는 것입니까! 나라가 불행해지고 가문이 복록을 누리지 못하는 것입니까! 위로 쓸쓸하기 그지없으며 아래로 더없이 적막합니다. 믿기 어려운 것이 하늘이요, 이치는 실로 헤아릴 수 없다는 말입니까!

아! 슬프도다. 아! 슬프도다. 공경히 생각건대 선생께서는 하늘이 내신 준수한 인물로서 용모는 온화하고 마음은 엄정하셨습니다. 마음의 공부를 본으로 하고 정술政術로 세상을 구하며 주옥과 같은 문장으로 표현해내었으되, 도덕道德의 빛은 끝내 크게 펼치지 못하였습니다.

아, 선생이시여! 이제 그만입니다. 자상한 가르침 다시 들을 길이 없으며 훌륭한 위의威儀 다시 못 보게 되었습니다. 애통해하시는 고모님을 뵙기에 마음이 찢어지고, 귀여운 어린아이들 손을 붙들고 눈물만 떨굽니다.

---

1 동명선생은 반계의 고모부인 김세렴(金世濂, 1593~1646)이다. 그의 죽음을 애도하여 치제를 하며 올린 글로, 김세렴의 문집인 『동명집(東溟集)·부록』에 실려 있다.

2 심제인(心制人): 심상(心喪) 중인 사람을 뜻한다. 심상이란 예법상 상복을 입을 관계는 아니지만, 마음으로 깊이 애도하여 마치 복상하듯이 처신함을 이른다. 흔히 스승이나 벗의 상에 행하였다.

익상翊相은 태어남에 재주를 풍부히 받았으되 명命이 어찌 짧았단 말입니까!³ 부자지간의 지극한 슬픔, 과도해선 안 된다지만 가능한 일이었겠습니까? 병이 점점 위중해진 것은 이 때문이 아니었을까요. 아! 이제 그만입니다. 다시는 후일을 기약할 수 없게 되었습니다.

소자小子는 하늘의 보우를 잃어 어려서 부친의 가르침을 받지 못하였으니, 선생의 깨우침에 힘입고 선생에 의지하여 장성하게 되었습니다. 은혜는 깊고 의리도 돈독하니, 실로 천륜天倫인 듯하였습니다. 무릇 세월이 오래 흘러가도 헤어지지 않고 늘 영구히 보존하여 우러르며 의지하리라 여겼는데, 지금처럼 갑자기 떠나게 되실 줄 누가 알았겠습니까.

아! 옛사람의 말에 '평소에 언어가 성급하고 얼굴이 붉어지는 일이 없다'⁴ 하는데 선생에게서 이를 찾아볼 수 있고, '남의 착한 행실을 듣기 좋아하고 남의 잘못을 말하지 않는다'⁵ 했는데 선생에게서 볼 수 있으며, '아랫사람에게 엄하게 대하면서도 그들을 헐뜯지 않는다'⁶ 했는데 선생에게서 볼 수 있었습니다. 요즘 사람들은 집에서는 방탕하고 사치스럽게 굴면서 백성에게서 재물을 탐내며, 임금을 속이는 것으로 좋은 계획을 얻었다 여깁니다. 이런 자들이 세상에 가득합니다. 그러면서 날마다 부귀를 즐기고 장수를 누리며 자손이 앞에 가득하고 가문이

---

3 '익상(翊相)'은 김세렴의 장자 김익상(金翊相)을 말한다. 김익상은 김세렴이 세상을 떠나기 한해 전인 1645년(인조23) 병으로 인해 요절하였다.

4 『소학(小學)·선행(善行)』에, 송나라 여공저(呂公著, 1018~89)의 온화한 성품을 이와 같은 말로 표현한 바 있다.

5 군자의 훌륭한 인품을 거론할 때 자주 쓰는 표현이다. 주희의 「특주명이공묘지명(特奏名李公墓誌銘)」에, "남의 착한 행실을 듣기 좋아하고 그 나쁜 점을 감싸주고자 하였다"라고 한 대목이 보인다.

6 『소학·계고(稽古)』에, 공명선(公明宣)이 스승 증자(曾子)가 조정에 있을 적의 행동을 보고 이와 같이 묘사한 대목이 보인다.

날로 더욱 번창하니, 어찌하여 이러는 것입니까? 제가 어찌 하늘은 믿기 어렵고 이치를 헤아리기 어렵다고 생각하지 않을 수 있으리까!

선생께서는 조정에서 벼슬하실 적에 시종 빛나는 사업事業을 이룩하셨으니, 사관史官의 기록과 시장諡狀이 있습니다. 절의節義는 선비의 이목에 환히 드러나고 은혜와 사랑은 백성의 간담과 골수에 새겨져 있을 터이니, 어찌 이를 기다려 밝아지겠습니까?

묘소는 이미 정해져 영가靈駕가 장차 떠날 것이니, 유명幽明 간에 영결을 하게 됩니다. 이 어찌합니까! 받은 은혜를 만의 하나나마 갚을 길이 이후로 영영 없게 되었으니 애통해하는 마음 하늘에 뻗치고 눈물이 쏟아집니다. 주과酒果를 마련하여 정성과 공경을 다해 올리나니, 오오 애재라! 흠향하소서.

배흥립 행장
裵興立行狀

공은 휘는 흥립興立, 자 백기伯起이다. 성은 배裵씨로, 관향은 성산星山이며, 삼한벽상공신三韓壁上功臣 휘 실實이 시조이다.

이 뒤에 대대로 명경거공名卿鉅公이 배출되었으니, 휘 위준位俊은 중대광重大匡 벽상공신壁上功臣으로 시호는 인익仁益이며 판문하시랑判門下侍郎에 올랐다. 휘 양며良袂는 판전리判典理이며, 휘 원서元舒는 상서좌복야尙書左僕射, 휘 인경仁慶은 대광보국大匡輔國 흥안군興安君, 휘 문적文迪은 추밀원사樞密院事, 휘 용성用成은 추밀부사樞密副使이다.

우리 조선으로 들어와 휘 진손晉孫은 호가 아당我堂으로 판공조判工曹를 지냈으며 부인은 현감 장중화張仲和의 따님이다. 휘 규규奎規는 호가 화당花堂이며 대사간大司諫을 지냈는데, 양촌陽村 권근權近과 도의로써 사귀어 당시 사람들이 관서부자關西夫子라 일컬었다. 부인은 수원 김씨水原金氏이니 직제학直提學 승득承得의 따님이다. 휘 한閑은 좌사간左司諫을 지냈으며, 부인은 화순 최씨和順崔氏로 병조참의兵曹參議 원지元之의 따님인데, 공의 5대조이다. 벽상공신壁上功臣 이후로 10대를 연이어 높은 벼슬을 받아 명성과 공렬이 있었으며, 화당 부자는 이어 간원諫院에 들어 『동국여지승람』에 기록이 되었다.

5대조 좌사간공의 아우 휘 윤閏은 직제학을 지냈다. '부친 및 아우가 일찍이 이 직임을 거쳤고, 벽 위에 삼부자三父子의 이름을 쓴다'라는 좌사간공의 시구가 있었으니, 이 가문은 한 시대의 영화가 지금까지 일컬어지고 있다.

고조부 휘 윤순允詢은 성균진사成均進士로 부인은 개성 고씨開城高氏이며, 증조부 휘 석보碩輔는 참군參軍으로 통정대부通政大夫 형조참의刑曹參議에 증직되었고, 부인은 남평 문씨南平文氏 진사 규奎의 따님으로 숙부인淑夫人에 증직되었다. 조부 휘 국현國賢은 호가 성애星厓로 덕을 감추고 벼슬하지 않았는데, 가선대부嘉善大夫 형조참판刑曹參判 겸 동지의금부사同知義禁府事에 증직되었다. 첫 부인은 완산 이씨完山李氏로 연풍수連豊守의 따님이며, 두번째 부인은 양주 조씨楊州趙氏로 충순위忠順尉 세준世俊의 따님인데 호조판서戶曹判書 안효安孝의 증손녀이다. 두 분은 정부인貞夫人에 증직되었다. 부친 휘 인범仁範은 영산현감靈山縣監으로 숭정대부崇政大夫 의정부좌찬성議政府左贊成 겸 판의금부사判義禁府事에 증직되었고, 모친은 경주 김씨慶州金氏 참의 북일공北逸公 익한益漢의 따님으로 정경부인貞敬夫人으로 증직되었다. 3대에 걸쳐 추봉追封을 받은 것은 공이 귀하게 되었기 때문이었다.

부친은 효성과 우애가 독실하였으며 국량이 커서 누구도 감히 시비를 걸지 못하였으니 향리에서 장자로 존경을 받았다. 부인 김씨는 지극한 성품과 순수한 행실이 있어 부인의 도리에 모두 의법儀法을 준수했는데, 지아비가 돌아가매 호곡하며 곡기를 끊고 밤낮으로 상복을 벗지 않았다. 1년이 지나서 마침내 지아비를 따라 세상을 떠나셨으니 부인의 열행이 조정에 알려져 정려로 표창을 하였다. 이 사실이 『삼강행실도三綱行實圖』에 기록되어 있다.

공은 가정嘉靖 병오년(1546) 11월 7일에 태어났다. 공의 할머니 조씨 부인이 집을 짓는데 대장기가 뜰 가운데 세워져 있는 꿈을 꿨다. 공은 과연 태어나면서부터 빼어나 두각을 보였으며, 노는 것도 범상치 않았다. 조씨 부인은 자손들을 가르침에 매우 엄격하여 학문에 힘쓰기를 부지런히 하도록 하였던바, 일찍이 공에게 이르기를, "너는 비록 힘써 공부하지 않아도 다른 사람들 아래에 있지 않을 것이다"라고 하였다.

공의 나이 겨우 5~6세에 외조부 북일공北逸公의 문하에 나아가 수학하였는데, 문리文理를 이해하기 어려운 대목에 이르면 반드시 깊이 이해하고 난 다음에야 앞으로 나아가니 7~8년 사이에 통사通史와 경전經傳 가운데 외우지 못하는 것이 없었다. 병가兵家의 서적까지 한번 보면 터득하였다. 일찍이 말씀하시기를, "문무文武를 겸용하는 것은 장부의 본분이다"라고 하여, 북일공은 매양 큰 그릇이 될 것으로 기대하였다.

을축년(1565) 공의 나이 스물에 음직蔭職으로 감역監役에 제수되었고, 융경隆慶 임신년(1572)에 권무별시勸武別試에 등과하여 만력萬曆 계유년(1573)에 권지훈련원봉사權知訓鍊院奉事를 맡았으며, 갑술년(1574)에 선전관에 제수되었다.

을해년(1575) 부친상을 당했는데 모부인이 법도에 지나칠 정도로 애통해하여 옷을 빨지도 않고 빗질도 하지 않아, 이가 들끓어 가려움증이 온몸에 퍼졌다. 공이 심히 걱정을 한 나머지 어머니의 머리에 기름을 바르고 옷을 손수 빨고, 이를 잡아 가려운 증세를 완화시켰다. 모친의 병을 간호하느라 띠를 풀 겨를이 없었으며, 약은 반드시 먼저 맛보았고, 설사한 것까지 몰래 맛보아 증험하였다.

정축년(1577) 모친상을 당했을 때는 울부짖고 슬퍼하는 가운데 어린 아우가 몸을 보전하기 어려울까 염려하여 항시 보살피며 거처와 음식을 반드시 함께하였다. 이 이전에 찬성공이 노비와 전택을 공에게 모두 주었는데, 아우가 태어나 똑같이 나누어주기를 간청했으나 돌아가실 때까지 허락을 받지 못했다. 어머니의 병환이 위급해졌을 때도 간청을 하였으나 역시 허락을 받지 못하고 돌아가시니, 그 문서를 광중壙中에 넣어드렸다. 수우守愚 최영경崔永慶과 일송一松 심희수沈喜壽 두분이 그 말을 듣고 찬탄하기를 마지않았다.

아우가 장가들어 분가할 때 노비는 젊은 자를 주었고 논밭도 기름지고 좋은 것을 내어주며, "나는 본래 국가의 녹을 받지만 너는 이것이 아니면 살아갈 수 없지 않느냐"라고 말했다. 당시 사람들이 이 말을 듣고 다들 탄복하였다.

신사년(1581)에는 좌부장左部將에 임명되었고, 계미년(1583)에 도순찰都巡察 정언신鄭彦信을 따라 북쪽 변방으로 가서 적을 물리치는데 선봉으로 나아가 적을 무찔렀다. 그 공으로 선략장군宣略將軍에 가자加資되었다. 갑신년(1584)에 사복시司僕寺 주부主簿로 옮겼고, 을유년(1585) 여름에 무장현감茂長縣監에 임명되었으나 병으로 부임하지 못했다. 7월에 또 결성현감結城縣監에 임명되어 정사를 엄정하고 밝게 하니 간악한 아전들이 두려워 조심하고 복종했다. 바뀌어 돌아오는 날에 짐이 간소했으니 노자만 남기고 모두 고을의 아전에게 넘겨준 것이었다. 기축년(1589)에 태복太僕에 임명되었고 6월에 흥양현감興陽縣監으로 나갔는데, 부임하자마자 봉급을 덜어 전함을 많이 만들고 매달 진陣을 훈련하며 병장기를 정비하고 성지城池를 수축했다. 사람들은 장차 큰일을 할 인물임을 알아볼 수 있었다.

임진년(1592) 4월에 왜적이 대거 바다를 건너 쳐들어왔다. 공이 수군을 거느리고 한산도閑山島로 나아가 통제사統制使 이순신李舜臣과 함께하여, 전후로 아홉번을 싸워 모두 대승을 거두었다. 옥포玉浦 싸움에서는 공이 전부장前部將으로 왜의 대선 두척을 쳐부수고 불태워서 온 바다에 연기가 일어 하늘을 뒤덮었다. 해안의 적도들이 숲속으로 숨어 기세가 완전히 꺾였다.

당포唐浦 싸움에서는 후부장後部將으로 왜선을 전부 깨부수어 불태우니 적들이 멀리서 바라보며 발을 동동 구르며 통곡을 했다. 견내량見乃梁 싸움에서는 후부장으로 왜의 대선 한척을 바다에서 완전히 나포하여 8명을 참수하고 바다에 익사시킨 자가 많았다. 8월에 통정대부通政大夫의 품계가 더해졌으며 조방장助防將을 겸하였다.

계사년(1593) 봄에 또 일급의 전공으로 가선대부嘉善大夫의 품계가 더해졌고, 전라도순찰사全羅道巡察使 권율權慄을 따라 행주산성의 대첩을 이끌어냈으니 여기에 공의 힘이 지대했다. 당시 승군僧軍의 진영이 점차 퇴각하거늘 순찰사가 공으로 하여금 더욱 전투를 독려하게 하였다. 공이 칼날을 무릅쓰고 싸우는데 적의 탄환이 비처럼 쏟아져 공의 갑옷에 떨어져 갑옷이 부서져도 또한 흔들리지 않아 적이 마침내 물러났다.

가을에 적이 진주晉州에서 섬진강으로 올라옴에 연안의 여러 고을이 모두 창고를 불태우고 달아났다. 공이 홀로 군사를 끌어안고 동요하지 않으니 적은 경내에 들어오지 못했다.

갑오년(1594)에 자리를 옮겨 장흥부사長興府使를 맡았으며, 병신년(1596)에 바로 면직되어 전과 같이 조방장이 되었다. 정유년(1597)에는 전라도방어사全羅道防禦使에 임명되었는데, 공이 부임하자 수전水戰에 익숙하다고 통제사 원균元均이 장계를 올려 청하여 다시 조방장을 맡게 되었다. 칠천漆川의 전투에서 공이 화살과 돌이 전면으로 날아오는 것을 무릅쓰고 노 젓는 것을 재촉하여 싸웠는데, 얼마 있다가 뒤를 돌아보니 원균이 벌써 깃발을 숙이고 달아나는 것이었다. 이에 공이 가리포加里浦 첨사僉使 우수禹壽를 크게 불러 "어찌하여 천연히 물러난단 말인가?" 하고 자신이 타고 있던 배 한척만으로 나아가 싸우며 적을 막아 한 사람의 군사도 사로잡히지 않게 했다. 당시 장사들이 격분하여 모두 주먹을 불끈 쥐었다.

원균이 패하여 죽은 뒤, 조정에서 통제사 이순신이 무고를 당한 것을 알고 다시 옛 관직을 제수했다. 공은 흩어진 군사를 수습하여 즉시 통제사에게 나아갔다. 항상 부하들에게 경계하기를, 강한 적들을 가벼이 보지 말고 적의 형세를 살피라고 했다. 진도에서 적을 조우하여 승세를 타서 습격하여 참수하고 노획한 것이 아주 많았다. 무술년(1598)에 동지중추부사同知中樞府事를 지냈고, 기해년(1599)에 경상우도慶尙右道 수군절도사水軍節度使에 배수되었다. 경자년(1600)에 전라좌도全羅左道 수군절도사로 옮겨졌다가 신축년(1601)에 교체되어 돌아왔다. 임인년(1602)에 다시 동지중추부사에 제수되었다. 계묘년(1603) 4월에 오위도총부五衛都摠府 부총관副摠管으로 수지훈련원사守知訓鍊院事를 겸하였으며, 5월에는 공조참판工曹參判에 임명되었다. 갑진년(1604)에 충청수군절도사忠淸水軍節度使에 제수되었고, 을사년(1605)에 가의대부嘉義大夫의 품계가 더해졌고 경상우도 병마절도사兵馬節度使로 임명되었다. 정미년(1607) 정월에 다시 오위도총부 부총관이 되었으며, 2월에 함경남도방어사咸鏡南道防禦使 겸 영흥도호부사永興都護府使에 임명되었다. 무신년(1608) 2월에 바뀌어 돌아왔는데 8월에 병이 깊어져 10월 17일 신미일에 서울 집에서 돌아가시니 향년 63세였다. 경향의 친구들이 다들 애도하고 슬퍼하였다. 염습과 장사에 쓰일 물품을 가난하여 제대로 갖추지 못했다. 조문 온 이들이 탄식해 마지않았다.

임금께서 예관을 보내 치제致祭하고 이듬해 2월 25일에 여주의 품곡品谷 원적산元寂山 아래 신좌申坐에 장사를 지냈다. 임자년(1612) 10월에 김산金山(지금 경북 김천의 옛 이름)의 남쪽 대방大坊의 선영 자좌子坐로 이장하였다. 인조 때에 아들 시양時亮이 귀하게 되어 자헌대부資憲大夫 병조판서兵曹判書로 증직되었으며, 원종공신으로 숭정대부崇政大夫 의정부좌

찬성議政府左贊成 겸 판의금부사判義禁府事 오위도총부도총관五衛都摠府都
摠管 지훈련원사에 증직되었다.

광해조에 사림들이 공의 행적을 모아 조정에 알려 바야흐로 정려를
논하려 하였는데, 그때 이이첨李爾瞻이 공을 춘호春湖 유정승[1]의 무리라
하여 막았다. 우리 성상(현종)께서 충절과 효도를 포창함에 예관에게 명
해 옛 실상을 참작하여 널리 정표旌表할 의전을 거행하였는데, 공이 첫
번째로 꼽혔다. 이에 정려를 세우고 국사에 기록하여 향리에 빛나도록
하였다. 아아, 아름답도다!

공의 전부인은 청송 심씨靑松沈氏로 호군護軍 횡鉉의 따님이고 좌의정
통원通源의 손녀이다. 가정 기유년(1549) 12월 30일에 태어나 만력 갑신
년(1584) 12월 초6일에 돌아가시니 향년 36세였다. 이듬해 포천抱川 직
동直洞의 심정승 묘소 옆 신좌辛坐에 묻혔고 정경부인貞敬夫人에 추증되
었다. 규범이 뛰어났으며 서사書史에 능통하였다. 나이 13세에 공에게
시집와서 1남 2녀를 두었는데, 아들 시망時望은 선무랑宣務郎으로 공보
다 먼저 죽었고, 장녀는 사인士人 구성윤具誠胤에게 시집갔으며, 차녀는
완산군完山君 이숙李琡에게 시집갔다.

후부인 여산 송씨礪山宋氏는 군수郡守 계조繼祖의 따님이고 병사兵使
중기重器의 손녀이다. 가정 을유년(1565) 5월 20일에 태어나 숭정 을해
년(1635) 11월 30일에 돌아가셨으니, 공보다 28년 뒤이다. 향년 71세였
다. 이듬해 4월에 임시로 장사지냈다가 정축년(1637) 10월에 공의 산소
왼쪽에 합장하였다. 또한 정경부인으로 추증되었다. 여성의 법도를 한
결같이 준수하여 친척과 화목하고 손님 접대와 제사에 공경을 다하였

---

1 춘호(春湖) 유정승: 유영경(柳永慶)을 가리킴.

다. 전부인의 자녀들을 자신이 낳은 자식과 같이 하였다. 2남 1녀를 두었으니 장남 시준時俊은 장사랑將仕郎이며, 차남 시양時亮은 훈련도정訓鍊都으로 효우가 돈독하고 지극하며, 충의가 드러나 영국일등공신寧國一等功臣에 녹훈되었다. 딸은 참판參判 목장흠睦長欽에게 출가했다. 측실은 1남을 두었으니 이름은 시용時用이다.

시망時望은 무장공武壯公 신호申浩의 손녀에게 장가들어 2남을 낳았으니, 장남 명전命全은 현감이며 선행善行으로 이름났고, 차남 명순命純은 부사府使로 병자호란 때에 힘써 싸우다가 전사하였다. 시준時俊은 헌납 유성柳惺의 딸에게 장가들어 1남을 두었으니, 명신命新은 호군을 지냈다. 시양時亮은 사인 신응망辛應望의 딸에게 장가들어 1남 1녀를 낳았는데, 아드님 명호命虎는 일찍 죽고 딸은 현감 안집安緝에게 시집갔다.

명전命全은 전원군全原君 유열柳悅의 따님에게 장가들어 2남 3녀를 두었으니, 장남은 상유尙瑜이고 차남 상완尙琬은 일찍 돌아갔으니 효행으로 이름났으며, 사위는 이석길李碩吉·김천수金天燧·이당李糖이다. 명순命純은 도사 김엽金曄의 딸에게 장가들어 2남 2녀를 낳았으니, 장남 상경尙瓊은 일찍 죽었고, 차남 상형尙珩은 부사이며, 사위는 정시무鄭時武와 정로鄭轄이다. 명신命新은 판관 여훤呂煊의 딸에게 장가들어 3남 3녀를 두었으니, 아들은 상림尙琳·상욱尙頊·상린尙璘이고 사위는 김후金煦와 진사 김세준金世俊이며 셋째는 아직 어리다. 명호命虎는 현령 허로許輅의 딸에게 장가들어 2남을 낳았으니, 상구尙球와 상규尙珪이다.

상유는 3남 3녀를 낳았으니, 아들은 태래泰來·태형泰亨·태휘泰彙이며, 장녀는 나의 아들 하昰와 혼인하였고, 차녀는 정문흥鄭文興과 혼인했고 셋째는 어리다. 상완은 아들이 없어 태형을 후사로 삼아 2녀를 두었으니, 사위는 여이망呂以望과 군수 유문수柳文燧이다. 상경은 1남 2녀를 두었으니, 아드님은 태만泰晚이고 사위는 정문아鄭文雅이며, 차녀는 아직 어리다.

상형은 2남 3녀를 두었으니 아들은 태유泰綏와 태원泰元이고, 사위는 도사 김응서金應西와 김석융金錫隆, 정이주鄭以周이다.

상림은 3남 1녀를 두었으니 아들은 태우泰遇·태연泰然·태운泰運이며 사위는 홍처주洪處胄이다. 상욱尙頊은 2남 2녀를 두어 아들은 태일泰一과 태시泰始이며, 사위는 조술曺述이고 차녀는 어리다. 상린은 4녀를 두었는데 모두 아직 어리다.

상구는 2남 3녀를 두어 아들은 태조泰朝·태기泰期이며 사위는 참봉 어수만魚壽萬과 민숙閔淑이며 삼녀는 어리다. 상규는 1녀를 두었으며 사위는 허섬許暹이다.

구성윤은 2남 3녀를 두어 문규文虬와 문익文翼이며 사위는 진사 박유朴瑠와 권복형權復亨과 권수익權壽益이다. 이숙은 1남 3녀를 두어 군수 광필光弼이며 사위는 직장 남두명南斗明과 현감 류인柳璘과 도사 이정관李廷觀이다. 목장흠은 3남 1녀를 두어 현감 이선履善과 진사 순선順善과 승지 존선存善이며 사위는 참판 조형趙珩이다.

오호라, 공이 평소 사람들에게 알려진 것은 실로 우뚝하여 행한 일이 늘 명분에 앞섰다. 행실 한두가지만 열거할 수 없는데, 우선 뚜렷한 것을 취하여 논해보기로 한다. 집안에 거처할 때에는 어버이에게 효도하고 아우와 우애함이 모두 지성에서 나왔고, 선조를 받듦에 더욱 공경하여 비록 비복이라도 또한 정결하게 한 뒤에 제사를 지내는데 일을 보도록 하였다. 조정에서는 마음을 두어 임금을 생각하고 항상 말씀하기를, "녹을 받아먹었으면 환난을 피하지 않는 것[2]이 신하된 자의 도리이다"라고 하며 매양 절개를 지키고 의리에 죽으리라 마음먹었다. 남을 대할 때에는 가깝고 멀고, 귀하고 천한 사이에 차이를 두지 않고 한결같이 신의로써 대했다.

결성현감으로 있을 때 동쪽 성문 밖에 띠 집 하나를 세우고 자신이 「동포재기東圃齋記」를 지어 뜻을 이렇게 나타냈다.

"높이는 한길 남짓에 불과하고 넓이는 수십명을 수용할 정도이다. 7현금, 책 한상자, 매화와 국화 화분 하나씩을 갖추어 두니, 매우 소슬하다. 한가로운 중에 달리 보이는 것은 없고, 밭가는 이들만 동포東圃에 끊이지 않고 지나다닌다. 토질이 좋거나 나쁘거나 가리지 않고 모두 다 개간을 하여 채소나 과일을 심고 기장과 피의 종자도 뿌려 위로는 공가公家의 부역에 응하고 아래로 흉년의 기근을 면하였다. 노인을 노인으로 대접하고 어린이를 어린이로 키우며, 지아비를 지아비로 지어미는 지어미로 각기 도리를 다하여 평화롭게 화락한 풍속을 이루고 있다. 상고시대의 밭을 갈고 가꾸는 즐거움을 다시 오늘날에 보게 된 것이다. 내가 나의 집으로 '동포'의 즐거움을 다하고 이로써 내 마음의 즐거움을 삼고 있으니 이 즐거움은 어느 때에 다하겠는가?"

홍양현감 때에는 대전란 후에 남쪽에 떨어져 돌아가지 못하는 사람들에게 모두 녹봉을 나누어 구휼하고, "이들도 우리나라의 백성이다. 사사로운 정 때문에 이러는 것이 아니다"라고 말했다. 이에 힘입어 연명하게 된 사람의 수효가 헤아리기 어려울 지경이었다. 군졸들을 대하기를 친구처럼 하고 성내지 않아도 위엄이 서서 모두의 마음을 기쁘게 하였다. 병졸 중에 죽은 이가 있으면 관포官布로 염을 해주고 관마官馬로 실어 고향으로 돌아가게 했다. 이에 모두들 그를 위해 쓰임이 되기를 원했고, 싸움터에 나아가서는 반드시 사력을 다해 싸웠다.

---

2 『논어·자로(子路)』에 나오는 말.

공이 처음에 뽑혀 쓰이지 못할 시기에 더러 권귀에게 벼슬을 구하라고 권하는 사람이 있었다. 공은, "부귀는 하늘에 달려 있다"라고 대답하였다. 임진왜란 때 공을 많이 세웠음에도 끝내 자랑하지 않았다. 어떤 이가 또 권하기를 당신이 너무 겸양하는 것도 마땅치 않은 일이라고 하였으나 공은 대답하기를, "내 분수에는 이미 충분하다"라고 하였다. 공훈을 기록할 때 공이 힘껏 사양하였으나 선무원종일등공신宣武原從一等功臣에 올랐다. 공의 충효 대절大節은 한 시대 사람들의 귀와 눈 가운데 빛났으니, 그와 같은 위기의 시대에 적과 싸운 의분은 옛날의 명장들에게도 드물게 보이는 것이었다.

그 밖에 언행이 옛 군자들과 합치되는 것이 많았다. 또한 공의 저술이 많았을 터인데 여러번의 병화를 겪으며 거의 다 잃어버렸으니 안타깝도다. 그의 기행록과 「동포재기」를 보니 그렇게 힘을 들이지 않은 듯하나 그 지향하는 바를 자세히 살펴보면 상하의 동류들이 각각 그 있어야 할 곳에 있기를 바라는 뜻이 있다. 참으로 학문의 역량이 넓고 돈독하지 않다면 어찌 능히 이와 같을 수 있겠는가? 나는 배상유와 동갑이면서 또 동서 간의 정의가 있는데, 그의 학식과 도덕은 오늘날 유종儒宗으로서 훌륭하여 가히 따를 수가 없다. 이는 가문의 훈도로부터 유래한 바가 있음을 알았다.

근래에 배상유가 그 아들 태휘를 시켜 공의 행적을 보여주며 이르기를, "내 증조부의 충효와 실행實行은 세상에 전하지 않을 수 없으니 원컨대 그대가 행장을 지어주시오"라고 하였다. 돌아보건대 나는 식견이 고루하고 말이 졸렬하여 만에 하나도 표현할 수 없으나, 사양치 못해 삼가 위와 같이 대략을 기록하여 붓을 잡은 이가 가려 뽑아 쓰기를 기다리노라. 후학 문화인 유형원이 삼가 쓰다.

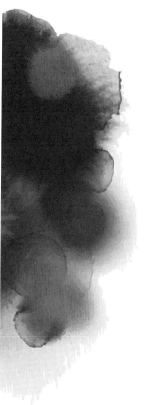

제3부 · 부록 附錄

둔암유공『수록』서 [●]
遁庵柳公隨錄序

이현일李玄逸

세상을 다스리는 도道가 옛 선왕의 법을 회복하지 못한 지 벌써 오래이다. 진秦·한漢 이래 예악과 교화가 모두 정도를 잃어버렸을 뿐 아니라, 여타 법규와 시행에 이르러서도 잡박하여 거론할 필요도 없다. 후대로 내려와 송宋나라에 이르러는 여러 현인들이 배출되어 강론하고 규명하여 삼대三代의 도를 틀림없이 회복할 수 있으리라 하였다. 그러나 제도를 만들고 문헌을 고정考訂할 실권을 얻지 못하여 일시적인 공언空言이 되고 말았다.

그 이후로 세도世道는 갈수록 떨어져서 사대부들은 경세經世의 유용한 학문이 있는지조차 알지 못했다. 학교에서 공부하는 자들은 그저 말과 글을 엮고 경문經文을 외워서 과거시험에 이로운 것만을 취할 줄 알고, 조정에서 벼슬하는 자들도 옛것을 고수하는 데 안주하여 관행이나 구구히 따지며 눈앞의 일을 도모하는 데 지나지 않는다. 옛 도를 살펴 오늘에 징험하며 논저를 수집하고, 실제에 적용하여 어긋나지 않게 하며, 마음을 다해서 체계를 갖춘 사람이 언제 있었던가?

문화 유공柳公은 이러한 형세에서 홀로 벗어나 나라를 경륜하고 정치를 바로잡는 도에 뜻을 두었다. 옛날을 상고하여 오늘을 참작함에 취사

[●] 원래『갈암집(葛庵集)』권20에 실려 있는 글이다. 작자 이현일(1627~1704)은 영남의 학자로, 유형원의 사돈이자 학우였던 배상유와 교유가 있었다. 이 글은 배상유와 유형원의 아들 유하(柳昰)의 청으로 1689년에 지었다.

제3부 부록(附錄) · **317**

선택에 법도가 있었고, 정신을 다 쏟아 끝까지 사색함에 구획이 마땅함을 얻었다. 그로부터 여러해가 지난 뒤 책을 완성하니 대략 수만자에 이르렀다.

내 일찍이 이 책을 구해 읽어보았는데, 범위가 크고 넓되 조리가 치밀하여 어설프고 허황된 말이 아니요 대부분 실용에 적합한 내용이었다. 그 주장이 비록 저만의 의견에서 나와 새로이 제도를 세운 듯하지만, 기실 옛사람이 이미 행하여 이루어놓은 법에 근본하지 않은 것은 단 한마디도 없다. 이를테면 균전제均田制와 조세 부과, 화폐 제조와 물화 유통, 인재 양성과 선발, 관직 임용과 업무 분장, 군비 운용과 군대 편성의 요점들을 경전에 근거하고 옛 도를 상고하며 고심해서 하나하나 항목을 세워 실행할 수 있도록 하였다. 그 마음씀이 참으로 근실하다 할 것이다.

하나의 사안에 대해 말한 것으로 이고李翶의 「평부서平賦書」나 임훈林勳의 「본정서本政書」[1]도 이보다 낫지는 못할 것이며, 전체의 규모로 말하더라도 두우杜佑의 『통전通典』이나 구준丘濬의 『대학연의보大學衍義補』[2]에 비해 손색이 없는 것이다. 이 책이 수천백년 전에 나왔다면 천하의 전지田地를 고르게 하려던 주세종周世宗[3]의 뜻이 원진元稹의 「균전도均田圖」[4]가 아니라도 생겨났을 것이며, 이 법이 수천백년 전에 시행되었다면

---

1 이고(李翶, 772~841)는 당(唐)대의 학자로, 「평부서(平賦書)」는 부역(賦役)의 공정한 시행에 대해 논술한 것이다. 임훈(林勳)은 남송(南宋)대의 학자로, 「본정서(本政書)」는 토지제도 특히 균전(均田)의 문제를 다룬 논설이다.

2 두우(杜佑, 735~812)는 당(唐)대의 사가(史家)로, 『통전』은 상고시대부터 당현종(唐玄宗)까지의 역사를 200권 분량으로 쓴 것이다. 구준(丘濬, 1421~95)은 명(明)대의 학자로, 송(宋)대 진덕수(眞德秀, 1178~1235)가 찬한 『대학연의(大學衍義)』를 보완하여 『대학연의보』160권을 찬하였다.

3 주세종(周世宗)은 후주(後周)의 황제였던 시영(柴榮, 921~59). 재위기간이 6년에 불과했으나 내외의 정치적 치적을 많이 남겨 일컬음을 받았다.

4 원진(元稹, 779~831)은 당(唐)대의 시인이자 정치가로, 백거이와 함께 활동하였다.

'일대一代의 기재奇才'라는 주자朱子의 감탄이 소작蘇綽[5]의 경영·제도가 아니라도 나왔을 것이다.

아! 이 책을 읽고 이 인물을 떠올려보건대, 하늘이 이분을 낸 것은 실로 우연이 아니다. 허나 애석하게도 세상에 알아주는 이 없어 끝내 빼어난 경세술을 품고도 진흙 속에 파묻히고 말았다. 이에 재주는 세상에 쓰이지 못했고 도는 시대에 행해지지 못하였다. 그러나 지금 성상께선 바야흐로 힘써 치도治道를 도모하여, 널리 인재를 선발하고 찾음에 생사를 따지지 않고 있다. 성상 앞에서 이 책에 대해 아뢰어 한가한 겨를에 보시고 마음에 들게 되면, 뜻있는 선비가 당세에 쓰이지 못했음을 안타까워하지 않게 될 것이며 하늘이 공을 내려보낸 것이 참으로 우연이 아닌 줄 알게 될 것이다.

나는 공을 직접 만나지 못하였다. 만년에 벼슬을 하느라 서울에 있으면서 공의 벗 배군裵君 공근公瑾[6]과 사귀었는데, 배군은 행실이 돈독한 군자다. 그는 나와 만날 때마다 공에 대한 감탄 어린 이야기가 입에서 떠나지 않았다. 언제인가 공의 저술 초고 몇권을 내어 보여주었는데, 나는 미처 다 읽지 못하고 동쪽의 향리로 돌아왔다. 그래서 늘 마음에 잊히지 않았다. 몇해 뒤 배군이 이 책을 깨끗이 필사하여 한질을 서함에 담아 멀리 부쳐왔다. 나는 비로소 그 내용을 끝까지 읽어볼 수 있었다. 이에 책을 덮고 크게 탄식하며, "세상에 이런 사람이 어디에 또 있겠는

「균전도(均田圖)」는 토지의 공평한 분배를 설명한 것이다.

5 소작(蘇綽, 498~546)은 중국 남북조시대의 학자로, 학문과 정치적 수완으로 이름이 나 '왕좌지재(王佐之才)'라는 평을 들었다.

6 배상유(裵尙瑜, 1610~86). 공근은 그의 자, 호는 만학당(晚學堂). 서울 출신으로, 병자호란 이후 숭정처사(崇禎處士)라 자호하며 관로에 오르지 않고 학문에 정진하였다. 유형원과는 학문으로 교유한 벗이자, 딸을 유형원의 아들 유하에게 출가시켜 사돈지간이기도 하다.

가? 사람은 없지만 책이 있으니, 그나마 그의 뜻이 어디에 있었는지 알수 있구나"라고 하였다.

배군은 책을 부친 다음 이어 서문을 써줄 것을 요청하였으나, 내가 분수로 보아 가당치 않다고 사양하였다. 얼마 지나지 않아 배군이 세상을 떠나니, 구원난기九原難起[7]의 탄식이 더욱 간절할 뿐이다.

기사년(1689) 가을, 내가 서울에 있을 때 공의 맏아들 하륜[8]가 배군의 청에 이어서 또 간곡히 부탁하기에 "내가 어찌 그 책에 서문을 써서 세상에 전하리오? 내 감히 감당할 수는 없으나, 돌이켜보면 배군은 다시 만날 길이 없고 유군의 청도 이렇게 지성스러우니 사양할 도리가 없다"라고 하였다. 이에 그 대강의 사정을 적어 책머리에 붙여 훗날 이 책을 읽을 이들에게 알리노라.

공은 휘 형원馨遠, 자 덕부德夫로, 대대로 서울에서 살았다. 일찍이 진사에 응시하여 급제하지 못하자, 성시城市는 시끄러워 독서하며 뜻을 구하기에 적합하지 못하다 하고 호남의 부안 땅으로 이사해 지내며 자호自號를 '둔암遁庵'이라 하였다. 그곳에서 문을 닫고 들어앉아 저서로 업을 삼았던 것이다. 일을 따라 기록하였기에 서명을 『수록隨錄』이라고 붙였다.

---

7 구원(九原)은 무덤을 일컫는 말. 구원난기(九原難起)란 '무덤에 누워 다시 일어나지 못한다'는 말로, 고인에 대한 그리움과 안타까움을 함축한 표현이다.

8 유하(柳昰, 1642~99)는 자가 태중(太中)이며, 유형원의 외동아들이다. 1675년에 생원시에 합격하고, 부안에 살면서 세마(洗馬)·위솔(衛率) 등의 음직을 지냈다. 배상유의 딸과 혼인하였다.

발『수록』[●]
跋隨錄

윤증尹拯

『수록』은 돌아가신 처사 유군 형원의 저술이다.

이 책을 통해서 그의 학문의 큰 규모와 높은 재능을 상상해볼 수 있다. 다만 애석한 바는 당대에 거의 알려지지 못해 자신의 뜻을 펴지 못하고 자취를 숨기고 살다가 땅속에 묻혔다는 사실이다.

자고로 포부를 지니고서도 가벼이 속인의 이목耳目에 자신을 던지려 하지 않고, 차라리 죽음에 이르더라도 명성을 드러내지 않은 이들은 종종 이와 유사하였다. 필시 훗날 뜻있는 선비로 당세를 위해 무릎을 치며 아파하고 한스러워 할 자가 있을 것이다.

나로서는 거듭 부끄러운 바가 있다. 그와 같은 세상을 살면서도 평생 일면식도 없었다는 점이다. 참으로 선善을 좋아하는 마음이 있으면 천리 밖이라 해도 신교神交를 가질 터인데, 더구나 살고 있는 곳이 서로 가까웠으니 말해 무엇하겠는가! 때문에 나도 모르게 책을 덮고 깊이 탄식하게 된다.

그래도 그 사람은 죽었어도 그의 저술은 여기 남아 있다. 세상의 임무에 뜻이 있는 자가 혹여 여기에서 취하여 행하게 된다면 군君의 저술이 끼친 공덕이 이로 인해 크게 드러나게 될 것이다. 어찌 끝내 사라지고

[●] 원래『명재유고(明齋遺稿)』권32에 실려 있는 글이다. 작자 윤증(1629~1714)은 영조에게『반계수록』의 강론을 청하는 상소를 했던 양득중(梁得中)의 스승이다. 이 글은 유형원의 재종제인 유재원(柳載遠)의 청으로 1711년에 지었다.

말 것인가!

　군의 당제堂弟 유재원柳載遠[1]이 이 책을 가지고 와서 나에게 보여주며, 책 뒤에 한마디 말을 써주기를 요청한다. 나는 말한다. 후세에 알아볼 자들은 저절로 알게 될 것이다. 그러니 누군가 알려주기를 기다릴 것이 있겠는가? 또한 나는 이미 늙어 노병이 심하고 보니, 눈이 어둡고 정신도 혼미하여 일일이 책장을 넘겨가며 여기에 온축된 핵심을 파악할 수도 없다. 어떻게 부질없는 말을 덧붙일 수 있겠는가? 공연히 훌륭한 책에 누를 끼침이 부끄러운 노릇이다. 이에 마음에 느낀 점을 대략 이와 같이 써서 돌려보낸다.

---

1 유재원(1652~1713)은 유형원의 육촌동생으로, 어렸을 적 유형원에게 학문을 익혔다. 윤증에게 『반계수록』의 발문을 청한 1711년에 「반계선생언행록(磻溪先生言行錄)」을 완성한 바 있다. 본문에서 당제라고 표현한 것은 육촌동생임을 가리킨다.

『반계수록』서●

磻溪隨錄序

이익李瀷

　기이한 화초와 신령한 뿌리는 텅 빈 산에서 홀로 자라는데, 그 효능은 사람이 요절하는 것도 구할 수 있다. 세상에 난치병으로 위독하여 고통을 호소하는 것이 날로 심해져서, 좋은 약을 한번 투여해주길 고대하는 사람이 허다하다. 그럼에도 못난 의원들은 옆에서 보기만 하거나 우수牛溲나 마발馬勃[1] 따위나 처방할 뿐이요, 초목이 우거진 황무지 가운데 신통한 약이 있는 줄은 알지 못하고 있다. 그리하여 결국 병자는 여기서 죽어가고 약초는 저기서 썩어가 마침내 이도 저도 다 못 쓰게 되고 마니, 이것이 가장 한스러운 노릇이다. 사람에게 비유하자면, 덕의德義를 품고 재능을 갖추고도 당면한 세상에 하나도 펴지 못하는 분들이 바로 이에 해당하지 않겠는가.

　근세의 반계 유선생은 바로 그중의 한 사람이다. 선생은 호걸지사로, 학문은 천도天道와 인정人情을 꿰뚫었고 도는 백성을 끌어안았다. 한 사람이라도 삶의 터전을 잃게 되는 것을 부끄럽게 여겼던 까닭에, 몸은 필부였으나 뜻은 천하만물을 구제하는 데 두지 않았던 적이 없었다. 대개 평소 헤아리고 사색함이 원숙하여 하나하나 구획을 이루었던바, 마치

● 원래 『성호전집(星湖全集)』 권50에 실려 있는 글이다. 작자 이익(1681~1762)은 유형원의 실학적 학풍을 계승·발전시킨 인물이다.

1 우수(牛溲)와 마발(馬勃)은 일반적으로 소오줌과 말똥을 말하나, 여기서는 약재 이름이다. 우수는 질경이를 마발은 먼지버섯을 가리키는데, 흔한 약재들을 뜻한다.

어두운 방에 촛불을 환히 비춘 듯하였다. 허나 또한 값을 기다려 팔려 하지 않고 암혈巖穴 사이에서 늙어 죽었으니, 세상에 아는 사람이 없었다.

오직 다행이라 할 바는 그가 저술한『수록隨錄』한부가 먼지 아래 좀이 슬고 썩어가는 가운데서도 민멸되지 않고 세상에 차츰 알려지게 된 것이다. 그 책을 구해 읽어본 사람들은 책을 덮고 탄복하며, "시무時務를 파악할 수 있는 요결이로다"라 하지 않는 이가 없다. 이에 부지런히 베껴서 너나없이 소장하였고, 조정에 바치며 반드시 행할 만한 내용이라 역설하였다. 그러니 받들어 숭상하는 것이 지극하다 하지 않을 수 없다. 한데 손을 모아 귀를 기울여보아도, 한마디 제언이라도 받아들이거나 한가지 일이라도 시행하여 백성들에게 은택이 미치도록 했다는 말은 전혀 들어보지 못했다. 무엇 때문인가? 입으로 칭송하는 것은 진정으로 좋아하는 것과 다르고, 공공의 법이란 사사로운 이익에 가로막히기 때문이다. 그래서 아무리 설파하여도 끝내 자신의 임무라고 나서는 사람은 없는 것이다.

아아! 선생의 재능은 이미 매몰되었으되, 선생의 저술이 남아 있다. 고작 양수陽燧와 방저方諸[2]에 불과한 것이다. 해와 달의 빛이 닿지 못하게 되면 흙덩이나 돌멩이에 불과한 것이다. 누가 거기서 물과 불이 나올 줄 알겠는가? 백년 후에 혹시 이 물건의 기능을 알게 되면 불을 얻고 물기를 모을 수 있다. 달리 구한 것이 아니요, 상자 속에 그대로 있었던 것이다. 그 몸은 멀리 떠났으되 그 마음은 그대로 남아 있어 생생히 죽지 않아, 한때를 기약하지 않고 먼 훗날을 바라보았던 터였다.

비록 그리하나 이는 다만 남아 있는 언실言說뿐이다. 백성의 습속은

---

2 양수(陽燧)는 햇빛을 모아 불을 얻는 기구, 방저(方諸)는 달빛 아래 놓아두고 이슬을 받아 모으는 기구.

날로 타락하여 세상이 다스려지는 것은 분간이 없고 명현名賢을 사모하는 것도 근본을 잃고 재주를 천대하길 초개같이 하여 내팽개쳐버리고 다시는 돌아보지 않고 있다. 그러므로 이 저술은 마침내 벽에 바르는 종이나 불쏘시개 꼴이 되지 않을지 또한 알 수가 없다. 고금에 이와 같은 일이 어찌 한둘이었는가?

이것이 뜻있는 선비가 홀로 강개한 마음으로 탄식하기를 그만두지 못하는 이유이다. 이에 나는 오늘을 슬퍼하고 앞날을 내다보며 이처럼 지나칠 정도로 우려하는 것이다. 요컨대 이로써 후세의 군자를 경계하고 감발시킬 수 있기를 바랄 따름이다. 이 저술의 전체 체계와 절목의 치밀함은 살펴보는 이들이 스스로 이해해야 할 것이므로, 나는 군말을 덧붙이지 않는다.

반계선생행장●
行狀

김서경金瑞慶

선생은 휘 형원馨遠, 자 덕부德夫로, 성은 유柳이며 그 선대는 문화文化 사람이다. 문화 유씨는 유래가 오래되었으니, 삼국시대 말엽에 차달車達 이라는 인물이 군량을 지원하여 고려 태조가 남방을 공략하는 데 공이 있어 대승大丞의 관직을 받았다. 이분이 시조이다. 12대를 내려와 휘 관寬에 이르러 비로소 본조에 들어서 우리 태조·태종을 섬겼는데, 청백리로 이름이 있었고 우의정에까지 올라 문간공文簡公의 시호를 받았다. 이로부터 대대로 서울에 거주하게 되었다.

문간공은 형조판서 휘 계문季聞을 낳았는데, 시호가 안숙공安肅公이다. 안숙공은 현감 조眺를 낳았는데 후사가 없었다. 이에 형님인 감찰공監察公 환晥의 아들 담수聃壽로 뒤를 잇게 했는데, 신천군수信川郡守를 지냈다. 군수공은 병절교위秉節校尉 릉陵을 낳고, 교위는 종사랑從仕郎 충록忠祿을 낳고, 종사랑은 창평현령昌平縣令 위瑋를 낳았으니, 이분이 선생의 증조이다.

조부는 휘 성민成民으로 용양위부호군龍驤衛副護軍을 지내고 병조참판의 증직을 받았다. 부친은 휘 흠欽으로 문장과 필법으로 일찍이 세상에 이름을 날려 21세에 문과에 뽑히고 시강원侍講院 설서說書로 선임되니, 사람들이 원대한 인물이 될 것으로 기대했으나 28세로 졸했다.

● 원래 『담계유고(澹溪遺稿)』 권3에 실려 있는 글이다. 작자 김서경(1648~81)은 유형원의 우반동 시절 제자이다. 이 글은 유형원이 타계한 바로 다음해인 1674년에 지었다.

모친은 여주驪州 이李씨로 자헌대부資憲大夫 의정부우참찬議政府右參贊 증영의정贈領議政 휘 지완志完[1]의 따님으로 정숙하고 얌전하여 능히 부덕婦德을 갖추었고, 천계天啓 2년(1622) 정월 21일 축시丑時에 선생을 서울의 정릉동貞陵洞[2] 댁에서 낳았다. 선생은 2세에 부친을 여의었다.

선생은 태어나면서부터 비범하여 말을 배우고 장난을 치는 것도 보통과 달랐으며, 무슨 사물에 대해서건 필히 끝까지 캐어묻곤 하였다. 5세가 되어서는 사람들이 주산을 놓거나 바둑·장기를 두는 것을 보면 바로 알아서 하여, 보는 이들이 다 대단하게 여겼다. 글을 읽을 수 있게 됨에 외숙인 참의參議 이원진李元鎭[3]과 고모부인 동명東溟 김세렴金世濂[4]에게 나아가 가르침을 받아 대의大義를 깨쳤다.

선생은 나이 10세가 되자 문사文思가 날로 진보하여 경사經史와 백가百家의 서적을 이미 다 섭렵하였다. 글을 몇번 읽지 않아도 외워서 종신토록 잊지 않았다. 이때 벌써 성인成人다운 태도를 보여 옆에서 아이들이 아무리 떠들며 놀더라도 귀에 들리지 않는 듯했다. 한결같이 공부 계획을 세워놓고 강의講義를 받고 외우는 것을 쉬지 않았다. 외숙과 고모부는 매양 "유씨 가문이 뒤가 있겠다"라며 칭찬하였다.

나이 13~14세에 마음을 가다듬어 성현의 뜻을 받들어 오로지 위기

---

1 이지완(李志完, 1575~1617)은 자 양오(養吾), 호 두봉(斗峯)으로, 1597년 과거에 급제하여 세자시강원필선, 대사간, 형조판서, 우참찬 등을 역임하였다. 시재(詩才)가 뛰어나 명나라 사신 주지번(朱之蕃)이 조선에 왔을 때 허균(許筠) 등과 함께 접반하기도 하였다.

2 지금 서울의 중구 정동(貞洞)으로, 여주 이씨의 세거지였다.

3 이원진(李元鎭, 1594~1665)은 자 승경(昇卿), 호 태호(太湖)로, 동래부사, 제주목사, 강원도관찰사, 병조참의 등을 역임하였다. 유형원의 외삼촌이자, 어린 시절 스승이다.

4 김세렴(金世濂, 1593~1646)은 자 도원(道源), 호 동명(東溟)으로, 황해도관찰사, 대사헌, 도승지, 호조판서 등을 역임하였다. 유형원의 고모부이자 어린 시절 스승이다.

지학爲己之學에 힘쓰기로 결심하고 과거시험 공부에는 처음부터 마음을 두지 않았다.

병자호란이 일어났을 때 선생의 나이는 15세였다. 할머니와 어머니, 두 고모를 모시고 피난을 떠나 돌아다녔는데 일행 중에 의지가 될 만한 남자가 하나도 없어 세 집안 식구들의 생사가 오로지 선생에게 달려 있었다. 선생은 당하는 일을 적절히 처리하여 여러번 위험을 겪었음에도 끝내 무사할 수 있었다.

숭정崇禎 임오년(1642) 선생의 나이 21세 때에 「사잠四箴」을 지어 자신을 경계했는데, '숙흥야매잠夙興夜寐箴' '정의관正衣冠·존첨시잠尊瞻視箴' '사친잠事親箴' '거실잠居室箴'이다. 그 말이 다 간절하고 진실하여 사람들로 하여금 스스로 깨달아 마음을 바로잡도록 하는 내용이었다.

갑신년(1644) 선생의 나이 23세 되던 가을, 조모 이李부인이 세상을 떠나 승중承重[5]으로 거상居喪을 했다. 무자년(1648) 선생의 나이 27세 되던 여름에 모친상을 당했으며, 신묘년(1651) 선생의 나이 30세 되던 여름에 조부 참판공參判公이 돌아가셨다. 서울을 떠나 과천 삼현三峴[6]에서 우거하며 삼년상을 마쳤다. 전후의 상을 당했을 때 성심을 다해 예법을 지키니 사람들이 어려운 일이라고 말했다.

계사년(1653) 선생의 나이 32세 되던 해에 삼년상을 마치고서 도정절陶靖節[7]의 「귀거래사歸去來辭」를 본떠 같은 제목의 그 형식으로 지었는

---

5 승중(承重): 조부모의 상을 부친이 먼저 별세하여 손자가 맡게 되는 경우를 가리키는 말.

6 삼현(三峴): 과천 지역에 있는 지명. 과천읍내에서 관양동(冠陽洞) 사이에 고개가 셋이 있어서 삼현이라 불렀다 한다.

7 중국 당나라 때 유명한 시인인 도잠(陶潛, 365~427). 자는 연명(淵明) 또는 원량(元亮), 호는 오류선생(五柳先生), 정절은 그의 시호.「귀거래사」는 관직을 그만두고 귀향할 때 지은 것으로, 전원생활에 대한 소망을 노래한 것이다. 이후 은거를 지향하는

데, 맑은 운치와 고상한 사상이 거의 원작과 우열을 가릴 수 없는 정도였다. 그해 겨울에, 호남의 부안扶安 우반동愚磻洞에 내려와 살았는데 선대부터 내려온 전장田庄이 있는 곳이었다.

갑오년(1654) 선생의 나이 33세 때에 사마시司馬試에 합격했다. 대개 참판공의 뜻을 따라 부득이 했던 것이요, 좋아서 한 일은 아니었다. 그 후로는 다시 과거시험을 보지 않았으며 뜻을 돈독히 하고 힘써 행하여 스스로 옛 성현처럼 되기를 기약했다. 그리하여 집안의 살림살이와 재산으로 마음에 얽매이지 않았다.

계축년(1673) 2월, 병을 얻어 식음을 폐한 지 거의 30일이 되었다. 하루는 모시는 사람에게 명하여 누운 자리를 다시 정돈하도록 했다. 모시는 사람이 그만두시라고 간청했으나, 선생은 눈을 뜨고 "남자가 사생의 즈음에 당해서 이렇게 있어서는 안 된다"라 거친 소리로 말하며 몸을 씻고 옷을 갈아입었다. 다음날 날이 밝자 기운이 미약해서 곧 숨이 넘어갈 형상이었다. 자녀들이 울며 붙잡으니 선생은 손을 저어 그만두게 했다. 이윽고 영면하였는데, 3월 19일로 향년 52세였다. 원근에서 부음을 듣고 모두들 탄식하며 눈물을 흘리는 사람도 있었다. 두달 후 5일에 집 뒤편에 임시로 장사지냈다가, 그해 10월 27일 계해일癸亥日에 죽산 읍내 북쪽 15리 지점, 용천리涌泉里 정배산鼎排山 뒤쪽 산등성이 유좌묘향酉坐卯向[8]의 언덕 설서공說書公의 묘 아래에 반장返葬을 했다.[9] 이는 치명治命[10]을 따른 것이다.

문인들이 자주 차운하였다.

8 유좌묘향(酉坐卯向): 묘터나 집터 등에 있어서, 서쪽을 등지고 동쪽을 바라보는 자리를 말한다.

9 현재 소재지는 경기도 용인시 처인구 백암면 석천리이다.

10 치명(治命): 임종 때 자손에게 남긴 말. 정신이 혼미해서 하는 말을 '난명(亂命)'이

선생은 타고난 성품이 강직하고 기절이 호매豪邁하여 젊은 시절에 한·당 시절의 인물을 만만하게 여기기도 했다. 세속의 저급한 생각들을 비루하게 여겨 침을 뱉었다. 성장해서는 스스로 자제하며 공손한 태도를 가져 예절로 바로잡았으며 인仁으로 연마를 하였다. 비록 명문의 스승을 찾아 종유하며 공부하지 못했지만, 도는 내 몸에 갖추어져 있고 가르침은 책 속에 들어 있으니 진실로 구하고자 하면 얻지 못할 이치가 없다고 하였다. 이에 마음을 제장齊莊하고 정일精一한 가운데 두고서 학문과 사고의 즈음에서 궁리를 하여 밝게 강구하고 실천해가며 일신우일신日新又日新으로 화평한 뜻을 길러 세월이 가도록 쌓아가니, 마음과 이치가 결합되고 기운과 정신이 응집하여 순수한 자태가 어깨와 등에 다다르고 화순한 용모가 얼굴에 나타나 바라보면 태산과 같고 다가가면 상서로운 바람에 햇빛이 따뜻한 듯하였다. 사람들이 그의 훌륭한 풍모와 위엄 있는 모습에 저절로 공경하고 감복을 하여, 그야말로 도를 갖춘 군자임이 확실히 느껴졌다.

선생의 행실을 가만히 살펴보건대, 천성이 지극히 효성스러워 새벽이면 일어나 세수하고 의관을 갖추고 어르신의 잠자리가 편안했는지 살폈으며 음식지공도 정성을 다했다. 그러면서도 먼저 뜻을 받드는 데 유의하여 화순한 태도로 승순承順하였고, 아무리 춥고 덥고 비가 내리고 해도 조금도 소홀히 하는 일이 없었다. 어쩌다가 어른이 기색이 좋지 않으면, 공손히 옆에 서서 조심조심 기다려서 풀려서야 마음을 놓았다. 또한 건강상의 문제가 있어 근심스런 모습이 드러나면, 음식을 반드시 먼저 맛보고 탕약은 반드시 몸소 달였으며 다른 사람과 사리를 함께 하

라고 하는 데 대해 의식이 분명할 때 하는 말을 치명이라 한다. 치명은 자손으로서 반드시 지켜야 하는 것이다.

지 않았고 잠잘 적에도 옷을 벗지 않았는데, 여러해가 되도록 게을리하지 않았다.

일찍이 의원을 찾아가 약을 의논하였는데, 기운이 아주 공손하고 말씨가 위낙 정성스러웠다. 선생이 나가자, 그 의원이 옆의 사람에게 "친환親患에 약을 의논하러 와서 유柳모처럼 간절한 사람을 보지 못했다. 이런 사람에게 약을 마음을 다해서 지어주지 않으면 사람자식이 아니다"라고 했다. 그가 효성을 다해 다른 사람을 감동시키는 것이 이와 같았다.

동기간의 우애 또한 돈독하였다. 여동생 하나가 서울에 있어서 멀어 자주 찾아갈 수 없었다. 그리워하는 마음이 편지에 가득 찼고 도움을 주기로 마음과 힘을 다했다. 이는 그의 효심과 우애가 지극해서 그런 것이다.

부친을 어려서 잃은 것을 평생 통한으로 생각하여 매양 부친의 기일을 당하면 열흘 동안 재계를 하고 제사를 드릴 때 슬퍼하기를 초상 때같이 했다. 조모와 모친이 돌아가신 뒤로 마음을 붙일 곳이 더욱 없어 애달파하였다. 혹 진미珍味를 대하면 으레 눈물을 흘리며 "예전에 얻을 수 없던 것을 지금 어찌 차마 먹을 수 있겠느냐?"라고 하였다. 그리고 평소 입으셨던 옷을 보면 또 으레 눈물을 흘리며 "이 옷은 아직도 그대로 남아 있구나!"라고 하였다. 이 말을 들은 사람들은 다 슬퍼했다.

제례는 한결같이 『주자가례朱子家禮』를 준수했다. 매양 아침에 사당에 절을 드렸고 출입 시에도 필히 아뢰었다. 삭망朔望에는 필히 문안을 했고 신곡新穀이 나오면 필히 올렸다. 아무리 전염병이 돌아도 제사 드리는 일을 폐하지 않았다. 일이 크고 작고 간에 정성과 공경을 다하였다. 제사는 신이 계시는 듯 공손하게, 다다르신 듯 성심껏 거행했다.

제사를 마치고 나서 물러나면 숙연한 자세로 앉아 제사 지낸 과정에 잘못이 없었다고 생각이 되면 마음으로 즐거워했다. 혹시라도 과실이 있었으면 종일토록 즐겁지 않아 했다. 항상 "제사는 올리는 제물에 있지 않고, 정성에 달려 있다. 정성은 부족하고 제물이 풍성한 것이 제물은 부족하되 정성이 극진한 것만 하겠느냐?"라고 말하였다. 이는 조상을 받드는 태도였다.

내외간에도 엄숙하여 서로 손님을 대하듯 했다. 친척에게는 은혜를 베풀었고 노복을 부림에 있어서는 의義를 위주로 했다.

나라에 조세를 납부함에는 반드시 이웃 사람들보다 먼저 납부했다. 사치를 멀리하고 검소를 숭상하여, 부인들은 비단옷과 수식繡飾을 하지 못하게 했으며 아이들에게는 따뜻한 옷과 고기를 금하였다. 더욱이 자신의 생활을 검소하게 하여, 그릇은 질그릇을 잔은 대뿌리로 만들어 썼다. 식사에 맛있는 반찬을 두가지 이상 놓지 않았고 비단옷을 입지 않았는데, 항상 하신 말씀이 있다.

"나는 아무 공덕이 없는 사람이다. 의식을 편안히 누리는 것은 공후公侯의 즐거움이다. 춥고 배고픔을 면하는 것도 내 분수에 지나친데, 하물며 여유를 바라겠는가?"

술을 조심하라는 경계를 더욱 지켜 부득이 마셔야 할 경우 한잔을 넘지 않았다.

평소에 희로의 감정을 드러내지 않았으며, 아무리 급한 일을 당하더라도 소리를 치거나 얼굴이 변하지 않았다. 말은 언제고 가르치는 뜻이 있었고, 행동은 필시 법도가 있었다. 언제나 명절이 되면 가묘家廟에 참알參謁을 드렸고, 정침正寢[11]에 나아가 앉아 자녀 손지들의 절을 받을 때

---

11 정침(正寢): 제사를 지내는 몸채의 방. 또는 주로 거처하는 방을 뜻하기도 한다.

는 각자 서열대로 서로 향해 서서 절을 하도록 했다. 노비들 또한 마당에서 의식대로 나누어 서서 절을 하게 했다. 일가의 어른이나 아이들도 모두 이리하여 위를 받들고 어른을 공경하는 도리를 알아, 윗사람·아랫사람이 화평하고 어른·아이가 예절이 있게 되었다. 이는 집안을 다스리는 방도였다.

선생은 사람을 대함에 온유공근溫柔恭謹으로 성誠을 위주로 하였다. 그래서 관직에 있는 이에게는 임금을 섬기고 백성을 다스리는 일을 말했고, 학사學士에 대해서는 독서와 역행力行을 말했으며, 무인에 대해서는 달리고 쏘고 진을 치는 데 대해 말했다. 그리고 농·상·공·어漁의 업에 종사하는 이들에 대해서는 각기 그 하는 업무에 따라 하는 말이 차근차근 순서가 있었다. 사람은 귀천이 없다고 생각하여 그 미목眉目을 살피고 그 담론을 듣는데, 누구에게나 마음을 가다듬고 용모를 고쳐 대하여 분위기가 봄바람 부는 가운데 있는 듯했다.

선생께서는 평소에 남에게 사사로운 일로 도움을 구하지 않았고, 주고받음에 있어 의리를 먼저 생각했다. 사람을 도로써 사귀었으며, 길흉의 경조사에는 예법에 소홀함이 없게 하였고, 가난한 사람을 돕고 인사를 차리는 데 부족함이 없도록 했다. 다른 사람의 선행을 말하기 좋아하고, 사람의 과오 듣기를 좋아하지 않았으며, 누군가 자신을 헐뜯으면 문득 스스로 반성하여 책망을 하였다. 사람들과 다투지 않았으며 약속을 중히 여겼고, 죽고 살고 빈궁하고 현달한 것으로 마음을 이랬다저랬다 하지 않았다. 일찍이 딸을 정혼하여 길일吉日을 잡았는데 사돈집에서 상을 당하자 복을 마치기를 기다려 혼사를 치렀다. 이런 행실은 그의 정성과 신의가 사람들에게 두루 미친 것이다.

한번은 신창진新倉津[12]을 지나는데 행인을 가득 실은 배가 강 가운데에서 파선한 것을 보았다. 사람과 말이 온통 물에 빠졌는데 옆에서 구경하던 이들이 소리만 지르다가 버려두고 그 자리를 떠나는 것이었다. 선생은 급히 상류에서 배 두척을 불러 물에 빠진 사람들을 건져내도록 하니 구한 사람이 10여인이고, 5~6인은 벌써 얼어 죽었다. 살아 있는 사람 중에도 겨우 숨이 붙어 있는 사람이 8~9인이나 되었다. 이에 하인을 시켜 가까운 마을의 방으로 업고 가도록 하여 젖은 옷을 벗기고 이불을 덮어준 다음 죽을 끓여 먹였다. 이튿날 이들은 다 살아났다. 이는 그의 사람을 사랑하는 마음이 행동으로 드러난 것이다.

권세와 이익에 당해서는 두려워하여 진흙이 자신을 더럽히는 것처럼 여겼다. 어떤 친척이 이웃 고을에 관장으로 와 있으면서 만나보기를 청하였으나 한번도 관가에 찾아가지 않았고, 편지도 통하지 않았으며, 선물을 보내도 받지 않았다.

젊었을 적에 전창군全昌君[13]이 선생의 이름을 늘 사모하여 "나를 만나기 위한 것이 아니고, 우리 집에 당본唐本서적이 갖추어져 있으니 이 책을 보기 위해 한번 들르면 의리에 관계가 없을 것이오"라고 하며 한번 보기를 청하였으나, 선생은 끝내 가지 않았다.

판서 민정중閔鼎重[14]은 선생의 친척인데, 선생을 행의行誼로 추천하려고 하면서 선생이 서울에 올라온 때를 기다려서 불러 그 뜻을 살피려고

---

12 신창진(新倉津): 현재 김제군 청하면에서 옥구군 대야면 사이의 만경강에 있었던 나루. 일명 '새챙이나루'라고도 한다.

13 유정량(柳廷亮, 1591~1663). 자는 자룡(子龍), 호는 소한당(素閒堂). 선조의 딸 정휘옹주(貞徽翁主)와 혼인하여 전창위(全昌尉)에 봉해졌다. 인조·효종 연간에 세차례 중국에 사신으로 다녀온 바 있다.

14 민정중(閔鼎重, 1628~1692)은 자가 대수(大受), 호가 노봉(老峯)으로, 인현왕후의 부친인 민유중(閔維重)의 형이다. 민정중·민유중 형제는 유형원의 부친 유흠과 이종사촌 간으로, 유형원과는 인척관계가 된다.

했다. 선생은 정색을 하고 "민공이 나를 모르는군"이라 하며 그 불가함을 강력히 말하고 출처를 신중히 여기는 태도를 보이니, 민판서는 그 뜻을 알아차리고 추천하지 않았다. 자세가 확고하여 흔들리지 않는 사람이 아니면 능히 이렇게 할 수 있겠는가?

사람을 가르침에 있어서는 반드시 사서와 오경을 근본으로 삼고, 다음으로 『사기』 및 자부子部와 집부集部로 나아가되 글자의 음과 뜻을 분명히 알게 하며, 구두句讀를 바로 가르치고, 그 내용을 음미하여 뜻을 파악하도록 했다. 스스로 터득하도록 하되 이해하지 못하면 자상히 설명하는데, 사리의 양측면을 깨우쳐 계발하고 이끌어주기를 게을리하지 않았다. 혹시 힘써 공부하고 자세히 따지는 사람을 만나면 희색이 얼굴에 가득하여 마치 자기 일처럼 생각했다. 반면에 일없이 빈둥거리기만 하면 정색을 하고 깊이 걱정하여 "세상에 재주 있는 사람이 어찌 한정이 있으리오마는, 자포자기하는 자들이 모두 이렇지. 내가 저런 사람들에 대해 어떻게 할 수 있겠는가?"라고 하였다. 항상 자제들에게 "요컨대 학문을 하는 것은 침잠沈潛하고 신중하면서 치밀해야 하니 그런 연후에라야 학문의 의미가 심오하고 유원하게 될 것이다"라고 일렀다. 또 "학문의 방도는 다른 것이 아니다. 고요히 앉아 마음을 맑게 가지고, 천리天理를 체득하는 데 있다. 이렇게 힘쓰기를 그만두지 않으면 자연히 점차 밝아질 것이다"라고 일렀다.

그리고 또 "독서에서 귀한 것은 요컨대 이치를 밝혀 실천하는 데 있을 따름이다. 말로만 그치면 도무지 일을 이룰 수가 없다"라고 했다. 또 "남의 자제들에게 덕에 힘쓰도록 할 것이지, 이익을 엿보도록 해서는 안 된다. 궁달窮達은 명命에 달린 것이니, 마땅히 스스로 힘쓸 바는 나에게 있는 것일 따름이다"라고 했다.

정녕 잘 가르쳐주는 분이 아니라면 능히 이렇게 말씀하실 수 있겠는가?

대체로 선생의 학문은 이치를 궁구하여 앎이 지극하도록 하며, 자신을 돌아보아 실천하는 데 있었다. 평소에 심히 아프지 않으면 글 읽기를 그만두는 법이 없었으며, 무익한 책은 보지 않았다. 우반동으로 내려온 이후에는 소나무 언덕의 대숲 가운데 띠집을 짓고, 그 속에서 책 수천 권을 비치하고 방관方冠[15]에 띠를 두르고 종일 단정하게 앉아 뜻을 날카롭게 가져 사색을 하고 정치하게 연구하되 마음에 깨달음을 얻고 실제 일에 유의했다. 학문으로 얻음이 있어 즐거우면 맛있는 음식이 입에 끌리는 정도가 아니었다.

당면한 세상을 안타깝게 여기고 삼대三代를 희구하여, 왕정王政의 근본은 백성을 위해 토지제도를 바로잡는 것이 가장 중요하고, 다스리는 도리는 예컨대 백성을 바르게 가르치고 기르는 데 있다고 생각했다. 시대에는 치세治世와 난세亂世가 있으나 도道에는 고금古今이 없으니 참으로 삼대의 제도를 행하도록 한다면 삼대의 정치를 오늘에 다시 볼 수 있다고 생각했다. 예(古)를 증거로 삼고 지금에 맞도록 하되 각기 조리가 있도록 하며, 마음에 혹 흡족하지 않으면 널리 살피고 알아보아 지극히 타당한 도리를 강구하여 책으로 편찬해냈다.

부지런히 힘을 써서 그만두지 않아 혹은 음식을 대하여 무엇을 먹는지 잊어버리기도 하고, 혹은 먹지 않고도 먹기를 잊어버리기도 하였으며, 날이 저물녘에 이르러서는 "오늘도 하려던 일을 또 다하지 못했구나. 의리는 무궁하고 시간은 한징이 있거늘 옛날 성현들은 얼마나 정력

---

15 방관(方冠): 학자가 평상시에 쓰는 모자. 각건 혹은 방건이라고도 한다.

이 대단해서 능히 이처럼 이루어놓았을까?"라고 탄식하곤 하였다.

매일 자신이 그날 먹은 음식을 헤아려보고 자기가 한 일을 견주어보며 "먹은 음식이 약간이고 한 일이 약간이라" 하고 이르며 서로 걸맞으면 스스로 기쁘게 여겨 편안히 여겼고, 걸맞지 않으면 혀를 차고 자책하였다. 등불을 밝히고 공부하기를 계속하여 눈을 붙이지 않고 밤을 새기도 하였다. 어쩌다가 취침하는 중에 한밤중에 떠오르는 생각이 있으면 불을 밝히고 빨리 쓰곤 하였다.

천지의 사이에 예로부터 지금에 이르도록 인민의 중다衆多와 사물의 변화에서, 그럴 수밖에 없어 바꿀 수 없는 것과 당연하여 그만둘 수 없는 것은 그 가운데 분명하지 않음이 없다. 본말本末이 아울러 드러나고 조금도 차이가 없어 하늘과 땅 사이에 세워두어도 어긋나지 않고 귀신에게 물어도 의혹이 없다고 할 만하다. 만약 이를 들어 행하도록 한다면 백성은 삼대의 백성이 되지 않으리라고 걱정하며, 민속은 삼대로 돌아가지 않으리라고 걱정할 것이랴!

그럼에도 요즘 세상은 가가호호 말하고 타이를 수 없으며 선비는 알아주기를 구해서 공적을 이룰 수 없음에, 경국제세經國濟世의 책략을 마음에 품고도 산림 속에 숨어 있으면서 한가롭게 지내며 함영涵泳하고 유쾌하게 홀로 즐기는 이것이 실로 세상에 쓰이지 못하는 자로서 할 바이다.

매양 도원량陶元亮의 기상을 좋아하고 또 그의 시를 사랑하여 가려 뽑아 2권을 만들어 늘 읊으며 시대를 넘어서 교감하는 뜻이 있었다. 화창하고 따뜻한 봄날 죽장망혜竹杖芒鞋로 소나무 언덕에 올라 바람을 쏘이고 대숲을 서성이며 "너희들이 바람과 서리를 이기는 절의를 좋아하노라. 너희들이 그런 절의가 없다면 나는 너희들에게서 취할 바 없을 것이다" 하며 좋아하길 그만두지 않았다. 그리고 또 "만약 차군此君[16]이 없었다면 나는 누구와 친구를 삼을 것이랴!"라고 하였으니, 대개 자기의 뜻을 내비친 것이다.

산수를 아주 사랑하여 아름다운 산과 물이 어디에 있다는 말을 들으면 말의 수고로움과 도로의 먼 것을 생각하지 않고 필히 마음껏 둘러보고야 말았다. 그래서 국내의 명승지에 발길이 닿지 않은 곳이 없었다. 내려가 살았던 우반동 또한 산수풍광이 좋아서 때때로 흥이 일어나면 앞 포구에서 배를 빌려 타고 즐기며 갈매기를 바라보고 푸른 물결에 떠서 어부를 따라 위아래로 돌아다니다가 노래하며 돌아왔다.

사람들이 보기에 선생은 다만 세상의 바깥에 우뚝 서서 고결하기만 하여 마치 당면한 현실에 아무런 뜻이 없는 것 같았으나, 상시우국傷時憂國의 마음으로 강개慷慨하여 세도를 만회할 뜻이 있었다. 보통 사람으로서는 능히 알 수 없는 바였다. 용병술이며 음양陰陽·율려律呂, 천문天文·지리地理, 의약醫藥·복서卜筮, 명물名物·도수度數, 산학算學·한어漢語 등에 모두 공부가 있었다. 하지만 이들은 학문의 말末이고 문장의 여사餘事라, 어찌 족히 이것으로 선생을 훌륭하다고 논할 것이랴? 천하의 물산이며 산천의 험하고 평탄함, 도로의 막힘과 뚫림, 구이팔만九夷八蠻의 풍속의 다름과 성격의 차이며 백가지 천가지 실태로부터, 불로佛老의 청정, 선가의 현묘에 이르기까지 또한 연구하고 탐색하지 않은 것이 없었다. 귀천이해와 시비곡직의 분변이 가슴속에 분명히 판단이 서서 마치 불을 비춰 수를 셈해본 것 같았다.

대개 선생의 뜻은, 성인을 배우다가 이르지 못하는 것이 스스로 근심

---

16 차군(此君): 대나무를 가리키는 말. 왕휘지가 대나무를 '차군'이라 일컬은 데서 유래한 표현이다(『진서(晉書)·왕휘지전(王徽之傳)』).

이 될지언정 한가지 선행으로 이름을 이루고자 하지 않았으며, 일물一物의 격치格致에 이르지 못하는 것이 스스로 병통이 될지언정 일예一藝로써 만족하려 하지 않았다. 세상의 부귀와 빈천, 영욕과 훼예에 한번도 마음이 움직이지 않고 견고히 각고의 노력을 하면서도 부족한 듯 겸손한 태도를 보였다. "나는 소시에 훌륭한 선생을 만나지 못해 공부의 길에서 잘못 허비하였다. 근래 독서를 하면 점차 참맛을 알게 되는데 몸은 자꾸 쇠약해지고 인간사는 점차 넓어져서 뜻대로 할 수 없구나!"하며 탄식하곤 했다. 이로써 선생의 일생을 개관해볼 수 있겠다. 선생과 뜻을 같이하는 선비들은 매양 당세의 인물을 논하다가 선생에 말이 미치면 으레 "아무 친구는 투명하여 결점이라곤 하나도 보이지 않으니 빙호수월氷壺水月과 같다. 매양 한번 헤어졌다가 다시 만나면 소견이 더욱 높아져서 발전하기를 그치지 않는다. 참으로 고인의 기상이 있다"라고 평하였으니 사람들에게 존경을 받는 것이 이와 같았다.

선생은 문사文詞에 있어서 공력을 들이지 않는 데도 빛이 나서 붓을 들었다 하면 저절로 문장이 이루어졌다. 그래서 읽어보면 마음이 화평해지고 이치에 통하여 깨끗이 씻어내는 듯하니 참으로 덕이 있는 자라야 말이 있다는 격이다.

주자의 글을 보기 좋아하여 『주자서찬요朱子書纂要』15권을 엮었으며, 『동국문東國文』11권, 『둔옹고遁翁稿』3권, 『기효신서절요紀效新書節要』1권, 『서설書說』『서법書法』『참동계초參同契抄』각 1권, 이들은 넣고 빼고 하여 엮은 것이다. 그리고 『여지지輿地志』14권이 있는데, 이는 『여지승람輿地勝覽』에서 깎아낼 것은 깎아내고 보충할 것은 보충해서 엮은 것이나 미처 가다듬지 못했다.

『시詩』1권, 『문文』1권, 『이기총론理氣總論』1권, 『논학물리論學物理』

2권, 『경설經說』 1권, 『문답서問答書』 1권, 『기행일록紀行日錄』 1권, 이 8권은 선생이 저술한 것이다. 이외에 역사서를 교정한 것이나 찬록纂錄·수적手蹟 등이 많은데, 미처 완성을 못한 것이어서 셈에 넣지 않았다.

『수록』 13권은 평생의 정력이 여기에 다 들어간 것으로 요강이 서 있고 세목이 다 갖추어져서, 이른바 세상을 바로잡을 제도요 태평시대를 만들 문자라 할 수 있다. 그럼에도 스스로 광채를 감추어 함부로 사람들에게 이야기를 하지 않아서 이런 저술이 있는지 세상에서 알지 못했다. 때문에 본가에 저장이 된 채 한번도 밖에 나오지 않은 것이다.

오호라! 천지가 큰 인재를 낳음에 수백년 사이에 하나 있을까 말까 하니 필히 당세에 쓰임이 되도록 한 것이다. 선생의 덕이나 재주로 말할 것 같으면 어찌 시대를 위해서 사명을 준 것이 아니겠는가? 기왕에 이런 인물을 내놓고 끝내 크게 실천할 자리를 얻지 못한 것은 또한 무슨 뜻인가? 궁窮하여 아래에 처하고 있으면서 독선기신獨善其身[17]하여 학문이 이루어지고 행실이 높아 편안하여 스스로 즐겨 바름을 얻어 돌아가셨으니, 선생에 있어서야 무슨 유감이 있으리오? 그럼에도 조물주가 시기가 많은지, 이런 분을 사라지게 만들다니! 요순과 같은 임금에 요순 시절의 백성과 같은 시대를 만들려는 뜻을 지닌 분을 산림에서 속절없이 늙어가는 혼을 만들었으니 이야말로 사문斯文이 망하고 나라의 불행이 되지 않으랴! 운명이다, 더 말해 무엇하리오?

비록 그러하나 위로 전해 받은 바 없어도 타고난 자품이 저절로 부합하고, 아래로 내려준 바 없으나 도가 땅에 떨어지지 않아서 서적이 남아

---

17 독선기신(獨善其身): 『맹자·진심 상』에 나오는 말로, '겸선천하(兼善天下)'와 대비되는 의미를 갖는다. 사람이 뜻을 펼 수 있으면 천하를 구제하려 나서야 하지만, 어지러운 세상에 처해서는 자기 몸을 깨끗하고 선하게 가져야 한다는 뜻이다.

있으니 안목이 있으면 누구나 볼 수 있다. 백대 후에 오직 알아보는 자 알게 될 것이다. 높은 산은 우러러보지 않을 수 없는 법이라, 후세에 자운子雲이 없다고 어찌 말할 수 있으리오?[18]

선생께서 돌아가신 지 1년이 지나, 맏아들 하분瑌가 울면서 그의 벗 김 모에게 "선군先君의 잠덕潛德[19]은 그대가 아는 바라. 불초不肖한 이 사람이 선군을 불후不朽하게 하려면 행장이 없을 수 없거늘 그대는 누구보다 선군을 잘 아는 터이니 행장을 지어주기 바라네"라고 하였다. 서경瑞慶은 지식이 없고 어리석어 이 책임을 맡기 어려운 줄 스스로 잘 안다. 돌아보건대 일찍이 선생의 문하에서 가까이 모시고 있으면서 선생의 사적을 가장 많이 알고 있는 셈이니 의리로 볼 때 끝내 사양할 수 없다고 하겠다. 삼가 하분瑌가 엮은 바에 의거해서 위와 같이 기록하니 대인군자의 숨은 빛을 드러냄에 있어서 내가 비록 제대로 했다고 할 수 없겠으나 선생의 덕행은 문집에 드러나 있고, 선생의 사업은『수록』에 밝혀 있다. 덕이 있고 글을 잘 아는 군자라면 상고하고 검토해서 채택하는 바가 있을 것이다.

선생의 부인은 청송 심씨로 통정대부通政大夫 행철산도호부사行鐵山都護府使 증가선대부 병조참판 심항沈閌의 따님이신데, 유순하고 정숙하여 덕 있는 집안에 어울리는 분이었다. 1남 6녀를 두었으니, 아들은 곧 하분瑌이다. 장녀는 정광주鄭光疇[20]와 결혼했고, 차녀는 박삼朴森과 결혼했고,

---

18 자운(子雲)은 서한시대 학자이며 문학가인 양웅(揚雄)의 자. 양웅이 지은『태현경(太玄經)』에 대해 어떤 사람이 "누가 이 책을 보겠는가?"라고 묻자, 양웅은 백대 후의 자운을 기다린다고 대답했다 한다.

19 잠덕(潛德): 드러나지 않는 덕행을 이르는 말.

20 정광주(鄭光疇, 1644~?)는 자 귀서(龜瑞)로, 유형원의 벗인 정동직(鄭東稷)의 차남이다.

삼녀는 백광저白光璵[21]와 결혼했으니 모두 사인士人이다. 나머지 딸들은 아직 어리다. 하문는 참봉 배상유裵尙瑜의 따님과 결혼하여 3남 1녀를 낳았으니 장남은 응린應麟, 차남은 응룡應龍, 삼남은 응귀應龜인데, 모두 어리다. 정생은 딸 둘을 두었는데 다 어리고, 박생은 아들 하나를 두었는데 역시 어리다.

21 백광저(白光璵, 1649~1734)는 본관이 수원으로, 고창 지역에서 세거하였다. 부친인 백홍원(白弘源, 1620~74)이 유형원과 교분이 있었다. 이 글을 비롯한 여러 문건에서 백광저의 이름을 '白光著'로 쓰고 있으나, 수원백씨족보 등 관련 기록을 검토한바 '白光璵'가 맞다고 판단된다. 이하 모든 글에서 이를 취하기로 한다.

반계선생행장●
行狀

양섬梁暹

공은 휘 형원馨遠, 자 덕부德夫, 성 유柳로, 그 선조는 문화文化 사람이다. 삼한三韓 말엽에 차달車達이 고려 태조가 남방을 정벌하는 것을 도와 군량을 변경으로 수송하였는데, 그 공으로 대승大丞에 임명되었다. 문화 유씨는 이분으로부터 시작되어 크게 전해졌다.

12대를 내려와 휘 관寬은 우리 태조와 태종을 섬겼는데, 우의정을 지냈고 청백리로 명성이 있었으며 시호가 문간文簡이다. 이로부터 서울에서 대대로 살게 되었다. 문간공은 형조판서 휘 계문季聞을 낳았는데, 시호가 안숙安肅이다. 안숙공은 현감 조眺를 낳았으나 후사가 없어 형 환晥의 아들 담수聃壽를 후사로 삼았는데, 신천군수信川郡守를 지냈다. 군수공은 병절교위秉節校尉 릉陵을 낳고, 교위공은 종사랑從仕郎 충록忠祿을 낳고, 종사랑공은 창평현령昌平縣令 위湋를 낳으니, 이분이 바로 공의 증조부이다.

조부 휘 성민成民은 용양위부호군龍驤衛副護軍을 지냈고 병조참판에 추증되었다. 부친 휘 흠솺은 문예로 일찍이 이름을 떨쳤다. 21세 때 문과에 합격, 시강원侍講院 설서說書에 보임補任되어서 사람들이 원대한 인

● 원래『문화유씨하정공파가승보(文化柳氏夏亭公派家乘譜)』에 실려 있는 글이다. 작자 양섬(1643~?)은 자 퇴숙(退淑)이며, 유형원 여동생의 둘째아들이다. 유형원에게는 생질 즉 조카가 되며, 사제 간의 연이 있기도 하였다. 또 유형원과 양섬은 모두 풍산 심씨 집안에 장가들어 처가로도 연결이 된다. 이 글은 유형원의 아들 유하의 요청으로 1675년에 지었다.

제3부 부록(附錄) • 343

물로 기대했지만, 28세에 세상을 떠났다. 모친은 여주 이씨로, 자헌대부 의정부 우참찬 증영의정 이지완李志完의 따님이다. 성품이 정대正大하고 온후溫厚하였으며 부덕을 갖추었고 부귀가에서 성장했지만 이록利祿을 마음에 두지 않았다. 천계 2년 임술년(1622) 정월 21일에 공을 낳았다.

공은 타고난 성품이 범상하지 않고 기개와 도량이 청숙淸肅하며, 신체가 장대하고 눈빛이 샛별 같았다. 외모부터 크고 건장하여 위의威儀가 있었다. 아이들 장난을 칠 때부터 예사롭지 않았는데, 일상의 사물에 대해서도 반드시 끝까지 캐어물어 궁극점을 알고자 하였다. 2세 때 부친 설서공이 세상을 떠나자, 스스로 슬퍼할 줄을 알아 수개월 동안 고기를 먹지 않았다. 모친이 이를 측은히 여겨 억지로 고기를 주었으나, 매번 누이에게 주었다. 누이가 다시 돌려주었지만 굳이 사양하며 끝내 먹지 않았다. 지켜보던 이들이 기특해 하며 감탄해 마지않았다. 5세가 되어서는 산수에 능통하였고, 책을 읽을 줄 알고 난 뒤로는 스스로 계획을 세워 곁에서 아이들이 떠들고 놀더라도 귀에 들리지 않는 듯 글 읽고 외기를 그만두지 않았다. 또한 기억력이 비상하여 글을 몇번 읽지 않아도 종신토록 잊어버리지 않았다.

외숙 참의공參議公 이원진李元鎭은 박학다문하며 옛사람의 덕을 지녔고, 고모부 판서공 김세렴金世濂은 정중하고 온아하며 당대의 이름난 인물이었다. 공은 어린 시절부터 이 두분을 모시고 경전과 역사에 대해 가르침을 받았다. 대의를 능히 깨치고 위의와 법도가 의젓하여, 두분은 매우 기특히 여기고 매양 큰 그릇이라 칭찬하였다. 13~14세 때 학문에 뜻을 두고 과거공부에는 관심을 두지 않았다.

병자호란 때에는 서울서 급히 피란을 떠났다. 노련하고 사려 깊은 사람이라도 형세가 급박한 상황에서는 당황해서 어떻게 손을 써야할지 몰라 했다. 공은 동자로서 능히 주선하여 다급한 중에도 크고 작은 일들을 위로는 조부와 모친에게 여쭙고 아래로 부리는 사람들을 지휘해가며 처리하니, 거듭되는 고난과 위기를 공에게 의지하여 무사히 넘길 수 있었다.

조금 성장해서는 백가百家의 서책을 섭렵하고, 위기지학爲己之學에 더욱 마음을 기울였다. 그리고 "선비가 도에 뜻을 두고도 자립하지 못하는 것은 뜻이 기氣로 인해 나약해지는 때문이다. 군자가 자신을 경계하는 요체는 네가지인데, 나는 그중에 하나도 못하고 있다. 아침 일찍부터 밤늦게까지 부지런히 일하는 것을 못하고, 의관을 바로하고 태도를 존엄하게 갖는 것을 못하며, 어버이를 섬길 즈음에 안색을 온화하게 하는 것을 못하고, 집안에 거처할 적에 공경히 상대하는 것을 못하고 있다. 이 네가지는 외적으로 나태하여 안으로 황폐해진 것이다. 응당 깊이 반성하고 반드시 힘써야 할 바이다"라며 탄식하고, 「사잠四箴」을 지어 스스로 경계하였다.

이로부터 행동거지에 반드시 법도가 있었고, 어버이를 섬김에 예를 어기는 법이 없었다. 일찍이 친환親患 때문에 의원에게 약을 의논하러 갔는데, 예의가 공손하고 말이 부드러우면서 근심이 얼굴빛에 드러났다. 의원은 감동하여 "친환으로 약을 의논하려면 응당 이처럼 해야 할 것이 아닌가? 이 사람을 보고도 마음을 다해 약을 짓지 않는다면 사람 자식이 아니다"라고 했다.

집이 가난하여 봉양에 곤란을 당하는 일이 종종 있었지만, 자손으로 마땅히 해야 할 일은 힘써 행하였다. 혹시 궁핍하여 음식의 지공支供이 부족하면, 공은 자신도 모르게 슬픔으로 눈물을 흘렸다. 그 마음은 스스로 쌀을 짊어지지 못함을 부끄럽게 여긴 것이다.

서울에 있을 때 공은 명성이 높아, 정문옹鄭文翁[1] 형제에게 알려져서 깊이 교유했다. 전창도위全昌都尉가 공의 의기와 행실을 듣고 한번 만나고 싶었으나 오지 않을까봐 "우리 집에 중국본 책이 서가에 가득하다. 한번 와서 본다고 의리에 무슨 해가 될 것인가?" 하는 말을 붙여 보냈다.

공은 그래도 끝내 가지 않았다. 이때 나이는 약관弱冠이었다.

갑신년(1644)에 조모의 상을 당했고, 무자년(1648)에는 모친의 상을 당했으며, 신묘년(1651)에는 조부의 상을 당했다. 전후로 거상居喪을 하는 데 지극히 신중하였다. 이해에 서울을 떠나 과천현 삼현리三峴里에 우거하며 상을 마칠 때까지 그곳에 있었다.

계사년(1653) 공의 나이 32세에 큰 뜻과 강개함으로 훌쩍 멀리 떠나고자 하는 마음을 먹고 도연명陶淵明의 「귀거래사歸去來辭」에 화운하였다. 그리고 도연명의 시문을 애호하여 작품을 가려 뽑아 두권의 책을 만들고 날마다 저물녘이면 읊조렸으니, 세월이 동떨어져 있음에도 마음이 서로 통했던 것이다.

이해 겨울 마침내 남쪽 부안현의 변산 아래로 내려가 살았다. 그곳은 바닷가라서 생선이 많이 났는데, 종종 맛좋은 것을 대하면 애절한 마음에 저절로 표정이 변하여 "전에 내가 어른들을 봉양할 때는 항시 이런 것을 얻지 못해 근심이었다. 여기 이런 것들을 누구에게 드릴 것인가?" 라 하고 매양 눈물을 흘리며 잘 들지 못하였다. 누이가 서울에 살았는데 서로 멀리 떨어져 있어 의식衣食을 함께 하지 못함을 한스럽게 여겨, 경기의 전장田莊에서 들어오는 곡식을 모두 누이에게 보내주었다. 늘 살

---

1 정동직(鄭東稷, 1623~58). 자는 우경(虞卿), 호는 청천(聽泉). 유형원의 벗으로 인심 도심설 등 성리학 이론에 관해 토론한 편지가 남아 있다. 그의 형은 정동익(鄭東益, 1619~?)으로, 자가 우경(禹卿)이다.

림이 모자라진 않는지 돌보며 마음 쓰기를 마치 효자가 모친을 생각하는 것같이 하였다.

갑오년(1654) 사마시司馬試에 합격하였는데, 조부의 유지遺志를 따른 것이다. 그 후로는 다시 과거에 응시하지 않고 세상과 인연을 끊었다. 그리하여 더욱 성인의 학문에 전념해서 옛사람에게 한걸음 더 다가서지 못함을 자신의 근심으로 여겼으며, 천길 절벽이 서 있는 듯한 기상이 있었다.

거처하는 집은 몇개의 서까래를 얽은 정사精舍로, 푸른 소나무가 높게 뻗어 둘러쳐 있고 창밖은 천그루의 대숲이었다. 서가엔 만권의 책이 비치되어 있었다. 공은 용모를 바로하고 단정히 앉아 분전墳典에 몰두하였는데, 애를 쓰며 깊이 생각하고 정미精微한 곳까지 궁구하여 반드시 그 이치를 구함에 완전히 풀려 의구심이 없었다. 굶어도 먹는 것을 잊고 먹어도 맛을 잊었으며, 혹 밤새도록 잠자지 않고 혹 한밤중에 두세번 일어나 골똘히 정신을 쏟아 미치지 못할까 걱정하는 것 같았다. 일찍이 잠시라도 해이해지지 않았고 매일 날이 저물면 문득 탄식하며 "오늘도 헛되이 지나갔구나! 의리는 무궁한데 세월은 유한하니, 옛사람은 무슨 정력으로 성취한 것이 우뚝이 이와 같은가?"라고 말하였다. 날마다 자신이 한 일과 먹은 것이 어느 정도인지 견주어보아 서로 걸맞으면 편안해하고, 걸맞지 않으면 밤에도 편히 잠을 이루지 못하였다.

독서하는 여가에 날씨가 화창하고 따뜻하면, 문 밖에 나가 서성거리며 푸른 소나무와 대숲을 돌아보며 말하였다. "너희들 풍상에 흔들리지 않는 지조를 사랑하노라. 이런 지조가 없다면 내 어찌 너희들을 취하겠느냐?" "차군此君²이 만약 없었다면 내 누구와 벗하며 한가롭게 지내겠는가?"

공은 국가가 큰 치욕을 당하고 천하 사람들이 머리를 풀어헤치고 만백성이 곤궁에 빠지고 인의가 막혔음에도 세상에 대인大人·선생이 나와서 구제하지 않는 것을 깊이 생각하였다. 당시 중국이 위기에 처했다는 소식이 들려서 탄식하며 눈물을 흘리지 않은 적이 없었다. 또한 일찍이 세상의 군자들이 시대에는 치란治亂이 있으나 도道에는 고금이 없는 것을 이해하지 못하고, 자신을 수양하고 남을 다스림에 있어 모두 큰 규모를 세워 절목을 상세히 강구하는 자는 찾아볼 수 없고, 가정에서나 나라에서나 일에 다다라 어긋나서 마침내 말만 크고 알맹이 없는 데로 돌아가 백성들이 화를 입게 됨을 병통으로 여겼다. 이에 선왕의 법을 취하고 역대의 득실得失을 가늠하며 국가의 전장典章을 참작해 한부의 저술을 하여, 오늘에 통행이 될 수 있도록 뜻하였다. 그런데 옛 제도는 그 대강만이 겨우 남아 있고 그 세목들은 결락된 상태다. 포악한 진秦나라 이후로 욕망을 좇을 따름이기 때문이다.

　이에 남아 있는 경전을 상고하여 성인의 뜻을 터득하고, 인정人情에 근원하여 천리天理의 정도를 천명했다. 이로 미루어 펼쳐나가 남아 있는 것으로 결락된 것을 보완하고, 소략한 부분을 자세히 기술하였으니, 마치 벼리를 잡아 그물을 펼치고 백줄의 실올을 바로잡아 비단을 짜내는 듯했다. 마치 사람에게 사체四體가 있고 사체에 많은 관절이 있어 근맥筋脈이 서로 이어지고 혈기血氣가 서로 통하여 털끝 하나 누락이 없는 것과 같은 이치이다. 그 제도는 다만 인심人心에 순응하고 천리天理에 적합함을 요지로 삼은 것으로, 천하 후세에 모두 그 밝은 덕을 밝혀 그 어떤 것이라도 제 위치를 찾지 못하는 일이 없게 한 것이다.

---

2 차군(此君): 대나무를 일컫는 말.

선생이 이 책을 찬술함에 서적을 상고한 것은 매우 방대하고 마음으로 사색한 바는 매우 원숙하였다. 사람의 마음과 사물의 이치에 실증하고 천지의 조화에 가늠해보아 반드시 지극히 온당하여 바뀔 수 없는 데에서 구하였다. 오로지 조금이라도 오차가 있을까를 고심하며 평생의 정력을 다하여 먹는 것을 잊고 다른 생각을 잊은 지 어언 20여년이었다. 그 저술을 함에 있어서 고금의 전적典籍을 널리 읽기도 하고 사려가 미치는 바에 얻어지는 대로 그때마다 기록하여, 이에 이름을 『수록隨錄』이라고 하였다.[3]

공은 은거하며 추구하는 뜻이 담박하고 당세에 마음을 두지 않았다. 그럼에도 시대를 아파하고 나라를 걱정하는 것이 지성至誠에서 나왔으니, 조정에서 하나라도 좋은 정령政令이 나오면 기쁨이 얼굴에 드러났고, 시책이 타당하지 않으면 우려하며 탄식해 마지않았다. 항상 자신을 드러내지 않으려 힘써서 세상 사람들로 하여금 그 실상을 알게 하지 않았으되, 그의 이름이 저절로 드러나지 않을 수 없었다. 그리하여 당시의 높은 벼슬아치들이 공의 재주와 덕행을 천거하여 조정에 알리는 일이 많았다.

계축년(1673) 2월, 병환으로 자리에 누운 지 한달 남짓하여 병이 위중해졌다. 모시는 사람에게 침석을 바꾸어 정돈하라 명하였는데, 모시는 사람은 그만두시라 청하였다. 공은 눈을 뜨고 엄한 목소리로 "군자가 사람을 사랑하는 것은 덕으로 한다"라 하고, 일어나 씻은 다음 옷을 갈아입었다. 그 다음날 새벽에 그 병세가 더욱 위중해지자 자녀들이 울며 붙들었다. 공은 손을 저어 그만두게 하고 "남아가 죽음에 당해서 이

---

3 뒤이어 인용된 작품은 생략. 이 책 199면에 실려 있다.

렇게 할 수는 없는 법이다"라 하더니 드디어 서거하였다. 때는 3월 19일로 향년 52세였다. 두달이 지나 집 뒷산에 임시로 모셨다가, 그해 10월 27일 계해일에 죽산부에 북쪽으로 15리 지점의 용천리 유좌묘향酉坐卯向에 반장返葬하였다. 부친 설서공의 묘 아래로, 치명治命을 따른 것이다.

공은 풍산 심씨 통정대부 철산도호부사 증가선대부 병조참판 심항沈閎의 따님과 혼인하였다. 부인은 군자의 덕이 있었으며, 1남 6녀를 낳았다. 아들은 이름이 하昰이며, 장녀는 정광주鄭光疇에게, 차녀는 박삼朴森에게, 삼녀는 백광저白光璐에게, 사녀는 송유영宋儒英에게, 오녀는 윤유일尹惟一에게, 계녀는 신태제申泰濟에게 각각 출가했으니, 모두 사인士人이다. 하昰는 참봉 배상유裵尙瑜의 따님과 혼인하여 4남 1녀를 두었다. 큰아들 응린應麟는 박해朴瀣의 따님과 혼인하여 2남을 낳았고, 둘째 응룡應龍은 윤담尹樺의 따님과 혼인하여 2남을 낳았고, 그 아래는 응봉應鳳과 응붕應鵬이다. 정광주는 1남 1녀를, 박삼은 1남 2녀를, 백광저는 1남 2녀를, 송유영은 1남을, 신태제는 1남 2녀를 두었는데 모두 어리다.

공은 어렸을 적에 의기가 호방하며 침착하고도 굳세어, 한漢·당唐의 인물들을 내려다보았다. 시류의 속된 생각을 비루하다고 침 뱉었으니, 사상이 사람들과 맞지 않았다. 성품 또한 산수를 좋아하여 국내의 명승지에 두루 족적을 남겼다.

장성한 이후에는 스스로 조심하고 겸양하여 자신을 가다듬었다. 효제孝悌를 독실하게 실천하여 조부모나 모친이 살아계실 때는 마음을 즐겁게 해드렸고 돌아가신 뒤에는 제사에 엄숙히 임하였다. 항상 돌아가신 부친을 직접 모시지 못한 것을 지극히 애통해하였다. 세사에는 반드시 열흘 전에 재계를 하고, 슬퍼하기를 초상 때와 같이 하였다. 매일 가묘家廟에 빠짐없이 새벽 문안을 드려서 몸이 아프지 않으면 빠뜨리는 일이 없었다. 출입시에 반드시 고하였고 초하루와 보름마다 꼭 참알參謁을 했으며 신곡新穀이 나면 필히 올렸다. 예법은 한결같이 주자朱子의 제의祭儀를 따랐다. 일찍이 이렇게 말한 바 있다. "제사는 정성이 부족하기보다는 제물이 부족한 편이 낫다."

방에 있을 때는 위의威儀가 임석在席에 있는 듯했고, 장난스러운 말을 하지 않으셨다. 자녀를 교육함에 일정한 방도가 있었는데, 항상 남녀가 앉을 때에 각기 그 차서次序를 다르게 하도록 했고, 가볍고 따뜻한 옷을 입거나 아주 맛있는 음식을 먹지 못하게 하였다. "사람이 태어나 어렸을 때부터 따뜻하고 배부르면, 혈기에 병이 생길 뿐 아니라 생각도 안이해져서 자강自强할 수 없게 돼버리고 만다."

자녀들이 혹 사사로운 일을 하고 싶어하면 곧바로 꾸짖어 말했다. "너희들은 나에게 자라면서 추위와 굶주림을 면하게 되었다. 이것도 다행이거늘 감히 그 이상을 바라느냐? 아침저녁으로 조심하여 너를 낳아준 부모를 욕되게 하지 말아라. 오직 이 말을 유념하여라."

또 다음과 같이 말씀하셨다. "남의 자제들에게는 덕을 바라보게 해야지, 이익을 바라보게 해서는 안 되느니라. 궁달窮達은 명에 달렸으니, 마땅히 나 자신에게 있는 것을 구해야 할 것이다."

매해 초마다 가묘家廟를 참배하고 물러나와 정침正寢에 앉아서 자녀와 손자들에게 절을 받았다. 그 뒤 각각 서로에게 예식에 따라 절을 주고받게 했다. 또한 노비들에게도 뜰아래서 각각 서로 의례에 따라 절을 주고받게 하니, 이 때문에 집안사람들은 귀천을 가리지 않고 다들 어른을 어른으로 대하려는 마음이 있게 되었다.

친척들을 대함에는 은혜가 있고, 교유함에 도가 있었으며, 길흉과 경조사에는 예를 빠뜨린 적이 없었고, 도와주고 구해주고 할 때에는 은혜를 빠뜨리는 곳이 없게 하였다. 손님을 대접할 때는 공손히 하여 예를 지켰으며, 다른 사람들을 대함에 지식과 귀천을 상관하지 않고 사랑하고 공경하는 마음을 쓰지 않는 바 없었으니, 모두에게 환심을 얻었다. 사람들이 혹 나에게 탓을 하면 허물을 내게 돌려 스스로 반성하고 그와 다투지 않았다. 다른 사람에게 대답하는 것을 신중히 하며, 사생과 궁달로 인해 두 마음을 품지 않았다.

일찍이 혼처를 정하여 택일까지 했는데, 혼가婚家에서 상을 당하자 탈상까지 기다렸다가 딸을 시집보냈다. 평소 지성至誠으로 사람을 사랑하여 아무리 비천한 사람이라 해도 내치거나 꾸짖은 적이 없었다. 자녀들이 비복들에 대해 말을 혹 불손하게 하면, 정색하고 엄히 꾸짖었다.
"사람과 사람은 다 같은 부류이다. 어찌 감히 함부로 하느냐?"

그리고 탄식하며 "정이천程伊川은 일찍이 불상을 등지고 앉은 적이 없었다. 군자의 마음씀이 모두 이와 같다. 옛날에 진秦나라의 정사가 크게 무도하여 그때부터 사람을 써서 어깨에 메도록 하였으니, 이는 사람을 소나 말처럼 여긴 것이다. 나는 늘 이를 마음 아파했다"라고 말하였다.

일찍이 신창진新倉津을 지나다가 중류中流에서 배가 파손된 것을 보았다. 양쪽 언덕에서 구경하던 사람들은 모두 떠들다가 그냥 떠나버렸다. 공은 재빨리 상류의 배를 불러 파손된 배의 행인들을 구하도록 하였다. 구조된 자가 10수인이었는데, 이미 얼어죽은 자가 대여섯명이었고 가슴에 온기가 남아 있는 자가 아홉명이었다. 급히 노복으로 하여금 가까운 마을로 업고 들어가게 하고서 옷을 벗어 덮어주며 죽을 끓여주었다. 다음날 그 사람들은 모두 살아났다. 사람을 사랑하고 성성스러움이 이와 같았다.

집안을 다스림에는 법도가 있어 안배를 반드시 엄격하게 하였고, 노복을 바로잡고 통솔함에는 엄격하면서도 관용을 베풀었다. 무당이나 판수 같은 잡류雜類는 한번도 문에 들인 적이 없었다. 더욱 검소와 절약으로 스스로를 지키어 화려함과 사치를 물리쳐서, 그릇은 질그릇과 바가지를 썼고 옷은 명주와 비단을 입지 않았다. 혹 고기반찬이 두가지 있으면 하나를 내리도록 명하며 "선조의 유덕遺德으로 의복과 음식을 누리는 것은 공후公侯의 즐거움이다. 나는 세상에 끼친 공덕功德이 없으면서 죽음을 면하고 있으니, 이만 해도 너무 과분하다"라고 말하였다. 살림이 소박하면서도 거처에 법도가 있었으며, 빈제賓祭[4]를 삼가 조심하여 행하였다. 조세는 반드시 이웃보다 먼저 납부하였고, 주고받음은 반드시 의로써 하고 남에게 구하기를 조심했다. 일을 만나서는 반드시 "어떻게 할까, 어떻게 할까?"라 하며, 아무리 작은 일이라도 감히 쉽게 여기지 않았다. 심사숙고하여 반드시 다른 사람에게 거듭 자문하여 상세히 살피고 삼가 조심하니, 둔한 사람인 듯하였다. 그러나 의리로 결단할 때에는 확고하여 어길 수 없었으니 그 치밀하고 견실함이 이와 같았다. 그러므로 일이 끝난 뒤에 후회함이 없고 실패하는 일도 없었다. 그와 더불어 사후의 성패를 논하면 마치 등불로 비추어보고 숫자로 계산하는 듯하여 한치 한푼도 틀리지 않았다.

노년에는 더욱 겸손하여 항시 부족함이 있는 듯하였으며, 남의 스승이 되고자 한 적이 없었다. 그러나 후학 중에 힘써 수학하려는 자가 있으면 얼굴에 기쁜 빛을 보이며 자상하게 가르쳐 소홀히 함이 없었고, 혹 나태하고 건성인 사람이 있으면 심히 근심하여 "세상의 허다한 영재들이 어찌 한정이 있으리오마는 모두 자포자기하니, 안타깝구나"라고 일

4 빈제(賓祭): 귀빈을 초대하여 지내는 제사.

렀다. 일찍이 자제들에게 "사람이 비록 이름난 스승에게 학업을 전수받고 도를 전해 듣지 못하더라도, 도는 내 몸에 구비되어 있고 성현의 서책에 모두 갖추어져 있다. 진정 스스로 구하면 구하지 못할 이치가 있겠느냐?"라고 말하였다. 또 "학문을 함은 침잠하는 데 요체가 있으니 치밀한 연후에야 의미가 심장해지는 것이다"라고 하였다. 또 "학문에서 귀하게 여기는 것은 이치를 밝히고 실천하는 데 요체가 있다. 말로만 하는 학문은 경제經濟의 일을 전혀 해낼 수 없다"라고 하였다. 또 "내가 어릴 적에 어진 스승을 만나지 못해 공력을 헛되이 소비하다가 근래에 독서하며 점점 그 진미를 알게 되었다. 그러나 늙음과 병은 닥쳐오고 인사人事는 점차 넓어지는데, 뜻대로 되지 않는구나"라고 하였으니, 이는 공이 학문을 함에 오로지 내실에 마음을 써서 그 진보가 끝이 없었음을 보여준다.

대저 공은 천성이 순수하고 아름다워 내면을 확충하고 수양에 지극했으며, 참됨이 쌓이고 오래 노력하여 이미 고명광대高明廣大한 지경을 이루어 거의 중용中庸에 가까웠다. 이는 말학末學이 감히 헤아려 의론할 수 있는 바 아니다. 만약 그의 일상생활에 드러난 것을 논한다면 슬기로움은 족히 온갖 은미한 일을 밝힐 수 있었으되 스스로 만족스럽게 여기지 않았고, 지식은 족히 천하를 가지런히 할 수 있으나 지극히 우매한 이에게도 귀를 기울였다. 사람이 많고 적고 간에 감히 태만히 하지 않았고, 일이 크고 작고 간에 감히 소홀히 여기지 않았다. 행실이 이미 돈독한데도 더욱 노력을 들였고, 지식이 이미 지극한데도 더욱 정묘함을 구했다. 이는 천년 동안 전해져온 가르침에 해당할 것이니, 옛날에 이른바 진유眞儒가 아니겠는가?

문학과 사장詞章, 병법과 군율, 음양과 음악, 별자리와 지리, 의약과

점술, 명물名物과 도수度數, 산학算學과 한어漢語 등에 다 두루 능통하였으나, 이는 학문의 여사餘事이다. 어찌 공에게 대단한 것이 되겠는가? 천하 산천의 평탄함과 험난함, 도로의 막히고 통함, 바다 너머 이적夷狄의 색다른 풍속과 습성도 두루 모르는 것이 없었는데, 몸소 보고 겪은 듯하였다. 석가와 노자의 청정함, 선가의 현묘함에 이르기까지 또한 모두 고구하여 그 시비사정是非邪正을 환하게 마음속으로 판별하였으니, 대저 그 뜻은 성인을 배우다 미치지 못할지언정 하나의 선행이나 기예로 이름을 이루려 하지 않았던 것이다.[5]

저서로 『수록隨錄』 13권, 『이기총론理氣總論』 1권, 『시문詩文』 1권, 『잡저雜著』 1권, 『문답서問答書』 2권, 『기행일록紀行日錄』 1권이 있으니 도합 22권이다. 또한 고금의 여러 책을 보고 가려 뽑아 찬집纂集한 것으로 『주자서찬요朱子書纂要』 15권, 『동국문東國文』 12권, 『기효신서절요紀效新書節要』 1권, 『서설書說』 『서법書法』 『참동계초參同契抄』 각 1권, 『둔옹고遯翁稿』 3권이 있다. 『여지지輿地志』 13권은 『여지승람輿地勝覽』을 가감한 것인데, 책으로 묶을 순 있으나 완전히 정리되지 못했다. 이 밖에 역사서를 필삭筆削한 것과 기타 찬록한 것이 매우 많으나 모두 완성하지 못한 채 집에 보관되어 있다.

공이 세상을 떠나고 2년 뒤에 공의 장남인 하로가 울면서 외제外弟인 나 양섬梁暹에게 "내 들으니 '조상에게 선한 행실과 아름다운 사적이 있는데 전하지 않게 되는 것은 불효다'라고 하였다. 돌아가신 아버님의 드러나지 않은 미덕과 아름다운 행적은 전하지 않을 수 없어 장차 훌륭한 글을 써서 후세에 남기고자 하는 당세의 군자에게 청하여 이를 영원히

---

5 여대림(呂大臨)이 정이천(程伊川)의 「애사(哀詞)」를 쓰며 그가 자임한 바를 서술한 말이다.

전하려 하는데, 부친께서 온축한 바를 아는 사람으로 자네만한 사람이 없구나"라고 하며, 끝내 나에게 부탁해 행장을 짓게 하였다. 돌아보건대 불초한 나는 공에게 누이의 아들로, 공의 교육을 받은 것이 오래되지 않았다 할 수 없고 공의 언행을 보고 들은 것이 자세하지 않다 할 수 없다. 그러나 지극히 어리석고 부족하여 아는 것이 없어 공의 심원하고 광대함을 파악할 수 없는 까닭에, 삼가 하륜가 공의 언행을 기록한 글에서 취하고 옛날에 들은 바를 참고해서 위와 같이 우선 기록해둔다. 글이 번다한 듯하지만 감히 줄이지 못한 것은 쓸 분을 기다려서이다.

양섬이 삼가 행장을 쓰다.

반계선생행장●
行狀

오광운吳光運

반계 유선생은 휘 형원馨遠이요, 자 덕부德夫이며 본관이 문화文化이다. 시조는 차달車達로 집이 매우 부유하여, 고려 태조를 도와 출정하였는데 수레를 많이 지원했고 여러차례 공을 세워 대승에 오르고 '통합삼한공신統合三韓功臣'의 칭호를 받았다. 이로부터 대대로 현달하였는데 우리 조선으로 들어와서는 관寬이 세종을 보좌하여 우의정이 되고 문간文簡공의 시호를 받았다. 호는 하정夏亭이었으며, 맑은 덕행으로 국사에 실려 있다. 하정공이 계문季聞을 낳으니 형조판서·수문전제학을 지냈고 시호가 안숙安肅이다. 5대를 지나 위湋는 현령을 지냈고, 성민成民을 낳으니 정랑으로 병조참판에 증직을 받았다. 정랑공이 흠歆을 낳으니 문과에 뽑혀 한림원에 들어가서 검열이 되고 우참찬 이지완李志完의 따님과 결혼하여 천계天啓 임술년(1622)에 공을 낳았다. 검열공은 크게 기대를 받았으나 불행히도 28세에 졸했다.[1] 공은 태어난 지 겨우 두살에 불과했음에도 능히 슬픔을 알아서 고기를 먹지 않아 사람들이 기이하게 여겼다.

공은 3~4세 때에 일용사물을 접하게 되면 언제고 꼭 그 본말을 물

● 원래 『반계수록』 부록에 실려 있는 글이다. 작자 오광운(吳光運, 1689~1745)은 자 영백(永伯), 호 약산(藥山)으로, 영조대에 활동하며 탕평을 주장하였다. 오광운은 이 행장 외에도, 『반계수록』의 서문을 쓴 바 있다. 이 글의 제작시점은 불분명하다.

1 유형원의 부친인 유흠(柳歆, 1596~1623)은 인조반정 직후 유몽인(柳夢寅, 1559~1623)의 옥사에 연루되어 사망했다.

어 끝까지 파고들었으며, 아무리 미물의 초목이나 금수에 이르기까지도 모두 차마 해치지 못했다. 5세 때는 셈법에 통했고 책을 읽게 되면서 스스로 과정표를 정해 아무리 여러 아이들이 옆에서 떠들더라도 못 들은 것 같이 했다. 외숙인 감사 이원진李元鎭과 고모부인 판서 김세렴金世濂에게 가서 공부를 했는데, 한번 읽으면 곧바로 외울 수 있었다. 7세에 『상서商書』의 「우공禹貢」편을 읽다가 '기주冀州'에 이르러 번연히 일어나 춤을 추기에 사람들이 왜 그러는가 물으니 이렇게 답했다. "두 글자의 높고 중한 것이 여기에 이를 줄 생각지 못했습니다."[2]

10세 때는 글을 잘 지었고 유교 경전과 백가서에 통달했으며 의론이 사람의 의표를 뛰어넘었다. 이감사와 김판서 두 어른이 감탄하여 "이와 같은 재주가 옛날에는 혹시 있었을까?"라고 하였다. 13~14세 때에는 개연히 성현을 사모하는 뜻이 있어, 오로지 위기지학爲己之學에 마음을 쓰고 과거 공부는 좋아하지 않았다.

병자호란 때 피란을 가는데 조부모와 어머니, 두 고모를 모시고 떠났다. 조부는 연로하셨고, 세 집의 식솔들이 모두 공 한 사람에게 의지하는 형편이었다. 당시 그는 나이 15세였다. 도중에 산골에서 강도가 나와 길을 막아 일행이 모두 벌벌 떨었다. 공은 저들 앞에 나가 서서 "사람이 누군들 부모가 없으리오? 당신도 우리 부모를 놀라게 하지 말고 이 짐 속에서 당신들 마음대로 가져가고 싶은 것을 가지고 가시오!"라고 말했다. 도적들은 이 말에 감동하여 물러났다.

---

2 「우공」은 구주(九州)의 경계, 수로, 특산물, 토질 등이 열거되어 있다. '기주(冀州)'는 황도(皇都)가 속한 지역으로 가장 먼저 거론되나 나머지 지역과 달리 그 경계에 대한 설명이 빠져 있는데, 채침(蔡沈) 등은 이에 대해 '왕도(王都)의 존숭함을 드러낸 것'이라 주석한 바 있다.

21세 때에 탄식하며 "선비가 도에 뜻을 두고도 능히 확고히 서지 못하는 것은 뜻이 기질로 인해서 게을러진 잘못이다. 아침 일찍 일어나고 밤늦게 잠드는 것을 하지 못하고, 의관을 단정히 하고 시선을 바르게 하는 것을 하지 못하고, 어버이를 섬김에 안색을 부드럽게 갖지 못하고, 집에 있으면서 대면하는 사람들에게 공경하지 못했기 때문이다"라 하고, 이에 「사잠四箴」을 지어 스스로 경계하였다. 이로부터 조심조심하여 오직 그 경계하는 말을 실천하기에 힘썼다.

집안 어른의 병환으로 의원을 찾아갔는데, 그 의원은 본디 교만한 사람이었다. 그런데 공을 보자 "이런 사람을 보고도 약을 짓는 데 정성을 다하지 않는다면 사람의 자식이 아니다"라고 말했다. 집이 가난한데 힘을 다해 좋은 음식을 구하기에 힘썼으며, 더러 잇지를 못하면 안타까워 눈물을 흘렸다.

서울에 있을 적에 명성이 높아 일세의 명사들이 다들 사귀기를 원했으며, 높은 자리에 있는 사람이 한번 보기를 청했으나 만나려 하지 않았다. 글을 읽음에 침식을 잊었고, 마상馬上에서 늘 깊이 생각에 잠겨 말이 다른 길로 가도 깨닫지를 못했다.

갑신년(1644)에 명나라가 멸망했는데 이해에 조모의 상을 당했으며, 무자년(1648)에 어머니의 상을 당했고, 신묘년(1651)에 조부의 상을 당했다. 상제를 주관함에 예를 극진히 하였다. 상례를 마치고 나서 도연명陶淵明의 「귀거래사歸去來辭」에 화답하는 글을 짓고, 남쪽으로 부안현 우반동愚磻洞으로 내려가서 살았으니 공의 뜻을 가히 알 만하다. 그곳은 바닷가라 해산물이 많이 났는데, 매양 좋은 생선을 대하면 안색이 변하여 "어른들이 계실 때에는 항상 이런 것을 얻지 못해 근심하였는데 지금 이런 것을 얻어 어디에 쓸 것인고?"라 하며 목이 메어 차마 먹지 못했다. 누이 한분이 서울에 있는데 의식을 함께 하지 못함을 안쓰럽게 여겨 경기도 농장에서 나는 곡식을 보내주었다.

공은 매우 일찍이 학문에 뜻을 두었는데, 중국이 이적에게 짓밟힌 이후로 초연히 멀리 떠날 뜻을 품고 더욱 정밀히 학문에 힘써 뜻을 새기고 사색을 하는 것이 밤에서 낮으로 이어졌다. 침상에서 혹 좋은 생각이 떠오르면 자다가도 서너번 일어나 촛불을 켜고 그 요지를 재빨리 썼다. 매일 저물녘에는 "오늘도 헛되이 보내는구나! 의리는 무궁하고 세월은 한계가 있는데 옛날 분들은 무슨 정력이 있어 성취한 바가 저같이 굉장했을까?"라고 탄식했다. 매일 새벽이면 일어나 세수를 하고 의관을 차리고 가묘에 가서 뵙는데, 병이 깊지 않으면 아무리 더위와 추위, 바람과 비가 심하더라도 일찍이 그만둔 적이 없었다. 그러고 나서 물러나 서실에 앉는데 꼭 앉는 자리는 으레 일정한 처소였다. 서실은 소나무 언덕 대숲 아래에 있었는데, 만권의 서책이 정연히 놓여 있었으며, 대 사립문은 늘 닫혀 있고 사슴이 낮에도 돌아다녔다. 공은 돌아보고 즐거워하며 "옛날 사람들은 '정靜을 유지한 다음에 능히 편안하고 능히 사색을 한다'라고 하였는데 묘미가 있구나, 이 말씀이여!"라 하고, 또 일찍이 어떤 사람에게 이렇게 말하였다. "공부란 모름지기 동정動靜을 관통해야 하니 정靜이 아니면 근본을 삼을 수 없다. 비단 공부하는 사람만 그런 것이 아니요, 조화유행에는 동정이 서로 그 근본이 되지만 그 주主가 되는 것은 정에 있다."

그래서 이렇게 말씀했다. "'충분히 집적하지 않으면 발산할 수 없다'는 말이 있다."

또 "물物은 각각 그 자리에 그치니 또한 주정主靜의 뜻이다. 옛 성인의 정전법도 토지를 근본으로 하여 사람들에게 고루 같게 하는 것이니, 정을 통해 동을 제어하는 뜻이다"라고 하였다.

매양 달밤이면 거문고를 타며 노래를 불렀는데, 가사는 주시周詩[3]를 썼고 음은 한어로 했다. 그 소리는 금석에서 나오는 듯한데 마음속에서 울려나와 시원한 품이 참으로 천하의 고사高士라 이를 것이었다.

내외간에 태도가 엄숙하여 손님을 대하는 듯했으되 은정이 매우 돈독했다. 크고 작은 집안일들이 모두 규범이 있어 노복들이 저마다 맡은 일을 다 하였고 집안이 조촐하여 아무 일이 없는 것 같았다. 굿하는 무당이나 독경하는 소경을 집에 들이지 않으며 집안사람들도 푸닥거리를 할 줄 몰랐다. 이웃에 총사叢祠가 있어 사람들이 아주 붐볐는데, 공이 그 당집을 허물고 그 당수를 베어 마침내 폐지되었다.

문하에 글을 배우러 오는 자들은 그르고 치우친 생각이 저절로 사라졌으며 이웃 사람들은 모두 감화가 되었다. 평소에 어진 마음으로 사람을 구제하여 만물에까지 미치니 감동시키는 것이 많았다.

그때에 영력황제永曆皇帝[4]가 남방에서 즉위했는데, 혹은 망했다고 하고 혹은 망하지 않았다고도 했다. 임인년(1662)에 북사北使가 반사頒赦를 와서[5] 그를 붙잡았다고 말했으나, 우리나라에서는 아직 그 진위를 알지 못하고 있어서 공은 통탄해 마지않았다.

정미년(1667)에 중국 배가 제주도에 표류해 닿은 일이 있었다.[6] 모두

---

3 주시(周詩): 중국 주나라 때의 시가, 즉 『시경(詩經)』.

4 남명(南明)의 마지막 황제인 영명왕(永明王, 1625~62). 본명은 주유랑(朱由郎)으로, 계왕(桂王)이었던 아버지 주상영(朱常瀛)의 뒤를 이어 계왕이 되었다. 1647년 명황제로 옹립되면서 영력이라 건원하였다. 청과의 전쟁에서 패하여 각지로 피난하다 미얀마에서 청으로 압송되었고, 이듬해 운남에서 사망하였다. 이로써 명나라는 완전히 멸망했다.

5 북사(北使)는 청나라에서 조선에 온 사신을 가리키고, 반사(頒赦)는 사면령을 반포한다는 말이다.

복건福建 사람들로 중화의 복색을 하고 치발薙髮을 하지 않은 모습이었는데, 공은 일부러 가서 보고 한어로 명나라 일을 물었다. 그들 중에 글을 할 수 있는 사람으로 정희鄭喜와 증승曾勝 등이 있어서 눈물을 흘리며, 영력 황제는 남방의 4개 성을 보유하고 있고 지금 영력永曆 21년이라고 말했다.[7] 그리고 자기들 행장 속에서 책력을 꺼내 보여주는데 과연 그러했다. 공은 슬픔과 기쁨이 교차하여 시를 지었다.

타고난 성격이 산수를 좋아하여 발길이 동방의 명승지에 닿지 않는 곳이 없었다. 내려가 살고 있던 우반동 또한 풍광이 빼어나 제자들을 데리고 소요하며 노래하고 시를 읊었다.

천하의 사물이 그의 마음을 사로잡지 못했으되, 그 자비라는 하나의 마음은 출처出處[8]에 따라 차이가 있지 않았다. 그런 까닭에 경전을 연구하여 선성先聖의 본뜻을 체득하고, 인정에 바탕을 두어 천리天理의 정도를 밝히고, 고금을 관통하여 치란治亂의 원인을 살피고, 사물에 근거해서 본말本末의 관계를 고찰하여 문을 닫고 저술을 하였다. 그 저술한 바는 공언空言에 부칠 수밖에 없었으되[9] 세상을 바로하고 백성을 구제하

---

6 1667년 여름 중국 복건성 출신인 정희, 증승, 진득, 임인관 등 95인이 무역을 위해 일본으로 가던 중 제주도에 표착한 사건을 말한다. 이들은 한양으로 압송된 뒤 청나라로 강제귀환되는데, 이때 유형원이 찾아가 만난 것이다. 이 사건은 당대는 물론 이후에도 그 처리문제가 논란이 되었는데, 이때 일을 기록한 자료로 성해응(成海應, 1760~1839)의 『정미전신록(丁未傳信錄)』, 이익(李瀷)의 『표인문답(漂人問答)』, 황공(黃功)의 『황진문답(黃陳問答)』 등이 있다.

7 실제 정희·증승 등이 제주도에 표착한 1667년은 영력황제가 죽은 지 5년이 지난 때이다. 이 부분의 서술은 역사적 사실과 맞지 않는 부분이다.

8 출처(出處): 유자의 삶의 방식과 관련된 말로, '출'은 나가서 벼슬살이하는 것을 '처'는 물러나 은거하는 것을 가리킨다. 여기서 출처에 따라 차이가 없었다고 한 것은, '처'의 입장에 있음에도 나라와 백성을 위하는 뜻을 잃지 않았음을 말한 것이다.

9 유형원이 출사(出仕)를 하지 않아 그의 주장이 당대에 실현될 가능성이 없음을 두고 '공언(空言)'이라 한 것이다.

며 개물성무開物成務[10]의 지극한 정성에서 나오지 않은 것이 없었다.

공은 일찍이 이렇게 말했다. "고금에 이 하늘과 땅, 이 인간과 사물이 있으니 선왕의 정치는 하나라도 행할 수 없는 것이 없다. 군자가 천하를 위하는 것은 의도적으로 해서 되는 것이 아니고 저절로 천리에 합해서 이와 같이 되는 것이다."

또 이렇게 말했다. "옛사람들이 법을 만드는 것은 모두 도리로 일을 헤아렸기 때문에 간소해서 쉽게 행할 수 있었으며, 후세에는 모두 일에 따라 법을 만들기 때문에 백가지 길이 교위巧僞를 방어해도 더욱더 문란해질 뿐이었다."

또 이렇게 말했다. "천하를 다스림에 있어서 공전公田으로 하지 않고 공거貢擧를 하지 않으면 모두 구차하게 될 것이며, 아무리 선정을 하고자 해도 헛된 것이 될 것이다. 공전을 한번 시행하면 백가지 법도가 펼쳐지고, 빈부가 저절로 균형을 잡히게 할 수 있으며 호구가 저절로 명확하게 되고 군대가 저절로 질서가 설 것이다. 오직 이와 같이 된 연후에 교화가 퍼질 수 있고 예악이 일어날 수 있다. 그렇지 않으면 근본이 벌써 무너질 것이니 다시 더 말할 것도 없다."

또 이렇게 말했다. "왕정王政은 백성의 재산을 제정하는 데 있으며 백성의 재산을 제정하는 것은 경계經界를 바로 하는 데 있다. 맹자 시대로부터 폭군과 부패한 관리들이 자기들에게 해가 됨을 혐오하여 그 장부를 모두 없앴던 데다가 진나라의 분서焚書를 거치면서 옛 성현들의 제도와 절목들이 완전히 하나도 남은 것이 없게 되었다. 성현의 경전은 정

---

10 개물성무(開物成務):『주역(周易)·계사전 상(繫辭傳上)』에 나오는 말로, 만물의 뜻을 통하여 천하의 일을 완수한다는 뜻. 사물의 진상(眞象)을 드러내어 인사(人事)로 하여금 각기 그 온당함을 얻게 하는 것이다.

치의 근본을 논할 것일 뿐이었다. 한나라 이후로 수천년 사이에 성왕의 도가 행하지 못하게 된 것은 모두 전제田制가 붕괴된 까닭이니, 마침내 이적이 중화를 어지럽히고 생민은 도탄에 빠지는 데 이르렀던 것이다. 우리나라의 경우 노비는 점차 많아지고 양민은 점차 줄어들어 군정軍丁으로 마구 끌어가고 이웃 사람들까지 해를 입게 되었다. 비유하자면 헝클어진 실 같아서 그 근본을 찾지 못하면 가닥을 잡아낼 수 없는 격이다. 논하는 자들은 매양 우리나라는 산이 많기 때문에 균전법을 실시하기 어렵다고 하는데, 기자箕子가 이미 평양에서 행했던 것이다."[11]

마침내 '밭 전田'자 모양을 취해 네 구역으로 나누고 구역 하나마다 100묘로 했다. 묘의 단위는 기자의 70묘를 사용하지 않고 주나라의 100묘 제도를 썼다. 이것은 이정李靖이 땅이 협소한 데서는 팔진八陣의 법을 육화진六花陣[12]으로 바꾼 뜻과 같은 것이다. 교사教士·선재選才·명관命官·분직分職·반록頒祿·제병制兵·조폐造幣·통화通貨 등에 차례와 조목이 갖추어지지 않은 것이 없어 절목까지 아주 치밀했다. 그리하여 "천하의 도는 본말과 대소가 처음부터 분리되지 않았으니, 저울의 눈금이 합당함을 잃으면 저울이 될 수 없고, 자의 눈금이 적당함을 잃으면 자가 될 수 없는 법이다"라고 하였다. 이 저서를 '수록'이라 일컬었는데, 고금의 문헌을 널리 읽거나 또 사려가 미치는 대로 얻음이 있는 데 따라 기록한다는 의미이다.

그의 이 저술은 규모가 광대하며 체제가 정밀하여 앞의 현인들이 발

---

11 『동국여지승람(東國輿地勝覽)』의 「평양(平壤)·고적(古跡)·정전(井田)」에 "평양외성 안에 기자가 구획한 정전이 있는데 그 유적이 뚜렷하다"라는 언급이 있다.

12 이정(李靖, 571~649)은 수말당초의 무장으로, 제갈량(諸葛亮)의 팔진도(八陣圖)를 응용하여 '육화진'이라는 진법을 개발하였다. 병법에 능하여 『위공병법(衛公兵法)』이라는 책을 저술하기도 했다.

하지 못했던 바를 확장하였으니, 우리 동방에 일찍이 없었던 책이라고 할 수 있다. 그런데 그가 지은 『이기총론理氣總論』『논학물리論學物理』『경설經說』 등 글을 보면 『수록』에 본本이 있으며 천덕天德과 왕도王道[13]가 둘이 아님을 알 수 있다.

또한 『정음지남正音指南』『무경사서武經四書』『여지지興地誌』『군현지제郡縣之制』 등의 책을 저술했는데, 음양陰陽·율려律呂·병모兵謀·사율師律 및 성위星緯의 전도纏度·산천의 실상 등을 손바닥 들여다보듯 분명히 밝혔다. 공은 그야말로 체용體用·박약博約의 통유通儒[14]라고 하겠다. 공이 우리나라 천문의 분야에 대해 경기도 이북은 미尾·기箕에 속하고 그 이남은 기箕·두斗에 속한다고 한 설은, 공 이전 천여 년 사이에 일찍이 말한 자가 없었는데 공이 비로소 말한 것이다. 필시 후세에 안목을 가진 자가 나올 것이다.

국구國舅 민유중閔維重[15] 형제는 공에게 종숙從叔이 되는데, 공을 행의行誼로 추천하고자 했다. 공은 정색을 하고 "종숙께서는 저를 알지 못하십니다"라고 하여 끝내 추천이 이루어지지 못했다. 그 후로 몇분의 재상급 인사들이 공에 대해 "의리에 잠심하고 효도와 우애를 하늘이 낸 사람처럼 돈독히 행한다" 하고 추천하였으나, 공은 역시 좋아하지 않으

---

13 천덕(天德)과 왕도(王道): 『중용(中庸)』에 나오는 말. 천덕은 만물과 만사를 잘 기르고 이루어지게 하는 하늘의 덕성으로, 성인은 이 천덕을 본받는다고 하였다. 왕도는 패도(霸道)에 반대되는 것으로, 천덕과 왕도는 이상적인 정치의 지표로 일컬어진다.
14 체용(體用)은 본말과 통하는 뜻으로 '체'는 근본원리, '용'은 그것의 현실적용을 가리킨다. 박약(博約)은 '박문약례(博文約禮)'의 준말로, 널리 공부하여 엄밀하게 실천해야 한다는 뜻이다. 통유(通儒)는 해박한 지식과 훌륭한 실천력을 갖춘 선비를 가리키는 말로, 요컨대 학문과 실천이 겸비된 유자라 지칭한 것이다.
15 민유중(閔維重, 1630~87)은 자 지숙(持叔), 호 둔촌(屯村)이며, 인현왕후의 부친으로 여양부원군에 봉해졌다. 유형원의 부친 유흠과 이종사촌 간으로, 유형원과는 인척관계가 된다.

며 "내가 지금 재상을 알지 못하거늘 지금 재상이 어찌 나를 안단 말이오?"라 하였다.

공은 얼굴이 괴걸魁傑스럽고 이마가 널찍하고, 키가 크고 골격이 빼어나며, 목소리는 우렁차고, 수염은 아름답고 눈빛이 사람을 비췄으며, 거동이 위엄이 있어 보통 사람과는 아주 달랐다. 젊은 시절 과거 시험장에 들어갔을 때, 우연히 만난 어떤 사람이 공을 보고 마음에 감복하여 자기 시권試券을 버리고 공을 뒤따르는 데 이르렀다. 만년으로 와서는 더욱 기를 확충하고 길러서 정신이 안정되고 화평하게 되니 얼굴이 청수하고도 후덕하게 느껴져서 바라보면 벌써 도를 지닌 분임을 알 수 있었다. 공과 같이 특이한 자질을 품고 큰 포부를 지닌 분이 뜻을 독선獨善[16]에만 두었으니, 우리 동쪽 나라의 백성들로 하여금 복이 없게 하였도다. 애석한 일이다!

아! 고상한 자를 귀하게 여기는 까닭은 그가 베풀 수 있는 역량을 갖추고서 속에 품고 있기 때문이다. 세상에서 고상하다고 일컬어지는 자, 과연 갖춘 바를 끝까지 간직할 수 있는가? 갖추고도 표출하지 않는 자는 드물다. 그런데 갖추어둠에 있어서도 대소의 차이가 있다. 속에 든 것이 작은 자는 펼쳐놓기 쉽지만 큰 자는 시행하기 어렵다. 갖추고 있으면서도 표출하지 않는 자는 필시 갖추고 있는 것이 큰 자일 것이다.

공과 같은 분이 하고자 하는 바는 오직 삼대三代 이상의 사람만을 높이 인정하는데 공이 어찌 자신이 배운 바를 버리고 남을 따라서 배우리오? 공이 표출하지 않는 것은 마땅하다 하겠다. 더구나 후세에 상론尚論[17]하

---

16 독선(獨善): 『맹자·진심 상』에 나오는 '독선기신(獨善其身)'의 준말. 340면의 주 17을 참조할 것.
17 상론(尚論): 후세에 있으면서도 상고를 존숭해서 논한다는 뜻.

려는 이들은 그 시대로 고찰해보건대 필시 선생의 기풍에서 흥기된 자들이다.

허미수는 일찍이 반계를 왕좌재王佐才로 인정하였는데 이는 정확한 평가이다. 세상에는 또한 공을 문중자文仲子[18]로 비견하기도 하는데, 옛 사람과 지금 사람의 정신과 역량을 비록 알 수 없기는 하지만 공의 진실하고 순수한 점은 문중자의 모의模擬·잡박한 종류와는 다르지 않은가 한다. 이기理氣론이나 학문에 대해서 말한 등의 내용 또한 문중자에서는 찾아볼 수 없는 것이다. 이에 대해서는 정자·주자 전후에 나왔다고 보더라도 괜찮을 것이다.

공은 대대로 나라의 녹을 받은 가문의 후예로 밝은 임금이 등장한 세상을 만났으니 일을 해볼 만한 때라고 할 수 있다. 분명히 존주대의를 지켜 『수록』을 안고서 세상을 떠났으니 이 어찌 개황開荒 시대에 계책을 올린 것[19]과 같은 날에 이야기할 수 있겠는가?

공이 나이 52세에 돌아가시니, 장례에 원근에서 모여든 사람이 수백여 명이었다. 죽산竹山 용천리湧泉里 정배산鼎排山 유좌묘향酉坐卯向에 장사지냈다. 배위配位는 풍산 심씨로 철산부사·증병조참판 심항沈閌의 따님인데 부덕이 있었으며, 공을 받듦에 법도가 있고 공의 뜻을 이루기에 힘썼다. 아들 하나에 딸 여섯을 두었으니 아들은 이름이 하昰요, 큰 딸은 정광주鄭光疇, 둘째 딸은 박삼朴森, 셋째 딸은 백광저白光瀦와 결혼했다. 아들 하는 삼남 일녀를 두었는데 아들은 응린應麟·응룡應龍·응봉應鳳

---

18 중국의 수나라 때 학자인 왕통(王通, 584~617). 문중자는 그의 시호. 수문제(隋文帝) 때 「태평십책(太平十策)」을 지어 상주한 바 있는데, 받아들여지지 않자 은거하여 학문과 교육에 매진하였다. 저서로 『문중자』, 『원경(元經)』 등이 있다.

19 개황(開荒)은 수문제 때의 연호로, 문중자 왕통이 「태평십책」을 지어 올린 것을 가리킨다.

이다.

복천福川 후학 오광운吳光運은 찬한다.

반계선생언행록[●]

磻溪先生言行錄

유재원柳載遠

1. 가계 및 소년시절

공은 휘 형원馨遠, 자 덕부德夫, 본관이 문화文化다. 시조 해海는 자 응통應通, 호 아사鵝沙인데, 고려 태조가 삼한三韓을 통일할 때 수레를 내어 군량을 조달하는 데 큰 공로가 있어 차달車達이라는 이름을 내려받았으며 벼슬이 대승大丞에 이르렀다. 이후로 자손들이 현달하였다. 7세손 공권公權은 정당문학政堂文學을 지냈으며, 예를 잘 아는 것으로 천하에 이름이 알려졌고, 시호는 문간文簡이다. 13세손 관寬은 호 하정夏亭으로 우의정을 지내고 청백리淸白吏에 녹선錄選되었고, 시호는 문간文簡이다. 학문에 연원淵源이 있는 것으로 사림들이 사당을 세워 받들었다. 그 아들 계문季聞은 형조판서를 지냈으며 시호는 안숙安肅이다. 고조 릉陵은 종사랑從仕郎을 지냈고, 증조 위湋는 현령을 지냈다. 조부는 휘 성민成民으로 용양위부호군龍驤衛副護軍을 지내고 병조참판에 추증되었다.

부친 휘 흠欽은 문예로 명성을 날려 21세의 나이에 문과에 급제하였는데, 광해군에게 미움을 받아 인조반정이 일어난 뒤에야 등용되어 예문관藝文館 검열檢閱에 보임되었다. 모친은 우참찬 이지완李志完의 따님

● 원래 『문화유씨세보총목(文化柳氏世譜總目)』에 실려 있는 글이다. 「반계선생언행록」은 활자본으로 『문화유씨세보총목』에 수록된 것이 있고, 따로 필사본이 전하고 있다. 양자는 내용이 대동소이한데, 여기서는 활자본을 번역의 대본으로 삼고 필사본을 참고했다. 작자 유재원(1652~1713)은 유형원의 육촌동생이자 제자이며, 이 글은 1711년에 지었다.

으로, 성품이 온후하고 방정하여 부덕婦德을 잘 닦았으며, 부귀한 가문에서 자랐음에도 이록利祿을 영화로운 것으로 생각하지 않았다. 천계天啓 임술년(1622) 서울의 정동貞洞에서 공을 낳았다.

공은 타고난 자질이 수려하고 정숙하였으며 눈은 별처럼 빛났고 애들 놀이에도 범상치 않았다. 3세 때 부친을 잃고 슬퍼할 줄 알아서, 보는 이들이 기이하게 여기고 탄식하지 않는 사람이 없었다. 5세 때 셈을 할 줄 알았고, 8세 때 문장을 지을 줄 알았으며, 10세 때는 여러 서적을 두루 보았는데 한번 보면 곧 기억할 수 있었다. 공의 조부가 일찍이 삼각산三角山을 가리키며 운韻을 부르자 시를 지었다.[1]

또 12세 때는 「동해부東海賦」 수백구를 지었는데, 택당澤堂 이식李植이 이를 보고 기특하게 여겼다.

공은 13~14세 때 개연히 학문에 뜻을 두어 이후로 문예에 힘을 쓰지 않았다. 조부가 정시庭試를 보도록 권하여, 공은 정시를 보아 높은 등급으로 합격하였으나, 고관考官이 나이가 어리다는 이유로 합격 명단에서 빼버렸다.

15세 때 병자호란을 만났다. 도성 안의 사람들이 당황하여 어찌할 바를 몰랐으나, 공은 조부를 모시고 가솔들을 거느리고서 남쪽 강호江湖 지역으로 피란을 가서 드디어 무사할 수 있었다.

임오년(1642) 사마시司馬試에 합격하였으니, 조부의 명을 따른 것이었다.

2. 우반동 은거와 삶의 자세

공은 호란을 겪은 뒤 천하기 큰 치욕을 당한 것을 애통히 여겨 마침내

---

1 뒤이어 인용된 작품은 생략. 이 책 50면에 실려 있다.

세상일에 마음을 접고 바닷가에 위치한 산속으로 들어가 은거하였다. 공이 산으로 들어갈 적에, 도연명陶淵明의 「귀거래사歸去來辭」에 화운하여 자신의 뜻을 표현했다.[2]

이에 가솔을 거느리고 남쪽으로 내려가 마침내 봉래산蓬萊山에 있는 반곡磻谷으로 들어갔다. 계곡 중간에는 평평한 땅이 펼쳐져 있고 냇물 하나가 흐르고 있었으며, 복사꽃이 길 가득히 피어 있고 소나무와 회나무가 하늘을 덮었다. 공은 이곳에 몇 칸 남짓의 초가집을 짓고 집 뒤에는 큰 대나무 천그루를 가꾸었다. 시렁에 만권의 책을 비치해두었다. 산은 깊고 땅은 외져 산 밖의 소식이 들려오지 않았다.

공은 밝은 창 옆에 자리잡고 조용히 두 손을 모으고 단정히 앉아 종일토록 독서를 하였다. 조금도 게으른 기색을 보이지 않았다. 일찍이 「사잠四箴」을 지어 자신을 경계하였다.[3]

공은 일찍 일어나 의관을 바르게 하고 가묘家廟로 나갔다. 가묘의 문에 들어가서는 몸가짐을 조심하며 엄숙하고 공경한 모습을 보였고, 주선하여 나아가고 물러날 적에는 공경을 지극히 했으며, 물 뿌리고 청소하기를 마친 뒤에 문을 닫고 물러났다. 안뜰로 돌아와 정당에 오를 적에는 부인이 당에서 내려와 맞았고, 공은 엄숙한 태도로 좌석에 앉아 집안의 대소사를 배치하였다. 그런 뒤에 곧바로 서실로 돌아와 앉았다.

남자종들은 감히 중문中門 안으로 들어서지 못하였고 여자종 역시 이유 없이 문 밖을 나가지 않았다. 집의 안팎이 엄숙하고 조용하여 시끄럽거나 어지러운 소리를 내는 법이 없었다. 매양 공이 노복을 부르면 노복들은 반드시 모자를 쓰고 나아가 땅에 엎드려 명을 들었다. 곁에 모시는

---

2 뒤이어 인용된 작품은 생략. 이 책 195면에 실려 있다.
3 뒤이어 인용된 작품은 생략. 이 책 21면에 실려 있다.

자제들은 감히 큰소리를 내지 못했으며, 종을 부를 때에도 말을 함부로 하지 않았다.

공은 언제나 아침 일찍 일어나 침구를 정리하고 세수를 한 뒤에 복장을 바르게 하였으며 침실은 깨끗이 하였다. 공이 무릎을 꿇고 앉아 책을 읽고 있으면 자제들 또한 곁에서 단정히 앉아 명을 기다렸다.

공은 독서할 적에 반드시 조용히 음미하였는데, 마음에 얻어지는 것이 없으면 침식寢食을 잊었고, 마음에 얻는 것이 있으면 흥겨워 노래를 부르며 자기도 모르게 손으로 춤을 추고 발로 뛰기도 했다. 아침밥을 올리면 읽던 책을 덮고 조용히 상을 대하였는데, 제반祭飯⁴을 공경하는 마음으로 상 위에 놓아둔 뒤에 식사를 하였다. 식사할 적에는 수저 소리를 조금도 내지 않았고, 언제나 고기를 두가지 이상 올리지 말도록 했다.

"젊었을 적에 나는 집이 가난하여 모친께 맛있는 음식을 제대로 드리지 못해 늘 걱정이었다. 지금은 바닷가에 살고 있어 맛좋은 음식을 대하면 문득 옛날 생각이 나서 맛을 느끼지 못한다."

공은 종일토록 책을 앞에 놓고 정신을 집중하고 사색하다가 오묘한 이치를 깨닫기라도 하면 곧바로 기록하여 잊지 않도록 하였다. 후진 중에 배우기를 청하는 자가 있으면 반드시 일상의 비근한 말을 들어 상세히 설명하여 그로 하여금 스스로 깨닫도록 하였다. 또 손님이 찾아오면 상의를 입고 섬돌에 서서 세 번 사양한 뒤 당으로 올라가서 절을 하였다. 나누는 말은 충후하고 간절하였으며, 손님이 떠나가면 당을 내려와서 전송하였다. 무릇 찾아오는 사람에 대해서는 반드시 도리에 맞는 내용을 물어보았고, 그의 대답하는 말이 도에 가까우면 곧바로 써서 기록

---

4 제반(祭飯): 끼니마다 밥 먹기 전에 밥을 조금 떠내어 곡신(穀神)에게 감사의 뜻을 표하는 것. '제반(除飯)'이라고도 하며, 우리말로 '고수레'이다.

해두었다.

3. 사람은 다 동등하다

항상 겸손하여 지식의 있고 없음이 그 사람에게 달려 있다고 여기지 않았으며, 아무리 어리석은 사람의 말에도 귀를 기울였고 비천한 사람이라도 소홀히 대하는 법이 없었다. 그리고 상사람이 절을 드리려 하면 몸을 펴서 그러지 말라고 사양하며 "우리나라의 습속은 상사람에 대해서는 마주 절하는 예법이 없는데 머리만 끄덕이고 만다면 이 어찌 삼대三代의 습속이겠느냐? 사람은 다 동등하니 어찌 감히 거만한 태도를 보이겠는가?"라고 했다. 공은 자녀들이 혹 노복에게 말을 함부로 하는 일이 있으면 반드시 엄하게 꾸짖으며 "너희들 어찌 감히 이러느냐?" 하고서, "이천伊川선생은 일찍이 부처를 등지고 앉지 않았다. 군자의 마음 씀은 응당 이와 같아야 한다. 옛날 진秦나라는 무도하여 사람을 시켜 가마를 메도록 하여 사람을 소와 말처럼 부렸다. 실로 통탄할 일이다"라고 하였다.

공은 미세한 일에 대해서도 소홀히 한 적이 없었고, 어린애가 곁에 있더라도 성인을 대하는 것처럼 하였다. 또한 일상편리도 반드시 예를 갖추었다.

어떤 일을 당하면 반복하여 깊이 생각하고 남에게 물어 상세히 살피고 신중한 모습을 보여서 마치 둔한 사람 같았다. 그렇지만 의리義理와 공사公私의 구분은 분명히 하였다. 그리고 늘 탄식하며 "일을 고민할 즈음에 조금이라도 사심이 개입되면 언제고 폐단이 생기게 된다"라고 하였다. 거처할 적에는 고요하였고 일을 대처함에 공경하였으며, 남을 대할 때에는 공손하고 사물을 접할 때에는 너그러웠다. 또한 보고 듣고 말하고 행동함을 모두 예에 꼭 맞게 하였다. 밤새도록 부지런히 노력하여 편안하고 나태한 기색이 없었는데, "무릎을 꿇고 단정히 앉아 있으면 몸이 편안하지만, 편히 앉아 있으면 오히려 몸이 편안치 못하다"라고 말했다.

공이 바야흐로 사색에 잠겨 있을 때에는 추위도 화롯불을 쪼일 겨를이 없었고 더위도 부채질할 겨를이 없었으며 날이 이미 저문 것도 깨닫지 못할 정도였다.

저녁식사를 할 때에도 아침에 했던 식대로 하였으며, 등불을 밝히고 단정히 앉아 경전을 대하여 깊이 사색하되 반드시 의리에 분명히 통하기를 구하였다. 때문에 혹 한밤중에 두세차례 일어나기도 하고 밤새도록 잠들지 못하고 반복하여 깊이 생각하였다. 밤에는 사색하고 낮에는 실행하기를 매일 반복하였던바, 평생토록 이와 같이 하였다.

4. 학문의 방법

사서四書와 육경六經을 두루 읽고 다시 반복해 읽었으며, 염락濂洛[5] 여러 현인들의 서적은 횟수를 계산해서 읽었다. 육예六藝와 백가百家의 서적 및 삼재三才, 만물의 이치에 대해 궁구하지 않음이 없었다. 병법兵法·율려律呂·천문天文·지리地理·의약醫藥·복서卜筮나 중화와 이적夷狄의 언어를 비롯하여 천하의 도로·산천의 험이險夷, 사방 민족의 풍속, 그리고 불교와 노장老莊·선가仙家의 현묘한 이치에 이르기까지 모두 선명하게 분변하였다. 또한 『이소경離騷經』과 도연명陶淵明의 시를 밤마다 외고 읊었다. 그러나 외가서外家書를 배우고자 하는 사람이 있으면 "어찌 콩

---

5 송나라 학자 주돈이(周敦頤)와 정호(程顥)·정이(程頤)를 아울러 일컫는 말. 각각 염계(濂溪)와 낙양(洛陽)에 살았던 것에서 유래하였다.

과 조를 먹지 않고 겨와 쭉정이를 먹으려 하는가?"라 하고 반드시『소학小學』『대학大學』『근사록近思錄』을 근본으로 삼고, 이어서『논어論語』『맹자』『중용』을 익숙히 읽어 의리를 궁구한 연후에 다시 삼경三經을 읽도록 지도하였다.

"도는 멀리 있지 않다. 일용의 사물 사이에 달려 있거늘 사람들은 추구하지 않고 있다."

그리고 가까이 쇄소응대灑掃應對하는 절목에서부터 멀리는 제가齊家와 치국治國·평천하平天下의 도에 이르기까지 크건 작건 정밀하건 거칠건 간에 모두 남김없이 궁구하였으며, 작게는 정신과 심술心術의 오묘함부터 크게는 성신聖神과 공화功化의 지극한 경지에 이르기까지 반드시 완전히 이해하여 꿰뚫은 뒤에야 그만두었다. 하도河圖·낙서洛書의 수리 및 천지귀신의 심오함과 대연수大衍數로 시초점을 치는 것[6]과 상象을 보고 미래를 아는 법에 대해서도 항상 고요한 마음으로 완미하였다. 정일집중精一執中[7]과 건중건극建中建極[8]의 가르침, 아송국풍雅頌國風 및 교화치란敎化治亂의 일, 예의禮儀와 위의威儀의 삼천삼백三千三百 절목,[9] 선천후천先天後天[10]과 교역변역交易變易[11]의 오묘함, 주나라에서 관직을 설치하

---

6 대연의 수는 우주의 이치를 모두 포괄하고 있다고 하는 역리(易理)의 숫자로, 50을 가리킨다. '하도'와 '낙서' 모두 이 수를 상수(常數)로 삼고 있다. 시초(蓍草)는 신령한 풀의 이름으로, 처음 싹 돋을 때부터 50개의 잎이 똑같이 나와 자란다 한다. 이는 곧 대연의 수이므로, 그 풀을 가지고 산대를 삼아 점을 쳤다.

7 정일집중(精一執中):『서경(書經)·대우모(大禹謨)』에 나오는 말로, 순임금이 우임금에게 전수해주었다는 말. 그 내용은 "인심은 위태롭고 도심은 은미하니, 정밀하게 살피고 한결같이 지켜야 진실로 그 중도(中道)를 잡을 수 있다"는 것이다.

8 건중건극(建中建極):『서경·홍범』에 나오는 말. 임금이 중정(中正)의 도를 세움으로써 모든 사람의 준칙(準則)이 될 수 있도록 하는 것을 뜻한다.

9『중용』에 나오는 말.

10 선천후천(先天後天): 복희씨의 팔괘(八卦)를 선천이라 하는 데 대해서, 주문왕(周文

고 정전제井田制를 시행하여 세금을 10분의 1로 거두었던 법규, 난을 다스려 바른 길로 돌아가는 법에 대해서 또한 모두 강구하였으며, 옛 성인이 입언立言하고 가르침을 내린 뜻에 대해 평소 깊이 연구하여 가장 중요한 부분에 이르지 않음이 없었다.

공이 도달한 학문의 깊이는 후학들이 감히 엿보고 헤아릴 수 있는 경지가 아니었다. 다만 외면에 드러난 점을 통해 보면 온화하고도 단정히 처하여 마치 흙으로 빚은 인형과 같았으니, 공이 평소 기거할 때의 모습이었다. 멀리서 바라보면 근엄하여 두려워하고 공경하지 않는 사람이 없었으되, 다가가면 온화하여 마치 지란芝蘭의 꽃이 핀 방에 들어간 듯하였으니, 공이 남을 대할 때의 모습이었다. 의義로써 지도하여 엄중하게 훈계하였으니, 공이 자식을 가르친 방식이었다. 상하 간에 차등을 두고 내외간에 구별을 두었으니, 공이 규문閨門을 다스린 방식이었다. 가난하고 추위에 떠는 사람을 돌보아 은혜와 위엄을 함께 보였으니, 공이 집안의 노복을 대한 방식이었다. 장례를 치르고 제사를 지낼 적에 정성과 형식을 모두 지극히 하였으니, 공이 어버이를 섬기는 방식이었다. 누이와 고모를 모친처럼 모셨으며 의복·음식을 반드시 나누고 우환을 서로 함께하였으니, 공이 우애하는 방식이었다. 관혼상제에 당해서 돌보지 않음이 없었으며 상상殤喪[12]의 부고를 들었을 때에도 신위를 설치하고 곡을 하여 슬픔이 다한 뒤에 그쳤으니, 곧 공이 집안 친족을 대한 방

王)의 팔괘를 후천이라 한다. 이는 송나라 소옹(邵雍)이 주역(周易)의 괘도(卦圖)를 해설하면서 구분한 것으로, "선천은 곧 천지·수화(水火) 등을 대응시킨 것으로서 체(體)가 되는 것이다"라고 하였고, "후천은 현상계를 나타낸 것으로서 용(用)이 되는 것이다"라고 하였다(『황극경세서(皇極經世書)·심역발미일(心易發微一)』).

11 교역변역(交易變易): 낳고 낳아서 끊임없이 변하는 것을 뜻함.

12 상상(殤喪): 성년이 되지 못하고 죽은 자를 상(殤)이라 하는데, 이 경우 한단계 낮춘 예를 썼다.

식이었다. 말을 삼가고 예모를 겸손히 하였으니, 이 곧 공이 높은 어른을 대한 방식이었다. 조세를 반드시 이웃보다 먼저 냈고 노복으로 하여금 송금松禁[13]을 범하지 못하도록 하였으니, 이 곧 공이 공실公室을 섬기는 방식이었다.

공은 일찍이 딸을 혼인시키기로 약속하였는데 마침 사위로 정한 집에서 상을 당함에 상이 끝나기를 기다려 성혼을 시켰으니, 이것은 공이 다른 사람과의 신의를 중시한 태도였다. 나루를 지날 적에 행인들이 타고 가던 배가 전복되자, 공이 급히 상류의 배를 불러 물에 빠진 사람들을 구하여 모두 업고 인근의 집에 가서 옷을 벗어 덮어준 뒤에 죽을 끓여 나누어 먹었다. 그리고 계속 머물러 있으면서 소생하기를 기다렸다가 떠났다. 이에 살아난 사람이 모두 아홉명이었다. 이는 공이 뭇사람을 사랑하는 모습이었다. 한번은 공이 죽림원竹林院에 앉아 있었는데, 큰 사슴 한마리가 사냥꾼에게 쫓겨 공의 뜰 안으로 들어왔다. 공은 사슴을 숨겨주고 저녁까지 기다렸다가 놓아주니, 공이 만물을 사랑하는 모습이었다. 무당이나 중을 집 안에 들이지 못하도록 하고 일찍이 자신의 운명을 점치는 이에게 묻는 일이 없었다. 검소하여 몸에 비단을 두르지 않았고 거처하는 집은 겨우 몸을 간직할 수 있을 정도였으니, 자신이 살아가는 방식이었다.

1년 동안의 제수祭需를 통틀어 계산하여 미리 갖추어서 별도의 창고에 두었다가 때가 되면 꺼내 썼으므로 군색해지는 걱정이 없었다. 제사에 올리는 물건은 정결精潔하기를 힘썼으나 풍성하지는 못하였으며, 제기祭器와 제상祭床 또한 되도록 정교하게 만들었다. 재계할 적에는 반드

---

13 송금(松禁): 나라에서 법으로 소나무를 함부로 베어내지 못하게 하는 금령.

시 엄숙하게 하는데, 하루 전 저녁에 축사를 써두되 관대를 바르게 하고 붓과 벼루를 깨끗이 닦은 뒤 꿇어앉아 썼으며, 쓴 뒤에도 두세번 자세히 검토했다. 재계하는 날에는 반드시 제례祭禮에 대해 강하였고, 제사에 임해서는 반드시 절차에 대해 물어 이미 알고 있다 하여 경솔하게 행하는 법이 없었다. 관혼상제冠婚喪祭에 있어서는 모두 고례古禮를 준용하되 아무리 소소한 규범이라도 번거로운 예식이라는 핑계로 줄이는 일이 없었다. 일찍이 말하였다. "곡례曲禮 3000가지는 모두 인仁을 행하는 방법이다. 만약 자잘하고 번다하다는 이유로 소홀히 한다면 잘못되고 치우친 마음을 막을 수 없을 것이다."

거문고를 탈 적에는 반드시 주시周詩를 읊으며 박자를 맞추되 모두 한음漢音으로 노래하였으며, 다른 사람과 노래할 적에는 반드시 이치 있는 말로서 서로 화답하고 온화한 기운으로 인도하여 선善을 즐기는 데에 이르기를 기약하였다. 다른 사람과 활쏘기를 할 적에는 읍양揖讓과 진퇴進退를 한결같이 활 쏘는 예를 따라 행하되 엄하면서도 평화로웠고 온화하면서도 법도가 있었으니, 잘 맞추는 것만을 능사로 여기지 않았다. 말몰이御 일에 대해서는 일찍이 거제車制를 만들어 두었으나 미처 쓰지는 못하였다. 서법에 대해서는 언제나 전서篆書를 귀하게 여기되 예서隸書는 『홍무정운洪武正韻』을 표준으로 삼았으며, 수數에 대해서는 반드시 개방법開方法[14] 등으로 토지를 측량하였다.

5. 공부, 경敬과 정靜

초하루나 보름날이면 술과 과일을 대략 진설하여 아들과 며느리를

---

14 개방법(開方法): 수학용어로 다항방정식의 답을 구하는 방법. 대개 제곱근을 구하는 것을 가리킨다.

데리고 가묘에 참배하였다. 이 예가 끝나면 공은 정침正寢에 앉아 남녀 가족들 모두 앞에서 절을 올리도록 했다. 부녀자들에게는 『소학小學』이나 『여훈女訓』 등의 책을 가르쳐 강하였으며 비단옷을 입지 말도록 하였다. 남녀 모두에게 사적으로 재물을 운영하지 말도록 훈계하였다. "너희들은 굶주림과 추위를 면하는 것도 다행이다. 따로 남는 것을 바라지 말아라. 밤낮으로 항상 조심하며 너희를 낳아준 부모님께 욕되게 하지 말라."

또 이르기를 "남의 집 자제들에게는 덕을 보이도록 해야지, 이익을 보게 해서는 안 된다"라고 하였다. 과거시험을 보기 위한 글을 자제들에게 가르치지 않았다.

또 일렀다. "의복·음식이 사치스러우면 혈기가 병들게 되고 마음이 편안하면 덕성이 이지러지게 되니, 실로 두려워할 일이다. 교만하고 방탕하면 패가망신하게 되고, 근검하면 덕이 이루어지고 이름이 이루어지게 된다."

공은 퇴계退溪가 지은 「성학십도聖學十圖」를 자질子姪들에게 항시 가르쳐서 아침저녁으로 외우게 하고 들었다.

또 이런 말을 하기도 했다. "나는 어진 사우師友를 얻지 못해 공부를 하는 데 허비를 많이 했다." 또 "서적을 지나치게 많이 보면 또한 절실한 공부에 해가 될 수 있다"라고 하였다.

공은 지식을 이르는 데 도체道體의 미세한 부분까지 궁구하였으며, 존심存心을 하여 도체의 큰 것을 증험하였다. 그럼에도 언제나 이치를 분석하는 지점에 이르면 미세한 오차라도 있을까 염려하였으며, 매양 일을 처리할 즈음에는 사소한 잘못이라도 있을까 두려워했다.

평소 말하는 것도 필히 삼가고 평소 행하는 것도 필히 가다듬어 하였다. "공부는 응당 소홀히 하기 쉬운 곳에 더욱 신경 써야 하고, 사람을 살피는 요점은 미세한 일에 달려 있다."

문하의 동자들이 입고 있는 옷이 단정하지 않으면 이르는 말씀이다. "옷이 단정하지 않으면 마음이 바르지 않느니라."

그리고 청소함에 작은 먼지까지 깨끗이 쓸어내지 못하면 주의하는 말씀이다. "쓸어내기를 완전히 하지 못하면 뜻이 성실하지 못한 것이다."

또 "스스로 속이지 말라. 그런 뒤에라야 성현을 배울 수 있다"라고 하였다.

어떤 동자가 시를 지어 언덕의 대나무에 써놓음에 공은 꾸중해서 말하였다. "이런 행동은 공경하고 삼가는 도리가 아니다."

공은 변산의 높은 봉우리에 있는 조그만 절에 자주 가서 책을 읽었다. 간혹 한 도승道僧이 찾아와 유불도儒佛道 삼가三家의 요지에 대해 묻곤 하였다. 공이 대답한 말 중에 오묘한 뜻이 담겨 있는 일이 허다했다. 등잔 아래에서 스님과 이야기를 나누는데, 스님이 등불을 가리키며 선학禪學의 묘처에 대해 증명하였다. 승려가 한 말을 다 기록할 수 없으나, 대개 밝은 등불로서 부처를 증명하고 숯을 불어 등불을 이루는 것으로 큰 깨달음을 증명하고 극락세계極樂世界·무한쾌락無限快樂 등의 설로 끝을 맺으니, 자신의 도를 스스로 자랑한 것이었다. 공은 웃으며 말하였다. "너희의 도는 실로 허무요 적멸이니 청정과욕淸淨寡慾이라 하겠으나 개물성무開物成務[15]에 도달할 수 없으며, 궁신지화窮神知化[16]라 할 수 있겠

---

15 개물성무(開物成務): 『주역·계사전 상』에 나오는 말로, 만물의 뜻을 통하여 천하의 일을 완수한다는 뜻. 사물의 진상(眞象)을 드러내어 인사(人事)로 하여금 각기 그 온 당함을 얻게 하는 것이다.

으나 성인의 도에는 들어갈 수 없는 것이다. 그러니 진眞을 크게 어지럽힐 뿐이다."

그러고는 마침내 『대학』의 도를 들어서 깨우쳐 말했다. "정심正心은 천하의 일을 이루어주고자 하는 것이요, 궁리窮理는 성인의 도에 들어가고자 하는 것이다. 어찌 그대들처럼 인륜을 단절하고 따로 아득한 경계에서 미묘한 도를 구하려다가 끝내 아무것도 이룸이 없도록 해서야 되겠는가?"

이에 스님은 손을 들어 사례하며 말하였다. "유교에 대해서는 이미 말씀을 들었습니다. 이제 단법丹法에 대해 듣기를 청합니다."

"『참동계參同契』는 곧 수양을 위한 책으로, 후한 때 위백양魏伯陽이 지은 것이라. 천지 오행五行의 기는 차례를 따라 운행하는 것이거늘 단법은 조화의 권리를 훔쳐 거꾸로 행하니, 이는 천지에 대해 불효자이다. 어찌 배울 것이 있겠는가!"

공이 일찍이 사람들에게 한 말들을 들어본다.

"큰길을 따라가면 곁에 있는 시내나 지름길을 다 알 수 있으나, 작은 샛길을 길을 따라가면 끝내 큰길의 원근에 대해 알지 못하게 된다. 유가의 도가 큰 길이라면 불교와 도교는 작은 샛길이다."

"학문을 논함에 주렴계周濂溪는 정靜을 위주로 하였고, 정자程子는 경敬을 위주로 하였는데, 말의 뜻이 더욱 갖추어진 것이다. 대개 경이란 동정動靜과 상하上下를 관통하는 것이니, 경을 위주로 하지 않으면 학문에 뿌리가 없게 된다."

"지知와 행行은 어느 한쪽도 버려둘 수 없다. 알기만 하고 행하지 않

---

16 궁신지화(窮神知化): 『주역·계사전 하』에 나오는 말로, 우주의 이치와 조화의 원리를 안다는 뜻.

으면 그 아는 것이 나에게 있지 않은 것이요, 행하기만 하고 앎이 없으면 행하는 것이 사사로운 마음에서 나올 수 있다."

"외모가 바르면 마음도 반드시 정제되고, 외모가 바르지 못하면 마음 또한 흐트러진다. 그러므로 공부함에 있어서는 반드시 '정좌靜坐'를 우선시해야 한다."

"학문을 함에 있어 반드시 조용히 사색하고 치밀해야 하니, 그런 뒤에라야 의미가 심장하게 된다."

"학문은 필히 이치를 밝히고 실천하는 것을 귀하게 여긴다. 말만 앞세우는 학문은 이로울 것이 없다."

6. 상례와 제례

갑신년(1644) 조모의 상을 당하였고 무자년(1648) 모친의 상을 당하였으며, 신묘년(1651) 조부의 상을 당하였다. 전후로 상례喪禮를 집행함에 있어 한결같이 예법을 따랐다. 공은 부친을 받들지 못하였음을 평생의 슬픔으로 여겨, 제사를 올릴 때에는 언제나 엄숙함을 위주로 하였다.

목욕재계할 때에도 제의祭儀와 마찬가지로 하였으며, 제사를 지낼 때에는 술잔을 두 손으로 공경히 들어 눈썹 높이에 가지런히 하였다. 돌아서 나갈 때 절도가 있게 했고 돌아서 물러날 때 동작을 꼭 원을 그리듯 하였다. 몸을 굽히고 일어서고 할 때 마치 옷을 이기지 못할 듯이 조심스럽게 하였고, 읍하고 머리를 조아리기는 마치 군부君父나 지존至尊이 앞에 있는 것처럼 하였으니, 읍양揖讓하는 사이의 위의威儀는 가상하였다. 모든 예의절차는 주문공朱文公의 『가례家禮』에 따랐으며, 제사가 끝나고서도 공경하는 마음이 그치지 않아 여러 절차를 돌이켜 생각해 보고 예법에 맞지 않는 것이 있었으면 밤새 마음이 즐겁지 않아 했다.

일을 집행하는 자가 기물을 받듦에 있어 경솔히 하는 태도를 보일 때는 "빈 것을 들고 있어도 마치 가득 찬 것을 들고 있는 것과 같거늘, 어찌 가볍게 여기는가?"라며 주의를 주었다.

7. 산천 유람

공은 젊었을 적부터 명산대천을 두루 다니며 명승지의 승경을 기록하여 그윽한 정취를 담았다. 남쪽 바다에 배를 타서는, "바다 물결 위에 헌악軒樂을 펼치고, 아득한 천지에 노부魯桴를 띄우노라"[17]라는 시를 지었다. 변산에 올라서는 "중천에선 웃으며 하는 말 펼쳐지고, 상계上界엔 티끌먼지 없다네"[18]라고 읊었다. 또한 천길 높은 기상을 족히 떠올려 볼 수 있다. 금강산에 이르러서도 역시 시를 남겼다.[19]

무릇 공이 음영하는 시는 다른 문인들이 짓는 것과는 달랐으니, 한낱 음풍농월에 그치지 않았다. 태백산·구월산·지리산·묘향산 등지를 두루 유람하며 시를 남겼다. 이 시편들을 읽어보면 속된 생각이 사라짐을 느낄 것이다. 무릇 가슴속이 쇄락灑落하여 찬탄과 영탄을 발하는 것이 이처럼 맑은 정취를 불러일으키는 줄 누가 알리오! 일찍이 공이 스스로 한 말씀이 있다. "나는 문사文辭에 있어 다른 사람과 같지 못하다." "문장은 여사餘事이다." 모두 공이 평소에 하던 말이다.

공은 젊었을 적부터 옆으로 풍수설에 통하여 죽산·여주 등지에 선조들의 장지葬地를 얻어 장사를 다 잘 마쳤다. 이후로 다시는 풍수설에 관심을 두지 않았다. "근래에는 산천을 보아도 예전과 같은 생각은 다시

---

17 원문은 "溄蕩張軒樂, 蒼茫泛魯桴"으로, 이 책 128면에 실려 있는 시의 일부이다.
18 원문은 "中天開笑語, 上界絶塵埃"으로, 이 책 136면에 실려 있는 시의 일부이다.
19 뒤이어 인용된 작품은 생략. 이 책 58면에 실려 있다.

일어나지 않는다."

한편으로 공은 웅도雄都·대읍大邑·거방巨防·명성名城을 두루 돌아다
녀보고, 각기 연혁과 개수改修 방도에 대해 기록하였다. 또 풍속·물산·
인재·도덕 등에 대해 두루 물어 기록하여 충효와 학행을 지닌 선비가
후세에 한명이라도 민멸泯滅되는 일이 없도록 힘썼다. 토지의 비옥도,
산천의 험이險夷, 별자리의 소속, 고금의 자취에 대해 한가지라도 빠뜨
리는 일이 없었으며, 팔도를 주유하고 유적을 방문하여 알게 된 사실이
있으면 종이에 기록하기도 하고 직접 실행해보기도 하였다.

8. 존주양이의 이념과 저술활동

공은 항상 명나라가 멸망하고 중화가 혼란에 빠진 사태를 통탄하여
서리黍離의 감회[20]를 이기지 못하였다. 그래서 중국 사람을 만나게 되면
시를 지어 비감을 표출했다. 계수진季守眞에게 준 시 2수가 있다.[21]

공은 소시少時부터 한어漢語에 정통하였다. 일찍이 오공사悟空師라는
인물을 만나 천하사天下事에 관해 논했던바 한어로 하였다. 여러날 대화
를 나누었지만 곁의 사람들은 알아듣지 못하였다. 오공사는 요계遼薊 지
방의 빼어난 선비로서 세상을 피해 불가에 몸을 담은 사람이었다. 명말
에 당해서 초야에 은거한 선비들은 당세에 쓰임을 받지 못하여 결국 세
상에서 잊혀졌다. 오공사의 경우 의탁할 곳 없이 떠돌아다니다 조선땅
에까지 이른 것이다. 공이 존주의리尊周義理를 품고 있는 줄 알고는 내내

---

20 서리(黍離)는 『시경·왕풍(王風)』의 편명. 동주(東周)의 대부(大夫)가 멸망한 서주(西
周)의 옛 도읍을 지나가다가 옛 궁실과 종묘가 폐허로 변한 채 기장과 잡초만이 우거
진 것을 보고 비감에 젖어 탄식하며 부른 노래이다. 서리의 감회란 멸망한 나라에 대
해 잊지 못하는 마음을 뜻한다.
21 뒤이어 인용된 작품은 생략. 이 책 95, 96면에 실려 있다.

머무르며 떠나가지 않으면서 마음속에 담긴 생각들을 토해냈다. 대체로 홍주양이興周攘夷의 책략들이었다.

"수레〔車乘〕는 삼군三軍의 갑옷이다. 갑옷이 없으면 적을 제압하기 어렵다." 공은 이렇게 생각하고, 마침내 '팔진도八陳圖'를 고안했다. 수레와 기마, 보졸들을 안팎으로 둘러 적을 제압하는 방책으로 삼았으니, 여상呂尚, 관중管仲, 제갈량諸葛亮의 남긴 방법을 보완하여 만든 것이었다. 공은 또 아들들에게 일렀다. "선비는 병법을 몰라서는 안 된다."

그리고 또 말했다. "회음후淮陰侯 한신韓信이 '다다익선多多益善'이라 한 것은 분수分數에 밝았기 때문이다.[22] 만약 군대의 분수에 밝지 못하면 어찌 자기 몸이 팔을 부리듯 팔이 손가락을 부리듯 삼군을 통솔할 수 있겠는가?"

이에 병법과 군법에 관한 책을 지었으니, 남당南塘[23]의 병법서 중 요지를 취한 것이었다.

일찍이 천하에 사람이 없어 중원이 야만의 이적夷狄에게 지배를 당하고 있음에도 스스로 떨쳐 일어나지 못하는 일이 참으로 통한할 노릇이라 하고, 이에 『중흥위략中興偉略』을 저술했다. 또 "우리나라는 누습陋習을 바꾸지 못하고 언어도 중국과 다르니, 부끄러운 일이다"라 생각하고, 이에 『정음지남正音指南』을 지었다. 천문·역법이 어긋나 있음에도 이를 바로잡을 사람이 없어 칠정七政[24]을 정리하는 방도에 결함이 있었다.

---

22 『근사록·치법(治法)』에 "한신이 거느리는 군사가 많으면 많을수록 좋다고 말한 것은 단지 분수에 밝았기 때문이다"라는 정이천(程伊川)의 말이 실려 있다. 여기서 분수(分數)는 군대의 조직과 편제를 말한다.

23 명말의 장수 척계광(戚繼光, 1528~88). 자는 원경(元敬), 남당은 그의 호. 절강성에 침입한 왜구를 물리치는 데 큰 공을 세웠으며, 『기효신서(紀效新書)』 『연병실기(練兵實紀)』 『이융요략(莅戎要略)』 『무비신서(武備新書)』 등 여러 병서(兵書)를 남겼다.

24 칠정(七政): 일(日)·월(月)과 오성(五星)인 수(水)·화(火)·금(金)·목(木)·토(土)를

이에 태사太史[25]가 관장하는 제반 서책들을 모아 절충하는 작업을 했다. 지가地家의 제반 책들의 내용이 혼잡하여 갈피를 잡기 어렵기로, 이에 『지리군서地理群書』를 찬술하였다.

"사단칠정四端七情·이기理氣 등 문제에 관해 선배들이 왕복하며 논변한 것이 많은데, 후학들이 끝내 이해하기 어렵다" 하여 『이기총론理氣總論』을 지었다. 사서四書를 강론하여 '논학論學'의 편을 지었고, 육경六經을 연구하여 '경설經說'의 책이 있다.

동방의 문헌들은 징험하기에 부족하다고 여겨, 신라와 고려 이래 세도世道에 관계된 글들을 모아 『동국문선東國文選』을 편찬했으니, 모두 11권이었다. 또 주자서朱子書가 양이 방대하여 두루 기억할 수 없다고 하여 절실한 것들을 가려 뽑아 『주서찬요朱書纂要』를 엮었으니, 모두 15권이었다.

공은 유연히 자득을 하여 한가한 가운데 지은 시가 있었고, 사방을 돌아다녀 『기행일록記行日錄』을 저술하였다. 고금의 많은 서책에서 뽑아 『찬집纂集』을 엮었으며, 평소 지은 글들을 모아 『잡저雜著』라 하였다. 또한 동학 사이의 문답을 기록한 책이 있고, 『어류語類』를 교감한 책도 있다.

『동국여지승람東國輿地勝覽』은 지리지로서의 의미를 잃었다고 여겨, 그 내용에서 더 붙이고 빼고 수정을 하여 13권으로 만들었다. 동국의 역사서는 사필史筆의 법도를 잃었다고 보아 먼저 범례凡例를 세웠는데, 이어서 사서史書 편찬의 작업을 완료하지 못하였다.

아울러 일컫는 말. 곧 천문학을 뜻한다.

25 태사(太史): 고대에 역사와 국가전적(國家典籍)을 담당하고 천문·역법에 관한 일까지 관장하던 기관의 명칭.

가족적인 기반을 돈독히 하고자 하여 『유씨족보柳氏族譜』를 지었으며, 추원追遠의 뜻을 잊지 않고서 조상들의 묘소를 기록하였다.

전서篆書와 예서隷書는 육예六藝의 하나라고 여겨서 『서설書說』을 지었다. 『참동계參同契』는 수학數學의 지류로 본 때문에 『석해釋解』를 저술하였다.

9. 『반계수록』

공은 항상 탄식하여 한 말이 있었다.

"사해가 침몰된 나머지 만고의 긴긴 밤이 된 것은 성인의 도가 행해지지 않았기 때문이다. 아! 주공周公이 돌아가신 뒤로 성인의 도道가 행해지지 않았고, 맹자가 돌아가신 뒤로 성인의 학學이 전해지지 않았다. 송나라 때에 이르러 참선비〔眞儒〕들이 배출되어 함께 성인의 학문을 강론하여 천년 뒤에도 알 수 있도록 밝혔지만, 당대에는 그 도가 행해질 수 없었다. 그리하여 군자는 불행히 대도大道의 요지를 듣지 못하고 소민小民은 불행히 인정仁政의 은택을 입지 못한 채, 오늘날 이적夷狄이 중화를 짓밟아 천지가 비색否塞의 지경에 이르렀다. 아! 시대는 치란이 있어도, 도는 고금이 없는 법이다. 세상을 우려하는 학자들은 고금에 따라 합당한 도리가 있어 옛 도를 오늘날 다시 행할 수 없고 인정을 세상에 다시 펼 수 없다고 의심을 가졌다. 그 사이에 혹 구세救世에 뜻을 둔 인물이 나오기도 했지만, 쉽게 자신의 뜻에 따라 시의時宜를 짐작한 까닭에 마침내 왕패병용王覇竝用[26]의 지역에서 벗어나지 못했다. 이후로부터 세상에 비록 밝은 임금과 훌륭한 신하가 있더라도 기껏 부국강병만을

---

26 왕패병용(王覇竝用): 왕도와 패도를 아울러 쓰는 것. 근본적인 개혁의 방향으로 나가지 않고 절충주의를 취하는 방식.

이루는 데 그쳤을 뿐, 끝내 주周나라의 치세를 회복할 수는 없었다. 이 한탄스러움을 어찌 하리오!"

또 이렇게 말했다.

"옛 성인의 정치를 행한 방도가 진나라의 분서갱유로 인해 남김없이 없어지고 말았다. 다만 『주례周禮』 한부가 남았으되, 「동관冬官」은 결락되어 있으니, 그 대강만 남았고 세목細目은 잃어버린 것이다. 이에 옛 경전을 살펴 성인이 남긴 뜻을 탐구하고 인정人情을 참고해 천리天理가 있는 곳을 따져서, 남아 있는 바에 의거해 빠진 것을 보충하고 소략한 바를 따라가며 상세하게 하여, 20여년에 걸쳐 이 책을 완성하였다. 책은 총 13권으로, 어떤 것은 전적典籍에 실린 내용에서 터득하고 어떤 것은 생각이 미치는 바대로 얻을 때마다 기록하였기 때문에 이름하여 '수록隨錄'이라 한 것이다.

대략 여러 성인의 유법遺法을 수집하고 여러 현인의 훌륭한 성취를 취합하여 큰 벼리를 세우고 만가지 조목을 모두 펼쳐 온전하게 간추렸다. 하나같이 왕도王道에서 나온 것이다. 이고李翶의 「평부서平賦書」와 임훈林勳의 「본정서本政書」가 훌륭하지 않은 것은 아니나, 한때 세상을 구제하는 좋은 방책에 불과할 뿐 끝내 삼대의 법에는 도달하지 못하였는데, 그 근본이 없었기 때문이다. 근본이란 무엇인가? '정전井田'이 그것이다. 정치를 함에 있어 정전법에 근본하지 않는다면 구차해질 따름이다. 이런 까닭에 『수록』은 문왕文王이 기산岐山을 다스릴 때의 법에 바탕하여, 땅은 반드시 100묘畝로 나누고 세는 반드시 10분의 1을 취하는 것을 세상을 경영하는 모든 일의 근본으로 삼았다. 그 밖에 주州·여閭·향鄕·당黨의 제도, 학교에서 명륜明倫의 정사政事, 공거貢擧·양사養士의 방법이며, 예를 일으키고 풍속을 순화하는 규범, 관직을 만들고 직분을 구분하는 법도, 토지를 나누고 녹봉을 정하는 수數, 화폐제조와 물화유통의 조목, 병사를 통솔하고 군대를 운용하는 요체 등등 천가지 만가지 항목이 정전제로부터 나오지 않은 것이 없다. 비유하자면 벼리를 한번 들어올리면 그물 전체가 따라오는 것과 같다.

토지란 만물을 싣고 만물을 기르며 만물을 도와서 이루도록 하는 것이다. 이런 까닭에 성인이 만물을 다스리고자 함에 반드시 먼저 토지를 정리했다. 이는 천지의 도를 따른 것이었다. 하늘과 땅이 자리를 잡으면 역易은 그 가운데서 행하는 것이다. 땅이 평평한데 하늘이 이루어주어 모든 일들이 다 성취되는 법이다. 후세에 정치를 논하는 자들이 토지부터 바르게 하지 않고 '나는 능히 치세를 이룰 수 있다'라고 하는 말을 나는 믿지 않는다. 두우杜佑의 『통전通典』, 구준丘濬의 『대학연의보人學衍義補』가 모두 정치를 논한 책들이지만 이 또한 주나라의 제도를 한결같이 따르지 못하였으니, 다른 것은 더 말할 필요가 있겠는가? 오직 다행히 장횡거張横渠와 정호程顥·정이程頤 형제가 앞에서 논의를 꺼내고 주자朱子가 뒤에서 학설을 드러내 밝혔다. 그럼에도 은나라의 옛 제도가 상세하지 못한 점이 한스럽다. 지금 기자箕子의 옛터에 남아 있는 정전제의 자취를 고증해보면 은나라의 제도를 볼 수가 있다. 이른바 '중국이 잃어버린 예禮를 동이東夷에 남아 있는 것으로 징험한다'는 것이 아니겠는가? 사방의 전토田土와 팔방의 구역이 종횡으로 모두 여덟이니 선천방도先天方圖[27]와 같다. 그 밭 한 구역의 단위는 70묘畝로 하였으니 맹자가 말한 '은나라 사람은 70묘로 하여 조법助法을 시행하였다'[28]는 것을 실

---

27 선천방도(先天方圖): 즉 선천팔괘(先天八卦). 복희씨(伏犧氏)가 하도(河圖)를 보고 그렸다고 전해지는 팔괘로, 각 괘는 팔방에 배속된다.
28 『맹자·등문공 상(滕文公上)』에 나오는 말.

제로 증험할 수 있다."

공은 직접 옛 성인의 제도를 눈여겨 살피고 이에 감탄하여, 여기서부터 기자의 '田'자 모양을 본떠서 4경頃을 1전田으로 삼고 문왕의 100묘의 제도를 본받아 100묘를 1경으로 하였다. 대개 땅을 우물 정井자 모양으로 하지 않고 밭 전田자 모양으로 제도를 삼은 것은 우리나라 지세가 산이 많아 주나라 구주九州의 벌판과 다르기 때문이었다.

이정李靖[29]의 경우 비록 육화진六花陣으로 변형했으나 실은 팔진법을 벗어난 것이 아니었다. 70묘로 하지 않고 굳이 100묘로 1경을 삼은 것은 후세의 인문人文이 점차 갖추어져 은나라 사람의 질박함을 숭상하던 풍속과 다르기 때문이다. 이 책에 간혹 완성이 되지 못한 부분이 있는 것은 시왕時王의 제도[30]에 구애된 때문이다. 공은 일찍이 "이는 잊어버릴까봐 그때그때 적어둔 것이지, 저술을 의도해서 지은 것이 아니다. 불에 던져버려 참람하고 망녕되다는 비난을 면하고자 하였으나 그렇게 하지 못하였다"라 하고, 또 이어 탄식해서 말했다. "후세에 만약 삼대三代의 정치를 실행한다면 후세 또한 삼대가 될 수 있다. 민생이 완수될 수 있으며, 교화가 행해질 수 있고, 이적夷狄 또한 물리칠 수 있으리라. 그럼에도 세상에 아는 사람이 없지만, 그렇다고 영영 없겠는가?"

더러 책을 펼치고 흔연히 기뻐하기도 하다가, 더러 책을 덮고 한숨을 쉬며 탄식을 하기도 했다. 공은 더욱 더 자신을 감추어 세상에 아는 이가 없었다.

---

29 이정(李靖)은 수말당초의 장수로, 병법에 능하여 『위공병법(衛公兵法)』이라는 책을 저술했다. 그가 개발한 진법인 육화진은 제갈량의 팔진법을 변형하여 만든 것이다.
30 시왕(時王)의 제도: 시왕은 현시대의 임금이란 말. 고전적이 성왕(聖王)의 제도에 대비되는 의미를 갖고 있다.

10. 마지막 죽음의 길

만년으로 와서 능陵 참봉에 임명되었으나 나가지 않았다. 그 뒤에 정승 이상진李尙眞[31]이 조정에서 공을 크게 칭찬하여 "의리를 깊이 궁구하고 하늘이 내려 보냈다 할 정도로 행실이 아름답다"며 천거하였다. 조정의 논의가 바야흐로 공의 훌륭함을 임금께 경연에서 말씀드리자고 모아졌다.

그 얼마 지나지 않아 정침正寢에서 병으로 세상을 떠났다. 애석해하지 않는 사람이 없었다. 공의 병세가 크게 악화된 즈음, 모시는 사람에게 침석枕席을 바꾸라고 명하였다. 모시는 사람이 그만두시라고 하자 공은 눈을 뜨고 "군자는 사람을 사랑하길 덕으로 하느니라"라 하고, 일어나 몸을 씻고 옷을 갈아입었다. 이튿날 새벽에 숨이 곧 끊어지려 하였다. 자녀들이 울며 붙잡자, 공은 손을 저어 못하게 하고 마지막으로 이렇게 말했다. "남아가 죽고 사는 즈음에 이렇게 할 수 없느니라." 그리고 마침내 영면하였다. 계축년(1673) 3월 19일이다.

부고를 들은 사람들은 슬퍼하지 않는 이가 없었다. 시전 상인들은 탄식하고 애도하며 저자를 파하였다. 향년 52세였다. 2달 뒤 집의 뒷산에 임시로 장사를 지냈다가, 그해 10월에 죽산의 검열공檢閱公(부친 유흠)의 묘 아래에 반장返葬하니, 유언을 따른 것이었다. 임시로 장사지내기 전날 저녁, 사슴이 밤새 장지葬地를 둘러싸고 울었으며 밝은 빛이 땅을 비추었다. 사람들이 모두 기이하게 여겼다.

공의 부인 풍산 심씨는 철산도호부사 증병조참판 심항沈閌의 따님으

---

31 이상진(李尙眞, 1614~90)은 자가 천득(天得), 호가 만암(晩庵)으로, 1645년 과거에 급제하여 대사간, 이조판서, 우의정 등을 역임하였다. 전주 출신이어서 '전주정승'이란 일컬음을 받았다.

로, 공이 돌아가시고부터는 다만 죽만 들고 수십년 동안을 한결같이 처음 상을 당한 듯하였다. 1남 6녀를 두었는데, 아들 하륜는 벼슬이 현감에 이르렀다. 장녀는 진사 정광주鄭光疇에게, 차녀는 박삼朴森에게, 삼녀는 백광저白光瑄에게, 사녀는 송유영宋儒英에게, 오녀는 윤유일尹惟一에게, 계녀는 진사 신태제申泰濟에게 출가를 했다.

하륜는 참봉 배상유裵尚瑜의 따님에게 장가들어 4남 1녀를 두었다. 장남은 응린應麟으로 교관 박해朴澥의 따님에게 장가들어 1남 1녀를 낳았으니, 아들은 발發이고 딸은 ○○○에게 출가를 했다. 차남는 응룡應龍으로 윤담尹橝의 따님에게 장가들어 아들 둘을 낳았다. 삼남은 응봉應鳳으로 진사 이여모李汝模의 따님에게 장가들어 딸 하나를 낳았다. 사남은 응붕應鵬으로 이동규李소奎의 따님에게 장가들어 아들 셋을 낳았다.

11. 반계의 생긴 모습, 교수법

공은 기이한 자질을 타고나서 신장이 8척이고 성긴 수염이 허리띠까지 드리웠다. 가을 달 같은 정신과 바다 같은 도량에, 거동은 난곡鸞鵠의 모습 같았고 목소리는 큰 종의 소리 같았다. 더운 철이 되어 얇은 비단 두건을 쓰고 가벼운 옷을 입은 채 석실의 소나무 창 아래 손을 단정히 하고 의젓하게 앉았으면, 당차고 굳센 모습이 움직이지 않아도 드러나고 치밀한 몸가짐이 노하지 않아도 위엄을 갖추었다. 그 성대한 덕이 빛나는 모습은 말로 형용할 수가 없었다. 한번 보고서 종신토록 잊지 못하는 이가 있었고 한번 대화를 나누고서 평생을 존모하는 이도 있었으며, 간사한 아전이 공을 보면 두려워할 줄을 알았고 탐욕스러운 사람이 공의 말을 들으면 부끄러움을 알았으며, 나태한 사람은 일어설 생각을 갖게 되고 너무 각박한 사람은 돈후한 마음을 갖게 되었다. 시골사람들은 그 말을 듣고 서로 미워하는 폐습을 고쳤고 수령은 그 기풍을 듣고 수탈하려는 생각을 자제하였다.

학자들은 공을 스승으로 섬기기를 원했으며, 어질고 어리석음을 가리지 않고 한번 보기를 원하는 사람이 많았다. 총명함이 이치를 밝게 비추기 충분하였으되 스스로 지혜롭다 여기지 않고 물어 배우고 생각하고 고민하는 때에는 항상 맞는 이치를 궁구하였고, 굳셈이 자신을 다잡기에 충분하였으나 스스로 족하다 여기지 않고 몸가짐을 공경히 가지고 정신을 고요히 하는 가운데 항상 바른 마음을 지켰다. 겉과 속을 다 바르게 하고 안과 밖을 함께 수양하는 그 모습을 사람들이 볼 수 있었다. 은미한 부분을 성찰하는 데 이르러는 남들이 보고 듣기 전에도 계신공구戒愼恐懼[32]하며 치밀하고 엄정히 하고자 하였다. 대개 일생동안 안을 향한 공부를 게을리하지 않고 부지런히 힘써 터득하지 못한 바에 힘을 쏟아 스스로 터득하는 지점을 닦았으니, 참으로 후학이 감히 넘볼 수 있는 바가 아니었다. 공에게 잘못을 찾아와 말해주는 사람이 있으면 진심으로 좋아하며 승복해 마지않았으니, 이 때문에 사람들은 누구나 기꺼이 와서 고하려 했다.

공은 항시 말했다. "마음을 관장하는 것은 생각인데, 생각하면 얻고 생각하지 않으면 얻지 못한다. 그러나 자식과 후진들 가운데 생각을 하는 이가 드무니, 참으로 탄식할 일이로다. 스스로 생각하지 않는다면 아무리 밝은 스승이 있다한들 또한 어찌할 도리가 없는 것이다."

항상 자제를 가르침에 반드시 스스로 터득하도록 하였다. 『맹자』를

---

32 계신공구(戒愼恐懼): 남이 보지 않고 혼자 있을 때 조심하는 것을 '신독(愼獨)'이라 하는데, 신독을 하는 데 두려운 마음을 갖는 것이 '공구(恐懼)'이다. 유교에서 중요한 수양의 방법론이다.

배우는 사람이 호연장浩然章의 "반드시 해야 할 일이 있어도, 확정해두지 말 것이요, 마음에 잊지 말 것이요, 조장助長하지도 말 것이라"[33]라는 구절에 이르러 그 뜻을 이해하지 못하여 질문을 하였다. 그때 마침 매미가 평상머리에 붙어서 한참을 걸려 허물을 벗고 있었다. 공은 매미를 가리키며 비유해 말했다. "확정해두지 말고 그만두지 말라는 의미는 이 매미와 같다. 너는 저 매미가 허물을 벗는 것을 보아라, 어디에 조장하는 일이 있는가? 다만 스스로 힘쓸 따름이다."

『논어』를 배우는 사람이 자하子夏가 "어떤 것을 먼저 전하고 어떤 것을 뒤로 미루어 게을리하겠는가? 초목에 비유하자면 구분하여 순서가 있을 따름이다"[34]라고 한 대목을 이해하지 못해 물었다. 공의 대답은 이러했다.

"옛날 주자가 처음에는 이 장의 의미를 풀지 못하였는데, 깊은 밤에 홀로 앉아 깊이 궁리하여 터득하였다. 그때 두견새가 산에서 울고 밤중의 달이 아득한 가운데 생각을 하나로 모아 이내 얻은 바가 있었던 것이다. 그 뒤로 매번 두견새 소리가 들리면 문득 이 장의 의미를 떠올렸다고 한다. 자네가 이제 정신을 거두어 모으고 주자가 달밤에 두견새 소리를 듣던 때를 배우면, 스스로 터득할 수 있을 것이다."

그 후 두견새가 울면 문득 배우는 사람들과 함께 이 장의 뜻을 강론하였다. 『주역·계사』와 『중용·천도天道』 장은 무릎을 치며 읊는데, 세번을 반복하지 않은 적이 없었다.

---

33 『맹자·공손추상』에 나오는 말.
34 『논어·자장』에 나오는 말. 학문에 있어서 먼저 하고 뒤로 하는 구분에 따라 순서는 있지만, 근본적으로는 하나로 통한다는 의미. 초목이 구분은 있으되 싹이 나고 꽃이 되어 열매가 맺는 것 같은 순서가 있다는 의미로 이해된다.

공이 일찍이 몸이 아파 누웠는데, 문인들이 병문안을 하자 이렇게 말했다.

"내가 병을 낫게 하는 방법은 열흘 동안 문을 닫아걸고 혼자 지내며 고요히 수양하는 것이다. 그러면 묵은 병이 차츰 나을 뿐만 아니라, 뜻과 생각을 오로지 고요히 한 까닭에 학문에 있어서도 자못 얻는 바가 있다."

공은 늘 하시는 말이 있었다.

"선왕은 지일至日이 되면 관문關門을 닫는다 하였는데,[35] 한줄기 양기陽氣를 고요히 함양하는 것으로 양생養生의 도이자 양성養性의 방도를 삼은 것이다. 관문을 닫아건다는 뜻을 체득해야 할 것이니, 공부를 하는 것 또한 마찬가지이다"

"나는 타고난 기운이 두텁지 않아 오래 살지 못할 것이라 생각하였다. 만약 삼가고 섭생하는 노력을 하지 않았다면 또한 어찌 지금에 이를 수 있었겠는가? 『논어』에 '어진 사람은 오래 산다'라 하였고, 주자는 이에 대해 '고요히 하여 상도常道를 지키므로 오래 사는 것이다'라고 풀이하였다. '정靜'이란 인仁의 몸체요 수壽의 징조로, 욕심을 줄인 다음에라야 '정'을 할 수 있다. 사람이 살면서 고요히 한다는 것은 수명의 근본을 기르는 것이요 덕성德性의 시술施術을 기르는 것이니, 성현의 경륜사업은 '정'에서 시작하지 않는 것이 없다."

12. 구민활동, 예송에 대해

기유년(1669)·경술년(1670) 사이에 집안의 여러가지 물건과 소, 말 그

---

35 『주역·복괘(復卦)』에 나오는 말.

리고 밭과 논 등을 팔아서 쌀과 콩, 조 등 곡물을 사들였다. 사람들은 그 뜻을 알아차리지 못했다. 다음 신해년(1671) 여름에 사람들이 많이 굶어죽었다. 그 곡물로 백여명을 구제하였는데, 죽을 목숨을 많이 살려낸 것이다. 가뭄이나 서리의 재앙으로 흉년을 만나면 반드시 백성을 살리는 일을 염두에 두어 수령을 위해 진휼의 대책을 말하였고 물러나서는 스스로 사재私財를 마련하여 어려움에 처한 사람들을 도와 살리는 것을 임무로 삼았다.

기해년(1659) 예송禮訟이 일어났을 때,[36] 공을 찾아와 이 문제에 대해 묻는 이가 있었다. 예를 배우지 못했다고 사양하며 끝내 한마디 말도 하지 않았다. 그러고는 조용히 탄식하였다. "조정에 장차 불행한 사태가 생기겠구나!"

어떤 사람이 억지 주장을 하자 "경전이 있어 살펴볼 수 있을 문제인데, 무슨 마음으로 남에게 묻는 것이오?"라 하고, 비록 일가의 자제에 대해서도 끝내 그 시비를 논하지 않았다.

"주공이 예를 제정한 본의는 성인으로부터 한 등급 아래에 속한 사람은 감히 알 수 없다. 공자가 『춘추』를 지은 것은 주공이 예악을 정한 것과 앞뒤로 동일한 궤적이다. 이에 대해서는 자유子游·자하子夏도 감히 한마디 덧붙이지 못했던 것이다. 후세에 예를 논하는 자들은 성인의 본의는 깨닫지 못하고서 글자만 파고드는 폐단을 면치 못하고 있다"라 하고, 또 이렇게 말했다. "천자와 제후의 예는 대부大夫와 다르다."

그리고 이런 말도 하였다. "주공이 총재冢宰의 자리에 있으면서 모든

---

36 당시 효종의 죽음에 따라 자의대비(慈懿大妃)가 상복을 어떻게 입어야 하느냐는 문제로 논쟁이 일어났다. 이것이 당파의 입장과 연계되어 당쟁으로 비화되었다. 이를 '기해예송(己亥禮訟)'이라 일컫는다.

벼슬아치를 거느리며 몸소 토포악발吐哺握髮[37]을 하였으니, 어느 겨를에 예를 제정하였겠는가? 틀림없이 거처하는 곳이 지극히 고요했을 것이다. 고요한 이후에 능히 안정할 수 있고 능히 사려를 하여 능히 얻는 바가 있었을 것이다. 후세에 재상의 자리에 앉은 사람은 직접 세세한 일을 돌보거나 불필요한 사람을 접하지 않도록 한 뒤에라야 업무를 총괄할 수 있는 법이다."

13. 역대 인물에 대한 논평

"토정土亭 이지함李之菡 선생은 손으로 사기그릇을 두드려 오음五音의 소리를 내어 능히 사람을 즐겁게도 하고 슬프게도 하였다는데, 능히 아악雅樂을 만들 수도 있었을까요?"

누군가 이렇게 묻자, 공이 대답하였다.

"그것은 음률을 알았던 때문이다. 아악을 만드는 데까지는 알지 못하겠다."

"음악을 만드는 것이 그렇게 어렵습니까?"

"대악大樂은 천지와 함께 하는 것이다. 그 조화로움은 사시四時와 함께 하고 그 시작과 끝은 풍우와 함께 한다. 연주함에 있어서 우음羽音을 내면 여름에 서리가 내리고, 치음徵音을 내면 추운 겨울에도 따뜻한 기운이 돈다. 소소簫韶[38]를 연주하면 봉황이 내려와 깃들며, 함지咸池[39]를 연주하면 물고기와 용이 나와 춤을 춘다 하였으니, 성신聖神이 아니라

---

37 토포악발(吐哺握髮): 주공이 관무를 볼 때 손님이 오면 밥을 먹다가도 밥을 뱉고 맞이하고 목욕을 하다가도 머리를 손으로 쥐고 나가 맞아들였다는 고사에서 유래한 말로, 정무가 몹시 바쁜 것을 뜻한다.

38 소소(簫韶): 순임금의 음악.

39 함지(咸池): 요임금의 음악.

면 어찌 이를 지을 수 있겠는가? 옛사람이 '제갈공명이 예악을 어느 정도 이룰 수 있었다'라고 한 것을 보면, 음악을 만드는 어려움을 짐작케 한다."

"그렇다면 제갈공명의 목우유마가 신묘하다 했으되 끝내 음악을 제작할 수 없었다니, 앞으로는 옛 음악을 다시 회복할 수 없겠습니까?"

"율척律尺이 불분명하고 청탁이 일정하지 않은 때문에 후세에는 음악을 제작하기 어려운 것이다. 만약 백성들이 곤궁하여 원망하는 소리가 없게 하며 만물이 다 이루어지게 된다면, 음악을 연주하여 나오는 소리의 기운이 자연히 화창해질 것이다. 그러면 오늘의 음악이 옛 음악과 동일할 것이다. 이렇게 되지 않으면 아무리 함영咸英·소호韶濩[40]를 연주한들 무슨 유익함이 있겠는가?"

누가 또 물었다.

"중봉重峯 조헌趙憲은 임진왜란 이전에 전란이 일어날 것을 미리 다 알았다고 하는데, 운수를 헤아림이 어찌 그리도 신묘했습니까?"

"중봉 또한 토정으로부터 받은 바가 있었다."

누군가 또 "문창후文昌候 최치원崔致遠은 무슨 도학이 있어 문묘에 성현의 반열에 들어가게 되었습니까?"라고 물어 대답했다.

"그의 학문은 잡박하고 문장 또한 매우 높진 않으나, 우리 동방에 학學을 일으킨 공이 있었다. 이것이 문묘에 배향되게 된 이유이다. 신라·고려 이래로 도학으로 인정할 분은 오직 포은圃隱 정몽주鄭夢周 한분이다."

---

40 함영(咸英)·소호(韶濩): 각각 요임금의 음악인 함지(咸池)와 제곡(帝嚳)의 음악인 오영(五英), 순임금의 음악인 소소(簫韶)와 탕임금의 음악인 대호(大濩)를 가리킨다.

공은 일찍이 송도松都를 지나면서 포은을 위해 시를 지은 바 있다.[41]

"정암靜菴(조광조)선생은 타고난 자질이 매우 높아 일찍이 바른 도에 들어갔으니, 그의 「춘자부春字賦」[42]를 보면 또한 알 수 있다. 만약에 정암선생이 그 도를 제대로 행할 수 있었다면 우리나라가 거의 경지에 이르렀을 터인데, 불행하게 되었으니 탄식을 이길 수 없다!"

따로 정암을 생각하여 지은 시가 있다.[43]

"퇴계退溪(이황)선생은 학문이 원숙하여 끝을 보기 어려운 지경이다" 하고, 하나의 일화를 들어서 칭송한 바 있다.

"선생께서 한번은 뜰을 거닐고 있는데, 이웃집 복숭아나무의 가지가 담장 너머로 뻗어 복숭아 한 개가 땅에 떨어져 있었다. 선생은 그 가지에 달린 과실들을 손수 따서 담 너머로 넘겨주었다. 몸을 움직이고 손을 드는 사이에 자연스럽게 되었지, 일부러 힘을 써서 그런 것이 아니었다. 여기서도 선생의 도를 이룬 기상을 볼 수 있다."

일찍이 「감회感懷」라는 제목으로 지은 시가 있다.[44]

화담花潭(서경덕)을 일컬어 이렇게 말했다.

"스승에게 직접 전수받지 않았으나, 스스로 터득한 묘리가 많았고 남을 뛰어넘는 자질이 있었다. 그의 「온천변溫泉辨」[45]을 보면, 또한 식견과 지취가 높음을 알 수 있다. 지리산에 대해 '땅에 응축된 현묘한 정기가 구름과 비를 일으키고, 하늘을 머금은 순수한 기운은 영웅을 낳는다'[46]

---

41 뒤이어 인용된 작품은 생략. 이 책 51면에 실려 있다.
42 조광조의 문집인 『정암집(靜菴集)』 권1에 「춘부(春賦)」라는 제목으로 실려 있다.
43 뒤이어 인용된 작품은 생략. 이 책 31면에 실려 있다.
44 뒤이어 인용된 작품은 생략. 이 책 32면에 실려 있다.
45 서경덕의 문집인 『화담집(花潭集)』 권2에 실려 있다.
46 원문은 "蓄地玄精興雲雨, 含天粹氣産英雄"으로, 『화담집』 권1에 실린 「숙지리산반야봉(宿智異山般若峯)」의 일부이다.

고 읊었으니, 묵객墨客이 미칠 수 있는 바가 아니었다. 재랑齋郎에 제배되자 올린 사직소[47]를 보면 또한 진퇴를 범상하게 하지 않았음을 볼 수 있다. 시에 '창 앞에 비를 맞고 선 이름 없는 풀, 하루하루 자라 잎을 새로이 하네'[48]라 하였는데, 이는 도道를 본 말이다."

그리고 청하자靑霞子[49]의 시를 읊으며 한 말이 있다.

"시에 '벌집 속 애벌레가 네번 변해 벌이 되어 윙윙거리고, 둥지 속의 새 새끼가 세번 변해 제비가 되어 날아간다'[50]라 하였는데, 이는 연단鍊丹의 교敎에서 나온 것이다."

고금의 현자와 철인에 미쳐서 논하여 탄식한 말이 많았는데, 대개 이러했다.

"한고조高祖는 만약 참된 유자儒者를 얻었다면 왕도의 정치를 시험해볼 수 있었을 것이다. 한 문제文帝 또한 더불어 일을 해볼 만했다. 그런데 당태종은 오로지 무력을 숭상하였기에 더불어 왕도를 일으킬 수는 없었다. 한나라가 흥한 이래로 소열제昭烈帝(유비)가 임금의 덕을 갖추어서 함께 해볼 만하였고, 송태조太祖는 범위가 한 고조에도 미치지 못한다. 명나라의 태조는 만고의 호걸지사로 삼왕의 정치를 행할 수 있었으나, 주공周公과 소공召公이 없었으니 어찌할 수 있었겠는가? 명나라는

---

47 『화담집』 권2에 「의상중종대왕사직소(擬上中宗大王辭職疏)」라는 제목으로 실려 있다.

48 원문은 "窓前帶雨無名草, 日日生生葉更新"으로, 『화담집』에는 실려 있지 않다.

49 권극중(權克仲, 1585~1659). 자는 정지(正之), 청하자는 그의 호. 인목대비가 폐출되었다는 소식을 듣고, 환로에 나가지 않고 은둔하며 도가사상에 침잠하였다. 전라도 고부(古阜) 지역 출신으로, 유형원·백홍원(白弘遠) 등과 교유가 있었다. 저서로 『청하집(靑霞集)』『참동계주해(參同契註解)』 등이 있다.

50 원문은 "窠子四成蜂炯炯, 巢雛三化鷰飛飛"로, 권극중의 문집인 『청하집』 권5에 실린 「신추(新秋) 이수(二首)」의 일부이다.

법도를 세우는 방식이 지나치게 엄하여 말단에 이르러서는 그 폐단이 신하를 마구 살육하는 것으로 능사를 삼았다. 게다가 당파가 일어나 그에 따라 탐욕이 심하였다. 그리하여 풍교風敎·습속이 지역은 중화로되 인간은 이적夷狄과 마찬가지였다. 같은 기운이 서로 불러들인 셈이니, 실로 이치가 그런 것이다. 어찌 이적이 침입하여 차지하지 않을 수 있었겠는가? 머리를 풀어헤치고 들판에서 제祭를 지낸 것은 하나의 사례에 불과하다. 그 예禮를 먼저 망실하였으니 백년을 되놈이 된 사태는 이에 근거해보면 알 수 있다. 음란한 풍속이 한번 일어나 예속禮俗이 정지되고 말았으니, 어찌 이적과 금수의 땅으로 되지 않겠는가? 천하의 원기元氣가 크게 손상된 까닭에 소생하여 회복되는 것은 쉽지가 않다. 호걸이 떨치고 일어나길 기대할 수 없으니, 어찌 통탄하지 않을 수 있으랴!"

일찍이 영력황제永曆皇帝가 사천泗川 지역에서 일어났다는 소식을 듣고 감격하여, "해외 멀리 외로운 신하의 눈물, 넓은 바다 해질 무렵에 뿌리노라"[51]라고 읊은 바 있다. 정미(1667) 연간에 표착한 복건사람 증승曾勝 등이 붙잡혀 북경으로 송환되는 일이 있었는데, 통탄해 마지않았다.

언론이 임진왜란과 정유재란에 미쳐서는 개탄을 하며, 충무공의 사적을 매우 소상하게 말하였다. 그리고 당시 인물들을 거론함에 백사白沙(이항복)·한음漢陰(이덕형)·서애西崖(유성룡) 등 제현諸賢의 사적으로부터 정충신鄭忠信·김덕령金德齡에 이르기까지, 처음부터 끝까지의 행적을 빠뜨리지 않고 소상하게 이야기하며 나에게 입전立傳할 것을 명하시기도 했다. 또한 병자년(1636) 남한산성과 강화도의 일에 관련해서는 삼학사三學士와 청음淸陰(김상헌)·동계桐溪(정온) 등 제현의 사적과 임경업林慶業

---

51 원문은 "遙將海外孤臣淚, 添麗重冥日馭邊"으로, 이 책 167면에 실려 있는 시의 일부이다.

의 시종전말에 대해서도 자세히 이야기했다.

14. 당시 국제정세에 대한 분석 및 대비책

북경이 함락되던 때 유적流賊 이자성李自成이 궐을 침입하여 숭정황제가 손수 칼을 들어 딸들을 죽이고 손가락을 깨물어 조서詔書를 쓴 다음 얼굴을 가리고 사직을 위해 죽었던 사실에 이르러는, 오열하며 눈물을 쏟지 않은 적이 없었다.

"천하에 한명의 의사義士도 없단 말이냐? 어찌 지금까지 이다지도 조용한가! 우리나라가 청나라를 도와 한인漢人을 공격하던 날, 한인들이 '고려국아, 고려국아! 너희는 어찌 옛적에 입은 중국의 은혜를 잊고서 우리를 죽이려고 이렇게 덤벼든단 말이냐?'라고 외치지 않았겠느냐?"

공은 혀를 차며 비분강개해 마지않았다. 삼전도비三田渡碑에 이르러 "무엇을 하사하셨던가? 준마와 좋은 갖옷이라네" 등의 어구가 있다는 것을 말할 때면, 공은 하늘을 우러러 탄식하지 않은 적이 없었다.

자제들과 밤중에 뜰을 천천히 거닐다가, 별자리를 가리키며 물었다.

"저 별을 아느냐?"

"알지 못하옵니다."

"저것도 다 이치를 궁구하는 것들 중의 하나인데, 어찌 모른단 말이냐? 저 별은 진晉나라 때 갈라진 이후로 아직도 합해지지 못하고 있다."

이어서 서쪽의 혜성을 가리키며 말하였다.

"그 길이가 하늘을 덮으니 변화는 느리지만 재앙은 클 것이다. 50~60년 뒤에 천하가 크게 어지러워져 장차 '옛것이 뒤바뀌어 새로운 것이 펼쳐지는(革舊布新)' 일이 있게 될 것이다."

또 말하였다.

"남쪽 바다에서 목판이 떠와서 여기 바닷가에 부딪혔으니, 이는 필시 큰 도적이 배를 만드는 흔적이다. 장차 우리나라의 우환이 될 것이다."

그리하여 여러가지 어려움에 대한 계책과 고민을 말하였다.

"정지룡鄭芝龍은 청나라에 항복하였으나, 그 아들 정성공鄭成功은 항복하지 않고 연평왕延平王이 되어 복건 지역에 봉해졌다. 그 아들 정경鄭勍이 봉지를 물려받아 남해의 70개 도서를 점거하고 있으며, 일본과 혼인관계를 맺어 왕래하고 있다. 이는 우리나라에 우환거리이다. 중국인들은 우리나라가 은혜를 저버린 것에 분개하여 장차 왜병을 부추겨 움직일 위험이 없지 않다. 이 또한 염려하지 않을 수 없는 일이다. 또한 청나라 군대는 육지전에 능하지만 수상전에는 능하지 못하다. 그래서 해안 천리에 고기잡이와 해조채취까지 금하여 갈대와 억새만 무성하고, 바다의 방비는 허술하다. 중국인들이 남방에서 일어나려는 것은 청나라의 이러한 정세를 알고서 일본의 수군을 불러들이려는 것이다. 우리나라가 요해遼海에 배를 띄워 산해관山海關 내로 곧장 들어가 통주通州를 차지하는 한편 군대를 둘로 나누어 금주金州·복주復州·해주海州·개주蓋州[52]를 점거하여 중국의 군대가 천리 밖에서 향응한다면, 청나라 오랑캐는 배와 등에 적을 맞는 형세가 되어 위태로울 것이다. 왜국은 일찍이 우리나라를 넘어 연도燕都(북경)에 들어가려 하였으나 그 계획을 완수하지 못하였다. 어찌 오늘날의 염지染指[53]가 되지 않겠는가? 저 중국인들이 이런 전략을 꾸민다면 우리나라의 백성들은 또다시 병란의 고통에 빠질 것이다. 우리나라를 위한 오늘의 계책으로 말하면 무엇보다도 군

---

52 이들 지명은 모두 요동반도 남방에 위치한 도시이다.
53 염지(染指): 고기를 끓이는 가마솥에 손가락을 넣어 맛을 본다는 말로, 욕망을 일으키는 단초를 뜻한다.

사 20만을 선발하고 군량미를 비축하여 불우의 환란에 대비해야 할 것이다. 그럼에도 아무 생각 없이 세월만 보낼 뿐 단 한 사람도 국사國事를 담당할 이가 없으니, 장차 어찌할 것인가?"

15. 조선에 대한 성찰

"우리나라는 항복하는 것을 최상책으로 삼고 있다. '항降'이라는 한 글자만 있을 뿐인데, 따로 무슨 걱정이 있겠는가!"

"옛날에 학교를 세우고 선비를 가르침에는 수기치인修己治人의 도가 아님이 없었다. 그런데 오늘날 과거를 보여 선비를 뽑는 것은 그저 경전의 장구章句를 외게 하고 시문을 공교하게 짓도록 할 뿐이라, 학술과 사공事功이 날로 위축되고 있다. 이는 세도世道가 흥하고 쇠하는 큰 기축機軸이다. 비록 탕임금이나 무왕과 같은 임금이라도 과거로 인재를 뽑으면 이익을 좇고 글솜씨를 자랑하는 인물만 줄지어 나올 것이요, 도를 지키며 자중하는 선비는 끝내 세상에 나오게 되지 못할 것이다. 이윤伊尹과 여상呂尚 같은 이들도 마침내 신야莘野와 위수渭水에서 늙어갈 터이니, 누구와 더불어 은나라·주나라의 치세를 일으킬 수 있겠는가? 문사文詞가 실용이 될 수 없음에 그치지 않고, 문사가 변하여 담론이 되고 담론이 변하여 붕당이 된다. 붕당이 이루어지고 나면 마침내 윤리가 무너지는 사태에 이르게 될 것이다. 우리나라는 붕당으로 망할 것이다!"

이내 한숨을 쉬며 장탄식을 하였다. 공은 도가 행해지지 않을 것을 알고 은거하여 저술에 주력했는데, 사람들은 알지 못했다. 공이 세상을 하직한 뒤에 그 책이 비로소 나왔다. 사람들은 보고 누구나 "이분은 참으로 군자였구나. 누가 후세에 사람이 없다고 하였는가? 사람들이 알지 못했던 것이 안타깝구나!" 하고 기이하게 여겼다.

공은 사람을 대함에 항상 평범한 사람으로 자처하였다. 박학다식을 드러내지 않아 사람들이 알 수가 없었던 것이다. 같은 일가 사람 이외에 현달한 가문에는 발걸음을 하지 않아 당시에는 공을 본 사람이 드물었다.

16. 반계에 대한 애도와 칭송

나의 부친께서는 일찍부터 공을 존중하여 공의 언행과 동정을 들어 우리 형제에게 말씀하시며 칭찬해 마지않으셨다. 공에게 가서 배우라고 하시면서 하신 말씀이 있다. "우리 선대에 덕을 쌓았던 까닭에 이런 석학이 태어난 것이다. 하늘이 내려주시는 이치이다. 아, 거룩하다!"

그리고 또 "매번 서로 앉아 말을 나누면 마치 좋은 술을 마시고 저절로 취기가 오르는 것 같았다"라고 말씀하셨다.

여양부원군驪陽府院君[54]이 공의 묘에 가서 계서鷄絮[55]로 제祭를 드린 다음 몸소 숙초宿草[56]에 술을 뿌리며 말했다.

"아! 산소에 올라와보니, 이는 공이 평생 스스로 쌓아올린 것입니다. 얼마나 훌륭하신가?"

그러고는 주변의 산천을 둘러보고 탄식하며 떠났다.

조위수趙渭叟[57]는 정암선생의 후손으로 인척간이었다. 일찍이 한 말이 있다.

---

54 민유중(閔維重, 1630~87). 자는 지숙(持叔), 호는 둔촌(屯村). 인현왕후의 부친이며, 유형원과는 인척관계이다.

55 계서(鷄絮): 후한 때 사람인 서치(徐穉)가 먼 곳에 조문하러 갈 때, 술을 적셔 말려둔 솜과 닭을 가져가 제수로 올렸다는 데서 유래한 말이다. 제사를 올릴 때는 솜에 물을 부어 술기운이 나오게 했다고 한다.

56 숙초(宿草): 무덤의 풀이 한해가 지난 상태를 이르는 말. 무덤을 가리키기도 한다.

57 조위수(趙渭叟, 1630~99)는 자가 상보(尙甫)이며, 본관은 한양이다. 유형원의 고종 사촌인 조송년(趙松年, 1607~49)의 아들로, 유형원에게는 척질(戚姪)이 된다.

"당대의 명유名儒를 내 다 만나보았지만, 유공柳公처럼 호학好學하는 분을 본 적이 없다. 제갈공명의 자질에다가 정자·주자의 도학을 갖췄도다."

조공의 아우 조기수趙沂叟는 "어떻게 말해야 할지 모르겠다. 곧 옛 세상의 인물이다"라고 말했다.

휴계休溪[58]는 공의 당숙으로, 공을 위해 뇌사誄辭[59]를 지었다.

그대가 태어남은

실로 빼어난 기운이 모인 것이라.

기운은 조화롭고 부드러운데

자질은 강직하고 굳세었고,

자태 이미 도에 가까움에

충실히 길러 지극한 경지에 이르렀네.

깊은 곳까지 탐구함에

구하여 갖추지 못함이 없었거늘,

만약 등용이 되었다면

나라가 거의 이루어졌으리.

폐해지는 것도 명인가

때를 만나지 못하였다.

엄군평嚴君平[60]이 세상을 버리자

---

58 유무(柳懋, 1609~79). 휴계는 그의 호. 유징(柳澂)의 손자로, 유형원과는 7촌간이 된다. 김장생(金長生)과 김집(金集)의 문인으로, 논산 출신이며 병자호란 이후 낙향하여 은거하였다.

59 뇌사(誄辭): 죽은 사람을 애도하는 글.

60 전한시대 은자인 엄준(嚴遵). 군평은 그의 자. 『노자』를 즐겨 읽고 점복술(占卜術)

세상도 그를 버렸더라.

바닷가 변산에 빛을 숨기고

고기와 짝하고 사슴과 벗했네.

좌우로 도서를 비치하고

고금을 토론하며

자녀를 가르침에는

자신으로 법도를 삼았네.

호남의 유생 박치구朴致久[61] 등은 본 고을인 부안의 유림에게 이렇게 통지하였다.

"반곡磻谷 유선생은 문장과 학덕이 거룩하여 옛 군자에 비하더라도 양보할 것이 얼마나 되랴? 먼 곳에 사는 사람도 칭송하여 전하는 가운데서 선생에 대해 많이 들었거늘, 하물며 여러 군자들은 선생이 지내시던 지역에서 나고 자라 직접 가르침을 받아 감화된 이들인데, 어떻겠는가? 아! 세도가 희미해지고 공론이 행해지지 않아 항상 유림의 하는 일이 도에서 멀어졌다는 탄식을 면할 수 없게 되었다. 더구나 유선생에 이르러는 평생의 말씀과 저술이 반드시 정암·퇴계·율곡 등 여러 선생을 귀결처로 삼았으니, 그 문로門路의 올바름과 연원의 깊음은 참으로 백대의 본보기가 될 만하다. 지금 선생을 받들어 모시는 사당을 세우자는 의론에 어찌 다른 말이 있겠는가?"

에 밝았으며, 세상을 버리고 은거한 인물이다.

61 박치구(朴致久, 1651~?)는 자가 원부(元夫), 본관은 충주로, 전라도 광주에 거주하였다. 1682년에 생원시에 합격한 사실이 『사마방목(司馬榜目)』을 통해 확인된다.

17. 맺음말

나 재원載遠은 공과 재종형제로, 공에게 가르침을 받는 학은을 입었다. 허나 기질이 노둔하고 병이 점점 심해져서 가르침을 받은 뜻에 부응하지 못하고, 이제 백발에 이르러 방황하는 심회를 이길 수 없다. 기왕에 공의 문하에서 승당升堂을 못하고 입실入室[62]을 할 수 없었으니, 어떻게 공의 학문과 덕을 비슷하게나마 그려낼 수 있겠는가? 여기에 어떤 사람이 몸소 태산의 높은 봉우리를 오른 뒤에야 그 산의 천만가지 기상을 알 것이다. 그러나 천길 절벽이 버티고 서서 한발 한발 올라갈 수 없다면, 어찌 그 거대한 돌 뒤의 깊은 곳에서 운우를 일으켜 만물을 기르는 현상을 알 수 있겠는가? 어리석어 알지 못하면 마땅히 그 모습을 떠올려 기억해야 할 것이다. 그 맑은 모습과 특이한 자태는 「주남周南」의 기린[63]이나 기산岐山의 봉황[64]처럼 아침해가 뜨고 봄바람이 부는 가운데서 떨치는 위의威儀를 표출하였으니, 실로 성왕聖王의 상서로움이었다.

만약 당시에 화가를 구하여 심의深衣에 큰 띠를 두른 용모를 그려 후세에 전했다면 한번 보고 도가 있는 기상임을 알 수 있었을 것이다. 이미 화가의 전신傳神의 솜씨를 얻어 그덕의 표상을 그리지 못했으니, 그 쇄락한 자태와 명쾌한 거동을 사람들이 볼 수가 없게 되었다. 만약 덕행

---

62 큰 스승의 문하에서 제자의 등급을 집에 비유해서 나타내는 말. '승당'은 마루에 오른 다는 뜻이니 상당한 경지에 오른 단계이며, '입실'은 큰방에 들어갔다는 뜻이니 가장 높은 단계이다.

63 『시경·주남』에 있는 「린지지(麟之趾)」라는 시를 일컫는 것으로, 주문왕(周文王)의 후비(后妃)가 닦은 덕이 자손에게 드러났음을 노래한 내용이다. 대개 황후의 후덕함 또는 공자(公子)의 뛰어난 풍모 등을 말할 때 인용되는 작품이다. 여기서는 기린의 모습에 비견될 유형원의 모습을 표현하기 위해 쓰였다.

64 기산은 주문왕(周文王)의 근거지로, 주나라가 세워질 때 여기서 봉황이 나왔다고 전해진다.

을 말로 잘 표현해서 경의협지敬義夾持·박약양지博約兩至[65]의 실상을 기술하면, 일견에 우리의 도가 전해지는 것을 알 수 있을 터인데, 끝내 입언군자立言君子를 만나 영구히 전해지도록 하지 못했다. 매양 지난날을 떠올릴 때마다 마음에 개탄스러움을 이길 수 없다. 아! 하늘이 이 사람을 이 시대에 낸 것은 우연이 아닐 것이다. 백대 후에 양자운揚子雲이 기대했던 줄 어찌 알겠는가?[66] 공의 평소 언행의 만의 하나나마 간략히 기록하여, 훗날의 '입언군자'를 기다리며, 한편으로 일가의 후진들에게 보이려 하노라.

신묘년(1711) 3월 기유, 재종제 유재원柳載遠 삼가 쓰다.

---

65 경의협지(敬義夾持)·박약양지(博約兩至): 경과 의를 아울러 견지하고, 박학(博學)과 약례(約禮) 양자의 지극한 경지에 도달한다는 의미.

66 서한 때의 학자 양웅(揚雄). 자운은 그의 자. 그가 저술한 책을 두고 누가 읽어주겠느냐고 말하자, 그는 천년 후의 양자운을 기다린다고 대답했다 한다.

유형원전●

傳

홍계희洪啓禧

유형원의 자는 덕부德夫요, 본관은 문화文化이다. 문화 유씨는 고려조에서 대승大丞을 지낸 차달車達에서부터 시작되었다. 우리 조선에 들어와서는 유관柳寬이란 분이 있었는데, 세종 때 정승을 지냈고 청백리淸白吏로 이름이 있었다. 시호는 문간공文簡公이다. 문간공의 6세손으로 현령을 지낸 위湋는 유형원의 증조부이고, 조부는 성민成民으로 참판에 증직되었으며, 아버지는 검열檢閱을 지낸 흠欽이다. 모친 이李씨는 우참찬을 지낸 지완志完의 따님으로, 천계天啓 2년 임술(1622)에 그를 서울에서 낳았는데 등에 일곱개의 검은 점이 북두칠성 모양으로 나 있었다.

그는 2세 때 부친을 여의었다. 5세 때 산수에 통하였으며 글을 읽으면 곧 대의를 알았다. 민첩하면서도 근면하여 한번 눈을 거치면 바로 외울 수 있었고, 여러 아이들이 아무리 옆에서 떠들어도 듣지 못하는 것처럼 하였다. 7세 때『서경書經』의「우공禹貢」편을 읽다가 기주冀州에 관한 부분에 이르러 감탄해 마지않고 일어나 춤을 추면서, "이 두 글자(冀州)는 어찌 이리도 체모를 존중하고 사례를 잘 아는가?(尊體識例)"라고 하였다.[1] 13~14세 때 성현의 학문에 뜻을 두어 경전 및 백가百家의 책을 취해 그 득실을 고찰하였다.

● 원래『반계수록』부록에 실려 있는 글이다. 작자 홍계희(1703~1771)는 자 순보(純甫), 호 담와(澹窩)로, 영조대에 5조의 판서와 대제학 등을 지냈다. 젊은 시절 유형원의『반계수록』을 읽고 감화되어, 이후 조정에 여러 개혁안을 누차 진정한 바 있다. 이 글은 영조의 명으로 1747년에 지었고, 따로 유형원의 묘비문을 작성하기도 하였다.
1 358면의 주2를 참조할 것.

조금 장성하자 탄식하기를, "도道에 뜻을 두고서도 자립하지 못하는 것은 뜻이 기氣로 인해 해이해졌기 때문이다. 아침 일찍 일어나고 밤늦게 자는 것을 능히 하지 못하고, 의관을 바로하고 시선을 정중하게 하는 것을 능히 하지 못하며, 어버이를 모시는 데 안색을 부드럽게 갖는 것을 능히 하지 못하며, 가정에서 서로 공경히 대하는 것을 능히 하지 못하고 있다. 이 네가지를 외적으로 게을리하면 마음이 내적으로 거칠어질 것이다"라 하였다. 그리고 마침내 「사잠四箴」을 지어 자신을 경계하였으며, 마음가짐을 확고히 하여 스스로를 성찰하고 안팎으로 수양에 힘썼다. 어머니와 조부모를 섬기는 데 정성과 공경을 다하였으며, 이분들이 돌아가심에 미쳐서는 거상居喪을 잘한 것으로 일컬음을 받았다.

숭정崇禎 갑신년(1644) 이후로는 당면한 세상에 대해 뜻이 사라져서, 계사년(1653)에 결국 온 가족을 데리고 남쪽의 부안 우반동愚磻洞으로 내려가 자호를 '반계磻溪'라 하였다. 그전에 한번 과거에 응시하여 진사에 올랐는데, 이는 조부의 치명治命을 따른 것이었다. 그 이후로는 다시 과거시험을 보지 않고 문을 닫고 고요히 앉아 정신을 집중하며 학문에 힘썼다.

언제나 새벽이면 일어나 가묘家廟에 인사를 드렸고, 제사는 한결같이 『주자가례』를 따라 지냈다. 평소에 식사는 고기반찬을 두가지 이상 놓지 않았고 의복은 비단옷을 입지 않았으며 조세는 이웃 사람보다 먼저 납부하였다. 사람들을 대함에 진심을 다했으며 그 귀천을 따지지 않고 각기 분수에 따라서 권면하니, 고을 사람들이 모두 감복하였다.

한번은 나루터를 지나다가 난파하여 가라앉는 배를 보고는 상류에 있는 배를 급히 불러서 힘을 다해 구출하였으니, 그로 인해 살아난 자가 아홉 사람이나 되었다.[2] 또 혜성이 출현한 것을 보고 신해년(1671)에 필시 큰 기근이 들 것이라[3] 예측하여 먹는 것을 줄이고 곡식을 저축하여 궁핍한 사람들을 도와주었다. 이로 인해 친척과 마을 사람들이 많은 도움을 받았다.

글을 읽음에 반드시 침잠하여 자득自得이 있기를 힘썼다. 친구인 정동직鄭東稷과 이기理氣, 사단칠정四端七情, 인심도심人心道心 등을 논한 여러 설[4]에서는 앞 사람들이 밝히지 못했던 바를 밝혀낸 점이 많았다. 학문을 함에 있어서는 정靜을 위주로 하였는데, 일찍이 친구 배상유裵尙瑜에게 답한 편지[5]에서 이렇게 말한 바 있다.

"공부란 동動과 정靜을 관통해야 하는 것이지만, 정이 아니고는 근본이 될 수 없다. 비단 학문만 그런 것이 아니다. 조화造化의 이치는 끊임없이 유행하여 동과 정이 서로 근본이 된다. 그렇지만 조용히 살피건대 그 위주가 되는 곳은 필히 정에 있다. 성인聖人의 정전법井田法은 땅에 근본을 두고 사람에게 균등하게 하는 제도이니, 또한 정으로부터 동을 제어하는 의미이다."

책에 대해서는 일찍이 이전 사람의 언설을 절대적으로 지키지 않아, 필히 오늘을 헤아려 옛날을 질문해보고 자기 마음으로 이해하여 실제 일에 참작했다. 그리하여 생각하고 또 생각하며 탐구를 지극히 정밀하게 하여 얻은 점이 있으면 아무리 밤중이라도 반드시 일어나 불을 밝히고 재빨리 기록했다.

---

2 이른바 신창진(新倉津)에서의 구명활동이다.

3 이른바 '경신대기근'을 가리키는 것으로, 1670~71년 기간에 큰 기근이 들어 아사자가 수십만명에서 백만명에 이르렀다고 한다.

4 「문옹 정동직과 이기에 관해 논한 글」과 「인심·도심에 대한 재론」 등의 서간을 가리킨다. 이 책 207, 221면에 실려 있다.

5 「배공근에게 답하는 편지」를 가리킨다. 이 책 243면에 실려 있다.

매양 해가 저물 적이면 문득 한숨을 쉬며 "오늘도 헛되이 보내는구나"라고 하였는데, 그날 한 일과 자신이 먹은 음식을 비교하여 미흡하면 잠을 자지 못했다. 항상 스스로 격려하되 "하늘이 사·농·공·상의 사민四民을 낳음에 저마다 자신의 직분을 가지도록 하였다. 나는 조상의 음덕에 힘입어 편히 앉아 밥을 먹고 있으니 그야말로 천지간의 한 좀벌레이다. 마땅히 선왕의 도리를 강구하여 선비인 나의 직분을 다해야 할 것이다"라고 하였다. 이에 옛 성현들이 경전에 남긴 본뜻을 찾고 고찰하기를 아침저녁으로 게을리하지 않아 진실을 쌓아가고 오래도록 노력하였다. 그러자 의심할 바 없는 데서부터 의심할 바 있는 데에 이르기까지, 의심이 있는 데서부터 의심이 환히 얼음처럼 풀리는 데 이르기까지 고금의 이성과 욕망의 구분, 사물의 근본과 말단의 원리가 마음의 눈에 명료하게 드러나지 않는 것이 없었으니, 자기도 모르게 흔연히 즐겁고 개연히 감탄하게 되어 부득불 붓을 들어 쓰지 않을 수 없었다. 그리하여 세상을 구제하기 위한 진실한 뜻을 담았으니, 이른바 『반계수록磻溪隨錄』이 그것이다.

이 책은 토지를 근본으로 하되 정전井田의 형식을 취하지 않고, 정전의 실질적인 의미만을 추구했다. 그런 다음 교사敎士·선재選才·명관命官·분직分職·반록頒祿·제병制兵에서 군현을 설치하는 법에 이르기까지 모두 여기서부터 미루어 갔으니 규모가 광대하고 절목이 상세하였다. 거기에서 "천하의 도道는 본말과 대소가 처음부터 서로 어긋나지 않아 저울의 눈금이 적당함을 잃으면 저울이 될 수가 없고 자의 눈금이 적당함을 잃으면 자가 될 수 없다"라 하였다.

또 이르기를 "예와 지금에 있어서 이 천지, 이 인물에 대해 선왕의 정치는 하나도 행할 수 없는 것이 없다. 저들 예와 지금이 서로 다르다고 말하는 자들은 망녕될 뿐이다"라 하였다.

또 이르기를 "옛사람들이 법을 제정함에 있어서는 모두 도道로 일을 헤아린 까닭에 본디 간소하면서도 행하기 쉬웠는데, 후세로 와서는 일에 있어 모두 사사로움으로 법을 삼기 때문에 백가지로 교활함을 막더라도 더욱 문란할 뿐이다"라 하였다.

또 이르기를 "천하를 다스림에 있어서 공전제公田制와 공거제貢擧制를 쓰지 않고는 모두 임시방편이 될 뿐이다. 공전제가 한번 시행되면 백가지 법도가 자리 잡히고, 빈부가 저절로 균형을 이루며, 호구戶口가 저절로 분명하게 되고, 군대가 저절로 정돈될 것이니, 오직 이와 같은 다음에라야 교화가 행해질 수 있고 예악이 일어날 수 있을 것이다. 그렇지 않고는 큰 근본이 이미 문란해져서 더 말할 만한 것이 없다"라 하였다. 대개 그의 평생 공부가 이 한부의 책에 담겼으며 그 내용은 모두 근본한 바가 있었으니, 실로 우리 동방에 일찍이 없었던 저술이다.

그는 『여지승람輿地勝覽』의 범례가 잡박하다는 이유로 『여지지輿地誌』를 저술하였다. 일찍이 우리나라의 분야分野에 대해 논하면서 "한강 이북은 응당 연경燕京과 함께 미尾와 기箕의 별자리에 속하며, 그 이남은 기箕와 두斗의 별자리에 속한다"라고 하였으니, 지식 있는 사람들은 독창적 견해라고 생각하였다. 문예文藝, 사장詞章, 병법兵法, 군사軍師, 음양陰陽, 율려律呂, 천문天文, 지리地理, 의약醫藥, 복서卜筮, 산학算學, 통역通譯 등에 이르기까지 모두 능통하였고, 천하산천의 형세, 도로의 소통, 해외 여러 인종의 풍속 등을 두루 알지 못하는 것이 없었으며, 도교·불교 같은 이단의 설 또한 깊이 궁구하여 시비를 분별하였다.

그의 저술한 책으로 또한 『이기총론理氣總論』『논학물리論學物理』『경설문답經說問答』『기행일록記行日錄』『속강목의보續綱目疑補』『동사강목조

례東史綱目條例』『정음지남正音指南』『역사동국가고歷史東國可攷』『주자찬
요朱子纂要』『동국문초東國文鈔』『기효신서절요紀效新書節要』『서설書說』
『서법書法』『참동계초參同契抄』『무경사서초武經四書抄』『지리군서地理群
書』등이 있는데, 본가에 보관되어 있다.

그는 10년 동안 거상居喪을 하느라 신병身病을 얻었는데, 계축년(1673)
봄에 이르러 병세가 악화되었다. 그러자 시중드는 사람에게 자리를 정
돈하게 하고 몸을 씻고 옷을 갈아입고서 죽음을 맞았다. 이때 나이 52세
였다. 그가 세상을 떠나고 장례를 치를 때 흰 기운이 하늘에 뻗쳤으니,
이를 본 사람들이 기이하게 여겼다.

심沈씨에게 장가들어 1남 6녀를 낳으니, 아들은 하堥이고, 손자는 응
린應麟, 응룡應龍, 응봉應鳳, 응붕應鵬이다.

그는 생김새가 괴걸魁傑하고 이마가 넓었으며 살결이 하얗고 키가 훤
칠하였다. 또 말소리는 우렁차고 안광眼光이 환하였으니, 한번 보면 그
가 보통 사람이 아니라는 것을 알 수 있었다.

나는 후세에 태어난 만학晩學으로 비록 그 사람을 직접 보지 못하였
다. 그러나 그가 궁하게 지내면서 저술한 책을 한두가지 읽어보았으니,
후세의 자운子雲이요, 요부堯夫임을[6] 스스로 알겠다.

그가 존주양이尊周攘夷을 주장한 것은 그 의리가 천성에서 나온 것이
라 할 것이다. 그의 사적에 나타난 바를 대략 지적해볼 수 있다. 현종 임
인년(1662)에 당해서 청나라에서 반포한 글에 영력황제永曆皇帝를 붙

---

6 자운은 서한시대 양웅(揚雄)의 자이고, 요부는 북송시대 소옹(邵雍)의 자이다. 양
　웅은『태현경(太玄經)』을 짓고 나서 "후세의 자운(子雲)을 기다린다"라고 하였으며,
　소옹은『황극경세서(皇極經世書)』를 짓고 나서 "요부(堯夫)가 후세의 요부에게 바친
　다"라고 한 바 있다.

잡았다고 하였는데, 우리나라에서는 사실 여부를 알지 못하였다. 그는 "황조皇朝의 존망이 어찌 작은 일이겠는가? 그럼에도 막연히 알지 못하고 있다니!" 하고 탄식했다. 정미년(1667) 여름에 복건성福建省에서 표류해온 정희鄭喜 등이 서울로 압송될 것이라는 말을 듣고 달려가서 만나보았는데, 그들과 한어漢語로 대화를 한 뒤 명明의 황통皇統이 끊어지지 않았다는 사실을 알게 되었다. 이에 그들이 가지고 있는 역서曆書를 보고 그해가 영력永曆 21년임을 확인하고서, 슬픔과 기쁨을 이기지 못해 마주보며 눈물을 흘렸다. 그러고는 시를 지어 그들에게 주었다.

그는 자신이 우거해 있던 바닷가에 항시 대선大船 4~5척을 대비해놓았는데 그 제도가 극히 편리한 것이었다. 그리고 하루 수백리를 갈 수 있는 준마를 기르기도 하였다. 또한 좋은 활과 화살 및 조총 수십 자루를 비치해두고 집안의 노속들과 마을의 백성들을 훈련시켰으니, 지금까지도 우반동에는 총을 잘 쏘는 것으로 이름난 사람들이 많다. 또 일찍이 해로海路로 사행을 갔던 기록들 및 표류한 이들의 기록을 모아서 보고, 여러 요로要路 중 어디가 험하고 어디가 평탄한지를 기록하여 마치 손바닥을 들여다보듯 뚜렷하게 하였다. 이런 몇가지의 일을 통해서 그의 뜻이 지향한 바를 헤아릴 수 있으니, 아아, 슬프다! 이는 속된 사람들과 더불어 말할 문제가 아니다.

나[7]는 젊은 시절에 어떤 사람의 집에서 이른 바 『수록』을 얻어 보고 매우 기뻐하여 그것을 빌려다가 초록하게 되었다. 그것을 여러해 동안 음미하고 연구한 뒤에 그 대의를 대략 알 수 있었다. 또 그의 증손인 진

---

7 원문은 신(臣)으로 나와 있는데, 이 글을 국왕에게 올릴 것을 전제하여 쓴 표현이다. 그러나 지금의 독자에게는 생소한 느낌을 주기에 '나'로 번역한다.

사 유발柳發[8]에게서 그의 유고를 모두 얻어서 읽어 비로소 그가 천하사 天下士임을 알았으니, 다른 사람을 만나면 곧 그에 대해 거론하였다. 그러면 믿는 자도 있고 믿지 않는 자도 있었다. 혹자는 "이 저술은 너무 커서 해당하는 곳이 없고, 현실과 거리가 멀어 절실하지 않으니 쓸모없는 책에 불과하다"라고 한다. 그리고 혹자는 "나라를 다스리는 도는 응당 대체大體을 논해야 할 것이요, 굳이 번쇄하게 절목의 사이에 집착할 것은 없다"라고도 한다. 나는 그렇지 않다고 생각한다. 그의 논한 바가 거대한 문제이기에 세속의 눈으로 보면 현실과 거리가 있다고 여길 뿐이다. 한민명전限民名田[9]의 학설은 기왕에 선현들의 정론이 있으니, 참으로 실심實心을 가지고 행한다면 꼭 행할 수 없다고 할 것도 아니다. 또이 법을 행하면 불편한 점이 실로 많다고도 하는데, 편하다고 생각하는 사람이 불편하다고 생각하는 사람보다 훨씬 많으니 여기에 구애될 바가 아니다.

응당 대체를 논해야 한다는 설에 이르러서는 그럴듯하게 보이지만, 내가 고민하는 부분은 바로 이 지점에 있다. 왜인가? 요堯·순舜 이후로 하夏·은殷·주周 삼대三代에 이르기까지 세상을 다스리는 도구는 필시 상세한 절목이 있었다. 그런데 주나라 말엽에 제후들이 자기에게 해로운 것으로 혐오하여 그것을 없앴던 까닭에, 선왕의 전적들이 온통 남아 있

---

8 유발(柳發, 1683~1775)은 자가 백흥(伯興), 호가 수촌(秀村)으로, 유형원의 증손이다. 온릉참봉, 좌수운판관, 판중추부사 등을 역임하였고, 유형원의 증손이라는 이유로 영조가 오위장을 특별히 제수하기도 하였다. 서울에서 지내며 이익, 홍계희, 안정복 등과 『반계수록』을 매개로 교유가 있었고, 그가 정리해둔 유형원 관련 초록은 이후 연보로 편집된 바 있다.

9 한민명전(限民名田): 서한(西漢)의 동중서(董仲舒)가 내세운 주장으로, 당시 대지주의 토지 겸병 문제를 지적하며 개인이 점유하는 토지를 제한하도록 한 것이다(『한서(漢書)·식화지(食貨志)』).

지 않게 되었다. 세상을 다스리는 대체는 다행히도 공자, 맹자, 정자, 주자 같은 여러 성현들에 힘입어 남김없이 발휘하게 되었지만, 절목에 이르러서는 밝힐 겨를이 없었다. 그래서 세상을 다스리는 방도를 말하는 이들이 그 대체를 거론할 때 반드시 요순과 하은주 삼대를 일컬었지만, 여러 절목으로 시행되어 나타난 것을 보면 모두 진秦·한漢 이래의 속된 제도를 벗어나지 못했다. 이에 천하의 사람들이 모두 다 여기에 안주하여 경계經界[10], 공부貢賦, 학교學校, 군제軍制 등에 대하여 다시는 깊이 강구하려고 하지 않았다.

세상의 유자들에게 대체를 논하라고 하면 화려하고 아름답지 않은 경우가 없지만, 그 일을 실제로 거행하도록 하면 처음부터 멍해지지 않는 자가 드물며 결국 시행한다는 것도 잘못된 관행을 답습하는 것에 불과하다. 이는 대략 대체는 알고서 조리에 밝지 못한 과오에 원인이 있다. 참으로 이와 같다면 선왕의 도는 끝내 행해질 날이 없고 만년이 가도록 캄캄한 밤에서 벗어날 수 없을 것이다. 이것이 바로 유형원이 크게 두려워하여 이 책을 짓게 된 까닭이다.『반계수록』에서 세운 조례가 비록 모두 다 요순과 하은주 삼대의 세상을 다스리는 절목과 꼭 합치하는 것은 아니겠지만, 대체를 벗어나서 그 절목의 상세한 것을 찾고자 한다면 이 책과 같은 것이 없을 것이다.

지금 우리 전하는 불세출의 성군으로 크게 일을 해볼 뜻을 품고 성심으로 치세를 이룩하고자 하여 한漢·당唐에 대해서는 말하기도 부끄러워하신다. 때문에 전후로 경연에서 읽은 책들이 모두 요순 및 하은주 삼대의 세상을 다스리는 법에 관한 것이었으니 대체에 있어서는 거의 부

---

10 경계(經界): 농토를 어떻게 구획할 것인가를 가리키는 말. 곧 토지제도를 가리키는데, 정전법이 그 대표적인 것이다.

족한 점이 없다고 하겠다. 그러나 절목과 조리의 세밀한 대목에 이르러서는 성상께서도 이 책에서 취할 수밖에 없을 것이라고 생각한다. 나는 작년에 등대登對하였을 때 우연히 유형원의 학설에 대해 언급을 했던바, 성상께서 그 사람의 이력에 대해 하문을 하시어 말씀을 드린 바 있었다. 그 후로 유신儒臣의 진언으로 인해 그의 전傳을 지어 올리라는 명이 있었다. 나는 외람됨을 헤아리지 않고 대략 글을 지어 『수록』의 끝에 붙이고, 또 나의 좁은 소견을 바친다. 밝으신 성상께서 살펴주시기를 바라는 바이다.

통정대부通政大夫 성균관대사성成均館大司成 지제교知製敎 신 홍계희洪啓禧는 하교를 받들어 지어서 올린다.

반계선생전●

傳

이익李瀷

반계 유선생 형원은 자 덕부德夫로 본관이 문화이며, 우의정 유관柳寬의 후예이다. 태어나기를 체구가 크고 괴걸스러웠으며 눈이 별처럼 맑았다. 5세에 산수算數에 통했으며, 기억력이 매우 좋아 글을 몇번만 읽어도 기억하여 종신토록 잊지 않았다. 그의 외숙인 감사監司 이원진李元鎭은 세상에서 태호선생太湖先生이라고 일컫는 분으로 학문이 해박했는데, 선생이 따라서 공부를 했다.

아직 성동成童[1]이 되기도 전에 큰 그릇이란 칭찬을 받았으며, 차츰 자라면서 백가百家의 글을 섭렵하였고 더욱 마음을 가다듬어 위기지학爲己之學에 힘썼다. 이에 스스로 뉘우쳐 "선비가 도道에 뜻을 두고도 능히 서지 못하는 것은 마음이 기氣를 다잡지 못한 때문이다. 군자가 몸을 닦는 데에는 네가지 요목이 있는데, 나는 하나도 실천하지 못하고 있다. 아침 일찍 일어나고 늦게 자는 것을 못하고 있으며, 의관을 바로하고 시선을 정중하게 하는 것을 못하고 있으며, 어버이를 섬김에 낯빛을 부드럽게 갖는 것을 못하고 있고, 아내와 서로 공경하게 대하는 것을 못하고 있다. 이 네가지를 외적으로 게을리하면 마음이 내적으로 거칠어질 것

● 원래 『성호전집(星湖全集)』 권68에 실려 있는 글이다. 작자 이익에 대해서는 323면의 작품 설명을 참조할 것. 이 글의 제작시점은 불분명하다.

1 성동(成童): 소년이 된 때를 가리키는 말. 『소학』에서는 15세로 규정했으나, 8세부터를 성동이라 한 곳도 있다.

이다. 깊이 반성하고 필히 힘써야 하는 것이 여기에 있지 않은가?"라 하고, 「사잠四箴」을 지어 스스로 경계하였다. 이로부터 일상에서 말하고 행동하기를 법도를 지켜 어김이 없었다. 이윽고 강개한 뜻으로 매일 도원량陶元亮의 시를 읊조리며 감회를 새롭게 했다.

마침내 남쪽 부안의 변산邊山 아래로 내려가 지내면서 몇칸의 집을 짓고 책 만여권을 비치하고서 단단히 결심하고 연구하였는데, 침식을 잊을 지경에 이르렀다. 늘 고인의 경지에 한 발짝이라도 미치지 못함을 큰 부끄러움으로 여겼다. 평상시에도 천하를 자기 임무로 생각하기를 심각하게 하며, 세상의 학자들이 시무時務에 통달하지 못하여 입과 귀로 하는 데 그쳐서 기껏 하는 말들이 모두 임시방편에 지나지 못한 때문에 가정에 있어서나 나라에 있어서나 일에 다다르면 어긋나서 끝내 말만 크고 알맹이 없는 데로 돌아가서 백성들이 그 화를 입게 됨을 병 되게 여겼다. 이에 선왕先王의 법을 취하여 연혁沿革을 상고하고 국전國典을 참고해서 한 책을 저술했다. 그 책은 규모가 굉장하면서도 절목이 상세하며 인정人情에 징험이 되고 천리天理를 헤아려서 맥락이 서로 이어지고 기혈이 안으로 흐르는 듯했다. 서명은 『수록隨錄』이라고 했으니, 요컨대 오늘날에도 실행할 수 있는 것이다.

혹자가 그 내용이 대체大體에 힘쓰지 않고, 번쇄한 것을 들고 나왔다고 의문을 제기하자 선생은 이렇게 말했다.

"천하의 이치는 물物이 아니면 드러날 수 없고, 성인의 도리는 일이 아니고는 시행될 수 없다. 옛날에는 가르침이 분명하고 교화가 훌륭하여 대원칙과 큰 방법으로부터 한가지 조그만 일 하나에 이르기까지 제도를 책정하는 것이 모두 갖추어지지 않은 것이 없었다. 천하의 사람들이 날마다 써서 마음에 익숙하여 마치 옆에 있는 물이나 땔감처럼 다 잘 갖추어지지 않음이 없어서 일이 잘 수행되었다.

주나라가 쇠퇴함에 미쳐서 왕도는 비록 폐기되었다고 하나 전장제도는 그대로 남아 있고, 성인이 아래에서 활동하여 대략 세상을 다스리는 근원을 말씀했으니, 그 도수度數에 있어서 곡해에 이르지는 않았다. 그런데 진나라의 폭정이 등장한 이래 그 큰 법도와 자세한 요목까지 모두 휩쓸려 없어지고 말았다. 성인聖人의 뜻은 다시 확인할 수 없고, 사람들의 욕망이 마구 펼쳐지고 도道가 혼란에 빠졌다. 드디어 귀와 눈이 익숙히 보고 들음에 따라 고착이 되어, 아무리 높은 재주, 깊은 지혜로 고전에 해박한 자라도 그 상세함을 얻을 도리가 없었다. 그래서 간간이 대체는 알면서도 조목까지 밝지는 못하여 한번 시행해보고자 해도 걸핏하면 결함이 생겨나 끝내는 막혀서 행하지 못했다.

천하의 이치는 본말本末과 대소大小가 처음부터 서로 분리되지 않으니, 일촌이라도 정확함을 잃으면 자가 자가 되지 못하고, 눈금이 한 눈금이라도 정확함을 잃으면 저울이 저울이 되지 못한다. 세목細目이 세목으로서 갖추어지지 못하면 강綱이 저절로 강이 될 수 없는 법이다. 시행이 될 수 없는 데 이르러는 소인이 효시가 될 뿐 아니라 군자 또한 시대에 맞지 않는다고 의심함을 면치 못할 것이다. 옛 성현의 도가 참으로 세상에 다시 밝혀질 수 없게 된다면 이 어찌 그 해가 작겠는가? 나는 이를 두려워하여 옛 성현의 도를 연구하고 오늘을 헤아리며 작은 것과 큰 것을 함께 갖추어 이 도가 필히 행할 수 있음을 밝힌다. 아! 법만 가지고는 저절로 행해질 수 없으니, 참으로 뜻이 있는 자가 있어 생각을 깊이하여 실천한다면 또한 필시 이를 알게 될 것이다."

현종대 계축년(1673)에 이르러 선생께서 돌아가시니 52세였다. 지은 책으로 『수록隨錄』13권, 『이기총론理氣總論』1권, 『논학물리論學物理』2권,

『경설經說』1권,『시문詩文』1권,『잡저雜著』1권,『문답서問答書』1권,『속강목의보續綱目疑補』1권,『군현제郡縣制』1권,『동사조례東史條例』1권,『정음지남正音指南』1권,『기행일록紀行日錄』1권이 있다. 편찬한 책으로 『주자찬요朱子纂要』15권,『동국문東國文』11권,『기효절요紀效節要』1권, 『서설書說』과『서법書法』각 1권,『둔옹고遁翁稿』3권,『여지지輿地志』13권이 있다. 이 밖에 병모兵謀, 사법師法, 음양陰陽, 율려律呂, 성문星文, 지리地理, 의약醫藥, 복서卜筮, 주수籌數, 역어譯語 등에도 두루 통하지 않음이 없어 저술한 것이 적지 않았으나, 모두 완성하지는 못했다고 한다. 뒤에 사림이 의론을 모아 서원을 세우고, 향사를 올리고 있다.[2]

이에 나는 다음과 같이 찬송한다.

반계선생의 학문은

태호선생에 근원을 두었도다.

태호선생은 박학으로 전수하였고

반계선생은 경세의 업무로 계승하였도다.

출발에 의거하여 종결을 지었으니

의리에 맞추어 이루셨네.

나를 쓰는 자 있다면

장차 들어서 세상을 바로잡는 데 쓰리라.

대개 국초 이래로

경세의 재능을 논하면

모두 선생을 으뜸으로 일컫는다.

---

2 1693년에 세워진 동림서원(東林書院)을 가리킨다. 유형원과 그의 문인 김서경, 유문원(柳文遠) 등이 배향되었다.

유형원전[●]

傳

유형원은 본관이 문화, 자는 덕부德夫, 세종 때 정승을 지낸 유관柳寬의 후손이다. 부친 흠歆은 인조 초년의 한림翰林으로, 유몽인柳夢寅[1]이 과부사寡婦詞[2]를 지은 것으로 죄를 얻어 죽을 때에 유흠도 그와의 친분으로 붙잡혀 옥중에서 죽었다. 인조는 그의 억울함을 살펴 탄식하며 "그가 살았다면 나는 그를 중용했을 것이다"라고 했다.

유형원은 얼굴이 괴걸한데다 이마가 넓었고 수염이 좋았으며, 등에는 북두칠성과 같은 일곱개의 검은 점이 있었다. 7세 때에 고모부 김세렴金世濂에게 『서경』의 「우공」편을 배우다가, 기주冀州에 이르러 무릎을 치면서 "귀하다, 이 글이여!"라고 하였다.

명나라 장렬제莊烈帝[3] 17년(1644)에 청이 연경을 침략해 함락시키고

● 원래 『자저(自著)』권15에 실려 있는 글이다. 작자 유한준(1732~1811)은 자 만청(曼倩), 호 저암(著菴)으로, 본관은 기계이다. 김포군수, 형조참의 등을 역임하였고, 남유용(南有容)의 문인으로 송시열(宋時烈)을 대단히 추종하였다. 일찍이 『반계수록』을 입수하여 독파하였으며, 이 글은 1780년에 지었다.

1 유몽인(柳夢寅, 1559~1623)은 자가 응문(應文), 호는 어우당(於于堂) 혹은 묵호자(默好子)이다. 문장가로서 이름이 높았으며, 『어우집(於于集)』 『어우야담(於于野談)』등의 저술을 남겼다. 원래 당파적으로 북인에 속했지만, 광해군 정권에서 실권을 잡고 있던 이이첨(李爾瞻)과는 입장이 달라 동조하지 않고 양주(楊州) 서산(西山, 지금의 송추)에 내려가 있었는데, 인조반정 때 붙잡혀 죽임을 당했다.

2 과부사(寡婦詞): 유몽인이 인조반정으로 붙잡혀 와서 자기의 뜻을 표하기 위해 지었던 시. 일명 상부사(孀婦詞). 반정을 일으켜 집권한 서인 측에 타협하지 않겠다는 뜻을 늙은 과부로서 개가할 수 없다는 비유를 들어 표현한 것이다.

3 명나라의 마지막 황제인 의종(毅宗, 1611~44). 숭정(崇禎, 1628~44)의 연호를 썼으

자립해 스스로 황제라 칭하니, 그는 명의 배신陪臣으로 자처하면서 의리상 벼슬을 할 수 없다고 우반동愚磻洞으로 내려가 은거했다.

현종 8년(1667)에 명나라 사람인 증승曾勝과 정희鄭喜 등이 표류하여 조선에 닿은 일이 있었는데 유형원은 그들을 찾아가 보고 명나라의 존망에 대해 알아보았다. 증승 등은 아직 황제가 남방에 있어서 명의 왕통이 끊어지지 않았다 하면서 자기들의 짐 속에서 역서曆書를 꺼내 보여주었는데 영력永曆 21년의 책력이었다. 그는 중국의 도로사정을 조사해 기록했고, 조총이나 좋은 활을 준비해 하인들을 가르쳤다. 살고 있는 바닷가에 비선飛船이라 부르는 큰 배 4~5척을 항상 비치해두고, 또 항시 하루에 삼백리를 달릴 수 있는 준마도 길렀으나 그 숨은 뜻을 사람들은 알지 못했다.

유형원은 학문에 심오하여 두루 음양陰陽, 율려律呂, 천문天文, 의약醫藥, 복서卜筮 등의 방술에도 정통했다. 일찍이 밤하늘의 별자리를 관찰해보고 기수箕宿의 동쪽은 한수寒水의 이북으로 나뉘어서, 북쪽은 연燕 지역에 이르러 미수尾宿,[4] 남쪽은 두수斗宿[5]가 되어야 한다고 말했다.

그는 은거한 이후로 다시는 벼슬을 구하지 않았지만 세상에 대한 뜻은 진실하고 사려가 원대했다. 백성들이 살아갈 곳을 얻지 못하고, 부역은 한정이 없으며, 옥사가 빈번하게 일어나고 풍속이 야박해져 날로 위태로운 지경으로 빠져드는 것을 애달파했다. 당시 속된 군주들은 원대한 시야로 근본을 보면서 두려워하여 관심을 가지고 실천하고, 도리로

___

며, 장렬제는 그의 시호이다.

4 미수(尾宿): 하늘의 별자리를 28수(宿)로 나누었는데 그중 하나. 중국의 연(燕) 지역(현재 북경일대)이 28수 중 기수와 미수에 해당된다.

5 두수(斗宿): 북방 칠수에 속하는 별자리로, 병사(兵事)와 수명을 주관한다고 함.

일을 헤아려 영을 내림에 간소하면서도 쉽게 실행하도록 하지 못했다. 기껏 형식을 좇아 말단의 일에 매이고 일에 따라 편의로 법을 정하며 구차하게 임시변통의 수를 쓰고 땜질하기로 정사를 삼고 있었다. 유형원은 이것을 안타깝게 여겨 실이 오래 뒤엉키면 끝내 갈피를 잡을 수 없는 것과 같다고 비유하기도 했다.

이에 『수록隨錄』을 저술했다. 성인의 경전을 참고하여 천리天理에 근원하면서도 인정人情을 중시했는데 세상이 잘 다스려지고 못 다스려지는 원인을 살펴 기록한 것이 모두 26편이었다. 그 대의는 선왕先王의 법으로 정전井田을 세워 경계經界를 바로잡고, 잘 가르치고 선발하는 것을 적재적소에 해서 사람들의 재주를 다 발휘할 수 있도록 했다. 직관職官을 간소화하고 녹봉을 후하게 주어 염치를 기르도록 했다. 그리하여 백성들에게는 일정한 생업이 있고 병사들에게는 꾸준한 봉급이 있어 상하귀천이 제각기 모두 자신의 직분을 갖도록 하였다.

옛날에 수천백년 동안 풍속이 도탑고 예악이 시행되면서 공고하게 유지될 수 있었던 것은 이러한 정교에서 말미암은 것이다. 그러던 것을 상앙商鞅이 정전제를 폐지하면서[6] 경계가 무너지고, 수양제隋煬帝가 인재를 문사文詞로 뽑는 길을 열어놓으면서 가르치고 선발하는 제도가 끊어졌다. 이에 토지를 함부로 점유하거나 겸병하게 되면서 가난한 자를 부리고 폭력을 가하는 잘못된 풍조가 생겨나고, 사치스럽고 거만을 부리고 녹봉과 사익을 다투면서 빼앗는 것이 습속이 되었다. 그래서 올바른 가르침이 쇠퇴하고 정치는 혼란해졌으며, 재원은 고갈되고 백성들

---

6 상앙(商鞅)은 중국 전국시대 위(衛)나라 인물로, 진(秦)나라 효공(孝公)을 도와 법령을 제정하였다. 정전(井田)을 폐지하고 부세(賦稅)체제를 정비하였는데, 법을 가혹하게 적용하여 그 때문에 원한을 사서 죽임을 당했다.

은 뿔뿔이 흩어지게 되는 우환이 생겨났다.

무릇 관직제도를 방만하게 운영하면서 녹봉은 박하게 되었고, 군사를 마구 끌어가는 소요가 일어나면서 부세는 무겁게 되었다. 부세가 무겁게 되면 원망이 치솟고 녹봉이 박해지면서 간교가 생겨난다. 그러므로 정치를 잘하는 사람은 번거로움을 제거하고 긴요한 것을 시행하며 지엽적인 것을 뒤로 물리고 근본을 우선시 한다.

대개 근본을 세우려면 경계가 제일 중요하고, 인재를 가르치고 선발하는 것이 제일 긴요한 것이다. 가르치고 선발하는 것을 바로하면 온갖 공소함을 물리치고, 경계를 바로잡으면 만가지 실익이 진전된다. 그러므로 정치를 잘하는 사람은 실익을 찾고 공소함을 물리치는 것이다. 관직제도를 간결하게 운영하면 녹봉을 넉넉히 줄 수 있고, 소요를 제거하면 부세의 부담을 줄일 수 있게 될 것이다. 그러므로 긴요함을 취하면 능히 우환을 끊을 수 있고 근본을 먼저 세우면 능히 폐단을 종식시킬 수 있다. 폐단이 종식되고 우환이 단절되고도 나라가 잘 다스려지지 않는 경우는 없다. 이에 옛 법을 참작하고 오늘의 시의時宜를 따라 서로 비교하여 제도를 논의하여 세목을 설정할 필요가 있다.

먼저 전제田制를 확립하되, 그 법은 주척周尺[7]을 사용하여 6척을 1보步로, 100보를 1묘畝로, 100묘를 1경頃으로, 4경을 1전佃으로 해야 할 것이다. 무릇 전제에 있어서 보로 계산하여 묘를 정하고 정방형으로 구획하여 경頃을 이루도록 함에, 산골과 개천으로 뾰족하기도 하고 기울기도 하여 구획할 수 없으면 그 지형에 따라 개방법開方法[8]으로 잘라내고 보

---

7 주척(周尺): 중국 주(周)대의 자로, 주척의 1자(尺)는 곡척의 6치(寸) 6푼(分)이다.

8 개방법(開方法): 수학에서 다항방정식을 이용해 제곱근을 구하는 방법. 여기서는 토지의 면적을 계산하는 방법을 가리킨다.

태고 하는 식으로 만든다. 그런 중에 이루어질 수 없는 것이 혹은 수십 묘 혹은 1~2묘가 되는가 하면, 전佃으로 할 수 없는 것이 혹은 1~2경이 되며, 경으로 만들 수 없는 것은 몇묘인지에 따라 여전餘田이 된다. 도로나 개울이나 언덕배기 땅의 넓이를 보로 계산할 수 있다 하더라도 여전의 묘를 모방하여 또 여전을 만든다. 여전이 묘의 수치로 충족이 되면 합쳐서 1경을 삼는다. 경이 합쳐져서 작은 경계가 되고 전이 합쳐져서 큰 경계를 이루기도 한다. 1묘와 3묘는 오직 한 지면의 크고 작은 것이니, 이와 같으면 전 9경이 방 1리가 된다. 방 1리는 길이가 300보이다. 우리나라 땅은 동서로는 짧고 남북은 길다. 길이와 너비를 잘라내면 너비가 800리요 길이는 2000리가 된다. 2000리와 800리를 서로 곱하면 총 넓이는 160만이 되며 전은 1440만경이 된다.

처음 법을 시행할 때에 공정하고 부지런한 사람을 선발하여 걸음의 길이를 한 척도尺度로 맞추어 분수를 정밀하게 하고 그 도적圖籍을 분명하게 해서 백성에게 전지를 나누어 줄 것이다. 무릇 대소大小 인원은 자신의 바람에 따라서 각기 과전科田을 받도록 한다. 민民의 나이 20 이상인 자는 일부一夫에 8구口 1경頃을 기준으로 정한다. 사士는 처음 입학 및 유친有親, 유음有蔭의 부류에 따라 2경을 지급한다. 사가 내사內舍[9]로 들어가면 4경을 준다. 직관職官은 실직實職에 따라서 9품부터 7품까지는 6경을, 차츰 더하여 정2품에 이르면 12경을 지급한다. 공상인工商人 및 이서吏胥·복예僕隸로 관에서 복역하는 자는 50묘를 주며, 놀고먹으며 하는 일이 없는 자는 사민四民의 명단에 올리지 않는다. 승려나 무당이

---

9 내사(內舍): 학생이 처음 태학에 들어갈 때 외사(外舍)로 가고, 여기에서 성적이 우수하면 뽑혀서 내사로 들어가며, 여기에서 또 성적이 우수하면 뽑혀 상사(上舍)에 올라가는 것으로 되어 있다.

나 광대는 지급하지 않고, 백성들이 첩탈疊奪이나 은루隱漏[10]를 하지 못하도록 금한다.

무릇 전지를 받은 자는 그 자신이 죽으면 전지를 환수하되, 대부大夫와 사士는 3년, 군민軍民은 백일을 기한하여 전지를 환수한다. 그 자손이 받아야 할 등급으로 받음에 있어서, 고아나 외아들과 유약한 아들은 나이가 차기를 기다려 그 등급에 따라 아버지의 전지를 받으며, 자손 없이 죽었는데 처가 살아있으면 구분전口分田[11]을 받는다.

정2품 이상으로 자신은 죽고 처가 살아 있는 자는 자손이 없더라도 그 전지의 반을 받는다. 청백리淸白吏나 공신功臣, 절의를 지키다 죽거나 싸우다 죽은 자의 처는 전부 받고, 재가한 자는 받을 수 없다. 나이 칠십 된 군사는 구분전을 받는다. 전지에 따라 출병하므로[12] 마을 단위로 대오隊伍를 편성한다.

무릇 군인은 기병騎兵과 보병步兵, 수병水兵은 4경頃에 1정丁이 나오며, 공사천公私賤·외거노비外居奴婢[13]와 속오군束伍軍[14]은 2경에 1정, 조졸漕卒[15]은 3경에 1정, 봉수烽燧와 능로能櫓[16]는 1경에 1정을 뽑는다. 모두 보

---

10 은루(隱漏): 탈세를 목적으로 실제로 경작하고 있는 논밭이나 소유하고 있는 노비를 고의적으로 숨겨 대장에 올리지 않거나 빼버리는 것을 가리킨다.

11 구분전(口分田): 토지제도로, 식구 수를 기준으로 분배하는 법이다.

12 『논어·공야장』에 "옛날에는 전부(田賦, 농사짓는 데 부세하는 것)로 출병하였다. 그러므로 병을 일러 부라 했으니 『춘추전』에 이른바 '흩어진 군사를 다 찾았다'는 것이 이것이다"라고 한 데서 온 말이다.

13 외거노비(外居奴婢): 주인이 노비를 자기 집에 두고 부리는 경우를 솔거노비(率居奴婢)라고 하는 데 대해, 다른 곳에 거주하는 노비를 외거노비라 한다. 이 경우 신공(身貢)을 상전에게 바치게 된다.

14 속오군(束伍軍): 조선후기에 새로 만들어진 병제로 지방에서 신역(身役)이나 벼슬이 없는 15세 이상의 양반, 양민과 천민을 뽑아 조직한 군대. 편오군(編伍軍), 초군, 민병 등으로도 불렸다.

15 조졸(漕卒): 세곡을 운반하는 조운선(漕運船)에서 일하는 자로, 조군(漕軍) 또는 수

인보人[17]에 차등이 있게 지급을 하되, 1부夫에 1경頃이 아니면 다 출병을 면제한다.

모여서 사는 땅은 경으로 기준을 삼되, 역시 성읍城邑의 경, 여리閭里의 경, 참점站店의 경으로 이름을 붙인다. 30리에 점店을 하나씩 두되 호戶마다 돈을 내며, 20가家가 1경이 되는데 가家마다 포포를 낸다.

대군大君 이하로 집터는 30묘, 가옥은 60칸으로 기준을 삼는데, 서민에 이르기까지 체감하여 차등을 둔다. 전지를 받지 못한 한호閑戶는 호마다 매년 3일의 역역役役을 지는 것으로 경묘頃畝의 세를 정한다.

무릇 전지는 수재水災, 한재旱災, 화재火災에 따라 구분을 하되, 전田은 9등급, 연분年分은 3등급으로 나눈다. 연분은 상중하上中下로 나누는데, 볍씨 1곡斛을 뿌리는 땅에서—10두斗를 곡斛이라 하는데 곡으로 통용한다—상년上年은 소출이 10곡, 중년中年은 소출이 8곡, 하년下年은 소출이 6곡이 되는 전지를 1등급이라고 한다. 1곡씩을 차츰 줄여나가서 8등급을 지나면 상년은 소출이 2곡, 중년은 소출이 1곡 6두, 하년은 소출이 1곡 2두가 되는 것이 9등급이 된다. 9등급은 소출이 80곡이 나오는 것이 1경이 되는데, 점차로 40곡씩을 늘여가서 8등을 거슬러올라가 1등에 이르면 소출이 400곡이 된다.

그 세稅는 쌀 10곡을 취하는 것이 상년, 8곡을 취하는 것이 중년, 6곡을 취하는 것이 하년이 된다. 세가 많아도 걸桀이 되지 않고 적어도 맥貉

부(水夫)라고도 일컫는다.

16 능로(能櫓): 수군의 일종으로 양인과 천인의 혼성부대. 임진왜란 이후에 군사 확보 책으로 만들어진 제도이다.

17 보인(保人): 양인은 병역의 의무를 지는데 그중에 정병으로 뽑혀가는 자가 있고, 이들을 위해 보미(保米)나 보포(保布)를 납부하는 자들이 있다. 이들을 가리켜 보인이라 한다. 보미나 보포는 사실상 부세의 일종이 되었다.

이 되지 않게 한다.[18] 홍수, 한발, 바람, 서리, 병충 등의 재해를 만나면 피해 정도가 6할에서 9할에 이르는 경우, 그 세를 10분의 6에서부터 차츰 줄여가서 전부 재해를 당했으면 면세한다.

무릇 적전籍田[19]과 대군大君 및 군君 이하의 사세전賜稅田, 8도道의 영營과 진鎭의 군자전軍資田, 역마호전驛馬戶田은 경頃을 정할 때 차등을 두고 또한 세금을 면해준다. 과세를 내는 전지는 매년 9월마다 수령과 관찰사가 연등年等[20]을 살펴 그해 넓이의 실수實數를 계산한다. 겨울에는 유세留稅[21]를, 봄에 조세漕稅를 납부한다. 영동과 영남은 면포와 명주로 대신 납부하는 것을 허용하며, 관북과 관서 지방은 세를 납부하지 않고, 군수軍須에 대비한다.

무릇 어공御供 이하로는 중앙과 지방의 일체 소요되는 경비를 통틀어, 들어오는 바의 많고 적고 성글고 빽빽한 것을 헤아려 정상적인 세입으로 지탱하되, 정상의 부세가 아닌데 한톨 한오라기라도 거두는 자는 무거운 죄과罪科 쪽으로 판정한다.[22]

그 다음은 교육과 선발에 대해 논했다. 무릇 덕행과 학술이 있는 자를 뽑아서 사장師長으로 삼는다. 향鄕에는 약정約正[23]을 두고, 읍邑에는 도

---

18 『맹자·고자(告子)』에 나오는 말로, 하나라의 마지막 왕인 걸(桀)은 폭군으로서 세를 과다하게 거두어 들였고, 맥(貊·貉)은 북방의 민족으로 세를 20분의 1만 받았다고 한다. 여기서는 10분의 1의 세가 적정선이라는 점을 강조해서 한 말이다.

19 적전(籍田): 백성들에게 농사를 권장하기 위해 왕이 직접 나가서 경작하는 농지를 가리킨다.

20 연등(年等): 연분등제(年分等第)의 줄임말. 매년 세를 거두기 위해 당년의 곡식의 작황을 보아 등급을 정하는 것을 뜻한다.

21 유세(留稅): 세를 본 고을에 일부 남겨두어 경비로 삼는 것.

22 두가지 이상의 죄가 한꺼번에 드러났을 때 그중에서 더 무거운 죄에 따라 처벌하는 것을 의미한다.

23 약정(約正): 향약을 운영하는 임원으로, 회장 격인 도약정(都約正)과 부회장 격인

약정都約正과 부약정副約正을 두고, 군현郡縣에는 교수敎授를 두고, 대부大府와 도호부都護府와 부府에는 교도敎導를 두고, 여러 도道의 영학營學에는 관찰사觀察使를 장長으로 도사都事를 부장副長으로 삼으며, 서울의 사학四學에는 교수와 교도를 두고, 중학中學에는 사교司敎와 사도司導를 둔다. 태학에는 이조판서, 대제학, 대사성이 장과 부장이 된다.

학교에는 각기 내사內舍와 외사外舍를 설치하되 내사생內舍生은 사학에 400명, 대부와 도호부에 80명, 부에 60명, 군에 40명, 현에 20명이며, 외사생外舍生은 그 수를 배로 한다. 모두 공적으로 식사를 제공하되 장부를 두어 이름을 기록한다. 공상工商이나 시정市井의 자식이나 무당, 잡류, 공사천이 아니면 품류에 차별을 두지 않는다.

이에 부자·군신·부부·장유·붕우의 윤리, 박학博學·심문審問·신사愼思·명변明辨·독행篤行의 공부법, 수신·처사·접물의 요지, 권업勸業·규실規失·교례交禮·휼환恤患의 규약을 가르친다. 매달 초하루에 사장은 오사모烏紗帽·흑단령黑團領을 갖춰 입고 제생들을 거느리고 강당에서 학습하도록 한다. 다음에 네 계절의 첫 달에는 향鄕의 약정이 그 향의 인사들을 거느리고 교당에서 강송講誦한다. 또 봄과 가을로 도약정이 향의 약정 이하를 거느리고 학교에서 토론을 하여 능한 자를 표창하고, 가르침을 따르지 않는 자는 추려낸다.

대체로 대부와 사의 자제 및 백성 중 우수한 자로 학문에 뜻을 둔 나이 15세 이상인 사람이라야 입학을 시켜서 외사에 들도록 한다. 그들 중 재목이 될 만하고 힘써 공부하려는 자라야 내사에 들게 한다. 교수와 교도는 이들을 모아 3년 동안 가르쳐서 덕행과 기예를 시험하여 어질고

부약정(副約正)이 있다.

능한 자라야 감영의 문무 두 학교에 뽑아 올린다. 사교司教와 감사監司는 이들을 모아 1년 동안 가르쳐서 덕행과 기예를 시험하여 어질고 능한 자를 태학에 뽑아 올린다. 태학의 장과 부장은 또 이들을 모아 가르쳐서 가을에 덕행과 기예를 시험하여 어질고 능한 자를 조정에 뽑아 올린다. 다른 자격이 아니라면 필히 나이 사십이 되어야 조정에 올린다. 3년 동안 최종적으로 뽑아 올린 자는 35인을 정원으로 한다. 조정에 올리고 나서 의정부에서 윤허를 받는다. 의정부, 육조, 홍문관, 사헌부의 관이 고강考講을 하고 진사가 되는 것을 허용하여 진사원進士院에 소속을 시킨다. 천거에 누락을 시키거나 잘못 천거하거나 사심으로 천거한 자는 모두 처벌을 한다.

무릇 진사는 의관을 갖추고 일을 보는데, 따로 맡은 직임이 없고 정원도 없으며, 번을 나누어 맡도록 했다. 네 계절마다 활쏘기를 연습하되 음식을 풍부하게 내리며 예우를 후하게 했다. 임금이 조회 볼 때에 전상殿上에 시립해서 항상 좌우에 있으면서 관천裸薦[24]을 보좌하고 임금의 덕행과 의리로 말씀을 올린다. 그렇게 1년이 지난 연후에 의정부와 이조吏曹에서 그 등급을 가려서 관직에 임명한다.

모든 관인은 오직 어진 자를 뽑고 가문을 따지지 않는다. 음양陰陽과 의주醫籌, 율역律譯과 서화書畵의 학에는 각기 교관教官, 교훈教訓, 생도를 둔다. 매 식년에 한번 시험을 실시하되, 그 정원은 음양학 4인, 의학 5인, 주학 1인, 율학 3인, 역학 11인, 서학 30인, 화학 15인을 뽑는다.

이에 불필요한 관인을 도태시키며 군현을 고르게 하고 녹봉을 후하게 지급하고 한번 맡기면 오래 근무하도록 하여 군대 제도를 세웠다.

---

24 관천(裸薦): 관(裸)은 검은 기장으로 만든 울창(鬱鬯)이라는 술을 땅에 뿌려 신령의 강림을 비는 것이고, 천(薦)은 제수를 올리는 것으로 제사 드리는 일을 뜻한다.

먼저 상서원尙瑞院을 승정원承政院에 통합하고 제용감濟用監을 상의원尙衣院에 통합하며, 두 의료기관[25]을 내국內局에 통합하고 전생서典牲署를 사축서司畜署에 통합하며 귀후서歸厚署를 선공감繕工監에 통합하도록 했다.

그리고 중추부中樞府·충훈부忠勳府·의빈부儀賓府·의금부義禁府·도총부都摠府의 5부, 사역원司譯院·장예원掌隸院·사간원司諫院·훈련원訓鍊院의 4원, 내수사內需司·전설사典設司의 2사, 내자시內資寺·내섬시內贍寺·사도시司䆃寺·종부시宗簿寺의 4시, 평시서平市署·조지서造紙署·사포서司圃署·사온서司醞署·소격서昭格署·전옥서典獄署의 6서, 별설도감別設都監·사재감司宰監의 2감, 경연청經筵廳·어영청御營廳·수어청守御廳·총융청摠戎廳·포도청捕盜廳·선전관청宣傳官廳·군직청軍職廳의 7청, 의영고義盈庫·장흥고長興庫·양현고養賢庫의 3고, 중부·동부·서부·남부·북부의 5부 등 모두 41아문과 예문관藝文館, 독서당讀書堂, 기로소耆老所와 각 사司의 제조提調, 기타 여러 겸하게 된 동서반東西班 잡직雜職의 법 등등 모두를 다 혁파하도록 했다.

삼사三師[26]와 종학宗學, 상평감常平監은 증설하고, 감문監門과 성문城門 2사司와 액정서掖庭署는 품계를 바꾼다. 대부·특진[27]에서 종4품 조봉랑朝奉郎에 이르기까지와 통덕랑通德郎에서 종9품 통사랑通仕郎에 이르기까지 모두 36계 문무반文武班이다. 종친부宗親府·의빈부儀賓府·공신부功臣府는 한 품계로 통용한다.

---

25 두 의료기관: 혜민서(惠民署)와 활인서(活人署).

26 삼사(三師): 임금의 스승인 태사(太師), 태부(太傅), 태보(太保)를 일컫는 말. 삼공(三公)과 함께 임금의 고문(顧問) 역할을 맡는다.

27 특진(特進): 경연(經筵)에 참여하여 왕의 고문에 응하던 관원. 대개 당상관 경력이 있는 자 가운데 현직 2품 이상에서 선발하였다.

무릇 관의 법도는 모두 번거로움을 줄여, 요점을 잡도록 하고, 중앙
은 간략하게 군현은 고르게 하도록 했다. 먼저 7도의 명칭을 바꾸되 충
청도는 '한남도漢南道', 전라도는 '호남도', 경상도는 '영남도', 강원도는
'관동도', 함경도는 '영북도嶺北道', 황해도는 '관내도關內道', 평안도는
'관서도關西道'로 한다.

　　이에 각 지방의 구역을 통합하거나 분할하되 경기도부터 시작한다.
풍덕을 통합하고, 장단의 북쪽을 분할하여 개성부에 합친다. 과천의 반
과 양주의 남쪽과 양근의 서쪽을 잘라내서 광주부에 합친다. 적성을 합
치고 마전의 3분의 2와 연천의 4분의 1을 잘라내어 양주부에 통합한다.
광주의 서쪽과 과천의 반을 잘라내서 수원부에 합친다. 인천과 양천을
통합하고, 안산의 반과 금천의 5분의 3을 잘라내고 부평부에 통합하며.
김포를 통진현에 병합하고, 인천의 동쪽 및 덕적도를 잘라내서 남양군
으로 만든다. 가평의 남쪽과 양주의 동쪽을 잘라내고 영평까지 합쳐 포
천군으로 통합한다. 원주의 서쪽과 지평의 남쪽을 잘라내어 여주부에
통합한다. 양지의 3분의 1과 음죽과 광주의 서쪽을 잘라내어 이천군으
로 삼는다. 안성의 반과 양지의 3분의 1과 충주의 북쪽을 잘라내고 음
죽을 합하여 죽주부로 통합한다. 안성의 3분의 1, 평택, 직산의 서쪽, 수
원의 남쪽을 잘라내고 진위와 합하여 양성부로 통합한다. 양지의 3분
의 1을 용인현으로 삼는다. 광주의 동남과 여주의 서쪽과 지평의 3분의
2를 잘라내어 양근군에 통합한다. 금천의 우봉을 잘라내어 장단부에 통
합한다. 고양의 3분의 2를 잘라내고 교하와 붙여 원평군으로 통합한다.
마전의 3분의 1과 연천의 4분의 1과 장단의 동북쪽을 잘라내어 삭녕군
으로 통합한다. 나머지 7도의 군현을 줄이고 합치고 분할하는 방식은
모두 경기도에 준한다.

무릇 한 고을의 땅은 사방의 경계까지의 거리를 모두 50리로 기준을 삼는다. 지형이 크고 도회가 아주 번성하며 전지가 4만경에 이르는 곳을 대부大府 혹은 도호부都護府로 하며, 그 다음은 부府, 또 그 다음은 군郡, 또 그 다음은 현縣이 된다. 현 이상에는 모두 장관長官, 부관副官 및 향관鄕官[28]을 둔다. 향관은 관과 띠를 착용하고 종사하며 기간이 차면 승직을 시킨다.

5가家를 한 통統으로 삼아 통장을 둔다. 이어 10통을 1리里로 삼고, 10리를 1향鄕으로 삼되 모두 정正을 둔다. 여러 고을의 외창을 다 혁파하되 상평창常平倉과 사창社倉과 조창漕倉을 둔다. 조창에는 판관判官을 두고 서리의 자리를 두되, 중앙과 지방에는 녹사綠事 45인, 서리書吏 740인, 조예皁隷 4314인, 소사小史 1316인을 두고, 매달 급여하는 것은 4곡斛을 넘지 않는다. 이것으로 등급을 정하여 소급해 올라간다. 또한 중앙과 지방을 통괄하여 9품에게 해마다 60곡斛을 지급하고 정1품에 이르도록 순차대로 더하여 600곡에 이른다.

무릇 당상관 이하로 여러 관서의 장들은 필히 가족을 거느리고 가서 6년을 임기로 관아에 거주한다. 관찰사나 절도사 이하로 교수, 향관에 이르기까지 필히 가족을 거느리고 가서 9년을 임기로 임소에 거주하게 하되, 큰 죄가 있는 것이 아니라면 다만 품계를 높여주거나 깎거나 하는 것으로 상벌을 행한다. 매년 해가 다 갈 때 한번 고과考課를 하여 성적이 아주 좋지 않은 자를 탈락시키고, 3년마다 전호의 증감을 비교하여 승진을 시키거나 강등을 시킨다.

군사 제도는 먼저 여러 군현에 명을 내려 성과 해자를 정비하고, 거마

---

28 향관(鄕官): 향청(鄕廳)의 좌수(座首)와 별감(別監)을 지칭하는 말.

와 선박을 수리하게 한다. 선박에 대해서 통영統營에는 7척,[29] 수영水營에는 5척, 첨사僉使의 진에는 3척을 배치한다. 전선 1척에는 소속 군선으로 방패선防牌船 1척, 병선 1척, 사후선伺候船 1척을 둔다.

말에 대해서는 당마唐馬, 호마胡馬, 여러섬의 말을 무사로 하여금 스스로 택하여 전마로 대비하도록 했다. 제주도에서는 해마다 한번 나라에 말을 올려 보낸다. 진상마, 연례마, 체임마, 분양마를 폐지하고, 우역郵驛에서 역마를 함부로 타고 다니거나 입대마立待馬·쇄마刷馬, 도치인파度寘引把의 말을 금한다. 수레는 이지李之[30]의 제도를 쓰며, 성성은 척계광戚繼光[31]의 법으로 한다.

이에 절도사節度使가 제진諸鎭을 통솔하고 여러 진사鎭使는 군현을 겸하여 관할하고 수령은 파총[32]을 거느리고 파총은 초관을 거느리고 초관은 기총旗摠을 거느린다. 5인으로 1오伍를 삼고, 2오로 1대隊를 편성하며, 3대로 1기旗를 편성하여 경계할 일이 발생하면 모두 출동하게 한다. 평소에는 보병은 번상番上[33]하고 기병과 속오군은 다 번상하지 않는다. 수군은 소속의 진에 나아가며, 바람이 부드럽거나 바람이 높은 것으로

---

29 이른바 칠전선(七戰船)으로, 군대의 각종 기계와 군량을 쌓아두며 통영에 배치하는 것으로 되어 있다.

30 이지(李之): 어떤 인물인지 미상. 『반계수록』의 거제(車制)에 반계가 전투에서 수레의 사용을 주창한 그의 견해를 인용한 곳이 있다.

31 척계광(戚繼光, 1528~88)은 명대 후기의 무관으로, 몽골과 왜구를 격퇴하는 데 명성을 떨쳤으며 『기효신서(紀效新書)』라는 병서를 저술했다. 그의 병법은 특히 왜구와 싸우는 과정에서 개발된 것이며, 임진왜란 이후 그의 병법이 많이 도입되었다.

32 파총(把摠): 조선후기 군영에 속한 무장의 직명. 조선후기 군영의 편제는 『기효신서』에 의거, 부(部, 5司)-사(司, 5哨)-초(哨, 200명 단위부대)로 편성되었는데 파총은 사(司)의 지휘관으로 종4품이다.

33 번상(番上): 지방에 거주하여 군역의 의무를 진 자가 중앙의 군영(軍營)으로 올라오는 일.

인력을 배치하여 입방立防[34]을 했다.

병사들은 중앙이나 지방이나 다 같이 매달 세번 무예를 훈련하며, 번상하는 군대는 각기 원래 정해진 대로 서울의 오위五衛[35]에 나뉘어 소속이 된다. 오위는 모두 진영을 설치하고, 위에는 각기 5사司를 설치하며, 사에는 각기 500인을 둔다. 내금위內禁衛에는 병사 200명을 두고, 충의위忠義衛와 충순위忠順衛를 합하여 한 사司로 만들어 숙위宿衛를 담당한다. 순라청巡邏廳을 개편하여 금오위金吾衛로 만들어 순경巡警의 임무를 담당하며 도적을 붙잡는다.

무릇 지휘관은 대장 이하로 모두 올려서 실직으로 하고, 경포수京砲手와 마대馬隊는 모두 도성 가까이에서 뽑되 점차 줄이며, 지방의 병졸에게는 포를 징수하여 봄과 가을로 지급한다.

이에 산림·시초柴草·닥나무와 칠·과목果木 등에 대한 세와, 바다와 천택에서 절수折受[36]의 명목으로 들어오는 것, 공인·상인·공랑公廊[37]·선船·대장간·어염魚塩 등에서 함부로 과도하게 받아들이는 세며, 아문둔전衙門屯田이나 시장의 부세며, 궁중에서 소요되는 것, 여러 관서에 매일 바치는 것, 팔도 진상의 규정 등을 모두 혁파하도록 했다.

공물을 파하고, 환자를 파하고, 일체의 명목이 없는 세를 파한다. 시부표詩賦表 같은 과거시험의 과목에서 경박하고 수식을 일삼는 문체를

---

34 입방(立防): 방어의 임무를 맡기 위해 나가는 것을 가리키는 말.
35 오위(五衛): 조선시대에 제정했던 중앙의 군사조직. 의흥위(義興衛), 용양위(龍驤衛), 호분위(虎賁衛), 충좌위(忠佐衛), 충무위(忠武衛)를 가리키는 데, 16세기 이후 이 제도가 흔들려 임진왜란 이후로 오군영체제로 개편되었다. 반계는 오위체제로 돌아갈 것을 구상한 것이다.
36 절수(折受): 궁방(宮房) 등에서 바다와 산천의 이익에 대해 조세 명목으로 받아들이는 것.
37 공랑(公廊): 관에서 건축하여 상인에게 임대하는 건물.

파하고, 정시庭試, 감시監試, 증광시增廣試, 별시別試, 알성시謁聖試나 절일 제節日製며 명경과明經科나 무과武科의 선발 등을 혁파하도록 했다. 진하 례陳賀禮를 없애고 간택례揀擇禮를 없애며, 서경署經[38]과 해유解由[39], 복 호復戶[40]의 제도를 혁파하고, 기악妓樂과 우붕優棚을 없애고 노비의 세 습제도를 없앤다.

그런 연후에 가량嘉量[41]을 만들어 질량을 재고, 도량을 제정하여 만 물을 고르게 하고, 술잔을 배포하여 공사의 연회에 쓰고, 의관을 개선하 고 어음語音을 바꾸어 중화中華를 본받고, 친영親迎의 법을 강구하여 인 륜을 바로잡고, 철에 따라 연회를 베풀어 상하의 정을 통하도록 했다. 그 도수와 절목은 스스로 지은『수록』에 있다.

『반계수록』이 완성되자 그의 벗 정동직鄭東稷과 배상유裵尚瑜[42]가 그 에게 말했다.

"그대는 경국의 계책과 치민의 법술에 참으로 부지런하다고 할 것이 요. 그렇지만 오제五帝도 악을 통일하지 못했고, 삼왕三王은 예를 동일하 게 하지 못했지요. 그런고로 대개 시속에 따라 정치를 하였고 옛날 제도 에 빠질 필요가 없으며, 일을 하는 데 괜찮다면 지금의 제도를 굳이 바 꿀 것은 없겠지요. 그러므로 나라를 잘 다스리는 자는 시대를 헤아려 마 땅한 제도를 만들며, 법을 잘 운용하는 자는 폐단에 의거해 좋은 제도를 내놓게 됩니다. 좋은 제도가 많으면 정치가 순조롭게 되고, 마땅한 제도

---

38 서경(署經): 임용이 되는 관원에 대해 사간원과 사헌부에서 검토를 받는 제도.

39 해유(解由): 관원의 교체 시 전임자와 후임자 간의 소관업무 인수인계 절차.

40 복호(復戶): 민호(民戶)에 대한 요역을 면제해주는 제도.

41 가량(嘉量): 주대(周代)의 양기명(量器名). 하나의 그릇으로 곡(斛)·두(斗)·승(升)· 홉〔合〕·약(龠) 등 오량(五量)을 다 측량할 수 있다(『주례(周禮)』·고공기(考工記)』).

42 원문에는 '裵聖瑜'로 되어 있는데, 배상유의 착오로 판단하였다.

가 많으면 백성들이 편안합니다. 또 내 듣건대 둥근 것은 네모나게 될 수 없고, 둥근 자루는 네모난 구멍에 박아 넣을 수 없는 법입니다. 그대는 말세의 시속을 바꾸어 아득한 옛날의 기풍으로 돌리고자 하니 또한 어렵지 않겠습니까?"

유형원은 이렇게 대답했다.

"그렇지 않소. 정치가 어지러운데 바로잡지 않으면 나라 백성들은 반드시 이산할 것이요, 법이 낡았음에도 바꾸지 않으면 나라는 반드시 망하고 말 것입니다. 위기를 전환시키고자 하는 자는 도에 의거해서 이치를 따르며, 예〔古〕를 본받으려 하는 사람은 천성에 순응하고 인정을 쫓습니다. 그러므로 저울의 눈금이 제자리에 있지 않으면 저울은 저울이 될 수 없고, 자가 정당함을 잃으면 자는 자가 될 수 없습니다. 천하의 도는 대소와 본말이 어찌 한번이라도 어긋날 수 있겠습니까?

지금 우리나라는 일을 예〔古〕를 따라 하지 않고 정치는 근본을 잡지 못하니 기강이 문란하며, 온갖 법도가 무너졌지요. 내가 헤아려보건대 지금 동국은 결부법結負法으로 제도를 세우고, 조세는 균전제均田制로 하고, 과목科目으로 인재를 뽑고, 외형적인 자격으로 사람을 쓰고 있기 때문에 관기官紀는 번거롭고 방만하며, 군현이 어지럽고 균일하지 않으며, 녹봉이 박하고, 관장이 너무 자주 바뀌고, 군대의 대열이 기강을 잃었고, 병제는 결함이 많습니다. 지금의 제도를 따르고 지금의 시속을 바꾸지 않으면 비록 요순이 다시 살아오신다 하더라도 또한 어찌할 수 없을 것입니다.

지금 결부법은 세를 위주로 하되 땅을 돌보지 않으며, 등급을 중히 여기고 측량을 가벼이 하고 있습니다. 논을 잰다 하더라도 농지의 모양이 가지런하지 않으니, 한갓 장부에 올라 있을 뿐이며 장부는 혼란스럽고 기록이 빽빽하고 불분명합니다. 농지의 곱셈법과 증감과 장단의 차이를 관에서는 다 살필 수가 없고 백성들도 다 분별할 수가 없음에, 아전들은 그 때문에 농간과 허위를 부리게 됩니다. 대저 살피기 어려운 장부와 분변하기 어려운 수치로는 아전들의 한없는 농간을 단속하기 어렵습니다. 그래서 뇌물을 바치는 풍조와 누락이 생기는 문제와 겸병하는 폐단이 있는 것입니다.

무릇 춘추의 뜻으로 보면 제후는 전봉專封[43]을 할 수 없고, 대부는 전지專地를 할 수 없습니다. 지금의 호민들은 사적으로 점유하여 혹은 심지어 수천경頃에 이르러 그 부가 왕후에 못지않으니 이는 전봉이라 할 수 있으며, 사고팔기를 자기 마음대로 하니 이는 전지라 할 수 있습니다. 가난한 자는 송곳 꽂을 땅도 없으니 이와 같이 하고서도 능히 정치교화를 행할 수 있는 경우는 없었습니다. 그래서 경묘법頃畝法[44]을 시행하지 않으면 안 된다고 말한 것입니다.

지금 명경과는 적절한 말을 붙여서 외우기 쉽게 하고 있으며, 제술과는 구절을 따서 엮어내고 있습니다. 초에 표시를 하여[45] 글솜씨의 고하를 시험하며, 눈 깜짝할 사이에 붙고 떨어지는 것이 결정됩니다. 그래서 과거를 주관하는 사람은 보임의 책임이 없고, 시험 보는 자는 요행을 얻는 데 대한 부끄러움이 없습니다. 부끄러워할 곳이 없고 책임을 돌릴 곳이 없습니다. 이에 이조의 관리는 자격을 살피는 데 가문만 따지고, 인

---

43 전봉(專封): 천자가 제후에게 관작과 봉토를 내려주는 것으로 황제의 권한에 속한다.

44 경묘법(頃畝法): 토지의 면적을 계산하는 법. 대개 5~6자 평방을 1보(步), 100보를 1묘(畝), 100묘를 1경(頃)이라고 한 데서 유래한 명칭이다.

45 원문은 '刻燭'. 촛불을 켜놓고 중간에 표시를 하여 거기까지 타는 동안 글을 짓도록 시간 제한을 하는 것으로 빨리 글 짓는 재주를 시험하는 방법이다.

사를 맡은 재상은 자격에 따라 서용합니다. 좋아하고 싫어하는 것을 사적으로 정하고 세력의 변화를 살피고 문벌을 숭상하니, 뽑아 올리는 바는 가르친 바가 아니요, 가르치는 바는 길러낸 바가 아닙니다. 그래서 선비는 서로 고상함을 뽐내도 경박하기만 하고 서로 자랑해도 허위일 뿐입니다. 서로 권세로 부르고 서로 이익으로 끌어들여, 법령이 많아질수록 거짓이 날로 일어납니다. 이와 같이 하고서도 능히 정치 교화를 행할 수 있는 경우는 없었습니다. 그러므로 공거제貢擧制[46]를 회복하지 않으면 안 된다고 말한 것입니다.

옛날 당태종은 중앙과 지방의 관리를 줄여 730인을 두고 이르기를, '나는 이 정도로 천하의 어진 인사를 대우하면 충분하다'라고 했습니다. 그래서 후세에 '정관貞觀[47]의 정치'를 일컬은 것입니다.

지금 우리나라를 보면 서울에는 긴요하지 않은 관리가 많고, 군현 중에는 조그만 하여 고을이 되지 못할 곳이 많습니다. 고을에는 땅이랄 것이 없고, 관장은 백성도 없는 지경입니다. 한나라 때 군수는 구경九卿의 녹을 받았으니 매년 2000석石이었습니다. 이처럼 녹봉을 후하게 했던 까닭은 관직이 낮은 자도 농사짓는 것을 대신할 수 있고, 직위가 높은 사람은 친척들을 도울 수 있도록 하기 위해서였습니다. 이 때문에 염치를 제대로 차리고 예속을 훌륭하게 이루어 상하가 모두 안정할 수 있습니다.

그런데 우리나라는 지금 관직에 있어도 봉급으로 받는 것이 지극히 박하고 아전들은 정해진 봉급도 없습니다. 그러니 사욕을 도모하고, 이

---

46 공거제(貢擧制): 추천을 통한 관리 임용제. 한나라 때에는 지방관들이 중앙에 유능한 인물을 추천하는 제도가 있었다. 뒤에는 글 짓는 능력으로 관리를 뽑는 과거제에 대한 대안으로 제기되기도 했다.

47 정관(貞觀): 당태종의 연호(637~49)로, 당태종이 정치를 아주 잘하여 후세에 좋은 정치를 논할 때에는 '정관의 치세'를 일컬었다.

익을 추구하여, 백성을 괴롭혀 자기에게 이익을 삼는 폐단을 없애려고 해도 어려운 것입니다.

옛날에 요순시대에는 관원이 백명이었고, 하夏나라 상商나라 때는 관원이 이백명이었으되 천하가 잘 다스려졌던 것은 삼년에 한번 고적考績을 하고, 세번 고적을 하면 쫓아내거나 승진시키는 등 오래도록 임무를 맡도록 한 효과였습니다. 지금은 관리들이 자주 바뀌어 자리를 편안히 지키며 직무를 즐겁게 보려는 뜻이 없습니다.

제나라는 열국의 하나일 뿐이지만 관자管子가 내정을 잘 다스려 마침내 천하의 패자가 되었습니다. 지금 우리나라는 병사兵事와 농사農事가 둘로 나뉘어 민력民力이 이미 고갈되었고, 균역은 균평하지 못합니다. 친족과 이웃은 도망가고 재난과 우환이 만연하니, 이와 같이 하고서도 능히 정치와 교화를 실현할 수 있는 경우는 없습니다. 그러므로 중앙의 관직을 줄이고, 지방의 균형을 이루며, 녹봉을 후하게 하고, 오래 임무를 맡기며, 제도를 세워 군사를 정하지 않을 수 없다는 것입니다. 그런데 지금 그대의 말씀은 제도를 바꾼다고 예(古)에 빠져서는 안 된다고 하니, 또한 막힌 생각입니다.”

『수록』은 모두 20여만자이다. 유형원은 지은 책이 아주 많지만 유독 여기에 힘을 쓴 것이 매우 깊고도 절실했다. 정사의 폐단을 말할 때에는 털끝까지 분석해 들어갔다. 그가 제시한 법은 모두 평이하고도 간략한데, 필히 시행할 수 있도록 하기 위함이었다. 후일에 이 책이 차츰 알려지게 되었으나 세상에 능히 쓰이지 못했다. 당시에 유형원을 천거한 재상이 있었는데, 유형원은 웃으며 “내가 지금 재상을 알지 못하는데 지금 재상이 어찌 나를 안 것이랴?”라고 말했다. 유형원은 현종 14년에 서거했다.

내가 들건대 유형원은 그 사람됨이 밝고 바르며 공평하다고 한다. 최영경崔永慶[48]이 죽음에, 그 당인들이 정철이 얽어 죽인 것으로 말하면서 정철을 붙잡고 늘어졌다. 그런데 유독 유형원은 마음속으로 정철이 최영경을 죽이지 않은 줄 알았다.

젊어서 윤휴尹鑴[49]와 잘 지냈는데, 효종 때에 조정에서 윤휴를 들어 쓰려고 했다. 어떤 사람이 유형원에게 "윤휴는 어떤 사람인가?"라고 묻자, 유형원은 이렇게 대답했다.

"윤휴는 자기 주장대로 하기를 좋아하니, 그를 쓰면 필시 실패할 것이다"

이윽고 그는 과연 실패하였다.

내가 그의 『수록』을 보건대 그는 삼대시대의 왕좌재王佐才라 할 만한 인물이다. 훌륭하다! 그의 마음가짐과 주장한 논리는 유래한 바가 있도다.

---

48 최영경(崔永慶, 1529~90)은 자가 효원(孝元), 호가 수우당(守憂堂)이다. 벼슬에 나가지 않고 학문에 매진한 학자로 명망이 있었으며, 조식(曹植)의 문인이다. 정여립의 옥사(獄事)에 무고하게 연루되어 죽임을 당했는데, 서인이었던 정철과 사이가 나빴기 때문이라는 후문이 많았다.

49 윤휴(尹鑴, 1617~80)는 자가 희중(希仲), 호가 백호(白湖)이다. 예송의 국면에서 남인의 입장에 서서 송시열(宋時烈)을 비롯한 서인과 극렬하게 대립하였다. 성리학 이론과 유교경전의 본의를 풀이한 여러 저술을 남겼다.

유형원 묘비문⬤

墓碑

홍계희洪啓禧

반계 유선생이 돌아가신 지 30년이 지나 저술한 바『수록隨錄』이 발간되었다. 아! 선생은 왕좌재王佐才[1]이니, 그 전체대용全體大用이 이 책에 다 들어 있다. 대개 천덕天德과 왕도王道에서 발원하여 오활하지도 않고 고루하지도 않으니, 성인에게 물어보아도 부끄러움이 없다고 할 수 있을 것이다. 비록 선생의 당시에는 시행되지 못했지만, 백대 후에 필시 이를 취해서 행할 자가 나올 것이다. 아! 거룩하도다!『주례周禮』는 주공周公의 만년저술이다. 선유들이 천리를 충분히 활용하여 물을 담아도 새지 않을 정도라고 일컬었다. 선생의 이 책으로 말할 것 같으면, 오로지『주례』를 위주로 해서 체계를 분명히 세우고 강綱과 목目을 조리 있게 잡아 고금을 두루 헤아려서 마치 손바닥을 들여다보는 것 같다. 진실로 흉회가 영롱하고 사고가 치밀하여 백대의 전장제도를 바꾸어서 일왕一王[2]의 제작制作을 주조해내려는 것이 아니라면, 어찌 능히 이처럼 원숙하고도 규모를 훌륭하게 잡아 한점의 결함도 없게 할 수 있겠는가?

선생은 천계天啓 임술년(1622)에 태어나 숭정崇禎 후 계축년(1673)에

⬤ 경기도 용인시 처인구 백암면 석천리 산28-1에 있는 묘소의 비문이다. 작자 홍계희에 대해서는 410면의 작품 설명을 참조할 것. 이 글은 1768년에 지어졌다.

1 왕좌재(王佐才): 제왕의 훌륭한 정치를 보필할 수 있는 능력을 갖춘 인물을 가리키는 말.

2 일왕(一王): 천명을 부여받아 정통성을 가진 왕을 일컫는 말. 일왕은 '제례작악(制禮作樂)'을 통해 왕도를 실현한다.

돌아가셨으니, 인조·효종·현종 3대를 거쳤다. 그동안에 이름난 학자와 훌륭한 신하가 조정에 많았으되 유독 나라의 부름이 선생이 사시던 우반동에는 미치지 못했다. 이 어찌 선생의 잠룡潛龍의 덕[3]이 확고하여 흔들리지 않아 세상에 알려지는 것을 두려워해서 그랬던 것인가? 선생은 본래 명가의 후예로 사시던 땅이 서울에서 500여리 떨어진 곳이었다. 한낱 재야의 선비로 바닷가에서 생애를 마치셨으니 선생에 있어서는 그것이 경중을 따질 일이 아니었다. 그러나 또한 대도大道가 행해지는 나라에 알려져서는 안 될 문제였다.

선생께서는 7세 때「우공禹貢」편을 읽다가 기주冀州에 이르러 감탄해 마지않고 일어나 춤을 추었으니 벌써 그 대의大意를 보았던 때문이다. 13~14세부터 성현의 학문에 유의하여 경전 및 백가의 책을 취해 통달하고「사잠四箴」을 지어 스스로 경계하였다.

갑신년(1644) 이후로 당면한 세상에 뜻이 사라져 온 가족을 데리고 남쪽으로 가서 부안의 반계에 은거하였다. 중간에 한번 과거에 응시하여 진사에 합격하였으니 조부의 명을 따른 것이었다. 그 이후로는 다시 과거시험을 보지 않고 문을 닫고 고요히 앉아 정신을 집중해서 학문에 힘썼다.

선생은 책에 대해서 일찍이 전인前人의 언설을 그대로 따르지 않고, 필히 오늘을 헤아려보고 옛날을 상고해보아 자기 마음으로 이해하여 실제 일에 참작했다. 생각하고 또 생각하여 탐구하기를 지극히 정미하게 하여 참으로 얻은 바가 있으면 자다가도 필히 일어나 촛불을 밝히고 빨리 기록했다. 매양 해가 저물면 문득 "오늘도 헛되이 보냈구나" 하고

---

3 잠룡(潛龍)의 덕: 잠룡은 제왕이나 큰 인물이 아직 세상에 나오지 않고 은거해 있는 상태를 이르는 말. 『주역·건괘(乾卦)』에서 유래하였다.

탄식을 했다. 그의 학문의 정치하고 독실한 것이 이와 같았다. 부지런히 공부에 힘쓰기를 아침 일찍부터 밤늦게까지 하여 진실을 쌓아가고 노력하기를 오래했다. 의심할 바 없는 데서부터 의심할 바 있는 데에 이르기까지, 의심이 있는 데서부터 의심이 환히 얼음처럼 풀리는 데 이르기까지, 이성과 욕망의 구분이나 사물의 본말에 이르기까지 마음의 눈에 명료하게 드러나지 않는 것이 없었다. 자기도 모르게 흔연히 즐겁고, 개연히 감탄이 일어나기도 했다.

세상을 구제하기 위한 진실한 뜻에 이르러서는 천성에서 나와 평소의 온축한 바를 글로 써서 이에 『수록』이 완성된 것이다.

이 책은 정전제井田制를 근본으로 하되 그 형식을 취하지 않고, 다만 정전의 실질적인 의미를 추구했다. 그리하여 교사敎士·선재選才·명관命官·분직分職·반록頒祿·제병制兵에서 군현을 설치하는 법에 이르기까지, 모두 여기서부터 미루어 갔으니 규모가 광대하고 절목이 상세하였다. 거기에서 "천하의 도道는 본말과 대소가 처음부터 서로 어긋나지 않아 저울의 눈금이 적당함을 잃으면 저울이 될 수가 없고 자의 눈금이 적당함을 잃으면 자가 될 수 없다"라고 했다.

또 "예와 지금에 있어서 이 천지, 이 인물에 대해 선왕의 정치는 하나도 행할 수 없는 것이 없다. 저들 예와 지금이 서로 다르다고 말하는 자들은 망령될 뿐이다"라고 하였다.

또 "옛사람들이 법을 제정함에 있어서는 모두 도道로 일을 헤아린 까닭에 본디 간소하면서도 행하기 쉬웠는데, 후세로 와서는 일이 모두 사사로움으로 법을 삼았기 때문에 백가지로 교활함을 막더라도 더욱 문란해질 뿐이다"라고 하였다.

또 "천하를 다스림에 있어서 공전제公田制와 공거제貢擧制를 쓰지 않고는 모두 임시방편이 될 뿐이다. 공전제가 한번 시행되면 빈부가 저절로 균형을 이루며 호구戶口가 저절로 분명하게 되고 군대가 저절로 정돈될 것이니, 오직 이와 같은 다음에라야 교화가 행해질 수 있고 예악이 일어날 수 있을 것이다. 그렇지 않고는 큰 근본이 이미 문란해져서 더 말할 만한 것이 없다"라고 하였다.

오직 왕패王覇의 구분을 뚜렷이 들여다보고 고금의 마땅함을 통찰했으니 이 때문에 그 발언이 천리天理에 근거하고 인사人事에 통달했다. 그리고 고금의 제도를 헤아리고 가감하여 폭넓게 펼쳐보이되 크게는 우주를 참작하고 작게는 털끝까지 파고들어 규범에 잘 들어맞고 조리정연하여 어지럽지 않았다. 또한 반드시 옛 선왕의 제도에 극히 부합이 되도록 하니 이 어찌 후세의 임시방편의 공리로 패도에 치우친 학으로서는 만에 하나라도 미칠 수 있겠는가?

선생은 휘 형원으로 자는 덕부德夫, 본관은 문화이며, 고려의 대승大丞 차달車達의 후손이다. 문간공文簡公 휘 관寬은 본조에 들어와 세종대에 정승을 지냈으며 청백리로 이름이 있었다. 6대를 지난 휘 위湋 현령이 있는데 선생의 증조부이다. 조부 성민成民은 정랑으로 참판에 추증되었다. 부친 흠慾은 예문관 검열을 지냈으며, 모친은 여주 이씨로 우참찬 지완志完의 따님이다.

선생은 얼굴이 희고 키가 컸으며, 안광이 선명하고, 등에 일곱 개의 검은 점이 있어 북두칠성 모양이었다. 집안에서의 행실이 매우 돈독했으며, 2세에 부친을 잃었는데 모친과 조부모 모시기를 극진히 하여 돌아가실 적에는 거상居喪을 잘하는 것으로 일컬음을 받았다. 총명함이 월등하여 천문·지리·복서·산수에 한번 보면 꿰뚫어 알았다. 일찍이 우리나라의 분야分野를 논함에 있어 "한강 이북은 응당 연경燕京과 함께

미尾·기箕의 분야에 속하고, 이남은 응당 기箕·두斗 분야에 속한다"라고 했는데, 식자들은 독창적인 견해로 여겼다. 일찍이 혜성을 관찰하여 신해년(1671)이 되면 필시 큰 기근이 들 것이라 하고, 식량을 절약하여 곡식을 축적해서 궁핍한 사람들을 도와주었다.

선생은 '춘추복설春秋復雪의 의리'[4]에 대해 관심을 깊이 가졌다. 현종 임인년(1662)에 청나라 사람들이 영력황제永曆皇帝가 죽었다고 했을 때 우리나라에서는 그 사실 여부를 알지 못하고 있었다. 선생은 "명나라의 존망이 어찌 작은 문제이겠는가? 그럼에도 막막히 모르고 있단 말인가?"라고 탄식하였다. 정미년(1667) 여름에 복건福建사람 정희鄭喜 등이 바다를 표류하다가 닿아서 붙잡혀 압송된다는 말을 듣고, 달려가서 직접 만나 중국말로 대화를 하여 명나라의 황통이 끊어지지 않았음을 알게 되었다. 책력을 얻어 보아 지금이 영력 21년임을 확인하고, 슬픔과 기쁨을 이기지 못하여 시를 지어 그네들에게 주었다.

선생이 살던 곳은 해변이어서 일찍이 배 4~5척을 준비해두었는데 그 제도가 극히 편리한 것이었으며, 준마를 길렀는데 하루에 수백리를 갈 수 있는 것이었다. 그리고 좋은 활과 화살이나 조총 등을 비치해두어 집안의 노속들을 조련시켰고, 해로조천기海路朝天記를 수집했으며, 아울러 중국으로 가는 역참들의 지세가 어떤지 기록하여 역력히 어긋나지 않았다. 선생의 뜻을 가히 볼 수 있다.

『수록』외에 편찬한 책이 거의 70여 상자로 본가에 보존되어 있다. 지금 조정에서 좌참찬 권적權𥛽, 좌의정 조현명趙顯命, 승지 양득중梁得中 같은 분들이 전후해서 임금께 아뢰어 선생의 학행과 식견을 칭송하였

---

4 춘추복설(春秋復雪)의 의리: 이른바 '존주양이(尊周攘夷)'의 의리를 뜻한다.

다. 정묘년(1747)에 임금께서 나 계회啓禧에게 명하여 유형원전을 지어 올리도록 명하시고, 또『수록』를 취하여 바치라고 명하셨다. 이에 나는 이 저술을 간행할 것을 청하였으나 끝내 이루어지지는 못했다.

나는 젊어서부터『수록』을 읽어, 여러해 음미하여 더욱 더 선생의 고심처를 들여다볼 수 있었다. 그의 깊은 학문과 높은 재주, 해박한 식견은 워낙 빼어나서 우리 동국에서 그야말로 드물게 나오는 인물이었다. 그 스스로 후세의 양자운이나 소요부로 자부한 것은 아니로되 고산경행高山景行의 마음은 오늘에 이르기까지 그만둘 수 없는 것이다. 계유년(1753)에는 집의 겸 진선으로 추증하여, 선생의 덕행과 존주尊周의 대의를 표창하였다.

선생은 풍산 심씨 부사府使 항間의 따님과 결혼하였는데, 경신생(1620)으로 89세에 돌아가시니 숙인淑人으로 추증되었다. 아들 하晑는 위솔衛率을 지냈고, 딸은 정광주鄭光疇·박삼朴森·백광저白光瑃·송유영宋儒英·윤유일尹惟一·신태제申泰濟에게 출가했다. 정광주와 신태제는 진사이다. 손자로는 응린應麟·응룡應龍·응봉應鳳·응붕應鵬이 있으며, 증손 발發은 지금 동중추부사가 되었다. 이에 하는 승지로, 응린은 참판으로 증직이 되었다. 발의 아우 훈薰은 문과를 하여 지평이 되었다. 선생의 묘는 죽산부竹山府 서북쪽 정배산鼎排山 유좌酉坐에 있으며 숙인도 같이 모셔졌다.

지금 죽산부사 유언지兪彦摯는 선생의 높은 덕과 의리를 사모하여 부임하자 제문을 지어가지고 가서 술잔을 올렸다. 그리고 빗돌을 준비하여 묘도墓道에 세우려고 하니 여러 관인들이 조력했다. 증손자인 동추공이 나에게 응당 글을 써주어야 한다고 청하니 어찌 감히 사양할 것인가? 먼저 전에 썼던 내용을 삼가 취하여 요청에 응하니 실로 이 돌에 이름을 올리게 된 것이 나로서는 행운이 아닐 수 없다.

숭정 후 세번째 무자년(1768) 여름, 행판중추부사 치사봉조하 홍계희는 삼가 짓다.

반계 유선생 제문[●]
祭磻溪柳先生文

김서경金瑞慶

유세차維歲次 계축년(1673) 10월 정유삭丁酉朔 11일 정미丁未에 문인 김서경은 삼가 술과 안주를 올려 고 성균진사 우반愚磻 유선생의 영전에 제를 드리나이다.

아! 아! 슬프도다.
하늘이 맑은 기운을 모아
선생이 온전히 받으셨도다.
상제께서 떳떳한 성품을 부여하사
선생이 이에 그대로 따르시니.

바르고 곧은 지조
청렴하고 올곧은 절의
이해로 유혹할 수 없고
위협으로 빼앗을 수 없었더라.

아는 바 분명하고

● 원래『담계유고(澹溪遺稿)』권3에 실려 있는 글이다. 작자 김서경(1648~81)은 유형원의 우반동 시절 제자이며, 유형원 사후 첫번째로 행장을 찬술한 바 있다. 이 글은 1673년 10월 경기도 죽산부 정배산 묘역으로 반장(返葬)할 때 지은 것이다.

지키는 바 확실하니

의로움을 보면 목마른 듯하고

선을 좋아하여 호색好色과 바꾸었네.[1]

높은 벼슬에 오르는 걸 진흙을 밟는 듯 여겨

과거에 뽑히는 걸 부끄럽게 여겼네.

비록 진사시에 합격했으되

이 또한 좋아서 한 것이 아니었다네.

세상에 구하는 것이 없으니

남에게 바라지도 않았다네.

산수간에 살아가길 편히 여기니

서울 집을 어찌 연연해하셨으랴?

가족들을 데리고 내려가니

여기 우반동于磻洞이로다.

한가롭게 노닐며

이곳에서 즐기고 이곳에서 휴식을 취하고.

동산에 세 길을 냈으니

소나무 길, 대숲 길, 국화 길

서재에는 만권이 있으니

---

1 『논어·학이』에 "현현역색(賢賢易色)"이라는 말이 있는데, 어진 이를 좋아하는 것
을 본능적으로 여색을 좋아하듯 하라는 뜻이다.

성현의 서적이라네.

새벽이면 일어나
필히 의관을 바로하고
마루와 방을 깨끗이 쓸고
벼루와 먹을 정돈해놓네.

올연兀然히 단정하게 앉아
책을 읽기도 하고, 쓰기도 하며
하루 종일 부지런히 하여
밤까지 불을 밝히고 이어지네.

조용히 사색하고 다시 돌아보아
미세한 데까지 파고들어 연구를 깊이 하니
그 진미는 고기[2]보다 더 맛있고
달콤하기는 꿀보다 더 달았다네.

한 마음 밝은 곳에
만가지 이치가 통하니
문장은 나중 일이라
덕업보다 앞서는 것이 무엇이랴?

---

2 고기: 원문은 '芻豢'. 풀을 먹여 기르는 소, 양과 곡식을 먹여 기르는 개, 돼지 등의
  육류를 가리킨다. 『맹자·고자 상』에 "의리가 내 마음을 기쁘게 함이 추환(芻豢)이 내
  입을 즐겁게 함과 같다"라는 구절이 있다.

주관周官³의 제도와
손오孫吳⁴의 병법에
산천 물산이며
음운音韻의 청탁까지.

예(古)를 상고하고 오늘에 적합하게 하여
덜어내기고 하고 보태기도 하니
저술이 서책을 이루어
서상과 책롱에 넘쳤네.

경륜의 책략이요
세상을 구제할 도구로다.
공적을 이루었다 할 것이니
누가 다른 말을 하리오?

천작天爵⁵은 기왕에 잘 닦았으니
만종萬鍾⁶의 녹도 뜬 구름이로다.

---

3 주관(周官): 『주례(周禮)』의 별칭. 실학자들이 대개 주공(周公)이 마련한 법제라 하
여 이상적인 제도로 여겼다.

4 손오(孫吳): 춘추시대 제(齊)나라 손무(孫武)와 전국시대 위(衛)나라 오기(吳起)를
아울러 일컫는 말. 각각 『손자병법(孫子兵法)』과 『오자병법(吳子兵法)』을 남겼는데,
병서(兵書)의 쌍벽으로 꼽힌다.

5 천작(天爵): 하늘에서 내려 준 작위. 『맹자·고자 상』에서 유래한 말로, '공경대부'
와 같은 인작(人爵)에 대비하여 '인의충신(仁義忠信)'을 일컫는 표현이다.

6 만종(萬鍾): 종은 용량의 단위로, 1종은 6곡(斛) 4승(升)에 해당한다. 따라서 만종
은 굉장히 많은 양의 곡식을 가리키는 말이다.

스스로 즐기며 근심하지 않아

그대로 몸을 마칠 듯하였네.

아름답다 선생이시여!

홀로 능히 스승을 얻었도다.

이윤伊尹과 강태공姜太公[7]의 문도요

주염계周濂溪와 두 정자程子의 제자로다.

하늘이 이런 분을 낳을 때

세상을 위해 일을 해보도록 뜻을 두었으리라.

어찌 헤아리기나 했으리오?

은혜는 적고 흉함이 많을 줄.

고황에 병이 들어[8]

한번 얻은 병으로 다시 회생하지 못하였네.

의술이 아무리 해도 효험이 없으니

그 이치 알아볼 곳이 없었네.

아아! 우리 선생이

---

7 이윤(伊尹)과 강태공(姜太公): 원문은 '莘渭'. 이윤은 신야(莘野)에서 농사짓다가 나와
  서 탕(湯)임금을 도왔고, 강태공은 위수(渭水)에서 낚시질을 하다 문왕(文王)에게 발
  탁이 되었으므로 이렇게 표현한 것이다.
8 고황에 병이 들어: 원문은 '二豎'. 춘추시대 진(晉)나라 경공(景公)의 꿈에 병마(病魔)
  가 두 아이[二豎]의 모습으로 나타나 고황(膏肓) 사이에 숨는 바람에 끝내 병을 고칠
  수 없었다는 고사가 있다(『춘추좌전(春秋左傳)·성공(成公) 10년』).

여기에 이르셨음에
명이 길지 못하니
무엇이 실로 이렇게 한 것인가?

도는 막히고 통함이 있고
때는 난세와 치세가 있도다.
천명이 아닌 것이 없으니
장수하고 단명함을 논할 것이 있으랴?

불초한 저 서경은
시골 태생으로
어린 나이에 처음
선생을 찾아가 뵈오니.

저를 불초하다 여기지 않으시고
이끌어 주고 가르쳐주시길 곡진히 하시니
십년을 가까이 모시어
묻고 배운 것이 어찌 적었으리오?

돌아보건대 몽매한 이 사람이
막히고 통하지 못하여
스스로 자포자기하여
능히 힘써 나가질 못하였다오.

선생은 이런 저를 안타깝게 여겨
각별히 생각하고 잊지 않으시어
안타깝게 여기는 말씀이
자주 글 속에 나타났다네.

어찌 힘쓰도록 책망하지 않았으리오?
첫 대면에서부터 깨우치셨네.
저 서경은 이에
깜짝 놀라 속으로 겁을 냈다오.

두려운 마음으로 대답하고
앞으로 잘할 것을 기약했네.
세상일에 쫓겨서
가르침대로 행하지 못하고.

우환 속에 분주하여
찾아가 뵙는 것도 드물게 되었다네.
태만한 저의 허물은
머리털을 다 뽑은들 어떻게 헤아리리오?

지난 중춘仲春 어느 날
만나 뵐까 하고 찾아갔는데,
마침 출타를 하셔서
도중에서 만나 인사를 드렸네.

드리고 싶은 말씀이 어찌 한정이 있으리오마는
길에서 분망하여 말씀을 다 드리지 못하고
뚜렷이 머리에 남은 작별의 말씀
오로지 힘쓰라는 뜻이었네.

선생의 신채神彩을 바라보니
좋지 않은 느낌이 들었네.
혼자 마음속으로 이상하게 여겼으되
감히 말하지 못하였네.

누가 알았으랴? 날이 갈수록
점차로 큰 병에 이를 줄.
늦봄을 열흘 앞두고
저는 서울에서 내려왔는데.

병석에 있다는 말을 듣고 달려갔는데
또한 뵙지를 못했지요.
믿는 바 무망지질無妄之疾은
약을 안 쓰고도 호전된다[9]는 말이었네.

어진 분이 수壽을 하지 못하다니
저 푸른 하늘은 무슨 뜻인가?

---

9 『주역·무망괘(无妄卦)』에 "무망의 병이니, 약을 쓰지 않고도 낫는 기쁨이 있다"라
는 구절이 있다.

아! 아! 슬프도다.
만사가 그만이로다.

선생의 품위는 따르지 못하고
덕음도 이제 영영 멀어졌네.
의혹은 어디로 가서 해결하며
학업은 누구에게 질정하리오?

문에 들어가 통곡하는데
안개와 바람도 참담하여라.
공적으로 보나 사정으로 생각하나
나의 이 마음 다함이 있을까?

권조權厝¹⁰하던 날에
나는 일찍 참석하지 못하고
날이 저물어서야 비로소 나갔으니
집불執紼¹¹도 끝난 후였네요.

유명간幽明間¹²에 부끄럽고 죄를 지었으니
피눈물 그치기 어렵네.

---

10 권조(權厝): 임시로 매장하는 것.
11 집불(執紼): 학자의 상여가 나갈 때 상여의 뒤를 따르는 제자들이 행했던 의식. 불(紼)은 상여의 뒤로 내 단 끈을 가리키는데, 제자들은 이 끈을 붙잡고 상여의 뒤를 따라갔다.
12 유명간(幽明間): 유(幽)은 음계(陰界) 즉 저승이고, 명(明)은 양계(陽界) 즉 이승이다.

아직 계서鷄黍[13]를 짓지 않은 것은

대개 기다림이 있어서였네.

세월이 흘러

어느덧 일곱달이 지나

유좌묘향酉坐卯向의

이 곳은 영구히 계실 곳이 아니라오.

고향으로 돌아가 장례 지낼 것을 의논하는데

벌써 파묘까지 하였네.

고향길 천리에

영영 이별하는 행색이네요.

한잔 술을 올려 제를 지내며

가슴을 헤치고 토로를 하여

종이를 앞에 놓고 슬픈 마음을 쏟아내니

종이 가득히 두줄기 눈물이 뿌려지네.

말은 다했는데 뜻은 길고

제수는 보잘것없어도 정성은 지극하니

아직도 남아 계시거든

흠향하고 돌아보시길 바라나이다.

---

13 계서(鷄黍): 계(鷄)는 닭이고 서(黍)는 기장밥을 가리키는데, 여기에서는 제수를
뜻한다.

오호 애재라!

상향.

반계사에 배향한 제문*
配享磻溪祠祭文

권이진權以鎭

경술년(1730) 2월 18일 배향. 판서 권이진이 짓다.

반계의 남쪽에

오도吾道[1] 갖추어져 있고

문에 이르니 현인이 있어

사람들 지나치지 않았네.

효제孝悌를 근본으로 삼고

명리 때문에 변하지 않았으며

격물치지格物致知[2]와 성의정심誠意正心[3]

진실로 부지런히 힘썼다네.

● 원래 『담계유고(澹溪遺稿)』 권4 부록에 실려 있는 글이다. 작자 권이진(1668~1734)
은 자 자정(子定), 호 유회당(有懷堂)이며 본관은 안동이다. 1694년 과거에 급제하
여 호조·공조판서, 평안도관찰사 등을 역임하였다. 윤증(尹拯)의 문인이며, 이 글은
1730년에 지었다.
1 오도(吾道): 유자(儒者)들이 유교의 도(道)를 다른 것과 구분하여 이르는 말.
2 격물치지(格物致知): 『대학』에 나오는 말로, 모든 사물의 이치를 끝까지 파고들어
앎에 이름을 뜻한다.
3 성의정심(誠意正心): 『대학』에 나오는 말로, 뜻을 성실히 하고 마음을 바르게 함을
뜻한다.

기운 엄숙하고 목소리 온화하니

바로 덕의 표상이고

자신의 있는 힘을 다하여

정자程子와 주자朱子를 뚫고 올라갔네.

서책에 마음을 쏟아

상상하고 미루어 헤아려보았고

『소학小學』한 책을

온갖 일 실행함에 이용했다네.

추종함과 인사성이

천근하지 않았다네.

숙도叔度⁴는 수壽를 누리지 못해

계통을 찾고자 했지만 할 수 없었고

자국子國⁵은 드러난 것이 있어

여러 선비들 나아가 본받았네.

스승과 제자가

같이 걷고 함께 추구했으니

우리 무리 돌아가 의지하여

---

4 후한시기 명사인 황헌(黃憲). 숙도는 그의 자. 어렸을 때부터 덕망과 학식으로 사람들의 존숭을 받았던 까닭에, 숙도는 곧 현사(賢士)을 일컫는 말로 쓰이게 되었다 (『후한서(後漢書)·황헌열전(黃憲列傳)』).

5 전한시기 학자인 공안국(孔安國). 자국은 그의 자. 공자의 12대손으로, 여러 유학 경전에 주석을 하였다.

자유子游⁶를 제사지냈네.

의례상 철식朓食⁷ 마땅하니
공의公議가 모두 모였다네.
길일 택하니
사당에서 의식 성대하네.

반옹磻翁 의젓이 임했는데
선생은 그 옆에 있네.
정중히 제기를 진설하여
우리들 화합하고 미쁘길 바라네.

---

6 자유(子游)는 이른바 공문십철(孔門十哲)의 한 사람으로, 자하(子夏)와 더불어 문
  학에 뛰어난 재능을 보였던 인물이다. 노나라에서 벼슬하여 무성(武城)의 읍재(邑宰)
  로 있으면서 공자에게 배운 예악(禮樂)으로 가르쳐 백성들을 교화시켰다.
7 철식(朓食): 학덕이 높은 유학자나 공신 가문의 조상 등의 신주(神主)를 묘당·서원
  등에 모시는 것. 즉 배향.

반계 유선생에게 아뢰는 글●
告磻溪柳先生文

삼우당三友堂 유문원柳文遠[1] 선생과 담계澹溪 김서경金瑞慶 선생은 모두 반계선생의 문생門生으로, 일찍이 반계선생의 이끌어 도와주심을 받았고 유서遺緒를 받들었으며 정통의 맥을 능히 계승하였습니다. 이에 배향의 예를 거행하여 감히 삼가 고합니다.

● 원래『담계유고(澹溪遺稿)』권4 부록에 실려 있는 글이다. 작자는 알 수 없고, 제작시점은 동림서원에 유문원과 김서경을 배향한 1712년으로 추정된다.
1 유문원(柳文遠, 1638~1717)은 자가 관보(貫甫), 삼우당은 그의 호이다.「반계선생언행록」의 작자 유재원(柳載遠)의 형으로, 유형원과는 육촌 간이 된다. 어려서부터 호학(好學)으로 이름이 났고, 유형원의 문하에서 공부하였다. 동림서원에 배향되었다.

반계 유선생 행적*
磻溪柳先生行蹟

선생은 휘 형원, 자 덕부德夫요, 문화 유씨로서 문간공文簡公 관관의 후예이다. 증조 위渭는 현령을 지냈고, 조부 성민成民은 참판에 추증되었으며, 부친 흠欽은 문과를 하여 설서說書에 올랐다. 모친 여주 이씨는 참찬을 지낸 이지완李志完의 따님으로 천계天啓 임술년(1622)에 선생을 서울의 정릉동貞陵洞 집에서 낳았다.

선생은 태어나서부터 보통과 달라 말을 배우고 노는 것이 범상치 않았다. 무슨 사물에 대해 들으면 반드시 끝까지 캐물었고, 글을 읽게 되면서부터는 그 대의를 깨쳐서 문사文思가 날로 나아갔다. 경사백가經史百家의 서적을 벌써 스스로 섭렵하여 몇번만 읽고 나면 종신토록 잊지 않았다. 일찍이 성인의 품행을 지녀서 아무리 아이들이 옆에서 소리 지르며 장난을 쳐도 듣지 못하는 것 같았고, 매일 범위를 정하여 배우는 글을 강송하기를 쉬지 않았다. 개연히 성인을 사모하는 뜻이 있어 위기지학에 온전히 마음을 쏟아 과거공부에는 처음부터 뜻을 두지 않았다.

일찍이 「사잠四箴」을 지어 스스로 경계했는데, '숙흥야매잠夙興夜寐箴' '정의관존첨시잠正衣冠尊瞻視箴' '사친잠事親箴' '거실잠居室箴'이다. 그 말이 모두 간절하여 숙연히 사람의 마음을 바로잡도록 하는 것이었다.

무릇 집상 중에 정성과 예법을 지극히 하여 사람들이 어려운 일이라고 했다. 탈상을 하고 나서 도연명陶淵明의 글을 본떠 「귀거래사歸去來辭」에 화답하는 글을 지었는데 그 맑은 정취와 고상한 사상은 거의 원작과

---

* 원래 『동림서원제선생행적(東林書院諸先生行蹟)』에 실려 있는 글이다. 이 책은 동림서원에 배향된 인물들의 행적을 모아둔 것으로, 작자와 제작시점은 미상이다.

겨눌 만했다.

계사년(1652) 겨울, 부안의 우반리에 우거하여 거처를 정했다. 갑오년(1654) 진사가 되었는데 대개 조부 참판공의 유지를 따른 것이었다. 부득이 한 일이요, 좋아서 한 것이 아니었다. 그 이후로는 다시 과장에 나가지 않았다. 뜻을 돈독히 하여 힘써 실행하며 스스로 고인古人처럼 하기를 기약했다. 그리하여 집안사람들이나 살림살이에 마음을 쓰지 않았다.

계축년(1673) 3월 29일에 정침正寢에서 임종하였으니, 이때 나이 52세였다. 원근에서 부음을 듣고 탄식을 하며 눈물을 흘리지 않는 사람이 없었다.

아아! 선생은 천품이 굳건하고 기절이 호매豪邁하여 젊어서는 한漢·당唐의 인물도 내려다보아, 시속에 빠져든 사고에 침을 뱉었다. 어른이 되어서는 몸을 굽히고 공손하고 신중하여 예로써 바로잡고, 인仁으로 절차탁마했다. 비록 명성이 높은 문하에 나가 종유하며 학업을 닦지는 못했지만 도는 본디 나의 몸에 갖추어 있는 터이고, 그 가르침은 서책에 갖추어 실려 있으니 참으로 힘써 구할 것 같으면 얻지 못할 이치가 없다고 여겼다. 이에 마음을 한결같이 가지런히 하고 정일精一하게 갖는 가운데 학문과 사색의 사이에서 궁리를 하고, 이론을 밝히고 몸소 실천하여 날로 새롭고 또 새롭게 했다. 담박한 지취로 수양을 하여 세월을 오래 쌓아 마음과 이치가 만났고, 기운과 신이 웅겨 정밀하고 순수한 태도는 어깨와 등에 미쳤으며, 평화롭고 순후한 표정이 얼굴에 나타나 바라보면 태산과 같았고, 가까이 가면 상서로운 봉황과 해 같았다. 사람들이 그 흔연한 용모와 우뚝한 태도를 보고서 저절로 감복하며 확실히 유도군자有道君子인 줄을 알 수 있었다.

가만히 그 행실을 살펴보건대 천성이 지극히 효성스러웠다. 닭이 울면 일어나 세수하고 양치질을 한 다음 의관을 갖추고 문안을 드리며, 정성스럽게 음식을 올리고 뜻을 잘 받들고, 오직 얼굴을 부드럽게 갖기를 힘썼다. 춥고 덥고 비가 내리더라도 일찍이 소홀하게 한 적이 없었다. 혹시라도 어른께서 편치 않은 기색을 보이면, 옆에 있으면서 불안한 마음으로 어쩔 줄 몰라 하다가 풀리시기를 기다린 연후에야 마음을 놓았다. 안정하지 못하시면 근심스러운 기색이 얼굴에 가시지 못했다. 음식을 드릴 때에는 반드시 먼저 맛보았고, 탕약은 반드시 직접 다렸는데 다른 사람과 어울려 앉지도 않았고, 옷을 벗고 잠자리에 들지도 않았다. 여러해가 지나도 게을리하지 않았다.

부친이 일찍 돌아가신 것을 지극한 통한으로 여겨 매년 기일이 되면 십일 동안을 재계했고, 제사를 지낼 때에 당해서 애통하기를 초상 때처럼 하셨다. 조부모와 모친이 돌아가신 후로는 의지할 곳이 없는 것을 더욱 마음 아프게 여겼다. 맛있는 음식이 생기기라도 하면 으레 눈물을 흘리며 "옛날에는 잘 자실 수 없었던 것을 지금 내가 차마 먹을 수 있겠는가?"라고 하였다. 그리고 평소에 입으시던 옷을 보면 또 역시 눈물을 흘리며 "이 옷만 여기 남아 있구나!" 하여 듣는 이들도 같이 슬퍼했다.

제례는 한결같이 『주자가례』를 준용했다. 매양 아침에는 반드시 절을 드리고, 출입할 때에도 반드시 고하며, 삭망에는 필히 참석하고, 신물이 나오면 반드시 올리며, 아무리 전염병이 유행하더라도 제사 지내는 일을 폐하지 않았다. 제례에 당해서는 일의 크고 작고 할 것 없이 정성과 공경을 다해 숙연히 살아계신 것처럼 흡사 옆에 임하신 것처럼 하되, 제사를 마치고 물러나면 단정히 앉아서 그 제사 지낸 절차를 생각해보아 어긋남이 없었으면 흐뭇해서 기뻐했고 잘못이 있었으면 종일토록 즐거워하지 않았다. 항상 "제사는 물物에 있지 않고 정성에 달려 있다. 정성이 부족하면서 물이 넉넉한 것보다는 물은 부족하지만 정성이 흡족한 것이 훨씬 좋지 않겠는가?"라고 말씀하셨다. 이는 선조를 받듦에 있어서 이러했던 것이다.

규문閨門에서는 내외간에 예절을 지켜 서로 대하기를 손님처럼 하였다. 친척에 대해서는 은혜롭게 하고, 노비를 거느림에 있어서는 도리에 맞게 했다. 말을 함에 있어서는 교육적 의미가 있었고, 동작은 법도가 있었다. 매양 명절이 되면 가묘에 참배하고 정침에 나아가 앉아 자녀와 손자들의 절을 받고, 자녀와 손자들 사이에도 각기 차례대로 향해서 절을 하도록 했다. 노비들도 마당에서 나누어 서서 서로 절을 하도록 하되 한 집안에 어른과 아이들이 하는 의식과 같이 했다. 이로써 모두들 윗사람을 섬기고 어른을 공경하는 도리를 알도록 했다. 위와 아래가 화목하고 크고 작고의 체모가 있으니, 이는 집에 있어서 그러했던 것이다.

그는 사람을 대함에 있어서는 부드럽고 공손하며 신중했고 성실한 자세를 보였다. 벼슬하는 사람들과는 임금을 섬기고 백성을 다스리는 도리에 대해 말했으며 학사들과는 독서하고 실행하는 문제를 논했고, 무인들과는 말 달리고 활 쏘고 진을 치는 일을 언급했다. 농공상이나 어업 등에 이르기까지도 각기 업무의 내용에 따라 조리 있게 대화를 나누었다. 귀천에 관계없이 그의 용모를 바라보고 그의 담론을 듣게 되면 마음을 가다듬고 조심하는 태도를 보이지 않는 사람이 없어 마치 봄바람이 부는 가운데 있는 것 같았다. 이는 그의 성실하고 미더운 태도가 다른 사람에게 미친 것이다.

권세와 이익이 딸린 마당에는 마치 진흙탕에 자신이 빠져드는 것처럼 극히 조심했다. 친척 중에 이웃 고을에 수령이 되어 만나 보기를 요청해도 한번도 찾아간 적이 없었다. 젊은 시절에 전창군全昌君이 그의 명성을 흠모하여 매양 한번 보기를 원하여 "나를 보러 오라는 것이 아니다. 우리 집에 천하의 당판唐版 서적들이 다 갖추어져 있으니 이것을 열람하러 온다면 의리에 해로움이 없을 것이다"라고 했으나 선생은 끝내 가지 않았다. 판서 민유중閔維重은 선생의 친척 어른인데 그의 품행을 들어 추천하고자 했다. 그래서 선생이 서울에 올라온 때 찾아와서 그 뜻을 타진했으나, 선생은 정색을 하며 "저를 모르시는군요" 하고 자신이 진퇴를 함부로 할 수 없음을 강하게 말했다. 민공 또한 그 뜻을 이해하고 천거하지 않았다. 자세가 확고하여 흔들리지 않는 사람이 아니라면 능히 그럴 수 있겠는가?

선생이 사람을 가르침에 있어서는 필히 사서오경四書五經에 근본을 하고 다음으로 『사기史記』 및 자서子書와 집부集部에 미쳤다. 먼저 음과 뜻을 분명히 하고 장구章句를 정확히 하게 하되, 그 글을 익숙히 하고 그 의미를 파악하여 스스로 터득하도록 하고, 해득하지 못한 연후에야 곡진하게 설명하되 양쪽 면을 짚어서 인도하기를 게을리하지 않았다. 학생 중에 힘써 공부하여 심문審問하는 자가 있으면 기쁨이 얼굴에 나타나 마치 자기가 그런 듯이 했다. 까닭 없이 놀기를 좋아하는 사람이 있으면 깊이 근심을 하여 "세상에 영재들이 얼마나 많은가? 그럼에도 모두 자포자기하는 자들이라니! 내가 저런 사람들에 대해서는 어떻게 할 수 없다"라고 하셨다.

자제들에게 늘 이렇게 말하였다.

"학문을 하는 것은 요점이 침잠하여 치밀하게 하는 데 있다. 그런 연후에 의미가 깊고 길어질 것이다."

"학문의 도리는 다른 것이 아니다. 다만 조용히 앉아 마음을 맑게 가지고 천리天理를 체득하는 데 있다. 그리하여 힘쓰기를 그만두지 않으면 자연히 점차 밝아질 것이다."

"독서에서 중요한 것은 요컨대 이치를 밝히고 실천하는 데 있다. 말만 앞세우는 공부는 도무지 사업을 일으킬 수 없다."

"남의 자제들에 대해서는 덕으로 모범을 보일 것이지 이익으로 부리려 해서는 안 된다. 사람이 궁하고 현달하는 것은 명에 달려 있으니 오직 나에게 있는 것을 스스로 힘쓸 따름이다."

사리에 맞게 잘 가르치는 사람이 아니라면 능히 이럴 수 있겠는가?

우반동으로 내려온 이후에 소나무 언덕 대숲 가운데 집을 한채 짓고 책을 수천권 비치해두었다. 그리고 방관方冠에 혁대를 띠고 종일토록 단정히 앉아 뜻을 날카롭게 하여 깊이 사색하며, 연구하기를 지극히 정치하게 했다. 자신의 마음에 터득하고 실사實事에서 파악하였으니, 마음으로 좋아하는 바를 한 것이라 맛있는 고기가 입에 즐거운 정도가 아니었다. 자신이 처한 시대를 고민하고 삼대三代를 숭상하여 "왕정王政의 근본은 백성을 위한 삶의 제도를 마련하는 데 있고, 세상을 다스리는 도리의 요지는 가르치고 기르는 것을 바로하는 데 있다. 시대에 따라 치세와 난세가 있지만, 도는 예와 지금에 다름이 없다. 참으로 삼대의 제도를 시행하면 삼대의 치세를 또한 오늘날에 부활시킬 수 있다"라 생각하고, 옛것을 증거하고 오늘에 적합하도록 하여 각기 조리가 있도록 하였다. 혹 마음에 부족한 바가 있으면 널리 묻고 찾아서 지극히 정당한 도리를 강구했다. 그리하여 하나의 책을 저술하는 데 힘을 쏟아 그만두지 않았다.

혹은 음식을 대하여 맛을 잊어버리기도 했고, 혹은 먹지 않았는데도 먹을 것을 잊기도 했다. 하루해가 질 때에는 탄식하며 "오늘 내가 하려고 했던 일을 또 다하지 못했구나! 의리는 무궁하고 세월은 유한한데 옛 성현들은 무슨 힘이 그렇게 있어서 저처럼 크게 성취할 수 있었을까?"라고 하기도 했다. 매일 그날 자신이 먹은 것을 셈해보아 먹은 음식과 그날 한 일을 비교해보고 "무슨 물건을 얼마나 먹었고, 무슨 일을 얼마나 했는가?" 하는 식으로 따져서, 양자가 서로 비등하면 흐뭇하여 마음이 편해지고 그렇지 많으면 혀를 차고 자책을 하여 불을 밝히고 하던 일을 계속하여 간혹 잠을 자지 않고 밤을 새기까지 하셨다. 때로는 취침을 하다가 한밤중에 떠오르는 좋은 생각이 있으면 촛불을 밝히고 빨리 기록했다.

천지의 사이, 고금의 시간, 인민의 다중, 사물의 변화 등에 있어서 그 바꿀 수 없는 소이연所以然과 그만둘 수 없는 소당연所當然이 그 가운데 찬연히 밝혀지지 않음이 없었다. 본과 말이 다 드러나서 털끝만큼도 어긋남이 없었으니 천지 사이에 세워 놓더라도 틀림이 없고, 귀신에게 질문해보아도 의혹이 없다 하겠으니 만약에 이를 다 채택하여 시행하게 되면 백성은 삼대가 되지 않을 것을 근심할 것이 무엇이며, 세속이 삼대로 바뀌지 않을 것을 어찌 걱정할 것이랴? 그럼에도 지금 시대가 집집마다 찾아가서 말하고 설득할 수 없음에 선비들은 알려지기를 구해서 성과를 이룩할 수가 없는 실정이다. 그런즉 경국제세의 계책을 가슴에 품고, 초야에 있으면서 우유함영하고 쾌활하게 홀로 즐기는 자, 이는 참으로 세상에 뜻을 얻지 못한 사람이 하는 바다.

매양 도원량陶元亮의 기상을 좋아하고 그의 시를 사랑하여 뽑아서 2권의 시집을 만들고, 항상 읊으며 시대는 달라도 마음이 통하는 감회를 붙였다. 바람이 부드럽고 햇살이 따뜻할 때면 죽장망혜竹杖芒鞋로 소나무 언덕에서 바람을 쐬고 대숲을 소요하며 완미해 마지않으면서 즐겨 완상하기를 그만두지 않았다. "너의 풍상에 꺾이지 않는 절조를 사랑하노라. 너의 이런 점이 없다면 나는 너를 취하지 않았을 것이다"라고 하고, 또 "차군此君[1]이 만약 없다면 나는 누구와 벗을 할 것인가?"라고 하였으니, 이는 대개 그 자신의 뜻을 나타낸 것이다.

선생은 산수를 매우 좋아하여 물 좋고 산 좋은 곳이 있다는 말을 들으면 말을 타고 가는 수고로움과 도로의 원근을 가리지 않고 필히 몸소 끝까지 둘러보고야 그만두었다. 그래서 국내의 명승지에 그의 족적이 두루 미쳤다. 그가 우거하는 우반동 또한 강산의 경관이 볼만하였다. 가다가 마음속에 흥이 일어나면 앞 포구에서 배를 빌려 타고 나가서 백구와 더불어 즐기고, 푸른 물결을 타고 선유하며 어부를 쫓아 멀리 나갔다가 노래를 부르며 돌아왔다. 사람들이 그를 바라보면 세속 밖에 우뚝 서 그 고결한 모습이 마치 세상에 뜻이 없는 것[2] 같았다. 그러나 처한 시대를 근심하고 나라를 걱정하여 개연히 만회하려는 뜻은 보통 사람이 능히 알 수 있는 바 아니었다.

무릇 용병술과 진법이며 음양과 율려, 천문·지리, 의약 및 점술, 명물·도수, 수학이나 한어에까지 조예가 있었는데, 이 모두 학문의 말末이요 문장의 나머지니, 어찌 족히 선생에게 자랑이 되겠는가? 천하의 생산물과 지형의 실상, 도로의 소통, 구이팔만九夷八蠻[3]의 여러가지 서로

---

1 차군(此君): 대나무를 가리키는 말.
2 은자의 기상을 표현한 것으로, 공치규(孔稚圭)의 「북산이문(北山移文)」에 "若其亭亭物表, 皎皎霞外"라는 유사한 문장이 있다.
3 구이팔만(九夷八蠻): 중국을 천하의 중심으로 보는 사고에서 주변의 여러 인종·지역을 지칭하는 말. 구이(九夷)는 견이(畎夷), 우이(于夷), 방이(方夷), 황이(黃夷), 백이(白夷), 적이(赤夷), 현이(玄夷), 풍이(風夷), 양이(陽夷)를 가리킨다. 팔만(八蠻)에 대해서는 여러가지 설이 있는데 『주례(周禮)』에는 도(都), 비(鄙), 사이(四夷), 팔만(八蠻), 칠민(七閩), 구맥(九貉), 오융(五戎), 육적(六狄)으로 구분하여 제시되어 있다.

다른 풍속과 성격, 만물의 천태만상으로부터 불교와 노장의 청정淸淨, 선가의 현묘玄妙에 이르기까지 끝까지 연구하고 탐구하지 않은 것이 없었다. 그리하여 귀천貴賤·이해利害·시비是非·사정邪正의 분변이 가슴속에 환히 판별되었다.

선생은 한가지 잘하는 것만으로 이름을 얻으려 하지 않고, 한가지 일에 통하지 못하는 것으로 자신의 결점을 삼았으며, 한가지 재능으로 자족하지도 않았다. 부귀와 빈천, 영욕과 훼예毁譽에 대해서는 단 한번도 마음이 동요하지 않고 견고한 자세로 각고의 노력으로 힘을 다하되 부족한 듯 겸손하였다. 항시 이렇게 말했다.

"내가 젊은 시절에 어진 스승을 만나지 못해 길을 잘못 들어 공부에 허비를 많이 했다. 근래 독서를 하며 점차 맛을 알게 되는데 점점 노쇠해가니, 인사가 점점 넓어가는데 뜻대로 되지 않는구나. 독서는 평생을 즐거워할 바로다."

선생과 뜻을 같이하는 인사가 매양 당대의 인물을 논하면서, 선생에 미쳐서는 반드시 이렇게 말했다.

"아무 친구는 하등의 흠이 없이 맑고 투철하여 마치 투명한 병이나 물속에 비친 달과 같다. 매양 한번 헤어졌다 다시 만나면 소견이 더욱더 높아지니 어디에 도달할지 알 수 없도다. 참으로 고인의 기상이다."

그가 친구들에게 중하게 여김을 받는 것이 이와 같았다.

문학에 있어서는 공력을 들이지 않는 것 같지만, 붓 끝에 나온 것이 저절로 빛이나 문장을 아름답게 이루었다. 그 글을 읽어보면 마음에 녹아들고 이치가 통해서 속의 찌꺼기가 깨끗이 씻기는 듯했다. 참으로 이른바 '덕이 있는 자 반드시 말이 있음'을 실감할 수 있다.

선생의 저술은 다음과 같다. 주자의 글을 읽기 좋아하여, 찬요纂要한 것이 15권,『동국문東國文』11권,『둔옹고遁翁稿』3권,『기효신서절요紀效新書節要』1권,『서설書說』『서법書法』『참동계초參同契抄』각각 1권이니 이는 그의 소장을 취해서 엮은 것이다.『여지지輿地志』14권은『동국여지승람』에서 취하여 넣고 빼고 한 것으로 대략 편찬을 하였지만 미처 정리하지는 못한 상태이다.『시』1권,『문』1권,『이기총론理氣總論』1권,『논학물리論學物理』2권,『경설經說』, 1권,『문답서問答書』1권,『기행일록紀行日錄』1권이 있다.『수록』13권은 그의 평생 정력이 여기에 다 들어간 것으로 전체의 체계가 잡히고 조목이 모두 갖추어져서 이른바 경세의 제도요 태평의 문학이라 할 것인데, 더욱 스스로 광채를 감추어 일찍이 누구에게도 가볍게 말하지 않았고 사람들 또한 알려고 하지 않았다. 그래서 본댁에 보관되어 있고 밖에 나오지 않았다.

『홍재전서·일득록』의 유형원 기사●

『弘齋全書·日得錄』柳馨遠條

일찍이 고故 처사處士 유형원柳馨遠이 지은 『반계수록磻溪隨錄』에서 성
곽제도를 상세히 논한 것을 보았다. 전판甎板과 치첩雉堞이 천자·왕·후·
백·자·남의 등급이 있고, 부대를 편성하고 지휘관을 두는 법이며, 군량
과 병기를 운용하는 방법이 두루 갖추어져 있다. 또한 성을 쌓는 것은
반드시 알맞은 때에 하고 농사지을 때에는 하지 말 것이며, 군정軍丁을
조정하는 것은 반드시 일정한 법식을 따를 것이요, 번番을 정하거나 부
역에 나가는 일에 삼가서 법식 외에 조정을 하지 말아야 한다고 했다.

또 이르기를, "화성도호부華城都護府는 읍성을 쌓을 수 있겠는데, 지금
의 읍치邑治도 가능하지만 북평北坪에 비하면 천양지차가 있다. 북평은
우리 동방의 대지이다. 지세가 심오하고 규모가 광대하니, 도시를 건설
하고 읍을 만들고 성을 쌓으면 참으로 큰 번진藩鎭의 기상이 될 것이다"
라고 했다.

이 사람은 효종·현종 연간에 생존하여 경륜經綸과 사공事功으로 자부
했다. 그럼에도 때를 만나지 못하여 포부를 제대로 펼치지 못했다. 간간
이 율곡 등 제현의 말을 거론하여 스스로 윤색하였으니 학술이 순정하
다고 할 만하다. 화성華城의 일을 논한 데 이르러서는 오늘에 이르도록
부절符節을 맞춘 듯하다. 나는 더욱 깊이 음미하고 감탄하는 바이다. 이

● 원래 『홍재전서(弘齋全書)』 권 173에 실려 있는 남공철의 기록이다.

에 전조銓曹에 명하여 무슨 관직을 더하고 자손을 찾아 아뢰라고 지시했다.

검교檢校 직각直閣 신 남공철南公轍이 계축년에 기록한 것이다.

고 처사 유형원에게 내린 하교*

故處士柳馨遠加贈祭酒敎

정조正祖

증贈 집의겸진선執義兼進善 고故 처사 유형원은 그가 찬한 『반계수록磻溪隨錄』의 보유편補遺編에서 "수원도호부水原都護府에 광주廣州의 하도下道인 일용면一用面 등을 더해주고 치소治所를 북평北坪으로 옮겨 내를 끼고 지세를 따르게 하면 읍성邑城을 지을 수 있다"라고 하였다.

또 거듭하여 "읍치의 규모와 평야의 큰 경관이라면 참으로 대번진大藩鎭의 기상이 있어 그 땅 안팎으로 1만호를 수용할 수 있을 것이다"라고 하였다.

또 이르기를 "성을 쌓는 노동력은 향군鄕軍이 정번停番하면서 내는 재물로 충당하면 된다"라고 하였다.

대개 그 사람은 유용한 학문으로써 경제經濟에 관한 글을 저술한 것이다. 기이하도다! 그가 수원의 형편을 논하면서 읍치를 옮기자고 한 계획과 성을 쌓자고 한 방책은 그 자신 100년 전에 살았으면서도 오늘의 일을 환히 알았던 것이다. 면面들을 합치고 정번停番의 재물을 쓰자고 하는 등의 세세한 규칙과 자잘한 사무도 모두 부절符節처럼 딱 들어맞았다. 그의 책을 보고 그의 말을 쓴다 하더라도 아쉬움이 있었을 것인데, 그의 글을 보지 못했는데도 본 것 같이 되었고 그의 말을 듣지 못했는데 이미 활용했으니, 그 사람의 포부가 실로 넉넉했기 때문이다. 곧

● 원래 『홍재전서(弘齋全書)』 권34에 실려 있는 글이다. 정조(1752~1800)가 지은 것으로, 『정조실록』 17년(1793) 12월 10일조에 같은 내용이 실려 있다.

이 화성華城 한가지 일은 나에게 있어서는 바로 간밤이나 오늘 아침에 만난 것 같다고 할 만하다.

기억하건대 전에 그 집안의 후손에게 추은推恩할 적에 의례적으로 호조참판을 증직하려 하자, 상신相臣이 "관례로 증직하는 직함이 특별한 증직에는 도리어 손색이 있으니, 이 유신에게 대해서는 그렇게 해서는 안 됩니다"라고 힘써 말하여, 일찍이 그 말을 옳게 여겼다. 더구나 지금 그에 대한 감회가 일어나는데 어찌 격려하고 면려하는 은전을 빠뜨릴 수 있겠느냐? 성균관 좨주를 더 증직하고 그 사손嗣孫을 찾아 보고하도록 하라고 하교하였다.

이미 찬선贊善과 참판參判을 증직했기 때문에 이조참판吏曹參判 겸 좨주찬선祭酒贊善을 증직하는 것으로 시행하였다.

『부안읍지』소재 반계 관련 기록 [●]

『扶安邑誌』所載 磻溪 關聯 記錄

○동림서원東林書院. 읍 남쪽 15리에 있는데, 유형원의 위패를 모셨고 유문원柳文遠과 김서경金瑞慶을 배향하였다. 원생院生이 15명이며, 아직 사액賜額을 받지 못하였다.　　　　　　　　　　　　　　　　「서원조」

○유형원은 효종 때 진사進士로, 과거를 보러가지 않았다. 존주양이尊周攘夷의 충의를 아울러 갖추었다.『전제수록田制隨錄』20여권을 지었는데, 세상에 보급되지 못하고 있다. 호는 반계이고, 동림서원이 세워져 받들고 있다.　　　　　　　　　　　　　　　　　　　　　「인물조」

○유문원은 학행이 고명하다. 호는 삼우당三友堂이며, 동림서원에 배향이 되었다.　　　　　　　　　　　　　　　　　　　　　　「인물조」

○김서경은 김구金坵의 후손으로, 생원生員이 되었고 인물이 영특하다. 시대가 달라졌음에도 처신과 행동이 한결같이『소학』을 준수했다. 유반계柳磻溪의 문인으로 동림서원에 배향되었다. 호는 담계澹溪이다.

　　　　　　　　　　　　　　　　　　　　　　　　　「인물조」

[●] 원래『부안읍지(扶安邑誌)』에 실려 있는 글이다.

통정대부 전행담양부사 김홍원 앞으로 보내는 명문*

通政大夫前行潭陽府使金弘遠前明文

위의 명문明文 건은 부안扶安 입석면立石面 하리下里 우반동에 있는 전답에 대한 내용을 보낸 것이다. 6대 할아버지이신 우의정 문간공文簡公이 태조조 개국공신으로 받은 사패지賜牌地인데, 서울에서 거리가 너무 멀어 수습하기 어려울 뿐더러 산골에 있어서 인민들이 모였다가 흩어졌다 하며 전답 또한 멧돼지나 사슴들에게 해를 입어 폐기된 채 수백년이 흘렀다. 지난 임자년 가을에 처음으로 내려와 띠풀을 베고 벌목하여 밭을 만들고 논을 만들어 어렵게 새로 설치하여 지금까지 20여년을 갈아먹었다.

대개 이 땅은 사방이 산으로 둘러싸여 있고 앞면은 개활지인데, 밀물이 들어 포구에 넘치니 관문서에 들어갔다가 없어졌다가 했다. 기암괴석이 좌우로 줄지어 공수拱手를 하듯 읍揖을 하듯이 혹 나아가고 물러나고 하여 그 모양이 하나가 아니다. 아침 구름과 저녁 아지랑이가 또한 스스로 피어나 참으로 신선이 깃드는 곳이요 속객俗客이 와서 노는 곳이 아니다. 가운데로 긴 개천이 있어 북쪽에서 나와 남쪽으로 흘러 자연히 동서로 구분되니, 이 또한 기이한 절경을 돕는 하나이다.

개천 서쪽으로는 그대로 구업舊業이 있고, 개천 동쪽으로 가사家舍·전

● 원래 『부안김씨우반고문서(扶安金氏愚磻古文書)』(한국정신문화연구원 1983)에 실려 있는 문건이다. 이 문건은 유형원의 조부가 부안 김씨인 김홍원(金弘遠)에게 전답을 팔고 작성한 것으로, 그 연대는 '숭정 9년 병자(1636) 3월 17일'로 되어 있다. 조부 유성민의 장손으로 덕창(德彰)이 증인으로 올라 있는데, 덕창은 유형원의 이름으로 여겨진다.

답田畓을 전부 다 방매하려 내놓았다. 그 가운데 함부로 할 수 없는 것은 가노家奴 삼충三忠이가 김윤상金允祥에게 산 논 6두락지斗落只 15복卜, 그 집 앞의 텃밭 전田 26복 3속束, 원래 살던 노奴 필이弼伊의 전 17복과 답畓 7두락지 16복이다. 또 논 3두락지 10복은 김사간金司諫에게 장리長利 전全 6석石을 받기로 하여 임신년 3월에 받아 썼는데, 그해 7월에 그 상전에게 붙잡혀 홍주로 올라가버렸다. 달리 빚을 갚을 물건은 없다.

위 전답田畓 성문成文을 진정進呈하니, 전년도의 소출을 김사간 집에 보내며, 그 나머지 전답은 모두 방매한다. 논 중에 시기낙종時起落種한 것은 전부 8석락지石落只이고, 시진시기時陳時起하는 것은 전부 4석락지에 아울러 5결의 밭은 어떤 것은 기기起期로 어떤 것은 진기陳期로 결복結卜은 상세히 알 수 없다.[1] 원장부의 결수는 계산하면 30여결을 내려가지 않는다.

새로 지은 와가瓦家 20칸과 집 뒤의 정자터와 황죽전黃竹田 및 노奴 사충四忠이의 집 뒤 죽전竹田은 아울러 목면 10동同 가격으로 거래해 바쳐 영구히 방매한다. 본 문기는 따로 전답과 아울러 부속물을 그대로 상속하지 못하므로, 이 뒤로 우리 자손 중에 혹시 딴소리가 있다면 이 문기文記로 관에 고해 변정辨正을 할 것이다.

재주財主	통훈대부通訓大夫 전행공조정랑前行工曹正郎 유성민柳成民 (手決)(手決)
증인證	장손長孫 학생學生 덕창德彰 (手決)
집필筆執	외손外孫 조산대부朝散大夫 전별좌前別坐 조송년趙松年 (手決)(手決)

---

1 진기(陳起)는 논밭을 주기적으로 묵히고 경작하는 것을 가리키며, '진'은 묵히는 것을 '기'는 경작하는 것을 뜻한다.

반계선생연보 *
磻溪先生年譜

유발柳發 초록草綠

안정복安鼎福 수집修輯

대명大明 **희종**熙宗 **천계**天啓 **2년 임술(1622),** 광해군 14년.

선생은 정월 21일 축시丑時(오전 1시~3시)에 서울 서부 소정릉동의 큰외숙 태호太湖 이원진李元鎭 (참의參議)의 집에서 태어났다. 선생의 성은 유柳, 휘는 형원馨遠, 자는 덕부德夫, 본관은 문화文化이다.

선생은 처음 태어날 때 매우 준수했고, 눈동자는 밝게 빛나는 별과 같았으며, 등에는 일곱개의 검은 점이 있었는데 북두칠성 같았다.

3년 계해(1623), 인조仁祖 헌문대왕憲文大王 원년, 2세.

8월 부친 한림공翰林公의 상을 당하다.

5년 을축(1625), 4세.

장난치며 노는 것이 범상치 않았다. 일을 만나면 반드시 그 본말을 따져 물어 그 지극한 곳까지 알려고 했다. 초목·금수와 같은 미물까지 차

● 『반계선생연보(磻溪先生年譜)』는 단행본으로 전한다. 유발(1683~1775)은 유형원의 증손으로, 그가 초록한 자료가 본 연보의 기초가 되었다. 안정복(1712~1791)은 스승 이익(李瀷)과 더불어 유형원의 실학적 학풍을 사숙·계승하였으며, 스스로 유형원의 여러 저술을 베껴두기도 하였다. 이 글은 유발이 사망한 해인 1775년에 그의 초록을 토대로 안정복이 편찬한 것이다.

마 해치지 못했다.

6년 병인(1626), 5세.

배움을 시작하였다.

태호 이원진과 고모부 동명東溟 김세렴金世濂에게 수업을 받았다. 책
을 몇번 읽지 않고도 곧잘 외우고 잊지 않았다. 두분은 선생의 기량을
높게 보아 중히 여겼다. 선생은 책을 읽을 줄 알고부터는 혼자 공부하는
과정課程을 세우고, 여러 아이들이 시끄럽게 떠들더라도 보고 듣지 못
한 듯하며 외우고 익히기를 그치지 않았다. 이해에 산수에 통했으며 심
지어 바둑이나 장기 같은 잡기까지도 모두 훤히 알았다.

의종毅宗 숭정원년崇禎元年 무진(1628), 7세.

이해에 『서경』을 읽다가 우공편의 '기주冀州' 두 글자에 이르러서 벌
떡 일어나 춤을 추었다. 태호공이 왜 그러냐고 물으니, "두 글자가 체體
를 높이는 예例를 드러냄이 이와 같으니 저도 모르게 너무도 즐거워 이
렇게 한 것입니다"라고 대답했다.

2년 기사(1629), 8세.

경사經史를 강독하여 대의는 거의 깨쳤다. 그의 몸가짐을 본 어른들
은 모두 큰 인물이 될 것이라고 기대했다.

3년 경오(1630), 9세.

『주역』의 「계사전」을 읽었다.

4년 신미(1631), 10세.

이해에 경전 이외에 제자백가諸子百家를 섭렵하여 대강의 요지를 알았다. 이원진과 김세렴 두분은 선생과 토론을 하다 감탄하면서, "옛날에도 이런 사람이 있었을까? 유씨 가문이 뒤가 좋겠구나"라고 말했다.

7년 갑술(1634), 13세.

이해부터 개연히 성현을 사모하는 데 뜻을 두어 오로지 위기지학爲己之學에 힘썼다. 과거는 달갑게 여기지 않았다.

9년 병자(1636), 15세.

12월에 조부모님과 어머님 그리고 두분의 고모를 모시고 병자호란을 피하여 원주로 내려갔다.

당시 조부모는 연로하셨고, 세 집안의 식솔들은 모두 선생을 믿고 의지했다. 당시 동명 김세렴은 사신의 명을 받들어 일본으로 갔기 때문에 안식구들을 모두 선생에게 부탁했다. 피난할 때에 강도 수십명이 몽둥이를 들고 길을 막아서자 일행이 매우 놀라 낯빛을 잃었는데, 선생이 앞으로 나아가 의리로 그들을 깨우치며, "사람이라면 누군들 부모가 없겠소? 당신들 나의 부모를 놀라게 하지 말고 짐은 당신들 마음대로 가져가시오"라고 하였다. 저들은 이 말에 느낀 바가 있어 흩어져 갔다.

10년 정축(1637), 16세.

병자호란이 평정된 후 여러 곳의 선영으로 가서 살폈다.

조부를 뵙기 위해 부안을 왕래했다.

병자호란 후에 참판공은 부안으로 내려가 살았다.

12년 기묘(1639), 18세.

풍산豊山 심沈씨에게 장가들다.

철산부사 심항沈閌의 따님이고, 우의정 심수경沈守慶의 증손녀이다.

13년 경진(1640), 19세.

이때 선생은 모친의 병 때문에 내의內醫였던 유후성柳後誠에게 병을 치료할 약에 대해 물었다. 유후성은 재주를 믿고 오만방자하여 사대부를 업신여기는 인물이었다. 그런데 선생을 보고서는 공경하는 예절이 매우 지극하여 마루 아래까지 내려와 배웅했다. 그는 "유 아무개의 간절한 정성을 보고도 내가 마음을 다하지 않는다면 사람의 자식이 아니다"라고 말했다 한다.

14년 신사(1641), 20세.

이때 선생의 명성이 자자했는데 전창위全昌尉 유정량柳廷亮이 한번 보기를 원해 말을 전해왔다. "우리 집에 중국본 서적이 서가에 가득하니 한번 와서 본다고 안 될 것이 있겠소?"라고 하였으나, 선생은 끝내 가지 않았다. 선생은 어려서부터 권문세가의 대문에는 한걸음도 들이지 않았다.

15년 임오(1642), 21세.

「사잠四箴」을 지었다.

그 서序에서 이르기를 "도道에 뜻을 두고도 확고히 서지 못하는 까닭은 뜻이 기질로 인해서 게으르게 된 잘못이다. 숙흥야매夙興夜寐를 능히 하지 못하고, 의관을 바로하고 시선을 정중하게 하지를 못하며, 어버이를 섬김에 안색을 화하게 하지 못하고, 가정에서 생활할 적에 서로 공경히 대하지 못하는 이 네가지 문제점은 외적으로 나태한 데다 심중에서 가다듬지 못한 때문이니 응당 맹성猛省을 해야만 가능하게 될 것이다. 그래서 네가지 잠箴을 지어 스스로 경계한다"라고 했다. 「사잠」은 문집에 보인다.

지평현砥平縣 화곡리花谷里의 묘소 아래로 옮겨가 살다.

겨울에 아들 하厦가 태어나다.

16년 계미(1643), 22세.

여주驪州의 백양동白羊洞으로 옮겨가 살다.

겨울에 함흥으로 동명 김선생을 찾아뵙다.

당시 동명선생은 함경도 관찰사였는데, 바로 뒤에 평안도 관찰사를 제수받았다. 선생은 이 행차에서 관서·관북의 산천을 마음껏 보고 돌아왔다.

17년 갑신(1644), 23세.

이해에 명明이 망했다.

7월에 할머니 이李부인의 상을 당하다.

선생은 장손으로, 돌아가신 선친을 대신해서 상주 노릇을 하였다. 상제喪制는 한결같이 『주자가례』를 따랐으며, 상복과 수질首絰을 벗지 않고 3년을 마쳤다. 전후의 상례가 모두 이와 같았다.

이가우李嘉雨와 산천을 답사하고 한달을 넘겨 집에 돌아왔다.

가우는 동명선생의 사위로 참판 송곡松谷 이서우李瑞雨의 형이다. 문장에 뛰어난 재주가 있고, 아울러 수술數術에도 능통하고, 또 풍수에도 조예가 깊었다. 선생과 잘 지냈는데 이때에 동행했다.

인조 헌문대왕 24년 병술(1646), 25세.

봄에 동명선생의 죽음에 곡했다.

겨울에 「이자시전李子時傳」을 지었다.

자시는 곧 이가우의 자字이다. 하늘이 내린 남다른 재주가 있었으나, 불행히 단명하니 그때 나이 스물다섯이었다. 선생이 안타깝게 여겨 그를 위해 전傳을 지은 것이다.

25년 정해(1647), 26세.

겨울에 「선세묘소기先世墓所記」를 지었다.

금천衿川 안양동安養洞을 유람하고, 불사비佛師碑 뒤에 글을 썼다.

약술하면 다음과 같다. "고려는 불교를 신봉하여, 대사大師·국사國師는 모두 귀하고 드러난 집안에서 발탁한 자들이었다. 빼어난 재주와 영민한 식견을 가졌지만 이교異教에 미혹되어 빠지는 바람에 자기 몸을 해치고 자기 본성을 상실하면서도 죽을 때까지 잘못을 깨닫지 못했다. 슬프다! 만약 성인의 도를 당시의 세상에 밝혔다면, 저들이 어찌 기꺼이 참을 버리며 거짓을 따르고, 바름을 등지고 사악함에 귀의했겠는가! 나는 그 뒤로 맹자의 공적이 우임금 아래에 있지 않고, 정주程朱의 주장은 천지와 나란히 설 수 있다는 것을 더욱 믿게 되었다. 삼한 이래로 걸출한 인물이 없어 일찍이 하늘이 인재를 내릴 때에 편벽되고 야박해서 그러한 것이라고 생각하였는데, 인재가 없었던 것이 아니고 교육이 밝지 못했기 때문이라는 것을 이제야 알았다."

26년 무자(1648), 27세.

봄에 영남으로 유람했다.

당시 외형外兄 조송년趙松年이 김산金山의 수령이었다. 이에 영남에 가서 산천을 두루 살피고 세상을 피해 숨을 만한 곳을 찾았다.

4월에 어머니 이李부인의 상을 당했다.

효종孝宗 선문대왕宣文大王 원년 경인(1650), 29세.

감시監試에 응시했다.

당시 조부 참판공이 응시하라고 명했기 때문에, 선생이 그 뜻을 따른 것이다.

가을에는 남한강과 호서지방을 유람하다가 방향을 돌려 원주·지평까지 갔다가 돌아왔다.

2년 신묘(1651), 30세.

봄에 금강산을 유람했다.

감시에 응시했다.

정시庭試에 응시했다.

합격은 했으나 격식에 맞지 않는다는 이유로 탈락되었다.

5월에 할아버지 참판공의 상을 당했다.

상례를 치를 때에 예를 다했다. 도에 지나칠 정도로 몹시 슬퍼하여 마침내 평생의 지병을 얻었다.

3년 임진(1652), 31세.

봄에 『정음지남正音指南』을 지었다.

선생은 항상 우리나라의 한자음이 이적夷狄의 습속을 벗어나지 못함을 한탄하고 중국의 바른 음을 따르고자 하여, 중종 때에 최세진崔世珍이 편찬한 『사성통해四聲通解』에서 주해를 빼고 간행했다. 오로지 음운만을 밝혀서 살펴보기에 편리하게 만든 것인데, 『정음지남』이라고 이름 붙였다.

『수록隨錄』을 처음 쓰기 시작했다.

선생은 일찍이 "옛날이나 지금이나 이 천지와 이 인물에 선왕의 정치를 하나라도 행하지 못할 것은 없다"라고 말했다. 또 "고인은 법을 만들 때 모두 도로써 일을 헤아렸기 때문에 간이簡易해서 실행하기가 쉬웠다. 후세에는 모두 사사로움을 따라 법을 만들었기 때문에 더욱 문란해졌을 따름이다"라고 했다. 또 "천하를 다스림에 공전公田과 공거貢擧가 아니면 다만 구차할 따름이다. 공전이 한번 시행되면 온갖 법도가 닦여 시행되고, 가난한 자와 부유한 자가 스스로 만족하며, 호구戶口가 저절로 밝혀지고, 군대가 저절로 정비될 것이다. 이런 뒤에야 교화가 행해지고 예악이 흥할 수 있다"라고 했다. 또 "왕도정치는 백성의 재산을 조절하는 데 있고, 백성의 재산을 조절하는 것은 토지의 경계를 바르게 하는 데 있다. 후세에 왕도가 행해지지 않는 것은 모두 토지제도가 무너진 데서 말미암은 것이었고, 마침내는 오랑캐가 나라를 어지럽혀서 백성이 도탄에 빠지는 데 이르게 되었다"라고 했다. 이에 개연히 이 도道와 이 세상을 자기의 임무라 여기고 책을 저술할 뜻을 가지게 되었다. "일왕一王의 법도를 정하고자 토지의 경계를 바르게 하는 것을 제일 먼저 힘써야 할 것이나, 말하기 좋아하는 자들은 매번 '산골짜기의 밭은 균전均田하기에 어렵다'고 한다. 그러나 기자箕子의 평양 전제田制는 전田자 모양을 취해서 네 구역으로 획을 그어 나누었는데, 각 구역은 모두 100묘이다. 기자의 70묘를 쓰지 않고 주나라의 100묘를 쓰며, 우리나라의 결부법結負法을 변용시켜 경묘제頃畝制로 만들었다"라고 했다. 이에 "당나라의 균전제를 근세에 고려가 사용하여 부강을 이루었다고 말한다. 다만 그 법은 땅 위주로 하지 않고 사람을 근본으로 삼는 까닭에, 호적에 올라 있는 장정에게 밭을 줄 때 과세를 차이가 나게 하여 사람은 많은데 땅이 적거나, 땅은 많은데 사람이 적은 폐단이 없지 않다. 처음 주고 난 뒤에도, 지금은 남지만 뒤에는 모자라거나, 지금은 모자란데 뒤에는 남는 폐단이 없지 않다. 성인의 정전법은 땅을 근본으로 해서 사람을 고르게 하는 것이니, 이는 정靜으로 동動을 제어한다는 뜻이다"라고 했다. 드디어 전제田制를 정하고, 차례로 교선敎選·임관任官·직관職官·녹제祿制·병제兵制에 미쳤으니, 모두 전제를 미루어 나아가 법제를 완성한 것이다. 또 속편이 있는데, 조례朝禮·경연經筵·연례燕禮·혼례昏禮·상례喪禮·능침陵寢·좌아坐衙·순선巡宣·여악女樂·공궤供饋·의관衣冠·언어言語·도량度量·제조制造·가사家舍·도로道路·교량橋梁·용거用車·장빙藏氷·승무僧巫·음사淫祠·노예奴隷·적전籍田·양로養老 등 제반 절목을 논한 것으로 모두 자세하게 갖추어져 있다. 이를 '수록'이라고 이름 붙였다.

4년 계사(1653), 32세.

조부의 상을 마쳤다. 도연명陶淵明의 「귀거래사歸去來辭」에 차운했다.

선생은 국가가 치욕을 입고 중원이 이적에게 짓밟힌 때부터 처한 시대를 즐거워하지 않아, 항시 멀리 은거할 뜻이 있었다. 이에 「귀거래사」에 차운하여 그 의지를 표현했다. 「화귀거래사」는 문집에 보인다.

관악산 영주대靈珠臺를 유람했다. 이때 「유선사遊仙辭」를 지었다.

「유선사」는 문집에 보인다.

겨울에 부안현 우반동愚磻洞으로 이사를 했다.

우반동은 변산 가운데 있다. 바닷가에 있으며 숲과 골짜기의 경치가 뛰어났다. 소나무와 대나무 사이에 초가집을 짓고, 세상의 일은 사절하고는 문을 닫고 책을 저술하는 것을 업으로 삼았다. "외진 남쪽 땅에 와서 몸소 밭 갈며 물가에 사노라"[1]라는 시구가 있다. 선생은 이로부터 오로지 학문에만 정진하여 밤낮을 잊었다. 마음에 묘하게 부합되는 것이 있으면 밤중이라도 반드시 일어나 그것을 기록하였다. 그러나 오히려 스스로는 부족하다고 여기고, 매일 해가 질 때는 반드시 "오늘도 헛되게 보냈구나. 의리는 무궁한데 세월은 유한하니 옛사람은 무슨 정력으로 저렇게 성취했단 말인가?"라고 말했다. 매일 먼동이 틀 때 깨끗이 씻고 의관을 바로하고 가묘家廟에 배알하였다. 그리고 물러나 서재에 앉았다. 책장에는 책이 가득했다. 대나무 사립문은 항상 닫혀 있고 사슴들이 낮에도 다녔다. 선생은 그런 것을 돌보고 즐기며 "옛사람이 이르기를, 고요한 후에 능히 편안할 수 있고 능히 생각할 수 있다고 했으니, 그 말이 참 훌륭하다"라고 하였다. 선생은 어버이를 여의고 난 뒤에 추모의 정이 더욱 간절했다. 거처하는 곳에서는 해산물을 배불리 먹을 수 있었지만, 매번 맛있는 음식을 대하면 얼굴빛을 바꾸며 "어버이가 살아계실 때는 맛있는 음식이 거의 없었는데, 지금 이를 얻으니 누구를 봉양한단 말인가?"라 하고, 눈물을 흘리며 차마 먹지 못했다. 누이 하나가 서울에 살고 있었는데, 의식을 함께 하지 못함을 한스럽게 여기고, 경기도 농장에서 거둔 곡식을 누이에게 주어 생활하도록 했다.

---

1 원문은 "避地來南國, 躬耕傍水垠"으로, 이 책 90면에 실려 있는 시의 일부이다.

5년 갑오(1654), 33세.

가을에 진사시에 2등 제3인으로 합격했다.

조부의 유명遺命을 좇아 응시한 것이다. 이후로는 다시 과거시험에 응하지 않았다.

음사淫祠를 헐었다.

남방의 풍속은 귀신을 좋아해 음사가 많았다. 선생이 거처하는 마을에도 음사가 세 곳이나 있어서 원근의 남자와 여자들이 많이 밀려와 굿을 하고 빌었다. 선생은 사람을 시켜 음사를 헐고 당수를 베어버렸다. 선생이 집에 계실 때 안팎으로 소란스러웠으나, 무당과 소경의 무리들이 감히 문 안으로 들어오지는 못했다.

6년 을미(1655), 34세.

겨울에 서울에 올라갔다가 얼마 지나지 않아 돌아왔다.

돌아오는 길에 신창진新倉津 인근에 이르렀을 때, 배 한척이 사람과 말을 가득 싣고 건너다가 중간쯤에서 배가 부서져 모두 물에 빠졌다. 선생이 급히 상류의 배 두척을 불러 건져 구하도록 독려했으나, 이미 죽은 자가 5~6명이고 아직 가슴에 온기가 남아 있는 자가 9명이었다. 곁의 하인들을 불러 업고 가까운 마을로 들어가서 젖은 옷을 벗기고 다른 옷을 입혔다. 죽을 끓여 먹이고 밤새 치료를 하니 다음날 모두 살아났다. 선생이 사람을 사랑하는 마음이 이와 같았다.

7년 병신(1656), 35세.

박자진朴自振과 동국의 지지地志에 대해 논했다.

선생은 우리나라의 지리가 사군四郡·삼한三韓·대방帶方·국내성國內

城·환도성丸都城·졸본卒本·개마蓋馬·대산大山으로부터 삼국의 경계에 이르기까지 우리나라 역사에 아직 정설이 없다고 여겼다. 선생은 중국 역대의 여러 역사책 및 지지와 우리나라 문헌 중에 고찰해볼 만한 것을 두루 취해서 각기 지역을 분별해서 이 편지를 썼다. 편지는 문집에 보인다.

『여지지輿地志』를 저술했다.

선생은 우리나라의 지지는 참고하여 근거로 삼을 만한 것이 없다고 여겼다. 『여지승람輿地勝覽』이 있으나 시문詩文만을 많이 취해 수록하였고, 또 명승지의 이름만 갖추어놓아 옛사람들이 지지를 만든 뜻을 이미 잃어버렸다고 생각했다. 그래서 드디어 이 책을 엮은 것이다.

8년 정유(1657), 36세.

봄에 서울에 올라갔다.

선생은 우리나라의 지세地勢에 유의하여 왕래할 때마다 다른 길을 택해 다니며, 산천을 두루 살피고 도로의 원근과 관방關防의 지세를 파악하여 기록하였다.

가을에는 호남 지방을 두루 유람하고 남쪽 해안을 따라 돌아오면서 청하자靑霞子 권극중權克中을 방문했다.

권공은 수련술修練術에 정묘했는데, 당시 마원석실馬原石室에 은거하고 있었다. 선생이 방문하여 함께 대화를 나누다가 말이 단법丹法에 미치자, 권공은 자신이 주해한 『참동계參同契』 한편을 내어 보여주었다. 이에 선생이 몇 곳을 수정해주고 한질을 베껴와서 간직했다.

9년 무술(1658), 37세.

8월에 남쪽 지방을 유람하여 추월산秋月山² 등을 유람하고 돌아왔다.

정문옹鄭文翁에게 보낸 편지에서 이기理氣와 인심도심人心道心에 대해 논했다.

정공은 이름이 동직東稷, 호는 청천聽泉으로 학문하는 선비이다. 선생은 그와 도의道義로 사귀어 서로 허여하는 사이였다. 선생은 그에게 편지를 보내 이기 문제를 논했다.³

12월에 서울로 올라가서 정청천鄭聽泉의 묘를 찾아 조문했다.

10년 기해(1659), 38세.

9월에 다시 호남 지방의 여러 곳을 유람하고 한달 넘겨서 돌아왔다.

정문옹鄭文翁을 애도하는 시를 지었다.

"봉鳳이 날아가니 하늘이 어둡고, 용이 사라지자 큰물이 말랐구나"라는 시구가 있다.⁴

현종顯宗 순문대왕純文大王 원년 경자(1660), 39세.

8월에 서울로 올라갔다가 겨울에 돌아왔다.

11월에 딸의 혼사를 치렀다.

선생의 장녀는 일찍이 정청천의 둘째 아들과 약혼을 했는데, 정공이 서거하여 이때에 이르러서 상례를 마치고 성례를 한 것이다.

---

2 추월산(秋月山): 지금 전라남도 담양군에 있는 산 이름.

3 뒤이어 요약·인용된 「문옹 정동직과 이기에 관해 논한 글」과 「인심·도심에 대한 재론」은 생략. 이 책 207, 221면에 실려 있다.

4 원문은 "鳳去丹霄暮, 龍亡大澤漄"으로, 이 책 149면에 실려 있는 시의 일부이다.

2년 신축(1661), 40세.

정월에 영남에 갔다가 그 길로 영남과 호남의 산천을 두루 유람하고 돌아왔다.

3년 임인(1662), 41세.

11월에 서울에 올라가서 정릉동에 머물렀다.

『중흥위략中興偉略』을 처음 집필하기 시작하다.

선생은 명이 망하고 남한산성의 치욕을 씻지 못한 것을 매우 한스럽게 여겼다. 부안에 있을 때 매번 달밤에는 거문고를 잡고 연주하며 한음漢音으로 노래를 불렀는데, 소리가 금석金石에서 나오는 것 같았다. 매번 집 뒤의 산 정상에 올라가 북쪽을 바라보며 눈물을 닦곤 하였다. 사람들은 그런 까닭을 알지 못했다. 항상 설욕할 계책을 강구한바, 집에는 하루에 300리를 달리는 준마를 길렀으며 활과 조총을 집안의 노복과 마을 사람들에게 가르쳐서 한가로운 날을 택해 연습을 하곤 했다. 다들 솜씨가 볼만했는데, 그런 중에 200여명은 묘수였다. 저쪽 지역의 험한 요새 및 육지와 해로의 역참의 거리를 하나하나 기록했다. 이때에 이르러 『중흥위략』을 짓기 시작했으나, 책이 완성되기 전에 먼저 돌아가셨다.

4년 계묘(1663), 42세.

봄에 선영을 두루 성묘하고 부안으로 돌아왔다.

과천·지평·여주·죽산 등 여러 곳의 선영이다.

11월에 호남의 담양 등지를 유람했다.

5년 갑진(1664), 43세.

겨울에 『동방문東方文』을 찬집했다.

서문에서 이렇게 말했다.[5]

6년 을사(1665), 44세.

봄에『동국사강목조례東國史綱目條例』를 편성했다.

쓰고 나서 이렇게 말했다.[6]

「동사괴설변東史怪說辨」을 지었다.

우리나라 역사에는 괴설이 매우 많다. 선생은 이를 병폐로 여겨 조목 조목 논변하여 따로 1편의 글을 만들었다.

『역사동국가고歷史東國可考』를 편찬했다.

그 제후題後에서 이렇게 말했다. "『사기』와『한서』이하로 역대의 역사서 및『통전通典』과『통고通考』등의 책에 수록된 우리나라 기사를 수집·정리하여 참고가 될 수 있도록 만들었다. 북이北夷와 왜인은 지역이 서로 연해서 가깝기에, 사적이 더러 상고할 만한 것이 있으면 아울러 수록했다."

○선생은 또한『속통감강목續通鑑綱目』의 필치와 조례가 근엄한 뜻이 없을 뿐 아니라, 거칠고 엉성한 곳이 많음을 안타깝게 여겼다. 그래서『속통감강목의보續通鑑綱目擬補』1권을 찬술했는데, 이는 어느 때 한 일인지 알 수 없기로 여기에 덧붙여둔다.

여름에 감사 민유중閔維重에게 답한 편지에서 구황救荒·축제築堤 등의 일을 논했다.

편지의 대략은 이렇다. "구황의 문제는 예로부터 좋은 방책이 없었습니다. 옛날의 이른바 재물을 나누어준다거나 조세를 가볍게 해주고 부역을 덜어준 등의 일이 제일의 급무입니다. 이 중에서도 조세를 가볍게

---

5 뒤이어 요약·인용된「『동국문』후서」는 생략. 이 책 203면에 실려 있다.
6 뒤이어 요약·인용된「동사강목범례」는 생략. 이 책 252면에 실려 있다.

하고 부역을 덜어주는 일이 더욱 긴요합니다. 대개 백성에게 쌀 한말을 구휼해주는 것은 납부해야 할 쌀 한되를 덜어주는 것보다 못하다 했습니다. 이는 제가 민간에서 직접 경험한 바입니다." 또 이렇게도 말했다. "우리나라는 압록강 동쪽이 대체로 산지이기 때문에, 큰 가뭄이 들더라도 수십개 고을이 황폐하게 되는 참혹한 사태는 없지만, 오직 호남의 우도右道 일대는 평야인 데다 바다와 인접해 있어서 강물이 모두 조수의 소금기로 피해를 받게 됩니다. 때문에 관개灌漑가 어려워서 제방이 호남에 유독 많은 것입니다. 그중에 벽골제碧骨堤·눌지訥池·황등제黃登堤 등은 백성들에게 크게 이로운 것이었는데, 폐기된 지 이미 오래되었습니다. 만약 이들 제방을 수리하여 복구한다면, 노령 이북의 7~8개 고을은 흉년이 들어 백성들이 유리하는 우환이 영구히 사라지고 곡식을 빌려주었다가 되돌려받는 데서 오는 폐단도 끊어질 수 있을 것입니다. 백성에게 이로울 뿐만 아니라 국가의 세를 거둘 수 있으니, 어찌 만세의 원대한 계책이 되지 않겠습니까? 따로 인정人丁을 징발할 필요도 없으며, 흉년이 들 때 백성에게 곡식을 나누어주어 구황을 하고 제방을 보수하는 작업을 일으키면 일거양득이 될 것입니다."

조정에 천거를 받았다.

추천의 명목은 '의리義理를 깊이 사고하고 효성과 우애가 훌륭하다'는 것이었다. 앞서 선생은 민유중과 척분戚分이 있어, 민공 형제가 선생을 추천하려 했다. 선생은 정색을 하고는 "척숙戚叔은 저를 아시지 못합니다"라고 하여, 끝내 천거를 하지 못하게 했다. 이때에 이르러 천거를 받았으나, 선생은 역시 즐거워하지 않고 "내가 지금 재상을 모르는데, 지금 재상이 나를 어떻게 알겠는가?"라고 말했다.

9월에 상경하여 태호 이원진의 장례에 참석했다.

10월에 연천에 가서 미수眉叟 허목許穆 선생을 배알했다.

며칠을 머물다가 돌아왔다.

7년 병오(1666), 45세.

정월에 부안으로 돌아왔다.

3월에 고모의 상을 당해서 상경했다가 돌아왔다.

따로 또 천거를 받았다.

이상진李尙眞의 추천이었다.

미수 허목 선생에게 편지를 올렸다.

이에 앞서 『동명집東溟集』의 서문을 청하는 편지를 보냈고, 또 작은 책자를 올렸다. 고문古文으로 고명古銘을 써주기를 청하여, 이때에 이르러 또 편지를 올린 것이다. 동산에서 수죽脩竹 두개를 취해 부쳐드렸다.

8년 정미(1667), 46세.

여름에 바다에서 표류해온 중국인과 문답을 하고 시를 지었다.

당시 중국인은 글을 올려 진정陳情하여 돌아가기를 청원하였으나, 조정에서 끝내 붙잡아 북경으로 보냈다.[7]

11월에 서울로 올라가서 한동안 머물렀다.

『주자서찬요朱子書纂要』를 완성하였다.

『주자대전朱子大全』에서 시문詩文을 가려 뽑았는데 모두 15권이다. 옛날 주석에 잘못된 곳이 많아 또한 바로 잡았다.

동명東溟 김세렴金世濂 선생의 행장을 지었다.

---

7 이 앞에 인용된 「명나라 명맥이 끊기지 않았다는 말을 듣고」는 생략. 이 책 167면에 실려 있다.

9년 무신(1668), **47세.**

정월에 고종사촌 아우인 김준상金儁相과 같이 동명선생 산소를 참배하고, 그 길로 연천으로 가서 미수 허목 선생을 뵈었다.

동명선생의 비문을 청한 것이다. 이 일로 며칠을 머물며 도리를 강론하고 고금에 대해 토론했다. 미수선생은 탄복해 마지않으면서 사람들에게 "유 아무개는 왕을 보필할 인재이다. 말세에 이와 같은 인물을 만나게 될 줄은 생각하지 못했다"라고 말했다.

2월에 부안으로 돌아왔다.

10년 기유(1669), **48세.**

가을에 『도정절집陶靖節集』을 새로 엮었다.

특별히 선본善本을 얻어서 펴낸 것이다.

배공근裵公瑾에게 학문에 대해 논하는 답신을 보냈다.

배공은 이름이 상유尙瑜이다. 영남에 살면서 선생과 도의로 사귀었다. 이 답서는 문집에 실려 있다. 배공은 또 이기理氣에 대해 다음과 같이 물었다. "지난번에 가르쳐주신 인심도심人心道心 및 이기의 경계가 나뉜다는 것은 명백하고 확실하여 주자와 퇴계에게 증험해보아도 조금도 다른 점이 없습니다. 스스로도 마땅히 이렇게 보아야 한다고 생각합니다. 지금 『율곡집栗谷集』을 얻어 보니 우계牛溪와 이기를 논변한 것이 대개 그 긴요처로, 우계와 차이가 나는 것은 '도심은 성명性命에 근원하고, 인심은 형기形氣에서 생겨나는 것이니, 이는 기氣 가운데 이理 또한 있는 것이다'라고 한 부분입니다. 이 또한 조리와 맥락이 분명하여 뒤섞이지 않고 혼합되어 고칠 수 없다는 것인지요? 만약 율곡의 말대로라면 퇴계의 심통성정도心統性情圖는 정말 잘못된 것인지요?" 선생은 이렇게 답하였다. "제 생각도 대체로 고견과 같습니다. 퇴계의 학설만이 주자와 같은데, 순임금의 본뜻을 얻은 것이 아닌가 합니다. 다만 퇴계의 '기가 따르고 이가 탄다(氣隨理乘)'는 말씀은 조금은 명쾌하지 못한 듯한데, 어떻게 생각하십니까? 의심하는 바가 율곡의 견해와 같지는 않습니다만, 기왕에 '이가 발하고 기가 따른다. 기가 발하고 이가 탄다'고 말하고 보면 심을 양분하여 각기 이와 기를 구비한 것 같다는 논법을 면치 못하는 듯합니다. 이 점에서 명쾌하지 않다는 의혹을 갖습니다"[8] 또 이렇게 말했다. "공부는 비록 동정動靜을 관통해야 하지만, 정靜이 아니면 근본을 삼을 수 없습니다. 비단 배우는 사람만 이와 같은 것이 아닙니다. 조화의 이치가 비록 끊임없이 유행流行하며 동과 정이 서로 뿌리가 되지만, 그러나 가만히 살펴보면 그 주된 곳은 반드시 정이 있습니다. 그래서 '흡취翕聚하지 않으면 발산發散하지 못한다'고 하는 것이니, 이는 곰곰이 생각해볼 만합니다."[9]

11년 경술(1670), 49세.

2월에 상경했다가 3월에 돌아왔다.

신창진을 건너는데, 이때 중류에서 폭풍을 만나 노가 부러지고 배가 뒤집히려 했다. 뱃사공은 구할 수 없다고 생각하고 저 혼자 헤엄쳐서 가버렸다. 사람들이 모두 실색하여 어쩔 줄 몰라했으나, 선생은 유독 태연하게 두려운 기색이 없었다. 조금 있다가 이웃해 있던 배가 와서 구해주어 무사히 건넜다.

『수록隨錄』이 완성되었다.

---

8 이 책 243면에 실려 있는 「배공근에게 답하는 편지」의 첫 대목이다.
9 위의 편지에서는 보이지 않는 내용이다.

모두 13권이다.

○선생께서 『수록』을 편찬할 때 따로 「군현제郡縣制」 1권을 지었는데, 그 대략은 다음과 같다. "한당漢唐 이래로 들의 경계를 긋고 길을 나누었는데, 당唐의 관내關內·하남河南과 명明의 산서山西·섬서陝西 같은 지명은 반드시 산천으로 이름을 삼았다. 우리나라의 각 도는 고을로 이름을 삼아서 자주 변경되었다. 마땅히 산천과 지형을 위주로 해야 할 것이다. 황해도는 관내關內, 충청도는 한남漢南, 전라도는 호남湖南, 경상도는 영남嶺南, 강원도는 영동嶺東, 함경도는 영북嶺北, 평안도는 관서關西라 하고, 양광도楊廣道는 혁파해서 그 주현州縣을 관내關內와 한남漢南에 분속시켜야 할 것이다."[10] 또 이런 내용이 있다. "한 고을은 땅이 사방 100리로 군현이 통제하는데, 우리나라는 땅은 비좁은데 고을이 많아서 많이 부실하게 되었다. 또 분할을 할 때에 크고 작음에 적당함을 잃어서, 큰 고을은 사방경계에 10리 안에 다른 고을의 지경이 되는 경우도 있고 두세 고을을 넘어가 땅이 있는 경우도 있어 서로 연접되지 않아 정령政令과 부역賦役의 폐단이 많고 불편하다. 작은 고을은 쇠잔해져 그 모양을 갖추지 못해 모든 법도가 붙일 곳이 없고 백성은 더욱 고통을 겪는다. 실로 매우 '체국경야體國經野'와 '위민설목爲民設牧'의 뜻에 어긋나 있다. 반드시 살펴서 바로잡아 모두 적당함을 얻은 뒤에라야 제대로 다스려질 수 있을 것이다. 한 고을의 땅은 대략 사방 각각 50리에 이르는 것을 비준으로 삼는다. 관원의 명칭은 지금의 것을 따라서 대부大府를 윤尹, 도호부都護府를 사使라 하고, 각각 부관副官을 두어 통판通判으로 부른다. 부府는 사使라 하며 판관判官을 둔다. 군郡은 수守, 현縣은 령令이라

---

10 『반계수록』 권1, 「군현제」의 「각도(各道)」를 요약한 내용이다.

하고 각각 승丞을 둔다. 또 부학府學에는 교도教導를 두고, 군현郡縣에는 교수教授를 둔다. 또한 향관승천鄉官陞遷의 규정과 양사향약養士鄉約의 제도를 세운다."[11] 그리고 향리호구법鄉里戶口法을 분명히 하며, 상평常平과 사창社倉 등 여러 절목을 세우고 모두 법규를 갖추어 만들어놓았으되, 아직 완성된 책을 만들지 못했다.

12년 신해(1671), 50세.

정백우鄭伯虞가 『수록』에 대해 물은 데 답하는 편지를 보냈다.

정공은 이름이 동익東益으로 역시 선생과 도의로 사귄 인물이다. 정공이 『수록』의 저술 작업을 마쳤는지 묻자 선생이 이렇게 답했다. "선왕이 다스림을 행했던 제도는 전하는 기록에 그 대강만 있어서 절목은 후세에 살펴볼 수가 없다. 시험 삼아 한두가지 일을 말해본다면, 경계經界 · 공부貢賦 · 학교學校 · 공거貢擧 · 군제軍制 등의 일에 대해 후유後儒들이 대강을 논하고 말한 것은 그 말씀이 훌륭하지만, 실로 거행하려고 하면 막연해하지 않을 것이 드물다. 이 어찌 우려할 일이 아닌가? 그래서 마침내 일에 나아가 구획하였다. 지금처럼 통용되는 사목事目을 고찰해보면, 평상시에 쉽다고 여겼던 것도 그 사이에 어려움이 존재하고, 의심할 것이 없다고 여긴 일도 의혹이 그 가운데 모여 있다. 무릇 도道의 쓰임은 행사에서 드러나고, 마음에서 발해지는 것은 정사로 나타난다. 삼대의 법은 모두 천리天理로 제도를 만든 것이다. 후세의 법은 모두 인욕人欲으로 제도를 만든 것이다. 인욕의 제도를 행하면서 국가가 다스려지기를 바라니, 천하에 어찌 그런 이치가 있겠는가? 시대에는 치세와 난세가

---

11 『반계수록』 권1, 「군현제」의 「각읍(各邑)」을 요약한 내용이다.

있으되, 도道에는 고금이 없다. 그러므로 일찍이 나는 '설령 삼대의 때라도 후세의 정치를 행하면 삼대 역시 후세와 다름없을 것이요, 진실로 지금의 세상이라도 삼대의 정치를 본받아 행하면 지금 세상 또한 삼대가 될 것이다'라고 했다. 아! 폐단으로 폐단을 이어온 것이 그 유래가 오래되어, 군자는 항시 무용지물이 되고 소인은 길이 뜻을 얻고 있다. 그화는 마침내 천리를 없애고 사욕私欲을 자라게 하며, 백성은 썩어 문드러지고 이적夷狄이 주인이 되게 하였으니, 이는 무슨 까닭인가? 거기에는 반드시 그럴 만한 이유가 있는 것이다."

향음주례鄕飮酒禮의 절목을 제정했다.

선생은 정백우鄭伯虞와 더불어 향음주례를 논했는데, 이에 이르러 그 절목을 정했다. 문집에 보인다.[12]

이해에 큰 기근이 들었다.

이에 앞서 혜성이 하늘을 지나쳐갔다. 선생은 이것을 보고 "이는 큰 기근이 들 징조이다"라고 말하고는, 만나는 사람마다 미리 대비하는 법을 알려주었으나 사람들은 믿지 않았다. 마침내 선생은 스스로 아껴 쓰고, 소와 말을 팔아 오곡을 사서 비축해두었다. 이때 팔도에 대기근이 들어 굶어죽은 시체가 잇달아 있었으며 유랑하는 백성들이 길을 메웠다. 선생은 식사에 좋은 반찬을 두가지 이상 놓지 않았고, 남은 곡식을 힘써 보존하여 친척과 동리 사람들에게 나누어주었으며, 떠도는 거지에게도 정성을 다해 대접하여 널리 구제했다. 당시 사람들이 기물과 의복가지 등을 다투어 가지고 와 밤낮으로 문을 가득 메우고 곡식을 팔라고 요구했으나, 선생은 그들의 요청을 다 물리치고 각기 곡식을 주어 보

---

12 이 글은 『반계유고』에 보이지 않는다.

냈다. 집안사람들을 엄하게 단속하여 그 틈을 타서 이익을 노리지 못하도록 했다.

13년 임자(1672), 51세.

윤희중尹希仲에게 경계하라는 편지를 보냈다.

윤희중의 이름은 휴鑴, 호는 백호白湖인데, 당시에 명성이 높았다. 선생은 그에게 편지를 주어 경계하도록 충고했다. "사람이 몸가짐과 처세에 주밀周密하지 않으면 후회해도 어쩔 수 없을 것이다"라고 했다.

14년 계축(1673), 52세.

3월 19일 인시寅時(오전 3시~5시), 선생은 우반동의 정침正寢에서 돌아가셨다.

선생은 2월부터 병이 들어 낫지 않고 한달여를 끌었다. 병이 위급해지자 수발하는 사람에게 침석枕席을 바꾸어 바로하도록 명했으나, 그가 이를 어렵게 여겼다. 선생은 소리를 높여 "사람이 죽는 즈음에 당해서 이같이 해서는 안 된다"라고 일렀다. 그래서 몸을 씻고 옷을 갈아입었는데, 다음날 새벽에 운명하셨다. 병이 위중했을 때 둘째 생질에게 명해서 어디 있는 어떤 책을 가져오라고 하여, 펼쳐서 두세번 묻고 앞에서 그것을 불태우도록 하였다. "이 책을 완성해서 후세에 전하게 하면 세상의 보배가 될 것이지만, 안타깝다. 하늘이 내게 시간을 빌려주지 않으시는구나!"

○선생이 병석에 계실 때 뜰 앞의 매화가 활짝 핀 것을 보고 감회에 젖어 절구 한수를 읊었는데, 그 시가 매우 처절하였다. 이내 생질인 박생에게 명하여 전하지 말도록 했다. 때문에 이 시는 문집에 들어가지 못했다. 선생이 돌아가시고 난 후에 매화는 열매를 맺지 못하고 말라 죽었다.

○선생이 돌아가신 날, 밤이 깊은 뒤에 흰 빛의 무리가 밝고 맑게 침실을 두르고 밤새도록 없어지지 않는데, 원근의 마을사람들과 승려들은 모두 그것을 바라보고 기이하게 여겼다. 모여서 곡을 한 사람이 천여명이었다.

5월, 죽산竹山 용천湧泉의 정배산鼎排山 선영 아래 유좌酉坐 언덕에 장사지냈다.

임시로 장사지낸 묘를 파는데 홀연히 붉은 빛이 타오르는 불꽃같더니, 서남쪽으로부터 우레가 들리는 듯하다가 동쪽으로 향해서 이윽고 흩어졌다. 영구를 받들고 죽산에 이르자 때마침 흰 기운이 영연靈筵 위에서 일어나 곧바로 공중으로 올라가 연일 그치지 아니했다.

○임시로 장례지낸 곳을 파던 날, 사슴 무리 백여마리가 와서 모여 돌면서 슬피 울었다. 영구가 떠나던 날 밤에도 또한 그러했다. 이 이야기를 들은 사람들은 지난 해 새끼 밴 사슴을 살려준 것에 대한 보답이라고 했다. 무신년(1668, 선생 47세)에 새끼 밴 사슴이 사냥꾼에게 쫓겨 선생이 누워 있는 방안으로 뛰어 들어왔는데, 선생은 끈으로 옷시렁에 매놓았다가 다음날 놓아준 일이 있었다. 이 일을 가리켜 말한 것이다.

숙종肅宗 장문대왕章文大王 19년 계유(1693)

호남의 사림이 부안현의 동림東林에 서원을 세우고 선생을 배향했다.

선생이 돌아가신 지 21년이 되는 해이다. 다음 해 갑술(1694) 3월 서울과 지방의 유생 진사 노사효盧思孝 등이 소를 올려 사액을 청하고, 또 선생이 편찬한 『수록』을 올렸다. 임금이 비답을 내려 말씀하셨다. "상소를 살펴보니 그 내용을 충분히 알겠다. 해당 부서에 품의하여 처리하도록 했다. 올린 책은 내가 마땅히 조용한 때 살펴보겠다."

○이보다 앞서 참봉 배상유裵尙瑜가 소를 올렸다. "한전법限田法은 진

秦의 상앙商鞅이 무너뜨린 이후 역대로 옛것을 회복하기 위한 법이 없었습니다. 당唐의 균전제가 옛것에 가까우며, 고려가 그 제도를 써서 부강을 이루었습니다. 그러나 그 법은 사람을 근본으로 삼으며, 토지를 위주로 하지 않습니다. 그런 까닭에 장정을 호적에 올리고 토지를 주는데, 배정하는 것이 차이가 나며 번거롭습니다. 또한 사람은 많은데 토지가 적고, 땅은 많은데 사람이 적은 폐단이 있습니다. 기자箕子가 우리나라에 봉을 받으면서부터 처음으로 경묘법頃畝法을 시행하여 경계가 확실했으나 뒤에 행해지지 않았으니, 또한 애석하기 그지없습니다. 평시에 나라를 통틀어 토지의 면적이 151만 5500여결結이었으나 지금은 개간한 땅이 68만여결에 지나지 않으며, 과반이 없어지고 줄어들었습니다. 이는 벼슬아치와 세금을 거두어들이는 구실아치들이 멋대로 훔치고 누락시켜서 약간만 기록된 데 불과하기 때문입니다. 지금 경묘법으로 바로잡지 않는다면, 신에 가죽이 없어져 털이 붙을 곳이 없는 꼴이 되지 않을까 두렵습니다. 그러므로 진사 유형원이 경제에 뜻을 두고 법제를 강구하여 옛것을 증거하고 지금 것을 참조하여 손수 책을 이루었는데, 『수록』이라고 합니다. 1질 13권에 모두 7개 조목으로 전제田制·학제學制·설교說教·선거選擧·관제官制·녹제祿制·병제兵制가 엮여 있습니다. 이 7조목은 현실에 적용해서 절실하지 않음이 없으나, 그중에서도 전제 한 항목은 무엇보다도 오늘날 급히 힘써야 할 부분입니다. 그 법은 100보步를 1묘畝, 100묘를 1경頃, 4경을 1전佃으로 하여, 매 부夫가 1경을 나누어 받게 합니다. 토질은 9등급으로 나누어 세를 받는데, 매 4경마다 병兵 1인을 내도록 합니다. 기타 대부大夫와 사士 및 이서吏胥, 복례僕隸와 같은 부류도 각기 조리가 있어 합당하지 않음이 없습니다. 그 엮은 바를 살펴보면 그 법을 알 수 있습니다. 여기에 설명하기를, '땅의 모양은 꼭 넓어야 할 필요가 없고, 전佃 자로 정井 자를 대신하게 합니다. 공전公田은 따로 두지 않더라도 세는 10분의 1로 할 수 있으며, 채지采地는 꼭 설정하지 않더라도 각기 부양할 수 있어, 군자와 야인을 구별합니다. 오늘날에 적의한 데 의거하되 옛 법을 참작하면, 자연의 이치에 합당하게 되어 정전법의 실효가 모두 이 가운데 갖추어 있습니다. 우리나라는 남북으로 2000여리, 동서로 1000여리이므로, 길고 짧은 것을 맞추면 사방이 1800여리가 됩니다. 삼림森林·천택川澤과 불모의 땅을 제하면 전체의 실면적이 250만경이되, 지금의 전세田稅로 말하면 19만 5000여석에 불과합니다. 경묘법을 시행하면 152만 4000석을 얻을 수 있어, 정군正軍 62만에 속오군束伍軍 62만을 얻을 수 있습니다. 그 이해와 장단점은 따져볼 것도 없이 자명합니다'라고 했습니다. 신은 그의 책을 반복해서 읽어 그 내용을 깊이 이해한바, 그 대강이 수립되었고 세목細目이 모두 갖추어져 있어서, 경국經國의 큰 근본이요 치국의 최선의 제도라고 할 만합니다. 전하께서 참으로 깊이 생각하시고 충분히 고려하시어 큰 뜻을 분발하여 삼대 이후로 실종되었던 성인의 법을 얻어 행하시면, 백성들은 항상의 생업을 얻게 되어 빈부가 균일해지고 병졸을 찾아낸다고 시끄럽게 되는 등의 일이 없게 되어 인심이 안정되기에 이를 것입니다. 이것이 다름 아닌 일거양득입니다."

당저當宁(영조) 17년 신유(1741)

승지承旨 양득중梁得中이 소를 올려서, 『수록』을 취하여 을람乙覽[13]하시도록 청했다.

---

13 을람(乙覽): 임금이 읽는 것을 가리키는 말.

비답에 "이 책자를 관찰사에게 명해 즉시 구해서 올리게 하라"라고
했다.

22년 병인(1746)

유신儒臣 홍계희洪啓禧에게 명하여 선생의 본전本傳을 지어 올리라고 했다.

홍계희가 등대登對할 때에 선생의 학문이 넓은 것과 『수록』이 있음을
아뢰었다. 임금께서 선생의 사실들에 대해 물으시고는 전傳을 지어 올
리도록 한 것이다.

○이때 홍계희는 참찬관參贊官으로 입시入侍하며, 선생에 대해 언급하
였다. 지사知事 원경하元景夏가 "유 아무가 저술한 『수록』은 경세經世의
큰 본무인데, 참찬관이 그것을 독실하게 좋아하여 일찍이 모두 쓸 만하
다고 말했습니다"라고 했다. 홍계희는 "이 책은 정대正大하고도 광박廣
博하여 반드시 유익한 바가 있을 것입니다. 신이 아뢰건대 영남과 호남
의 관찰사에게 분부하여 간행하도록 하는 것이 좋겠습니다"라고 했다.
임금은 "그 책을 옥당玉堂에서 다시 들여오라" 했다. 원경하가 "참찬관
은 고서를 많이 읽었지만 다만 지론持論이 치우쳤습니다. 유 아무는 지
금 사람과 색목이 같지 않으나 참찬관이 공평한 마음으로 그를 존모하
고 『수록』을 독실히 좋아하니, 어찌 좋지 않습니까?"라고 아뢰었다. 드
디어 임금이 이 명을 내린 것이다.

○뒤에 경오년(1750) 6월에 좌참찬左參贊 권적權䙗이 또 동궁에 글을
올려 『수록』을 목판으로 간행하여 중외에 반포할 것을 청했다.

28년 임신(1752)

전라감사 이성중李成中이 장계를 올려 선생에게 증직할 것을 청했다. 계啓를 예

조에 내리자 판서 홍봉한洪鳳漢이 계문을 다시 올려 증직을 청해 윤허를 얻었다.

장계의 대략은 이렇다. "부안의 고 진사 유형원은 그 조예와 성취가 실로 일행일선一行一善으로 일컬음을 받을 정도가 아닙니다. 그의 유학을 높이고 절의를 장려하는 도에 대해서는 더욱 급급히 서둘러야 할 일입니다. 이에 감히 우러러 아뢰오니, 해당 부서로 하여금 즉시 품의 처리하도록 분부하시어 신으로 하여금 재임시에 그 일을 맡아서 힘써 모범이 되도록 해주시기 바라옵니다."

29년 계유(1753)

9월, 통훈대부通訓大夫 사헌부司憲府 집의執義 겸 세자시강원世子侍講院 진선進善을 증직했다.

학행을 순수히 갖추고 존주尊周의 절의가 있다 하여 증직한다는 전교가 있었다.

44년 무자(1768)

10월, 묘소 왼쪽에 비를 세웠다.

죽산부사 유언지兪彦摯는 평소 선생의 덕행과 의리를 사모했는데, 부임한 이후 제문을 지어 묘에 참배했다. 또 돌을 다듬어 비를 세운 것인데, 진신搢紳 여러분이 많은 도움을 주었다. 판중추判中樞 홍계희洪啓禧가 음기陰記를 지었다.

46년 경인(1770)

1월, 통훈대부通訓大夫 호조참의戶曹參議 겸 세자시강원世子侍講院 찬선贊善을 추증했다.

이해에 영남 감영에 명하여 『수록』을 간행하도록 하여, 그 책을 다섯 곳의 사고史庫 및 홍문관弘文館에 나누어 보관하도록 했다.

51년 을미(1775)

겨울, 후학 동궁東宮 좌익찬左翼贊 한산漢山 안정복安鼎福은 삼가 엮음.

정복鼎福은 어려서 호남에 있으면서 어른들로부터 유반계柳磻溪 선생이 대덕군자大德君子임을 익히 들었다. 당시에는 지식이 없어 자세히 알지를 못했다. 장성한 이후로 생각할 때마다 깊이 부끄럽고 한스럽게 여겼다. 갑자년(1774)에 서울의 도저동桃楮洞에서 수촌공秀村公[14]을 뵈었는데, 공은 선생의 증손이다. 수촌은 정복을 위해 선생의 일을 자세히 말해주고, 선생이 지은 『수록』을 빌려주었다. 돌아와서 『수록』을 읽어보니, 실로 천리를 운용하여 만세에 태평을 여는 책이다. 아, 참으로 굉장하다! 그 후로 자주 수촌을 따라 놀면서 유집遺集 및 여러 저술을 얻어서 보았다. 선생 학문의 정밀함과 지식의 원대함은 후세의 말 잘하는 선비가 미칠 바 아니다.

선생은 당론이 휩쓰는 시대에 처해서 돈세무민遯世無悶[15]의 자세로 저술 작업을 스스로 즐겼다. 우뚝이 원우元祐의 완인完人이요 성세聖世의 일민逸民이라, 세상에 감히 헐뜯는 자 없었다. 선생의 덕은 미루어 알 만하다.

---

14 유발(柳發, 1683~1775). 수촌은 그의 호이며, 유형원의 증손이다. 유발에 대해서는 417면의 주8을 참조할 것.

15 돈세무민(遯世無悶): 세상을 피해 있어도 마음에 고민이 없다는 뜻.『주역·건괘(乾卦)』에 나오는 말로, 때를 못 만나 불우한 처지에 있어도 자신을 잘 견지하는 태도를 가리킨다.

아, 세상에 선생의 저술을 좋아하는 자 한갓 눈앞의 완상물로 여기지 말고, 반드시 몸소 행하면 심득心得이 있을 것이다. 그리하여 일을 시행하는 데 적용해서 오직 실효를 도모해나가면, 선생은 비록 가셨으나 선생의 도는 세상에 행해질 것이다. 이를 어찌 쉽게 말할 수 있는 것이겠는가!

정복은 늦게 태어나서 비록 선생을 직접 모시고 싶은 소망이 있어도 얻을 수 없었다. 금년에 뜻밖에 벼슬을 얻어 바야흐로 수촌의 아우인 전 승지 훈薰[16]의 집에서 지내게 되었다. 이때 수촌은 이미 세상을 떠나, 그 장자 명위明渭[17]가 상제喪制를 지키고 있었다. 명위는 수촌이 초안한 선생의 연보를 내보이며 고치고 다듬어 달라면서 아울러 발문을 청했다. 정복은 공에 대해서 실로 유명幽明 간 지우知遇의 감회가 있는 데다가, 선현先賢의 사적事蹟 끝에 이름을 붙이게 되니 영광스러워서 군이 사양하지 못했다. 하지만 참람함을 깨닫지 않을 수 없다.

금상(영조) 52년 을미년 섣달 중순에 후학 동궁 좌익찬左翼贊 안정복安鼎福은 삼가 쓴다.

---

16 유훈(柳薰, 1713~79). 자는 계장(季長)이며, 유발의 동생이다. 1759년 과거에 급제하여 지평, 장령, 승지 등을 역임하였다.
17 유명위(柳明渭). 유발의 장남이다. 1783년 「군현제」 등을 보유(補遺)로 추가하여 『반계수록』을 재간하는 데 기여하였고, 「수록보유발(隨錄補遺跋)」을 지은 바 있다.

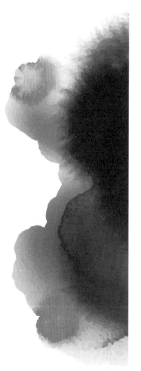
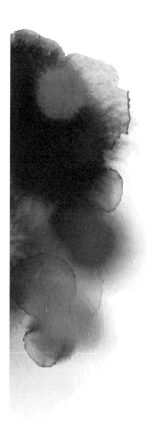

원문
原文

原序[1]

政衰而後, 通變之說起, 不得已也. 故仁人君子, 殫思盡智, 必欲回否爲泰, 此何與一己之私? 孟子曰: "今時則易然." 未有狃習訛謬而能遂其拯拔之功也. 古今言治, 莫不道其革弊從善, 無安坐待窮之理. 是以論政必須先明其弊, 不可不革, 法不可膠守. 不然百種微猷, 無益於事也.

嘗試論之, 今之從政, 如僦屋而居乎! 或屋久而病, 柱敧棟朽, 檐角窓壁, 無一完好. 僦者牽補撑搘, 冀幸一時之姑息. 旣而主人翁至, 悉易其圮剝傾墊, 不辭心勞力竭財費之許多者, 何也? 彼僦者終非己有, 而覆壓之害, 惟主人覺之. 覺斯憂, 憂斯謀, 卒歸於刱新而後已也. 爲人臣謀國, 必也久長之圖, 寧容因循苟且, 視若秦瘠而不肯擔當哉?

昔李文靖·王文正, 但主安靜, 凡有建明, 輒歸生事. 當時, 創業不久, 百度不廢, 猶可以雍容如此. 然後來弊事極多, 說者歸咎於二公也. 王安石變熙豐之政, 畢竟狼貝, 此罪在執拗, 初非法不當變. 故司馬公又不免倒了一邊.

此皆吾有所受之, 朱夫子是也. 向使李王隨疇彌縫, 王安石方便善變, 豈復此患? 自是厥後, 人皆懲羹, 語涉時瘼, 莫不大驚小怪, 幾於惡獸戲魔, 若將浼焉. 於是, 守常之說, 斷作金石, 莫復敢開口. 是則李王鎭物之量, 反成藏垢之妙術, 王安石一時錯誤, 流爲巧避者口實. 故天下之無復治, 自趙宋始矣.

近世磻溪柳先生有『隨錄』一編, 爲東方識務之最. 亦不敢售于時, 私藏巾

---

1 李瀷「磻溪柳先生遺集序」,『星湖先生全集』卷50.

笥, 後稍稍爲人識, 至有達諸國家. 然色好而心不賞, 語奬而事不錯, 何曾一步向實踐去乎? 此又猶夫走脚人瞥見路旁敗屋, 謂合改作而初非眞情, 與向所謂傀居何別?

嗚呼! 彼『隨錄』一堆紙, 不過石中之藏玉·沙際之懷珠, 無補於世用則均也. 人只知有此錄, 不知更有郡縣之制·輿地之記, 種種當務. 又其外收拾咳唾之餘, 有『磻溪集』六卷, 自治身治家, 以至於仁民愛物, 曲折周遍, 要是相與羽翼不可闕者. 姑藏以待有目者.[2]

---

2 『반계일고』에 '有目者姑藏以待'로 나와 있다.

第一部 詩

四箴 壬午

志於道而未能立者, 志爲氣惰之罪也. 夙興夜寐未能也, 正衣冠尊瞻視未能也, 事親之際, 和顏色未能也, 居室之間, 敬相對未能也, 四者惰于外而心荒于中, 所當猛省而必能也. 因箴以自警.

人心本虛, 因氣淸黔. 夙爾晨興, 夜而乃寢.
齊莊發强, 晃率毋倦. 惰慢旣去, 與道不遠.

正其衣冠, 尊其瞻視. 潛心肅容, 主一勿貳.
必法必整, 毋淫毋側. 外體旣直, 內志自式.

愉愉婉婉, 色容和平. 應唯敬對, 順旨而行.
敦伸剛陽, 遽爾矯拂. 傷恩之大, 天理或絶.

戒在爾室, 必敬威儀. 事以斬斬, 恩乃怡怡.
猗歟文王, 刑于寡妻. 無別無義, 是謂禽獸.

琴銘

心形聲, 聲感心. 淡乃和, 莊不淫.

心和氣和天地和. 嗚呼琴者禁也, 禁其邪也.

硯銘

爾體就成, 琢磨之功. 於以用滋, 惟德是庸.

書算銘

蕭爾容, 靜爾聲. 玩之舒, 求之精.

扇銘

捲舒在我, 用捨隨時.

山中操 壬午

山之中兮, 獨有此松與栢. 幽人負吉兮, 不言而心自得.

仰希古人兮, 放勳安安. 文王穆穆, 諄諄尼父兮, 亹起來學.

敬以將之兮, 昭我明德. 中和之至兮, 可以位育.

竹竿 三章

籊籊竹竿, 以釣于川. 釣魚伊何, 我心綿綿.

○竹竿籊籊, 絲綸沫沫. 大魚活活, 小魚渴渴.

○彼川之流, 回則有洄. 我之釣矣, 聊以優游.

喜雨 壬午

不粒民何食, 不雨粒何從. 今年悶暵乾, 此雨適芒種.

上天雲旣同, 三日朝其崇. 霈然澤淡物, 欣欣共纖洪.

秋成足可想, 至喜諒在中. 豈獨吾身謀, 共與天下同.

皇穹孔仁下, 惻感由聖衷. 吾聞古盛世, 十五一雨風.

歲登食則康, 俗熙民乃雍. 感激綴短篇, 聊以告諸公.

感懷

大道久矣喪, 人倫或幾息. 虐秦一變古, 劉漢亦不復.

紛紛晉唐來, 雕虫恐未足. 千載長如此, 壞亂亦已極.

五緯集奎纏, 羣賢出濂洛. 不待文王興, 卓接鄒孟躅.
竇志竟無成, 時君可勝惜. 山斗仰巍巍, 百代裕後學.

其二

東韓僻海外, 偏幅數千里. 檀君肇開國, 箕子乃傳祀.
侵伐劇三邦, 荒蒙嗤麗氏. 聖朝啓文運, 羣賢出乎類.
卓哉文正公, 發强且剛毅. 既篤敬義功, 且興堯舜理.
北門一夜開, 邦國竟殄瘁 天意亦難知, 志士歎何已.

感懷 有慕於李文純

幽蘭在空谷, 自與衆卉別. 燦燦敷華秀, 郁郁芳馨烈.
豈無棘刺侵, 永保孤貞節. 宿芬朝未已, 時有清風發.

酬趙鳳來 漢叟

至道雖難言, 精粗無二致. 肅容整其冠, 入孝出則悌.
上達方在此, 獨處愼無僞. 舜跖利義間, 墜崩甚可戒.

其二 次韻

才薄志不逮, 況當世教衰. 秉彛好懿德, 聖訓罔敢違.
惟玆萬里途, 中道恐負期. 與君共無斁, 樂矣自得時.

答朴初標

朴生贈余聞鸎詩一律, 語意甚新巧, 然非吾所謂實學也. 且余性不喜酬唱, 而厚意不可負, 姑依其韻以答之.

道固自然體, 生非偶爾因. 春秋霜露變, 天地日星新.
赤鳥清儀遠, 玄關幻語頻. 彬彬思大雅, 蔑蔑歎狂秦.
霽月梧桐夜, 光風楊柳晨. 臥龍通帝泊, 延翰動纏辰.
彪炳南山豹, 騫騰北海鱗. 終期臻聖域, 且喜接芳隣.

林居

林居甚寂寞, 夏日永無事. 青山靜而高, 活川流不已.
物我豈有間, 行止貴以義. 簞瓢不改樂, 萬鍾亦由是.

挽李定平 甲申

令公當代豪, 暫勞邊垣務. 未洽流惠澤, 遽見摧大樹.
靈輀故山歸, 五馬來時路. 素帳風色薄, 鐵嶺橫天暮.

文川別外弟翊相

此日足可惜, 此情難自抑. 同來忽異路, 暫別成遠隔.

烟火漢陽暮, 芳草關西綠. 毋惹苦離愁, 各自好行役.

白雲正在望, 浩歌意無極. 贈言豈必多, 學業貴相篤.

翊相, 故戶曹判書東溟金先生之子, 於余爲內外兄弟, 玉貌仙才, 出語驚人. 辛巳春, 先生出安邊, 明年仍陞爲北伯. 癸未冬, 余赴咸興, 拜先生, 與翊相. 相別久, 其貌秀而豊, 其詩淸而健, 其識敏而洪, 心奇之曰: "不特秀也, 又其豊; 不特淸也, 又其健; 不特敏也, 又其洪. 是必將紹其業而昌其家, 大鳴于世也." 不幸年十六夭, 惜哉! 先生自北移受關西節也, 余與翊相同到文川, 余來京城, 翊相向關西, 臨歧有是贈.

三幕寺, 次軸中聽天相公韻, 贈僧擇休 丁亥

霽月幽菴出, 孤雲絶巘還. 衲僧初入定, 霧豹會成斑.

宇宙盈虛裡, 山河戰伐間. 明朝諸客散, 嗟爾獨留山.

附原韻

客路長乾沒, 禪扉阻往還. 百年空自苦, 雙鬢不禁斑.

跡奇風埃裡, 心遊水石間. 何時投紱去, 結社似香山.

奉送舅氏赴咸悅配所 時舅氏, 以承旨意外被謫. ○ 戊子

世故本不期, 此別更何如. 親戚擁江頭, 慘然競執裾.
夫子不色動, 不爲暫躕躇. 履險若行坦, 投荒視安居.
乃知君子心, 俯仰無怍歟.

其二

悵惘津頭別, 臨分却久看. 野山春靄靄, 官路暮漫漫.
世故何時絶, 深情此日難. 從來仗忠敬, 努力且加餐.

附舅氏和

此行人共嗟, 骨肉情何如. 出郭又涉江, 銜杯更牽裾.
送徒有獄吏, 不敢少躕躇. 漁父歌滄浪, 詹尹休卜居.
在我自悔尤, 豈曰君子歟.

其二

停舟仍久坐, 立馬更相看. 極目山重掩, 回頭水淼漫.
休論行路險, 只覺別離難. 秋訪騷人否, 江皐菊可餐.

自金山至仁同

扶桑若木 皆駒名, 相去一息. 暫經過, 神邁吾鞭信可誇. 太白泉流春後滑, 金烏
山色雨餘多. 休將南北論行止, 欲跨滄溟駕鼈鼉. 滿眼昭華迷不歇,

夕陽猶自倚微酡. 時爲避地, 將欲往嶺南, 故有南北行止之語.

至鳥嶺, 呈金山使君外兄

千里他鄉客路賒, 風飄逸騎易經過. 行登鳥嶺捫天近, 望接龍門歷地多.
白雲希音誰得和, 靑春高賞此堪誇. 重來莫負朱明節, 恰趂南塘滿水花.
金山有南塘.

自嶺南踰嶺, 乘舟至東湖, 將入京, 舟中答丁汝擬見寄

春日遲遲春水平, 春風歸棹漢陽城. 佳期莫歎金陵失, 此地相逢眼倍靑.

附和韻 丁時述
雨後春波萬里平, 歸舟今日發開城. 還家喜得君消息, 案上新詩入眼靑.

朝起雨霽, 濕雲滿城, 唯南山上層一尖獨呈露, 宛似滄海孤島, 境色甚奇, 遂成一絶, 口號

濕雲滿中州, 終南露一層. 欲看全體大, 雲盡太陽升.

唐扇有題陪宴詩, 承 王父命, 和其韻

與宴皆髦俊, 瓊筵玉樓開. 珍羞四海集, 仙樂九天來.

引袖南山峻, 稱觴北斗回. 幸逢千一會, 重賦栢梁臺.

其二

千載河澄日, 君臣慶會成. 龍顏怡四海, 鳳舞匝三淸.

德醉無將酒, 儀虔各見誠. 蕩蕩黃道上, 天日晩更明.

京都 此亦承 王父命制 ○ 庚寅

天開三角玉芙蓉, 千載神京鎭海東. 魏闕雲深嚴肅肅, 上林春霽鬱葱葱.

九街簾幕香風動, 萬戶歌鍾殷響通. 始覺聖人基業遠, 太平嘉樂與民同.

題松菴

草屋隱深林, 長松來晩陰. 亭亭傲霜雪, 獨保歲寒心.

過松都

崧山王氣已烟空, 滿月臺荒落照紅. 立馬西風問往事, 樵夫猶說鄭文忠.

庚寅秋, 經行漢南湖西, 轉至原州砥平而還, 途中作此

紅葉秋花暎客衣, 長途每日促征騑. 山川不盡路逶迤, 郡邑蕭條城郭稀一作
微.

冬嶺秀孤松 命題口號

歲暮霜雪重, 百草芳菲歇. 獨有南山松, 青青挺孤節.

大興途中

策馬驅長道, 披襟向海關. 水流無限浦, 雪積大興山.
壯志偏傷暮, 重裘不怯寒. 漸看城邑遠, 斜日角聲殘.

留德山

征鞭曉拂禁城寒, 一出西湖任歲闌. 滄海濤聲風外聽, 伽倻山色雪中看.
倦遊不用馮生鋏, 遲暮還思伏老鞍. 忽覺梅花春意動, 可傳鄉信入長安.

洪州北有村墟, 世傳崔瑩舊基, 後又爲成三問居云, 感歎
遂成詩 村後峯上, 有崔瑩祠

行盡西湖數十官, 經過洪府一長歎. 成公舊宅松聲怒, 崔老荒祠日色寒.
宇宙幾人躬節義, 山河千載表心肝. 英雄已去遺基在, 砥柱長敎捍激湍.

辛卯春, 遊金剛山 有毘盧日出月出等峯, 又有菩德窟

千千萬萬玉芙蓉, 天地開呈造化功. 獨起毘盧撑斗極, 雙懸日月揭天中.
曾聞羽客留丹壁, 別是奇遊駕彩虹. 領得眞區無限意, 正陽清坐紫霄宮.

金剛山有作, 用東溟先生韻

蓬萊一萬二千峯, 終古神山此作宗. 但覺宸霄連一尺, 不知塵世隔千重.
玉臺瓊閣森仙子, 金節霓幢擁百龍. 待我丹成身羽化, 翛然雲袂伴喬松.

金剛山

方丈蓬萊隔九州, 安期留舃幾千秋. 天敎我輩生東海, 要着仙山汗漫遊.

夫士生於偏方, 莫與夫中華文物之盛, 豈其所願也.

然生中土, 亦有願於偏方者, 吾嘗聞中國人曰: "願生朝鮮國, 一見金剛山."

是則中國之所歎, 而偏方之所與也. 若生其土, 而一不獲登覽, 於四方之志如何也. 余旣偏方人, 面墻末學, 莫覩中華文物之盛, 又負願於玆山者, 歲已十數.

辛卯春, 決意而往焉, 漸近而漸佳, 愈深而愈奇. 玆山也, 雖名甲天下, 名不足以盡其實. 峯稱萬二萬, 不足以數其峯. 想大地初凝, 其精英靈淑之氣, 蓄之而不得閟, 藏之而不得掩, 呈露奮坼, 大發越於此, 率東海而卓立, 蔚爲天地間名區也.

蓋非眞仙, 不得留此. 倘所謂蓬萊方丈者無有乎則已, 不然, 捨玆何指? 倘所謂安期羨門者無有乎則已, 不然, 捨玆奚居? 若使秦皇漢武之倫, 一有覩焉, 卽必彷徨乎山側, 白首而不知返也, 奚啻願生一見而已哉?

顧華人所願, 卽偏方與焉, 秦皇漢武所未聞, 卽遠人享之, 斯亦以爲快乎. 其將萬一乎慰遠懷乎, 噫嘻.

三藏菴贈僧天悟 菴在金剛山

晴夜禪齋萬籟收, 偶逢高釋爲淹留. 問渠空寂圓通意, 爲指春山春水流.

送沈懷德歸大津

丈夫肝膽固金石, 自古無那別離難. 惘悵送君歸去路, 大津南畔白雲寒.

辛卯三月, 出京, 渡銅雀津

三峯遙望彩雲開, 銅雀津頭晚棹廻. 京口樓臺臨岸起, 海門波浪接天來.
青春欲逐江花謝, 白髮還從壯歲催. 苒苒光陰與流水, 十年來往愧張崔.

奉次 王父韻 辛卯四月, 閑中咏一絶, 命和之

閑齋簾捲納朝暉, 垂柳陰陰燕子飛. 午睡起來看野色, 南湖秋水雨餘肥.

禫後將往先塋, 病瘡未果, 述懷 癸巳

形骸土木心灰燼, 血泣號蒼一十春. 川猹報本恩罔極, 林烏反哺性知親.
餘生永抱終天痛, 不孝如今未死身. 霜露又回塋下樹, 延昌遙望涕沾巾.

延昌, 竹山別號.

臥病

臥病誰相問, 親朋絶往還. 閉門山色裡, 欹枕水聲間.
藥物身無補, 風塵鬢欲斑. 寒天有征雁, 寥濶竟難攀.

咏庭松, 仍呈松亭翁 沈膏

愛爾孤松秀, 靑靑貫四時. 自天勑直性, 承日鬱蔥姿.

老甲龍鱗折, 層枝鶴翼披. 齋居永相對, 歲晚托心期.

見瓶水折荷花者賦之

玉瓶貯淸水, 芙蓉一枝出. 芳香忽滿堂, 百花摠爲奪.

秀色空自知, 華滋夕已歇. 我起一嗅一歎息, 豈忍靈根中斷絶.

願鑿方塘千萬頃, 爲爾栽培及今日. 晴晝華軒助勝賞, 歲暮秋池摘珠實.

荏苒

荏苒百年半, 蒼茫東海濱. 山川綿道路, 書劍老風塵.

落日看南鳥, 中宵望北辰. 平生請縷志, 愧殺漢廷臣.

用前韻, 贈沈監察 卽上松亭翁

拔俗高標峻, 投簪別墅還. 琴樽蘿月下, 漁釣水雲間.

竹影依岩翠, 苔紋上砌斑. 珠臺秋未老, 垂鎖正堪攀.

其二

弱齡修鍊去, 中道爛柯還. 金鼎燒雲裡, 丹書篆石間.

方知骨已綠, 其奈鬢先斑. 幾日珠臺上, 明星手自攀.

贈沈監察

沈漻天河淨, 蕭條井樹寒. 俱懷遲暮感, 又見歲華殘.

露菊杯中啜, 秋容鏡裡看. 時危經濟志, 臨別莫長嘆.

遊冠岳山靈珠臺遊仙詞

旭日照遠海, 平明上冠岳. 捫蘿歷深徑, 陟巇坐盤石.

千尋起松聲, 百道爭飛瀑. 虎嘯谷生風, 龍騰雲滿壑.

石扃掩神觀, 珠臺入天碧. 此去玉皇宮, 心知不盈尺.

曠然發遐想, 目盡窮八極. 邂逅逢玉女, 綠髮腰明璧.

含笑引素手, 前跪進瓊液. 舉杯一飲之, 通豁九竅塞.

稽首謝天恩, 永永諧所樂. 何爲自營營, 沒歲守四壁.

其二

晨擷綠玉杖, 直上靈珠臺. 遙望九州外, 九州何悠哉.

淸風自遠海, 曠然意方開. 忽逢方瞳翁, 新從玉京來.

嘆我學道晚, 憐我鬢欲衰. 授我丹書訣, 言我有仙才.

感激傳其術, 兀誦過萬回. 青天白日遲, 腋翰凌八垓.

雲行遊天門, 衆神來從陪. 邀彼鶴上人, 飲此瓊液盃.

相與歷千歲, 不知西日頹. 俯視東海水, 波渴飛塵灰.

憶楓岳舊遊, 復用前韻

自別蓬萊頂, 于今歲幾還. 金丹拋鼎裡, 玄錄廢床間.

落日歸心遠, 秋風壯髮斑. 靈山曾有約, 雲屐再登攀.

其二

蓬島丹霞起, 關門紫氣還. 藥爐添火後, 碁局爛柯間.

曉旭三淸縝, 秋烟九點斑. 歸來驂白鹿, 王母永追攀.

秋懷

秋氣日以高, 秋夜日以永. 秋風復蕭瑟, 庭樹葉已警.

歲律苦相催, 寒暑無停景. 志士多感慨, 中宵懷耿耿.

沈吟忽長嘆, 撫已發深省. 前代不可攀, 後者何由緶.

冥思或有會, 趨義貴勇猛. 大道若皎日, 毋徼小人幸.

其二

淸晨開窗牖, 白露戒庭柯. 梧桐一葉落, 已覺秋氣多.

豈不感時節, 徂輝劇奔波. 志士貴努力, 壯歲能幾何.
投筆起遠想, 酌酒展微酡. 出門適前路, 川原渺逶迤.
誰能念兒女, 慎邁無蹉跎.

其三

西風起遠野, 斜日下高岑. 梧桐已凋瘁, 蟋蟀自淒音.
對此衆芳歇, 惕然驚我心. 時序苦易謝, 夙志恐浸淫.
相感百世上, 靜思還沈吟. 人心本一揆, 會處無古今.
聖賢豈我欺, 力微憂思深. 學業在壯年, 眷眷惜寸陰.

其四

皇天運四時, 迭盪分一氣. 冬凝塞不開, 夏日爀可畏.
春陽獨溫舒, 和煦着花卉. 何爲蓐收節, 肅殺助嚴毅.
飛霜一夜降, 碧梧凋蔥蔚. 征雁暮驚呼, 繁陰寒薿薿.
對此搖落盡, 何由得自慰. 我聞一陰陽, 相錯爲經緯.
物固有榮謝, 運行無窮旣. 所以君子心, 適時乃爲貴.
動靜各有養, 無令歌自愾.

擬古

步出城南隅, 曠然登高臺. 山川遠鬱紆, 極望形神開.
眄彼雙黃鵠, 毛羽新葳蕤. 一擧覘千里, 焉知斥鷃哈.

古意

白露洒蒹葭, 寒月揚清光. 美人隔秋水, 娟娟天一方.
欲往從之遊, 川路阻且長. 錦帳爲誰垂, 羅衣空自香.
淸曉怨瑤琴, 起坐淚浪浪. 良時能幾何, 歲暮徒悲傷.

洗鋤歌 用人韻

長歌復短歌, 洗鋤樂如何. 去年太失農, 今年刈穫多.

病中錄奉沈監察

病骨知晴雨, 閑居費苦吟. 香燈看字懶, 寒菊閉門深.
物理他猶我, 民情古亦今. 由來靖節宅, 終日一張琴.

酬沈監察

理義原人性, 文章亦道存. 淵深吾豈敢, 淸德子攸尊.
托眷嘗非淺, 論心晚更敦. 相期千載事, 窮達任乾坤.

沈詩有道理子淵深之語故云云

536 ·

黃驪馬

內兄家有黃驪馬甚駿, 見而賦之.

有馬有馬黃驪馬, 初自月窟傳神種. 意態稜稜合變化, 紫瞳生燄毛骨聳.
燕塞秋高鶴野闊, 矯首長鳴北風起. 吾知爾生必有須, 一騁四海無遠邇.

寄沈監察

當世求忠孝, 名家繼德聲. 綵暄堂下舞, 霜肅殿中評.
溪壑安身處, 松篁盡日淸. 幽居有意趣, 歲暮見君情.

漢上有贈

漢曲秋將老, 逢君意如何. 扁舟任江海, 萬國尙兵戈.
宇宙幾人在, 山河遺恨多. 平生出師表, 今日更長歌.

用前韻, 答沈監察

蒼茫悲歲暮, 寥落覺天寒. 塞雁鳴猶去, 斜陽冷欲殘.
黃花聊自酌, 靑眼却相看. 莫說長歌恨, 餘音已感歎.

題沈監察草堂

苦竹通根直, 寒潭徹底清. 柴門人不到, 佳月獨來明.

觀魚夜歸

三秋長閉戶, 今日喜開顏. 觀物心無累, 忘機意自閑.
馬嘶靑草外, 魚躍白波間. 興爛寧辭醉, 歸時月滿山.

道中登嶺作

獨立千峰曉, 平臨萬壑秋. 停驂看出日, 何處是蓬丘.

次趙丈韻 趙完

心學平生慕晦翁, 誰將否泰問天公. 十年陳迹三山下, 萬事長歌一醉中.
驚世文章是餘事, 別區泉石可安躬. 東西南北君休說, 鍾鼎山林道自同.

又次趙丈

二十年來識此翁, 一竿漁釣傲三公. 杖藜尋水秋光裡, 携客開樽月色中.
萬壑雲烟供靜趣, 百齡天地任閑躬. 從今我亦南湖去, 都付生涯海鳥同.

將歸南中, 隣人乘夕來餞, 夜分乃罷, 詩以作別

相逢月初出, 相送月猶明. 別後如相憶, 清輝夜夜生.

道中寄晉卿

南湖秋色客中看, 落葉高風拂馬鞍. 惆悵憶君無限意, 驛樓西望暮雲寒.

到扶安

避地來南國, 躬耕傍水垠. 開窓漁篴響, 欹枕櫓聲聞.
別浦皆通海, 遙山半入雲. 沙鷗莫驚起, 將與爾爲羣.

東津客懷

十月寒猶重, 天南客未歸. 波濤海國闊, 烟樹野村稀.
京洛何時達, 情親異地違. 夜深仍不寐, 星斗轉依依.

東津野店客懷

廣野兼天遠, 長川入海流. 天涯有來雁, 凄斷動鄉愁.

南中寄從弟 金儁相

爲客三旬久, 登樓萬里秋. 思君若流水, 無日不悠悠.

東津別晋卿

君今湖右去, 令我動悲歌. 共是他鄉客, 其如遠別何.
野空江樹靜, 天逈嶺雲多. 佇立情難抑, 臨流淚洒波.

其二

十月浪州城, 西風吹雁羣. 送君湖右去, 離恨滿江雲.

扶安送執中叔還漢陽

亂世仍行役, 他鄉復別離. 春風知我意, 故向漢江吹.

去歲, 與沈監察遊冠岳, 余來扶城後, 監察抵書, 今春復遊冠岳 憶余云, 賦此答之

聞道松亭子, 登臨冠岳岑. 奇遊殊快目, 遠別復驚心.
落日烟花靜, 浮雲海甫陰. 南鄉消息斷, 空費短長吟.

仲春格浦船遊舟中, 贈季守眞

淸明佳節好風烟, 漲海無邊望若天. 坐中誰是江南客, 一唱南音思渺然.

東岳□季守眞以絶句

海內風塵滿, 嗟君上國人. 長歌多苦意, 幾日見陽春.

贈悟空師 空是遼人, 避亂流離, 至全羅道

淨域西天近, 高人水鏡淸. 千年華表鶴, 誰識舊姓丁.

其二

遠訪孤雲住, 千山月正明. 往來如有意, 舒捲本無情.

德山留別晉卿大叔

秋風起庭樹, 蕭瑟動虛廓. 白雲在遠岫, 飄颻將安適.
慨我揮征策, 當路指南極. 眷眷惜離羣, 悠悠厭行役.
歲月苦侵尋, 志士增感激. 寸陰當自惜, 千載可相識.
君看太華頂, 雪松高百尺.

元日 甲午

今日知元日, 東津憶廣津. 山川回淑氣, 松竹入新春.
已喜三陽節, 還憐萬里人. 南來經歲月, 留滯謾相因.

仲夏月夜舟中

酒熟故人來, 潮平月滿舟. 夜深歌白紵, 風露浩如秋.

金堤蓮亭, 與主倅沈久玉, 夜飲口號

懸空華閣引長梯, 池面依依月欲低. 彈罷瑤琴荷露滴, 碧城秋思夜凄凄.

擬古

夫君在萬里, 十年長離居. 妾心那敢言, 君情定何如.

其二

陽雁向南飛, 寄與一札書. 但願加湌飯, 不敢恨離居.

磻谷偶題

一壑溪初滑, 千林花未開. 竹堂幽夢罷, 山鳥好音來.

遊邊山, 宿元曉菴, 朝起作此

歷盡仙山千萬重, 歸來禪室夜聽鍾. 清晨試望登臨處, 天半寒雲鎖碧峯.

磻谷月夜

日落白烟生, 山高明月出. 坐來軒階朗, 陶然良興發.

對月憶擧卿, 吟得一絶寄之

明月圓如鏡, 淸暉萬里同. 遙應兩相照, 永夜掛晴空.

次韻寄洛中諸從

忽忽驚時晚, 悠悠費夢思. 南鄉非樂土, 何事久躕趄.

其二

已厭南中苦, 遙憐漢上春. 東風如有意, 吹傍未歸人.

題黃庭經

去去太上眞, 稜稜鞭百神. 相期九華高, 直下萬萬春.

丙申正月, 留東津村庄, 乘夕散步, 于時海日已暮, 遠山蒼茫, 野長天濶, 西風蕭瑟, 獨立高咏, 自多感慨, 令人有萬□□思懷不能已

野濶遙山暝, 天長落日寒. 浩歌多感慨, 矯首望長安.

其二

海外羣仙在, 銀波石梁脩. 蓬萊果何處, 相望已白頭.

丁酉春, 自扶安向京, 過金堤郡

客路長堤柳, 春城寒食風. 家家人盡醉, 門掩百花中.

出京至漢江, 寄擧卿

含情出郭門, 行至漢江頭. 江水何滔滔, 我心何悠悠.
望此江邊草, 萋萋覆長洲. 路遠日欲暮, 怊悵增離憂.

贈族姪

幾介情親在, 深衷爾我均. 靑燈當此夜, 血淚憶前辰.
京國三年夢, 湖山萬里春. 相看不忍別, 俱是亂離人.

傷暑逢新秋作

幽人坐高樓, 薄暮知新秋. 苦熱能幾何, 涼風已樹頭.

磻谷卽事

谷口深深一逕斜, 磻溪曲曲泛桃花. 山人自是生涯足, 脩竹千竿鎖碧霞.

春日偶吟

東風一夜雨, 百卉爭華滋. 桃花欲破蕚, 杏花已滿枝.
柳綠拂烟絲, 蒲長覆芳池. 鳥鳴自好音, 雲收仍霽暉.
物物各遂性, 顔顔欣有怡. 幽人夢初回, 偶步東溪陂.
歡然忘物我, 杖藜隨所之.

浦上曲

春江波起暮潮來, 別浦遙帆帶月廻. 沽客滿船歌吹發, 一時堤上店門開.

故人酒

一斗故人酒, 相逢湖海間. 醉來月已高, 高歌不知還.

咏金錢花

余家本無花草, 小兒輩得菊花兩盆金錢花數叢, 種于庭除, 當秋並開, 見而賦之.

誰送仙葩種, 栽來我砌前. 條條縈錦絡, 片片散金錢.
濕露朝逾嫩, 晞陽晚更鮮. 羞同桃李艷, 開傍菊花邊.

丁酉秋, 遊歷南方諸郡, 於靈光道中有作

歷盡全南地, 靈光又我行. 浮雲迷海國, 嶺樹杳孤城.
長道驂騑遠, 秋風鬢髮明. 男兒四方志, 不獨爲功名.

望月出山

南國多名岳, 玆維秀骨淸. 千峯揷碧漢, 九井出靑冥.
牙笏黃金殿, 芙蓉白玉京. 何當攀絶頂, 一覽萬山平.

其二

月出維南鎭, 千峰削玉成. 仰看飛鳳翥, 遙望瑞雲橫.
淑氣連蒼海, 晴光動紫冥. 彬彬南國彦, 知爾曜英靈.

全羅右水營

司命千軍將, 名城大海隈. 樓船列港口, 粉堞撼潮頭.
形勝由天設, 經營費鬼謀. 轅門無一事, 歌舞太平樓.

太平樓在水營, 閫帥輩唯事歌舞故云.

過順天

園林無處不松筠, 郡郭村居觸眼新. 百濟山形臨海盡, 三韓民俗至今淳.
天邊紫氣誰能識, 腰下靑萍自有神. 笑出昇平城外路, 白雲南去滿滄津.

余久遊, 行李困幣, 南氓無知, 以爲推奴客, 觸處多愚頑可笑之態, 故有云云.

其二

樓臺如畵水如藍, 城上籠烟間翠嵐. 勝地莫言行役苦, 昇平從古小江南.

喚仙亭

輕雲靄靄綠波明, 十二雕欄爽氣生. 獨立喚仙寥廓外, 笙簫遙自蘂珠城.

長興道中

苒苒今秋暮, 行行幾處觀. 征驂時自駐, 雄劍醉頻看.

湖海雲烟積, 風塵道路難. 平生四方志, 中歲敢求安.

權永叔寄來憶兩友詩, 和其韻, 酬永叔, 兼寄鄭文翁

我有二三友, 並生東海涯. 發憤追古人, 敦本剔浮華.

論心法欲密, 語大言非誇. 相期歲寒松, 耻殺夭桃花.

邇來抱離索, 湖漢道路賒. 汀洲忽秋色, 寒暑其蹉跎.

臨湍眞莫意, 世路多驚波. 詩來道苦語, 令我心如撾.

相思杳天末, 水深山嵳峩. 何當續良晤, 對月共吟哦.

臨湍長湍古號. 時文翁以意外事, 被謫長湍.

其二

一理貫動靜, 萬物無垠涯. 頗窺古人心, 夢或遊勛華.

覺來自爲樂, 豈敢向人誇. 甕酒發天和, 書窗閉秋花.

緬懷同心友, 京國渺以賒. 相期志業勉, 歲月空蹉跎.

秋風動寥廓, 大海生微波. 悠悠道之遠, 範驅須鞭撾.

會面知幾日, 矯首雲山峩. 千里共此心, 感嘆仍成哦.

憶兩友 權脩

吾憶柳夫子, 邈在天一涯. 音容杳難接, 悠忽遒歲華.

今春一刮目, 學業最可誇. 所貴在秋實, 寧復論春花.

一見還一別, 怊悵道路賒. 同人易解携, 世事日蹉跎.

如何首陽人, 平地遭風波. 吾道益以孤, 忽忽心如撾.

湍水日悠悠, 邊山遠峩峩. 閉戶隔兩地, 新詩空自哦.

有所思一首, 寄權永叔鄭文翁

朝亦有所思, 暮亦有所思. 所思在何許, 悠悠天一涯.

豈伊骨肉親, 亶期道義資. 儀形諒難接, 消息久未知.

虛窓對素月, 千里識心期. 相思歲云徂, 惆悵令人悲.

酬永叔, 兼柬文翁

君侯抱大志, 卓犖才俱奇. 文詞匪足論, 道義求深資.
爲言經濟術, 要自身修施. 陋質幸見收, 許以同所期.
追隨相切磋, 京洛十載垂. 離合固無常, 世故多參差.
自我歸湖海, 參商便天涯. 悠悠阻良晤, 索居費愁思.
雖則間相遇, 一見還一離. 紫陌夏景明, 孤舟秋夢遲.
寒花病獨嗅, 古書閑自披. 寂寞下幽簾, 沈潛注思惟.
百世不知遠, 其人若在玆. 乾坤萬象含, 經緯胸中疑.
欲與故人論, 路遠莫致之. 此意終耿耿, 何時弩括機.
衷情益鬱結, 不但兒女私. 雲烟望還迷, 華山天西陲.
吾道豈終孤, 鯤鵬合有時. 願君深自愛, 勗保靑松姿.
相期千載事, 只自寸心知.

贈許叔玉 戊戌 珣

歲月驚吾鬢, 風塵惜爾才. 相逢縣宰宅, 且醉菊花杯.
別浦孤帆遠, 層城暮角哀. 明朝各分手, 空上望鄉臺.

寄京中親友

久客多羈思, 逢秋轉憶人. 方音聞已慣, 舊友念難親.

白雪歌何苦, 青萍劍有神. 休言好自逸, 海內尚兵塵.

秋日泛舟遊海, 舟中作

暮年滄海遊, 亦欲問丹丘. 淼蕩張軒樂, 蒼茫泛魯桴.
水連吳楚濶, 天接劍遼浮. 回首烟波裡, 高歌寄遠洲.

千層菴 在邊山絶壁上

淨界無埃處, 嵬然一梵宮. 星辰巖上下, 日月屋西東.
不躡神仙窟, 那知造化功. 憑欄萬慮盡, 身世御冷風.

冬栢亭 在茂長縣北絶海岸

絶岸臨滄海, 高亭四望通. 乾坤浮積氣, 島嶼點遙空.
鯨戲三千漲, 鵬搏九萬風. 平生壯觀意, 今日滌煩胸.

起出菴 在仙雲山, 相傳有龍, 劈岩以出, 故名

雷雨何年作, 神龍此地騰. 空餘遺跡在, 蒼壁百千層.

其二

壁開龍起陸, 岩古鶴栖巓. 異境神應護, 千春秘洞天.

兜率殿 在仙雲山

路絶階千級, 岩平一殿成. 雲霞藏洞壑, 星漢傍簷楹.
日永仙壇靜, 松寒鶴夢淸. 便思遺世累, 於此學長生.

其二

世外疑無地, 壺中別有天. 神仙應住此, 禽鳥亦難緣.
淨界金沙鋪, 瑤空玉鏡懸. 長春釀異氣, 北斗夜回旋.

再遊冬栢亭

花樹三春暮, 登臨百尺亭. 乾坤涵積水, 日月運重冥.
獨立觀無始, 凝思外有形. 神京何處是, 吾欲泛滄溟.

其二

納納重溟濶, 茫茫八極開. 鴻濛分造化, 宇宙此亭臺.
興入羣山杳, 神凝七島廻. 蓬萊知不遠, 矯首更徘徊.

愚磻春日卽事

柳綠花如雪, 風輕日又晴. 草堂無一事, 春晝夢松聲.

偶題

柴扉終日向陽開, 坐對東園百樹梅. 已喜香風穿戶度, 更憐明月入簾來.

登御水臺 在邊山

百濟邊山勝, 千尋御水臺. 中天開笑語, 上界絶塵埃.
瑞氣三洲遠, 秋光萬里來. 停杯待明月, 牛斗共徘徊.

風詠亭 在光州

一水循階下, 千峯列眼前. 月從今夜白, 亭自萬古縣.
宇宙無窮意, 江山不盡年. 由來歌舞地, 復此動離絃.

聞許生彈琴

冷冷切切復深深, 一曲瑤琴千古心. 永夜月明彈不歇, 宿雲歸盡曉光侵.

出京渡漢江有作

漢水流無極, 千年遶太華. 氣藏賢俊宅, 神擁帝王家.

永日微波漾, 春風彩鷁賒. 淸心欲泝上, 留待滿江花.

淸心樓, 在江上流驪州邑內, 以名勝聞, 其西十里許, 有別業, 故思之.

戴恩亭留別諸益

戊戌春, 余自京城還扶城寓. 權永叔李子贗子仁黃星耈鄭言叔諸人, 送至
漢江, 相與舟中話別. 仍登戴恩亭, 永叔作一詩, 諸人皆和, 余亦書此留別.

漢水滔滔去, 龍門杳杳橫. 高樓當此日, 無奈遠離情.

羅宜甫, 以詩問愚磻幽居, 次其韻酬之

茅齋三面萬松靑, 雲裡通泉汲曉星. 耕釣晚知安性命, 參同新試鍊精形.

竹滋晴露凉生枕, 花發春風月滿庭. 待得金爐丹九轉, 直須招友訪瑤櫺.

其二

周園松檜四時靑, 南渡移來五改星. 任病惟知蝸蟄殼, 成章寧擬豹藏形.

階花浥露香穿戶, 山月隨人影在庭. 賴有淸詩蘇肺渴, 春天高咏倚風櫺.

幽居 六言 次人韻

靜几長臨竹影, 石壇時落松花. 嘿嘿道心初回, 依依永日欲斜.

題簑山宋氏書齋 己亥

再到簑山處士家, 主人高義薄雲霞. 香茶溢碗仍松酒, 園菜盈盤雜海蝦.
陌上長田春雨足, 門前垂柳陰綠多. 煩君莫惰耕耘事, 霜露繁時實自嘉.

雨後見新月

雨後見新月, 令人心意淸. 高臺坐不寐, 永夜滿天明.

答裵公瑾

仁爲道心敬心貞, 萬物紜紜一可經. 只爲視聽情易逐, 須於這裡着惺惺.

聞靑霞子化去

海外靑霞子, 沈冥道意專. 千年金鑰秘, 一氣太初先.

靜久看元化, 神遊托列仙. 參同有遺解, 留與後人傳.

積雨始霽卽景

苦雨連三朔, 長時霧四塞. 今朝看遠山, 有日靑天出.

上邊山沙彌峯, 登東臺

步上千盤徑, 行休萬仞臺. 登臨今日事一作遠, 懷抱百年開.
霽色連天外, 長風自海隈. 超然遺世累, 盡日不知廻.

宿成道菴, 書贈歡上人 成道菴, 在邊山沙彌峯

閉戶一堂靜, 開窓萬里通. 相看無一語, 淸坐聽松風.

遊成道菴, 贈居僧

菴高出埃溘, 境淨雲氣殊. 試問山居者, 能除世慮無.

邊山望日出

金鷄啼罷曉暉通, 銀海新開大地東. 散射赤光三萬里, 日輪初湧上瑤空.

遊邊山作

邊山千疊秀, 秋日興無窮. 水噴瓊瑤界, 人行錦繡中.
得詩非俗語, 開酒引仙翁. 暫醉眠松石, 冷冷遠壑風.

王在菴

王在菴何在, 邊山第一峰. 巓岩明曙旭, 嶺檜舞長風.
命酒携仙侶, 彈琴和遠公. 心期聊自適, 竟日坐雲松.

悼鄭文翁

特以心期契, 還同骨肉親. 眞知尊德性, 斯道合經綸.
鳳去丹霄暮, 龍亡大澤湮. 百年知己痛, 天末獨沾巾.

葛覃驛途中

峽中冬日似春陽, 遠客停鞭谷水傍. 試問行人前去路, 白雲南畔是淳昌.

同福途中

雲水千年地, 岡巒四面同. 天空毋岳峻, 日暎瑞岩雄.
興廢由人事, 豊歉識歲功. 連珠知不遠, 信馬咏秋風.
是時同福, 以事革屬和順.

釋信如, 投寄一律, 次其韻酬之

逃世何曾有怨尤, 跏趺時自任天遊. 朝烟早起香爐煖, 春雪初消石磵流.
靜裡乾坤唯一物, 闢來晨暮幾千秋. 蓬山第一毘盧頂, 期與高人半日留.

庚子春日, 偶遊王浦, 樂甚, 賦得春洲三律

扶城二月暮, 暇日行春洲. 潮水忽迷岸, 歸帆遙逆流.
忘機鳥自狎, 得意魚相游. 浩蕩樂無極, 隨波弄小舟.

其二

今日忽云樂, 春洲隨意遊. 雲烟江日暝, 梅柳渚村幽.

掠水輕飛燕, 眠沙自在鷗. 誰知塵世外, 漁父傲公侯.

其三

爲坐滄江上, 滄江水急流. 遠帆歸極浦, 芳草遍平洲.

雨霽沙疑洗, 潮來地欲浮. 春風吹未已, 隨意伴鳴鷗.

磻溪竹堂春日

棱岳東頭濟浦陽, 竹林幽處野梅香. 閑齋掩卷無餘事, 夢入松聲春晝長.

行過洪州, 登龍鳳山石臺

靈境固殊絕, 石臺入雲層. 神仙留羽盖, 龍鳳此騫騰.

日永金沙淨, 天遙銀海澄. 眼看塵界小, 烟裡辨溝塍.

登龍鳳山石臺, 宛然昔日夢中境象, 吟得一詩, 題其石

龍鳳交騰處, 天人合發時. 靈神知有意, 從此永相宜.

辛丑春, 自嶺南廻扶城, 迆道入高山威鳳寺, 與內兄子淵, 期會登覽, 書此

宿債餘靈境, 春山復勝遊. 雲開天外目, 酒滌世間愁.

鳳鳥何時至, 高人永日留. 丹丘知在此, 何用海中求.

挽許繼而 述

兩世通家懿, 論心十載垂. 清淳見眞性, 眞恐作眞字. 孝悌自良知.

話別前期在, 傳哀此夢疑. 九原如不昧, 應識我心悲.

次韻呈休亭叔

連有記述事, 汨汨無他意, 忽對案怡然, 謹依高韻, 成一律以呈, 幸一哂.

今古生生物與人, 天機流動又廻春. 始知豪氣全妨事, 深愧當年闕敬身.

對卷自然憂裡樂, 啖蔬能任病而貧. 閑來久坐看脩竹, 石室松窓靜絶塵.

原韻

南來俱是北望人, 寄寓湖鄉二十春. 年老感余雙鬢雪, 病多憂爾百人身.

詩書有業靑氈在, 桂玉無資白屋貧. 作伴還鄉在何日, 祇今關塞尙烟塵.

又一首酬休亭叔

病起逢暄日, 詩來動別愁. 兼人吾豈敢, 遯世子無求.
憂樂忘年邁, 行休慕逞脩. 春遊阻陪賞, 松竹自清幽.

叔每言欲來會愚磻幽栖, 而久未邃故云.

休亭吾再從叔懋之號也. 叔自丙子亂後, 避地連山, 躬耕獨善, 不求人知.
晚有薦其志行者除官, 不起.

壬寅春日, 遊王浦樂甚

江花紅似錦, 江水綠如烟. 興至隨吾意, 春晴樂此年.
山開屏裡畫, 人在鏡中天. 綏棹廻芳渚, 高吟醉不眠.

春日驪興馬上

楊花如雪草如茵, 跨馬尋芳十里春. 好是一年佳節日, 滿天風景屬吾人.

癸卯春, 自京城返扶安, 由竹山向天安途中作

安城西望白雲橫, 遠客逢春一感情. 南去北來人欲老, 海山千里又玆行.

羅宜甫寄來武侯詩一律, 依其韻和之

先生誰復識心期, 春睡晴窓白日遲. 魚水本同伸大義, 驅馳唯是遇妓時.

精忠在人祠仍肅, 人字於律於義可疑, 未知何者. 遺疊通神石不隳.

誦罷出師襟濕淚, 秪今炎運有餘悲.

甲辰季秋望, 會話金季用書齋, 洪子章亦來會. 夜深聽琴, 因酌數巡, 三更後月色逾明, 前浦潮滿, 遂相與乘舟泛海, 景色無限, 興發不可禁. 諸人皆浩歌達曙, 子章在舟中先唱絶句, 遂和其韻

宇宙何年闢, 滄河萬里通. 放舟歌皓月, 身在玉虛宮.

其二

瀛海三千界, 茫茫一氣浮. 蘭舟橫玉笛, 仙袂五更秋.

成生舜卿寄詩問幽居和之 成後龍

樵園釣澤可安貧, 五畝歸田異隱淪. 雨後山容隨處好, 春來物色與時新.

憂存日用差規軌, 樂就陳言悟本眞. 晚醉不知遲景暮, 起看脩竹更宜人.

酬成生

湖外烟霞積, 星纏歲紀還. 南來將一紀故云. 故人重寄意, 佳句悅開顔.
天地唯吾道, 經綸濟世艱. 陳編有妙理, 須取靜中看.

雪月獨步竹林, 吟得一絶, 用成生寄來詩韻

小園脩竹立寒年, 雪裡相看冷不眠. 吹徹玉簫岩壑響, 滿天淸月絶纖烟.

乙巳夏, 與羅宜甫遊邊山, 玩直淵瀑布, 坐石口號

登臺玩瀑石爲茵, 長夏高吟日色新. 淵裡蟄龍應有意, 幾時興雨活斯民.
淵乃禱雨處, 時丁久旱望雨故云.

新秋

凉風動高樹, 草堂幽興發. 聊將一壺酒, 朗咏新秋月.

新秋月夜卽事

月上竹林靜, 雲消山氣秋. 起來步廣庭, 朗咏心悠悠.

自崇禎甲申北京淪沒之後, 弘光繼立南京, 旋卽顚覆, 傳聞有 永曆皇帝, 位於南方, 而未知的否. 至壬寅歲, 北人稱擒得永曆, 混一天下, 至於頒赦來, 而亦未知其虛實. 前後我使之往返北京者, 相望於道, 無人探問者. 皇明存滅, 豈是細故, 而漠然不知, 草野之士, 徒仰屋而已. 今丁未夏, 唐船一隻, 漂到濟州, 同載九十五名福建泉漳人, 而皆唐服色不削髮, 其中陳得林寅觀鄭喜曾勝等四人, 乃能文者也. 謂永曆皇帝, 保有南方四省, 宗祀不替, 衣冠依舊, 今年爲永曆二十一年云云, 而取見其所持曆書, 亦然云. 積歲未知存亡之餘, 忽得此信, 喜極而悲, 自不知感涕之無窮也. 因成拙句, 情見于詞.

皇家消息卄年餘, 今日初聞淚滿裾. 尙有衣冠全海甸, 應勤謨略壯戎車.

天心眷德人思奮, 胡運垂亡賊易除. 從此吾 皇恢舊業, 幾時奇烈勒巫閭.

其二

自古艱危開聖業, 天心行合掃腥膻. 唯將海外孤臣淚, 沾洒重冥日御邊.

再賦二首

忽得皇家信, 還如父母廻. 蒼天存漢曆, 聖德必重恢.
喜極眶先淚, 傷深骨欲摧. 長吟出師表, 沾洒望河魁.

其二

痛念燕京覆, 年今卅四還. 腥膻何日掃, 社稷一隅艱.
志士思捐命, 天心合去頑. 北辰高夜夜, 悵望淚長潸.

又賦一首

洪武沼灘歲, 于玆五匝還. 血書那忍讀, 崇禎皇帝自縊崩時, 有血書遺詔.
天步至今艱. 社稷行恢業, 戎車待討頑. 蒼茫東海外, 拜日涕潸潸.

沼灘古辰申名. 朱子詩有曰:"極知此道無終否, 明年大歲又沼灘." 宋祖開運, 是庚申之歲, 朱子當慶元己未, 作此詩, 其所感者深矣. 每覽之, 不覺淚下. 洪武戊申, 距今三百年, 而明年又是戊申矣. 偏荒末生, 於 皇家存沒, 耳目見聞, 亦不可得, 況敢言其他乎. 未知海內有幾人, 能效忠義之願, 而不負所學耶. 只得仰天感涕無窮而已.

右唐船, 乃官商, 而往販日本者也. 洋中遇颶風, 敗船於濟州見獲, 上書陳情, 願得還去, 朝家竟捉送北京.

十月往上西農庄, 臨夕, 獨立園上待月

暮色迷遙壑, 平郊望不開. 園亭步仍坐, 留待月華來.

往上西, 望釋在菴舊遊處, 便覺欣然, 遂成一絶 釋在菴, 在邊山層壁上

釋菴奇勝處, 雲磴昔登攀. 今朝復相對, 無語心自閑.

雪夜卽事

雪晴山更高, 雲散月分明. 靜夜生靈籟, 寒松遠壑聲

丁未冬, 復自扶城往京, 渡栗浦津, 感懷有作

泗水西連海, 寒潮張逆流. 荒城金馬渚, 廣野碧骨州.
津路通炎紀, 山河入歲秋. 篙師能識我, 六度濟平舟.

戊申正月, 與擧卿往拜東溟先生墓, 回至楊州邑前分路.
擧卿還入京, 余則由廣津, 因以南下, 不堪分歧之懷. 別
後書此, 寄擧卿

分手楊州路, 君京我廣津. 行塵看漸遠, 矯首自傷神.

己酉十月, 往開岩寺留數日, 將上玉泉石室, 書示同棲生

開岩寺, 在邊山. 玉泉菴, 在開岩後崗最高頂, 因石爲舍, 極奇勝

蕭寺雲霞裡, 淹留數日强. 將尋石室去, 步步上高岡.

留玉泉菴作

境靜無塵事, 風來有韻松. 悠然欣自得, 無語對千峰.

晴後望見山上捲雲偶吟 辛亥

昨夜迷滄海, 今朝揭碧岑. 旣能興一作施雨澤, 歸去亦無心.

568 ·

月下書齋獨坐

月照竹林靜, 烟收潭水明. 幽人自怡悅, 心與境俱淸.

遊邊山到上雲菴作

今我遊邊山, 獨上窮絶頂. 小菴冠岩嶢, 白雲秋日炯.
峰巒列眼底, 儼立森相迸. 奇絶信有此, 步步金沙淨.
幽吟事已殊, 宴坐心自瑩. 欣然諧所樂, 自幸來玆境.
倘辭登陟勞, 何由飫淸景.

登摩天臺作

衆峯皆眼底, 玆地獨爲尊. 已覺宸霄近, 先看曉日暾.
南溟窮地勢, 北極逈風門. 爲撫層岩栢, 蒼蒼萬古存.

東津野望

野廣遙山小, 風來暮潮平. 今秋看又晚, 猶是澬江城.

往東津農場, 監刈禾

今夏農功闕, 秋禾半不成. 監刈藉草坐, 猶自讀猻經.

病不能讀書, 偶看東方文人諸集, 極無味, 深覺虛棄日子, 不讀聖賢書, 而觀他書者末矣. 遂吟得一絕

數日看諸集, 唯如啗樹皮. 稻粱滿釜鼎, 何用自求飢.

和朴道一

嶺上多白雲, 蒼松千年在. 坐起長相對, 可怡亦可愛.

其二
可怡亦可愛, 端宜在此山. 千萬各有心, 擾擾人世間.

又和道一

境靜泉常活, 天淸月又來. 病餘欣有得, 隨意步松臺.

其二

東國多山峽, 玆唯野大寬. 天低一作雲迷蘆嶺樹一作暮, 雲暗一作天逈錦江灘一作寒.

其三

西山白雪安書榻, 南國春波卧釣舟. 千里想思明月滿一作消息斷, 幾年多病鬢毛秋.

翻俗歌

竹爲雪壓, 孰謂竹曲. 如其曲兮, 雪裡綠兮.

其二

謂玉爲石, 其可惜兮. 彼博物子, 猶或識之. 識而不知, 我心劃兮.

其三

君莫道山不高, 上出干雲霄. 君莫道谷口深, 臨門來海潮.

此身雖無朋, 君不見浩蕩沙鷗, 相親相近暮又朝.

又翻俗歌

今日復今日, 明朝亦今日. 每日若今日, 何爲愁不樂.

其二

此身若化物, 將化爲何物. 崑崙第一峯, 落落參天栢.

其三

綠酒淡若空, 見之猶可愛. 對此胡不飮, 春風不相待.

其四

靑天一片月, 我今問一言. 萬古幾英雄, 吾輩亦何人.

其五

山高水淸處, 月釣耕雲裡. 豈云生涯足, 而無外羨事.

其六

勿謂西日高, 勿謂濁水淺. 斟酌在君心, 早暮隨時善.

其七

秋天雨晴色, 掇貯珊瑚箱. 誰是北去者, 欲寄夫君傍.

其八

江湖有期約, 十載久不歸. 君恩猶未報, 鷗鳥莫相譏.

其九

此身死復死, 一百回復死. 白骨魂有無, 丹心寧改已.

其十

匈奴斬滅盡, 謁帝入明光. 洗劍鴨江波, 歸來報我王.

又翻俗歌

太岳雖云高, 亦是天下山. 登登又登登, 本無登之難.
世人自不登, 徒謂山崢嶸.

其二

盲人騎瞎馬, 日暮西郊天. 不知行近遠, 何更催揮鞭.
前路有深池, 愼旃加愼旃

其三

如玉分三角, 如銀分白岳. 見之心自喜, 不見長相望.
其下夫君在, 自然未敢忘.

又翻俗歌

孰謂我衰老, 老人豈如斯. 看花眼自明, 把酒興相隨.
任他春風裏, 垂垂千丈絲. 一作星星雙鬢垂.

第二部 散文

和歸去來辭 崇禎甲申之後九年秋, 余將南歸, 讀陶淵明歸去來辭, 感而和之.

歸去來兮, 歲律其暮胡不歸? 苟自得以誠之, 奚外物之爲悲? 昔余之始有知兮, 惟聖人爲可追. 察淸濁於涇渭, 懼毫釐之或非.

恒兀兀而窮年, 忘朝餐與冬衣. 紛事物之衆多, 理無間於顯微. 昭著兩間, 有飛有奔. 敬義挾持, 入德之門. 退藏於密, 不昧者存. 毋失爾性, 戒彼犧樽.

討理亂乎古今, 證直尋於孟顔. 衆囂囂而馳騖, 羌不知其所安. 紛怙勢而競利, 各越鄕而胡關. 曾欷歔余忱慷, 獨永歎而冥觀. 惟天運之不淹, 忽春秋之互還. 豈稱量之靡審, 悵猶豫而盤桓.

歸去來兮, 請退擧而優遊. 往者不可及兮, 來者猶可求. 欲度世而長年, 夫使我而心憂. 將脫屣而蟬蛻, 又何懷乎舊疇? 僕夫告具我車我舟, 涉弱水而循閬風, 仍羽人於丹丘. 晞余髮兮朝暘, 濯余纓兮淸流. 極八荒而偸樂, 感日遠以浮休. 已矣乎聖賢亦有時, 塵世難久留.

遑遑乎絶類離羣又奚之? 反余心於至要, 竢百世以爲期. 專潛究於墳典, 亦服勞乎耘耔. 托龍門以理韻, 仰勳華以賡詩. 孜孜焉不知老將至, 卒吾所事夫何疑?

書隨錄後

右凡若干條, 或讀古今典籍, 或因思慮所及, 隨得錄之, 盖皆切於今世之所
急者. 念自王道廢塞萬事失紀, 始焉因私爲法, 終至戎狄淪夏. 至如本國,
則因陋未變者多, 而加以積衰, 卒蒙大恥. 天下國家, 盖至於此矣, 不變弊
法, 無由反治. 顧弊之爲弊也, 其積漸數百千年, 以謬襲謬, 仍成舊規, 膠錯
相因, 有如亂絲, 不究其本, 而袪其梦, 無以捄正.

而在位者, 旣由科目而進, 唯知徇俗之爲便; 草野之士, 雖或有志於自修,
而於經世之用, 則或未之致意. 是則斯世無可治之日, 而生民之禍, 無有極
矣. 區區於此, 深切懼焉. 故嘗愚不自料, 竊與同志, 思所以稽古正事少補
世道者, 而事有緩急, 不可遍擧, 一事之中緖目百方, 若不擬例, 無由明其
得失之際, 乃敢條列, 掇其曲折, 以自識之於心, 而備其遺忘. 凡事若爲論說
而已, 則終未能明盡, 必就其條節, 詳布曲折, 然後其是非得失乃形. 遇有明者, 當質
之也. 其間有言涉典度而不以爲嫌者, 此非立言於世也, 乃私爲箚記, 以自
考驗也. 嗚呼玆亦有所不得已焉爾.

或有問於余曰: "士當平居所講明者道也, 而至於事爲, 則但當識其大體而
已. 今子之不憚煩, 而並究思於節目間何也?"

曰: "天地之理, 著於萬物, 非物, 理無所著; 聖人之道, 行於萬事, 非事, 道
無所行. 古者, 教明化行, 自大經大法, 以至一事之微, 其制度規式, 無不
備具, 天下之人, 日用而心熟, 如運水搬柴, 皆有其具, 以行其事. 周衰, 雖
王道不行, 而其制度規式之在天下者, 猶在也. 是以聖賢經傳, 唯論出治之
源, 以傳於學者, 而其制度之間, 則無所事於曲解也. 亡秦以來, 並與其典
章制度而蕩滅之.

凡古聖人行政布教之節, 一無存於世者, 天下耳目膠錮於後世, 私意之制

不復知有先王之典章, 高才英智, 博於古者, 亦無由以得其詳也. 間有儒者
識其大體, 謂可行之斯世, 而一欲有爲焉, 則施措之際, 事多礨礭, 而終至
不可行者. 以其徒恃大體, 而條緒節目, 失其所宜故也. 三代之制, 皆是循天理順
人道而爲之制度者, 其要使萬物無不得其所而四靈畢至. 後世之制, 皆是因人欲圖苟便而爲之制
度者, 其要使人類至於糜爛而天地閉塞, 與古正相反也. 三代經制, 雖槩見於傳記, 而其擧行間條
目, 今無存者, 難可得以詳之. 後人心目, 既與古事不相諳熟, 故雖有志於古者, 猶未免蔽隔. 自其
思慮之間, 已自跣脫, 不能如古人之實事其事, 是以必究極典制, 得其本旨, 推之於事, 以至條目之
間, 節節皆當, 無有欠漏, 然後可底於行.

天下之理, 本末小大, 未始相離, 寸失其當, 則尺不得爲尺, 星失其當, 則衡
不得爲衡. 未有目非其目而綱自爲綱者也. 及其不可行也, 則不唯小人肆
其詆誣, 而君子亦未免有疑於古今之異宜. 古道眞若不可復行於世者, 此
豈小害也哉? 余爲是懼, 不避僭越, 究古意揆今事, 並與其節目而詳焉. 盖
將以推經傳之用, 明此道之必可行於世也. 嗚呼! 徒法不能以自行, 徒善
不足以爲政. 苟有有志者, 誠思以驗焉, 則亦必有以知此矣."

既答問者, 因次其語, 以爲識云.

東國文後序

余曾閱東方文集殆數百家, 就其中鈔錄可觀者, 得若干卷.

盖自聖王之道不行, 文章別爲一藝, 晉唐以來, 雖有作者, 方之漢世, 已自
不逮, 況可與論於道哉! 東方僻在海外, 箕子盖嘗更化, 而文獻無徵.

新羅高麗之際, 累通中國, 承慕華風, 自後文學之士, 漸有出焉. 然所學者,
唐季以後之文, 而言語習俗有所拘者, 故其爲體格又有間矣, 豈超然獨詣

之難其人哉? 然自羅至今, 上下千餘年間, 其世道俗尚, 亦可因此考論, 而往往有賢人志士, 遇事論敍隨感言志者, 亦不可以闕焉無槩見也. 顧余固陋, 安敢當選集事? 第有前哲之論, 在沿洄以求, 則庶可得其遺意矣.

是編旣博而鈔之, 欲觀東方文者, 要亦備於此也. 抑嘗聞之, 文章與政化流通者也. 本朝有作典章一新, 庶幾進於中國, 若復進而不已, 一政敎一制作, 咸以先王之道, 變其雜而歸於純, 去其浮而反之實, 進於三代之盛, 則世躋乎大猷, 人興乎德義, 凡所以用於國家, 行於言辭者, 皆爲載道之文矣. 又何有於古今華夷之間哉?

嗚呼, 是有未易與俗人言者. 旣輯此編, 復以是說, 係於後云. 崇禎後甲辰至月朔朝, 文化後人, ○○書.

余旣編東文, 更觀諸作, 有不入於編, 而意有可取者, 乃掇之爲補遺. 不復類分, 總爲三卷云. 是歲臘月之望, □書.

答鄭伯虞問隨錄書

先王爲治之制, 傳記皆傳其大綱, 而節目後世無考據. 試言如經界·貢賦·學校·貢擧·軍制等事, 後世儒者, 若令論說大綱, 則其辭偉然可美者多, 誠使擧行其事, 則能到終不茫然者鮮矣. 此無他, 畧知大体而條理不明之過也.

凡事, 見大體非難, 盡節目爲難. 畧知大體而不明節目, 亦同歸於不知也. 如禮只言無不敬, 則可一言盡, 而三千三百便有多少曲折疑難; 學只言復其性, 則亦一言盡, 而其學問思辨動靜之爲, 有許多節目工夫, 正惟此處爲難耳. 故凡工夫, 專在零碎上事事皆然. 彼口之流俗, 固無足論, 而窮經爲儒者, 亦復如斯. 先王之道, 終無可行, 而將萬世長夜矣.

因一事有所感悟, 遂就事區畫, 一如今行用事目之爲者, 以自考則常時以爲易者, 有難存其間, 以爲無疑者, 疑惑叢其中. 反復經籍, 似有見得路□ 夫道之用, 行於事, 心之發, 著於政. 三代之法, 皆以天理爲制, 後世皆因人欲而爲之制. 行人欲之制而欲國家之治, 豈有是理哉? 所謂人欲不□, 顯著貪欲, 凡涉私意苟且者, 皆自人欲中來, 如私田·科擧·門地·奴婢等法, 皆是私意之制, 其他□多, 至其間節目, 尤有不可能言者.

時有治亂, 道無古今. 故愚嘗曰:"設令三代, 行後世之政, 三代亦爲後世也. 誠使今世, 效三代之政, 今世亦爲三代." 嗟呼! 以弊承弊, 其來已久, 則天下之人, 不復知所爲弊, 而君子恒爲無用之物, 小人長爲逞意之人. 其禍終使天理泯滅, 私欲懷襄, 生民糜爛, 犬戎爲主, 此何故哉? 其必有由然矣.[1]

與鄭文翁東稷論理氣書

理氣之說, 先儒論之多矣. 亦嘗屢蒙誨諭, 而猶不能無疑. 心以爲盈天地之間者莫非氣也. 其往來升降闔闢聚散者氣也, 其所以往來闔闢升降聚散者理也. 雖不可認氣爲理, 然氣外無理, 要之理只是氣之理也. 從前所見, 一向如此, 或驗之於物上, 愈見其然. 因以爲物之所以然, 卽事之所當然. 所以然者莫非順之理, 故所當然者莫非至善之道也. 性命之理, 固如斯而已矣.

---

1 '此何故哉? 其必有由然矣' 대목은 『磻溪先生年譜』에서 보충한 것임.

以此讀諸經書, 未見其不合, 而終未浹洽. 往往讀康節之書, 自不覺其可喜, 似有秩然者. 於整菴·花潭之論, 不能無疑, 而亦未明其不然. 至於朱子之說, 則直是可疑者多. 思之反覆, 以爲一物, 則明是非一. 以爲二物, 則不成爲二. 然一之方見合一之妙, 二之未得爲二之實. 乃更聚集繫辭傳及周程之書, 從容以觀, 豁然似有覺得. 蓋理氣, 渾融無間, 雖氣外無理, 然理非因氣而有也.

蓋上天之載, 無聲無臭, 而却至眞至實. 自其本體一作然而謂之道, 自其眞實而謂之誠, 自其總會而謂之太極, 自其條理而謂之理, 其實一也. 此理昭著, 貫徹上下, 體物不遺, 天地之所以位者此也, 日月之所以明者此也, 鬼神之所以幽者此也, 人物之所以生者此也, 性命·仁義·禮樂·刑政無非此也. 見得此意思後, 以此去觀經書, 頭頭皆是, 句句皆合, 信乎天下之理在是矣.

苟有見乎此, 則不必言理氣一而二, 二而一而渾然之中, 不相夾雜之實, 至爲分明. 不必求於天地風雲之遠, 而只在吾身身心之上, 萬里俱足, 其妙無窮. 程子之言'天下無實於是理'者, 豈不信然乎? 故曰: "天地之道, 可一言而盡也". 又曰: "不誠無物". 夫知其如是而後, 可以知'道之浩浩, 何處下手?', 可以見天下事物無非實事, 而所謂存養者, 方是實事也.

若向所謂理是氣之理者, 固無不可, 然天道本然聖人本意, 不如是, 正惟人之所見未明乎道而意有所滯, 故說來自如此爾. 又竊以爲實理得之於己, 則天下義理, 不待安排, 觸事觸物, 無非是理沛然而行, 不知所以樂而樂矣. 水到船浮, 又何事乎推移? 致此之道, 惟敬而無間, 若有一毫不慊於心, 則便餒矣. 聖賢開示敬之一字, 其惠後學至矣.

凡此所見, 雖與向時似若有間者, 然豈敢遽自信乎? 不知其果無差乎. 又未知於高明之見, 復如何? 如其未當, 則所見之差, 必有所自來矣. 竝其根而痛砭之, 至幸.

此云上天之載止體物不遺, 明道曰:"其體則謂之易, 其理則謂之道." 此所謂體, 猶形體之體, 伊川所謂與道爲體是也. 是道以陰陽爲體也, 然非專指其本然處也. 故朱子又曰:"此四者非道之體也, 但因此可見道之體也." 理卽道, 然詳言之, 又當有分, 故朱子又曰:"其定理之當然者道也."『中庸』體物不遺, 雖指鬼神而言, 其實是誠也. 故程子有云, 道, 體物不遺, 要當各觀其意之如何耳.

〔別紙〕書中不能盡者, 又別紙條具于下

太極之有動靜, 是天命之流行也.『太極圖解』天命之所以流行, 何也? 以其誠也, 誠則動矣. 苟其至誠, 自不能不動. 凡造化之爲造化, 皆實理也, 故不得不造化, 皆自然而然也.

離了氣, 更無理, 然理自是實理, 非因氣而後有也.

自物之已然者而觀之, 則理只是氣之理, 氣外無理. 自其本然者而觀之, 則以其有此理, 故有此氣也. 氣之一往一來一闔一闢, 必有所以然, 是則所謂理也. 只於此處, 可見理之本然之純, 亦可見理氣合一之妙. '有此理, 故有此氣', 此語亦不可以先後看, 理本無始, 氣亦無始.

經書中多言道, 程朱以後多言理, 理只是道. 然道其本體, 理其條理之理. 以故理與氣, 尤難分解, 所以有紛紜之論也. 若作道字看則自分明. '率性之謂道', 猶'道路之道', 主人而言, '形而上者謂之道', '一陰一陽之謂道', 專指其本體, 主天而言, 其實一也.

朱子解太極曰:"非有以離乎陰陽, 而卽陰陽而指其本體, 不雜乎陰陽而爲言." 若止觀此言, 雖是分明, 然看來未甚活. 其上文曰:"太極者, 所以動而陽·靜而陰之本體也." 已極明白. 試觀聖人之言, 直是大快活.『易』曰:"一

陰一陽之謂[3]道." 又曰: "形而上者謂之道, 形而下者謂之器." 此數語理氣之不相離不相雜之妙, 可謂一言盡矣.

試觀人之一身, 血肉呼吸氣也, 其性則理也. 理具於心, 形也氣也性也, 離之則離不得, 一之又不可. 其所以一之又不可者, 以其本自有分別也. 本自有分別而元不相離, 此處至妙, 默而觀之可也. 凡造化之理, 莫不皆然. 故曰不測, 故曰神矣乎! 故曰妙矣乎! 非獨理氣, 至於形氣之合, 則有合有離, 而方其合時, 絶無間隙. 凡事物體用之類, 無不皆然, 於此可見, 不可以不相離而謂無分別也.

蓋理氣二者, 本不相離, 又不相雜. 此處極難說, 可以意得, 不可以言窮.

或曰: "物必有所以然, 事必有所當然. 所當然之道, 卽所以然之理也. 所以然者, 莫非至順, 若非至順, 無以爲所以然 故所當然者, 莫非至善. 聖人立極之道, 非外於物理也." 曰此固然矣. 然此乃平橫看, 何不竪起看下一作直下? 以其本有是理, 故在物必有所以然, 在事必有所當然. 此理至實, 至實故至順 天之爲天, 地之爲地, 人之爲人, 無非實理也. 循此而盡之, 謂之盡性, 體此而立之, 謂之立極.

孔子曰: "一陰一陽之謂道, 繼之者善, 成之者性." 若但曰理只是氣之理而已, 則是以氣爲主, 而理不爲宰也. 如是則繼之者善, 着此四字不得, 成之者性, 亦着此四字不得, 理只是實理, 故曰不誠無物, 不曰無物不誠. 當觀善字繼字, 於何繼而能善? 此非割捨陰陽而言, 然其主意自分明.

氣也者, 物之所由成者也, 理也者, 物之所以成者也. 造化之流行, 品物之生息, 理氣渾融, 無間可容, 絶無罅縫處. 故易以認氣爲理. 然理氣之辨, 本自分明. 若但謂理是氣之理, 則所謂仁義者, 是氣耶? 理耶? 仁義卽人之理, 則理當謂物之理, 不當謂氣之理. 可於此處, 見得理之本體粹然, 不雜

---

2 謂: 원문에는 빠져 있으나 『주역·계사전』에 의거하여 보충하였다.

乎氣處也.

謂理只是氣之理, 亦無不可. 然才謂氣之理時, 終是氣邊意思, 便重掩了理之本原, 令人見不得性命之原. 如此則雖謂曰不可認氣爲理, 終是氣字爲主. 又如此則理只爲隨氣之物, 而其本然之實, 無以見矣.

人言, 物之生息氣也, 其所以然者理也. 理固是所以然者, 然其所以然者, 却本是至實, 若不見本是至實處, 其所以然者, 亦難見矣.

朱子曰: "太極者, 所以動而陽·靜而陰之本體也." 可謂盡矣. 斯所謂誠也, 斯所謂理之本然也.

程子曰: "此理甚實." 此言向也心固然之曰: "理固是實理, 如此看過而已." 今乃覺得理是至眞至實, 若非至實, 無以爲理, 眞是喫緊喫緊語也.

蓋理·氣不可以先後論, 不必以分合論, 惟形而上形而下最盡. 默而觀之, 其妙矣乎! 「繫辭」: "形而上者謂之道, 形而下者謂之器.", 其下繼言, "化而裁之謂之變; 推而行之謂之通; 擧而措之天下之民謂之事業.", 此是化而裁之, 推而行之, 理氣合體而化之推也. 此以人言也, 而道未始有天人之別. 人之民, 卽天之物, 人之事業, 卽天之造化之功也.

此理至實, 何以見其至實也? 流行者一日如此, 萬古常如此. 生息者一物如此, 萬物皆如此. 設有一毫虛僞, 便間斷舛錯了, 於此可以見其至實. 故曰天地之道, 可一言而盡, 一者誠也.

造化之爲造化, 莫非實理也. 人於形化, 見其父生母育也, 而以爲固然, 至於氣化, 疑之. 知氣化之能化, 則可以知理之眞實矣. 氣能化者, 理是實理故也. 知氣化之能化然後, 形化之能化, 亦可眞知理只是實理而已, 當觀其實然處.

或問: "有是理, 便有是氣, 似不可分先後." 朱子曰: "要之也先有理, 只不可說今日有是理, 明日却有是氣也, 須有先後." 今按此是極本窮源之意.

然聖人言之不如此, 只說一陰一陽之謂道, 形而上形而下而已.

理氣古人未嘗渾雜說. 孟子道性善一句, 已特地分明. 先立乎其大者, 性也. 命也等說, 意皆如此. 至曰形色天性也, 則又器亦道之意.

禮儀三百, 威儀三千, 無非實理之形著也, 所謂節文者, 因其度數而節文之也.

康節物理之學也, 觀物而知其理, 玩物而得其妙. 若聖人, 則直是誠以率性, 足蹈手持, 無非是禮. 故聖門之學, 下學而上達. 而康節則無是事, 只把理做奇妙事, 玩弄他天機而已.

嘗謂非其知之未盡, 以其初無以身體之之實也. 今乃知無以身體之之實者, 亦是其知之有由然矣. 果使其知與聖人若合符節, 則雖欲一刻不實踐不可得也. 聖人卽天道也.

理一故能萬殊. 若二則安能萬殊而各不失其常也? 分之殊, 雖氣有不濟而然. 然於此, 可見理之一.

誠者合內外之道也, 不誠無物. 理氣之實, 誠而已.

雨露霜雪·山川糟粕無非敎也. 許多物, 載得許多理出來, 本不可以一以二言也. 徒知爲一而一之者, 易流於善惡皆理之說, 徒知爲二而二之者, 易陷於佛氏絶物之弊也.

或曰: 氣之散者散之理, 聚者聚之理也. 曰: 此言未是. 聖人不曰陽者陽之理, 陰者陰之理, 而曰一陰一陽之謂道, 於此可見矣. 若如所云, 則亦當曰: 水之順者順之理; 激者激之理; 人之善者善之理; 惡者惡之理也. 理本不如是. 水之理必順, 人之理必直. 若夫激與惡者, 理之反也. 水之激而在山者, 勢使之然也, 方其激而上山者,[3] 水之性, 則常自順下, 此可見水之理也. 人豈有異哉? 人

---

3 者: 원문은 '音'인데, 문맥을 고려하여 '者'로 수정하였다.

之爲不善, 欲使之然也. 於其厭然掩其不善處, 可見生理本直.

理無方無體, 以在人者觀之, 則庶可知矣. 程子曰: "性則理也." 性是理之在人者也. 仁義禮智, 發於心, 行於父子君臣之間, 自然而不能已, 當然而不可違, 實然而不可泯. 理非至實, 安能如此? 此乃人之所以爲人者也.

古人見道分明故, 只常說事物所當行者而理在其中. 或有剔言處, 則直發明道體之充塞昭著者而物不能離. 後之人, 以理與氣, 旣爲對擧而言之故, 謂有辨時, 疑於有二, 謂一體時, 疑於無別, 此所謂言愈多而愈不得其實也.

羅整菴之論, 亦非以氣爲理者, 然於理之本原, 有所未透. 花潭則近於認氣爲理.

又論人心道心書

人心道心之說, 嘗以爲: "原於性命者道心也, 生於形氣者人心也, 是以不無公私之分. 道心固純善, 人心亦未是不好, 流於欲則不善也. 心本一也, 而所發不同, 固不得不分以別之, 所發旣不同, 則雖曰心本一也, 而又不得一之也. 如是則必使道心爲主, 以人心聽命." 云者, 終不無以心使心之嫌.

以爲: "心之虛靈, 自有知覺, 或感於善, 或誘於欲, 其所以善惡皆感者, 以人具性命形氣故也. 心雖本一, 自其已發者而言之, 則非天理便是人欲, 非人欲便是天理. 今也所謂人心者, 旣非天理, 又未全是人欲, 雖非全是人欲, 亦是人欲之萌也. 且謂不容去除而存之, 以聽命於道心, 恐無是理. 每觀朱子諸說以及人馬柁船之喩, 疑惑甚多, 必以程子之言以人心作人欲, 然後乃安, 以克己復禮之意思之. 今乃覺得人心道心, 只是理與氣也, 只就人身上言, 故曰人曰道. 所謂有物有則者, 可以一言蔽之, 則卽所謂所當然者也.
本一心也而知覺有異, 人是物, 道是則也. 則是則, 物是物, 則人心自人心, 道心自道
心也. 則不離物, 則人心道心, 豈有兩體也? 然在理氣則自然, 故物則同體之實, 易以
見, 只爲在人心者心有知覺, 而發於知覺者不同, 故人人心道同行之實, 未
易見耳. 此所謂同體, 猶言合爲一體也, 所謂同行亦此意.

大抵人心, 卽尋常所言人心是也. 道心, 惻隱羞惡之類是也. 道心只在人心
上發見, 若無人心, 道心亦無所於行.

但人心才有發向, 易流於欲, 道心發旣微奧, 一作精微 易爲掩昧, 此所以必
加精一之功也. 人心道心, 旣爲已發, 知覺各異, 而道心爲人心當然之則者
何也?

人具理氣, 而心之虛靈, 無所不覺. 故或覺一作發於形氣, 或覺於理義, 雖已
發於知覺, 理爲物則之實, 無間於在物在心未發已發也. 故人心道心, 均
是已發, 而道心之覺, 卽人心之則也, 非擬於在外之理而准之也, 卽此而是
也. 試以一事言之, 飢而思食, 人心也, 思食之際, 當食與不當食, 無不自有知覺, 此卽道心也. 二
者雖一時其覺, 各有所發, 充其當食不當食之心, 則卽所謂則也, 非擬於在外之理以准之也, 此其
是也. 是人本心具理氣, 故物與則俱覺也, 且方其發時, 思食之心, 知其當不當之心, 各自爲知覺,
豈相混淆乎? 然只是一心, 自能思食, 自能知其當不當, 豈嘗有二心乎? 於此又見二者之不相
雜而實非有二心也夫.

如是故夫道心爲主, 則人心自聽命. 道心爲主, 則人心所行, 無非道心所爲, 若聽
命者然. 非是道爲一心, 人爲一心, 道心在此爲主, 而人心在彼來聽命也, 只
是一項事也. 試嘗驗之, 善端開時, 心自有主, 而凡百思慮云爲, 自然順理, 纔有主, 便自如此.
此與以心使心者, 奚啻相反萬萬乎?

本非難曉之言而所以難曉者, 旣曰人心道心, 分而言之, 故雖知其心非有
二, 而猶未免竝立雙行之弊, 竝立雙行, 謂東西對立也. 許多疑惑, 皆從此起.

試以形而上形而下, 此意思求之, 則二者雖各有知覺之不同, 庶可見其有分別而不相離也. 見得此意思後, 更觀朱夫子之言, 無一字不分明. 以「中庸序」言之, 則所謂心之虛靈知覺一而已者, 本一心也, 或生於形氣之私, 或原於性命之正者, 推本其路脈所從來, 所以有人心道心之由也. 所以爲知覺者不同者, 言其所發之有別, 故上言虛靈知覺, 而此只言知覺也. 雖上智不能無人心, 下愚不能無道心者, 固是如此也, 道心爲一身之主, 而人心每聽命者, 道心爲主則人心自聽命也, 非道心爲主然後, 人心來聽命也. 於此亦可見二者之本同體也.

驗之, 心性之實, 其妙無窮, 人心道心之爲同體, 愈益分明, 而其爲同體分明而其爲有別, 自愈益分明, 有以見大舜之言, 明白親切, 至於如此, 又以見夫心之爲物, 至妙至危, 操舍之間, 敬肆之際, 不可一刻不致謹也. 本自簡易, 而求諸支離, 一向倀倀如彼, 亦可笑也. 區區近見如此, 又未知於實得實否果如何也? 願賜裁喩.

別紙

朱子答鄭子上書曰: "昨答季通書, 語却未瑩, 不足據以爲說." 今按答季通書, 大槩『中庸』序文之意, 而夫子云然者, 指私而或不善者不得與焉等語耶? 此則以人心作人欲, 與所云人心聽命者有異. 蓋認人心踈密, 全在此處也. 子上再問條所云, 一本性命說而不及形氣云者, 未可知子上曾以此心之靈爲道心, 則猶以此心知覺, 屬於性命, 未全脫於舊見而云然耶? 抑本有別語而不載於大全集中耶? 幸考而見教.

羅整菴, 以人心爲已發, 道心爲未發. 此說朱子時已有之, 而朱子不以爲然, 則固無可疑. 近來韓久菴亦深破其病.

今但虛心玩讀「虞書」此章及『中庸』首章, 自可見大舜所謂人心道心, 決非『中庸』所謂已發未發也. 遍觀羅公諸說, 則羅公於人心道心, 全未曉得者也.

至於近世諸先生之說, 雖不敢妄有所議, 竊想發道心者氣也, 原人心者理也, 及發之者氣也, 所以發者理也(此栗谷說)等語, 恐非古人本旨. 且人心道心竝立雙行, 各有理氣矣. 未知如何如何.

'氣發而理乘之, 理發而氣隨之(此退溪說)'之語, 與前說雖不同, 亦未免竝立雙行, 各具理氣之弊, 如何?

後見『鄭愚伏集』云: "朱子謂四端理之發, 七情氣之發, 李先生始有氣隨理乘之說而終則曰: '不如用朱子本說之爲無病也.'" 然則退溪末乃改之也歟!

栗谷「人心道心說」云云, 見文集, 又略見『聖學輯要』. 按此說, 其論理氣則可矣, 而於人心道心則認得未透. 理氣元不相離, 故人心道心未始相離, 道心只在人心中發見, 但於其間自有分別耳. 故曰: "同行異情". 今也每以判爲二物而各立雙行, 故於人心以理氣言, 於道心亦以理氣言, 殊不察人心之有善卽道心之所出, 而道心之發亦不離人心中也. 然則人心之理氣, 剩一理字, 道心之理氣, 剩一氣字矣. 誠如所云也, 則雖曰心固一也, 實離而二之, 雖曰自然聽命, 實强使之也.

人心道心之說, 惟近來韓久菴之言, 最明白得聖賢本旨. 但其圖說分配, 似有未盡當者, 未知如何? 心一也而曰人曰道, 只是理氣之別耳. 心一也而有理氣之別, 故曰人心曰道心. 非可以人爲一心而又具理氣, 道又一心而又具理氣而論也.

'人心惟危, 道心惟微, 惟精惟一, 允執厥中.' 十六字乃萬世心法. 其微字危字極妙, 更無他字可換.

道心卽四端是也, 人心卽七情是也.

人心道心, 只是理氣而已. 以其在心而發於知覺, 故曰: '人心道心'. 理氣本不相雜, 故人心道心亦不相雜. 理氣本不相離, 故人心道心亦不相離. 氣本不能無者, 故人心亦不容去除, 理本實理, 故道心爲當然之則. 道心非別有一心也, 只在人心中發見也.

或曰: "理爲物則, 在理氣則固然. 今也既發於心, 知覺各異, 而道心爲人心之則何也?" 曰: "此理至實, 無間於在天在人未發已發, 雖發於知覺, 而理氣之實一也. 故道心之覺, 卽人心之則也, 則非在外之准也, 只在裏面. 凡物之則亦皆然. 人心至靈, 理氣皆覺. 既形於覺, 故疑於有二心, 其實有分別而實一心也." 心之爲物, 非如耳目. 耳目則感於氣而已, 心則至虛至靈, 故理與氣無不覺. 自其形於知覺者而觀之, 則原理氣之有分別, 亦可知矣.

道心自道心, 人心自人心, 固是如此. 然無人心, 道心亦無所於行, 此理氣不相離之驗. 無人心, 道心無所載. 故言道心, 必先言人心.

理氣之不相離者, 在天在物, 則理無爲而氣有爲, 故人易見, 在心則人心道心, 各自有知覺, 故難見, 殊不知理氣之不相離者. 在天在人, 無知覺·有知覺, 其實一也. 驗之於心, 則人心道心, 雖知覺各異, 而每每同行, 無一事不具有, 此是不相離之妙處.

蓋人心道心, 若以朱子中年以前所見, 「問張敬夫書」及朱子所解「大禹謨」可考. 則人心雖不可遽謂之人欲, 畢竟人欲一邊, 未免與道心相反而竝立. 晚年定論, 則人心道心乘載而同行. 由前之說, 則人心當克治之, 使無所容矣, 着聽命字不得. 由後之說, 則恰着聽命字. 驗之知覺運用之際, 揆之理氣公私之實, 恰盡無餘妙矣. 覺得此意後, 則雖謂之竝立亦得也.

或曰: "人固有人心獨發之時, 又有道心獨發之時, 安在其不相離也?" 曰: "心之感應無常, 或覺於此, 或覺於彼. 然人心發時, 道心未嘗無也, 道心發時, 亦未嘗離乎人心也. 今夫見孺子之入井而便有惻隱之心, 此道心也, 而此惻隱者, 非外於愛之心而又有一心爲惻隱也. 且夫遇樂而樂, 遇喜而喜, 此人心也, 方其樂與喜時, 亦不無理義之覺, 自然在中也."

問: "飲食男女之欲, 出於其正, 卽道心矣, 又如何分別?" 朱子曰: "這簡畢竟生於血氣." 又曰: "有道心而人心爲所節制, 人心皆道心也." 合二說而觀之, 則人心道心之說, 極明備.

蓋人心本不可謂之欲, 而纔不聽命於道心時, 便流於欲. 人心之善, 乃道心之所爲也. 若只是人心, 直是危而已, 然則謂之人欲, 亦可也.

胡五峰云: "天理人欲, 同行異情." 此言向前極以爲疑, 今乃知眞是實語也. 於此亦可見理氣不相離而不相雜之妙.

人馬柁船之喩, 正是形於上下, 有物有則之意也.

朱子曰: "惻隱·羞惡·是非·辭遜, 此道心也; 飢寒痛痒, 此人心也." 又曰: "喜怒人心也." 又曰: "飢欲食·渴欲飲, 人心也." 又曰: "如鄕黨所記飲食衣服, 本是人心之發." 又曰: "道心是義理上發出來底, 人心是人身上發出來底." 如此則四端之爲道心, 七情之爲人心, 已無疑矣.

後復考, 得朱子已曰: "四端是理之發, 七情是氣之發." 退溪亦曰: "人心七情是也, 道心四端是也."

又別紙

或曰: "四端是道心, 七情是人心, 則四端發於理者, 七情發於氣者也. 性發爲情而『中庸』只擧喜怒哀樂, 則安可以七情偏爲氣之發乎?" 偏字亦非是. 此亦東西對立之意也. 若以上下意思思之, 則雖屬於氣, 亦不爲偏. 下人心一邊云者, 亦與此一樣非是.

曰: "情固性之發也, 然性之發也, 非性自發, 心有知覺而發也. 故其發有由性理而發者, 有引形氣而發者. 惻隱·羞惡之類, 由性理而發者, 喜怒哀樂之類, 因形氣而發者. 四端七情, 非有兩情也, 其情則一而有理與氣之辨爾. 故四端只在七情中發見, 而其苗脈自有不可亂者, 人苟驗而察之, 自可見矣, 豈可勿圇之而不謂其有辨也? 四端行於七情中, 而其分却有辨, 理氣之同體而有別, 本如此. 觀朱子四端諸說及「樂記動靜說」, 亦可以悟理氣性情之妙矣.

若如所云也, 則七情自無不和矣, 何待中節而後和乎? 且心以知覺言, 情以發用言, 心之用卽情也. 捨七情, 人心更無所爲心, 捨四端, 道心更無所爲心." 或曰: "喜怒哀樂, 是情之總名, 似不可屬人心一邊." 曰: "固是情之總名, 然若非人心, 何以有中節不中節乎? 程子論七情曰: '情旣熾而益蕩, 其性鑿矣. 覺者約其情, 使合於中.' 於此亦可見其爲氣之發也.

或曰: "聖人喜怒, 亦可謂氣之發乎?"

曰: "其爲氣發, 本無聖愚之殊. 然理氣本不相離, 喜怒得其正, 則理之當喜怒者也. 如舜之誅四凶, 雖未嘗不怒, 而全是理義爲主. 此猶『論語』「鄉黨」所記飲食衣服之類, 本是人心之發, 在聖人分上, 全是道心者也."

後復詳之, 性發爲情, 是總說之言也. 『中庸』只言喜怒哀樂者, 蓋理氣本自渾合爲體者. 故從古聖賢, 或以理言之而氣未嘗遺, 或就氣言之而理在其中. 然凡事物形著, 人心運用, 皆氣也. 而理本行於氣者, 故就氣言之, 而主乎理者爲多. 『中庸』只擧喜怒哀樂者, 乃就氣言之者, 而其所謂中節者, 卽主乎理處. 然則雖不言四端, 而四端之理, 已在其中矣. 『大學』親愛賤惡哀矜之類, 亦是就氣言, 而其戒偏僻亦主乎理處. 朱子發明之曰: '五者在人, 本有當然之則.' 則卽理也, 乃道心之節制也. 若『孟子』四端章, 則是以理言之者, 而其謂事父母保四海, 氣亦未嘗不行乎其間也. 聖賢洞見道體, 故其言雖各自爲說, 而直切以盡, 非若後人窺此蔽彼畏首畏尾也.

又按四端七情之與人心道心, 曰情曰心, 雖有心與情之分, 曰端曰情, 雖有名義之不同, 然從其脉絡而究其爲用, 七情是人心, 四端乃道心也.

蓋理氣, 元不相離而自不相雜. 故性曰本然之性·氣質之性, 心曰人心·道心, 情曰四端·七情. 性一也, 心一也, 情一也, 而只於其中自有理與氣之辨耳.

命之在我者性也, 主於身而知覺者心也, 性之發而運用者情也. 故於性則曰[4]率性·矯揉, 於心則曰爲主·聽命, 於情則曰擴充·中節. 三者本無間斷, 故工夫亦非二事, 只道心爲主而擴充率性在其中矣. 此可見心統性情之實.

曰: "同是情也, 或謂之端, 或謂之情, 何也?" 曰: "四端, 孟子要泝情而明性, 故指說其端, 七情, 就情而見用, 故直謂之情."

曰: "然則端者, 纔發之謂. 以其纔發, 故不雜於氣, 情者旣成之名, 以其旣成, 故雜於氣耶?" 曰: "自是理與氣之別耳, 非因纔發與旣成而然也. 故四端則擴充而仁義不可勝用, 七情則必中節而後和也." _{四端擴充而七情中節, 仁義不可勝用, 則喜怒哀樂之發, 自無不和矣.}

曰: "其有四七之異, 何也?" 曰: "四端拈出性之見於情者, 性只有仁義禮智知, 故特擧此四端. 七情該言情之用, 而人情不出於喜怒哀樂_{「禮運」本俱字, 程子改以樂字.}愛惡欲, 故云七情. 分而言之, 則四端七情, 各有所從來, 錯而言之, 則一情之中, 四端皆俱矣. _{韓久菴云: "一情之[5]中, 皆俱四端. 有人於此, 久飢得食, 則固欣然有喜矣. 然割股而啖之, 則必有惻隱之心; 呼蹴而與之, 則必有羞惡之心; 所得過分過望, 則必有辭讓之心; 當受當辭之間, 又必有是非之心. 有此四者, 隨所感而爲之節制, 則其喜爲中節矣." 餘情莫不皆然, 此語却精密.} 蓋人之一身, 隨應萬變, 不出此七者, 故「禮運」擧此七者. 然愛近於喜, 惡近於怒, 欲則該乎諸情, 兼擧七者而不爲有餘, 只擧喜怒哀樂而亦無所闕. 是故『中庸』·『樂記』, 則止擧喜怒哀樂焉." _{古人之言, 或有詳言者, 或有總言者, 要觀其所見如何耳. 若論人之感遇爲情者, 則若惧若憂感恨惜憫之類, 千般百樣而面目各異, 然總該於七者. 七者亦總於喜怒哀樂而已. 喜怒哀樂, 乃衆情之綱也.}

---

4 曰: 원문에는 없으나, 문맥을 살펴 보충하였다.
5 之: 원문에는 '一'로 나와 있는데 문맥으로 보아 바꿈.

蓋心者主於身而知覺者也, 性者理之具於心者也, 情者性之發而用於外者也. 性不能自發, 心有知覺而發也. 其未發也, 性理渾然, 心之所以爲體也. 及其旣發也, 情應萬變, 心之所以爲用也. 故曰: "心統性情". 中和, 性情之德也, 致者, 心致之也. 故朱子於『中庸』本文, 特揭心字, 以發其義.

	木	火	土	金	水
形氣	肝 喜(愛)	心 樂	脾 欲	肺 怒(惡)	腎 哀
性理	仁 惻隱	禮 辭讓(恭敬)	信 誠實	義 羞惡	智 是非

＊天以陰陽五行化生萬物, 氣以成形, 而理亦賦焉, 惟人得其全且秀而最靈.

或曰: "久菴以哀與欲, 屬於腎, 以思屬脾矣. 今子以欲屬脾而去思字, 何也?" 曰: "總而言之, 則七情無非欲也. 故曰: '感於物而動, 性之欲也.' 故七情無不該於欲, 猶四端之信也. 思雖總括, 然以思比欲, 則思字輕淸, 欲字重濁. (此欲字亦未是不好底欲, 然與思言之, 則却如此.) 故古人思屬心邊言, 欲屬情邊言. 心雖情也, 然心以知覺而名, 情以發用而名, 其命名下意, 各有攸當矣."

「禮運」雖言喜怒哀懼愛惡欲, 而『中庸』言喜怒哀樂, 故程子已改之矣. 『中庸』『樂記』止擧喜怒哀樂, 而人情之目, 自無所闕. 考之蔡氏「洪範性情圖」, 亦止擧喜怒哀樂欲, 而其位數皆出自然也.

喜怒哀樂, 乃人情之大目, 不必言愛惡, 而愛與惡在其中矣. 蓋愛則喜之施也, 惡則怒之施也, 人情纔有觸感時, 只有喜怒哀樂而已. 有喜怒而後, 愛惡形焉. 故愛惡字, 於情之發時未可言, 於情之行時乃可見矣. 『中庸』止擧喜怒哀樂者, 恐至當不可易也. 或以爲愛乃仁之施, 不當爲喜之施, 則恐知其一, 未知其二也. 蓋其爲愛則一也, 而若只是喜之愛, 則易流於失, 必以惻隱之充然後, 其爲愛也, 無不善矣.

答裵公瑾

理氣及人心道心之說, 謹悉兄敎. 鄙見大槪與同栗谷之論, 區區之意, 亦如高明所示矣. 惟退陶之說, 與朱子相同, 恐此得大舜本旨也. 但其氣隨理乘之語, 似小有未瑩, 如何如何? 所疑, 非如栗谷之見. 但旣曰: '理發而氣隨之, 氣發而理乘之' 則似於未免爲兩心而各具理氣者然, 是疑於未盡明透耳.

大抵此是理義大頭腦處, 非直窮到底, 未免有隔膜. 而其說甚長, 必盡其曲折, 使體段·脈絡·表裏·始終, 以至四至八, 面無所礙蔽, 瞭然於心目. 然後危微之實, 可以眞見. 不然看過時, 雖似有見, 而實未得矣. 願因其所已見者, 而益究竟焉. 此而究竟, 則理氣之實·心法之妙, 皆將親覿切己, 而義利操捨之際, 方始實用其力矣.

鄙曾有蓄說, 欲質於明者, 久矣. 其心不啻飢渴, 而今不敢以呈者, 恐或無益於彼此, 而徒煩言說爲有害也. 幸加窮格之功, 不徒曰理氣, 曰人心道心, 而必曰理者如此如此, 氣者如此如此, 人心如此如此, 道心如此如此. 又如此如此故一而二, 如此如此故二而一.

凡先賢之論, 其得者, 不徒曰'得', 而曰'是本如此如此, 而今如此故爲得'; 其失者, 不徒曰'失', 而曰'本如此如此, 而今如此故爲失'. 段段開明, 節節剖析, 使有相質相講之地, 如何如何? 若因兄而究竟得豁然, 則在僕亦受賜無窮也.

答裵公瑾論學書

蒙示謂鄙, 究意典製而戒或騖外, 佩服訓意, 無以爲謝. 讀書不精, 往時每觀經傳, 有若無疑於心. 至於凡事, 亦謂某事當如此處之, 某事當如彼處之而已, 皆無難於心. 其後試因一事, 而究覈其處之之詳, 則其間殺有多少曲折, 茫然不知. 所以區畫, 乃遍集古籍, 累月潛玩. 古制雖不備, 其散見群書者, 合聚參考而融合則可得. 然後乃知向時計度, 皆私意妄料, 而其大綱之得者, 亦無目之綱, 將不得爲綱者也.

遂覺非獨此一事, 萬事皆然. 懼然心歎, 而乃復就若干事, 究其條理, 則有以見古人制作, 節節盡當. 皆是天理, 有若造化之一氣, 流布而萬物曲成. 夫道之發用者, 皆事爲也. 古制如此, 安得不爲三代? 後世一切反是, 安得不爲後世? 是皆一念之做, 天理人欲之所由哉. 其治亂興亡者, 乃其心之著於事者爾. 雖然此皆言平平簡易底事, 非有別段奇特人物易見, 而只緣後世俗習纏繞.

至如我國則政教風俗, 又多因陋未變者, 每每爲染漬所拘而難悟耳. 世之悟讀□委曰: "古今異宜, 豈不痛哉?" 此言不破則萬世如長夜矣. 其狄俗使天理泯滅, 人欲陵裏, 生民塗炭, 戎狄爲主, 此豈少故哉? 唯其如是, 故世無□究其本耳.

答梁退叔

古人言敬, 多從行事處說, 如執事敬·行篤敬之類是. 及宋諸儒, 有靜坐澄心之等說. 愚亦嘗有疑. 於是, 驗而思之, 則古人自能食能言, 居常所養, 無非整齊恭肅, 而毋或戲惰, 平居固已敬矣. 古人, 既養人以禮樂, 而以至盤盂几杖, 皆有銘有戒, 無非所以持養此心. 故其言自如此.

今既無此養, 自幼熟於身·接於耳目, 皆是紛然亂雜, 適於逸欲者. 故欲收拾, 則不得不別加靜專工夫, 此所以有靜坐等說也. 此如古人爲學, 皆是世上行用事, 而後人欲爲學, 則必隱居靜處, 然後乃能獨善其身. 雖似一偏, 而亦不得不然矣.

夫豈古人居常不敬而執事乃能敬耶? 於'儼若思', '穆穆文王', 可見. 夫敬, 通貫動靜, 儼若思, 無事時敬也; 執事敬, 有事時敬也. 專而敬, 則此心不昏; 動而敬, 則應事不忒, 只是一團敬也. 是其一動一靜, 雖有時分, 而敬實貫徹無間也. 夫豈若兀然向壁者然哉?

然敬者, 敬以直內, 敬以行事也, 不是將敬來做敬也. 故程子謂: "以敬直內, 則便不直." 而或問敬之體, 朱子曰: "只莊整齊肅, 則心自存, 更尋甚敬之體?" 此可見矣. 然初學欲整齊, 則必着力而後能. 着力, 未免爲其所拘者, 此不熟之故也, 要在熟之而已.

君子小人之分, 只是敬肆之間而已. 敬則天理存, 肆則人欲行.

苟非篤敬, 曷能勝百邪, 而使天理流行哉? 然篤敬非太執迫之謂, 此惟勿忘勿助長者知之.

靜中看未發時氣象, 朱子「答何叔京書」, 雖如此, 朱子後來自有定論.「與湖南諸公論中和書」, 及「未發已發說」, 及「中和舊說序」, 可考而見也. 又有「答胡季隨問目」一段, 亦甚明白.「答叔京書」中, 有奉親粗遣語, 曾考之年譜, 朱子三十五哭李延平, 四十喪母, 蓋其書在三十七九歲時也. 又按「中和舊說序」, "乾道己丑之春, 與友人蔡季通論之, 而覺其非云云" 則乾道己丑, 乃朱子四十歲時也.

「答叔京書」在『節要』者, 自奉親粗遣以前十數首, 其中非但體認未發時氣象及察良心發見處等語, 與後來定見不同. 如'恨未能一蹴而至其域'·'廉謹公勤不足言矣'之類, 亦同一脈絡也. 由其所見如是, 故其語意氣象, 自如此爾. 大槪延平此語, 似略有探據大本之意, 以延平行狀考之亦可見.

體認未發之語, 朱夫子旣說破明盡, 不須更論. 大抵爲學, 須從有形據上做工夫. 如向所說 ‘居處恭·執事敬·言忠信·行篤敬·非禮勿視聽言動’之類, 皆是有形據.

其精微處, 亦只在這裏而得之何? 則所謂道者, 皆是事物當行之理, 故外事物求理不得也. 至於未發已發, 則人心寂感之妙, 雖極微密, 其性情動靜之辨, 實有其分, 方其寂然未發時, 更何容求? 體認亦是求, 以故延平行狀云: “終日驗夫喜怒哀樂未發之前氣像爲如何, 而求所謂中.”

只敬而無失, 乃所以爲中也. 此延平之語, 所以未免於涉高危而欠平實, 不盡合於古聖賢本旨也. 但延平氣質恬靜, 故深潛勝而不爲懸想空妙之病爾. 然此處, 只在毫忽之間, 恐易有差也.

或曰: “體認亦旣如是, 則爲學用功也, 當奈何?” 曰: “居敬窮理而已. 敬立則理益明, 知至則意自誠.” 兩者交相資益, 敬者所以存心, 而敬立則理益明; 窮理所以致知, 而知至則意自誠.

及其工夫旣到·充養旣盛, 則自有契合處爾. 若向所謂兀然向壁者, 亦可謂敬矣, 而其間欠却格物一段工夫. 此所以畀之一錢則必亂也.

古人意思, 只如此, 而不曰窮理, 而曰格物, 曰集義; 不曰復理, 而曰復禮; 不曰居敬窮理, 而曰博文約禮. 皆從有形據上做工夫也, 可見其至精至妙也.

東史綱目凡例

一, 凡例一依朱子綱目.

○一, 三國以前, 文獻無徵, 不可成編年, 託始於三國. 而其前事實, 略爲分載於三國初年下, 如綱目首年晉大夫下, 分註其前事例, 可也. 或檀君以下三國以前事實, 別爲一編, 如綱目前編之例爲可.

○一, 東國, 歷代臣屬中國, 其屬否離合, 必謹以書, 冊命朝聘亦書. 其年例節使, 則致詳於初, 而曰自此遂以爲常, 而不必每年皆書. ○詔使之例來者, 亦不必盡書, 因事乃見. 皇帝崩立, 凡廢興大事必書. 不著國號, 直書皇帝崩, 如春秋天王崩例, 而書皇太子, 卽註著是爲某皇帝, 若創業廢篡事義非常者, 隨事異文. ○三國之際, 雖通中國, 而或事或否, 聲敎未一時, 則不在此例. ○遼金, 雖力屈稱藩, 不可以爲天下主, 亦不在此例, 因事乃見, 書法亦變.

○一, 承用正朔時, 則似當紀以中國之年. 然春秋乃尊王之書也, 而本魯史故, 直以魯公紀年. 今旣是東史, 則當依春秋例, 以本國紀年. 但各於元年下, 註標中國之年, 中國元年, 則亦標見於其年下, 以便考檢, 可也.

○凡中國施於東國, 東國交事中國, 其名號之例, 歷代事體非一. 其非正統時, 姑勿論, 在漢則正統, 又置郡於東國, 然新羅高句麗百濟之類, 未知承奉正朔. 則凡事涉中國者, 當稱曰漢, 或稱中國. 在唐亦稱唐, 而其命出於帝者, 則稱以帝, 承用正朔故也. 在宋亦然, 而其竝事遼宋以後, 止稱宋. 凡其註中, 則或因文勢隨所宜

元則雖是夷狄, 統御天下, 又東國之臣屬, 非如前代, 羈縻·止承·正朔之比, 亦當曰帝. 然其入朝, 乃使聘, 則曰'王如元', '遣某官某如元'. 至如明, 明及本國, 則事義尤別, 旣是正統, 而受冊·命奉·號令, 勢[6]同內服, 曰帝, 不可稱明. 其使聘, 亦當曰'遣某如京師'. 此又義例之隨其事實, 各有攸當. 而於其一代之間, 或偏·或統·或臣·或否, 又各有隨時而處者. 如春秋於周, 皆稱京師, 而後或稱曰成周, 俱有至當, 不可易者. 蓋此人道大段精義所在, 更當審之.

○昔余讀東史, 非但事無可觀, 又其記事, 全無義例, 心竊悼歎. 每欲略效

---

6 勢: 원문은 '世'로 나와 있는데, 문맥을 살펴 수정하였다.

朱子綱目, 編成一書, 以便省覽. 蓋其凡例, 雖一用綱目書法, 而但我東國, 臣屬中國, 其承事體例, 間有所異於中國之自爲臨制者, 此其更費區處處耳. 乃思得一二條義, 試書諸冊面以識之, 至今十有餘年, 未克遂此. 其義例之果得其當與否, 亦未敢自知, 而歲月侵尋, 疾病沈綿, 本領急務, 多負素志. 於此等事, 恐終有所未暇也. 嘗念古人成就許多事, 有何精力而能若是乎! 重爲慨然也. 後之君子, 倘或有以成之, 亦一幸事也.

東史怪說辯

余嘗讀[7]東史, 三國之際, 怪異之事甚多. 若赫居世·閼英·脫解·閼智·首露·許妃·金蛙·朱蒙之生, 及迎日·耽羅之事, 以至桓因·桓雄·檀君·夫婁·聖骨將軍·作帝建·龍女之說, 無不荒怪.

噫! 東國與中國, 相去不滿數千里, 地形風氣, 不甚相遠. 以麗朝以後七八百年之間觀之, 風氣人事, 每相表裡. 三國之時, 中國之聲敎, 雖不甚通, 其風氣人事, 則以此推之, 亦可知矣.

三國之興, 俱在漢宣帝以後, 則在中國已爲近代, 在鴻濛邃古之初已遠矣, 安有氣化物變有若此者乎? 況其箕子東來, 君主朝鮮, 東國雖無徵, 而漢史所記, 未聞有可怪之事. 漢武東征以後, 則載記已詳, 而未聞有可怪之事, 其在三國, 而反有若是荒怪之事乎? 蓋三國之時, 文獻無徵, 習俗朴陋, 此等說, 本出於野人無知之口, 不過嗤氓評話之傳, 而高麗中葉以後, 始作史者, 悶其前代載記闕焉, 無事可錄, 反取此等說, 載之於史, 以傳後世.

---

7 讀: 원문에는 없으나, 문맥을 살펴 보충하였다.

是以今觀東史, 三國爲記, 其事有見於中國載記, 而因以記之者, 則已爲衰世之事, 其因其俚俗之所傳, 則眞爲邃古之初, 同是一時之事, 而其氣象人事, 便若千百世之相遠, 此何等史乎? 是以其爲書也, 事實乖抵, 言語雜陋, 不成模樣, 一對東史, 令人輒掩卷不欲觀矣. 彼無知誣說, 固不足誅, 記評話於信史, 以傳於後世, 作史者之罪也.

然金富軾之史, 姑無論已, 近世吳澐氏取東國諸史, 撮爲一書, 名曰東史纂要. 其在東史, 庶爲要實, 而於此等說, 略其煩語而不能全去, 故其爲書亦不足可矣. 夫其刪煩取略者, 知其誕妄而不欲備載本語也. 然語漸簡而事漸實, 以此傳世, 則愈起疑信之端矣, 何也? 後之人, 莫見其本語之若是可笑, 而徒見就簡之書故也.

今聚集其說於左, 具載本語, 使觀者人人皆知其荒誕無理, 未滿一笑, 而自無疑焉. 嗟乎! 此等說, 本不足辨, 而旣載信史, 故不得不辨. 後之編史者, 不可以前史所傳而苟仍其累, 宜一切去之可也. 中國史東夷傳, 有載如此等說者, 然以中國之人而記外夷事, 不過因其所說, 而爲之編耳. 是亦本東人荒怪而致然也.

三國始祖之類, 必其爲人逈出常人, 人以爲神, 故假託爲說. 而姓朴則托以大卵, 姓金則托以金櫃, 其名脫解則托以解櫝. 其他皆如此, 蓋緣事起意, 假做評話者也. 以迎日縣之事觀之, 亦可知矣.

如今村巷評話, 至於國初事及近世名人事, 緣名托事以異其跡者甚多. 古今俚俗之傳, 眞是一般. 今若取此, 以爲信史, 則果將何等可笑也! 又其所謂多婆那國·阿踰陀國·桓因·阿蘭弗·迦葉原等語, 其他名稱語意, 皆是僧談, 其時俗尙,[8] 因可想也. 其荒誕好怪, 蓋有由矣. 嘗觀僧人所持金剛山記云: "山自西域漂海而來, 住於東國." 又"木石能語." "人物變化." 其他

---

8 尙: 원문은 '想'인데, 문맥을 살펴 바로 잡았다.

諸說莫不然, 何其與此相近之甚也?

新羅始祖赫居世, 漢宣帝地節元年, 高墟村長蘇伐公, 望楊山麓. 云云. 以朴爲姓. 三國史, 及東國史略, 東史纂要, 下同

○陽村權近曰: "唐虞以降, 中國無可怪之事. 三國始祖, 與漢竝時, 安有若是其可怪者乎? 閼英之生, 脫解之出, 亦皆怪而不常, 豈非厥初海隅淳朴無知, 間有一爲詭說者, 衆信之以傳也.

閼英: 新羅始祖五年, 龍見閼英井. 云云. 王納以爲妃.

脫解, 多婆那國, 在倭國東北一千里, 一名龍城國. 其國王含達婆, 取女國王女爲妃, 有娠七年, 乃生大卵云云. ○按脫解旣以海外絶國之卵, 漂到而始化, 則其自多婆那國, 何從而知之? 其國王之號, 及娶女國王女, 娠娠七年等事, 又何從而詳乎? 其訟宅之說, 亦未滿一笑. 脫解旣謂非本土之人, 而吾祖家屋, 可乎? 又不言嘗爲冶匠而埋炭, 就訟之際, 詐稱冶匠, 其可得乎? 且瓠公其時宰輔, 則以此而能取勝乎? 此等說, 誕妄愚駭, 固不足辨, 而自相抵牾, 不成說話. 類此, 直兒童迷藏戱耳. 金富軾, 世稱博學人而取以爲史, 陋矣.

閼智: 脫解王九年, 王夜聞金城西始林樹間有雞鳴云云.

首露王: 後漢光武建武十八年壬寅三月, 駕洛國今金海九干我刀云云. 『駕洛國古記』及『東史纂要』○按此說, 荒不足辨. 『纂要』取而不去者, 以其『古記』而難於鑴改也. 以爲『古記』而不敢不信, 則崔致遠之說, 又如彼其不同, 安在『古記』之爲可信也? 當時, 無識之傳, 類多如此. 雖以致遠, 亦不免敢於佞佛之文筆. 此妖妄之說, 編史者一切袪之可也. ○崔致遠所撰「僧利貞傳」云: "伽倻山神正見母主, 乃爲天神夷毗阿之所感, 生大伽倻王惱窒朱日·金官國王惱窒靑裔二人. 『輿地勝覽』云云.

許后: 東漢建武二十四年七月, 許后, 自阿踰陀國渡海而至. 云云. 建寺名

600 ·

曰王后寺. ○按『古記』如此, 而又謂南天竺國王女, 或謂西域國王女. 其荒怪自相抵牾, 有不足論.

|迎日縣| 新羅阿達羅王時, 東海濱有人夫曰, 迎烏郎. 云云. 縣名曰迎日. 『三國遺事』・『東史纂要』, 捃入其說. ○『三國遺事』, 未知誰作, 亦出於高麗中葉後. ○『輿地勝覽』曰, "麗初, 改新羅臨汀縣, 爲迎日", 則迎烏之說, 無足取信. ○佔畢齋金宗直曰, "迎日, 蓋新羅東表之地, 置太史官・瞻星臺云,[9] 意爲寅賓出日之地. 縣東有都祈野・日月池, 至今人稱新羅祭天之地, 此其驗也. 諺傳迎烏細烏夫婦之說, 何其不經之甚也."

|桓因 檀君| 昔有天神桓因, 命庶子雄, 持天符三印, 率徒三千, 降於太伯山頂神檀樹下. 謂之神市, 主人間三百六十餘事. 云云. 至帶素而爲高句麗大武神王所滅. 古記 ○按此說, 尤甚不經. 東史所記, 檀君・夫婁・金蛙等說, 詳略有異, 未知其所取有他出處否乎? 若因此而删以就簡, 則亦荒矣. 夫檀君東國首出之君, 必其人有神聖之德, 故人皆就以爲君. 古之神聖之出, 固異於衆人者, 亦安有若此無理之甚乎? 「外紀」禹治水化熊之說一般, 不聞中國之史取以爲大禹紀也. 又遣子夫婁朝塗山之說, 尤爲好笑. 嘗見抱朴, 自言壽二千歲, 少時與堯舜相友善. 以此惑衆, 後尋問, 則果是某郡某人也. 何其與此言伯仲也? 蓋檀君之生, 與堯竝時, 故檀君之號, 若存若亡, 僅傳二字, 後人又何從而知其娶某氏耶? 大槩古記之類, 出於新羅俚俗之稱, 而成於高麗. 謂檀君娶河伯女, 而東明之母, 又是河伯女矣. 自檀君以至三國・麗祖, 王者之興多矣, 而不出於卵, 則必出於金櫃, 王妃不是河伯之女, 則必是龍女, 二者之外, 更無他端. 其造詭之術, 亦狹而不博矣.

|金蛙 朱蒙| 扶餘王解夫婁, 老無子, 祭山川求嗣, 所御馬至鯤淵見大石.

---

9 云: '云' 뒤에 '時' 자가 들어 있는데, 문맥으로 미루어 삭제하였다.

云云. 結廬沸流水上, 國號高句麗, 亦稱卒本扶餘. 『三國遺事』及『三國史』及
諸東史 ○又云, 朱蒙初至卒本, 見沸流水上有菜葉流下. 云云. 朱蒙造宮
室, 以朽木爲柱, 故如千歲, 王竟不敢爭. ○朱蒙立國三年七月, 玄雲起鶻
嶺云云. ○朱蒙西狩獲白鹿, 倒懸於蟹原, 呪曰云云. 朱蒙以鞭畫水, 水卽
滅. ○按『三國遺事』, 東明王朱蒙, 乘獜馬自窟中出朝天之事, 及其他怪
誕之說甚多, 不必盡見於此.

|耽羅| 厥初無人物. 三神人, 從地隙出云云. 古記見『高麗史』 ○按耽羅, 海島
也. 厥初人物之有氣化者, 無足怪也. 然所謂木函·石函·日本使者乘雲氣
等說, 與上話說一般, 愚駭可笑.

高麗之先, 史闕未詳. 『太祖實錄』卽位二年, 追王三代云云. 此以下, 高麗史世
係. ○金寬毅, 『編年通錄』云云. 閔漬, 『編年綱目』云云. ○李齊賢曰: "金寬毅
云, 聖骨將軍云云." ○又曰: "金寬毅云, 懿祖得唐父所留弓矢云云." ○
又曰: "金寬毅云, 道詵見世祖松岳南第曰云云." ○按三國之際, 固無足
論. 至於麗朝, 則宜有可觀, 而亦未免荒蒙. 安有王室祖考追崇所及, 而傳
說之紊亂若此者乎? 麗之君臣, 冒偽誣祖, 至於見譏於中國, 可醜也已.
原其所由, 蓋是人心無知, 俗習侫佛而然. 上無以敎則其害無所不至哉. 或
王代遠世, 中國貴人, 來遊東方, 有如此事, 而後人因以託於肅宗宣宗耶? 是則未可知, 然其所云
云, 辰義買夢事, 乃新羅太宗王妃金庾信妹之事, 身登流溢天下, 乃顯宗母事, 其後人之傳會成說
無疑. 雖然, 鄭麟趾作麗史, 不取此等說以爲之記, 比之三國史, 差有取焉.
○又按金富軾, 世所稱博雅之士, 非浮妄之輩, 而作史如此, 誠可歎也. 金
寬毅, 觀其所撰, 其人可知. 閔漬, 忠肅王時爲政丞者, 麗史云: "漬撰進本
朝編年綱目, 上起國初, 下迄高宗, 書凡四十二卷. 漬有文藻而心術不正,
不知性理之學, 其論昭穆以朱子議爲非云云." 麗史所論如此, 而觀「楡岾
寺記」, 則漬之爲人, 亦可知矣. ○閔漬『楡岾寺記』, 五十三佛, 自西域舍衛

國, 乘金鍾泛海, 至月氏國云云. 安昌縣宰盧偆, 往迎云云. ○南秋江孝溫曰, "関漬之記, 有六大妄言云云."

三京說

『麗史·方技傳』金謂磾, 肅宗元年爲衛尉丞同正. 新羅末, 有僧道詵, 入唐學一行地理之法而還, 作秘記以傳. 謂磾學其術, 上書請遷都南京曰:

「道詵記」云:"高麗之地有三京, 松岳爲中京, 木覓壤爲南京. 平壤爲西京, 十一十二正二月住中京, 三四五六月住南京, 七八九十月住西京, 則三十六國朝天." 又云, "開國後百六十餘年, 都木覓壤." 臣謂今時正是巡駐新京之期. 臣又窃觀「道詵踏山歌」曰:"松城落後向何處, 三冬日出有平壤, 後代賢士開大井, 漢江魚龍四海通." 三冬日出者, 仲冬節日出巽方, 木覓在松京東南, 故云然也.

又曰:"松岳山爲辰馬主. 嗚呼! 誰代知始終? 花根細劣枝葉然, 纔百年期何不罷? 爾後欲覓新花勢, 出渡陽江空往還. 四海神魚朝漢江, 國泰人安致太平."

故漢江之陽, 基業長遠, 四海朝來, 王族昌盛, 實爲大明聖之地也. 又曰:"後代賢士認人壽, 不越漢江萬代風. 若渡其江作帝京, 一席中裂隔漢江."

又「三角山明堂記」曰:"舉目回頭審山貌, 背壬向丙是仙蟄. 陰陽花發三四重, 親祖負山臨守護. 案前朝山五六重, 姑叔父母山聳聳. 內外門犬各三爾, 常侍龍顏勿餘心. 靑白相登勿是非, 內外商客各獻珍. 賣名隣客如子來, 輔國匡君皆一心. 壬子年中若開土, 丁巳之歲得聖子. 憑三角山作帝京, 第九之年四海朝."

故此[10]明王盛德之地也.

又「神誌秘詞」曰：“如秤錘極器, 秤幹扶踈樑. 錘者五德地, 極器百牙岡. 朝降七十國, 賴德護神精. 首尾均平位, 興邦保太平. 若廢三諭地, 王業有衰傾.” 此以秤諭三京也, 極器者首也, 錘者尾也, 秤幹者提綱之處也. 松岳爲扶踈以諭秤幹, 西京爲白牙岡以諭秤首. 三角山南爲五德丘以諭秤錘. 五德者, 中有面岳, 爲圓形土德也, 北有紺岳, 爲曲形水德也, 南有冠岳, 尖銳火德也, 東有楊州南行山, 直形木德也, 西有樹州北岳, 方形金德也. 此亦合於道詵三京之意也.[11] 伏望於三角山南木覓北平, 建立都城, 以時巡駐. 此實關社稷興衰.[12]

於是, 日者文象, 從而和之. 睿宗時, 殷元中亦以道詵說, 上書言之.

與朴進士自振論東國地志

東國四郡三韓之說, 韓久庵已有辨. 其後歷考諸書, 節節符合. 於東方圖志, 久庵可謂有功矣. 新舊玄菟, 蒙考『通典』・『後漢書』而明之, 何幸! 但未知所徙遼界之玄菟的是今何處. 近世吳澐氏, 以爲今瀋陽[13]東北八十里撫順千戶所, 未知有何古說可據耶. 嘗問遼人, 今奉集廢縣, 相傳古玄菟郡, 在撫順千戶所南八十里云. 然奉集縣,『遼志』及『一統志』謂漢險瀆縣, 恐非玄菟郡也.『後漢志』謂

---

10 此: 원문에는 없는데,『고려사』에 의거해서 ‘此’자를 삽입하였다.
11 『고려사』에는 이 뒤에 “今國家有中京西京而南京闕焉”이라는 문장이 있다.
12 『고려사』에는 이 뒤에 “臣干冒忌諱謹錄申奏”라는 문장이 있다.
13 陽: 이 대목에 ‘살피건대 오씨가 인용한 바는 곧 권람의 응제시주이다[按吳氏所引, 卽權擥應製詩註]’라는 두주가 적혀져 있다(『응제시주應製詩註』의 해당 원문은 “瀋陽中衛治東北八十里, 有貴德州, 或云古古玄菟郡, 卽撫順千戶所. 南至遼東百二十里, 東南至鴨綠江七百里”이다).

‘遼東郡距洛陽東北三千六百里, 玄菟郡距洛陽東北四千里’, 則必在遼東之東北. 而大抵三國中高句麗沿革地理尤難爲據. 本國雖無文獻可徵, 中國傳記, 必有可考之說, 若得覷破, 則亦爲快事也.

箕子領地

箕子都平壤, 其時地界止於何處? 吳澐『東史地志』, 以爲遼河以東漢水以北, 皆箕氏地. 按涵虛子曰, “半萬殷人渡遼水.”『魏略』曰: “箕子之後, 朝鮮侯見周衰燕自尊爲王, 欲東略地, 朝鮮侯欲興兵, 逆擧以尊周, 其大夫禮諫之, 乃止. 使禮西說燕, 燕亦止不攻. 後子孫稍驕虐, 燕乃遣將秦開, 攻其西方, 取地二千餘里, 至滿潘汗爲界. 按『漢書·地理志』, 有滿潘縣屬遼東郡. 本註, 縣有沛水源出塞外, 西南流入海, 未知今何地. 又此云二千餘里, 恐是自燕都而言也. 今遼東都司, 距燕京一千七百里, 鴨綠江距遼東都司五百六十里, 則所謂滿潘汗, 似是鴨綠近處也. 不然, 二字必一字之誤也. 朝鮮遂弱. 及秦竝天下, 築長城至遼東. 朝鮮王否畏秦, 服屬於秦. 否死, 子準立十餘年, 秦滅. 漢初盧綰爲燕王, 朝鮮與燕以浿水鴨綠爲界. 燕人衛滿, 亡命渡浿水, 求居西界, 襲準, 據其地.”

『漢書』班固曰, “玄菟樂浪, 本箕子所封.”『唐書』裴矩·溫彦博曰, “遼東本箕子國.”『遼史·地志』云, “遼東本朝鮮, 周武王釋箕子囚, 去之朝鮮, 因以封之.”『遼東志』云, “遼東箕子所封之地.”『一統志·遼東名宦』亦載箕子. 據此諸說, 則遼河以東, 爲箕氏地明矣. 蓋遼東周時爲箕子所封之域, 後爲燕地, 秦時爲遼東郡. 自漢以下, 皆爲中國地, 後魏末爲高句麗地. 史志或言晉時漢入句麗, 然今詳考之, 晉永嘉後, 句麗或有陷遼東玄菟時, 而慕容燕旋復取之. 其定爲句麗地, 則自後魏始也. 唐征高句麗, 復取其地, 未幾爲渤海大氏所據, 後入於契丹歟.

高句麗建國

『三國史』云, "東明王朱蒙, 以漢元帝建昭二年甲申, 始起爲高句麗." 而『漢志』"武帝元封四年置玄菟郡, 其屬縣有高句麗.'『後漢書』云, '武帝滅朝鮮, 以高句麗爲縣, 使屬玄菟, 賜鼓吹伎人.' 則豈朱蒙未起之前, 又有所謂高句麗者歟. 以『北史·高句麗傳』觀之, 則朱蒙之起, 似在漢武以前,『通典』所記亦然. 而『三國史·本紀·年表』, 又皆歷歷如彼何也? 唐高宗滅高句麗時, 賈言忠謂高氏自漢有國今九百云云, 而以三國史記年, 則爲七百五年矣, 據此則朱蒙之起在漢武以前者尤似然矣.

國內城

國內城,『輿地勝覽』引鄭麟趾說, 而附於古跡下. 然唐總章二年, 李勣以高句麗諸城, 置都督府州郡, 奏狀云, "鴨綠以北已降城十一, 其一國內城, 從平壤至此十七驛." 此說見『三國史·地理志』末段.『通典』馬訾水一名鴨綠水, 源出東北靺鞨白山, 水色如鴨頭, 故名之. 去遼東五百里, 經國內城南, 又西與一水合, 卽鹽難水也. 二水合流, 西南至安平城入海.『唐書』所記亦然. 然則此城在鴨綠以北明矣, 似與鴨綠江不遠, 而未知其今爲何所耳. 國內一云尉那巖城.

丸都城

丸都城有丸都山, 高句麗嘗都此, 爲燕慕容皝所破. 今亦未詳所在. 按『唐書』, 登州東北海行, 行海自鴨綠江口, 舟行百餘里, 乃小舫泝流東北三千里, 至泊汋口, 卽古安平縣 得渤海之境, 又泝流五百里, 至丸都城. 然則丸都當在鴨綠之東北·遼東之東南. 又唐總章二年, 李勣奏狀云: '鴨綠以北未降城十一, 其一安市城, 舊名安寸忽, 或云丸都城.' 見『三國史』若據此說, 則所謂安市城乃丸都耶. 安市城在蓋州衛東北七十里, 相傳今鳳凰城卽是. 安市城, 考『遼史』及『一統志』, 在蓋州衛東北七十里. 漢置安市縣, 高句麗爲安市城. 唐太宗攻之不下, 薛仁貴白衣登城卽此. 渤海置鐵州, 金改爲湯池縣屬蓋州元省云云.

舊玄菟合於樂浪郡

舊玄菟合於樂浪郡, 則在於昭帝始元五年, 而樂浪罷郡爲高句麗地, 未詳的在何時. 考之三國史, 漢光武建武中, 高句麗大武神王滅樂浪. 建武二十年, 帝遣兵渡海伐樂浪, 取其地爲郡縣, 此後更無高句麗取樂浪事. ○按『前後漢書·地志』, 皆有樂浪郡, 其戶口俱詳. 而『前漢志』所載, 則平帝元始二年戶籍也;『後漢志』所載, 則順帝永和五年戶籍也. 又『後漢書』云: 昭帝竝臨屯·眞番於樂浪·玄菟, 玄菟復徙居高句麗西北, 自單單大嶺以東, 沃沮·濊貊, 皆屬樂浪. 後以境土廣遠, 復分嶺東七縣, 置樂浪東部都尉. 光武建武六年, 罷都尉官, 遂棄嶺東地, 悉封其渠帥爲縣侯, 皆歲時朝賀. 又建武二十年, 韓人廉斯人·蘇馬諟等, 詣樂浪貢獻, 光武封爲廉斯邑君, 使屬樂浪郡, 四時朝謁. 二十三年, 高句麗蠶支落大加戴升等萬餘口, 詣樂浪內屬. 又和帝時, 竇憲以崔駰出爲長岑長. 長岑樂浪郡屬顯也. 又王符『潛夫論』曰: "今東至樂浪, 西達燉煌." 符乃順帝時人. 又質帝·桓帝之間, 高句麗復犯遼東西安平, 殺帶方令掠得樂浪太守妻子. 又獻帝初平中, 山東諸將, 遣樂浪太守張臡, 齋帝號上劉虞. 又按『三國魏志』云: "三韓漢時屬樂浪郡, 四時朝謁. 桓靈之末, 韓濊強盛, 郡縣不能制, 民多流入韓地. 獻帝建安中, 公孫康據遼東, 分樂浪屯有, 以南荒地爲帶方郡, 遣公孫模張敞等, 收集遺民. 又魏明帝景初二年, 遣司馬懿滅公孫淵, 遼東·玄菟·樂浪·帶方四郡皆平. 明帝遣帶方太守劉昕·樂浪太守鮮于嗣, 越海定二郡. 又魏齊王正始六年, 樂浪太守劉茂帶方太守弓遵, 以領東濊屬句麗, 興師伐之, 不耐穢侯等, 擧邑降, 令四時詣郡朝謁. 二郡有征役, 遇之如民, 然則終西漢以及東漢曹魏世, 樂浪常爲中國郡也. 又按『三國史』, 高句麗東川王二十一年, 徙都平壤, 是魏正始八年也. 若據四說則樂浪罷郡爲高句麗地, 必在其前矣. 而『晉書地志』, 有樂浪帶·方等郡,『三國史』又有云: 樂浪太守遣刺客殺汾西王, 國人立比流爲王, 乃晉惠帝永興元年也. 魏正始八年以前, 平壤旣爲高句麗之地, 則至晉惠時, 樂浪猶爲中國郡, 何也. 杜佑『通典』謂: "漢樂浪郡, 後漢末爲公孫氏所據, 魏晉又得其地, 西晉永嘉以後, 陷入高句麗."『一統志』亦云: 平壤漢樂浪郡, 晉永嘉末, 陷入高句麗,『三國史』高句麗美川王十四年, 侵樂浪虜二千餘口, 十五年侵帶方郡, 是當懷愍之時, 而至其子故國原王四年築平壤城. 以此見之, 則樂浪至晉懷帝永嘉以後, 入於高句麗矣. 豈或高句麗於魏晉之際, 間得樂浪, 旋復屬中國, 而其永爲所有, 則自永嘉以後耶.

玄菟

玄菟卽所徙新玄菟. 遼東郡, 自漢至魏・晉・慕容燕時, 皆爲中國郡縣, 此則中國及東史皆可見. 後漢末, 爲高句麗所有. 蓋高句麗盛時, 跨遼河爲界, 卽今遼瀋・金復・海蓋, 皆高句麗地也. 此則中國志書可考而詳也. ○『一統志』謂遼東至隋初爲高句麗所據. 然嘗考東史及諸書, 隋初以前, 已屬高句麗矣. 復按『後周書』云高句麗始祖曰朱蒙, 至裔孫璉, 始通使於後魏. 其地東至新羅, 西渡遼水, 南接百濟, 北隣靺鞨. 治平壤城, 南臨浿水, 又有國內及漢城亦別都也. 復遼東玄菟等數十城, 皆置官司以相統攝, 則後魏之時, 遼東玄菟入於高句麗明矣.

樂浪

或者又謂今永平府, 亦嘗有稱樂浪時, 晉世所謂樂浪郡, 疑指此. 然『晉・志』樂浪郡本註, 旣曰漢置. 其秦時所置者, 則曰秦置, 他皆倣此. 而其所屬諸縣, 皆是『漢・志』樂浪郡之屬縣也. 與玄菟・遼東等郡, 竝皆漢舊 其上下文漢魏晉沿革, 極爲分明. 況今永平府,『大明一統志』謂北燕時始爲樂浪郡, 而遍考『晉書』・『唐書』・『通典』・『通考』等書, 則於永平, 竝其四隣地方, 擧無樂浪字, 尤無所疑矣. 非惟北燕以前諸書, 無樂浪字, 北燕以後, 亦且無一及樂浪字.『一統志』所云北燕時爲樂浪郡者, 亦未知何所據也.『一統志』, 於今保定府滿城縣, 亦云後魏時置樂浪郡, 而其前史無見, 亦與此同.

三國鼎立

近世吳澐『東史纂要』謂: "漢分四郡合二府垂七十餘年", 蓋以爲朱蒙之起, 在漢元帝建昭二年. 自漢武元封三年, 至建昭二年計之也. 東人例不明東史, 自其已然而臆推之. 故每以爲三國初起, 便成鼎峙之勢. 『東國史略』史論亦是此意思 考其實 則深不然. 高句麗初起時甚微弱, 屬於玄菟郡, 如向時建州·忽溫之屬於遼東郡司. 如此者數百年, 漸呑傍小國後, 竝據樂浪·玄菟等郡而後能強大. 新羅·百濟亦漸竝據傍小國, 而後大然後方成鼎峙之勢矣, 觀東史者, 亦不可不知此意也.

四郡所在

四郡所在, 傳記皆有明據. 而惟眞蕃·朝鮮, 爲置史筑障塞. 註'眞蕃亦東夷, 與燕相接'云, 則所謂雪縣, 當在今遼東境內歟. 又應劭云, 玄菟本眞蕃國, 謂所徙遼界之玄菟也.

卒本川

卒本川, 『輿地勝覽』以爲今成川府, 世相傳亦然, 而金富軾之說則曰: "『通典』云, 朱蒙以漢建昭二年, 自北扶餘東南渡普述水, 至紇升骨城居焉, 號曰句麗, 以高爲氏." 今按『通典』, "朱蒙棄扶餘, 東南走渡普述水, 至紇升骨城, 遂居焉, 號曰句麗, 以高爲氏. 及漢武滅朝鮮, 以高句麗爲縣, 屬玄菟郡云云." 而更無漢建昭二年字. 金富軾乃自爲添入矣.

『古記』云, "朱蒙自扶餘逃難至卒本." 則紇升骨城·卒本, 似是一處也. 『漢書志』云, "遼東郡距洛陽東北三千六百里, 屬縣有無閭." 卽『周禮』北鎭醫無閭山也. 大遼, 於其下置醫州. 玄菟郡距洛陽東北四千里, 所屬三縣. 高句麗是其一焉, 則所謂朱蒙所都紇升骨城·卒本者, 蓋漢玄菟郡之界, 遼東

京之西.『漢·志』所謂玄菟屬縣高句麗者是歟. 昔大遼未亡時, 我人聘遼入
燕京者, 過東京涉遼水, 一兩日, 行至醫州, 以向燕薊, 故知其然也. 已上皆
富軾說.

今按『兩漢書·志』及『北史』·『通典』所載「高句麗事」, 其初明是在漢武
以前, 而『三國史·本紀』, 則高句麗始起於漢元帝建昭二年, 是甚可疑. 金
富軾旣爲朱蒙之起在漢元帝時, 而論其所都, 則以漢武所置高句麗縣當
之, 亦未知其何說也. 又遼時東京, 卽今之遼東都司城. 『一統志』可考而見也,
遼醫州, 卽今廣寧.

『漢·志』旣云, "遼東郡距洛陽東北三千六百里, 玄菟郡距洛陽東北四千
里, 而高句麗縣屬於玄菟." 又云, "高句麗縣有遼山遼水出, 註遼山小遼水
所出, 西南至遼隊縣, 入大遼水." 此說, 『前後漢志』皆有, 而註則『前漢志』尤詳.

『唐書·高句麗傳』亦云, "小遼水出遼山, 西而南流." 『大明一統志』"小遼
水一名渾河, 出塞外西南流, 至瀋陽衛, 合沙河. 又西南至遼東都司城, 西
北合太子河, 又與大遼水會入海. 然則『漢·志』所謂高句麗縣者, 亦應在
遼東之東北, 而富軾以爲在遼東之西, 恐幷爲謬誤也. 富軾本文論平壤·三韓等
說, 亦多模糊不明.

至若卒本之爲今成川與否, 則『三國史·地志』, 今關西一帶郡縣, 擧脫漏
無考. 然卒本與沸流國, 同是一處, 而在沸流水上, 則本紀已明言之. 『高麗
史·地志』云, 成川本沸流王松讓故都, 別號松讓, 成廟所定, 則成宗乃麗
初之君, 自麗初已以成川爲沸流可見矣. 金富軾乃中葉以後之人, 而其言
亦無準據, 則成川之爲卒本無疑矣.

且以本史反覆參檢, 東明王朱蒙, 自北扶餘南奔, 至卒本·至沸流水上, 明
年沸流王松讓, 以其國降. 又東明王六年, 滅太伯山南荇人國, 以爲邑. 而
太伯山在今寧邊府. 東明卒, 葬龍山, 而龍山在今平壤中和之境. 琉璃王旣

610·

自卒本遷都國內城, 後太子解明, 在故都, 與其隣黃龍, 較力而死, 而黃龍國卽今龍岡縣也. 據此以見, 則朱蒙所都卒本川者, 不應在遼東之地. 然則爲今成川益無疑矣. 『漢·志』所謂玄菟屬縣高句麗, 豈或朱蒙以前高句麗者歟? 若是朱蒙之起, 在漢武以前, 而所謂高句麗縣乃高氏所都也, 則高氏都卒本, 董四十年, 而徙都國內城, 似當指爲國內等處. 然漢志凡縣名先書者, 郡所治也, 而玄菟郡, 高句麗縣先書, 則高句麗縣與玄菟郡, 同在一處矣. 『後漢書』雖云, "以高句麗爲縣." 而『三國志』復云, "高句麗, 漢時賜鼓吹伎人, 常從玄菟郡, 受朝服衣幘, 高句麗令主其名籍, 後稍驕恣, 不復詣郡云云." 則高句麗所都, 與玄菟郡, 高句麗縣, 各自爲別也.

平壤

高句麗都平壤, 『三國史·高句麗地志』, "長壽王十五年, 自國內徙都平壤." 其「本紀」, 則謂"山上王十三年, 自國城移都丸都城, 東川王二十一年, 徙都平壤, 故國原王十二年, 復移丸都, 十四年, 還移平壤東黃城. 長壽王十五年, 復都平壤城." 二說自相抵捂, 未知孰是.

按杜佑『通典』云, "高句麗自東晉以後, 居平壤城, 亦曰長安城." 又『元史·地志』, "高句麗平壤城, 亦曰長安城. 漢樂浪郡也. 晉義熙後, 其王高璉 按璉卽長壽王名 始居平壤城." 『一統志』亦云, "平壤卽漢樂浪郡治. 晉義熙後, 其王高璉始居此城." 則謂長壽王始都平壤者, 似爲得之. 然自山上至長壽, 其間十一王, 二百餘年中, 「本紀」所書與魏毌丘儉·燕慕容氏相戰殘破丸都等事, 與魏晉諸史相符. 其自國內徙丸都, 自丸都徙平壤, 平壤則明甚. 其謂長壽王自國內徙平壤者, 恐有脫誤也. 又長壽王以前「本紀」所載, 多見居平壤時事, 高句麗得平壤, 已在長壽之前. 高句麗得平壤在永嘉末, 則至義熙時已多年矣. 豈遷徙無常而至長壽乃爲定都耶?

高句麗地

漢水以北遼河以東, 皆高句麗地也. 唐高宗滅高句麗, 以其地分爲九都督府, 置安東都護府於平壤以總之. 蓋其地亦至於漢水·遼河也. 都護府尋徙遼東, 因失其地. 唐總章元年, 滅高句麗, 置安東都護府於平壤, 以薛仁貴爲安東都護總兵鎭之. 明年徙高句麗民戶三萬於江淮山南. 高句麗大兄劍牟岑, 收聚遺衆, 欲圖興復, 詔高侃伐之. 上元二年, 徙都護府於遼東州. 於是, 平壤屢經殘破, 不能軍. 儀鳳二年, 都護府又徙遼東新城, 未久再徙平州遼西, 因廢. 蓋自總章元年戊辰, 至上元二年乙亥, 僅八年, 至儀鳳二年丁丑, 則爲十年也.

『三國史』云, "高句麗爲唐所滅. 而後其地多入渤海靺鞨. 渤海本靺鞨別部, 而靺鞨種類不一, 故渤海稱渤海靺鞨. 新羅亦得其南境, 以置漢·朔·溟三州." 未知新羅渤海所得地界限何處也. 『三國史·地志』, 高句麗郡縣, 只是今平安道之浿江以南, 咸鏡道之永興以南而止, 其外則擧闕漏無載.

蓋金富軾撰史時, 句麗圖籍, 蕩無存者, 而止據新羅所籍, 以爲三國地志, 故新羅所得之外, 無可考據也. 然旣云"其地多入渤海", 則句麗圖籍, 雖無傳者, 渤海之籍, 宜有可據, 而富軾未得見歟? 富軾雖如此, 鄭麟趾撰『高麗志』時, 猶可覈實論述, 而亦止因富軾之緒, 而未知所以博考也. 平壤以西·永興以北, 金富軾旣闕漏不載, 至高麗, 則收復浿西之地, 以抵鴨綠矣. 鄭麟趾雖不得考載高句麗時名號, 當考覈古實, 說破其所以之故, 而亦無一言論此而徒闕之, 有若高句麗[14]時郡縣, 原止於此.

渤海全史, 今無可復見, 而以『唐書』所載及『遼·金·元史·志』, 幷與『三國』·『高麗史』, 參互考覈, 則高句麗旣滅之後, 平壤以西·永興以北地入於渤海. 及渤海亡, 因爲女眞所據, 至高麗, 收復至鴨綠江, 嶺北則至本朝, 始

---

14 麗: 원문에는 없으나, 문맥을 살펴 새로 보충하였다.

復至豆滿江也. 渤海本靺鞨粟末部, 嘗屬於高句麗. 及句麗亡, 保挹婁之東牟山(在今瀋陽東二十里). 唐先天以後, 建國遼東, 改號爲渤海, 傳十餘世. 女眞本靺鞨黑水部, 渤海盛時, 爲其所屬. 及渤海浸弱, 爲契丹所攻, 因據東北境, 改號女眞. 而其部落散處, 有東北生熟之稱. 其後服屬契丹遼, 及阿骨打起於熟女眞, 始强大滅遼, 改號爲金. 考諸史可詳也. 高麗成宗時, 徐熙曰:"自契丹東京至我安北府, 皆爲生女眞所據, 光宗取之, 築嘉州松城." 肅宗時「尹瓘傳」云,"擊東女眞置九城." 蓋高麗以後, 則女眞已據之故云然. 今略提諸史相及處, 以標考裁.

『唐書·高句麗傳』,"安東都護府, 旣徙遼東新城, 高句麗舊城, 往往入新羅, 遺人散奔突厥·靺鞨." 此則據其亡時言.

「新羅傳」,"新羅取百濟地, 遂抵高句麗南境, 置熊·全·武·漢·朔·溟等州." 熊·全·武三州, 卽百濟地, 竝言之爾.

「渤海傳」,"渤海地方五千里, 盡得扶餘·沃沮·朝鮮諸國." 又云,"以濊·貊故地, 爲東京龍原府, 亦曰柵城府, 領慶·鹽·穆·賀四州. 高句麗故地, 爲西京鴨綠府, 領神·桓·豊·正四州." 按渤海有十五府六十二州, 此二府, 卽十五之二也. 今以『遼史·地志』考之, 則遼開州, 本濊貊地, 高句麗爲慶州, 渤海爲東京龍原府, 都督慶·鹽·穆·賀四州. 綠州, 本高句麗故國, 以桓州卽丸都, 故云故國. 渤海號西京鴨綠府, 都督神·桓·豊·正四州云云, 而其八州及屬縣廢縣等, 俱列載之矣. 又考之『一統志·遼東卷』, 則『遼志』所載東京道數十州府, 幾盡有考, 而惟此二府, 無見焉. 旣不見於遼東, 則似爲鴨綠以東之地, 而東國史籍, 湮沒無傳, 未可指據其地也. ○按『盛京志』,"鳳皇城, 卽大氏東京龍原府."

開州, 後考『金史』,"金太祖元年乙未歲, 伐遼克黃龍城, 又取開州. 越二年丁酉, 開州叛, 使撒曷等討平之"云, 則是時金祖初起, 攻戰北方矣. 開州, 當是在遼東之北境. 後更詳之. ○按考今乾隆新本『盛京通志』, 則鳳皇城爲遼時開州鎭國軍, 則在遼東之南矣.

蓋馬大山

蓋馬大山, 未知卽今何山.『後漢書』及『通典』云,"東沃沮在高句麗蓋馬大山東." 又高麗林彥「九城記」, "九城, 其地方三百里, 東至于海, 南接長·定二州, 西北介于蓋馬山·沃沮." 九城, 今之咸鏡道, 則所謂蓋馬山, 爲今平安·咸鏡兩道之界, 大嶺連亘者, 無疑矣.

『一統志』所載朝鮮山川, 謂蓋馬山, 在平壤城西, 其東卽古東沃沮國, 蓋以蓋馬山, 在高句麗境內, 而平壤爲高句麗故都, 故云然. 然其所謂其東卽古東沃沮者則是矣, 而以爲在平壤城, 則誤矣. 蓋傳說之謬也. 『勝覽』, 因此載蓋馬山於「平壤·古蹟」, 下又引『資治通鑑』, 謂"隋煬帝伐高句麗, 左十二軍, 出蓋馬等道, 會于鴨綠水西." 且引林彥「九城記」, 而牽就其地面, 疑此山在於鴨綠江外西北之界, 恐爲謬誤也. 此所引『資治通鑑』, 亦牽合成之.

今按『資治通鑑』, 隋煬帝伐高句麗, 左右各十二軍, 宇文述出扶餘道, 于仲文出樂浪道, 薛世雄出沃沮道, □□□出蓋馬道. 其他諸軍, 皆分援所出之道, 而渡遼者惟九軍. □□□則元不渡遼矣. 其謂出某道者, 部分諸軍, 而使之出於其道也, 非謂經過其道而後, 會於鴨綠水西也. 詳考『隋書本紀』及諸將「列傳」, 尤自可見. 若以『勝覽』之說, 樂浪·沃沮道, 亦可謂在鴨綠之西乎. 且前朝九城, 乃今之咸鏡南道, 此詳在韓西平卡說及『麗史』本文可考. 而『勝覽』乃引此而疑蓋馬於野人地面, 恐未免謬誤也. 此是兩道之界, 脊嶺則其爲今寧遠·孟山·咸興·永興之間大嶺也斷然矣.

南原府

今南原府, 鄭麟趾『高麗史·地志』曰, "本百濟古龍郡, 後漢建安中, 爲帶方郡, 曹魏時, 爲南帶方郡. 新羅並百濟, 唐高宗, 詔劉仁軌, 檢校帶方州刺史. 神文王四年, 置小京"云云. 『勝覽』亦引此. 嘗疑漢水以南, 唐以前擧無自中國經略之時, 而獨於南原一邑, 謂漢獻帝曹魏時, 乃爲帶方郡, 未知何所據也.

今考『前後漢·志』, 遼東·樂浪郡, 皆幽州所領, 而遼東郡屬縣有無慮·安市·西安平等十八縣, 樂浪郡屬縣有朝鮮·含資·帶方·屯有等二十五縣. 含資縣有帶水, 西至帶方入海. 『後漢·志』, 二郡屬縣, 雖略有省竝, 而皆『前·志』舊縣. 又『後漢書』云, "質·桓之間, 高句麗復犯遼東西安平, 殺帶方令, 掠得樂浪太守妻子." 按『三國志』, "建安中, 公孫度, 分屯有以南荒地爲帶方郡." 考之『晉書』, "帶方郡, 公孫度置, 魏武定霸, 仍復置郡"云, 而其所屬帶方·含資等七縣, 皆是漢樂浪郡屬縣也. 後漢末, 幽州改爲平州, 故遼東樂浪帶方郡, 蓋領於平州. 然則公孫度·曹魏所置帶方郡, 乃分出漢樂浪郡之帶方等縣爲郡者, 而遼界不遠濱海之地也, 非今南原明矣. 此則史志歷歷, 不須多卞, 蓋帶方必是今兩西地方, 而未的其地. 然唐楮遂良, 諫太宗東征曰, "涉遼以左, 或水潦平地淖三尺, 帶方·玄菟海壤荒漫, 決非萬乘之師所宜行." 則據此亦可見帶方與遼界相爲連附, 而不相懸遠矣. 麟趾不察, 以南原舊號亦稱帶方, 故以平州帶方之事, 誤冒於南原, 其舛謬甚矣.

此如『輿地勝覽』之誤以載寧郡之息城·重盤等沿革, 冒錄於安州也. 今載寧郡, 本高句麗息城郡, 新羅時改重盤郡, 高麗改安州, 後爲載寧. 今安州本高麗初彭原郡, 後置安東府, 後爲寧州, 後爲安州. 『麗·志』明甚, 本無可疑, 而『勝覽』, 公然以一事, 疊錄於兩邑, 蓋緣安州之號, 而失卻昭檢, 以致誤也.

按『北史』及『周書』云, "百濟者, 本馬韓之屬國, 扶餘之別種, 其先始國於帶方故地." 又按諸史, 北齊武平中, 封百濟王扶餘昌, 爲帶方郡公百濟王, 至隋亦然. 唐武德中, 高祖冊百濟王扶餘璋卽義慈之父, 爲帶方郡王百濟王, 高宗旣滅百濟後, 復還遣義慈子扶餘隆, 亦拜帶方郡王. 據此以見, 則帶方本是北方之地, 而百濟自北南來, 故因其所始, 亦別加百濟以帶方之號矣. 劉仁軌命守百濟遺地, 故亦爲帶方州刺史, 而仁軌於此築城, 此城之稱爲帶方, 則又自此始也. 此如今扶餘縣, 本與扶餘國地, 南北相懸, 而聖王百濟王諡號移都後, 仍稱爲扶餘也歟.

他日更考『唐·志』, "高宗顯慶五年, 平百濟, 以其地置熊津·馬韓·東明·金連·德安五都督府, 竝置帶方州, 麟德以後廢"云, 則唐高宗, 始以百濟地爲帶方州, 果然矣.

此外先春嶺·公嶮鎭等地界, 亦多有可質者, 而煩不能悉擧也.

已上疑而未定處, 固望考敎. 其斷疑處, 亦必一一參覈辨敎, 幸甚. 此雖非目前急務, 東國數千載無一人卞明者, 亦甚慨然. 願留心詳覈, 使有歸一之論.

三韓說後語亦附呈

或又謂: "三韓旣爲百濟·新羅所據, 新羅以漢宣五鳳中, 起於辰韓, 未久竝有弁韓. 百濟以漢成鴻嘉中, 起於馬韓, 王莽時襲滅馬韓, 而至東漢末·魏晉世, 猶有三韓, 見於中國所記, 何也?"

曰: "新羅·百濟雖起於漢世, 然其初微眇, 尙有諸小國未竝合者. 且與中國隔遠, 不能相通. 其自別通聘也, 百濟始於東晉時, 新羅始於苻堅時. 是以雖濟·羅起後, 中國史每以三韓仍稱之. 然『後漢書』云, '三韓凡七十八國, 百濟是其一國焉.' 則此亦可見其已有起也. 後漸强大著聞通聘. 故至『南·北史』, 則有百濟·新羅, 而無三韓之名矣. 『北史』亦云, "新羅其先本辰韓種也, 亦曰斯盧. 辰韓, 凡十二國, 新羅卽其一也.""

或又曰: "中國所記, 每先百濟而後新羅, 何也?"

曰: "濟·羅其初, 雖皆微眇, 然百濟比新羅則稍大, 其越海相通亦稍易. 新羅則尤微側, 今之嶺南一道, 新羅起後, 尙有駕洛·沙伐等諸小國, 數百年而後, 乃能爲一國. 無定號, 初稱徐耶伐, 或稱斯盧, 或稱新羅, 至其二十世後, 始定爲新羅. 此所以每次於百濟, 而新羅之名, 亦名小見於前代者也.

金富軾『三國史』, 以新羅爲主者, 以新羅竝合濟·麗, 高麗又承新羅, 而其所撰述, 皆因新羅遺籍故也. 是以富軾之史, 於新羅則稍爲備形, 而百濟則董記世代, 多所脫漏, 如溫祚襲馬韓, 其勢不應一時盡有諸小國, 而有若一擧都無事者. 其敍地志, 五部地界無從可尋, 慰禮·漢山等郡, 亦不言百濟舊都. 至若高句麗, 其强大著見, 又非百濟比, 而新羅所得之地, 止其南界, 浿江以西, 入於他國, 而高句時文籍又無存者, 故雖參以中國所記撰述, 而紊失者尤多. 其他志則南界之外, 全無傳者."

祭東溟先生文

維丙戌四月丁丑朔十三日己丑, 門生心制人柳馨遠, 謹以淸酌庶羞之奠, 祭于資憲大夫戶曹判書兼弘文館提學世子左副賓客東溟金先生之靈.

嗚呼! 先生而至然耶? 語莫之承而聲莫之傳耶? 善人之不福而君子之厄耶? 邦國之不幸而家之無祿耶? 上何寥寥, 下何漠漠. 難恃者天而理固莫測耶?

嗚呼哀哉! 嗚呼哀哉! 敬惟先生, 天生俊良, 溫溫乎其容, 密密乎其衷. 本之以心學, 濟之以政術, 玉佩瓊琚, 放乎厥辭, 道德之光, 迄不大施也.

嗚呼先生! 今其已矣. 諄諄之誘, 無復可聞矣. 允允威儀, 無復可覯矣. 哀哀寡姑, 見者心裂, 婉婉稚弱, 提携淚落. 翊相之生, 何才豐命薄? 父子至痛, 雖欲不過, 得乎? 疾之攸漸, 其或在玆. 嗚呼已矣, 無復來期.

小子不天, 幼失嚴訓, 賴先生以擊蒙, 資先生以就長. 恩深義篤, 情實天倫.
凡積春秋, 未始離分, 常期永保, 是仰是依, 孰謂如今, 遽至於斯?

嗚呼! 古人之言, 平生無疾言遽色, 於先生見之; 喜聞人善而不言人過, 於
先生見之; 嚴臨下而不毀傷, 於先生見之. 凡今之人, 放僻乎家而貪饕於
民, 欺其君上而自謂得計, 滔滔皆是焉者, 而日樂其富貴, 而又得其壽, 其
子孫滿前, 家日益盛, 此如何也? 吾安得不難恃於天而莫測於理耶?

若先生之立朝終始, 事業光輝, 有史氏有謚狀, 節義昭於士之耳目, 惠愛在
乎民之肝髓, 豈待此而明也? 卜兆已定, 靈駕將行, 幽明永決, 此何焉已?
酬恩萬一, 後無其地, 有慟徹穹, 有隕如注. 酒果非薄, 明誠虔祇, 嗚呼哀
哉, 伏惟尙饗.

裵興立行狀

公諱興立, 字伯起, 姓裵氏, 系出星山, 三韓壁上功臣諱實, 其鼻祖也. 其後
世出巨公, 有諱位俊, 重大匡壁上功臣, 謚仁益, 判門下侍郞, 諱良栿, 判典
理, 諱元舒, 尙書左僕射, 諱仁慶, 大匡輔國興安君, 諱文迪, 樞密院事, 諱
用成, 樞密副使.

入我朝, 諱晉孫, 號我堂, 判工曹, 配縣監張仲和女. 諱規, 號花堂, 大司諫,
與權陽村近爲道義交, 而時人謂之關西夫子, 配水原金氏直提學承得女.
諱閑, 左司諫, 配和順崔氏兵曹參議元之女, 於公五代祖也. 自重大匡以
後, 連十代拜穹爵綽有聲烈, 而花堂父子相繼入諫院, 載『輿地覽』. 左司
諫公季諱閨, 直提學. 左司諫公有'家君舍弟曾經此, 壁上題三父子名'之
句, 門欄一時之榮, 到今稱之.

古祖諱允詢, 成均進士, 配開城高氏, 曾祖諱碩輔, 參軍, 贈通政大夫刑曹參議, 配南平文氏進士奎女, 贈淑夫人. 祖諱國賢, 號星厓, 有隱德不仕, 贈嘉善大夫刑曺參判兼同知義禁府事. 初配完山李氏連豐守女, 繼配楊州趙氏忠順尉世俊女, 戶曺判書安孝曾孫, 幷贈貞夫人. 考諱仁範, 靈山縣監, 贈崇政大夫議政府左贊成兼判義禁府事, 妣慶州金氏參議北逸公濩女, 贈貞敬夫人, 三世追封, 皆以公貴.

贊成孝友篤至, 且有器量, 不與較是非, 鄕里推長者. 夫人金氏, 有至性純行, 其爲婦爲妻爲母之道, 皆遵儀法, 及贊成歿, 號哭絶粒, 晝夜不脫衰, 踰朞竟殉, 烈事聞于朝, 命旌閭, 事在『三綱行實』.

公生于嘉靖丙午十一月七日庚申. 公之祖妣趙夫人, 嘗營第, 夢大將旗竪庭中, 公果生而嶄然有頭角, 遊戱非凡. 趙夫人訓子姓甚嚴, 勉學勤至, 而獨於公嘗曰: "雖不力學, 自當不下於人." 年纔五六, 就學於公之外祖北逸公門, 至於文理難解處, 必待通曉而及他, 七八年之間, 通史經傳, 無不誦習. 雖兵家書, 一見輒解. 嘗曰: "文武兼用, 丈夫之職也." 北逸公每以大器期之.

乙丑公年二十, 承蔭除監役, 隆慶壬申, 登勸武別試, 萬曆癸酉, 權知訓鍊院奉事, 甲戌拜宣傳官. 乙亥丁外艱, 母夫人哀毁踰制, 不澣衣裳, 仍廢櫛梳, 苦蝨繁癢, 遍于一身. 公悶之, 油其髮. 濯其衣, 引蝨以分癢, 侍疾常不解帶, 藥必先嘗. 至於嘗泄痢, 驗甜苦, 不使母夫人知之. 丁丑遭內艱, 擗號擗踊之中, 慮幼弟難保, 撫愛隆篤, 居處飮食, 必與共之. 先是, 贊成臧獲若田宅盡給于公, 及其有弟, 請均分, 至易簀, 終不許. 逮母夫人疾革, 亦如之. 又不許及堋, 以其劵納諸壙, 崔守愚·沈一松兩先生聞之, 歎賞不已. 及其弟受室分居, 奴給其少壯, 田給其腴厚曰: "我固食祿, 爾微是無以自聊." 時人聞之, 莫不歎服.

辛巳拜左部將, 癸未從都巡察鄭彦信於北路, 以却賊, 先登斬首, 功加宣略將軍. 甲申遷司僕主簿, 乙酉夏, 除茂長縣監, 病未赴. 七月又除結城縣監, 爲政嚴明奸吏慴伏. 遞還之日, 行李蕭然, 路資之餘, 盡付邑吏還. 己丑還拜太僕, 六月出宰興陽, 上任卽捐俸, 多造戰艦, 逐月習陣, 器械城池, 精鍊修築, 人知將大有爲.

壬辰四月, 島夷大擧越海, 公領舟師, 赴閑山島, 與統制使李舜臣同事, 前後九戰, 皆大捷. 玉浦之戰, 公以前部將, 倭大船二隻, 撞破焚滅, 一海大洋, 烟焰漲天, 岸上賊徒, 竄伏林藪, 無不摧心. 唐浦之戰, 又以後部將, 倭船全數, 撞破焚滅. 倭徒遠立觀望, 叫呼頓足, 大聲痛哭. 見乃梁之戰, 又以後部將, 倭大船一隻, 洋中全捕, 斬首八級, 又多溺死者. 八月命加通政階, 兼助防將.

癸巳春, 又以戰功一等, 加嘉善階, 從全羅巡察使權慄同事, 幸州戰大捷, 皆公之力也. 時僧陣少却, 巡察更令公督戰, 公冒刃轉戰, 賊丸如雨, 至於中公鐵胄, 胄破而亦不撓, 賊遂退. 秋賊自晉州向蟾江列邑, 皆焚倉庫奔避, 公獨擁兵不動, 賊不入境. 甲午移領長興府, 丙申旋師, 帶助防如故. 丁酉拜全羅道防禦使, 才赴任, 統制使元均以公閑水戰, 啓請還帶助防. 漆川之戰, 公前蒙矢石, 促棹交戰, 而俄而顧後, 則均已仆旗而北矣. 公大呼加里浦僉使禹壽曰: “胡爲天然退去乎?” 只以所乘單船且進且戰, 技梧强寇而無一卒被擒者, 其時將士, 莫不扼腕.

均敗死後, 朝廷知李統制被誣, 復授舊職. 公收散卒卽赴. 常戒衆, 毋輕犯勍敵, 以伺便. 及遇珍島賊, 乘勢襲擊, 斬獲甚多. 戊戌同知中樞府事, 己亥拜慶尙右道水軍節度使, 庚子移授全羅左道水軍節度使, 辛丑遞還, 壬寅又拜同知中樞府事, 癸卯四月兼五衛都摠府副摠管守知訓鍊院事, 五月除工曹參判. 甲辰拜忠淸水軍節度使, 乙巳加嘉義階, 拜慶尙右道兵馬節度使. 丁未正月又拜副摠管, 二月拜咸鏡南道防禦使兼永興都護府使. 戊申二月遞還, 八月疾篤, 十月十七日辛未卒于京第, 享年六十三. 京鄉親舊, 莫不悼傷. 斂襲葬具, 貧不克備, 吊者歎服.

上遣禮官致祭, 明年二月二十五日葬于驪州品谷元寂山下申坐之原. 壬子十月移葬于金山治之南大坊先塋側子坐之原. 仁廟朝, 以子時亮貴, 贈資憲大夫兵曹判書, 又以原從功, 贈崇政大夫議政府左贊成兼判義禁府事五衛都摠府都摠管知訓鍊院事. 昏朝時, 士林撫公行蹟, 上聞朝廷, 方議旌閭, 時爾瞻以公爲春湖柳相國黨沮止之. 當今聖主, 褒嘉節孝, 命禮官酌古實, 廣擧旌表之典, 公首與焉. 因命旌閭, 載于國乘, 光于鄉里, 嗚乎休哉!

公前夫人靑松沈氏, 護軍鈜女, 左相通源孫. 生于嘉靖己酉十二月三十日, 卒于萬曆甲申十二月六日, 壽三十六. 明年葬于抱川直洞沈相墓傍辛坐之原, 贈貞敬夫人. 壺範超凡, 能通書史, 年十三歸于公, 生一男二女, 男時望宣務郞先公祖, 女長適士人具誠胤, 次完山君李琡.

後夫人礪山宋氏, 郡守繼祖女, 兵使重器孫. 生于嘉靖乙丑五月二十日, 卒于崇禎乙亥十一月三十日, 後公二十八年, 壽七十一. 明年四月權厝, 丁丑十月祔葬于公墓左, 又贈貞敬夫人. 一遵女憲, 睦宗姻. 敬賓祭, 視前夫人之子, 猶己出. 生二男一女, 男長時俊將仕郞, 次時亮訓鍊都正, 孝友篤至, 忠義素著, 錄寧國功一等. 女適參判睦長欽, 側室有一男曰時用.

時望娶武壯公申浩孫女, 生二男, 長命全縣監, 以善行聞, 次命純府使, 丙子之亂, 力戰死之. 時俊娶獻納柳惺女, 生一男, 命新護軍. 時亮娶士人辛應望女, 生一男一女, 男命虎早卒, 女適縣監安緝. 命全娶全原君柳悅女, 生二男三女, 男長尙瑜, 次尙琬, 早卒以孝聞, 女李碩吉·金天燧·李樴. 命純娶都事金曄女, 生二男二女, 男長尙瓊早卒, 次尙珩府使, 女鄭時武·鄭輅. 命新娶判官呂煊女, 生三男三女, 男尙琳·尙頊·尙璘, 女金煦, 次進士金世俊, 次幼. 命虎娶縣令許籍女, 生二男尚球·尚珪.

尚瑜生三男三女, 男長泰來, 次泰亨, 次泰彙, 女長歸余子昰, 次鄭文興, 次幼. 尚琬無子, 以泰亨爲嗣. 有二女, 長呂以望, 次柳文燧郡守. 尚瓊一男二女, 男泰晚, 女鄭文雅, 次幼. 尚珩二男三女, 男泰綏·泰元, 女都事金應西·金錫隆·鄭以周. 尚琳三男一女, 男泰遇·泰然·泰運, 女洪處胄. 尚頊二男二女, 男泰一·泰始, 女曹逑, 次幼. 尚璘四女皆幼. 尚球二男三女, 男泰朝·泰期, 女參奉魚壽萬·閔淑, 次幼. 尚珪一女, 許暹. 具誠胤二男三女, 男文虬·文翼, 女進士朴瑠·權復亨·權壽益. 李珹一男三女, 男君守光弼, 女直長南斗明·縣監柳璘·都事李廷觀. 睦長欽三男一女, 男縣監履善, 進士順善, 承旨存善, 女參判趙珩.

嗚乎, 公平生聞於人者, 固卓犖而事常出名上, 行不可一二擧, 而姑撮其表著者論之. 其居家也, 孝其親, 友其弟, 皆出至誠, 奉先尤敬, 雖婢使亦必蠲潔後, 供祀也. 其立朝也, 耿耿不忘君父, 常曰: "食焉不避, 臣子義也." 每以仗節死義爲心. 其待人也, 無間親疎貴賤, 一以信義.

菣結城時, 搆一茅廬於東城門外, 自題「東圃齋記」曰: "高不過一丈許, 廣可容數十人, 貯琴七絃書一床盆一梅一菊, 甚蕭灑也. 開中無所見, 獨治田者絡繹於東圃. 曾不較土地之厚瘠, 而率皆墾之耕之, 種以蔬果, 播以黍稷, 上以應公家之賦役, 下以免荒歲之飢饉. 老老幼幼, 夫夫婦婦, 藹然有熙皞之俗, 上古耕鑿之樂, 復見於今時也. 吾以吾廬, 得以盡東圃之樂, 而以是爲吾心之樂, 此樂也, 何時而已哉?"

菣興陽時, 亂後人士之落南未歸者, 皆割俸以賑曰: "此亦國民, 非爲私也." 所以得延活者, 難以計數. 其撫軍卒也, 待之如友, 不怒而威, 咸得其歡. 卒有死者, 斂以官布, 載以官馬, 以歸之土, 皆樂爲之用, 而臨陣必得其死力.

公始未拔行, 間或人勸以干謁權貴, 公答曰: "富貴有命." 壬辰之亂, 戰功居多, 而公終不自伐, 或人又勸以公不宜太自卑讓. 公答曰: "涯分已極." 及策正勳, 公力辭之, 例錄宣武原從功臣一等. 公之忠孝大節, 照一世耳目, 而其臨危敵愾, 古名將罕有也. 其他言行之與古君子沕合者多矣. 且其所著文, 不爲不多, 而屢經兵燹, 漏失殆盡. 惜乎! 觀其紀行錄與「東圃齋記」, 則似若不甚經義, 而徐究其趣, 有上下同流, 各得其所之意. 苟非學力之彌篤, 烏能如是? 馨遠與尙瑜爲同齒之交, 且有姻婭之好, 而其學識與道德, 爲當世儒宗, 卓乎有不可及, 乃知家訓之有自來矣.

近日尙瑜使其子泰彙, 袖示公行蹟曰: "吾曾王考忠孝實行, 不可以無傳, 願子草其狀." 顧馨遠識陋語拙, 不足以形容萬一, 辭不獲已, 敬錄梗槪如右, 以俟秉筆者採擇焉. 後學文化人柳馨遠謹狀.

第三部 附錄

遁庵柳公隨錄序

李玄逸

治道之不復古, 久矣. 秦漢以還, 非惟禮樂敎化皆失其正, 至他規橅布置, 亦駁乎無以議爲也. 降及宋朝, 群賢輩出, 講說推明, 以爲三代決可復, 惟其未得制度考文之權, 但寓之空言而已. 自是以來世益下, 士大夫不復知有經世有用之學. 遊於學者, 徒知綴緝言語, 誦讀經文, 取決科之利; 仕於朝者, 不過安常守故, 簡陋因循, 爲目前之計. 曷嘗有攷古驗今, 蒐輯論著, 措諸用而無齟齬, 致懇惻而有條理者哉!

文化柳公, 當此之時, 乃獨留意於經邦制治之道, 稽古參今, 去就有法, 竭精畢思, 區畫得當, 積之累年而後, 成書凡若干萬言. 余嘗得而讀之, 其間架宏遠, 條理縝密, 不爲闊疏誇誕之言, 而擧皆適於實用. 其言雖若出意見, 創立制度, 而實無一言不本於古人已行之成法. 如均田定賦·造幣通貨·養士選賢·任官分職·經武制軍之要, 無不據經攷古而竭其心思, 一一畫爲科條, 措之可底於行, 其用意可謂勤矣.

就其一事言之, 雖李翶「平賦」·林勳「本政」之書, 殆無以過此. 以其大體規模言之, 亦無讓於杜氏『通典』·丘氏『大學衍義補』. 使是書也出於數千百載之前, 則周世宗平均天下之志, 將不待元稹「均田圖」而後有; 使斯法也行於數千百載之前, 則朱夫子一代奇才之歎, 亦不待蘇綽經營制度而後發也.

噫! 讀其書, 想見其人, 天之生此人, 實非偶然, 而惜乎世無有知之者, 卒使抱負經奇, 沈沒泥塗, 才不爲世用而道不行於時也. 雖然, 當今聖上, 方勵精圖治, 博選旁搜, 無間存沒, 有能以是書罄效於冕旒之下, 得備淸閒之燕而當上心焉, 則有志之士, 將不恨其不用於當年, 而天之生公, 眞不偶然矣.

余未及識公, 而晚因從宦在京師, 與公之友裵君公瑾遊, 裵君篤行君子人也. 每相對, 歎述公不離口, 一日出示公所著書草本若干卷, 余未及卒業而東歸, 居常往來於心. 後數年, 裵君繕寫成帙, 函封遠寄, 余始究其本末, 乃廢書太息而言曰: "世復有斯人邪? 無是人而有是書, 猶或可以少見其志之所存焉."

裵君旣以書見寄, 繼以壽其傳爲請. 余辭以非其分之所敢安, 裵君尋復下世, 益切九原難起之歎. 己巳秋, 余在京師, 公之胤子昰, 復申裵君之請, 謂: "玄逸盍序其書而傳之? 玄逸不敢當, 而念裵君今不可見, 而柳君之請甚勤, 亦不得辭也." 於是, 論其梗槩, 附于書首, 以告後之觀者.

公諱馨遠, 字德夫, 世居漢城, 嘗擧進士不第, 以城市啾喧, 不合讀書求志, 寓居湖南之扶安縣, 自號'遯庵'. 以杜門著書爲業, 以其隨事纂錄, 故號其書曰『隨錄』云.

跋隨錄 辛卯

尹拯

『隨錄』者, 故處士柳君馨遠之所述也. 觀於此錄, 其規模之大·才識之高, 可以想見矣. 獨惜夫不得少見於時, 以展其志, 而沈冥歿身, 齎以入地也. 自古, 有抱負而不肯輕以投俗人耳目, 寧之死無聲者, 往往類此. 後之志士, 必有擊節痛恨於當世者矣.

若余則重有愧焉. 旣與之並世, 而平生不識其面. 苟有好善之誠, 雖千里之遠, 猶可以神交, 況所居又壤地相比者耶! 令人不覺掩卷而歎也. 然其人雖歿, 其書猶存. 有意於世務者, 或能取而行之, 則君之著述之功, 於是乎著矣, 豈有終至泯滅之理哉!

君之堂弟載遠甫, 携以見示, 使題一言於其後. 余謂後世自有知者知之耳, 不待人之發揮也. 且以衰病已甚, 目暗神昏, 不能一一披閱, 究極底蘊, 何能有所贅論於其間? 虛辱盛貺, 亦可慙也. 遂略書所感於私心者, 如右而歸之云.

磻溪隨錄序

李翼

夫異草靈根, 生于空山, 其用可以濟人之夭死也. 世方有許多敗證, 阽危呼苦, 日月滋久, 尚庶幾良藥之一投. 然庸醫傍觀, 或謬試於牛溲馬勃之間, 而不知蕪穢卉木中自有一種神品在也. 卒之病死於此, 草腐於彼, 不相爲用, 則此恨之恨也. 諭之於人, 如懷抱德義, 準備材具, 不能少施當世者, 是已.

若近世磻溪柳先生, 其人也. 先生豪傑之士也, 學貫乎天人, 道包乎群生, 一夫失所, 先生恥之, 故身爲匹夫, 志未嘗不在拯物. 蓋其平生摩揣爛熟, 各有成畫, 若燭照於幽室, 亦待價不鬻, 老而死於巖穴之間, 而人莫有或知也.

所可幸者, 其所撰著『隨錄』一書, 不泯於塵蠹朽剝之餘, 稍稍出世. 人有得以讀之, 往往咨嗟掩卷, 莫不曰: "識務之要訣." 於是, 奔走傳錄, 一一藏弄. 又獻之朝, 謂必可行, 其所以尊尚, 殆若至矣. 而拱手側耳, 又寥寥乎不聞有採一言·措一事, 使斯民被其餘澤, 何哉? 口誦異於心好, 公法礙於私便, 故悠悠說去, 卒末有斷以任者也.

嗚呼! 先生之才, 旣如彼埋沒. 其書雖存, 不過等視陽燧·方諸之爲瓴, 使不遇日月之光, 亦塊礫而已. 孰知夫水火之藏用哉? 後百載, 儻或物效其能, 就燥流濕, 不待佗求, 而只巾衍一物, 兀猶自在也. 是其身雖遠, 其心尚留, 炯炯不死, 不期於一時而有望於來許也. 雖然, 此特以所存言, 至於民風每下, 世治無分, 慕名無根蒂, 賤才劇土芥, 棄擲邅迤, 無復顧慳, 則此書之不終爲塗牆烿焰之歸, 未可知也. 古今若此類又何限? 此秉志之士所以幽吟忼慨不能自已也. 故余旣悼惜於今, 又推之未來, 爲過計私憂如此. 要有以儆動後之君子. 若其綱領之宏·節目之密, 在覽者自得, 余不贅.

行狀

金瑞慶

先生, 諱馨遠, 字德夫, 姓柳氏, 其先文化人. 文化之柳, 其稱盖久. 三韓末, 有諱車達, 以粟, 佐麗祖征南有功, 拜職大丞, 是其鼻祖. 十二世至諱寬, 始入本朝, 事我太祖·太宗, 以淸白名官, 至右議政, 贈諡文簡公. 自是, 世居漢陽. 文簡生刑曹判書諱季聞, 贈諡安肅公. 安肅生縣監眺無嗣, 以兄監察公諱睆之子諱聃壽爲後, 終信川郡守. 郡守生秉節校尉諱陵, 校尉生從仕郎諱忠祿, 從仕郎生昌平縣令諱湋, 是先生曾祖. 祖諱成民, 龍驤衛副護軍贈兵曹參判. 考諱懃, 以文章筆法蚤擅名, 年二十一, 擢文科, 選補侍講院說書, 人以遠大期, 二十八卒. 妣, 驪州李氏資憲大夫議政府右參贊贈領議政諱志完之女, 貞靜淑婉, 克修婦德. 以天啓二年壬戌正月二十一日丑時, 生先生于漢陽貞陵洞第. 二歲而孤.

先生生而異常, 學語嬉戲不凡. 凡間事物, 必問其極處. 甫五歲, 見人行籌博奕, 便能自行, 見者異之. 既知讀書, 就學於舅氏李參議元鎮及姑夫金東溟世濂, 敬受所教, 曉其大義. 年十歲, 文思日進, 經史百家之書, 已自涉獵也. 讀不過數遍, 而能終身不忘也. 已有成人儀度, 雖群兒喧戲於側, 而若不聞, 一恒立課程講誦不綴. 二公每稱之曰: "柳氏信有後矣." 年十三四, 慨然有慕聖賢之志, 專心爲己之學, 而於擧子業, 初不經意也.

丙子之亂, 先生年十五歲, 奉王大夫人·大夫人及兩姑氏, 轉輾奔竄. 一行無他男子可恃, 三家所屬死生, 皆仰先生. 先生經畫得宜, 屢經艱險, 終得無事.

崇禎壬午先生年二十一, 作「四箴」以自警, 曰: "夙興夜寐也, 正衣冠·尊瞻視也, 事親也, 居室也." 其言皆懇惻切至, 極令人有惕然改念處.

甲申先生年二十三秋, 祖妣李夫人歿, 承重居憂. 戊子先生年二十七夏, 丁母夫人憂. 辛卯先生年三十夏, 丁參判公憂. 自京都出寓于果川三峴, 以終三年. 前後之喪, 誠禮備至, 人以爲難.

癸巳先生年三十二服闋, 倣陶靖節體, 作「歸去來辭」, 其淸致雅思, 殆與本文不相上下云. 其年冬, 南寓于扶安愚磻里宅焉, 蓋舊庄也.

甲午先生年三十三, 中司馬, 蓋從參判公遺志, 不得已也, 而非其所好. 厥後不復就試, 篤志力行, 以古人自期待, 不以家人生產作業, 累其心.

癸丑二月, 遘疾絶粒, 幾三十日. 一日, 命侍人改整枕席, 侍人請已之, 先生開眼厲聲曰: "男子死生之際, 不當如是." 澡洗更衣. 翌日天且明, 奄奄有垂盡之狀. 子女泣而扶之, 先生揮手止之, 已而遂逝. 時三月十九日也, 享年五十二. 遠近聞訃, 莫不咨嗟, 或有垂泣者焉. 越二月五日, 權厝于舍後, 以其年十月二十七日癸亥, 返葬于竹山府治北十五里涌泉里鼎排山後岡酉坐卯向之原, 說書公墓下. 從治命也.

先生, 天品剛毅, 氣節豪邁, 少時有傲視漢唐人物, 鄙唾流俗底意思. 及長, 折節爲恭謹, 矯揉之以禮, 漸磨之以仁, 雖未見名門之師從遊而受業, 然謂道備於吾身, 而其說具在方冊, 苟能求之, 自無不得之理. 於是, 存心於齊莊精一之中, 窮理於學問思辨之際, 講明體履, 日新又新, 及其養以冲恬之趣, 積以歲月之久, 心與理會, 氣與神凝, 精粹之態, 達於肩背, 和順之容, 見於顔面, 望之如泰山喬嶽也, 卽之如祥風瑞日也. 人但見其頎然之貌·魁然之狀, 亦自敬服, 斷然知其爲有道君子也.

夷考其可見之行, 天性至孝, 鷄鳴而起, 盥漱冠衣, 省定必愼也, 甘旨必誠也. 先意承顔, 婉愉順適, 雖祈寒暑雨, 未嘗小忽. 或有不和於色, 拱立左右, 跼蹐若無所容, 俟其意舒, 然後乃敢安. 其有不安節, 憂形於色, 飮食必先嘗, 湯藥必親煮, 不與人坐焉, 不解衣寢焉, 積累年而不懈. 嘗問藥於醫, 氣愈恭·辭愈愿. 旣去, 其醫語於人曰: "親病問藥, 吾初見柳某矣. 見此人而不爲盡心命藥, 非人子也." 其誠孝之感動人如此. 友于愈篤, 只有一妹在京, 而遠不得源源, 則慕戀之恨, 發於書辭, 而軫念有無, 極其心力, 此其孝友者然也.

嘗以不逮事先考爲至痛, 每値忌日, 一旬齊戒, 及祭, 哀慟如初喪. 及祖考妣·母夫人辭堂之後, 益慽慽無所歸. 或得珍味, 則必涕泣曰: "昔日嘗不得, 今欲自食, 其可忍乎!" 見其素所服, 則又必涕泣曰: "此物猶獨在也." 聞者悲之. 祭儀一遵家禮, 每朝必拜, 出入必告, 朔望必參, 新物必薦. 雖遇癘疫, 不廢祀事, 事無巨細, 務盡誠敬. 儼乎如在, 優乎如臨. 祭畢而退, 肅然危坐, 思其所祀之節無違, 則油然而喜, 有失則終日不樂. 常曰: "祭不在物而在誠. 與其誠不足而物有餘, 孰若物不足而誠有餘乎?"此其奉先者然也.

閨門之間, 內外斬斬, 相對如賓, 遇親戚有恩, 御奴僕有義, 租賦必爲隣里先, 斥去奢華, 敦尙儉素, 婦女不使羅衣繡飾, 兒孫禁其衣煖食肉. 尤以寡約自持, 器用沙陶, 盃用竹根, 食不兼味, 衣不絹紬. 常曰:"我無功德, 而安享衣食, 此公侯之樂也. 得免飢寒, 已是過分, 況敢望其餘乎!"尤持麴蘖之戒, 不能不飮而不過一酌. 平居喜怒不形, 雖當蒼猝, 無疾言遽色. 言必有敎, 動必有法. 每値歲時, 參謁家廟, 就坐正寢, 受子女孫兒之拜, 命子女孫兒, 各自就序相向拜揖, 奴婢亦於庭下分立叙拜如儀. 一家長幼, 由是皆知事上敬長之道, 上下雍雍, 大小有禮. 此居家者然也.

其接人也, 溫柔恭謹, 延遇以誠, 居官者則言事上治民, 學士則言讀書力行, 武夫則言馳射行陣, 以至於農商工漁之屬, 各隨其業而循循有序. 人無貴賤, 觀其眉宇, 聽其談論, 莫不收心改容, 穆然如在春風中.

平生未嘗以私干人, 取與以義, 交游有道, 吉凶慶弔, 禮無所遺, 賙䘏問遺, 恩無所闕, 樂道人之善, 惡聞人之過. 人或毀己, 則輒引咎自反, 不與相詰, 重然諾, 不以死生窮達二其心. 嘗定女婚有吉日, 而婿家遭喪, 待其服闋而成其婚, 此其誠信之及於人者也.

嘗過新倉津, 見行人滿載, 中流碎船, 人馬盡溺, 傍觀者謹棄而去, 先生急招上流船二隻, 督令拯救, 所拯十餘人, 五六人已凍死. 其中僅有一息者八九人, 使奴負入村房, 解衣覆之, 煮粥食之, 翌日其人皆活. 此其仁愛之見於事者也.

其於勢利也, 怳然若泥塗之將浼己也. 親戚或有作宰隣邑, 請與相見, 未嘗一造其門, 候札不通也, 饋遺不受也. 少時, 全昌君艶慕其名, 每求一見曰:"非爲見我. 我家天下唐本書籍具存, 一來觀此, 於義無害."先生終不往.

閔判書鼎重, 先生戚長也. 欲薦其行誼, 嘗因先生入都之日, 來試其意. 先生正色曰: "戚長其不知我耶?" 極言其不可持難進退, 閔悟其意, 不果薦. 倘非確乎不拔者, 能然乎?

其敎人也, 必本於四書五經, 次及史記子集, 明其音釋, 正其章句, 翫其辭, 求其義, 使之自得而未解, 然後委曲告諭, 叩其兩端, 開導不倦. 幸有力學審問者, 則喜見於色, 若己有之. 無故嬉遊, 則惕然深憂曰: "世間英才何限, 而自棄者皆是也. 吾於彼何哉?" 常語子弟曰: "爲學要在沈潛愼密, 然後意味深長." 又曰: "學問之道無他, 但靜坐澄心, 體認天理. 用力不已, 則自然漸明." 又曰: "所貴乎讀書者, 要在明理實踐耳. 言語之學, 都不濟事." 又曰: "人家子弟, 可使覰德, 不可使覰利. 窮達有命, 惟當自勉, 其在我者而已." 倘非循循善敎者, 能然乎?

蓋先生之學, 窮理而致其知, 反躬而踐其實. 平居自非甚病, 未嘗不讀書, 亦不見無益之書也. 及其下郷之後, 結茅於松臺下竹林中, 聚書數千卷, 方冠革帶, 終日端坐, 刻意覃思, 研極精微, 會之於吾心而參之於事爲. 其心之所嗜之, 不啻若蒭豢之悅口也. 憫惻當世, 慕尙三代, 以爲王政之本, 莫如制民之産, 爲治之道, 要在敎養之正. 時有治亂, 道無今古, 誠使行三代之制, 三代之治, 亦可復於今日也. 證古宜今, 各有條理, 於心或有所未快, 則博咨廣詢, 講求其至當之道, 書之簡編, 孜孜不已. 或當食而忘味, 或不食而忘食, 及其日暮, 則未嘗不歎息曰: "今日欲爲之事, 又不得爲矣. 義理無窮, 歲月有限, 古之聖賢, 有何精力而能若是成就乎?" 每日自計其日所食之物·校其所爲之事, 曰: "某物若干, 某事若干." 相稱則怡然而安, 不稱則咄咄自責, 燃燈繼晷, 或至通宵不眠. 有時就枕, 中夜妙契, 則取燭而疾書之.

天地之間, 古今之來, 人民之衆, 事物之變, 其所以然而不可易, 與其所當然而不容已者, 莫不粲然於其中, 本末兼擧, 毫釐不差, 可謂建諸天地而不悖·質諸鬼神而無疑. 若使其擧而行之, 則民何患不爲三代, 俗何患不爲三代? 而時不可家道而戶說也, 士不可求衒而底績也. 則抱經濟之策, 在林泉之下, 優游涵泳, 灑然獨樂者, 是固不得於世者之所爲也.

每悅陶元亮氣象, 且愛其詩, 抄作二卷, 常加吟咏而有曠世相感之意. 和風煖日, 則竹杖芒鞋, 灑風於松臺, 盤桓於竹林, 拊翫之不置曰: "愛汝不受風霜之節. 使汝無此, 則吾無所取汝矣." 又曰: "此君若無, 則吾誰與友." 盖寄示其志也.

酷愛山水, 聞佳山好水, 則不計鞍馬之勞·道路之遠, 必恣窮歷而後已. 故國內名勝, 足跡殆遍, 而所居愚磻, 亦有江山之景. 時有起興, 倩舟於前浦, 狎沙洲而觀白鷗, 泛滄浪而逐漁父, 中流上下, 風詠而歸.

人望之, 但見亭亭物表·皎皎霞外, 若無意於當世者, 而其傷時憂國·感慨挽回之志, 有非尋常人所能知者也. 若夫用兵行陣·陰陽律呂·天文地理·醫藥卜筮·名物度數·籌計漢語之類, 此皆學問之末節, 文章之餘事, 何足爲先生多. 而天下之物産[1]·山川之易險·道路之通塞, 九夷八蠻, 殊俗而異性, 百情而千狀, 以至於釋老之淸淨, 仙家之玄妙, 亦無不硏窮探賾. 使其貴賤利害, 是非邪正之辨, 瞭然裁判於胸中, 有若燭照而數計也.

盖其志, 寧以學聖人而未至爲己憂, 不欲以一善成名; 寧以一物之不格爲己病, 不欲以一藝爲自足. 其於世之富貴貧賤·榮辱毀譽, 不一動其心, 而堅固刻勵, 慊若不足. 常曰: "吾少時不得賢師, 枉費工夫. 年來讀書, 漸知其味, 而衰病浸尋, 人事漸廣, 有不得如意者." 此可以槩其平生. 而其同志之士, 每論當世人物, 語及先生則必曰: "某友瑩澈無瑕, 如氷壺水月, 每一

---

1 産: 원문은 '産'으로 되어 있으나, 문맥상 '産'의 착오로 판단하였음.

去復見, 所見益高, 上達不已, 直有古人氣像." 其見重於人如此.

其於文詞, 略不用功而炳然, 筆出渾然章成. 讀之, 令人心融理通, 蕩滌查滓, 眞所謂有德而有言矣. 好看朱子書, 爲纂要者十五卷. 『東國文』十一卷, 『遁翁稿』三卷, 『紀效新書節要』一卷, 『書說』·『書法』[2]·『參同契抄』各一卷, 此則其所去取而編次者也. 『輿地志』十四卷, 就勝覽中損益而僅得成編, 未及正釐. 『詩』一卷, 『文』一卷, 『理氣總論』一卷, 『論學物理』二卷, 『經說』一卷, 『問答書』一卷, 『紀行日錄』一卷, 共八卷, 其所著述也. 此外, 筆削歷史, 及他纂錄·手蹟甚多, 未及卒稿者, 不載於數. 而『隨錄』十三卷, 則平生精力, 盡輸於此, 大綱旣立, 萬目俱正, 所謂經世之制度·太平之文字, 而益自韜光晦彩, 未嘗輕以語人, 人亦莫之知也, 故藏於家而未出焉.

嗚呼! 天地生大才也, 不數百年之間儻有焉, 必使爲當世之需. 若先生之德之才, 豈所謂命世者非耶? 旣生是人, 而卒不得大有所施者, 又何意耶? 窮而在下, 獨善其身, 學成行尊, 囂囂而自樂, 則得正歸盡, 於先生何憾? 而造物多猜, 斯人云亡, 使堯舜君民之志, 爲山林空老之魂, 則此乃斯文之將喪·邦國之不幸. 命矣, 尚何言哉! 雖然, 上無所傳而天資暗合, 下無所授而道不墜地, 書籍俱存, 有目皆見, 而百世之後, 惟知者知之, 則高山仰止. 安知無後世之子雲乎?

先生旣沒一年, 胤子昰, 泣謂其友金某曰: "先君潛德, 子之所知也. 不肖孤將欲爲不朽之擧, 而不可以無狀, 願子幸有識也, 試草焉." 瑞慶極知, 蒙陋無聞, 不足以任是責矣. 顧嘗供灑掃於門庭, 而辱知最厚於先生事, 義不可終辭者, 謹因昰之所纂, 僭爲草次如右, 其於發揚大人君子之幽光, 雖不能妄謂, 而其德行著於文集, 事業明於『隨錄』, 知德能言之君子, 或有考據而

---

2 書法: 원문은 '書書法'으로 되어 있으나, 문맥상 연자가 들어간 것으로 판단하였음.

裁幸焉, 則庶幾有所取云爾.

先生內子靑松沈氏, 通政大夫行鐵山都護府使, 贈嘉善大夫兵曹參判閔之
女, 柔順淑貞, 稱其德家. 生一男六女, 男卽是, 女長適鄭光疇, 次適朴森,
次適白光璿[3], 皆士人, 餘幼. 是娶參奉裵尙瑜女, 生三男一女, 男長應麟·
次應龍·次應龜, 皆幼. 鄭生二女, 皆幼, 朴生一男, 幼.

行狀

公諱馨遠, 字德夫, 姓柳氏, 其先文化人. 三韓末, 有諱車達, 佐麗祖征南輸
粟邊, 有功, 拜大丞, 文化之柳, 自此始大傳. 十二世至諱寬, 事我太祖太
宗, 官右議政, 以淸白名, 贈諡文簡. 自是, 世居漢陽. 文簡生刑曹判書諱季
聞, 贈諡安肅. 安肅生縣監諱無嗣, 以兄睆之子諱聃壽爲後, 官信川郡守.
郡守生秉節校尉諱陵, 校尉生從仕郎諱忠祿, 從仕郎生昌平縣令諱潭, 是
公曾祖. 祖諱成民, 龍驤衛副護軍, 贈兵曹參判. 考諱憼以文藝早擅名, 年
二十一, 擢文科, 選補侍講院說書, 人以遠大期之, 二十八卒. 妣驪州李氏,
資憲大夫議政府右參贊贈領議政諱志完之女, 性正大溫厚, 克修婦德, 生
長富貴, 而利祿不入於心. 以天啓二年壬戌正月二十一日生公.

公資禀異常, 氣宇淸肅, 體長大, 目如明星, 容貌魁梧奇偉, 毅然有威儀. 爲
兒嬉戲不凡, 日用事物, 必問本末, 而欲知其極處. 生二歲, 說書公下世, 自
知悲哀, 數月不食肉, 母夫人惻悶, 强與之肉, 則輒與其姊. 其姊還復與之,

---

3 璿: 원문은 '著'로 되어 있으나, 수원백씨족보 등의 기록에 의거하여 바꾼 것임. 이하
에서 백광저의 이름자는 모두 '白光璿'를 취하기로 한다.

634

固辭終不食, 見者異之, 無不嗟嘆焉. 五歲, 能通算數, 旣知讀書, 能自立課程, 雖群兒喧戲其傍, 若不聞, 講誦不輟. 又甚有記性, 讀不過數遍, 終不忘. 其舅參議李公元鎭, 博學多聞, 德量如古人, 姑夫判書金公世濂, 端重溫雅, 當世名卿. 公自髫齔, 遊從二公, 授讀經史, 已能曉大義, 儀度若成人, 二公甚奇之, 每相對以偉器稱. 及年十三四, 慨然有志於學, 不留心擧子業.

丙子佟人之亂, 急京城避亂. 人勢倉卒, 雖老成自謂有智慮之士, 皆顚頓無能措其手足者. 公以童子能周旋, 造次間細大事, 上禀王父公及母夫人, 下指揮臣妾, 規畫之, 皆當累經艱危, 賴以無事.

稍長涉獵百家書, 而益潛心爲己之學, 乃歎曰: "士志於道, 而未能立者, 志爲氣所惰也. 君子飭躬之要四, 吾未能一焉. 夙興夜寐, 未能也; 正衣冠尊瞻視, 未能也; 事親之際和顔色, 未能也; 居室之間敬相對, 未能也. 四者惰於外而心荒于內, 所當猛省而必勉也." 因作箴以自警.

自是, 動止必有法, 事親無違禮. 嘗以親癠問藥於醫者, 禮恭辭順, 憂形於色. 醫者感而謂之曰: "親病問藥, 不當若是耶? 見此人而不爲盡心於命藥, 則非人子也." 家貧數乏絶, 子職所當爲, 皆竭力爲之, 而或至窘急, 不能供菽水, 公不覺戚然重涕. 其心以不能身自負米爲恥.

在京城, 名譽蔚然, 著聞鄭文翁昆弟, 相與爲交. 全昌都尉, 聞公行義, 竊求一見, 恐不能致之, 乃寄語曰: "吾家唐本書籍滿架, 一來見此, 於義何害?" 公終不往, 時年甫弱冠.

甲申丁祖妣憂, 戊子丁母夫人憂, 辛卯丁王父公憂, 前後執喪禮甚謹. 是年離京都, 寓居于果川縣三峴里, 以終喪.

癸巳公年三十二, 惘懷慷慨, 超然有退擧志, 和陶元亮「歸去來辭」一篇. 且愛其詩文, 抄爲二卷, 日夕諷詠之, 有曠世相感意. 其年冬, 遂南歸扶安縣之邊山下居焉. 地濱海, 多産魚鼈, 往往遇佳味, 則必惻然變色曰: "昔我事親之日, 恒憂不得此. 今雖得此, 誰爲養乎?" 每涕泣不能食. 有一姊在京, 恨相去遠, 不與同衣食, 畿庄穀粟盡歸之. 常軫其有無, 極其心力, 如孝子之慕慈母.

甲午中司馬試, 蓋從王父公遺志也. 厥後不復就試, 乃謝絶世. 故尤專精聖學, 以不及古人一步地爲己憂, 而有壁立千仞底氣象. 所居結數椽精舍, 青松儼立環之, 窓外千竿竹, 床上書萬卷. 公正容端坐, 潛心於墳典, 刻意覃思, 硏窮精微, 必求其理, 融釋脫落. 飢而忘食, 食而忘味, 或通宵不寐, 或中夜再三起, 汲汲如不及. 未嘗須臾懈, 而每日日暮, 輒喟然曰: "今日又虛度矣. 義理無窮, 歲月有限, 古之人, 有何精力, 而所成就卓爾若是?" 日必較其所爲及所食多少, 相稱則安, 不稱則夜不安眠. 讀書之暇, 値天氣和暖, 則出門盤桓, 顧蒼松翠竹, 曰: "愛汝不受風霜之操. 使汝無此操, 則吾何取於汝?" 又曰: "此君若無, 則吾誰與友燕居?"

當深念國家蒙大恥·天下被髮·萬姓困窮·仁義充塞, 而世無大人先生出而濟之者. 時聞中州有聞風颺之響, 未嘗不歎息流涕. 又嘗病世之君子不達時有治亂·道無古今, 其治己治人, 皆苟無復有大規模而盡節目之詳者, 故在家在邦, 當事齟齬, 卒歸於[4]大言無實, 而生民受其禍. 於是, 乃取先王之法, 徵歷代之失得, 參國家之典章, 定著爲一篇, 擬之今日可行. 而古制則大綱僅存而其目缺, 暴秦以來循欲而已.

於是, 稽遺經而得聖人之意, 原人情而闡天理之正. 推是發之, 因存以補缺, 因畧以致詳, 譬如張萬目而成罟, 正百縷而成帛, 如人有四體, 體有百節, 筋脉相連, 血氣相貫, 毫髮無巇欠. 而其爲制, 只是要順人心·迪天理,

---

4 於: 원문에는 이 뒤에 '處士○'가 있는데, 연자로 판단하였음.

使天下後世, 皆得以明其明德, 而無一物不得其所也. 方其述此也, 考之於書者至博, 思之於心者至熟, 驗之於人情物理, 契之於天地造化, 必求其至當不易. 惟恐其毫釐有差, 用盡平生精力, 至於忘食忘憂者, 蓋二十餘年. 其爲書也, 或讀古今典籍, 或因思慮所及, 隨得錄之, 故名曰『隨錄』.[5]

公隱居, 求志泊然, 無意於當世. 而其傷時憂國, 出於至誠, 聞朝廷有一政令之善, 則喜動顏色, 或擧措失宜, 則憂歎不已. 常務自沈晦, 不使人知而有其實者, 其名不得不自著. 故當時公卿有以公才德, 薦聞于朝者, 多矣.

癸丑二月, 遘疾沈綿月餘, 病已革, 命侍人改整枕席, 侍人請已之. 公開眼厲聲曰: "君子愛人以德." 起澡洗, 更衣. 翌日昧爽, 奄奄垂盡, 子女泣而扶之. 揮手止之, 曰: "男兒死生之際, 不當如是而已." 遂逝, 時三月十九日也. 享年五十二. 越二月, 權厝于家後山崗, 以其年十月二十七日癸亥, 返葬于竹山府, 治北十五里, 湧泉里西坐卯向之原, 說書公墓下, 從治命也.

公娶豊山沈氏通政大夫行鐵山都護府使贈嘉善大夫兵曹參判閔之女, 配君子有德. 生一男六女, 男曰昰, 女長適鄭光疇, 次適朴森, 次適白光瑢, 次適宋儒英, 次適尹惟一, 次適申泰濟, 皆士人. 昰娶參奉裵尙瑜女, 生四男一女, 男長應麟娶朴瀞女, 生二男, 次應龍娶尹樿女, 生二男. 次應鳳·應鵬. 光疇生一男一女, 朴森生一男二女, 白光瑢生一男二女, 宋儒英生一男, 申泰濟生一男二女, 皆幼.

公少時, 意氣雄豪, 沈毅多大, 略傲視漢·唐下人物, 有鄙唾流俗底意, 思不與人苟合. 性又酷愛山水, 國內名勝, 足跡殆遍矣. 及年長, 逡巡以退讓自牧. 而篤行孝悌, 親在養致樂, 親歿祭致嚴, 常以不逮事先考爲至痛, 諱日必前一旬致齊, 哀慕如初喪. 每日必晨謁於廟, 非甚病不廢. 出入必告, 朔

5 뒤이어 인용된 「書隨錄後」는 생략. 이 책 575면에 실려 있다.

望必參, 新物必薦, 一遵朱文公祭儀. 而嘗曰:"祭與其誠不足, 寧物不足."
其居室, 威如袒席, 無戲語. 教子女有方, 常令男女坐各異序, 不使之衣輕
暖·食厚味, 曰:"人生自幼暖飽, 則不但血氣生病, 意思安逸, 必不能自
强."子女或欲爲私事, 則戒之, 曰:"汝等是養於我者, 幸免飢寒, 敢望其
餘? 夙夜小心, 無忝爾所生, 惟乃事也."又曰:"人家子弟, 可使觀德, 不可
使觀利. 窮達有命, 當求其在我者而已."每歲首, 參謁家廟, 退坐正寢, 受
子女孫兒拜, 訖命各受拜如儀, 亦令奴婢, 庭下各受拜如儀. 由是, 家人無
貴賤, 皆如長長之義.

遇親戚有恩, 交遊有道, 吉凶慶吊, 禮無所遺, 瞷恤問遺, 恩無所闕. 接賓
客, 恭而有禮, 人無智愚貴賤, 莫不用其愛敬, 咸得懽心. 人或犯之, 則引咎
自反, 不與之校. 與人重然諾, 不以死生窮達二其心.

嘗定婚, 有吉日, 而婚家遭喪, 待其服闋而歸之女. 平生至誠愛人, 雖卑賤,
未嘗斥而呼之. 子女輩於婢僕, 言或不遜, 則正色嚴呵曰:"人與人類耳, 豈
敢慢乎?"仍歎曰:"伊川未嘗背佛而坐, 君子用心, 皆如此. 昔秦政大無道,
始用人肩舁, 是視人如牛馬也. 吾常痛之."嘗行過新倉津, 見行人中流而
船碎, 兩岸觀者皆譁, 棄而走之. 公疾呼上流船, 督令拯之, 所拯凡十數人,
已凍死者五六人, 胸上有暖氣者九人. 急使奴負入近村, 解衣覆之, 煮粥與
之, 翌日其人皆得活. 其仁義誠信, 多類此.

治家有法, 安排必整, 正御奴僕, 嚴而恕. 巫覡雜類, 未嘗一過其門, 尤以寡
約自持, 斥去華奢, 器用陶匏, 衣不絹紬, 或食有重肉, 則命棄一, 曰:"以
先世遺德享衣食, 此公侯樂也. 我無功德於世, 得免死, 已極過分矣."生事
素薄, 然處之有道, 謹飭賓祭. 租賦必爲隣里先, 取與必以義, 不以事干人.
遇事必曰:"如之何, 如之何?"雖微細事, 無敢易之, 潛思之熟慮之, 而必
復咨於人, 詳審畏愼, 反若遲鈍者. 然及其斷以義理, 則有截然不可犯者,

其縝密堅確如此. 故事過無悔, 亦未嘗敗事, 而與之論事後當成敗, 則若燭照數計, 不失錙銖.

晚節, 愈益謙虛, 慊然每若不足, 未嘗敢爲人師, 然見後生有能力學者, 則喜見於色, 諄諄告諭不倦, 其或怠惰悠泛, 則惕然深憂曰: "世間許多英才何限, 而皆自棄之, 可哀也已." 嘗語子弟曰: "人雖未及名門之師而受業傳道, 道備於吾身, 而聖賢方冊俱存. 苟自求之, 自無不得之理." 又曰: "爲學, 要在沉潛, 縝密然後, 意味深長." 又曰: "所貴乎學者, 要在明理實踐, 言語之學, 都不濟事." 又曰: "吾少時, 不得賢師, 枉費工夫, 年來讀書, 漸知其味, 而衰病侵尋, 人事漸廣, 有不得如意者." 此可見公之爲學, 專用心於內, 而其進未已也.

蓋公天資粹美, 充養備至, 眞積力久, 已造乎高明廣大之域, 庶幾乎中庸矣, 而此非末學所敢窺測而擬議也. 若論其著於日用者, 則睿足以燭萬微, 而不自爲得; 知足以均天下, 而聽於至愚, 人無衆寡, 而不敢或慢; 事無巨細, 而不敢或忽; 行之旣篤, 而益加其力; 知之已至, 而益求其精. 惟此可以接千載之傳, 豈古所謂眞儒者歟?

若夫文學詞章·兵謀師律·陰陽律呂·星文地理·醫藥卜筮·名物度數·算學漢語之類, 皆所旁通, 而此學問之餘事, 何足爲公多? 而天下山川之夷險·道路之通塞·海外蠻夷之殊俗異性, 無不周知, 如身親經歷之, 以至釋老淸淨·仙家玄妙, 亦皆考究, 而使其是非邪正, 瞭然判別於胷中, 蓋其志寧學聖人而未至, 不欲以一善一藝成名也.

所著書有『隨錄』十三卷·『理氣總論』一卷·『詩文』一卷·『雜著』一卷·『問答書』二卷·『紀行日錄』一卷, 合二十二卷. 亦有就古今諸書, 選擇而纂集者, 『朱子纂要』十五卷·『東國文』十二卷·『紀效新書節要』一卷·『書說』·『書法』·『參同契抄』各一卷·『遁翁稿』三卷·『輿地志』十三卷, 損益於『勝覽』, 而僅得成編, 未及正釐. 此外筆削歷史及他纂錄者甚多, 而皆未及卒稿, 藏于家.

公歿二年, 胤子是泣謂外弟梁暹曰: "吾聞 '先祖有媺而不傳, 不孝也'. 先君子潛德懿行, 不可以無傳, 將以請於當世之立言君子, 以圖不朽, 而知先君之蘊, 宜莫如君." 遂屬暹, 使狀其行. 顧暹之不肖, 於公爲姊子, 蒙被公敎育, 不爲不久, 觀聽公言行, 不爲不詳. 然至愚極陋, 無所知識, 不能有以得其遠者大者, 故謹取是所記言行一編, 參以舊聞, 第錄如右. 詞若繁而不敢殺者, 蓋有侍於採擇焉.

謹狀梁暹.

行狀

磻溪柳先生, 諱馨遠, 字德夫, 文化人也. 始祖諱車達, 家甚富, 佐麗太祖出征, 多出車乘累功, 爲大丞, 號統合三韓功臣. 自此奕世貴顯, 入我朝, 有諱寬, 佐世宗爲右議政, 諡文簡, 號夏亭, 淸德載國乘. 生諱季聞, 刑曹判書·修文殿提學, 諡安肅. 五嬗而諱瑋縣令. 生諱成民, 正郞贈兵曹參判. 生諱慾, 擢文科, 入翰苑爲檢閱. 娶右參贊李志完之女, 以天啓壬戌, 生公. 檢閱公有遠大之望, 不幸二十八而卒. 公生裁二歲, 能知悲哀號慕, 不食肉, 人異之.

三四歲, 凡遇日用事物, 必問本末, 至其極處, 雖草木禽蟲, 皆不忍傷害. 五歲, 通筭數, 旣知讀書, 自立課程, 雖羣兒喧豗其傍, 而若不聞也. 就學於伯舅李監司元鎭·姑夫金判書世濂, 一讀輒誦. 七歲, 讀禹貢, 至冀州, 翻然起

640 ·

舞. 問之, 對曰: "不圖二字之尊重, 至於此也." 十歲, 善屬文, 通經傳·百家論難, 出人意表. 李·金二公, 歎曰: "此等才, 古或有之耶?" 十三四, 慨然有慕聖賢之志, 專心爲己之學, 於擧業, 不屑爲也.

丙子, 避虜亂, 將王父母·母夫人及兩姑以行. 王父年老, 三家家屬, 仗公一丁男, 時年十五歲. 有强盜出山谷攔道, 一行懼. 公挺身曰: "人孰無父母, 爾無震驚我父母, 行裝從汝取去." 盜感其言, 散去.

二十一歲, 歎曰: "士志於道而未能立者, 志爲氣惰之罪也. 夙興夜寐, 未能也; 正衣冠尊瞻視, 未能也; 事親和顔色, 未能也; 居室敬相對, 未能也." 因作「四箴」以自警, 自是兢兢然惟其言是踐. 有親癠問醫, 醫素驕, 及見公曰: "視此人而不盡心於命劑者, 非人子也." 家貧, 竭力致甘旨, 或不繼, 戚然出涕.

在京, 名譽蔚然, 一時名士, 皆願與之交, 若貴要者, 求一見不得也. 讀書忘寢食, 馬上常沈思, 馬或從他塗不覺也.

甲申, 大明亡, 是歲丁王母憂, 戊子, 丁母夫人憂, 辛卯, 丁王父憂, 執喪盡禮. 旣免喪, 和陶元亮歸去來辭, 南歸于扶安縣愚磻洞居焉. 公之志, 可知也. 地濱海, 多産魚鱉, 每遇佳味, 變色曰: "親在恒憂不得此, 今得此, 誰爲?" 輒涕泣不忍食. 有一姊在京, 恨不與同衣食, 以畿庄穀歸之.

公旣志學甚早, 又自神州陸沈, 超然遐擧, 益專精於學問, 刻意覃思, 夜以繼日. 枕上有妙契者, 夜三四起, 取燭而疾書之. 每日暮曰: "今日又虛度矣. 義理無窮, 歲月有限. 古之人以何精力, 所成就如彼?" 每日昧爽而起, 盥洗衣冠, 謁家廟, 非甚病, 雖寒暑風雨, 未嘗或廢. 退坐書室, 坐必有常處. 室在松臺下竹林中, 藏萬卷書, 籤軸整齊, 竹扉常掩, 麋鹿晝行. 公顧而樂之曰: "古人云, 靜而後能安能慮, 旨哉言乎?" 又嘗謂人曰: "功夫雖貫動靜. 非靜無以爲本. 不但學者爲然, 造化流行, 動靜互爲其根, 然其主處在靜." 故曰: "不翕聚則不發散." 又曰: "物各止其所, 亦主靜之意. 聖人井田之法, 本地而均人, 由靜制動之意也." 每月夜, 彈琴而歌, 歌用周詩, 音用漢語, 聲律若出金石, 其襟韻飄麗, 眞天下之高士也.

內外斬斬如賓, 而恩義甚篤. 家務細大, 皆有規制, 奴僕各事其事, 而門庭落然, 若無事者. 巫瞽不入門, 家人不知所禱, 隣有叢祠, 人甚奔波, 公毀其堂, 伐其樹而弊遂止. 及門者, 非僻自消, 鄉黨皆化焉. 其平居, 濟人及物之仁, 多有感動人者.

時永曆皇帝卽位於南方, 或謂之亡, 或謂之不亡. 壬寅北使頒赦來者至, 謂之擒焉, 我國猶未知其虛實. 公慟之. 丁未, 有唐船漂泊耽羅, 皆福建人, 華制不薙髮. 公往見, 操漢音, 問皇朝事. 中有能文者鄭喜·曾勝等流涕, 言永曆皇帝, 保有南方四省, 今年爲永曆二十一年云. 取裝中曆書示之, 果然. 公悲喜作詩.

性愛山水, 足跡殆遍東方名勝, 所居愚磻, 亦絶佳, 提携冠童, 上下諷詠.

天下之物, 無足以攖其心者, 而若其慈悲一念, 不以出處而有間. 故其稽遺經而得先聖之意, 原人情而闡天理之正, 貫古今而審治亂之所由, 因事物而察本末之所係, 杜門著書. 寓之空言者, 無非出於濟世拯民開物成務之至誠. 嘗曰: "古今此天地·此人物, 先王之政, 無一不可行者. 君子之爲天下, 非有爲而爲, 自是天理合如此." 又曰: "古人制法, 皆以道揆事, 故簡易易行. 後世之事, 皆緣事爲法, 故百道防巧, 只益紊亂耳." 又曰: "治天下, 不公田·不貢擧, 皆苟而已. 雖有善政, 徒爲虛文. 公田一行, 百度擧矣. 貧富自定, 戶口自明, 軍伍自整, 惟如此而後, 敎化可行, 禮樂可興. 不然, 大本已紊, 無復可言." 又曰: "王政, 在制民産, 制民産, 在正經界. 自孟子時, 暴君汚吏, 惡其害己, 皆去其籍, 及經秦火, 古聖人制度節目, 蕩然無一存者. 聖賢經傳, 只論出治之源而已. 漢後數百千年, 聖王之道不行者, 皆由田制之壞, 而卒至於戎狄猾夏, 生民塗炭. 如我國奴婢漸多, 良民漸縮, 搜括軍丁, 隣族受害. 譬如亂絲, 不採其本, 無以理緖. 議者每謂山溪之險, 難於均田, 然箕子已行之平壤矣."

遂取田字形, 畫爲四區, 區皆百畝. 畝不用箕子七十畝, 而用周家百畝之制, 如李靖爲地狹, 故變八陣爲六花之意焉. 至於敎士·選才·命官·分職·頒祿·制兵·造幣·通貨, 無不次第條列, 節目纖悉. 而曰: "天下之道, 本末大小, 未始相離, 星失其當, 則衡不得爲衡, 寸失其當, 則尺不得爲尺也." 號其書曰『隨錄』, 或讀古今典籍, 或因思慮所及, 隨得隨錄者也. 其規模廣大, 條例縝密, 可謂擴前賢之未發, 而我東方所未有之書也. 然覽公『理氣總論』·『論學物理』·『經說等書』, 然後知『隨錄』之有本, 而天德王道之不二也.

又著『正音指南』·『武經四書』·『輿地誌』·『郡縣之制』等書, 其論陰陽·律呂·兵謀·師律·星緯之纏度·山川之形便, 如指諸掌. 公可謂體用博約之通儒, 而其爲我國分野之說, 京畿以北爲尾·箕, 南爲箕·斗者. 前公千百年, 未嘗有道此者, 而公始言之, 必有後世之具眼矣.

國舅閔維重兄弟, 於公爲從叔, 欲薦行誼. 公正色曰: "叔非知我者也." 遂不果薦. 後數三宰臣, 薦公曰: "潛心義理, 孝友出天." 公不樂曰: "我不知時宰, 時宰豈知我也?"

公魁顔廣顙, 身長骨秀, 聲音宏亮, 美鬚髥, 眼光映人, 威儀動止, 絶異於人. 少日入場屋, 邂逅者心醉, 至有棄試券而相隨者. 晚來充養益甚, 神定氣和, 面粹背盎, 望之, 已知其有道者, 以公稟賦之異, 抱負之大, 求志獨善, 使東民無福, 惜哉!

噫! 所貴乎高尙者, 以其有達施之具, 而能卷而懷之也. 世所謂高尙者, 果能盡有其具乎? 有其具而不出者, 鮮矣. 然具有大小, 小者易措, 大者難施,有其具而不出者, 必其具之大者也. 若公之所欲爲者, 惟三代以上人許之, 公豈舍所學從人者耶. 宜公之不出也. 況後之尙論者, 以其時考之, 則必有起立於先生之風者矣. 許眉叟嘗許以王佐才, 確論也. 世又有以公比文仲子者, 古今人精神力量雖不可知, 而公之惻怛純正, 恐非文仲模擬雜駁之倫, 至若理氣論學等說, 又文仲所無然, 此則諉之曰所生者程·朱前後可也. 第公以世祿之臣, 逢聖明之世, 可以有爲, 而皎然有尊周之大義, 抱『隨錄』而沒. 此豈可與獻策開皇者, 同日道哉?

公得年五十二, 訃聞, 遠近會哭者, 數百餘人, 葬于竹山湧泉里鼎排山酉坐卯向之原. 配豐山沈氏, 鐵山府使贈兵曹參判閱之女也. 有婦德, 奉公規度, 以助成公志. 有一男六女, 男是, 女長適鄭光疇, 次適朴森, 次適白光瑂. 是生三男一女, 男應麟·應龍·應鳳.

福川後學吳光運, 撰.

磻溪先生言行錄

柳載遠

公諱馨遠, 字德夫, 貫文化. 始祖諱海, 字應通, 號鵝沙, 麗太祖統合三韓時, 出車通糧有大勳勞, 仍賜名車達, 官大丞. 後子孫皆顯官, 七世孫諱公權, 政堂文學, 以知禮聞天下, 諡文簡. 十三世孫諱寬, 號夏亭, 右相, 錄淸白吏, 諡文簡, 以學有淵源, 士林建祠崇報之. 生諱季聞, 刑曹判書, 諡安肅. 高祖諱陵, 從仕郞,[6] 曾祖諱湋, 縣令, 祖諱成民, 龍驤衛副護軍, 贈兵曹

---

6 始祖諱海 (…) 從仕郞: 이 부분이 필사본 「반곡유선생언행록」(이하 필사본으로 약칭)에는 '始祖諱車達, 高麗太祖統合功臣大丞, 後皆顯官. 七代孫諱公權, 政堂文學, 以知禮好學聞

參判. 考諱愁, 以文藝擅名, 年二十一擢文科, 見忤昏朝, 至仁廟反正, 收用補藝文館檢閱. 妣右參贊李志完之女, 性溫厚端一, 克修婦德, 生長富貴家, 不以利祿爲榮.

天啓壬戌, 生公于漢陽貞陵洞. 天資秀麗淸肅, 目如長庚, 爲兒嬉戲不凡. 三歲失所怙, 能知悲哀, 見者異之, 莫不嗟歎. 五歲能算數, 八歲能文章, 十歲遍覽諸書, 一見輒記之. 公王考嘗指三角山而呼韻, 公應之.[7] 十二作「東海賦」累百句, 澤堂李公見而奇之. 十三四歲, 慨然有志於學, 不復以文藝爲務. 公王考勸見庭試, 公見庭試高參, 考官以公年少拔去. 十五歲, 遭淸胡之亂, 滿城倉黃, 莫知所爲, 公能奉王考率家累, 南遷江湖, 卒無事. 壬午, 中司馬, 從王考之命也.

胡變之後, 以天下蒙大耻爲痛, 遂謝絶當世, 入居海山. 方其入山也, 和陶靖節「歸去來辭」, 以言其志.[8] 乃挈家南下, 遂入蓬萊山中磻谷而居焉. 中開平陸, 一溪潺湲, 桃花滿蹊, 松檜蔽天, 作數間茅屋, 屋後有巨竹千竿, 架上有萬卷書. 山深地僻, 不聞山外消息. 公明窓靜几, 端拱危坐, 終日讀書, 未嘗見懈怠. 嘗作「四箴」以自警.[9] 夙興正冠帶, 展拜家廟, 入門屛息肅敬, 周旋進退之際, 極致恭敬, 灑掃訖閉戶而出. 還歸內庭, 欲陞正堂, 則婦人下堂, 公儼然端坐于床上, 排置家政, 後卽歸坐書室. 男僕不敢入中門內, 女僕無故不出門外, 內外肅敬, 無誼嘩紛擾之聲. 每呼僮僕, 則必着冠超進, 俯伏聽命, 子弟侍側者, 不敢萬聲, 呼奴亦不敢放語. 必昧爽而起, 整斂

於世, 謚文簡. 公後皆顯官, 七代孫諱寬, 官至右議政, 錄淸白吏, 以學有淵源, 建祠于文化, 多士尊崇, 號夏亭, 贈謚文簡. 公生諱季聞, 官至刑曹判書, 贈謚安肅. 公高祖諱陵, 從仕郎, 早卒.'로 되어 있다.

7 뒤이어 인용된 작품은 생략. 이 책 527면에 실려 있다.
8 뒤이어 인용된 작품은 생략. 이 책 574면에 실려 있다.
9 뒤이어 인용된 작품은 생략. 이 책 519면에 실려 있다.

寢具, 盥洗正冠帶, 灑掃寢室, 公危坐對卷, 則子弟亦危坐於側以俟所命.

公讀書必沈潛翫味, 不得於心, 則忘食忘寢, 有得於心, 則鼓動歌詠, 不知手之舞之足之蹈之. 朝食進則斂其書冊, 從容對案, 祭飯必敬, 置于几上而後食之. 少無匙箸鏗鏘之聲, 常肉不重味. 歎曰: "少也家貧, 奉親甘旨, 常患不足. 今到海邊, 如有美味, 則輒想舊日, 而不自甘也." 終日對卷, 凝神靜慮, 有所妙契, 則卽劄記之, 以備遺忘. 有後進請學則必以俚語俗談, 比喩詳說, 使之自悟. 有賓客臨門, 則着上衣, 立于阼階, 三讓而進, 卽席而拜, 辭語忠厚懇惻, 客去則下堂而送之. 凡有人至, 則必以道諮訪, 而其所答, 庶幾乎道, 則卽書用識之.

常屈於人而不以不知在人, 必聽於至愚之人, 雖卑賤之人, 不敢或慢. 常漢拜則欠身而辭, 嘗曰: "國俗, 於常漢無相拜之儀, 而只點頭, 豈是三代俗也? 人與人等耳, 何敢慢也?" 子女輩, 於婢僕言語不遜, 則必嚴呵曰: "爾輩何敢乃爾?" 仍歎曰: "伊川未嘗背佛而坐. 君子用心, 當如此. 昔秦無道, 以人肩輿, 是以牛馬待人, 誠可痛也." 雖細微事, 未嘗忽之, 雖童子在側, 如對大人. 雖尋常書, 禮必謹之. 凡遇事, 深思反覆, 而又咨於人, 詳審畏愼, 反若遲鈍者. 然必辨以義理公私之分. 常自歎曰: "慮事之際, 一分私意間之, 則終必有弊端云爾."

其居處也靜, 其執事也敬, 其待人也恭, 其接物也寬, 視聽言動, 一於禮, 而終夕乾乾, 不自安逸. 自言曰: "危坐則身安, 平坐則身不安." 方其沈潛也, 寒不暇爐, 暑不暇扇, 而不覺日已暮矣. 夕食進則如朝儀, 明燭端坐, 對經覃思, 必求義理融釋, 或中夜再三起, 或通宵不寢, 反覆深慮. 宵而思之, 晝而行之, 日復一日, 如是者平生矣.

四子六經, 周而復始, 濂洛群賢之書, 亦開算而讀之. 六藝百家之書, 三才萬物之理, 無不究之, 兵謀·律呂·天文·地理·醫藥·卜筮·夷夏言語, 天下

道路·山川險夷·海外蠻夷之殊俗, 佛老仙家之玄妙, 亦皆瞭然判別. 離騷
經·靖節詩, 則月夕誦詠之. 然人有欲學外家書, 則曰: "何不食菽粟, 而乃
以糠粃爲也?" 必以『小學』·『大學』·『近思錄』爲本, 而次以『語』·『孟』·『中
庸』, 句讀精熟, 義理究竟, 然後使之復讀三經. 且曰: "道不在遠, 惟在日
用事物之間, 而人莫之究." 乃自灑掃應對之節, 遠而至於修齊治平之道,
巨細精粗, 皆硏窮不遺, 微而至於精神心術之妙, 大而至於聖神功化之極,
必至融會貫通而後已. 河洛理數·天地鬼神之奧, 大衍設蓍[10]·觀象知來之
法, 常靜裡潛玩之. 若其精一執中·建中建極之訓, 雅頌國風·敎化治亂之
故, 禮儀威儀三千三百之節, 先天後天·交易變易之妙, 成周設官井地什一
之規, 撥亂反正之法, 亦皆講究. 古聖人立言垂敎之意, 無非平日窮格大
頭腦處也.

若其所詣之淺深, 非後學之所敢窺測, 而但以著見於外者而觀之, 則其穆
然端居, 若泥塑人者, 是燕居也. 望之儼然, 人莫不畏敬, 卽之溫然, 如入芝
蘭之室者, 是接人也. 導之以義, 嚴重訓戒, 是敎子也. 上下有等, 內外有
別, 是整閨門也. 軫其飢寒, 恩威並行, 是待家僮也. 生死葬祭, 情文備至,
是其事親也. 待姊如母, 待姑如親, 衣食必分, 憂患與同, 是其于友也. 冠婚
喪葬, 無不顧恤, 雖聞殤喪之訃, 設位擧哀, 哀盡而後已, 是待宗族也. 言語
諄謹, 禮容謙抑者, 是待尊丈也. 租稅必隣里先, 毋令奴僕犯松禁, 是事公
室也. 嘗定女婚, 婿家遭喪, 待其服闋而歸之女, 是與人有信也. 嘗過津, 行
人中流船覆, 公疾招上流船, 令濟之, 負入村舍, 解衣覆之, 煮粥與之, 留宿
待甦而行, 生者凡九人, 是愛衆人也. 嘗坐竹林院, 大鹿爲虞所逐, 躍入公
庭, 命藏之, 待暮放之, 是愛物也. 巫覡尼媼之類, 毋令入門, 未嘗以命訊日

10 蓍:『문화유씨세보총복』(이하 활자본으로 약칭)에는 '著'으로 되어 있으나, 필사본
에 의거하여 바로잡음.

者, 寡約朴素, 身不衣帛, 所居家舍, 僅得容膝, 是自處也.

一年祭需, 統計預備, 置諸別庫, 臨時取用, 無窘急之患. 凡祭物, 極務精潔, 而未能豊盛, 祭器床卓, 亦令精緻. 齊必嚴畏, 前一夕, 書祝辭, 正冠帶, 潔筆硯, 跪坐而書, 後再三詳審. 齊戒之日, 必講祭禮, 臨祭必問, 未嘗以已知率意而行. 冠婚喪祭, 皆遵古禮, 細瑣度數之末, 不以繁文而殺之. 嘗曰: "曲禮三千, 無非爲仁之術. 若而冗瑣而忽之, 則無以防非僻之心矣." 鼓琴則必詠周詩以節之, 皆以漢音詠之, 與人歌, 則必以有理之言, 相與倡和, 導之和氣, 期臻樂善之域[11]. 與人射, 則揖讓進退, 一遵射儀, 慄而和暢, 溫而有制, 不但以巧中爲能事也. 御則嘗作車制, 未及於用, 書則必以古篆爲貴, 隷書則以洪武正韵爲法, 數則必以開方等法, 量度土地.

朔望則略設酒果, 率子與婦, 參謁家廟, 禮訖, 公坐于正寢, 男女皆拜于前. 婦女敎以『小學』·『女訓』等書而講之, 毋令衣錦帛. 使男女勿爲營私財, 戒曰: "汝曹免飢寒亦幸耳. 勿敢望其餘. 夙夜小心, 無添爾所生." 又曰: "人家子弟, 可令覩德, 不可令覩利." 不以科第文字敎之. 又曰: "衣食美厚, 則令血氣生疹, 意思安逸, 則令德性乖敗, 良可懼也. 驕逸則敗家亡身, 勤儉則德成名立." 常以退陶所作「聖學十圖」, 敎其子姪, 令朝夕誦之, 以聽之. 且曰: "我無賢師友, 枉費工夫." 又曰: "汎濫書籍, 亦有害於實切也." 致知而以究道體之微, 存心而以驗道體之大. 然常至析理之處, 則猶恐毫釐之有差, 每當處事之際, 則猶恐微細之有過[12]. 庸言必謹, 庸行必飭, 乃曰: "工夫當謹於易忽之處, 觀人亦在於微細之事." 門下童子, 所着衣帶不整, 乃曰: "衣不整則心不正." 掃堂微塵, 未能掃盡, 乃曰: "掃不盡則意不誠也." 又曰: "毋自欺. 然後可以學聖賢." 童子作詩, 書之于園中竹幹, 乃呵

---

11 域: 활자본에는 '城'으로 되어 있으나, 필사본에 의거하여 바꾼 것임.
12 過: 활자본에는 '週'로 되어 있으나, 필사본에 의거하여 바로잡음.

之曰: "此非敬愼之道也."

常往邊山高峯小刹讀書. 時有道僧來問儒釋道三家要旨, 其所答多有奧旨. 燈下與僧相對, 僧指其燈, 而證其禪學之妙處, 其言不可殫記之, 而蓋以明燈證其佛, 而以吹噓炭火, 而至於成燭, 證其大覺, 終以極樂世界·無限快樂之說, 自詫其道. 公哂之曰: "爾道儘虛無寂滅, 雖曰淸淨寡慾, 而不能開物成務; 雖曰窮神知化, 而不能入於聖人之道. 此大亂眞也." 遂將 『大學』之道以喩之曰: "正心, 將欲成天下之務也; 窮理, 將欲入聖人之道也, 豈若爾滅絶人倫, 別求妙道於杳冥之界, 而卒莫之有成耶?" 僧上手稱謝曰: "儒敎旣已聞命矣. 請聞丹法." 曰: "『參同』乃修養之書, 而後漢魏伯陽之所作也. 天地五行之氣, 順序而行, 丹法則偸造化之權, 逆而行之, 是天地不孝之子, 安足學也?" 嘗語人曰: "從大路行, 則傍磎曲徑, 皆可領會, 而若從曲路而行, 則終不知大路之遠近, 儒道若大路, 釋道二敎, 若曲路也." 又曰: "濂溪論學, 以靜爲主, 程子以敬爲主, 語意益備. 蓋敬者, 貫動靜·徹上下, 不以敬爲主,[13] 則學無根柢也." 又曰: "知與行, 不可偏廢. 知而不行, 則所知不在我矣; 行而不知, 則所行或出於私意." 又曰: "外貌整齊, 則中心必飭; 外貌踞肆, 則中心亦放. 故爲學必以靜坐爲先." 又曰: "爲學必沈潛縝密, 然後意味深長." 又曰: "學必以明理而實踐爲貴, 言語之學無益也."

甲申丁祖妣艱, 戊子丁母夫人艱, 辛卯丁王大人憂, 前後執喪, 一遵禮法. 常以不逮事先人爲終身之痛, 凡祭祀必以嚴肅爲主, 沐浴齋戒, 一如祭儀. 方祭之時, 雙擎酒盞, 高與眉齊, 折旋而進, 其行如矩, 周旋而退, 其行如規. 踧踧鞠躬, 如不勝其衣, 抑揖頓首之節, 如在君父至尊之前, 揖讓之際,

---

13 語意益備…不以敬爲主: 활자본에는 빠져 있으나, 필사본에 의거하여 보충함.

威儀可尙矣. 凡節次一遵朱文公『家禮』, 祭畢, 餘敬未已, 追思諸節, 而有
不如儀者, 則終夕不自怡焉. 執事者, 奉器如有輕易之態, 則呵之曰: "執
虛如執盈, 何其不重而輕之也."

少時, 周觀名山大川, 記其名區勝槩, 以寫悠然之趣. 其泛南溟也, 有詩曰:
"滃[14]蕩張軒樂, 蒼茫泛魯桴." 其登邊山也, 有 '中天開笑語, 上界絶塵埃'
之句, 亦足以想其千仞底氣象也. 到金剛作詩.[15] 凡所吟咏者, 異乎人之作,
不但吟風咏月而已. 太白·九月·智異·妙香等山, 無不過覽, 而皆有所題,
令人讀之, 塵念頓踈. 夫孰知其胷次洒然, 而發[16]於咨嗟咏嘆之餘者, 如是
其淸趣耶? 然公嘗自言曰: "吾於文辭, 不猶人也." 且曰: "文章餘事." 此
公之雅言也.

公, 少時傍通堪輿之術, 卜得累世葬地於竹山·驪州等地, 以遂窆禮. 後不
復留心於山家曰: "近見山川, 昔日之念, 不復萌矣."

周觀雄都·大邑·巨防·名城, 而著沿革修改之書, 且訪風俗·物産·人材·
道德而誌之, 使忠孝學行之士, 無一湮沒於後世. 至於土地之肥瘠, 山川之
夷險, 星分之所屬, 古事舊蹟, 無一事之或遺. 至於周流八路, 博訪遺蹟, 而
如有所得, 則或書之于簡, 或驗之于行.

常以皇朝淪喪, 中華昏墊爲痛, 不勝黍離之感, 而每逢華人, 則必贈詩以悲
之. 其贈季守眞詩.[17] 公, 少通漢學, 而嘗逢悟空師, 相與論天下事, 皆以漢
語. 酬酢數日, 而傍人未解其意. 蓋空師遼薊豪傑之士, 避世秘跡于緇門者
也. 明末草野之士, 不見用於當世, 而終至宇宙昏濛. 故無處託跡, 飄泊到

---

14 滃: 활자본에는 '㳺'로 되어 있으나, 필사본을 따름.
15 뒤이어 인용된 작품은 생략. 이 책 529면에 실려 있다.
16 發: 활자본에는 '落'으로 되어 있으나, 필사본에 의거하여 바로잡음.
17 뒤이어 인용된 작품은 생략. 이 책 541면에 실려 있다.

此, 而知公有尊周之義, 遂留不去, 以暴胸中所藏之策, 無非興周攘夷之謀也.

公嘗曰: "車乘者三軍之鎧甲也. 非甲則難以制敵." 乃作八陳圖, 而以車騎步卒, 表裏相環, 以爲制勝之方, 蓋推衍呂牙管葛之遺法也. 嘗敎其子曰: "爲士者, 兵不可不知也." 且曰: "淮陰之多多益善, 祇是分數明也. 若部曲分數不明, 則安能使三軍, 如身之使臂, 臂之使指也?" 於是, 作兵謀師律之書, 蓋取成南塘書節要者也.

嘗歎海內無人, 爲醜虜所制, 而莫之自振, 誠可痛也. 於是, 作『中興偉略』. 且曰: "東國不變陋習, 言語與華異, 亦可恥也." 於是, 作『正音指南』. 星曆差誤, 而無人釐正, 其於齊七政之道, 有所欠缺. 於是, 集太史所管諸書, 有所折衷焉. 地家諸書, 互相紛紜, 莫適所從, 於是, 纂地理群書. 且曰: "先輩以四端·七情·理氣等語, 往復論辨者多, 而後學卒難領會." 乃作『理氣總論』. 講論四子而有論學之篇, 研究六經, 而有經說之書.

謂東方之文獻不足徵, 裒集羅麗以來關繫[18]世道之文, 謂之『東國文選』, 其[19]卷十一. 謂朱書浩汗, 不能徧記, 乃纂其切要者, 謂之『朱書纂要』, 具卷十五. 悠然自得, 而有閒中吟咏之什, 周行四方, 而著記行日錄之書. 擇古今諸書, 謂之『纂集』, 聚平日所作, 謂之雜著. 且有儕流間問答之書, 又有語類書校讐之篇. 謂『勝覽』失輿地之意, 筆削損益, 以爲十三卷. 謂東史失史筆之法, 先立凡例, 而未及卒業. 欲惇親親之義, 而於是乎作『柳氏族譜』. 不忘追遠之誠, 而於是乎記累代墓所. 篆隷六藝之一事, 故乃作『書說』. 『參同』數學之枝流, 故乃有『釋解』.

公常歎之曰: "四海陸沈, 萬古長夜者, 以聖人之道不行也. 噫! 周公歿, 聖

---

18 繫: 활자본에는 빠져 있으나, 필사본에 의거하여 보충함.
19 其: 활자본에는 '具'로 되어 있으나, 필사본에 의거하여 바로잡음.

人之道不行; 孟子卒, 聖人之學不傳. 至於宋室, 眞儒輩出, 相與講明聖學
於千載之下, 而獨不能行其道於當世. 故君子不幸而不得聞大道之要, 小
人不幸而不得蒙仁政之澤, 馴致今日夷狄亂華, 天地否塞矣. 噫! 時有治
亂, 道無古今, 而病世之學者, 疑有古今之異宜, 謂古道不可復行於今, 仁
政不可復試於世. 其間或有志於救世者出, 而率以己意, 斟酌時宜, 故卒不
免王霸並用之域. 此後世雖有明君碩輔, 只致富强而已, 卒不能成周之治
者也. 可勝嘆哉!"

且曰: "古聖人行政之具, 至于秦火, 蕩滅無餘, 只有一部『周禮』, 而「冬官」
亦缺, 則大綱雖存, 而其目缺矣. 於是乎, 稽古經傳而求聖人之遺意; 參以
人情, 而覈天理之所在, 因其所存而以補其缺, 隨其所略而以致其詳. 歷
二十餘載而成其書, 書凡十三卷. 或得於典籍所載, 或因乎思慮所及, 隨得
錄之, 故名曰『隨錄』. 蓋集群聖之遺法, 聚列賢之嘉猷, 大綱旣擧, 萬目畢
張, 而要之純然, 一出於王道矣. 李翶之「平賦書」, 林勳之「本政書」, 非不
美矣, 不過爲一時救世之良策, 而卒不至三代之法者, 皆無其本故也. 本者
何? 井田是也. 爲政而不本井地, 則皆苟而已矣. 是故『隨錄』之書, 本之文
王治岐之法, 而田必以百畝, 稅必以什一, 以爲經世百事之根本. 而若其他
州閭鄉黨之制, 學校明倫之政, 貢擧養士之方, 興禮善俗之規, 設官分職之
法, 分田制祿之數, 造幣通貨之條, 治兵制軍之要, 千條萬緒, 無不自井田
中出來, 譬如一擧綱而萬目整矣. 蓋土地者, 載萬物·養萬物, 而資成萬物
者也. 是故聖人之欲理萬物也, 必先釐土地者, 蓋亦順天之道者也. 天地設
位, 易行于其中, 地平天成, 庶績咸熙. 後之論治者, 不爲先正土地, 而曰吾
能致治者, 吾未之信也. 杜氏之『通典』, 丘氏之『衍義』, 俱是論治之語, 而
亦不能一遵周家之制, 他尚何說哉! 唯幸橫渠·兩程, 發論於前, 晦菴先生,
著說於後, 而猶以未詳殷制爲恨. 今以箕子舊都畫野分田之蹟考之, 則殷

制可見, 倘所謂'中國失禮, 徵在四夷'者非耶? 四田八區, 縱橫皆八, 有若先天方圖, 而其畝七十, 則孟子所謂'殷人七十而助'者, 果可驗矣."

公, 親自目繫於古聖人制度, 乃感歎發端, 而倣箕子田字之形, 以四頃爲一田, 效文王百畝之制, 以百畝爲一頃, 蓋地不以井, 而乃以田字爲之制者, 以東方地勢多峽, 與周家九野異也.

有若李靖, 雖變六花, 而實不外於八陣法也. 不以七十畝, 而必以百畝爲一頃者, 以其後世人文漸備, 與殷人尙質之俗異也. 此書或有未能成者, 其間有涉於時王制度故也. 公嘗曰: "此爲遺忘而劄記者, 非爲著述而作也. 竊欲投火而道僭妄之誅, 而姑未能也." 仍嘆曰: "後世若行三代之政, 則後世亦爲三代矣. 民生可逢, 敎化可行, 夷狄亦可攘矣. 而世無有知之者, 抑亦無有乎爾?" 或對卷, 欣然而悅, 或掩卷, 喟然而歎. 公[20]益自韜晦, 世無有知者.

晚節, 除拜齋郞, 而意不起. 其後, 李相國尙眞, 盛言于朝, 乃薦之曰: "潛心義理, 孝友出天." 朝議方擬以公行義, 上聞于顯考筵中, 而未幾公以病卒于正寢, 人莫不惜之.

方其病革也, 命侍人改整枕席, 侍人請已之. 公開眼而敎之曰: "君子愛人以德." 起澡洗更衣. 翌日昧爽, 奄奄垂盡. 子女泣而扶之, 揮手止之, 曰: "男兒死生之際, 不當如是!" 遂逝. 卽癸丑三月十九日也. 聞訃者無不哀之, 市人皆嗟悼, 罷其市. 享年五十二. 越二月權厝于家後山, 是年十月, 返葬于竹山檢閱公墓下, 從治命也. 權厝之前夕, 麋鹿達夜, 環塋而鳴, 耿光燭地, 人皆異之.

公內子豊山沈氏, 鐵山都護府使, 贈兵曹參判, 閱之女, 自公之卒後, 只進

---

20 公: 활자본에는 빠져 있으나, 필사본에 의거하여 보충함.

餐粥, 一如初喪者, 數十年. 生一男六女, 男曰昰, 官至縣監, 女長適進士鄭
光疇, 次適朴森, 次適白光瑎, 次適宋儒英, 次適尹惟一, 次適進士申泰濟.
昰娶參奉裵尙瑜女, 生四男一女. 男長應麟, 娶敎官朴繲女, 生一男一女,
男曰發, 女適○○○. 次應龍, 娶尹樿之女, 生二男. 次應鳳, 娶進士李汝
模女, 生一女. 次應鵬, 娶李仝奎女, 生三男.

公, 生禀異質, 身長八尺, 疏髯下帶, 秋月精神, 滄海度量, 儀如鸞鵠之表,
聲如弘鍾之音. 若當暑月, 戴紗巾着澣服, 而儼然端拱於石室松窓之下, 則
武毅之貌, 不動而著; 嚴密之容, 不怒而威. 其盛德光輝, 蓋不足以言語形
容也. 一見而有終身不忘者, 一語而有平生慕者, 奸吏見而知畏, 貪夫聞而
知恥, 懶者思有振作之念, 薄夫乃有惇厚之意. 鄕人聞其語而革其傾軋之
習, 長吏聞其風而防其侵漁之意. 學者願爲之師事, 人無賢愚, 願一見之.
聰明足以燭理, 而不自以爲智, 常窮此理於學問思辨之際; 剛毅足以有執,
而不自以爲足, 常存此心於齊莊靜一之中. 表裡交正·內外互養之其狀, 人
可得以見之矣. 而至於省察隱微之際, 戒愼恐懼乎不覩不聞之前, 而欲其
密且嚴者, 蓋其一生向裡工夫, 孜孜無忘, 着力不得, 而自修自得之處, 固
非後學之所敢窺也. 人有來言公之有過, 則誠心悅服, 感歎不已, 故人莫不
悅而往告之.

公常曰: "心之官則思, 思則得之, 不思則不得, 而小子後進, 鮮有思者, 良
可歎也. 若不自思, 則雖有明師, 亦末如之何也." 常敎其子, 必令自得焉.
有學『孟子』者, 至浩然章, "必有事焉, 勿正, 心勿忘, 勿助長也." 其人未曉
其旨而質之, 適有蟬, 撲于床頭, 良久脫殼. 公指蟬而喩之曰: "勿忘勿正
之意, 與此蟬同. 子須看他蟬厥殼, 安有甚麼助長底意思耶? 只管有事焉
耳." 有學『論語』者, 至子夏曰: "孰先傳[21]焉, 孰後倦焉? 譬諸草木, 區而別
矣." 亦未曉之, 復問. 公答曰: "昔朱子初未解此章之意, 中夜獨處, 潛究以

654·

得. 時杜宇啼山, 夜月蒼茫, 思處專一, 乃有所得. 其後每聞杜鵑之聲, 則輒想此章之意云. 汝今收斂精神, 學得朱子夜月杜鵑之時, 則可以自得." 其後杜鵑鳴, 則輒與學者, 講此章之旨. 至『周易·繫辭』·『中庸·天道』章, 擊節吟咏, 未嘗不三復焉.

公嘗有疾, 門人問疾, 答曰: "吾爲調病之計, 浹旬閉戶, 潛居靜養, 則不但昔疾小瘳, 以意慮專靜之故, 於學頗有所得." 常曰: "先王至日閉關, 一線陽氣, 靜而養之, 凡養生之道, 養性之方, 當體閉關之意, 一般做工夫." 又曰: "吾受氣不厚, 自分年齡不遐, 苟無愼攝之工, 則亦何能至此?『論語』曰, '仁者壽,' 朱子釋之曰, '靜而有常故壽.' 靜者, 仁之體, 壽之徵, 寡欲然後, 可以靜矣. 人生而靜者, 養壽命之本也, 養德性之術也. 聖賢經綸事業, 無不自靜中起也."

己酉庚戌年間, 多賣家中雜物及牛馬田土, 貿得米租及菽粟, 人不知其意. 至辛亥之夏, 人多餓死, 濟活百口之餘, 亦救人死命者多矣. 值凶歲水旱風霜之災, 則以必生民爲念, 爲官長言賑恤之策, 退而自備私貯, 以救活顚連之人爲務焉.

己亥論禮時, 有來問朝家得失, 辭以不學禮, 終不答一語. 竊歎曰: "朝家將有不幸景象矣!" 或有强辨, 則曰: "經傳現在, 自可得見, 何心問之於人也?" 雖一家子弟, 終不言其是非. 曰: "周公制禮之本意, 下聖人一等, 不敢知. 孔子之脩春秋, 與周公之制禮作樂, 前後一揆, 此所以游·夏之徒, 不敢贊一辭者也. 後世之論禮, 未曉聖人之本意, 而未免有役文之弊也." 又[22]曰: "天子諸侯之禮, 與大夫異也." 又曰: "周公居冢宰之位, 摠攝百官, 躬親吐握, 而何暇制禮乎? 必其所居之處至靜也. 靜而后能安能慮, 而能

---

21 傳: 활자본에는 '前'으로 되어 있으나, 필사본에 의거하여 바로잡음.
22 現在, 自可得見, … 又: 활자본에는 빠져 있으나, 필사본에 의거하여 보충함.

有所得也. 後之居冢宰之位者, 勿使親細事·接冗人, 而後可以濟事."

或問曰: "土亭李先生, 手敲沙器, 五音淸濁, 而能令人樂, 能令人哀, 亦能作雅樂乎?"曰: "此則解音律也. 至於作樂, 則吾未知也."曰: "作樂, 其難乎?"曰: "大樂與天地同, 其和與四時同, 其始終與風雨同. 其周旋, 發羽則嚴霜夏降, 發徵則隆冬熙蒸. 簫韶九成, 鳳凰來儀; 咸池一奏, 魚龍出舞, 若非聖神, 何能作也? 古人云, '孔明庶幾禮樂.' 若是乎, 作樂之難也!"曰: "然則孔明之木牛流馬, 亦云神矣. 終不能作樂, 則自今以後, 古樂終不可作也?"曰: "律尺不明, 淸濁無處, 此後世所以作樂之難也. 如使生民無困苦怨怨之聲, 使庶物咸若, 則奏樂而聲氣, 自然和暢. 夫如是, 則今之樂, 亦庶幾古之樂也. 不然則雖奏咸英·韶濩, 何益之有?"或問曰: "趙重峯, 壬辰倭寇之前, 預知禍難之作若燭照, 枚數, 何其神也?"曰: "重峯亦有所受於土亭云."

問曰: "崔文昌有何道學, 而預文廟聖賢之例歟?"曰: "其學則駁, 而其文亦不甚高. 然亦有東方倡學之功, 斯其所以預之也. 羅麗以來, 以道自任者, 惟鄭圃隱一人而已."嘗過松都, 爲圃隱作詩.[23] 又曰: "靜菴天稟最高, 早入正道, 觀其春字賦, 亦足以知之. 若終行其道, 則東國庶幾, 而事至不幸, 可勝歎哉!"遂咏詩.[24] 又曰: "退溪工夫已熟, 難見其涯涘."嘗揭其微事而稱之曰: "先生嘗徘徊庭畔, 隣家桃樹一枝, 橫覆墻頭, 一顆闌熟, 落于庭畔, 先生乃手摘其實, 而越于墻外. 動身擧手之際, 自然而然, 未有强勉底態云, 此可見道成氣象也."嘗感懷而咏之.[25] 謂花潭曰: "不須師受面, 多有自得之妙, 有過人姿稟. 觀其溫泉辨, 亦足以見其識趣之高矣. 其咏

---

23 뒤이어 인용된 작품은 생략. 이 책 527면에 실려 있다.
24 뒤이어 인용된 작품은 생략. 이 책 522면에 실려 있다.
25 뒤이어 인용된 작품은 생략. 이 책 522면에 실려 있다.

智異曰, '蓄地玄精與雲雨, 含天粹氣産英雄.' 此非墨客所可及也." 又曰: "除拜齋郎, 而上辭職疏, 亦可見其進退不以凡常也. 謂詩曰, '窓前帶雨無名草, 日日生生葉更新.' 此見道之語也." 咏靑霞詩曰: "'窠子四成蜂炯炯, 巢雛三化鷰飛飛.' 此出於鍊敎也." 語及古今賢哲, 而追論咏歎者多, 此類也.

謂漢高曰: "若得眞儒, 則王政庶可試矣. 漢文猶可與爲, 而唐太則專尙詐力, 不可與之興王道也. 漢興以來, 昭烈有人君之德, 可與有爲, 而宋祖則範圍不及於漢高矣. 我大明太祖, 萬古豪傑之主, 可行三王之政, 而其無周·召, 何哉? 明朝立法太峻, 末流之弊, 以誅戮爲能事, 加之以偏黨, 又從而貪淫. 其風聲氣習, 地華而人夷, 則同氣相召, 理固然矣. 安得不夷狄入處之耶? 被髮野祭, 不過一事, 而其禮先亡, 則百年爲戎, 據此而知之. 淫風一作, 禮俗已止, 則豈不爲夷狄禽獸之地也? 天下元氣大傷之故, 蘇復未易, 尙無豪傑之作, 可勝痛哉!" 嘗聞永曆皇帝都泗川之報, 感歎作詩曰: "遙將海外孤臣淚, 添灑重冥日馭邊." 丁未年間, 漂海福建人曾勝等, 執送北京, 痛歎不已.

語及壬丁之亂, 未嘗不慨歎, 爲言忠武公事甚詳, 亦擧當時名公, 若白沙·漢陰·西崖諸賢之事, 及鄭忠信·金德齡, 首尾行蹟, 詳悉無遺, 而命余立傳云. 且以丙子南漢江都之事, 及三學士·淸陰·桐溪諸賢所行之事, 與林慶業始終顚末, 無不詳說. 若語北京陷沒之時, 流賊自成之犯闕也, 崇禎皇帝手劍皇女, 咋指題詔之後, 蒙面而死社稷, 公未嘗不嗚咽流涕, 曰: "天下曾無一箇義士耶? 何至今寂然也! 我國, 助攻漢人之日, 漢人大聲而呼曰: '高麗, 高麗! 汝何忘昔日中國之恩, 而殺戮我人, 若是其滋甚也?'" 公嘗咄咄慷慨. 至語三田胡碑, 有"何以錫之, 駿馬輕裘."等語, 公未嘗不仰天而歎也.

嘗與子弟中宵緩步於庭中, 指星文而有所教之, 曰:"汝知彼星乎?"曰: "未解."曰:"此無非窮理中一事, 何不知也? 此星晉時中分而尚未復合." 仍指西方慧星而謂曰:"其長竟天, 變遲而禍大. 五六十年之後, 天下大亂, 將有革舊布新之事也."且曰:"南溟之滸, 木片浮海來撲, 此海中必有巨寇 造船之痕也. 此將爲我國之患也."

且曰:"鄭芝龍, 雖降淸國, 而其子成功不降, 爲延平王, 封于福建, 而其子 勍襲封, 據有南海七十餘島, 且與日本婚媾往來云. 此我國之憂也. 中國之 人, 以我國忘恩爲憤, 則將不無囑動倭兵之患, 亦不可不慮也. 且淸兵雖長 於陸戰, 短於水師, 而沿海千里, 禁人漁採, 只長蘆荻者, 爲海防虛也. 中 國之人自南方起者, 知淸國如此之勢, 而招日本舟師. 自我國泛于遼海, 直 入山海關內, 而據于通州, 且使二枝兵, 或據金復海蓋州, 而中國之兵, 千 里響應, 則淸胡腹背受敵, 其勢危矣. 倭之曾欲超入燕都, 而未遂其計者, 豈不染指於今日耶? 彼中國之人, 若得此算, 則東國民生, 且苦兵矣. 爲我 國今日計, 莫如選兵二十萬, 且蓄軍餉, 以備不虞之患. 而恬憘度日, 無一 人擔當國事者, 其將奈何?"

又曰:"我國以乞降, 爲上策. 降之一字尙在, 夫何患之有哉!"又曰:"古之 立學敎士, 無非修己治人之道, 而今之科擧取士, 只習章句詞藻而已. 學術 事功, 日以交喪, 此世道興衰之大機軸也. 雖以湯·武爲君, 若以科擧取士, 則趨利自衒之士, 接武而進; 守道自重之士, 終不見採於世. 有若伊·呂者, 終老於莘野·渭川之濱, 誰與共興殷周之治也? 文詞非止無實用, 文詞變 作談論, 談論又變而爲朋黨, 朋黨旣成, 則終至斁喪綱倫, 此事勢之必至者 也. 我國以朋黨亡矣!"仍喟然長太息也.

公知道之不行, 隱居著書, 而人不得見之. 及公謝世之後, 其書始出, 人莫 不見而奇之, 曰:"此眞君子也. 孰謂後世無人也? 惜乎人不知也!"公對人, 常以尋常人自處, 不以博識多聞見於人, 人不能知之. 一家之外, 足跡未嘗及於榮顯之門, 當世罕有見者.

吾先子嘗重之, 擧其言行動靜, 爲不肖兄弟, 稱道不已. 嘗令就學, 曰: "吾先世積德之故, 生此碩人, 惟天錫類之理. 嗚呼, 盛矣!" 且敎之曰: "每相對與語, 如飮醇醪, 不覺其醉云爾."

驪陽府院君閔公, 以鷄絮之奠, 親酹于公之宿草, 曰: "唉! 上墳, 此公之生平自築者也. 何其端也?" 仍周覽山川, 嗟歎而去.

趙公渭叟, 靜菴之後, 公之戚也. 嘗曰: "當代名儒, 吾皆得見, 而未見若柳公之好學也." 且曰: "孔明資稟, 程朱道學." 其弟沂叟曰: "吾不知其如何也, 直上世人物也."

休溪柳先生, 卽公之堂叔也, 其誄辭曰: "惟子之生, 實鍾間氣. 氣和而溫, 質剛而毅. 姿旣近道, 充養亦至. 探討幽退, 無求不備. 如有用我, 邦其庶幾. 將廢也命, 不遇於時. 君平棄世, 世亦棄之. 韜光海山, 侶魚友麋. 左圖右書, 尙論今古. 訓誨子女, 以身爲度云云."

湖南儒生朴致久等, 通諭本縣扶安儒林, 曰: "礏谷柳先生, 文章學業之盛, 比諸古君子, 亦豈多讓? 邈遠之人, 尙且饒聞於傳誦間, 況諸君子生長於先生杖屨之鄕. 其親炙而濡染之者, 爲如何哉? 噫! 世道澆漓, 公議不行, 常於儒林之事, 未免逕庭之歎, 而至於柳先生, 其平生言論著述, 必以靜菴·退溪·栗谷諸先生, 爲之歸宿, 則其門路之正, 淵源之深, 誠爲百世之矜式矣. 今當胹享之儀, 安有異同於其間哉? 云云"

載遠於公, 從祖兄弟, 得蒙公敎育之恩, 而氣質愚魯, 疾病侵尋, 不能副其敎訓之盛意, 白首今日, 不勝恨恨之懷. 旣不能升其堂而入其室, 則安足以知其德之彷彿歟? 有人於此, 身登太岳高峰而後, 知其山之氣象千萬, 而千仞壁立, 不可階以陞之, 則安足以知其磅礴崇邃與雲雨養萬物之狀也?

若愚之不知也, 則宜憶[26]想像, 其淸表異姿, 「周南」之麟·岐陽之鳳, 振振儀儀, 於春風朝暘之邊, 實聖王之瑞也. 若得畫師於當時, 以畫其深衣大帶之容, 以垂後世, 則將一見而可知其有道氣象. 而旣不得傳神者以畫乃德之符, 則其灑落之態, 明快之儀, 人不得以見之. 若得善言德行者, 以記其敬義夾持·博約兩至之實, 則將一見而亦可知吾道有傳, 而終不得立言者, 以壽其傳, 每追想疇昔, 不勝慨然於懷. 噫! 天之所以生此人於當世者, 旣不啻偶然, 則安知夫百世之下, 不有楊子雲者知之耶? 略記公平日言行之萬一, 以待日後知言之君子, 且示一家後進焉.

辛卯春三月己酉, 再從弟載遠謹誌.

傳

洪啓禧

柳馨遠, 字德夫, 文化人. 文化之柳, 自高麗大丞車達始, 入我朝, 有曰寬, 相世宗, 以淸白聞, 諡文簡. 文簡六世孫縣令湋, 爲馨遠曾王父, 王父成民, 贈參判. 父懸檢閱, 母李, 右參贊志完女. 天啓二年壬戌, 生于漢師, 背有七黑子如北斗狀.

二歲而孤. 五歲, 通筭數, 讀書, 便知大義. 敏而勤, 一過眼, 輒成誦, 羣兒在傍戲玩, 若不聞也. 七歲, 讀禹貢, 至冀州, 詠歎不已, 至於起舞曰: "此二字, 何其尊體識例也?" 十三四, 便有意於聖賢之學, 取經傳百家之書, 考究其得失. 稍長, 歎曰: "志於道而未能立者, 志爲氣惰也. 夙興夜寐 未

能也; 正衣冠尊瞻視, 未能也; 事親之際和顏色, 未能也; 居室之間敬相待, 未能也. 四者惰于外而心荒于中." 遂作「四箴」以自警, 操存省察, 內外交養. 事其母及王父母, 極其誠敬, 及其沒, 以善居喪稱.

自崇禎甲申以後, 益無當世意, 癸巳, 遂盡室南歸于扶安之愚磻洞, 號磻溪. 間一赴擧, 成進士, 用王父治命也. 自是不復就試, 杜門靜坐, 專精力學. 日必昧爽而起, 拜謁家廟, 祭祀一遵朱文公家禮. 平居, 食不兼味, 衣不絹紬, 租稅爲隣里先. 待人以誠, 不問貴賤, 隨分勸勉, 鄉人無不悅服. 嘗過津, 遇船有破溺, 亟招上流船, 盡力拯出, 所全活者九人. 見彗星, 知辛亥必大饑, 節食蓄穀, 以賙救窮乏, 親戚隣里, 多賴之.

讀書, 必沈潛自得. 其與友人鄭東稷論理氣·四七·人心道心諸說, 多有發前人所未發者. 爲學, 以靜爲主, 嘗答友人裵尙瑜曰: "功夫雖貫動靜, 非靜無以爲本. 不但學者如此, 造化之理, 流行不已, 動靜互爲其根, 然嘿而觀之, 其主處, 必在於靜. 聖人井田之法, 本地而均人, 亦由靜制動之意也." 於書, 未嘗死守前人語言, 必度之於今而質之於古, 會之於心而參之於事. 思之又思, 究極精微, 苟有所得, 雖夜必興, 明燭疾書. 每日暮, 輒喟然曰: "今日又虛度矣." 以日所爲, 較食多小, 不稱則不能眠. 常自激仰曰: "天生四民, 各有其職. 余藉先蔭, 安坐饘粥, 是天地間一蠹. 只當講究先王之道, 充吾爲士之分而已."

於是, 尋攷先聖賢本意於遺經之間, 夙夜靡解, 眞積力久, 自無疑而至於有疑, 自有疑而至於渙然冰釋, 則古今理慾之分, 事物本末之原, 莫不瞭然於心目, 自不覺欣然而樂, 慨然而歎, 不得不筆之於書, 以寓其救世惻怛之志, 則所謂『磻溪隨錄』, 是也. 其書以田爲本, 不畫井田之形, 只求井田之實. 然後敎士·選才·命官·分職·頒祿·制兵·設郡縣之法, 皆可自此以推, 規模節目, 廣大纖悉. 其言曰: "天下之道, 本末大小, 未始相離, 旣失其當,則衡不得爲衡, 寸失其當, 則尺不得爲尺." 又曰:"古今此天地此人物, 先王之政, 無一不可行者, 彼以古今異宜爲說者妄而已." 又曰:"古人制法, 皆以道揆事, 故本自簡易易行, 後世之事, 皆緣私爲法, 故百般防巧, 只益紊亂耳." 又曰:"治天下, 不公田, 不貢擧, 皆苟而已, 公田一行, 百度擧矣. 貧富自定, 戶口自明, 軍伍自整, 唯如此而後, 敎化可行, 禮樂可興. 不然, 大本已紊, 無復可言." 蓋其平生用功在此一部, 而其言皆有所本, 實我東方所未有之書也.

以『輿地勝覽·凡例』蹜駁, 著『輿地誌』. 嘗論本國分野曰:"漢水以北, 當與燕京同爲尾箕, 以南當爲箕斗." 知者以爲獨得之見. 至於文藝·詞章·兵謀·師律·陰陽·律呂·天文·地理·醫藥·卜筮·筭計·方譯之類, 亦皆旁通, 而天下山川之險易, 道路之通塞, 海外蠻夷之俗, 無不周知, 雖道釋異端之說, 亦必深究, 而別其是非. 其所著又有『理氣總論』·『論學物理』·『經說問答』·『記行日錄』·『續綱目疑補』·『東史綱目條例』·『正音指南』·『歷史東國可攷』·『朱子纂要』·『東國文鈔』·『紀效新書節要』·『書說』·『書法』·『參同契抄』·『武經四書抄』·『地理羣書』等書, 藏于家.

馨遠十年苦塊, 已嬰奇疾, 癸丑春疾革. 使侍者, 改整枕席, 澡洗更衣而逝, 得年五十二. 其逝及葬, 皆有白氣亙天, 見者異之. 娶沈氏女, 生一男六女, 男是, 孫應麟·應龍·應鳳·應鵬. 馨遠魁顔廣顙, 白而長身, 聲音宏亮, 眼采照人, 一見可知其爲非常人云.

後生晚學, 雖未及見其人, 而其窮居著書, 略見其一二, 後世之子雲·堯夫, 當自知之. 若其尊周攘夷之義, 根於天性. 其見諸事爲者, 亦略可指矣. 當顯廟壬寅, 北人頒赦, 稱獲永曆皇帝, 我國未知虛實. 馨遠歎曰:"皇朝存沒, 豈是細故, 而漠然不知耶?" 丁未夏, 聞福建漂海人鄭喜等將押赴京城, 馳往見之, 以漢語酬酢, 知皇統未絶. 取見其曆日, 驗其爲永曆二十一年,不勝悲喜, 相對流涕, 作詩而贈之.

所居濱海, 常置大船四五, 制極便利. 畜駿馬, 日可行數百里. 藏良弓美箭及鳥銃數十, 以敎家僮及村氓, 至今愚磻一里, 多有以善砲名者. 嘗裒聚水路朝天記及漂海人所錄, 以記諸站, 某處險·某處夷, 歷歷如指掌. 卽此數事, 而可以略揣其志之所存. 噫其悲夫! 是未可與俗人道也.

臣幼少時, 在人家, 得見所謂『隨錄』而深喜之, 求借抄寫, 沈潛玩繹數年而後, 略見其大意. 又從其曾孫進士發, 盡得其遺文而讀之, 始知其爲天下士. 對人輒擧似, 則有信者有不信者. 或謂其所著述, 大而無當, 迂而不切, 是不過爲無用之書也. 或謂治國之道, 當論大體, 何必屑屑於瑣細節目之間? 臣以爲不然也. 唯其所論者大, 宜乎俗見之以爲迂矣. 而限民名田之說, 旣有前賢定論, 苟以實心行之, 則未見其必不可行. 且此法之行, 以爲不便者固多, 而其便之者, 視不便者尤多, 則此非所拘也.

至於當論大體之說, 似矣, 而臣之所悶者, 正在於此, 何也? 唐虞三代爲治之具, 必有節目之詳, 而周末諸侯, 惡其害己而去之, 先王典籍, 蕩然無存. 其爲治之大體, 則幸賴孔·孟·程·朱諸聖賢發輝無餘, 而至於節目, 則有所未遑. 故言治道者, 擧其大體, 則必稱唐虞三代, 而其見諸節目施措者, 則皆是秦漢以來俗規. 於是乎天下之人, 皆安於此, 而不復深究如經界·貢賦·學校·軍制之屬. 使世之儒者論說大體, 則非不燁然美矣, 而若令擧行其事, 則鮮不到頭茫然, 畢竟行之者, 不過沿襲之謬例. 此由於略知大體, 而不明條理之過也. 苟如是而已, 則先王之道, 終無可行之日, 而萬世長夜矣. 此馨遠之所大懼, 而爲此書者也. 其所條例, 雖未必其悉合於唐虞三代爲治之節目, 而若於大體之外, 欲求其節目之詳, 則未有如此書者.

今我殿下以不世出之聖, 大有爲之志, 誠心願治, 恥言漢唐, 而前後進講之書, 皆是唐虞三代爲治之法, 則其於大體, 殆無所憾, 而若其節目條理之微密者, 則竊恐聖上之不能不俯取於斯也. 臣於昨年登對時, 偶及馨遠之說, 自上俯詢其人本末, 臣敢有所對. 其後因儒臣陳達, 有撰傳以進之命, 臣不揆僭猥, 略述文字, 以附於『隨錄』之末, 而仍纖淺見, 惟聖明之垂察焉.

通政大夫成均館大司成知製敎臣洪啓禧, 奉敎製進.

傳

李瀷

磻溪柳先生馨遠, 字德夫, 文化人, 右議政寬之後也. 生質長大魁梧, 目朗如明星, 五歲通籌數, 甚有記性, 讀書不過數遍, 終身不忘. 其舅李監司元鎭, 世所稱太湖先生者也, 博學多聞, 先生從而受業. 未成童, 已有偉器之稱, 稍長該涉百家語, 益涵心爲己之學, 乃喟爾曰: "士志道而有不能立者, 心不率氣也. 君子飭躬之要四, 吾未能一焉. 夙興夜寐, 未能也; 正衣冠尊瞻視, 未能也; 事親柔色, 未能也; 與家人敬相對, 未能也. 四者惰於外而心荒於內. 猛省必勉, 不在玆乎?" 因箴而自警. 自是, 日用言爲, 有法守而無違, 旣而倜儻慷慨, 日諷誦陶元亮詩, 有曠世之感.

遂南歸扶安之邊山下居焉, 結廬數椽, 藏書萬卷, 刻意覃思, 至忘寢食. 常以不及古人一步地爲深恥. 嘗燕居, 深念天下爲己任, 病世之學者不達時務, 徒尙口耳, 其爲言皆苟而已, 故在家在邦, 當事齟齬, 卒歸於大言無實, 而生民受其禍. 於是, 取先王之法, 考之以因革, 參之以國典, 著爲一書, 規模宏·節目詳, 驗乎人情, 稽乎天理, 筋脈相連, 氣血流通, 命之曰『隨錄』, 要之可行於今日也.

或疑其不務大體, 零瑣是擧, 先生曰: "天下之理, 非物不著; 聖人之道, 非事不行. 古者敎明化美, 自大經大法, 以至於一事之微, 制度規畫, 無不備悉. 天下之人, 日用而心熟, 如運水搬柴, 皆有其具, 以行其事. 及周之衰, 王道雖廢, 典章猶存, 聖人居下, 縣言出治之源, 其於度數, 無所事於曲解也. 虐秦以還, 幷與其宏綱細目而蕩滅之, 聖人之意, 無復徵信, 人欲肆行, 羣言亂道. 遂乃耳目膠固於見聞, 雖高才深智博於古者, 亦無由得其詳也. 故間有識其大體而條貫未明, 一欲施措, 動多礙礙, 終焉格而不行也. 天下之理, 本末大小, 未始相離, 寸失其當, 尺不得爲尺, 星失其當, 衡不得爲衡, 未有目非其目而綱自爲綱者也. 及不得行也, 則不惟小人以爲嘻矢, 其君子亦未免有疑於時之異宜, 謂古道眞若不可復明於世, 此豈小害也哉? 吾爲此懼, 究古揆今, 細大兼該, 用著此道之必可行. 鳴乎! 徒法不能以自行, 苟有有志者思而驗焉, 則亦必有以知此矣."

至我顯廟癸丑, 先生歿, 年五十二. 所著, 有『隨錄』十三卷,『理氣總論』一卷,『論學物理』二卷,『經說』一卷,『詩文』一卷,『雜著』一卷,『問答書』一卷,『續綱目疑補』一卷,『郡縣制』一卷,『東史條例』一卷,『正音指南』一卷,『紀行日錄』一卷. 其所編, 有『朱子纂要』十五卷,『東國文』十一卷,『紀效節要』一卷,『書說』·『書法』各一卷,『遁翁稿』三卷,『輿地志』十三卷. 其他兵謀·師法·陰陽·律呂·星文·地理·醫藥·卜筮·籌數·譯語之類, 無不旁通, 多所筆削, 皆未及成緖云. 後士林集議建院, 俎豆不廢.

贊曰: "先生之學, 源於太湖, 太湖授之以博, 先生濟之以世務. 據始要終, 協義而協. 如有用我, 將擧以措之. 蓋國初以來, 論經世之才, 皆以先生稱首."

傳

柳馨遠者, 文化人, 字德夫, 世宗相柳寬子孫也. 父懃, 仁祖初爲翰林, 柳夢寅以寡婦詞得罪誅死, 懃坐善夢寅, 被係死獄中. 仁祖察其寃, 嘆曰: "使懃在, 吾且尊用之." 馨遠魁顔廣額, 美鬚髥, 背上有七黑子狀如北斗. 七歲從金世濂受禹貢, 至冀州擊節曰: "尊重哉文也."

明烈帝十七年, 淸人冠陷燕京, 自立爲帝. 馨遠自以明陪臣義不出, 隱於愚磧山谷中. 顯宗八年, 明人曾勝·鄭喜等, 漂海至. 馨遠往見, 問明存亡. 勝等言帝在南方, 明統未絶, 乃出其裝橐中藏書, 永曆二十一年也. 馨遠嘗私記中國道路險易, 藏鳥銃美弓箭, 以敎蒼頭. 其所居海上也, 有大船四五, 號爲飛船, 常實之. 有駿馬日行三百里, 常蓄之. 其意微, 人莫之知也.

馨遠深於學, 旁通陰陽·律呂·天文·醫藥·卜筮之術. 嘗夜觀星文, 以爲箕東分漢水以北, 北至燕當爲尾, 南爲其斗云.

馨遠旣自屛, 不求仕宦, 然其志惻怛其思遠, 傷羣生不得其所, 賦役亡節, 獄訟繁興, 風俗婾薄, 日入於危亡. 而閔世主不能遠惟根本, 瞿然顧化, 以道揆事, 令簡易易行, 襲文爲末事, 沿事設法. 苟爲枝梧破補以爲政, 譬如積棼絲, 終不可治.

乃著書, 稽聖經·因天理·原人情·審治亂之故爲錄, 凡二十六篇. 其大意, 以爲先王立井田以正經界, 崇敎選以盡人才, 簡其職官, 厚其俸祿, 以勵其廉恥. 是以民有常業, 兵有恒賦, 貴賤上下, 各得其職. 古所以鞏固維持數千百年, 風俗敦厚·禮樂興行者, 由是術也. 商鞅廢井田, 而經界之制壤, 隋煬開詞科, 而敎選之法絶. 於是, 冒占兼幷·役貧豪暴之弊興, 浮靡傲誕·祿利爭奪之習成, 而敎衰政亂·財竭民散之患起矣. 夫官有麗雜之設而薄其廩, 兵有搜括之騷而重其斂. 斂重則怨聚, 廩薄則奸生, 故善爲政者, 棄煩而就要, 後末而先本. 夫本莫如經界, 要莫如教選. 教選行則百虛退, 經界正則萬實進, 故善爲政者, 進實而退虛, 簡設而裕廩, 去騷而弛斂, 故夫就其要者, 能絶患, 先其本者, 能息弊. 弊息患絶而國不治者, 未之有也. 於是, 參古之法, 因今之宜, 比互而建式, 擬議而設條.

先立田制, 其法用周尺, 六尺爲一步, 百步爲一畝, 百畝爲一頃, 四頃爲一佃. 凡制田, 計步定畝, 畫方成頃, 若山磎水川尖仄不可畫, 隨地形, 以開方法折補以成. 其不可成者, 或數十畝或一二畝, 其不可佃者, 或一二頃, 其不可頃者, 隨畝數爲餘田. 雖道路溪澗皐皁之地, 地可以計步, 倣餘田之畝, 又爲餘田. 餘田滿畝數, 通爲一頃, 頃通小界, 佃通大界. 一畝三畝, 惟一地面大小, 如是則田九頃爲方一里. 方一里長三百步. 東國東西短而南北長, 折長廣, 廣八百里, 長二千里, 二千八百相乘, 方百六十萬而田千四百四十萬頃矣.

初行法時, 選公勤, 稱步量一尺度, 精其分數, 明其圖籍, 乃聽民受田. 凡大小人從自望, 各以其科受. 民年二十以上, 一夫準八口一頃, 士初入學及有親有廳之類二頃, 士入于內舍四頃. 職官從實職, 九品至七品六頃, 遞加至正二品十二頃. 工商及吏胥僕隷役於官五十畝, 而其游惰無常業, 不籍於四民之版, 及僧巫覡優倡不聽受, 禁民毋得疊奪隱漏. 凡受田者, 身歿還田, 大夫士三年, 軍民百日, 遞田. 其子孫以應受科傳受, 孤獨子·幼弱者, 待年滿以其科受父田, 無子孫身歿妻存者, 受口分田. 正二品以上身歿妻存者, 雖無子孫, 受其田半. 若淸白吏·功臣·死節·戰亡者妻, 全受, 再嫁者, 不聽受. 軍士七十者, 受口分田. 乃以田出兵, 里次編伍.

凡軍, 騎·步·水, 四頃一丁, 公私賤·外居·束伍, 二頃一丁, 漕三頃一丁, 烽燧·能櫓, 一頃一丁, 皆給保有差, 非一大一頃, 皆免出兵. 其居聚之地,以頃爲準, 亦名以城邑之頃·閭里之頃·站店之頃. 三十里一置店, 戶出錢, 二十家爲一頃, 家出布. 大君以下, 家基三十畝, 屋六十間爲率, 至庶民, 遞減有差. 其不受田閑戶, 戶歲役三日, 定頃畝之稅.

凡田, 水旱火, 分其等次, 九田三年. 年, 以上中下. 下稻種一斛之田, 十斗爲斛, 以斛行. 上出十斛, 中出八斛, 下出六斛者, 爲一等. 遞縮一斛, 歷八等, 上出二斛, 中出一斛六斗, 下出一斛二斗者, 爲九等. 九等, 八十斛出, 爲一頃, 遞增四十斛, 溯八等, 至一等, 四百斛出. 其稅, 取米十斛者爲上年, 八斛者爲中年, 六斛者爲下年, 多不可桀, 少不可貉. 其遇水旱風霜虫螟之災, 災六分至九分, 遞減稅十之六, 全災免稅. 凡籍田及大君·君以下賜稅田. 八道營鎭, 軍資之田·驛馬·戶田, 立頃有差, 亦免出稅. 其稅內之田, 每九月, 守令觀察使, 察年等, 計其年頃畝實數. 冬內留稅, 春內漕稅. 嶺東南, 聽代布紬, 其北與關西, 毋內備軍須. 凡御供以下, 通京外一切應用所費, 量所入大小踈數, 皆支以經稅, 非常賦, 斂軍民一粒一縷者, 罪從重論.

其次敎選. 凡選以有德行學術者爲師長. 鄉實約正, 邑實都·副約正, 而郡縣實敎授, 大府·都護府·府實敎導. 諸道營學, 觀察使·都事爲長貳, 內四學實敎授·敎導, 中學實司敎·司導, 太學吏曹判書·大提學·大司成爲長貳. 學設內外舍, 內舍生四學四百, 大府都護府八十, 府六十, 郡四十, 縣二十, 外舍生倍其數. 皆公食之, 實記名籍. 非工商市井之子巫覡·雜流·公私賤, 毋隔品流. 乃敎之以父子·君臣·夫婦·長幼·朋友之倫, 博學·審問·愼思·明辨·篤行之事, 修身·處事·接物之要, 勸業·規失·交禮·卹患之約. 月朔, 師長以烏紗帽黑團領, 率諸生講堂肄習. 四孟月, 鄉約正率其鄉之人士, 校堂講誦. 春秋, 都約正率鄉約正以下, 學中討論, 獎其能, 簡其不率敎者.

大捻大夫士子弟·凡民俊秀年十五以上志學者, 然後始入學, 居于外舍, 其
材行力學者然後, 入于内舍. 教授·敎導聚敎之, 三年攷德藝, 其賢者·能者
然後, 升于營中二學. 司敎·監司又聚敎之, 一年攷德藝, 其賢者·能者然
後, 升于太學. 太學長貳又聚敎之, 歲秋攷德藝, 其賢者·能者然後, 升于朝,
非他格. 必年四十, 乃聽升朝, 比三年, 三十五人爲額. 旣升, 議政取旨, 與
政府·六曹·弘文館·司憲府官考講, 許爲進士, 屬進士院. 其闕薦·誤薦·
徇私故薦者, 皆有罰.

凡進士冠帶從事, 無職掌·無定員, 分番直院. 四時講射, 豊其廩餼, 厚其禮
遇. 王視朝, 侍殿上, 常在王左右, 助王祼薦, 告王德義. 一年然後, 政府·
吏曹, 辨其等差, 命之官. 凡官人惟其賢, 勿以門地. 其陰陽·醫籌·律譯·
書畫之學, 亦寘敎官敎訓生徒. 一式一試, 其額陰陽四, 醫五, 籌一, 律三,
譯十一, 書三十, 畫十五.

於是, 汰冗官, 均郡縣, 厚廩祿, 設久任, 立軍旅之制. 先以尙瑞院合於承
政, 濟用監合於尙衣, 兩醫司合於内局, 典牲署合於司畜, 歸厚署合於繕
工. 而其樞勳賓禁都捻之五府, 譯隷諫鍊之四院, 需設之二司, 資贍槀簿之
四寺, 市紙若圃醷昭獄之六署, 別設都監司宰之二監, 經筵御守捻捕盜宣
傳官軍職之七廳, 盈興養賢之三庫, 中東西南北之五部, 凡四十一衙門, 及
藝文之館, 讀書之堂, 耆老之所, 諸司提調, 其他凡兼唧東西班雜職之法,
悉罷除之. 增寘三師宗學常平監, 監門城門二司, 掖庭署改品階, 大夫特進
至從四品朝奉郎, 通德至從九品通仕, 凡三十六階文武班, 宗親儀賓功臣
通用一階.

凡官紀皆省煩挈要, 以約其内而外均郡縣. 先改七道名, 忠淸曰'漢南', 全
羅曰'湖南', 慶尙曰'嶺南', 江原曰'嶺東', 咸鏡曰'嶺北', 黃海曰'關内',
而平安曰'關西'. 乃行倂割, 自京畿始. 倂豊德, 割長湍之北, 爲開城府. 割

果川半·楊州之南·楊根之西, 爲廣州府. 幷積城, 割麻田三之二·漣川四之一, 爲楊州府. 割廣州之西·果川半, 爲水原府. 幷仁·陽二川, 割安山半·衿川五之三, 爲富平府. 幷金浦爲通津縣, 割仁川之東及德積島, 爲南陽郡. 幷永平, 割加平之南·楊州之東, 爲抱川郡. 割原州之西·砥平之南, 爲驪州府. 割陽智三之一·陰竹廣州之西, 爲利川郡. 幷陰竹, 割安城半·陽智三之一·忠州之北, 爲竹州府. 幷振威, 割安城三之一·平澤稷山之西·水原之南, 爲陽城府. 割陽智三之一, 爲龍仁縣, 割廣州之東南·驪州之西·砥平三之二, 爲楊根郡. 割金川之牛峯, 爲長湍府. 幷交河, 割高陽三之二, 爲原平郡. 割麻田三之一·漣川四之一·長湍之東北, 爲朔寧郡. 餘七道其省幷分割, 皆視京畿.

凡一邑之地四至, 皆以五十里爲率. 而其地形大, 都會特繁盛, 田可四萬頃者爲大府若都護府, 其次爲府, 又其次爲郡, 又其次爲縣. 縣以上, 皆實上副二官及鄕官. 鄕官冠帶從事, 仕滿升遷. 五家爲統, 統有長, 十統爲里, 十里爲鄕, 皆有正. 盡罷列邑外倉, 實常平倉·社倉·漕倉. 漕倉實判官, 乃實吏額. 通京外錄事四十五, 書吏七百四十, 皁隷四千三百十四, 小史千三百十六, 月給祿四斛, 以次爲等, 溯而上之. 亦通京外自九品歲六十斛, 遞加至正一品, 止於六百斛. 凡堂上官以下列司長官, 必率眷居廨六周年. 觀察節度使以下至敎授鄕官, 必率眷居任九周年, 非有大罪, 但增秩削資以行賞罰. 每歲終一考, 黜其尤無良, 每三年, 校其田戶增減, 進退其階. 凡兵制, 先令郡邑修其城池, 飭其車馬舟船. 凡船統營七戰船, 水營五戰船, 僉使之鎭三戰船, 每一船屬船, 防牌一船, 兵一船, 伺候一船. 凡馬唐馬胡馬諸島馬, 令武士自擇以備戰馬, 濟州歲一上馬, 罷進上馬·年例馬·遞任馬·分養馬, 禁郵驛濫騎馬·立待馬·刷馬·度實引把之馬, 而車用李之制, 城用戚繼光法. 於是節度使總諸鎭, 諸鎭使兼管郡縣, 守令摠把摠, 把摠總哨官, 哨官總旗揔. 五人爲伍, 二伍爲隊, 三隊爲旗, 有警俱起. 其平時, 步兵番上, 騎兵與束伍皆不番上. 水軍就屬鎭, 以風和風高, 排額立防. 凡兵通京外, 月三試藝, 番上兵各以元定分隷都下五衛, 五衛皆設營, 衛各五司, 司各五百人. 實內禁衛十二百, 合忠義忠順二衛爲一司, 以備宿衛. 改巡廳爲金吾衛, 主巡警捕奸盜. 凡將領自大將以下, 皆升爲實職, 京砲手馬隊, 皆以京近而準減, 外兵收其布, 支卜春秋.

於是, 罷山林·柴草·楮柒·果木之征, 海澤·折受之入, 工匠·商賈·公廊·船·鐵冶·魚塩濫取之稅, 衙門·屯田·市場之賦, 御供所需·諸司日供·八道進上之規. 罷貢物·罷還上, 罷一切無名之稅, 罷詩賦表雕刻輕浮之文·庭監增別謁聖之試·節日之製, 明經之科·武擧之選. 罷陳賀, 罷揀擇, 罷署經, 罷解由, 罷復戶, 罷妓樂優棚, 罷奴婢以世之法. 然後造嘉量, 以一輕重, 懸度量衡, 以均萬物, 頒小鐘以譙公私, 改衣冠變語音, 以從中華, 講親迎, 以正人倫, 設時譙, 以通上下之情. 其度數節目, 自有錄.

錄旣成, 其友鄭東稷·裴聖瑜, 謂馨遠曰: "子於經邦之謨, 制治之術, 可謂勤矣. 然五帝不同樂, 三王不同禮. 故夫因俗而爲治, 不必泥古; 爲事而不危, 不必變今. 故善爲國者, 度時而制宜; 善爲法者, 因弊而出能. 能多者其政順, 宜衆者其民寧. 且吾聞之, 圓不可以爲方, 柄不可以爲鑿. 子乃欲革衰季之俗而回鴻古之風, 不亦難乎?"

馨遠曰: "不然. 政亂而不正, 其衆必散; 法弊而不變, 其國必亡. 夫轉危者, 依道而循理; 法古者, 順性而沿情. 故星失其當則衡不得爲衡; 寸失其當則尺不得爲尺. 天下之道, 本末大小, 曷嘗離哉? 今東國, 事不師古, 政不挈本, 綱紀紊亂, 百度叢脞. 吾且數之, 今東國結負以立制, 租稅以均田, 科目以取士, 資格以用人, 官紀煩冗, 郡縣乖錯, 廩祿薄, 遞易數, 軍伍亡紀, 兵制虧缺. 由今之道, 無變今之俗, 雖舜禹復生, 亦無如之何矣. 今結負之法,主稅而遺地, 重科而輕尺. 尺雖行, 不齊於田面, 徒載於簿書, 簿書殽雜, 文策稠濁. 其乘除·增減·長短之差, 官不能盡察, 民不能盡辨, 而吏由以行其奸僞. 夫以難察之簿·莫辨之數, 而御吏胥無窮之奸難矣. 故有賄賂之風, 有漏落之患, 有兼幷之弊. 夫春秋之義, 諸侯無專封, 大夫無專地. 今豪民私占, 或至數千頃, 富過王侯, 是專封也; 買賣由己出, 是專地也. 而貧者無立錐之地, 如此而能行政教者. 未之有也. 故曰莫如立頃畝. 今明經者, 造語而資誦; 製述者, 摘句而資綴. 刻燭而試高下, 瞥眼而定取舍. 故主學者, 無保任之責; 應試者, 無僥倖之恥. 恥無所立, 責無所歸. 於是曹吏按資而勘籍, 政宰循格而署官. 立好惡之私, 察炎涼之勢, 崇門地之法, 所擧非所敎, 所敎非所養. 是以士相高以浮薄, 相矜以虛僞, 相噓以勢, 相引以利, 法令滋多, 巧僞日興. 如此而能行政敎者未之有也. 故曰莫如復貢擧. 昔唐太宗, 省內外官, 寘七百三十員, 曰: '吾以此, 待天下賢士足矣.' 故後世, 稱貞觀之治. 今京都多不急之官, 而郡縣或殘小不成邑. 邑有無土, 官有無民. 而漢郡守, 九卿之祿, 歲二千石. 所以如此隆厚者, 欲令官卑者足以代耕, 位高者足以仁親. 勵廉恥成禮俗, 上下相安也. 今爲官者, 俸入至薄, 而吏胥無恒廩, 欲其亡營私征利厲民益己之弊, 難矣. 昔唐虞建官百· 夏商二百而天下治者, 三載而考績, 三考而黜陟·委任之效也. 今吏數易, 無安官樂職之意. 而齊, 列國也, 筦子修內政, 卒伯天下. 今兵農爲二, 民力已竭 軍役不均, 族隣逃散, 禍患蔓延, 如此而能行政敎者未之有也. 故曰莫如簡內而均外, 厚廩而委任, 立制以定軍. 今子之言, 不可變今而泥古, 亦局矣."

書凡二十餘萬言. 馨遠著書最多, 獨此書用力深切, 言弊事析秋毫矣, 而其法皆平易簡略, 務爲必可行. 後其書稍出, 然世莫能用也. 時宰相有薦馨遠者, 馨遠笑曰: "我不知時宰, 時宰豈知我也." 馨遠顯宗十四年卒. 余聞馨遠, 其爲人明正公平. 崔永慶死, 永慶黨謂鄭澈搆殺, 持澈不已. 獨馨遠, 心知澈不殺永慶. 少與尹鑴善, 孝宗時, 朝廷欲尊用鑴. 客問於馨遠: "鑴何如人?" 馨遠曰: "鑴好自用, 用則必敗." 已而果敗. 余觀其所爲錄, 可謂三代上王佐之才矣. 嗟乎! 其秉心持論, 有由來矣.

墓碑

洪啓禧

磻溪柳先生卒三十年, 而所著『隨錄』出. 噫! 先生王佐才也. 全體大用, 盡於是書, 蓋發源於天德王道, 不迂而不陋, 謂之質諸聖人而無媿可也. 雖不能見施於當時, 而百世之下, 必有來[27]取法者. 嗚呼偉哉!『周禮』, 周公晚年之書也. 先儒稱之, 以爛用天理·盛水不漏. 若先生之書, 專以是爲主, 發凡起例, 綱目燦然, 秤量古今, 若數掌紋. 苟非胃次玲瓏, 心算縝密, 掀翻百代之典章, 陶鑄一王之制作, 夫豈能若是之爛漫排張, 無一罅漏哉!

先生生於天啓壬戌, 卒於崇禎後癸丑, 實歷我仁·孝·顯三朝. 其間名儒碩輔, 濟濟朝著, 而獨未聞旌招之擧及於磻溪, 豈先生潛龍之德確然不拔, 惟恐其聞達而然歟? 先生固名家, 所居去京師五百餘里, 而以一布衣, 終於湖海之濱, 在先生豈有輕重, 而亦不可使聞於大道之國也.

先生生七歲, 讀禹貢, 至冀州, 咏歎之不足, 至於起舞, 蓋已見大意矣. 自十三四, 留心於聖賢之學, 傳記百家, 貫穿無遺, 著「四箴」自警.

甲申後, 無意當世, 盡室南歸, 隱於扶安之磻溪間, 一赴擧, 中進士, 以王父

---

27 來:『반계잡고』에는 '求'로 되어 있음.

治命也. 自是, 不復就, 杜門靜坐, 專心力學. 其於書, 未嘗死守前人章句,
必度之於今而質之於古, 會之於心而參之於事, 思之又思, 究極精微, 苟有
所得, 雖夜必興, 明燭疾書. 每日暮, 輒喟然曰: "今日又虛度矣." 其精篤如
此. 孜孜夙夜, 眞積力久, 自無疑至於有疑, 自有疑至於渙然冰釋. 理欲之
界分, 事物之本末, 莫不瞭然於心目, 不自覺其欣然而樂·慨然而歎. 至於
救世惻怛之念, 得之天性, 平生精蘊, 筆之於書, 於是乎『隨錄』成矣.
其書, 以井田爲本, 不畫其形, 只求其實, 敎士·選才·命官·分職·頒祿·制
兵·設郡·置縣之法, 皆自此推去, 規模廣大, 節目纖悉. 嘗曰: "天下之道,
本末大小, 未始相離. 星失其當, 衡不得爲衡; 寸失其當, 尺不得爲尺." 又
曰: "古與今, 此天地也, 此人物也. 先王之政, 無一不可行者, 彼謂古今異
宜者, 妄耳." 又曰: "古人制法, 以道揆事, 故本自簡易易行. 後世, 皆緣私
爲法, 百般防巧, 愈益亂矣." 又曰: "治天下, 不公田不貢擧, 苟而已. 公田
一行, 貧富自定, 戶口自明, 軍伍自整, 如此而後, 敎化可行, 禮樂可興. 不
然, 大本紊矣, 無復可言." 惟其灼見王霸之分, 洞察古今之宜, 故其言, 根
於天理, 達於人事, 斟酌損益, 照耀鋪舒, 大而參於宇宙, 細而入於毫芒, 鑿
鑿中窾, 井井不亂. 又必會其有極於古昔先王之制, 此豈後世牽補架漏·功
利偏霸之學所能萬一哉?
先生諱馨遠, 字德夫, 文化人, 高麗大丞車達之後. 文簡公諱寬, 入本朝相
世宗, 以淸白聞. 六世而有諱瑋縣令, 爲先生曾王父. 王父諱成民, 正郎贈
參判. 考諱은藝文檢閱, 妣驪州李氏右參贊志完女. 先生, 白面長身, 眼采
照人, 背有七黑子如北斗狀. 內行甚篤. 二歲而孤, 事母及王父母極其誠,
及沒以善居喪稱. 聰悟絶人, 天文·地理·卜筮·算數, 一過洞然. 嘗論本國
分野曰: "漢水以北, 當與燕京, 同爲尾·箕, 以南當爲箕·斗." 知者以爲獨
得之見. 嘗見彗星, 知辛亥必大饑, 節食蓄穀, 以賙窮乏.

尤於春秋復雪之義睠睠焉. 顯廟壬寅, 北人稱永曆皇帝亡, 我國未知虛實, 先生歎曰: "皇朝存沒, 豈是細故而漠然不知耶?" 丁未夏, 聞福建人鄭喜等漂海押赴, 馳往見之, 以華語酬酢, 知皇統未絶, 取見曆日, 驗其爲永曆二十一年, 不勝悲喜, 作詩贈之. 所居濱大海, 嘗置船四五, 制極便利, 蓄駿馬, 日可行數百里, 藏良弓美箭及鳥銃, 以教家僮, 裒聚水路朝天記, 兼記諸站孰險孰夷, 歷歷不差, 先生之志, 可見矣.

『隨錄』外所纂, 殆七十餘筴藏于家. 當宁朝左參贊權穡·左議政趙顯命·承旨梁得中, 後先白上, 稱先生學行才識. 丁卯, 上命啓禧作先生傳以進, 且命取『隨錄』內入, 啓禧仍請刊行, 而竟未果. 啓禧少嘗讀『隨錄』, 玩繹累年, 愈見先生之苦心. 邃學·高才·廣識卓然, 爲我東間世人物, 非敢自附於後世之子雲·堯夫, 而若其高山景行之心, 至今未能已也. 癸酉, 命贈執義兼進善, 表章先生德行及尊周之義也.

先生娶豐山沈氏府使誾女, 庚申生, 壽八十九而終, 贈淑人. 男昰衛率, 女適鄭光疇·朴森·白光璠·宋儒英·尹惟一·申泰濟. 鄭申進士. 孫應麟·應龍·應鳳·應鵬. 曾孫發, 今爲同中樞. 贈昰承旨, 應麟參判, 發弟薰文持平. 先生墓在竹山府西北鼎排山, 坐酉, 淑人祔.

今府使兪彥摯, 慕先生德義, 甫下車, 操文以酹, 又伐石以表墓道, 搢紳諸公, 有助之者. 同樞公謂啓禧, 宜有一言, 顧何敢辭? 謹撮傳中所載, 以應之. 誠以託名玆石爲幸云.

崇禎三戊子夏, 行判中樞府事, 致仕奉朝賀, 洪啓禧謹識.

祭磻溪柳先生文

金瑞慶

維歲次癸丑十月丁酉朔十一日丁未, 門生金瑞慶, 謹以酒肴之奠, 敬祭于故成均進士愚磻柳先生之靈.

嗚呼哀哉! 天鍾淑氣, 先生寔全, 帝賦恒性, 先生寔遵. 正直之操, 廉貞之節. 利不得誘, 威不能奪. 所知者明, 所守者確. 見義如渴, 好善易色. 泥塗軒冕, 愧陋擧業. 雖得小試, 亦非其樂. 無求於世, 不干於人. 林居是安, 京宅奚戀. 挈挈而歸, 于磻之谷. 優哉遊哉, 是嬉是息. 園開三逕, 曰松竹菊. 架藏萬軸, 曰聖賢籍. 昧爽而起, 冠帶必飭. 淨掃室堂, 方列硯墨. 兀然端坐, 或讀或錄. 孜孜終日, 繼之以燭. 沈潛反覆, 推微研深. 菽麥之味, 蜜醴之甘. 一心明處, 萬理洞然. 文章餘事, 德業誰先. 周官制度, 孫吳遺法. 山川物產, 音韻淸濁. 證古宜今, 或損或益. 積成卷秩, 盈箱溢篋. 經綸之策, 濟世之具. 可底於績, 孰云其睽. 天爵旣修, 萬鍾浮雲. 樂且不憂, 若將終身. 猗歟先生, 能自得師. 莘渭後徒, 濂洛遺儔. 天生若人, 意其有爲. 何料悶凶, 不少于惠. 二堅驚夢, 一疾成憊. 醫窮技殫, 莫詰其理. 嗚呼先生, 而至於斯. 命之不隆, 誰實尸之. 道有窮通, 時有治亂. 莫非天也, 脩短寧論. 瑞慶無似, 鄕里小生. 始自卯角, 瞻拜德容. 不謂不肖, 誘掖諄至. 十年摳衣, 奉問豈小. 顧惟困蒙, 多所扞格. 安此暴棄, 不能自力. 先生是憐, 特念不忘. 惜乎之言, 屢見書中. 盡勉之責, 諏發面初. 瑞慶於此, 惕然內疚. 忸怩而對, 期以今後. 世務熱中, 未克依敎. 憂患奔走, 省拜亦疎. 怠慢之罪, 擢髮何斗. 往在仲春, 擬候嘗進. 適値出駕, 逢拜路半. 欲言何恨, 忙忽未盡. 丁寧別語, 都在勉施. 仰望神彩, 愀愀有愆. 私怪於心, 不敢於言. 孰謂日臻, 馴致大劇. 季春前旬, 我歸自洛. 聞病驚趨, 亦未得謁. 所恃無妄, 勿藥有吉. 仁而不壽, 彼蒼何意. 嗚呼哀哉! 萬事已矣. 儀形莫攀, 德音永隔. 疑何從決, 業何從質? 入門長慟, 風烟慘色. 爲公爲私, 余懷曷極? 權厝之日, 我有不獲. 日晚始赴, 已後執紼. 慚負幽明, 血泣難已. 尙闕雞黍, 盖有待也. 日月云邁, 遽踰七朔. 酉坐卯向, 是非永宅. 歸葬是謀, 已啓封域. 故山千里, 永訣行色. 一盃來奠, 披腹叫呈. 臨紙寫哀, 滿紙雙零. 言盡意長, 物薄誠至. 尙有不亡, 庶垂歆顧. 嗚呼哀哉! 尙饗.

配享磻溪祠祭文

權以鎭

庚戌二月十八日配享. 判書權以鎭製.

磻溪之南, 吾道與俱. 及門有賢, 人莫之踰. 孝悌爲本, 名利不渝. 格致誠正, 寔勉且劬. 氣肅聲和, 乃德之符. 旣竭吾力, 鑽昻程朱. 潛心其書, 想像儀圖. 小學一部, 百行所需. 追蹤寒暄, 非皮非膚. 叔度不壽, 尋緖則無. 子國有顔, 羣彦就模. 是師是弟, 同步同趍. 吾黨歸依, 子游祠虞. 禮宜腏食, 公議僉都. 穀朝于差, 盛儀攸芋. 磻翁儼臨, 先生是隅. 敬陳俎豆, 庶我降孚.

告磻溪柳先生文

三友堂柳先生, 澹溪金先生, 俱以門生, 早承誘掖, 丕紹遺緒, 克傳正脈. 玆擧配儀, 敢伸虔告.

磻溪柳先生行蹟

先生諱馨遠字德夫, 系出文化文簡公諱寬之後. 曾祖諱湋縣令, 祖諱成民
贈參判, 考諱欽文科說書. 妣驪州李氏參贊志完之女, 天啓壬戌生先生于
漢陽貞陵洞第. 先生生而異常, 學語嬉戲不凡. 凡聞事物, 必聞其極處, 旣
知讀書, 曉然其大義, 文思日進. 經史百家之書, 已自涉獵也. 讀不過數遍
而能終身不忘也. 已有成人儀度, 雖群兒喧戲於側而若不聞. 日恒文課程
講誦不輟. 慨然有慕聖之志, 專心爲己之學, 而於擧子業, 初不經意也.

嘗作「四箴」以自警, 曰: "夙興夜寐也, 正衣冠·尊瞻視也, 事親也, 居室
也." 其言皆懇惻, 令人有惕然改念處. 凡居喪之節, 誠禮備至, 人以爲難.
服闋, 倣陶靖節體, 作「歸去來辭」, 其清致雅思, 殆與本文不相上下.

癸巳冬, 寓于扶安愚磻里宅焉. 甲午中司馬, 盖從參判公遺志, 不得已也,
而非其所好. 闕後, 不復就試. 篤志力行, 以古人自期待, 不以家人生産作
業累其心. 癸丑三月二十九日, 易簀于正寢, 享年五十二. 遠近聞訃, 莫不
咨嗟, 或有垂泣者焉.

嗚呼! 先生天品剛毅, 氣節豪邁, 少所有傲見漢唐人物, 鄙唾流俗底意思.
及長折節爲恭謹, 矯揉之以禮, 漸磨之以仁, 雖未見名門之師從遊而受業,
然謂道備於吾身, 而其說具在方冊, 苟能求之, 自無不得之理. 於是, 存心
於齊莊精一之中, 窮理於學問思辨之際, 講明體履, 日新又新, 及其養以冲
恬之趣, 積以歲月之久, 心與理會, 氣與神凝, 精粹之態, 達於肩背, 和順
之容, 見於顔面, 望之如泰山喬嶽也, 卽之如祥鳳瑞日也. 人但見其欣然之
貌魁然之態, 亦自敬服, 斷然知其爲有道君子也.

夷考其可見之行, 天性至孝. 鷄鳴而起, 盥漱冠衣, 省定必愼, 甘旨必誠, 先
意承事, 婉愉順適, 雖祗寒暑雨, 未嘗少忽. 或有不和於色, 拱立左右, 跋

踧若無所容, 俟其意舒, 然後乃敢安, 其有不安節, 憂形於色. 飲食必先嘗, 湯藥必親煮, 不與人坐焉, 不解衣寢焉, 積累年而不懈焉.

嘗以不逮事先考爲至痛, 每値忌日, 一旬齊戒, 及祭哀慟如初喪. 及祖考妣母夫人辭堂之後, 益慽慽無所歸, 或得珍味, 則必涕泣曰: "昔日常不得, 今欲自食, 其可忍乎?" 見其素所服, 則又必涕泣曰: "此物猶獨在也." 聞者悲之. 祭義一遵『家禮』. 每朝必拜, 出入必告, 朔望必參, 新物必薦, 雖遇癘疫不廢事祀, 事無巨細, 務盡誠敬, 儼乎如在, 優乎如臨. 祭畢而退, 肅然危坐, 思其所祀之節, 無違則油然而喜, 有失則終日不樂. 常曰: "祭不在物而在誠, 與其誠不足而物有餘, 孰若物不足而誠有餘乎!", 此其奉先者然也.

閨門之間, 內外斬斬, 相對如賓. 遇親戚有恩, 御奴僕有義, 言必有敎, 動必有法. 每値歲時, 參謁家廟, 就坐正寢, 受子女孫兒之拜, 命子女孫兒, 各自就序, 相向拜揖, 奴婢亦於庭下, 分立敍拜, 如儀一家長幼, 由是皆知事上敬長之道. 上下雍雍, 大小有體, 此居家者然也.

其接人也, 溫柔恭謹, 延遇以誠. 與居官者, 言事上治民, 學士則言讀書力行, 武夫則言馳射行陣, 以至於農商工漁之屬, 各隨其業, 而循循有序. 人無貴賤, 觀其眉宇, 聽其談論, 莫不收心改容, 穆然如在春風中, 此其誠信之及於人者也. 其於勢利之場, 怵然若泥塗之將浼己也. 親戚或有作宰隣邑, 請與相見, 未嘗一造其門. 少時全昌君艶慕其名, 每求一見曰: "非爲見我, 我家天下唐本書籍具存, 一來觀此, 於義無害." 先生終不往. 閔判書維重, 先生戚丈也, 欲薦其行誼. 嘗因先生入都之日, 來試其意, 先生正色曰: "戚丈不知我耶?" 極言其不可持難進退, 閔公悟其意, 不果薦, 倘非確乎不拔者, 能然乎?

其敎人也, 必本於四書五經, 次及史記子集. 明其音釋, 正其章句, 覈其辭. 求其義, 使之自得而未解然後, 委曲告諭, 叩其兩端, 開導不倦. 幸有力學審問者, 則喜見於色, 若己有之. 無故嬉遊, 則惕然深憂曰: "世間英才何限, 而自棄者皆是也. 吾於彼何哉?" 常語子弟曰: "爲學要在沈潛縝密, 然後意味深長." 又曰: "學問之道無他. 但靜坐澄心, 體認天理, 用力不已, 則自然漸明." 又曰: "所貴乎讀書者, 要在明理實踐耳. 言語之學, 都不濟事." 又曰: "人家子弟, 可使覩德, 不可使覩利. 窮達有命, 惟當自勉其在我者而已." 倘非循循善敎者, 能然乎?

及其下鄕之後, 結茅於松臺下竹林中, 聚書數千卷, 方冠革帶, 終日端坐, 刻意覃思, 硏極精微. 會之於吾心而參之於事, 爲其心之所嗜之, 不啻若蒭豢之悅口也. 慨惻當世, 慕尙三代, 以爲, "王政之本, 莫如制民之産, 爲治之道, 要在敎養之正. 時有治亂, 道無今古, 誠使行三代之制, 三代之治, 亦可復於今日也." 證古宜今, 各有條理, 於心或有所未快, 則博咨廣詢, 講求其至當之道. 書之簡編, 孜孜不已. 或當食而忘味, 或不食而忘食. 及其日暮, 則未嘗不歎息曰: "今日欲爲之事, 又不得爲矣. 義理無窮, 歲月有限, 古之聖賢, 有何精力, 而能若是成就乎?" 每日自計其日所食, 所食之物, 校其所爲之事曰: "某物若干, 某事若干." 相稱則怡然而安, 不稱則咄咄自責, 燃燈繼咎, 或至通宵不眠. 有時就枕, 中夜妙契, 則取燭而疾書之.

天地之間, 古今之來, 人民之衆, 事物之變, 其所以然而不可易, 與其所當然而不容已者, 莫不粲然於其中. 本末兼擧, 毫釐不差, 可謂建諸天地而不悖, 質諸鬼神而無疑, 若使其擧而行之, 則民何患不爲三代, 俗何患不爲三代, 而時不可家道而戶說也. 士不可求衒而底績也, 則抱經濟之策, 在林泉之下, 優游涵泳, 灑然獨樂者, 是固不得於世者之所爲也.

每悅陶元亮氣像, 且愛其詩, 抄作二卷, 常加吟咏 而有曠世相感之意. 和風暖日, 則竹杖芒鞋, 曬風於松臺, 盤桓於竹林, 折觝之不置曰: "愛女不受風霜之節. 使汝無此, 則吾無所取汝矣." 又曰:"此君若無, 則吾誰與友." 盖寄示其志也. 酷愛山水, 聞佳山好水, 則不計鞍馬之勞·道路之遠, 必自窮歷而後已. 故國內名勝, 足跡迨遍, 而所居愚磎, 亦有江山之景. 時有起興, 借舟於前浦, 狎沙洲而觀白鷗, 泛滄浪而逐漁父, 中流上下, 風詠而歸. 人望之, 但見亭亭物表, 皎皎霞外, 若無意於當世者, 而其傷時憂國, 感慨挽回之志, 有非尋常人所能知者也.

若夫用兵行陣·陰陽律呂·天文地理·醫藥卜筮·名物度數·算計漢語之類, 此皆學問之末節, 文章之餘事, 何足爲先生多? 而天下之物產, 山川之易險, 道路之通塞, 九夷八蠻殊俗而異性, 百情而千狀, 以至於釋老之淸淨, 仙家之玄妙, 亦無不研窮探極, 使貴賤·利害·是非·邪正之辨, 瞭然裁判於胸中[28].

有若不欲一善成名, 寧以一物之不格爲己病, 不欲以一藝爲自足. 其於卷之[29]富貴貧賤榮辱毀譽, 不一動其心, 而堅固刻勵, 謙若不足. 常曰:"吾少時, 不得賢師, 枉費工夫, 年來讀書, 漸知其味, 而衰病浸尋, 人事漸廣, 有不得如意者, 此可以樂其平生." 而其同志之士, 每論當世人物, 語及先生, 則必曰:"某友瑩澈無瑕, 如氷壺水月, 每一去復見, 所見益高, 上達不已, 直有古人氣像." 其見重於人如此.

其於文詞, 略不用功而炳然筆出, 渾然章成, 讀之, 令人心融理通, 蕩滌渣滓, 眞所謂有德而有言矣. 好看朱子書, 爲纂要者十五卷, 『東國文』十一卷, 『遁翁稿』三卷, 『紀效新書節要』一卷, 『書說』·『書法』·『參同契抄』各一卷, 此則其所長, 取而編次者也. 『輿地志』十四卷, 就『勝覽』中損益, 而僅得成編, 未及正釐. 『詩』一卷, 『文』一卷, 『理氣總論』一卷, 『論學物理』

---

28 胸中: 원문에는 胃中으로 되어 있으나, 문맥상 바로잡음.
29 卷之: 이 두 글자는 연문으로 판단되어, 번역에서는 생략했음.

二卷,『經說』一卷,『問答書』一卷,『紀行日錄』一卷. 而『隨錄』十三卷, 則平生精力, 盡輸於此, 大綱既立, 萬目俱正, 所謂經世之制度, 太平之文學, 而益自韜光晦彩[30], 未嘗輕以語人, 人亦莫之知也. 故藏於家而未出焉.

弘齋全書·日得錄 柳馨遠條

嘗覽故處士柳馨遠, 所撰隨錄, 論城制甚詳. 甄板堵雉, 有天子·王·侯·伯·子·男等級, 而其分軍置將之法, 用糧計工之方, 具有條目. 以爲築城必以其時, 毋當農節, 其調軍丁, 必依常格, 除番赴役, 愼毋格外別調.

又曰, "華城都護府邑城可築. 今之邑治亦可, 然方之北坪, 不啻霄壤. 北坪乃東方大地, 結作深奧, 規模宏遠, 設邑建城, 眞是大藩鎭氣象."

此人在孝顯間, 以經綸事功自任, 而適不遇時, 不能展布其所蘊. 間擧栗谷諸賢語, 以自潤色, 學術亦可謂醇矣. 至論華城事, 到今若合符契, 予尤深味而歎賞之. 仍命銓曹加贈某官, 訪問子孫以聞.

檢校直閣臣南公轍癸丑錄

故處士柳馨遠加贈祭酒敎

正祖

故處士贈執義兼進善柳馨遠, 其所撰『磻溪隨錄·補遺編』曰: "水原都護

府, 加廣州下道之一用等面, 移治於坪野, 臨川因勢, 邑城可築." 申之"以
邑治規模, 坪野大勝, 眞是大藩鎭氣象, 地內外可容萬戶." 又言: "築城力
役, 當藉鄕軍停番之需." 蓋其人有用之學, 著之爲經濟文字, 奇哉! 其論
水原形便也, 移治之謨, 築城之略, 身在百年之前, 燭照今日之事, 與合面
停番等節文細務, 亦皆鑿鑿如符契. 見其書而用其言, 尙謂之曠感, 其書不
見而如見, 其言未聞而已用, 其人之所抱固富矣. 卽此華城一事, 在予可謂
朝暮遇. 記昔其家後承之推恩也, 例贈戶曹佐貳, 相臣力言: "其例贈之衙,
反遜於特贈, 不可施於此儒" 嘗以其言爲是, 況今興思, 豈闕揭厲之典? 加
贈成均館祭酒, 其嗣孫訪問以聞.

已贈贊善佐貳. 故以贈吏曹參判兼祭酒贊善施行.

扶安邑誌 所載 磻溪 關聯 記錄

○東林書院. 在邑南十五里, 主配亨柳馨遠, 配享柳文遠·金瑞慶. 院生
十五人, 未賜額.「書院條」

○柳馨遠, 孝廟朝進士, 仍不赴擧. 尊周攘夷, 忠義籌備, 作『田制隨錄』卄
餘卷, 行于世. 號磻溪, 立祀東林書院.「人物條」

○柳文遠, 學行高明, 號三友堂, 入享東林書院.「人物條」

○金瑞慶, 金圻之後, 生員穎睿. 時異, 行己處事, 一道『小學』. 以柳磻溪
門人, 入享于東林書院, 號澹溪.「人物條」

崇禎九年丙子三月十七日 通政大夫前行潭陽府使金弘遠前明文

右明文事段, 要用所致以, 扶安立石面下里愚磻伏田畓亦. 六代祖右議政
文簡公, 太祖朝開國功臣賜牌以, 去京甚遠, 收拾不得叱分不喩, 窮谷之
中人民或聚或散, 田畓段置, 亦爲猪鹿所害, 廢棄數百年爲有如乎. 去壬子
秋始爲下來, 誅茅伐木, 作田作畓, 辛苦重設, 今至二十餘年, 耕食爲在果.
大槩此地, 四山圍抱, 前面開豁, 潮生滿浦, 印案出沒. 奇巖怪石, 列在左
右, 如拱如揖, 或進或退, 狀非其一. 朝雲暮靄, 亦自呈態, 眞羽衣棲息之
所, 非俗客來遊之處. 中有長川 出北向南, 自別東西之區, 此亦奇絶之一
助.

自川以西, 仍存舊業, 自川以東, 家舍田畓全數放賣, 而其中不得自擅者,
家奴三忠之金允祥處買得畓六斗落只十五卜, 其家前代田二十六卜三束,
原居人奴弼伊田十七卜畓七斗落只十六卜. 又畓三斗落只十卜段, 金司諫
處利租全六石, 壬申年三月受食, 其年七月, 爲厥上典之所捉, 洪州上去.
他無償債之物.

右田畓成文進呈, 自前年之所出乙, 司諫家輸送爲有齊, 其餘田畓段, 全數
放賣. 畓之時起落種者, 全八石落只, 時陳時起者, 全四石落只幷五結田,
則或起或陳, 結卜未能祥知 而計其原數, 則不下三十餘結.

新造瓦家二十間, 家後亭子代黃竹田及奴四忠家後竹田幷以, 價折木綿拾
同, 交易捧上爲遣, 永永放賣爲乎矣. 本文記段, 他田畓幷付乙仍于許與不
得爲去乎, 後此吾子孫中, 或有雜談, 則此文記, 告官辨正者.

財主 通勳大夫前行工曹正郎 柳成民(手決)(手決)

證 長孫學生 德彰(手決)

筆執 外孫朝散大夫前別坐 趙松年(手決)(手決)

磻溪先生年譜

曾孫 發 草綠

漢山 安鼎福 修輯

大明熹宗, 天啓二年壬戌. 光海君十四年

正月二十一日丑時, 生于漢城西部小貞陵洞, 伯舅太湖李參議元鎭第. 先生姓柳, 諱

馨遠, 字德夫, 其先文化人. 先生始生, 甚岐嶷, 眸如明星, 背有七黑子, 如北斗形.

三年癸亥. 仁祖憲文大王元年 ○先生二歲

八月, 丁先考翰林公憂.

五年乙丑. 先生四歲

遊戲不凡, 遇事物, 必究問本末, 欲知其至處. 雖草木禽蟲之微, 不忍傷害.

六年丙寅. 先生五歲

始入學.

受業于太湖李公及姑夫東溟金判書世濂, 讀不過數遍, 輒誦不忘, 二公甚器重之.

先生旣知讀書, 自立課程, 雖群兒喧豗, 若不見聞, 誦習不輟, 是歲通算數, 至如博

突雜戲, 亦皆通曉.

毅宗, 崇禎元年戊辰. 先生七歲

是歲, 讀 『書經』, 至 「禹貢」 '冀州'二字, 翻然起舞. 太湖公問其故, 對曰: "二字之尊體拔例如此, 不圖爲樂之至於斯也."

二年己巳. 先生八歲

講讀經史, 已曉大義, 儀度若成人. 長老見者, 咸以遠大期之.

三年庚午. 先生九歲

讀『易·繫』.

四年辛未. 先生十歲

是歲, 經傳外, 涉獵百家, 皆能領會. 李金二公, 與之論難, 嘆曰: "古或有如此人哉, 柳氏有後矣."

七年甲戌. 先生十三歲

自是歲, 慨然有慕聖賢之志, 專心爲己之學, 於擧業, 不屑如也.

九年丙子. 先生十五歲

十二月, 奉王父母·母夫人及兩姑, 避虜亂于原州.

時王父母年老, 三家家屬, 皆倚於先生爲恃. 時金東溟, 奉使日本, 內眷亦托于先生. 避亂時, 有强盜數十, 持挺攔道. 一行惶懼失色, 先生挺身當前, 據義喩之曰: "人孰無父母? 爾毋震驚我父母, 行裝任汝取去!" 盜感其言, 散去.

十年丁丑. 先生十六歲

亂定後, 往省諸處先塋. ○爲覲王父參判公, 往來于扶安地. 亂後, 參判公, 移寓扶安.

十二年己卯. 先生十八歲

聘豊山沈氏. 鐵山府使諱閱之女, 右議政諱守慶之曾孫.

十三年庚辰. 先生十九歲

時先生, 以親病問藥於國醫柳後誠. 後誠恃才驕傲, 陵轢士夫, 及見先生, 敬禮甚至, 下堂送之, 因語人, 曰: "觀柳某誠懇, 我不盡心, 非人子也."

十四年辛巳. 先生二十歲

時先生, 聲聞藹蔚, 全昌尉柳廷亮, 願欲一見, 寄語曰: "吾家唐本書籍滿架, 一來披閱, 何害?" 先生終不往. 先生自少, 足跡未嘗一及於貴勢之門.

十四年壬午. 先生二十一歲

作「四箴」. 序曰: "志於道而未能立者, 志爲氣惰之罪也. 夙興夜寐, 未能也; 正衣冠尊瞻視, 未能也; 事親之際和顏色, 未能也; 居室之間敬相對, 未能也. 四者惰于外而荒于中也, 所當猛省而必能也. 因箴以自警." 箴見文集. ○移居砥平縣花谷里墓下. ○冬子是生.

十六年癸未. 先生二十二歲

移居驪州白羊洞. ○冬, 往拜東溟金先生于咸興. 時東溟, 爲北伯, 尋授關西伯. 先生此行, 縱觀西北山川而歸.

十七年甲申. _{先生二十三歲}

是歲, 大明亡. ○七月, 丁祖妣李夫人憂. 先生承重, 喪制一遵文公 『家禮』. 不脫衰絰, 以終三年, 前後喪, 皆如是. ○與李嘉兩, 踏山, 閱月還家. 嘉兩, 卽東溟女壻, 而松谷李參判瑞雨之兄也. 有文章俊才, 兼通數術, 又深於堪輿. 與先生交好, 至是與之同行.

我仁祖憲文大王, 二十四年丙戌. _{先生二十五歲}

春, 哭東溟金先生. ○冬, 作「李子時傳」. 子時, 卽嘉雨之字也. 有天鍾異才, 不幸短命死, 時年二十五. 先生憐之, 爲之作傳.

二十五年丁亥. _{先生二十六歲}

冬, 作「先世墓所記」. ○遊衿川安養洞, 書佛師碑後. 略曰: "麗祖奉佛, 其大師國師, 皆貴顯子弟之拔萃者也. 雖以英才敏識, 迷溺於異敎, 殘其形而滅其性, 沒其生而不寤也. 悲夫! 若使聖人之道, 明於當世, 彼豈肯捨眞而趨僞, 背正而歸邪哉? 余然後, 益信孟氏之功, 不在禹下, 而程朱之說, 可以與霄壤並立也. 自三韓以來, 無傑巨人, 嘗疑天之降才, 或有偏薄而然也, 今乃知非無才也, 敎不明故也."

二十六年戊子. _{先生二十七歲}

春, 遊嶺南. 時外兄趙松年, 爲金山宰, 仍往嶺南, 遍觀山川, 以求避世之地. ○四月, 丁先妣李夫人憂.

孝宗宣文大王, 元年庚寅. _{先生二十九歲}

赴監試. 時參判公, 命赴試, 故先生奉從其意. ○秋, 遊漢南湖西, 轉至原州砥平而還.

二十辛卯. _{先生三十歲}

春, 遊金剛山. ○赴監試. ○赴庭試. 入格, 以違格拔. ○五月, 丁王父參判公憂. 執喪盡禮, 哀毀過度, 遂成終身之疾.

三年壬辰. _{先生三十一歲}

春, 作『正音指南』. 先生常嘆東方語音, 未變夷俗, 欲追中華正音, 就中宗朝崔世珍所撰『四聲通解』, 刊去注解, 專明音韻, 使便於考覽, 名之曰『正音指南』. 『隨錄』始草. 先生嘗曰: "古今此天地, 此人物, 先王之政, 無一不可行者." 又曰: "古人制法, 皆以道揆事, 故簡易易行, 後世皆緣私爲法, 故只益紊亂耳." 又曰: "治天下, 不公田, 不貢擧, 皆苟而已, 公田一行, 百度修擧, 貧富自足, 戶口自明, 軍伍自整, 如此而後, 教化可行, 禮樂可興." 又曰: "王政, 在制民産, 制民産, 在正經界, 後世王道之不行, 皆由於田制之壞, 卒至於戎狄猾夏, 生民塗炭." 於是, 慨然以斯道斯世, 爲己任, 有意著書. "定爲一王之法, 先以正經界爲首務, 而議者每謂, '山谿之田, 難於均田.' 然箕子平壤田制, 取田字形, 畫爲四區, 區皆百畝, 不用箕子七十畝, 而用周家百畝之制, 變本國結負之法, 而爲頃畝之制." 乃曰: "唐世均田之制, 近古, 麗朝用之, 以致富强, 但其法, 不以地爲主, 以人爲本, 故籍丁給田, 差科多端, 不無人多地少·地多人少之弊. 始給之後, 又不無今剩後欠·今欠後剩之弊, 聖人井田之法, 本地而均人, 是由靜制動之意也." 遂定田制, 次及敎選·任官·職官·祿制·兵制, 皆從田制推去, 定爲成法. 又有續篇, 論朝禮·經筵·燕禮·昏禮·喪禮·陵寢·坐衙·巡宣·女樂·供饋·衣冠·言語·度量·制造·家舍·道路·橋梁·用車·藏氷·僧巫·淫祠·奴隷·籍田·養老, 諸般節目, 皆詳具焉. 名之曰『隨錄』.

四年癸巳. _{先生三十二歲}

服闋, 次陶淵明「歸去來辭」. 先生自國家蒙恥, 神州陸沉, 不樂當世, 每有退擧之意, 次「歸去來辭」, 以見意. 辭見文集. ○遊冠岳山靈珠臺, 有「遊仙詞」. 詞見文集. ○冬, 移居于扶安縣愚磻洞. 洞在邊山中, 濱海林壑絶勝, 築草廬於松竹間, 謝絶世故, 以杜門著書爲業, 有'避地來南國, 躬耕傍水垠.'之句. 先生自是, 專精學問, 夜以繼日, 有妙契于心者, 夜必起而書之. 然猶自不足, 每日暮, 必曰: "今日又虛度矣! 義理無窮, 歲月有限, 古人以何精力, 成就如彼?" 每日昧爽, 盥洗衣冠, 謁家廟, 退坐書室, 架籤萬軸, 竹扉常掩, 糜鹿晝行, 先生顧而樂之曰: "古人云靜而後能安能慮, 旨哉言乎!" 先生孤露以後, 追慕倍切, 所居有魚蟹之饒, 每遇佳味, 必變色, 曰: "親在, 甘旨多闕, 今得此, 誰爲養?" 涕泣不忍食. 有一姊在京, 恨不與同衣食, 以畿庄所收穀歸之, 資其計活.

五年甲午. 先生三十三歲

秋, 中進士二等第三人. 從參判公遺命, 赴試, 是後, 遂不復應擧. ○毀淫祠. 南俗好鬼, 多淫祠. 先生所居洞中, 有淫祠三所, 遠近男婦, 雜遝祈禱. 先生使人毀其祠·伐其樹. 先生家居, 內外斬斬, 巫瞽之屬, 不敢入門.

六年乙未. 先生三十四歲

冬, 入京師, 尋還. 還時, 到新倉津邊, 有一船, 滿載人馬, 中流船破皆溺. 先生急呼上流船二隻, 督令拯救, 已死者五六人, 胸上有煖氣者九人. 使奴負入近村, 解衣衣之, 灌以粥飮, 達夜求療, 翌日皆活. 其存心愛人如此.

十年丙申. 先生三十五歲

與朴自振, 論東國地志. 先生以東方地理, 自四郡·三韓·帶方·國內·丸都·卒本·蓋馬·大山, 及三國之界, 東國未有定說. 先生雜取中國歷代諸史及地志, 與東國文獻之可考者, 各有分地, 爲此書. 書見文集. ○『輿地志』成. 先生以東國地志, 無可考據. 雖有『輿地勝覽』一書, 而專取詩文, 且勝覽之名, 已失古人地志之義, 遂爲此書.

八年丁酉. _{先生三十六歲}

春, 入京師. 先生留意於本國地勢, 凡往來之際, 別取他路而行, 歷覽山川, 要識其道里遠近·關防夷險. ○秋, 遍遊湖南, 南沿而還. ○訪靑霞子權克中. 權公, 妙修鍊之術, 隱于馬原石室. 先生往訪, 相與從容, 語及丹法, 權公出示所解 『參同契』 一編. 於是, 先生爲之訂正其一二, 寫一通, 以藏之.

九年戊戌. _{先生三十七歲}

八月, 遊南方, 觀秋月等山而還. ○與鄭文翁書, 論理氣人心道心. 鄭公, 名東稷, 號聽泉, 學問士也. 先生與之交. 道義相許. 先生與之書. 論理氣.[31] ○十二月, 入京師, 哭鄭聽泉墓.

十年己亥. _{先生三十八歲}

九月, 復遊湖南諸地, 閱月而還. ○作詩悼鄭文翁. 有'鳳去丹霄暮, 龍亡大澤湮'之句.

顯宗純文大王. 元年庚子. _{先生三十九歲}

八月, 入京師. 冬還. ○十一月, 行女婚. 先生長女, 曾與鄭聽泉第二子約婚. 鄭公卒, 至是喪畢而歸之.

---

31 뒤이어 요약·인용된 「與鄭文翁東稷論理氣書」와 「又論人心道心書」는 생략. 이 책 578, 584면에 실려 있다.

二年辛丑. _{先生四十歲}

正月, 往嶺南, 因遍觀湖·嶺山川而還.

三年壬寅. _{先生四十一歲}

十一月, 入京師, 仍留貞陵洞. ○『中興偉略』始草. 先生以大明淪亡, 國恥未雪, 深
以爲恨. 其在扶安, 每於月夜, 以漢音操琴自彈, 聲出金石. 每登舍後絶頂, 北望拉
涕, 人莫知其故. 常講究復雪之策, 家畜駿馬日行三百里, 以良弓鳥銃, 敎家僮, 以
及里人. 暇日習之, 皆爲妙手, 至二百餘人. 彼地險塞及水陸站程, 一一記略. 至
是. 始草『中興偉略』, 書未成, 而先生卒.

四年癸卯. _{先生四十二歲}

春, 往拜先塋而還, 歸扶安. 果川·砥平·驪州·竹山, 諸處先塋. ○十一月, 遊湖南潭
陽等地.

五年甲辰. _{先生四十三歲}

冬, 撰輯『東方文』. 序曰.[32]

六年乙巳. _{先生四十四歲}

春, 編成『東國史綱目條例』. 書後曰.[33] ○作「東史怪說辨」. 東史, 怪說甚多, 先生
病之. 逐條論辨, 別爲一編. ○編『歷史東國可考』. 題後曰: "自史記漢書以下, 歷代
史傳及『通典』·『通考』等書, 取東國所付者, 聚錄之, 以備參考. 北夷倭人, 土地連
近, 事或有相考者, 則亦仍幷載之." ○先生又嘗恨 『續綱目』 筆例無謹嚴之意,

---

32 뒤이어 요약·인용된 「東國文後序」는 생략. 이 책 576면에 실려 있다.
33 뒤이어 요약·인용된 「東史綱目凡例」는 생략. 이 책 596면에 실려 있다.

又多疏漏, 撰『疑補』一卷. 此條, 不知年月, 姑附此. ○夏, 答閔監司維重書, 論救荒築堤等事. 書略曰: "救荒, 自古無善策. 古所云, 散財·薄征·弛力等事. 是第一急務, 而薄征·弛力, 尤爲要焉. 蓋賑民一斗米, 不如蠲民所納一升也, 此在民間, 親驗之言也." 又曰: "我國鴨綠以東, 大抵皆山故, 雖値大旱, 無連城數十赤地之慘. 惟湖南右道一帶, 平陸連海, 而川流皆受潮鹹. 故不得灌漑, 所以堤堰, 獨多於湖南. 其中碧骨·訥池·黃登等堤, 皆民利之最博者. 而廢棄已久, 若修復此堤, 則嶺上七八郡, 永無凶荒流亡之患, 可絶捐粟賑貸之弊, 不惟民利, 國家收稅, 豈不爲萬世長策也哉? 不必調發丁夫, 因凶年, 給粟分民, 則救荒興利, 一擧兩得矣." ○被廟堂薦. 薦目, 潛心義理, 孝友出天. 先是, 先生與閔公維重, 有戚義, 閔公兄弟, 欲薦先生, 先生正色曰: "叔非知我者." 遂不果薦. 至是被薦, 先生不樂曰: "我不知時宰, 時宰豈知我也?" ○九月, 入京師, 赴太湖李公葬. ○十月, 往漣上, 謁眉叟許先生. 留數日而還.

七年丙午. 先生四十五歲

正月, 還扶安. ○三月, 以姑母喪, 入京師而還. ○被別薦. 李尙眞薦也. ○上眉叟許先生書. 前此, 有書請『東溟集』序文, 又呈小冊子, 請書古文古銘. 至是, 又上書, 斫取園中脩竹二簡, 付送之.

八年丁未. 先生四十六歲

夏, 與漂海唐人, 問答.[34] 時唐人, 上書陳情, 願得還歸, 竟執送北京. ○十一月, 入京師, 因留. ○『朱子纂要』成. 就『大全』, 節取詩文, 並十五卷, 舊注有錯誤處, 亦多釐正. ○作東溟金先生行狀.

---

34 뒤이어 인용된 「自崇禎甲申中北京淪沒之後 (…)」는 생략. 이 책 565면에 실려 있다.

九年戊申. 先生四十七歲

正月, 與外弟金儁相, 拜東溟先生墓. 因往漣上, 拜眉叟許先生. 爲請東溟碑文也. 因留數日, 講論道理, 商確古今, 眉翁未嘗不嘆服語人曰: "柳某王佐才也. 不圖衰季, 有如此人物." ○二月, 還扶安.

十年己酉. 先生四十八歲

秋, 編『陶靖節集』. 別得善本, 編之. ○答裵公瑾論學書. 裵公, 名尙瑜, 居嶺南, 與先生爲道義交, 書見文集. 裵公又問理氣曰: "前敎人心道心, 及理氣上界分, 明白端的, 證諸晦庵退溪, 小無異同. 自謂當與此看, 今得『栗谷集』, 與牛溪辨論理氣, 大槩其緊要處, 與牛溪角立者, 道心原於性命, 人心生於形氣, 此氣中, 理亦有之云者也. 此亦條理脈絡分明, 而不相雜渾融, 而不可改者歟? 若如栗谷之言, 退溪心統性情圖, 果皆非歟?"先生答曰: "鄙見, 大槩如高明所示矣. 惟退陶之說, 與朱子相同, 恐此得大舜本旨也. 但其氣隨理乘之語, 似少有未瑩, 如何如何? 所疑非如栗谷之見, 但旣曰理發而氣隨之, 氣發而理乘之, 則似未免爲兩心, 而各具其理氣者然, 果疑於未盡明透耳." 又曰: "功夫雖貫動靜, 非靜無以爲本, 不但學者如是, 造化之理, 雖流行不已. 動靜互爲其根, 然嘿而觀之, 其主處, 必在於靜. 故曰, '不翕聚, 則不發散.'此可潛玩也."

十一年庚戌. 先生四十九歲

二月, 入京師. 三月, 還. 渡新倉津, 時中流遇暴風, 櫓折舟將覆, 篙師知其不求, 浮泳而走. 衆皆失色, 先生獨晏然無惧色. 俄而隣船來救, 得利涉. ○『隨錄』成. 凡十三卷. ○ 先生編『隨錄』時, 別爲「郡縣之制」一卷, 其略曰: "漢唐以降, 畫野分道, 如唐之關內·河南, 大明之山西·陝西之類, 必以山川爲名. 本國各道, 因州爲名, 變更無常. 宜以山川地形爲主, 黃海道曰關內, 忠淸道曰漢南, 全羅道曰湖南, 慶尙道曰嶺南, 江原道曰嶺東, 咸鏡道曰嶺北, 平安道曰關西, 革楊廣道, 以其州縣, 分屬關內·漢南." 又曰: "一邑地方百里, 郡縣之通制也. 本國, 地少邑夥, 多爲虛器. 又其分割之際, 長短失宜. 大州, 其四至或十里內, 已爲他境, 或踰越數三邑, 而不相連接, 政令賦役, 多弊不便. 小縣, 則殘不成樣, 百度無寄, 而民生尤苦. 甚非體國經野, 爲民設牧之意, 必省倂釐正, 皆得其宜而後可以爲治. 一邑之地, 大約四至各五十里爲率. 官員名號則因今, 而大府曰尹, 都護府曰使, 而各置副官, 名通判. 府曰使, 而置判官. 郡曰守, 縣曰令, 而各置丞. 又於府學, 置敎導, 郡縣, 置敎授." 又立鄕官陞遷之規及養士鄕約之制, 又明鄕里戶口法, 立常平社倉等諸節目, 皆具成法, 而猶未成完書.

十二年辛亥. 先生五十歲

答鄭伯虞問『隨錄』書. 鄭公, 名東益, 亦先生道義交也. 時, 鄭公問所編文字卒業與否, 先生答曰: "先王爲治之制, 傳記皆傳其大綱, 而節目後世無考. 試言一二事, 則如經界·貢賦·學校·貢擧·軍制等事, 後儒論說大綱, 則其辭偉然, 誠使擧行其事, 則能不茫然者, 鮮矣. 豈不可懼哉? 遂乃就事區畫, 如今行用事目之爲, 以自考焉, 則常時以爲易者, 有難存其間, 以爲無疑者, 疑惑叢其中. 夫道之用, 行於事, 心之發, 著於政. 三代之法, 皆以天理而爲之制, 後世之法, 皆以人欲爲之制, 行人欲之制, 而欲國家之治者, 天下豈有是理哉? 時有治亂, 道無古今. 故愚嘗曰, '設令三代, 行後世之政, 三代亦爲後世也. 誠使今世, 效三代之政, 今世亦爲三代.' 嗟乎! 以弊承弊, 其來已久, 君子恒爲無用之物, 小人長爲逞意之人, 其禍終使天理泯滅, 私欲懷襄, 生民糜爛, 犬戎爲主, 此何故哉? 其必有由然矣." ○**定鄕飮酒禮節目.** 先生與鄭伯虞, 論鄕飮酒禮, 至是, 定其節目. 見文集. ○**是歲大饑.** 先是, 彗星竟天. 先生見之曰: "此大饑之兆也." 每告人以預備之道, 人莫之信. 先生遂私自節用, 又賣牛馬, 貿置五穀. 至是, 八路大饑, 僵屍相枕, 流民充塞道路. 先生食不兼味, 務存嬴餘, 以賙親戚鄉里, 至於流丐, 盡誠接濟. 時人皆逞逞爭持器用服飾, 日夜盈門以求賣, 先生却之, 皆賜穀物送之. 嚴禁家人, 毋令乘時射利.

十三年壬子. 先生五十一歲

貽書戒尹希仲. 名鑴, 號白湖, 時有盛名. 先生貽書戒之曰: "人之持身處世不密, 則悔不可追云云."

十四年癸丑. 先生五十二歲

三月十九日寅時, 先生易簀于愚磻之正寢. 先生自二月遘疾, 沈綿月餘, 病革, 命侍人改正枕席. 侍人難之, 先生勵聲曰: "死生之際, 不當如是." 遂澡洗更衣, 而以翌日昧爽易簀. 病革時, 命第二甥, 取某處某書來. 先生披閱再三, 令燒之於前曰: "此書若成傳後, 可爲世寶, 惜乎! 天不假年也." ○先生病時, 見堂前梅花盛開, 感傷吟一絶, 詞甚凄惋. 仍命朴甥勿傳, 故詩不入集中. 及先生卒後, 梅不結子, 因枯死. ○易簀日夜深後, 白暈瑩澈, 繞寢室, 達夜不滅, 遠近村人僧徒, 皆望而異之. 會哭者千餘人. ○五月, 葬于竹山湧泉鼎排山先塋下酉坐之原. 將引破權厝, 忽有紅光如烈火, 自西南, 聲如吼雷, 向東移時而散. 及奉柩來竹山, 時白氣自靈筵上起, 直至空中, 連日不止. ○權厝破殯日, 有群鹿百餘來會, 躑躅悲鳴, 柩出夜亦然. 聞者以爲昔年活孕鹿之應, 戊申歲, 有一孕鹿爲獵人所逐 躍入先生臥內, 先生以繩縻之衣架, 翌日放之. 蓋指此事而言也.

肅宗章文大王, 十九年癸酉.

湖南士林, 建書院于扶安縣之東林, 以享先生. 時先生之沒, 二十一年矣. 明年甲戌三月, 京外儒生進士盧思孝等, 上疏請賜額, 且進先生所撰隨錄書. 下批曰: "省疏具悉, 疏辭, 令該曹稟處, 而所進冊子, 予當從容省覽焉." ○先是, 參奉裵尚瑜,上疏言: "限田之法, 自秦商鞅壞了, 後歷代未有復古之法. 唐均田之制, 爲近古, 麗祖用之, 以致富强. 然其法, 以人爲本, 不以地爲主. 故籍丁給田, 差科多端, 且有人多地小·地多人少之弊. 箕子東封, 始行頃法, 經界宛然, 而不行於後, 可勝惜哉. 平時, 通國田結, 一百五十一萬五千五百餘結, 而今墾田不過六十八萬餘結, 過半欠縮. 此不過, 官吏書員輩任意偸漏, 只以若干見錄故也. 今若不以頃法正之, 則臣恐皮盡而毛無所施也. 故進士臣柳馨遠, 志存經濟, 講究法制, 證古參今, 手自成書, 名之曰『隨錄』, 乃一帙十三卷也. 其總目有七曰, 田制也, 學制也, 設教也, 選擧也, 官制也, 祿制也, 兵制也. 惟其七條, 無非切於時用, 而其中田制一款, 最是今日之急務也. 其法百步爲一畝, 百畝爲一頃, 四頃爲一佃, 每一夫, 占受一頃. 分九等受稅, 每四頃, 出兵一人. 其他大夫·士及吏胥·僕隷之類, 各有條理, 無不曲當. 觀其所撰, 可知其法. 其言曰, 地形不必寬, 而以佃字代井字. 公田不必置, 而可爲什一, 采地不必設, 而各有其養, 別君子·野人之分. 其因今之宜, 酌古之法, 合於自然之理, 則井田之實, 俱在其中矣. 我國地界, 南北二千餘里, 東西一千餘里, 折長補短, 則可以爲一千八百里. 除山林川澤不毛之地, 通國實頃二百五十萬, 而以卽今田稅言之, 則不過十九萬五千餘石. 以頃法行之, 則可得一百五十二萬四千石, 正軍六十二萬, 束伍六十二萬. 其利害長短, 不待較計而自明矣. 臣熟復其書, 深得其意, 則大綱旣立, 萬目俱正, 可謂經國之大本, 致治之良規也. 殿下誠能深思熟慮, 奮發大志, 得行三代後所未行之聖法, 則民有恒業之固, 而貧富均一, 兵無搜括之撓, 而人心底定. 此所謂一擧而兩得者也."

當宁十七年辛酉.

承旨梁得中, 上疏請取『隨錄』, 以備乙覽. 批答曰: "其冊子, 令道臣, 卽取以上焉."

二十二年丙寅.

命儒臣洪啓禧, 撰進先生本傳. 洪登對時, 奏先生學問之博, 及所著『隨錄』. 上俯詢先生事實, 因命撰傳以進. ○時洪以參贊官入侍, 言及先生. 知事元景夏曰: "柳某所著『隨錄』, 乃經世之大務, 參贊官篤好之, 嘗謂皆可用也." 洪曰: "其書正大廣博, 必有所益. 臣謂分付兩南道臣, 刊行可也." 上曰: "其書, 自玉堂復入之." 元曰: "參贊官, 多讀古書, 但持論甚偏. 柳某與今人色目不同, 而參贊官以公心尊慕其人, 篤好『隨錄』, 豈不好哉?" 上遂有是命. ○後庚午六月左參贊權謫, 又上書東宮. 乞取『隨錄』梓頒中外.

二十八年壬申.

全羅監司李成中狀啓, 請先生贈職. 啓下禮曹, 判書洪鳳漢回啓, 請贈職, 蒙允. 狀略曰: "扶安故進士柳馨遠, 其造詣成就, 實非一行一善見稱者. 其在崇儒獎節之道, 尤宜汲汲而不容緩. 敢此仰達. 令該曹, 劃卽稟處分付. 俾於臣在任之時, 奉以知委, 以爲風勵觀感之地."

二十九年癸酉, 九月.

贈通訓大夫, 司憲府集義, 兼世子侍講院進善. 以學行純備, 且有尊周節義. 贈職事, 承傳.

四十四年戊子, 十月.

立碑于墓左. 竹山府使兪彦摯, 素慕先生德義, 下車以後, 操文祭墓. 又伐石立碑, 搢紳諸公, 多助之. 判中樞洪公啓禧, 撰陰記.

四十六年庚寅, 月.

贈通政大夫·戶曹參議兼世子侍講院贊善. ○是歲, 命刊『隨錄』于嶺營, 印本分藏
五處史庫及弘文館.

上之五十一年乙未冬.

後學東宮左翊贊, 漢山安鼎福, 謹輯.

鼎福, 幼在湖南, 從長者, 熟聞柳磻溪先生之爲大德君子, 而時未有知, 不
能得其詳. 旣長, 思之每深愧恨. 甲子歲, 謁秀村公於京師之桃楮洞, 公卽
先生之曾孫也. 爲鼎福, 道先生事甚悉, 至借以先生所著『隨錄』. 歸來讀
之, 誠運用天理, 爲萬世開太平之書也. 於乎盛哉! 後數從公遊, 得覩遺集
及諸書, 其問學之精密, 志量之遠大, 非後世能言之士所可及也.

先生生於黨議橫流之際, 逝世無悶, 著書自樂, 卓然爲元祐之完人·聖世之
逸民, 而世毋敢雌黃焉, 則先生之德, 可知也. 噫! 使世之好先生書者, 不
徒爲目前之玩, 必也躬行心得. 措之事爲之際, 而惟實效是圖, 則先生雖
沒, 而先生之道行矣. 此豈可易言哉?

鼎福生晚, 雖有執鞭之願, 而不可得. 今歲偶忝官, 方來館于公之季氏前承
旨薰家. 時公已卒, 胤子明渭, 守制在廬, 出示公所草先生年譜, 而使之修
潤, 且索跋語. 鼎福於公實有幽明知遇之感. 且以托名前賢事迹之末爲榮,
不能終辭, 則斯覺僭耳.

時, 上之五十二年乙未, 臘月中澣, 後學東宮左翊贊安鼎福, 敬識.

반계 유형원의 학문과 사상

신발굴 자료를 통해서

임형택

1. 반계의 저술

1930년대 조선학(=국학)운동이 일어나면서 그 뿌리로 실학을 인식하게 되었다. 반계磻溪 유형원柳馨遠(1622~73)이란 존재는 이 과정에서 '조선학의 창시자'(안재홍安在鴻) 혹은 '실학의 1조祖'(정인보鄭寅普)로 일컬음을 받았다. 이후 오늘에 이르기까지 반계는 '실학의 비조'로서 공인받고 있는 학자이다. 그가 이처럼 부각되기에 이른 것은 무엇보다도 그의『반계수록』이 중시되었기 때문이다.

『반계수록』은 원래 책 이름이『수록隨錄』으로 되어 있다.『전제수록田制隨錄』(『부안읍지』)이란 지칭도 보이는데 언제부터인가『반계수록』으로 통칭된 것이다. 이 저술이 '경제經濟 대문자'로 국왕 영조의 상찬을 받아 드디어 경상도 감영에서 공간公刊이 된다. 반계의 손에서 그것이 완성된 이후 100여년이 지나서야 비로소 간행된 것이다. 하지만 다른 여러 실학의 저술들이 20세기로 들어오기 이전에 발간된 사례를 찾아보기 어려운 실정에 비추어『반계수록』의 경우는 오히려 특별한 은전을 입었다고 말할 수 있다.

반계의 저작물로서 『반계수록』 이외에 따로 간행된 것은 없다. 다만 『군현제郡縣制』란 제목의 책이 『반계수록』에 보유로 들어간 바 있다. 『군현제』는 지방지적인 성격의 저술로서 행정 구역을 부분적으로 개편하려는 의도를 담은 내용이었다. 이것은 미완의 저술이었던 까닭에 『반계수록』과 함께 간행되지 못했다 한다. 한데 "『수록』의 주에 『군현제』를 언급한 곳이 많아 『수록』만 보고 『군현제』를 보지 못하면 격화소양隔靴搔癢에 다름없다" 하여, 『반계수록』이 공간되고 10여년이 지난 1783년에 『반계수록』의 보유로 편입되었다.

그런데 조선시대의 문인 학자라면 자신의 시문을 정리한 문집 형태의 저술이 없을 수 없다. 반계 또한 예외가 아님이 물론이다. 그의 학적 계승자인 성호星湖 이익李瀷의 글로 「반계유집서磻溪遺集序」가 남아 있는 것이다. 그리고 또 저술로서 『이기총론理氣總論』 1권, 『논학물리論學物理』 2권, 『경설經說』 1권, 『문답서問答書』 1권, 『기행일록紀行日錄』 1권 및 편저로서 『동국문東國文』 『도정절집陶靖節集』 등의 제목이 확인된다. 반계의 우반동 시절 제자인 김서경金瑞慶(1648~81)은 "선생의 덕행은 『문집』에 드러나고 사업은 『수록』에 밝혀져 있다"라고 하였다. 전형적인 '수기치인修己治人'의 구도이다. 실학자라면 으레 그렇듯, 반계의 학문세계 역시 수기치인의 체계를 갖추고 있다. 그럼에도 그의 문집과 다른 여러 저술들을 접할 수 없었던 까닭에 반계의 학문과 사상을 인지하는 데 제한이 없을 수 없었다.

근래 와서 반계의 저술들이 발굴되고 소개되기에 이르렀다. 하나는 여강출판사에서 1990년에 『반계잡고磻溪雜藁』란 서명으로 간행한 것인바, 여기에는 이우성李佑成 선생이 그 내용과 의의를 천명한 해제가 실려 있다. 다른 하나는 시 작품에 산문 몇편이 포함된 문집 형태의 문건인데 『반계일고礪溪逸稿』란 서명으로 필자가 정리·해설을 붙여서 2006년에 『한국한문학연구韓國漢文學硏究』 38집에 소개하였다.

이 글의 부제로 붙인 '신발굴 자료'란 다름 아닌 바로 이 『반계잡고』 와 『반계일고』이다. 이를 통해서 반계의 학문과 사상을 해명하려는 것 이 본고의 취지이다. 『반계일고』에 대해서는 필자 자신이 이미 견해를 개진한 터이며, 『반계잡고』에 대해서도 거론한 바 있다.[1] 지금 부득이 재론하게 되는데 기왕에 발표한 내용을 요약하고 일부 보충을 하면서 논지를 확장해보고자 한다.

반계가 살았던 17세기는 동아시아적 차원에서 대전환기였다. 바로 그 시점에서 신학풍으로 실학이 발흥했다고 필자는 보고 있는바, 반계 는 자신이 처한 시대를 각성한 지식인으로서 자기 시대의 과제를 해결 하기 위한 학문적 노력을 『반계수록』으로 집적해두었다. 이러한 그의 학적인 기반을 살피고 사상의 성격을 규명하고자 한다.

2. 시 작품에 투영된 학자의 일상, 전환기의 자아각성

『반계일고』는 모두 필사본 46장으로 잠명箴銘 7편, 시 169제題에다 산 문은 3편에 불과한 소책자이다.[2] 그렇기는 하지만 시부의 편차를 살펴보

---

1 임형택 「퇴계학의 계승양상과 실학」, 『국학연구』 23, 2013; 『21세기에 실학을 읽는 다』, 한길사 2014.
2 본 자료는 「반계선생행장」(필사본 12장. 양섬이 찬한 것)과 함께 시중으로 흘러나 왔는데 처음부터 두 문건이 짝을 이룬 것이었다고 한다. 필자는 이런 사실에 의거해 서 반계의 연원가에서 소장했던 것으로 추정한 것이다. 원본에 인장 2과(顆)가 찍혀 있다. 하나는 소장자의 본관 성명 등을 새긴 것이고 다른 하나는 당호를 새긴 것인 데, 아직 판독을 하지 못했다. 다만 '수원 백씨(水原白氏)' 4자는 확인된다. 반계의 셋

면 작자의 청년기로부터 몰년 가까이에 이르기까지가 대략 시대순으로 열거되어 있다. 요컨대 『반계일고』는 문집으로서 온전한 체제를 구비하지 못한 것이긴 하지만 적어도 앞의 잠명류箴銘類와 함께 시부는 흐트러지지 않고 원래 정리·편찬된 상태를 유지하고 있는 것으로 간주해도 좋을 듯하다. 거기에 산문으로서 중요한 의미를 지닌 「화귀거래사和歸去來辭」 「서수록후書隨錄後」 「동국문후서東國文後序」의 3편을 붙여놓은 형태이다.

반계는 어디까지나 학자요, 시인이 아니다. 여기 실린 시편들은 '학자의 시'임이 물론이다. 그렇지만 '여기餘技' 내지 '소한消閒'의 결과물이라고 말할 수는 결코 없는 것이다. 서로 친하게 지내는 사이에 주고받은 시편 또한 없지 않다. 이 또한 일반 문인들처럼 취미나 오락으로 주고받은 그런 성격이 아니다. 필히 시를 지어 주거나 화답을 해야 할 경우에 지은 것이요, 그 내용 역시 긴절한 의미를 담고 있다. 반계는 박초표朴初標란 후배가 지어 보낸 시를 두고 "어의語意가 아주 새롭고 묘하긴 했으나 내가 말하는 '실학'은 아니었다"라고 논평한다. 형식기교를 중시하지 않고 시 또한 실학적 의미를 지녀야 한다는 지론이다. 이 문맥에서 '실학'이란 학문적 개념으로서의 실학과 전혀 무관하진 않겠으나, 동일한 의미는 아니다. "발분發憤하여 고인을 좇고 근본을 도탑게 하고 부화浮華를 털어내기 힘쓰네(發憤追古人, 敦本剔浮華)"(「두 벗을 생각하며」)라고 한 언표는 반계의 학문 자세인 동시에 미학적 입장이었다. 학문을 발본적인 문제제기로부터 출발하여 미학 역시 박실樸實에 두고 있었다.

반계의 시 작품들은 경세적인 내용이라거나 무슨 도道를 실은 문자라

째 사위가 수원 백씨로 이름이 광저(光著, 『수원백씨족보』에서는 光瑞로 나와 있음)인데 이 가계에서 소장했던 것이 아닌가 싶기도 하다.

고 말할 수 있는 성질은 아니다. 그저 자신의 족적을 따라서 생활의 실상을 엿볼 수 있고 자아의 독백을 듣는 귀한 기회가 되기도 한다. '흉회胸懷의 묘妙'를 담아서 마음의 소리가 조용히 들리는 것도 같다. 지금 이 자리에서는 특히 두가지 주제를 다룬 작품을 거론하려고 한다. 하나는 그의 나이 21세 때 지은 「감회感懷」라는 제목의 것이며, 다른 하나는 1667년 중국 복건성福建省의 무역선이 일본으로 가다가 제주도에 표착하여 그 배에 탄 중국인 95인을 청나라로 압송한 사건이 있었던바, 그가 직접 이들을 만나보고 지은 것이다. 전자는 학문주체로서 자아 확립을 표현한 내용이라는 면에서, 후자는 명·청 교체기에 처한 그 자신의 사고의 논리를 규명해보는 단초가 될 수 있다는 면에서 각별한 관심이 가는 것이다.

『반계일고』의 맨 첫머리에 나오는 글이 「사잠四箴」이다. 몸과 마음을 가다듬고 경종을 울리는 자기 수양의 성격이다. 이 「사잠」과 「감회」는 다 같은 해에 지은 것으로 쌍벽의 의미를 띠고 있다. 20대 인생의 본격적인 출발선에서 「사잠」은 자기 수양에 중점을 둔 내용임에 대해 「감회」는 학문주체에 초점이 맞춰진 내용이다.

「감회」는 먼저 2수가 실려 있고 또 같은 제목으로 1수가 더 실려 있다. 3수 모두 학문의 바른 길을 찾아서 묻고 고민하는 내용이다. 앞의 제1수에서 "대도大道가 상실된 지 오래라 도덕이 거의 종식되었도다[大道久矣喪 人倫或幾息]"라고 절망감을 표출하며 '성인의 시대'로 돌아가기를 갈구한다. 이는 보편적 차원에서의 구도자의 자세라고 한다면 제2수로 와서는 단군을 국조로 조선왕조에 이르는 축도를 그리면서 자신의 역사의식을 드러낸다.

삼국이 나뉘어 치고받고 싸우더니
몽매해라 고려조까지도.

성조聖朝가 문운文運을 열고부터
어진 분들이 무리 지어 나왔도다.

侵伐劇三邦, 荒蒙嗤麗氏. 聖朝啓文運, 羣賢出乎類.

삼국에서 고려까지를 야만으로 폄하한 반면 조선의 개국을 문운이
열린 것으로 찬미하는 논조이다. 자기 조정에 대한 상투적 미화로 볼 것
은 아니다. 조선조에 이르러 문명국으로 진입했다고 여기는 유교적인
관점이다. 그런데 이어지는 문맥에서 "북문이 한밤중에 열려서 나라가
필경 쇠운에 이르다니!"라고 더없이 심각한 통탄의 소리를 발하고 있
다. 중종조의 기묘사화己卯士禍를 가리킨다. 남곤 일당이 신무문神武門(경
복궁의 북문)으로 몰래 들어가는 음모를 꾸며서 조광조 등 사림세력이 일
거에 제거를 당해 정치개혁이 좌절되고 결국 국운이 암담하게 되고 말
았다는 역사인식을 담고 있다.

「감회」라고 표제한 다른 한편은 "난초가 호젓한 골자기에 홀로 피어
〔幽蘭在空谷〕"로 시작되는데 난초는 퇴계라는 존재의 상징물이다. 조광
조의 개혁운동은 실패하였으되 퇴계라는 학자의 영향으로 난향이 멀리
퍼져나가듯 암울한 가운데서도 청풍이 일어난다[3]고 희망을 잃지 않는
다. 요컨대 20대의 반계는 정치적 실천의 길에서 정암 조광조를 발견했

---

3 "豈無棘刺侵, 永保孤貞節. 宿芬朝末已, 時有淸風發."(「感懷」)

고 학문의 길에서 퇴계 이황을 발견한 것으로 해석할 수 있다.

반계가 「감회」를 읊은 시점은 1642년이다. 국왕이 청에 무릎을 꿇은 지 5년 뒤요, 청이 북경에 입성해서 명이 멸망이 이른 것은 바로 그 2년 뒤다. 그가 중국 표류객들을 만난 시점은 명이 멸망한 지 23년이나 지난 뒤였다. 그럼에도 반계는 명의 운명이 어떻게 되는지 몹시 궁금해했다. 강남 지역에서 명조 복원운동이 전개되고 있다는데 조선 땅에 앉아서는 정보를 전혀 얻어들을 수 없었기 때문이었다. 그는 중국인들이 표류해왔다는 소식이 들리자 달려갔고 저들과의 만남에 기쁨과 슬픔이 교차하였다. 그 전말을 담아서 시를 여러수 짓는다. 저들이 소지한 역서曆書를 보고서는 감격한 심경을 이렇게 표출하고 있다.

뜻밖에 황가의 소식을 들으니
부모님 돌아오신 듯싶어라.

하늘이 한나라 책력을 보존토록 하니
성덕聖德이 필시 회복되리라.

忽得皇家信, 還如父母廻. 蒼天存漢曆, 聖德必重恢.

당시 정세로 말하면 비록 한족의 저항이 완전히 종식되지 않은 상태라 해도 17세기 중엽을 지나면서 만청滿淸의 중국 지배는 확고한 상태로 들어섰다. 반계의 명조 복원에 대한 소망은 한낱 꿈이었으니, 사실상 쓸데없이 열정을 쏟아부은 꼴이었다. 이처럼 역사에서 사라진 명에 대해 실학자임에도 회고적 정서를, 그것도 아주 강렬하게 지녔다는 것은 자못 의아스런 느낌이 들기도 한다. 이점을 어떻게 이해할 것인가? 안정복安鼎福이 엮은 「반계선생연보」에 의하면 반계는 41세 무렵 『중흥위략中興偉略』이란 이름의 저술을 기획했다고 한다.[4] 대륙에서 명을 부흥하고 우리의 국치를 씻고자 하는 대전략인데 완성을 보지 못해서 유감스럽게도 전하는 기록이 없다는 것이다. 『중흥위략』은 중단되었다 해도 기획단계에 있었음은 일단 사실이라고 보아야 할 듯싶다. 만청의 세계지배를 반계는 "누린내 언제나 씻어낼까?(腥羶何日掃)"라고 통탄해 마지않았다. 야만에 의한 문명의 전복으로 인식하였기 때문이다. 만청 중심의 세계질서를 그는 결코 용납할 수 없었다. '견양犬羊을 하늘로 받드는' 사태는 있을 수 없는, 있어서도 안 되는 그런 일로 반계는 사고한 것이다.

이런 반계의 사고의 논리에 비추어 만청의 폭력적 지배는 문명적 위기 그것이었다. 물론 만청의 지배에 반감을 일으키고 청조를 부정하였던 것은 반계만의 유별난 태도가 아니요, 당시 조선 사람들 일반의 정서요 다수의 여론이었다. 이 여론을 좇아서 집권세력은 '존명반청·북벌'이라는 체제 이데올로기를 국시로 내세웠던 터였다. 체제 이데올로기와 반계의 반청 논리는 외형적으로 보아서는 별로 다르지 않아 보인다.

---

4 「반계선생연보」는 이 사실에 덧붙여서 반계는 자기 집에 준마를 기르고, 조총 같은 병기를 준비하고, 가동(家僮)을 조련시키는 등 전쟁에 대비한 것으로 기록하고 있다. 그가 세운 '중흥위략'이란 대체 어떤 내용이었을까? 이 저술은 유감스럽게도 완성하지 못했다 하거니와 초고의 일부도 전하는 것이 없다. 한가지 추정해보자면 반계는 우리 조선 단독으로 앞장서 북벌을 결행하는 식의 무모한 계획은 결코 세우지 않았으리라는 것이다. 아마도 중국 내부에서 반청(反淸)의 군사행동이 일어난 경우 그 기회를 타서 공동전선을 펴는 그런 방향을 사고하지 않았을까. 반계가 복건성(福建省) 상인이 표류해왔을 때 비상한 관심을 보이고, 명(明)을 회복하려는 세력이 활동하고 있다는 과장된 정보에 감격하고 크게 기대를 걸었던 것도 그의 전략적 사고와 연계해볼 대목이다.

실학의 개창자로 평가받는 인물의 사상에 내재한 이 의문처를 어떻게
설명하고 해석할 것인가? 이 문제는 결론 대목에 가서 논하기로 한다.

3. 반계의 역사학에 대한 관심과 이기설理氣說

『반계잡고』란 이름으로 간행된 책에서 학계의 비상한 관심의 대상이
되었던 것은 이기異氣문제를 다룬 내용이었다. 반계의 철학적 논리를
알아볼 수 있기 때문이었다. 이와 함께 역사에 관한 내용이 상당한 분량
인데 이에 대해서는 거의 시선이 가지 않았다. 필자가 보기에 이 또한
관심을 두어야 할 내용으로 여겨진다. 그런데 흥미로운 점은 두 분야의
글들 모두 원출전이 동일한데 그것도 순암 안정복의 친필본이라는 사
실이다.[5]

책표제는 '동사례東史例'라고 적혀 있다. 이 책의 첫머리에 실린 글의
제목이 「동사강목범례東史綱目凡例」이다. 적혀 있는 글들이 여러가지로
잡다해서 편의상 첫머리에 실린 글의 제목에서 취해 서명을 삼아둔 것
으로 여겨진다. 이처럼 반계의 글이 대표성을 띤 모양이긴 하지만 전체
를 반계의 저작으로 꾸민 것은 아니다. 허목의 『기언記言』과 『고려사高麗
史』에서 초록한 것이 덧붙여 있다. 『반계잡록』에는 반계가 지은 것으로
판단되는 글만을 취해서 실었음이 물론이다. 그런데 예컨대 '잡록雜錄'
이란 표제로 실린 글은 명대의 학자 나흠순羅欽順의 『곤지기困知記』에서

---

5 원본을 보면 순암의 필체가 분명한데다가 '안정복인(安鼎福印)'과 '광릉(廣陵)'이
란 인장이 첫 면에 찍혀 있다. 현재 한국학중앙연구원 장서각(藏書閣)에 수장되어 있
는데, '이왕직도서지장(李王職圖書之章)'이란 소장처 인장도 보인다. 이 문건은 일제
강점기 조선왕실의 도서 중 일부가 이왕직도서로 전환된 가운데 소장하게 된 것으
로 보인다.

초록한 것으로 확인된다. 아마도 반계가 연구하는 과정에서 관련 자료를 초해둔 것인 듯하다.

1) 자국사에 관한 언급

『동사례』란 책자의 초반부에는 「동사강목범례」「동사괴설변東史怪說辨」「삼경설三京說」「동국지지를 논하여 박자진에게 준 글〔與朴進士自振論東國地志〕」 등 4편이 수록되어 있다. 이 중에서 특히 「동사강목범례」 한 편만 들어서 논의하고 다른 세편에 대해서는 후일로 미뤄둔다.

먼저 제기되는 의문점이 있다. 『동사강목』이라면 순암의 저술로서 높이 평가받고 있는 책이다. 반계의 「동사강목범례」라니 어떻게 된 것인가? 범례의 마지막 조목을 읽어보면 이 의문은 저절로 풀린다. 반계는 전부터 우리나라의 역사서들은 내용이 볼만하지 않고 서술방법이 도무지 의례義例가 없음을 깊이 탄식한 나머지 "매양 주자의 『강목』을 본받아서 한 책을 편성하여 살펴보기에 편하도록 하려고 했다"라고 한다. 그래서 의례를 작성해두었는데 십년이 되도록 의도한 역사서를 저술하지 못했다는 것이다.

"세월은 어느덧 흘러가고 신병이 떠나지 않아 본령이 되는 급한 임무를 앞에 두고 원래 품었던 뜻을 대부분 저버리게 되었으니 과제는 끝내 완수할 겨를이 없을까 염려된다. (…) 훗날 어느 군자가 있어 이 일을 성취해준다면 또한 하나의 다행한 일이 될 것이다."

'본령의 급무'란 그가 우반동으로 내려오면서 착수했던 『반계수록』의 작업을 가리킨다. 이 사업을 급선무로 수행하고 있으니 동사의 저술

작업에는 미처 손이 돌아가기 어려웠음에 틀림없다. 그 자신 52세에 생애를 마쳐서 그가 우려한 일이 결국 현실이 되고 말았다. 반계가 후세의 군자에게 기대를 걸었던 유업을 순암이 마침내 승계·성취한 형태이다. 서명까지『동사강목』이라고 붙였는데 순암이 지은『동사강목』의 권수卷首에 실린 '사론제유성씨史論諸儒姓氏'에 유형원이 들어가 있다. 끝에 부록에는 '괴설변증怪說辨證'이란 논제가 나오는데 반계의「동사괴설변」에서 먼저 인용해놓았다.

반계의「동사강목범례」는 제1조에서 "범례는 한결같이 주자의『자치통감강목』을 따른다"라고 천명했다. 순암 또한 이를 기본으로 준용한 것임이 물론이다. 그렇지만 맹종을 하여 기계적으로 적용한 것은 아니었다. 주자『강목』의 서법은 원래 편년체이다. 편년체의 경우 정삭正朔을 어떻게 쓰느냐가 제일 중요한 문제이다. 조선왕조가 청제국에 부득이 복속하면서도 숭정崇禎이란 명의 마지막 연호를 내부적으로 통용했던 것은 이 때문이었다.

『동사강목』은 반계가 서거하고 100여년이 지나 순암의 손에서 완성된 것이다. 중간에 노촌老村 임상덕林象德(1683~1719)의『동사회강東史會綱』등이 출현했으며, 성호 또한 여기에 관심을 두어 순암이 이 저술 작업을 진행하는 과정에서 논의하는 편지를 주고받았다. 우리나라의 역사를 강목 체계로 편찬하는 과제는 반계·성호·순암에 이르는 사문師門의 숙원사업이었던 터인데 크게 보면 17세기 이래 뜻있는 학자들이 공유했던 학문의식의 구현으로 여겨지기도 한다.

주자의『강목』은 정신이 정통론正統論에 있으며, 이를 표출하는 것이 앞서 언급했던 '정삭'이다. 다름 아닌 공자의 춘추서법春秋書法이다. 반계의「동사강목범례」의 제4조에 이렇게 나와 있다.

"(중국으로부터) 정삭을 받아서 사용한 시기에는 중국의 연호로 기년紀年하는 것이 당연한 듯하다. 그러나 『춘추』는 존왕尊王의 서적임에도 본디 노나라 역사이기 때문에 곧 노공魯公으로 기년하였다. 지금 이는 동국의 역사이므로 마땅히 『춘추』의 예에 의거하여 본국으로 기년해야 한다."

『춘추』는 노나라의 역사이기 때문에 공자는 노나라의 공후公侯로 기년을 했다는 것이다. 바로 이 공자의 '춘추서법'에 의거해서 우리나라의 역사 또한 자국으로 기년함이 옳다는 주장을 반계는 분명히 하였다. 공자의 '춘추서법'에 빌어서 자국본위의 사고를 펴고 있다고 보겠다. 이는 후일 홍대용洪大容이 주장했던 역외춘추론域外春秋論과 상통하는 논리이다.

이 대목에서 강목체란 어떤 의미를 지니는 것인가에 대해서 언급해 둘까 한다. 한자문화권에서 역사서법의 하나로 강목체는 편년체에서 진일보한 형식이다. 다 알다시피 편년체는 북송대 사마광司馬光의 『자치통감』에 의해서 성립한바, 남송대에 이르러 주자가 『자치통감강목』으로 개편한 것이었다. 역대 중국의 역사를 시기순으로 기술하여 장구한 중국전사를 최초로 체계화한 것이 『자치통감』이다. 거기에 춘추필법을 도입, 정통론에 입각해서 체계를 세운 것이 『자치통감강목』이다. 이적夷狄에게 역사·문화의 중심부를 내주고 강남 지역으로 밀려나 있었던 남송의 처지가 중화의 정통성을 뚜렷이 세운 강목체를 요청했던 것으로 해석할 수 있다. 그것은 주자적인 민족주의이기도 하다. 한국의 사학사를 돌아보면 조선조의 초기에 출현한 『동국통감』은 『자치통감』에, 후기에 출현한 『동사회강』 『동사강목』은 『자치통감강목』에 비견되는 것으로 볼 수 있겠다. 17세기로 내려오면서 문명적 위기감이 고조됨에 따라 강목체의 역사서를 요청하게 된 것이다. 요컨대 조선의 강목체는 17세기 이래 지식인들의 자아각성의 표출이었던바, 이 문제의식을 선각적으로 제기한 것은 반계 유형원이었다.

2) 성리설

지금 전하는 반계의 이기문제에 관해 논한 글들은 모두 문답서의 형식으로 되어 있다. 정동직鄭東稷(자 문옹文翁, 1623~58)과 배상유裵尙瑜(자 공근公瑾, 1610~86), 양섬梁暹(자 퇴숙退叔, 1643~?)이 문답의 상대인데, 정동직과 배상유는 반계와 사돈간이며, 양섬은 반계의 생질이자 제자이다. 세 사람 또한 기호학계에서 활동한 학자였다. 정동직과 논한 서간이 「논이기서論理氣書」와 「논인심도심서論人心道心書」라고 제목을 달아놓은 데다가 분량상으로도 대부분을 차지하고 있다. 반계는 주로 정동직이란 친구와의 토론을 통해서 성리설을 전개했다고 보아도 좋은 것이다.

반계가 남긴 철학적 텍스트에서 실리實理, 혹은 실리와 직결된 진술을 허다히 접하게 된다. 그래서 '실리' 두 글자가 주목을 받아 반계철학의 핵심처럼 이해되기도 했다. 필자는 이 '실리'가 하나의 학술개념으로 성립할 수 있느냐는 점에 대해 견해를 간단히 개진한 바 있다.[6]

실리는 고경古經에 나오는 말이 아니며, 『중용』에서 성誠을 주해하는 자리에 쓰이고 있다. "성이란 만물의 시작이요 끝이니 성이 아니면 물이 있을 수 없다."(25장) 주자는 이 경문을 "천하의 만물은 모두 실리에 의해서 이루어지는 것"이라고 풀이했다.[7] 성誠은 곧 이理인데 그것이 성

---

6 임형택 「퇴계학의 계승양상과 실학」, 『국학연구』 23, 2013; 『21세기에 실학을 읽는다』 한길사 2014.

실하기에 만물을 생육한다는 사유이다. 실리가 따로 있는 것이 아니요, 어디까지나 이理의 작용을 형용하기 위해 동원된 수식어다. 반계는 주자의 이 실리를 가져온 것이다. 그리하여 "이理는 저절로 실리이지 기氣로 인해서 있게 되는 것이 아니다"라고 주장한다. 이의 자주성을 강조하는데, 그렇기에 이의 작용방식은 성실하다는 뜻을 담고 있다. 그리고 정자程子의 "이 이는 매우 실하다"는 구절을 들어서 "이는 확실히 실리이니 이렇게 보아야 맞다"라고 하며, "이제 이는 지극히 참되고 지극히 실함을 깨닫는다"라고 부연해 말했다.[8] 요컨대 굳이 실리라고 표현한 것은 이理 자체의 성실성을 고도로 강조한 어법에 다름 아니다.

『중용』에 "성誠은 천도天道요 성하고자 하는 것은 인도人道라"(20장)는 구절이 나온다. 천지간에 만물이 생육하는 것은 천도의 영역임에 대해서 인간은 실천적 노력이 요망된다는 취지다. 즉 선을 행하려고 부단히 노력하는 긴장의 과정, 그것이 인간적 성이다. 인간의 도리로서 실리는 도덕수양이 당위이자 필수이다. "이理는 본디 실리實理이기 때문에 도심道心이 당연의 원칙이 된다"[9]라는 것이 반계의 주장이다.

다시 말해서 이理와 별개로 실리가 있는 것은 아니다. 그럼에도 반계가 이理 앞에 실實을 붙여서 쓴 것(實理)은 위에서 거듭 밝혔듯 이의 지극히 성실한 성격을 역설하는 어법이다. 이의 고유한 성실성을 고도로 강조하여 주체의 도덕적 확립을 의도한 것이다. 요컨대 실리는 존재론적 개념이 아니며 수양론으로서 고도의 실천적 의미를 담지하고 있다. 이러

---

7 『中庸集註』 제25장, "誠者, 物之終始, 不誠無物." 이에 대한 주자의 주: "天下之物, 皆實理之所爲, 故必得是理然後有是物."

8 「與鄭文翁論理氣書·別紙」, "程子曰: '此理甚實.' 此言向也心固然之. 曰: '理固是實理, 如是看過而已. 今乃覺得是至眞至實, 若非至實, 無以爲理, 眞是喫緊喫緊語也.'", 『磻溪雜藁』 81면.

9 「又論人心道心書·別紙」, 앞의 책 95면.

한 반계의 성리학 담론은 주자학·퇴계학에 접근하는 자세요, 논리이다.

성리설을 주리와 주기로 구분지어 보자면 지금 이 반계의 학설은 주리에 속하는 것이다. 당초에 이우성 선생이 지적했듯 반계가 젊은 시절에 세웠던 관점은 "유기론唯氣論이라고 할 수 있을 만큼 기철학에 경도되어 있었다. 그러다가 공부가 성숙되면서 주리적主理的 입장으로 경도되"기에 이른다.[10] 리의 고유한 성실성을 고강도로 역설하여 주체의 도덕적 확립을 기하려는 데 반계의 깊은 뜻이 있었다.

반계 이후로 실리란 말을 중요하게 쓴 사례를 필자는 양득중梁得中 (1665~1742)의 글에서 발견했다. 양득중은 명재明齋 윤증尹拯의 첫손가락에 꼽히는 제자인데 『반계수록』을 국왕 영조에게 직접 읽어보기를 권하고 나아가서 조정의 문신들이 함께 그 내용을 공부하여 국정을 바로잡는 방법론을 세울 것을 진언했던 바로 그 인물이다. 양득중은 천지간에 가득 찬 것은 오직 하나 실리일 뿐이라고 하면서 이렇게 갈파하고 있다.

"이는 즉 실리요. 마음은 즉 실심實心이요, 학문은 즉 실학實學이요, 일은 즉 실사實事이니 털끝만큼도 그 사이에 사심과 허위가 끼어들 여지가 없다. 그렇게 되면 실심은 맑고 밝아지며 실리도 청결하고 정밀하게 될 것이다."[11]

이 자체가 실리이듯, 우리의 마음은 실심이 되어야 하며, 우리의 학문

---

10 李佑成「磻溪雜藁 解題」,『驪江出版社 1990,
11 梁得中「辭別論召命疏」,『德村集』권2, 27장, "亦惟曰: 眞實无妄而已. 是知盈天地之間, 只是一介實理而已. 理則實理, 心則實心, 學則實學, 事則實事, 無一毫詐僞參錯於其間, 則實心淡然虛明而實理潔靜精微矣."

은 실학이 되어야 하고, 우리가 하는 일은 실사가 되어야 한다는 당위론적인 주장이다. 실리―실심―실학―실사로 긴절하게 연계된 논리구조는 철저히 실천적 의미를 담아낸 것이다.

위 맥락에서 '실사'는 우리가 수행하는 일은 진실하지 않으면 안 됨을 뜻하듯, '실학' 역시 학문의 진실성을 뜻한다. 허학虛學과 위학僞學을 배제하고 실학으로 나아가야 한다는 취지다. 여기서 실학은 역사적 개념의 실학과 꼭 부합한다고 말하기는 어렵겠으나, 무관하다고 말할 수도 없다. 요는 허학과 위학을 배격하는 학문의식으로서 역사적 의미의 실학이 형성되어가는 사상적 기반이 되었던 것으로 해석할 수 있다.

양득중의 이런 사고의 논리는 반계와 통하는 것으로 여겨진다. 마찬가지로 반계가 제기한 실리는 존재론적인 개념이라기보다는 주체확립을 의도한 실천론이었다. 반계 자신 주기에서 주리로 철학적인 입장 전환이 일어난 것은 그가 온몸으로 겪었던 시대상황, 거기에 처했던 자아의 각성을 아울러 고려해야 할 문제이다.

물론 반계가 실리를 강조한 뜻은 십분 중시할 필요가 있다. 그렇지만 실리와 실학이 실이란 글자를 공유하고 있다 해서 바로 실학을 실리에 붙여서 추구하는 태도는 성급해 보인다. 그의 성리설에서 실리는 철학적 사유의 차원이다. 주기에서 주리로 철학적인 입장전환이 일어난 것은 그 자신 온몸으로 겪었던 시대상황, 거기에 처했던 자아까지 함께 고찰해야 할 문제이다.

4. 맺음말

위에서 반계의 신발굴 자료를 읽은 소감을 진술해보았다. 그 과정에서 제기되었던 몇가지 문제를 들어서 다시 논하는 것으로 본고의 맺음 말을 삼아둘까 한다.

반계가 발을 딛고 선 시대는 동아시아의 명·청 교체기였다. 세계의 주인으로 등장한 청을 어떻게 보고 대응하느냐? 이 점이 그의 시대에 있어서 최대의 문제였다. 반계는 청황제 체제는 응당 청산되어야 할 것으로 사고한다. 이는 연암이 『열하일기』에서 취했던 입장과도 통하는 것이었다.[12]

반계는 우리나라가 본래 중화적 세계에 참여했던 문제를 정당시하고 있다. 이런 안목을 가졌던 그의 눈에는 화이華夷를 가려 보는 필터가 끼여 있었던 셈이다. 「동사강목범례」의 제3조에서 거란족의 요遼와 여진족의 금金에 대해서 당시 고려가 비록 힘이 부족해서 복속하지 않을 수 없었지만 저들을 천하의 주인으로 인정해서는 안 된다고 밝혔다. 요와 금은 야만=이적夷狄이라고 생각하였기 때문이었다. 청에 대해서도 그의 관점은 마찬가지였다. 앞서 보았던 대로 야만의 "누린내 언제나 씻어낼까!"라고 통탄하지 않았던가.

변방의 민족이라고 해서 중국사상의 정통왕조로 인정하기를 거부한 반계의 관점은, 사해평등이란 공평한 안목으로 본다면 편견이 아닐 수 없다. 반계의 눈에 끼여 있었던 필터가 편견으로 작용한 것이다. 비록 그렇긴 하나, 그의 사고 논리의 바탕에 문명관이 깔려 있음을 유의할 필요

---

12 임형택 「박지원의 주체의식과 세계인식: 『열하일기(熱河日記)』분석의 시각」, 『동아시아 삼국 고전문학의 특징과 교류』, 성균관대 대동문화연구원 1985; 임형택 『실사구시의 한국학』, 창작과비평사 2000. 이 논문의 결론부에서 필자는 「옥갑야화」에 등장하는 허생이란 존재를 크게 주목하여, "그는 「옥갑야화」에서 허생의 입을 빌려 우리나라 지식인과 상인들의 중국진출을 역설하였던바 (…) 진보적 세력의 국제적 결속을 통해서 청황제체제의 청산, 다시 말해 동아시아세계의 여명을 구상해본 것이다"라는 견해를 표명한 바 있다.

가 있다. 정통론은 의리로 규정해놓은 것이긴 하지만 기본적으로 문명론의 입장이다. 요堯·순舜·우禹·탕湯·문文·무武로 이어지는 성왕의 계보이다. 그러므로 성왕의 반열에 참여하기 어렵다고 간주하는 후세의 제왕들을 향해서는 부정적 시각을 가질 수밖에 없었다. 반계는 "삼대三代의 법은 모두 천리로 제도를 삼았으며 후세의 법은 모두 인욕으로 제도를 삼았다"라고 천명한 것이다. '성인시대=문명시대'를 당연히 돌아가지 않으면 안 되는 곳으로 희구하였다. 그의 입장에서 만청滿淸을 부정하고 척결해야 한다고 사고했던 것은 논리적으로 당위였다. 야만이 지배하는 시대 현실에 당면해서 그 해법을 강구한 것 또한 당연한 결론이었다.

반계와 동시대를 살았던 중국 지식인들, 예컨대 고염무顧炎武나 황종희黃宗義 역시 당면한 사태를 '망천하亡天下'로 판단하고 "인의仁義의 도가 좌절되고 야만의 시대로 돌아갔다" 하여 통탄하고 절망하였다. 이들은 명조회복운동을 일으켰다가 좌절한 다음 여생을 학문 저술에 바쳤다. 역시 근본적인 개혁책을 강구한 것이다. 『반계수록』이 한국 실학의 출발점이 되었듯 고염무의 『일지록日志錄』, 황종희의 『명이대방록明夷待訪錄』은 중국 실학을 개창한 것이라는 위상을 갖기에 이르렀다.

반계의 반청 논리는 앞서 지적한 대로 당시의 체제논리, 서인-노론층이 주도했던 존명반청과 외형상으로 보면 다르지 않다. 반계의 경우 당면한 상황을 체제 위기를 넘어서 문명적 위기로 판단한 나머지 근본적 대응책으로서 『반계수록』을 저술한 것이다. 정치적 이데올로기로 외화한 방식이 아니고 자아의 각성으로 내화한 방식이다. 현실정치로부터 떠나서 근본적 개혁을 설계하고 기획하는 연구와 저술로 삶의 진로를 잡은 것은 그 자신의 사고의 논리에서 당연한 귀결처다. 이 귀결처는 다름 아닌 한국 실학의 발상지로 되었다.

이『반계수록』을 양득중이 영조에게 국정의 개혁, 쇄신의 방법론으로 제의했던 것은 1741년으로 이 책이 완성되고 나서 70년 뒤의 일이었다. 양득중은 영조에게 "그 사람은 이미 죽었고 그 자손들이 지금 호남의 부안과 경기도의 과천에 살고 있으니 바라옵건대 전하께서 특명으로 두 고을 수령에게 이 책을 그의 자손들 집에서 찾아 올리도록 하여 친람親覽에 대비하옵소서. 그리하여 유신儒臣들이 옥당에 함께 모여 깊이 강구해 밝히고 중앙과 지방에 반포해서 차례로 시행해나간다면 더 없는 다행이겠습니다"[13]라고 건의를 하였다. 양득중은 재야의 학자로서 국왕의 특별한 부름을 받고 나와서 지금 우리나라는 '의리를 가탁'하고 '허위를 숭상'하기 때문에 국정이 난망 지경에 빠졌다고 누차 통렬한 비판을 가했다. 이 병폐를 치유하자면 실사구시實事求是가 제일의 처방이라고 주장한다. 그런 끝에 그 자신 마지막 조정을 떠나면서 특별히 『반계수록』을 들어 아뢴 것이다.

양득중이 나라를 망하게 만드는 근본원인으로 진단한 '허위의 의리'란 그 실체가 과연 무엇이었을까? 그가 명토 박아서 말할 수 없었거니와, 따지자면 존명반청—북벌이란 체제 이데올로기 그것이었다. 당시 명제국은 오래전에 사라졌고 강대한 청제국을 제거한다는 것은 실현가능성이 없는 노릇이었음이 물론이다. 그것은 가탁일 수밖에 없었고 허위일 수밖에 없었다. 우리가 오늘날 서 있는 한반도의 상황에서 수구반공·반북이란 오늘의 체제 이데올로기 또한 솔직히 말해서 가탁이고 허위이다. 21세기의 신판『반계수록』이 참으로 요망되는 시점이 아닌가도 싶다.

---

13 梁得中「又辭疏」,『德村集』권2, 46장. "臣伏聞其人(柳馨遠)已死, 而其子孫方在湖南之扶安, 京畿之果川云. 伏望殿下特命其邑守臣, 就其子孫之家, 取其書來獻, 以備乙覽, 仍令儒臣齊會玉堂, 極意講明, 分布中外, 以次施行, 不勝幸甚."

• 편역자 소개

김지영金智榮 한국학중앙연구원 전임연구원. 조선후기 한문학을 전공했으며, 특히
18~19세기 한시를 연구하고 있다. 논문으로「정학연의 매화 연작시「매화삼십수」에
대한 일고」 등이 있다.

손혜리孫惠莉 성균관대학교 대동문화연구원 연구교수. 조선후기 한문학, 특히 18~19
세기 산문을 중심으로 연구하고 있다. 저서로『연경재 성해응 문학 연구』『실학파 문
학 연구』 등이 있다.

안나미安奈美 성균관대학교 한문학과 초빙교수. 한국한문학, 조선중기 한중문학 교류
를 전공했으며, 역서로『국역 주서관견』 등이 있다.

양승목梁承睦 동국대학교 국어국문학과 강사. 한국고전문학을 전공하고 있다. 논문으
로「조선후기 십승지론의 전개와 '살 곳 찾기'의 향방」 등이 있다.

유혜영庾惠瑛 퇴계학연구원 강사. 성균관대학교에서「최술 고증학의 방법론과 성과연
구」로 박사학위를 받았다. 한문학 전반과 전통적인 인성교육에 많은 관심을 가지고
있다. 저서로『인성이 미래다-명심보감』 등이 있다.

윤세순尹世旬 숭실대학교 국어국문학과 강사. 이화여자대학교에서 국문학을, 성균관대
학교에서 한문학을 공부했다. 역서로『해서암행일기』『난실담총』 등이 있다.

이주영李珠英 동국대 국어국문학과 박사과정 수료. 한국고전문학을 전공했으며, 조선
후기 고전서사를 연구하고 있다. 공저로『한국 고전문학 작품론』 등이 있다.

임영걸林永杰 한국고전번역원 번역위원. 성균관대학교에서 한문학을 전공하고 있으며,
한국고전번역원에서「일성록」 번역에 참여하고 있다. 공역서로『자저실기』 등이 있다.

임영길林暎吉 성균관대학교 동아시아한문학연구소 연구원. 한국한문학을 전공했으며,
18~19세기 연행록과 한중문인 교류를 중심으로 연구하고 있다. 공역서로『주영편』
등이 있다.

정난영丁欗煐 동국대학교 강사. 조선의 서사를 전공했으며, 특히 기사(記事) 작품을 집
중적으로 공부하고 있다. 논문으로「조선후기 표류 소재 기사 연구」 등이 있다.

정용건鄭用健 고려대학교 국어국문학과 한문학전공 박사과정. 한문산문을 전공하고 있
다. 한국고전번역원 부설 고전번역교육원 전문과정을 졸업하였다. 논문으로「희락
당 김안로의 문장관과 학문 흥기론」 등이 있다.

하정원河廷沅 한국고전번역원 연구원. 성균관대학교에서 한문학을 전공하고 한국고전
번역원에서 근무하고 있다. 공역서로『백운 심대윤의 백운집』 등이 있다.

함영대咸泳大 성균관대학교 대동문화연구원 책임연구원. 한국한문학, 특히 경학을 전
공했으며, 조선시대 학자들의 맹자 주석서를 연구하고 있다. 저서에『성호학파의 맹
자학』 등이 있다.

임형택 林熒澤

서울대학교 국문학과 및 동대학원을 졸업하고, 계명대학교와 성균관대학교 한문교육과 교수로 재직했다. 민족문학사연구소 공동대표와 성균관대학교 대동문화연구원장, 동아시아학술원장, 연세대학교 용재석좌교수 등을 역임했다. 현재 성균관대학교 명예교수로서 실학박물관 석좌교수를 겸하고 있으며, 계간 『창작과비평』 편집고문이다. 주요 저서로 『한문서사의 영토』(전2권) 『한국문학사의 시각』 『실사구시의 한국학』 『한국문학사의 논리와 체계』 『우리 고전을 찾아서』 『문명의식과 실학』 등이 있으며, 주요 역서로 『이조시대 서사시』(전2권) 『이조한문단편집』(공편역) 『신편 백호전집』(전2권, 공편역) 『역주 매천야록』(전3권, 공역) 등이 있다.

한국문학사에 남긴 업적에 대한 평가로 2005년에 한국학중앙연구원으로부터 명예 문학박사 학위를 받았으며, 도남국문학상, 만해문학상, 단재상, 다산학술상 등을 수상했다. 2012년에는 인촌상 인문·사회·문학 부문을 수상했다.

반계유고

초판 1쇄 발행 / 2017년 12월 20일
초판 2쇄 발행 / 2017년 12월 27일

지은이 / 유형원
편역자 / 임형택 외
펴낸이 / 강일우
책임편집 / 윤동희
조판 / 신혜원
펴낸곳 / (주)창비
등록 / 1986년 8월 5일 제85호
주소 / 10881 경기도 파주시 회동길 184
전화 / 031-955-3333
팩시밀리 / 영업 031-955-3399 편집 031-955-3400
홈페이지 / www.changbi.com
전자우편 / human@changbi.com